dtv

Ein Mann erlebt seine eigene Wiedergeburt. Um ein besserer Mensch zu werden? Wer wie Damian Andersen in seiner vorangegangenen Existenz vom Bösen durchdrungen war, hat andere Pläne. Schon als Baby fallen seine sonderbaren Verhaltensweisen auf: Der kleine Jonas – wie er nun heißt – weint selten, trainiert wie besessen seine motorischen Fähigkeiten, und seine Eltern glauben sogar manchmal, den wissenden Blick eines Greises wahrzunehmen. Kaltblütig plant er seine Flucht. Als er jedoch ein einziges Mal einen Menschen zum Freund haben will, ist sein Schicksal besiegelt: denn eine Regung des Guten erträgt das Böse nicht.
Spannend erzählt Charles Lewinsky die Geschichte eines Mannes, der eine zweite Chance bekommt. Wie er sie nutzt, lässt das Blut bis in die nächste Generation gefrieren.

Charles Lewinsky, 1946 geboren, arbeitete als Dramaturg, Regisseur und Redakteur und schrieb Texte für die verschiedensten Sparten, vom Theater bis zum Fernsehen. Sein literarisches Werk wurde in zahlreiche Sprachen übersetzt und vielfach ausgezeichnet.

Charles Lewinksy

Andersen

Roman

dtv

Von Charles Lewinsky ist bei dtv
außerdem lieferbar:
Melnitz (13592)
Johannistag (13761)
Doppelpass (14148)
Zehnundeine Nacht (14175)
Gerron (14250)
Der Teufel in der Weihnachtsnacht (21472)
Kastelau (14465)

Ausführliche Informationen über
unsere Autoren und Bücher
www.dtv.de

FSC MIX Papier aus verantwortungsvollen Quellen FSC® C019821

2018 dtv Verlagsgesellschaft mbH & Co. KG, München
Lizenzausgabe mit Genehmigung des Carl Hanser Verlag

Umschlaggestaltung: Isabella Grill/dtv unter Verwendung
eines Fotos von Arcangel Images/Tim Robinson
Gesamtherstellung: Druckerei C.H.Beck, Nördlingen
(Satz nach einer Vorlage des Verlags Nagel & Kimche)
Gedruckt auf säurefreiem, chlorfrei gebleichtem Papier
Printed in Germany · ISBN 978-3-423-14645-6

Auch dies, wie alles,
für Ruth

Die Kürze des Lebens macht uns schlecht.
Es wäre nun erst auszuprobieren,
ob eine allfällige Länge des Lebens
uns nicht auch schlecht machen würde.

Elias Canetti

I

1

Dunkel.

Nicht das kalte, fugenlose Dunkel einer Zelle. Eine warme Dunkelheit.

Ich weiß nicht, wo ich bin.

Ich kann mich nicht bewegen. Obwohl ich keine Fesseln spüre. Keine Binde vor den Augen. Gar nichts spüre ich. Blind und taub. Nur einen leichten Druck auf der Haut kann ich ausmachen, nicht einmal unangenehm. Eine Ahnung von Wellen.

Ich will einen Arm bewegen, und es ist, als ob der Befehl dort gar nicht ankäme. Als ob ich gar keinen Arm hätte.

Ich weiß, dass ich zwei Arme habe. Nur eine Hand, aber zwei Arme. Warum spüre ich sie nicht?

Einerseits: Ich bin bei Bewusstsein.

Andererseits: Mein Körper gehorcht mir nicht.

Ich weiß nicht, wie lang diese Situation schon andauert. Da ist nichts, an dem sich die Zeit messen ließe. Wie lang bin ich schon hier?

Wo ist «hier»?

Hat mich eine Kugel getroffen? Wir sind im Krieg.

Aber ich habe keine Schmerzen. Es wäre unlogisch anzunehmen, dass ich eine Verwundung nicht spüren würde. Schmerzen sind die einzige Konstante, auf die man sich verlassen kann.

Oder ist diese Empfindungslosigkeit ein Symptom? Wovon?

Unsere Wissenschaftler, ich habe mich da immer auf dem Laufenden gehalten, forschen für die Verwundeten in den Lazaretten an Mitteln, die vollständig unempfindlich machen. Vielleicht hat man mich mit so etwas betäubt.

Aber könnte ich dann so klar denken?

Es passt nicht zusammen.

Ich weiß nicht einmal, ob ich liege. Oder stehe. Oder schwebe. Auch dafür ist mir das Gefühl abhandengekommen.

Ich bin müde. Zumindest eine Empfindung, die ich klar erkennen kann.

Müde.

2

Ich habe eine Minute geschlafen. Eine Woche. Bin aufgewacht mit der Erkenntnis, dass ich mich in Gefangenschaft befinden muss.

Die Möglichkeit, dass sie mich fassen, war nie ganz auszuschließen. Als ich Andersen wurde, beschloss, Andersen zu werden, waren sie nur noch zehn Kilometer entfernt. Ich war vorbereitet, perfekt gefälschte Papiere und eine perfekt ausgedachte Lebensgeschichte. Ich habe an alles gedacht.

Man muss immer vorausdenken.

Schon damals, als ich mir die linke Hand doch noch abschneiden lassen musste, so viele Jahre nach der Schussverletzung, so viele Jahre Schmerzen, schon damals habe ich auch diese Möglichkeit in Betracht gezogen. Habe dafür gesorgt, dass niemand von der Amputation erfuhr. In keiner Akte über mich, egal, wer sie angelegt hat, steht etwas davon. Dass ich immer Handschuhe trug, passte zu meinem Gewerbe. Wenn sie mich suchen, suchen sie einen Mann mit zwei Händen.

Andersen hat nur eine.

Trotzdem muss ich in ihrem Netz hängen geblieben sein. Auch wenn ich mich nicht erinnern kann, wie es passiert ist.

Vom Vorher weiß ich alles. Vom Nachher weiß ich nichts.

Meine Erinnerung ist abgesägt, eine scharfe Kante und dann nichts mehr. Da ist noch nicht einmal eine Lücke, die einem doch immerhin sagen würde: Hier war einmal etwas. Hier wurde ein Baum niedergewalzt, ein Haus in die Luft gesprengt. Wo das Nichts die Spur von etwas wäre.

Nicht einmal eine leere Stelle.

Ich gehe aus der Tür, eine braune Cordhose habe ich an und klobige Schuhe, die mir zu groß sind. Es hat sie mir einer geschenkt, habe ich mir ausgedacht, als ich bei ihm um ein Stück Brot bettelte. Es hatte einer Mitleid mit mir, habe ich mir ausgedacht. Mein Mantel riecht muffig, als ob er lang in einer Kiste gelegen hätte oder auf einem Dachboden. Auch daran habe ich gedacht. Auf den kurzgeschorenen Haaren trage ich eine Kappe. Ohne Schirm, so wie Bauern sie aufsetzen, um den Kopf beim Melken an die Flanke der Kuh lehnen zu können. Ein Beutel an einer Schnur um den Hals gehängt, darin meine Papiere. Ich weiß den Namen, den ich mir in die Papiere geschrieben habe. Ich weiß alles.

Andersen.

Ich habe beschlossen, Andersen zu sein.

Ich bin Andersen, und ich gehe aus der Tür.

Und dann: nichts.

3

Vorher weiß ich alles. Das gute Gedächtnis gehört zu meinem Beruf. Ich habe nichts vergessen.

Kindheitserinnerungen. Eltern. Schule. Alles da.

Ich kann das Schulzimmer beschreiben. Die Bänke mit den Tintenfässern, die immer am Montagmorgen nachgefüllt waren. Das Kruzifix, an dem die Jesusfigur fehlte, ein Schulbubenstreich oder ein religiöser Disput. Die Schaubilder, die man aus dem Lehrerzimmer holte, an der Stange einrastete und dann herunterzog wie ein Rouleau. Europa. Tiere Afrikas. Die Feldzüge Alexanders des Großen. Dreidreidrei, Issos Keilerei.

Ich weiß noch alles. Ich kann sie noch alle aufzählen. Udo Herges, der Metzgerssohn mit den dicken Pausenbroten, die er mit niemandem teilte. Konrad Villmow, genannt Conny. Walter Haarmann, über dessen Namen wir uns erst lustig machten, als wir uns Jahre später wieder trafen. Holger Piesker mit den blauen Flecken. Wollte nie zugeben, dass sein Vater ihn schlug. Aber es waren Spuren von Schlägen. Damit kenne ich mich aus. Ludger Diestelhorst. Oder Lothar? Nein, Ludger. Mein Gedächtnis funktioniert. Ich weiß sie noch alle, alle, alle. Die Mitschüler und die Lehrer.

Alle.

Er hieß Beutlin, Horst-Friedrich Beutlin, und war am Gymnasium nur Lehramtskandidat für Mathematik, kein richtiger Lehrer. Wir haben das herausgefunden und es ihn spüren lassen. Ein Rohrstock allein verleiht noch keine Autorität. Man muss auch bereit sein, ihn zu benutzen. Muss die Gewissheit ausstrahlen, dass man ihn benutzen wird.

Beutlin hatte ein schwaches Kinn. Ich weiß das doch noch.

Ich kann jedes Detail beschreiben, jeden Geruch, jeden Geschmack. Saure Milch, und meine Mutter sagt: «Sie wird trotzdem getrunken. Wir können uns nicht leisten, etwas zu verschwenden.» Mein Vater, der immer Vorbild sein wollte, nahm einen tiefen Schluck und versuchte, ein Gesicht zu machen, als ob es ihm geschmeckt hätte. An jenem Tag habe ich zum ersten Mal verstanden, dass auch Eltern lügen.

Alle Menschen lügen.

Er hat sich dann nicht den Schnurrbart abgeleckt, wie er es sonst immer tat, sondern am Wasserhahn in der Küche das Gesicht gewaschen. Damit hat er sich verraten. Ich weiß es noch. Ich weiß es noch ganz genau.

Alles. Das Abitur. Die Uniform.

Mein Beruf.

Bis zu dem Punkt …

Ein Teil von mir ist so endgültig verschwunden, dass noch nicht einmal das Gefühl zurückgeblieben ist, da müsse einmal etwas gewesen sein. Als wäre hinter der Tür keine Welt gewesen. Ich bin mir abhandengekommen.

Wenn ein Film reißt, wissen dann die Figuren auf dem Zelluloid, wie ihre Geschichte weitergegangen wäre?

4

Warum, warum, warum gehorcht mir mein Körper nicht?

Ein Albtraum wäre eine logische Erklärung. Aber würde man sich im Traum fragen, ob man träumt? Müsste man, um sich diese Frage zu stellen, nicht schon erwacht sein? Wenn ich aber wach bin …

Man kann sich im Wenn und im Aber verstricken wie in einem Netz.

Bin ich tot?

Man darf keine Möglichkeit außer Acht lassen, auch diese nicht. Es wäre denkbar, dass ich in dem Moment, als ich durch diese Tür ging, erschossen wurde. Das würde erklären, warum meine Erinnerung in exakt diesem Moment abbricht.

Man hat keine Informationen darüber, wie sich der Tod von innen her anfühlt. Vielleicht denkt man danach immer noch weiter. Vielleicht muss man danach immer noch weiterdenken. Vielleicht sind es diese Gedanken, die man als Fegefeuer bezeichnet. Dann wäre Unsterblichkeit eine Strafe.

Das alles ist vorstellbar, aber es überzeugt mich nicht. Ich habe den Übergang vom Leben zum Tod oft genug beobachtet, und er schien mir immer etwas Endgültiges zu haben. Die Gesichter verändern sich grundsätzlich. Mit einiger Erfahrung kann man das erkennen, noch bevor der Onkel Doktor sein Stethoskop ansetzt, um zu sehen, ob er mit der Spritze nachhelfen muss. Nur einmal ist mir einer in der Leichenkammer wieder aufgewacht, sehr zum Schrecken der Leute, die den Nächsten brachten. Aber auch er wusste über die Zeit, in der er tot gewesen war, nichts Hörenswertes zu berichten.

Wenn ich tot wäre – ich nehme es nicht an, sondern ziehe es nur als Theorie in Erwägung –, wenn mein Körper gestorben wäre, erschossen oder auf andere Weise zerstört, und ich wüsste trotzdem immer noch, wer ich gewesen bin, dann würde das bedeuten, dass das Gedächtnis des Menschen unabhängig vom Zustand seiner Zellen existiert.

Wenn man konsequent weiterdenkt.

Hat jeder Mensch ein Gedächtnis, oder hat jedes Gedächtnis einen Menschen?

Oder gibt es so etwas wie eine Seele?

Ich habe nie daran geglaubt. Ich halte das für eine Hilfsvorstellung, mit der sich die Leute über die Wirklichkeit hinwegtrösten. «Seele», «Unsterblichkeit», «Gerechtigkeit». Ich habe immer nur an Dinge geglaubt, die man anfassen kann.

Wer tot ist, ist tot.

Ich bin nicht tot.

5

Wellen. Ja, ich spüre Wellen.

Als ich Andersen wurde, war ich weit vom Meer. Warum sollten sie mich auf ein Schiff verschleppt haben, in meinem Zustand? Wohin sollten sie mich bringen?

Kleine, kaum merkbare Wellen. Ein Schiff, das im Hafen liegt?

In welchem?

Und, wenn es so wäre: Warum legt das Schiff nicht ab? Worauf warten sie?

Ich bin bekannt für meine Fähigkeit, Antworten zu bekommen. Jetzt weiß ich nicht, welche Fragen ich stellen muss.

«Im Nebel stochern», sagt man. Aber Nebel ist wenigstens nicht nichts.

Es hat keinen Sinn, Schlüsse ziehen zu wollen, wenn man die Prämissen nicht kennt. Es gibt zu vieles, das ich nicht verstehe. Dafür haben sie gesorgt. Wer immer «sie» sind. Wer immer mich in diese Situation gebracht hat.

Es ist eine Methode, die ich nicht kenne. Obwohl mir das Prinzip natürlich klar ist. Wenn man jemandem seine Sinne wegnimmt, verliert er irgendwann die Kontrolle. Eine nützliche Technik, wenn man genügend Zeit hat. Wenn es eilt, ist Gewalt besser. Der Mensch erträgt nicht viele Schmerzen und die Vorstellung davon noch weniger. «Es sind nicht die Dinge selbst, die uns ängstigen, sondern die Vorstellung, die wir von den Dingen haben.» Wer hat das gesagt?

Der Name fällt mir nicht ein.

Sie müssen mir etwas gespritzt haben.

Auf jeden Fall muss ich davon ausgehen, dass ich in Gefangenschaft geraten bin. Was nicht heißen muss, dass sie wissen, wer ich bin. So wie der Krieg steht, müssen viele in derselben Lage sein.

Ich bin Andersen.

Name, Geburtsdatum, Dienstgrad, Kennziffer.

Andersen. Andersen. Andersen. Es gab nie jemand anderen. Ich bin immer Andersen gewesen.

Andersen. Andersen. Andersen.

Ich spüre Wellen. Ich bin mir ganz sicher, dass es Wellen sein müssen.

Beinahe sicher.

Das würde bedeuten …

Halt.

6

Die Gedanken nicht einfach laufenlassen. Sie rennen dorthin, wo die Angst sitzt. Den Kopf anders beschäftigen. Sonst frisst sich die Panik ins Gehirn, und man ist verloren.

Den Geist beschäftigen. Sich eine Aufgabe stellen und sie lösen.

Worte, die etwas mit Seefahrt zu tun haben. Alphabetisch.

Anlegestelle.

Backbord.

Chartern.

Dümpeln.

Epiktet. Das war der Name. Es war Epiktet, der sagte …

Worte aus der Seefahrt.

Ebbe.

Fähre.

Warum fällt mir kein Wort mit G ein?

Gefängnis.

Die falsche Richtung. Das Gefängnis auf einem Schiff heißt Brig. Brig beginnt mit B. Ich brauche G. G.

Blind und taub. Aber mein Verstand funktioniert so, wie ich es will.

Galionsfigur. Gangway. Großsegel.

Heck.

Wenn ich mich auf den Rhythmus der Wellen konzentriere, kann ich sie dazu benutzen, die Zeit zu messen. Wenn sich die Minuten auseinanderschieben und zusammenziehen, verliert man die Orientierung. Sie wollen, dass ich die Orientierung verliere. Aber ich bin stärker als sie. Erfahrener.

Heck.

Insel.

Jolle.

Kalfatern.

Ich weiß nicht, was kalfatern heißt. Habe ich es nie gewusst, oder habe ich es vergessen? Löst sich meine Erinnerung auf?

Das wäre eine Erklärung. Man vergisst zuerst, was vor kurzer Zeit geschah, und dann, allmählich …

Seefahrt.

Kalfatern.

Labskaus.

Maat.

Man kann die Zeit auch an den eigenen Atemzügen messen.

Erst jetzt fällt mir auf, dass ich nicht atme. Es müsste mir Angst machen, aber es macht mir keine Angst. Warum nicht?

7

Ich muss mich auf die Vernehmung vorbereiten. Es kommt immer eine Vernehmung. Sie werden denken, sie hätten mich weichgeklopft, aber ich bin erfahrener als sie.

Die entscheidenden Dinge müssen ganz automatisch kommen. «Wenn ich euch mitten in der Nacht aufwecke», hat Beutlin gesagt, «müsst ihr mir den binomischen Lehrsatz aufsagen können.» Wir haben ihn ausgelacht, wie wir ihn immer ausgelacht haben, aber er hatte recht.

Ich heiße Andersen. Andersen. Andersen.

Ich habe nie jemanden gekannt, der Andersen hieß. Außer dem Märchenerzähler, natürlich. Des Kaisers neue Kleider. Er geht nackt durch die Straßen, und die Leute sehen die Kleider, die er nicht anhat.

Es ist die Haltung, die überzeugt. Oder verrät. Wenn einer versucht, den Helden zu spielen, obwohl er vor Angst schlottert, dann weiß ich schon: Er ist schuldig. Es ist dann nur eine Frage der Zeit.

Als Andersen, so habe ich mir das vorgenommen, werde ich erleichtert sein. Nicht unterwürfig, das ist ein falscher Ton, den man bei Vernehmungen zu oft erlebt und der sofort verdächtig ist. Erleichtert, weil es vorbei ist. Ein bisschen verwirrt. Die Haltung eines kleinen Mannes, den die großen Zeiten überfordert haben. Dem man nach einer Verwundung die linke Hand hat amputieren müssen.

Wenn sie nach meiner Familie fragen, werde ich in Tränen ausbrechen.

Sollten sie nachforschen – sie werden es nicht tun, sonst hätte ich etwas falsch gemacht –, aber wenn, dann würde sich auf einer Liste von Bombenopfern der Name einer Verlobten finden. Friederike Mühlenbach. Geboren am 23. Oktober. Katholisch. Zum letzten Geburtstag habe ich ihr ein kleines silbernes Kreuz geschickt. Einem Toten abgenommen. Solche Details sind wichtig. Ich weiß alles, was Andersen wüsste, wenn es Andersen gäbe.

In dem Dorf, in dem Andersen zur Welt kam – Dörfer sind besser als Städte –, ist das Kirchenbuch zusammen mit der Kirche verbrannt. Ich habe den Ort danach ausgesucht. Ich habe an alles gedacht. Selbst wenn sie mich foltern …

Das ist meine Schwachstelle: Ich weiß zu viel über die Möglichkeiten, die man hat. Was man mit einem Besenstiel machen kann. Mit einem Elektrokabel. Mit einem Messer.

Mit Messern kenne ich mich aus wie ein Maler mit seinen Pinseln. Die schärfste Klinge ist nicht immer die beste. Ein Riss kann nützlicher sein als ein Schnitt. Die besten Resultate habe ich mit einem altmodischen Rasiermesser erzielt. Wenn man jemandem ein Ohrläppchen abschneidet, glaubt er einem, dass man auch vor dem Hals nicht zurückschrecken wird.

Nicht daran denken.

8

Sie können nicht wissen, wer ich bin. Es ist nicht möglich. Dazu habe ich mich zu gut vorbereitet.

Aber wenn es trotzdem so wäre, wenn sie mich durch irgendeinen Zufall erkannt hätten, wenn sie wüssten, wer ich bin, wenn sie mich studiert hätten, tief in all meine Schwächen hinein, dann hätten sie, um mich leiden zu lassen, kein wirkungsvolleres Mittel finden können als diese Hilflosigkeit.

Ich habe das noch nie ertragen.

Als ganz kleines Kind sollte ich einmal wegen einer fiebrigen Erkrankung in ein kaltes feuchtes Leintuch eingewickelt werden. Ich muss mich so nach Leibeskräften dagegen gewehrt haben, dass der teure Stoff hinterher zerrissen war. Meine Mutter hat mir die Geschichte immer wieder erzählt. «Du hattest schon damals einen harten Schädel», sagte sie jedes Mal. Und: «Du hast die Kälte nicht gemocht.» Selber kann ich mich an die Episode nicht erinnern, aber ich bin fest davon überzeugt, dass es nicht die Kälte war, die ich nicht ertragen wollte. Es war die von außen verordnete Bewegungslosigkeit. Ich habe den Zustand immer gehasst.

Mich stört jede Art von Beengung. Das ist etwas ganz anderes als die krankhafte Angst vor dem Eingesperrt-Sein, wie man sie manchmal bei Leuten antrifft, die unter Tage oder im Feld verschüttet waren. Bei mir hat das nichts mit einer Krankheit zu tun. Ich mag es einfach nicht. Auch im Konzert versuche ich immer, einen Platz am Rand der Reihe zu bekommen.

Ich will selber über mich bestimmen können, das ist wohl meine Haupteigenschaft.

Schon beim Militär war ich kein guter Befehlsempfänger. Natürlich war ich diszipliniert und habe getan, was getan werden musste, aber die Verwundung war dann eine regelrechte Befreiung. Nicht mehr dauernd gehorchen zu müssen, das war mir eine Hand wert. Ich bin nicht dafür gemacht, dass man mir Zügel anlegt. Ich muss frei sein. Selbständig. Deshalb war meine Arbeit auch genau richtig für mich.

Eine Arbeit ohne Vorschriften, bei der nur die Resultate zählen.

Ich habe mir Andersen geschaffen, um auch in der veränderten Situation weiter frei bleiben zu können. Und jetzt …

Als Junge habe ich eine Geschichte gelesen, von einem, der sich, um seinen Mut zu beweisen, eine Nacht lang in einem Sarg einschließen ließ. Ich weiß nicht mehr, wie das Ganze ausging, aber es war eine Gruselgeschichte.

In einem Sarg wüsste man zumindest, wo man ist. Da gäbe es einen Deckel, gegen den man hämmern und an dem man sich den Kopf blutig schlagen könnte. Man würde seinen Körper spüren. Vielleicht würde man ersticken, aber vorher hätte man wenigstens noch geatmet.

9

Ich muss das aushalten. Die Dinge sind, wie sie sind.

Nur minderwertige Menschen versuchen, sich die Wirklichkeit wegzulügen. Eine Krücke braucht nur, wer ohne nicht laufen kann. Oder sich das Laufen nicht zutraut. Es mag beruhigend sein, sich ein Sicherheitsnetz auszudenken, aber früher oder später kracht man umso heftiger auf den Arsch.

In meinem Beruf waren immer die Beter die schwierigsten Fälle. Die Gläubigen. Die höhere Macht, mit der sie zu reden meinten, konnte ihnen tausendmal nicht zu Hilfe gekommen sein – sie hofften weiter aufs tausendunderste. Holten sich Kraft aus ihrer Einbildung.

Ich brauche keine Krücken.

Als logischer Mensch nehme ich an, dass es keinen Gott gibt. Oder, wenn es einen gibt, auch das Gegenteil ist nicht bewiesen, dann kann ich keinen vernünftigen Grund erkennen, Hilfe von ihm zu erhoffen. Man muss sich die Welt nur ansehen, um zu wissen, dass sie nicht von einem gnädigen Wesen regiert wird.

Und doch: Die Beter sind immer besonders widerspenstig. Halten länger durch als andere. Es muss etwas mit der Einbildung zu tun haben, nicht allein zu sein. Es ist schwierig, jemandem etwas wegzunehmen, dessen Besitz er sich nur ausgedacht hat. Irgendwann schafft man es natürlich, aber es macht viel Arbeit.

Ich verachte solche Menschen.

Ich beneide sie.

Es wäre leicht, sich ein Wunder einzubilden. Nicht eins von denen, wie sie uns der Katechet Lämmle mit seiner Fistelstimme und dem spitzen Mündchen so gern geschildert hat, natürlich nicht. Lämmle war ein Weichling. Zum Schluss jeder Erzählung leckte er sich die Lippen ab, als ob all die Engel und himmlischen Helfer, die er uns so wortreich beschrieben hatte, aus lauter Kandiszucker und Marzipan gewesen wären.

«Bählämmchen» nannten wir ihn.

Solche Kinderbuchwunder sind nur lächerlich. Aber die Versuchung, mir in die Dunkelheit, die mich schon so lang umgibt, ein Licht hineinzuphantasieren, diese Versuchung ist durchaus vorhanden. Ich spüre, wie sie mir zublinzelt, diese Gedankenhure.

Es wäre so einfach. Ich müsste meinem Verstand nur erlauben, sich fallenzulassen. So wie man manchmal, auf einem Bergkamm oder am Rand einer Klippe, der Versuchung zu springen nur mit Mühe widerstehen kann.

Ich werde nicht nachgeben. Sonst hätten sie gewonnen.

Der Versuchung nicht nachgeben.

Nicht nachgeben.

10

Ich habe geschlafen – ich schlafe viel – und bin aufgewacht, weil mein rechter Arm sich bewegt hat. Ich habe es nicht geträumt.

Er hat sich gebeugt und wieder gestreckt. Die Finger berührten mein Kinn.

Die erste Bewegung seit ... Ich weiß nicht, seit wann. Seit einer Unendlichkeit. Die erste Berührung.

Es war nicht so, dass ich beschlossen hätte: Jetzt bewege ich meinen Arm. Ich hatte nichts damit zu tun. Als ich versuchte, die Bewegung zu wiederholen, ist es mir nicht gelungen. Die Signale, die ich senden will, kommen nicht an. Aber ich habe einen Arm. Ich habe eine Hand. Ich habe Finger. Ich existiere.

Lieber Gott, den es nicht gibt, ich danke dir.

Ein zweites Mal.

Es ist mehr als nur ein Zucken. Da ist ein Wille hinter der Bewegung. Es muss mein eigener Wille sein, selbst wenn ich es nicht so empfinde.

Etwas verändert sich.

Es kann sein, dass die Wirkung des Mittels, das sie mir gespritzt haben, nachlässt. Oder was immer es war, mit dem sie mich hilflos gemacht haben. Es kann sein, dass ihre Methode nicht über längere Zeiträume funktioniert. Es kann jetzt vieles sein.

Seltsam, was eine so kleine Veränderung ausmachen kann.

Hoffnung.

Diesmal waren es die Beine. Zuerst das linke, dann das rechte. Dann beide.

Ich meine auch Geräusche gehört zu haben. Mehrmals ein Rumpeln, wie von fernem Donner, und einmal ein Knattern, wie wenn Luft aus einem zu engen Auspuff entweicht.

Was für eine Maschine könnte das sein?

Jetzt hat sich auch der linke Arm bewegt. Hat sich gebeugt, und die Finger …

Es ist nicht möglich. Die linke Hand hat man mir entfernt. Die Schmerzen waren nicht mehr erträglich, und ich habe beschlossen, die Operation vornehmen zu lassen. Ich bilde mir das doch nicht ein.

Aber ich bilde mir auch nicht ein, was ich gespürt habe. Ganz deutlich gespürt.

Finger.

Wenn man die Sinne zu lang aushungert, besorgen sie sich ihr Futter aus Erinnerungen.

Wieder. Ich spüre eine Hand, die nicht existiert.

Meine Hand.

11

Verrückt zu werden passt nicht zu mir. Mein Verstand hat immer funktioniert. Das ist auch eine Frage des Charakters. Man muss im Denken Ordnung halten. Die Schubladen nicht durcheinanderbringen.

Die Schlachten des Dreißigjährigen Krieges. Die Bundesfürsten des deutschen Reiches. Die Nebenflüsse des Rheins.

Es ist alles da in meinem Kopf. Ordentlich eingereiht.

Der binomische Lehrsatz. $(a+b)^2 = a^2 + 2ab + b^2$. Es ist alles da.

Aber.

Ich habe eine Hand gespürt, die nicht existiert.

Die Welt nicht mehr richtig wahrzunehmen ist ein Zeichen von Schwäche. Wenn man einen Menschen so weit bringt, hat man gewonnen.

Ich mag in ihrer Gewalt sein, aber ich bin nicht schwach. Ich weiß ganz genau, dass ich nur eine Hand habe.

Ich weiß es.

Was machen sie eigentlich in den Krankenhäusern mit all den Körperteilen, die sie entfernen müssen? Ich habe mir das noch nie überlegt. Werden die begraben? Verbrannt? Oder einfach weggeschmissen?

In Universitätsstädten, nehme ich an, wird man sie für die Ausbildung verwenden. Ob sich derjenige, der meine Hand zum Sezieren bekam, wohl die Frage gestellt hat, zu was für einem Menschen sie einmal gehört haben könnte? Mit was für einem Beruf?

Er wird die Antwort nicht gefunden haben. Es gibt nichts Äußerliches an mir, das auf meinen Beruf hindeuten könnte. Man hat es mir oft gesagt: Ich habe Musikerhände.

Hatte.

Die scheinbare Berührung muss eine Form von Erinnerung gewesen sein. Anders kann ich es mir nicht erklären. Durch den Kontakt mit dem Stumpf wachgerufen. Eine alte Leitung, die nirgendwo mehr hinführt und doch noch aktiviert werden kann. Eine falsche Verbindung. Man glaubt, etwas wahrzunehmen, nur weil man es in einer bestimmten Situation so erwartet. Man ist mit jemandem verabredet und glaubt, man sehe ihn kommen. Und dann ist es jemand anderes.

Es wird eine Auswirkung der Dunkelhaft sein. Durch den Mangel an Eindrücken muss der Verstand zu viel ergänzen. Entbehrung schärft die Sinne. Aber sie verwirrt auch. Ein Hungriger meint, überall Essen zu riechen.

Es kann nicht so gewesen sein, wie es sich anzufühlen schien. Aber die

Vorstellung, wieder beide Hände zu haben, ist angenehm. Warum soll ich sie mir nicht erlauben, solang ich nicht vergesse, dass es nur eine Illusion ist? So wie man am Morgen gern noch ein bisschen in einem Traum verbleibt, obwohl man eigentlich schon wach ist.

Ein schöner Traum.

Ich habe zwei Hände.

12

Eine Stimme.

Ich habe eine Stimme gehört.

Ich meine, eine Stimme gehört zu haben.

Eine Frauenstimme.

Sie stieß einen Schrei aus, erschrocken, aber nicht auf ängstliche Art. Und sagte dann etwas, von dem ich nur die letzten Worte verstand. «… hat sich bewegt.»

«Hat sich bewegt.»

Bilde ich mir auch das nur ein?

Nein. Was ich da gehört habe, dass ich überhaupt etwas gehört habe, ist zwar überraschend, aber es macht Sinn. Es kann nur eines bedeuten: Ich werde beobachtet. Was durchaus zu erwarten war.

Aber warum von einer Frau? Das ist kein Beruf für Frauen. Sie entwickeln zu viel störendes Mitgefühl.

Zuerst habe ich ihre Stimme gehört, und dann die eines Mannes. Er war weiter weg, und ich konnte nicht verstehen, was er sagte.

Ich habe das gehört. Ich bin mir ganz sicher.

Andererseits: Wenn sich der Kopf etwas einbildet, bildet er sich dann nicht auch gleichzeitig ein, dass es die Wirklichkeit ist?

Um nichts falsch zu machen, muss ich davon ausgehen, dass es keine Halluzination war. Eine neue Situation: Sie geben sich keine Mühe mehr, mich nicht merken zu lassen, dass ich überwacht werde. Halten die akustische Quarantäne nicht mehr durch. Was nur bedeuten kann: Sie bereiten sich darauf vor, mich aufwachen zu lassen. Haben ihre Droge, oder was immer es war, abgesetzt, die Dosis vermindert, was weiß ich. Allmählich spüre ich meinen Körper wieder. Noch nicht ganz und noch nicht richtig. Die Wahrnehmungen seltsam verschoben. Wenn ich nicht wüsste, dass das nicht stimmen kann, würde ich nach wie vor schwören, dass ich nicht atme.

Und meine eigenen Proportionen, so wie ich sie empfinde, passen nicht zusammen. Mein Kopf fühlt sich zu groß an und die Arme zu kurz. Das Herz scheint zu schnell zu schlagen.

Und ich spüre eine Hand, die es nicht gibt. Ganz ohne Wirkung ist ihre Verwirrungstaktik also nicht geblieben.

Aber sie haben nicht mit jemandem gerechnet, der mit solchen Situationen vertraut ist. Der weiß, was ihn als Nächstes erwartet. Das plötzliche grelle Licht. Die lauten Geräusche. Die Schläge. Ich kenne das alles. Besser als jeder andere.

Wenn sie mich schlagen, werde ich schreien. Den Reflex unterdrücken zu wollen, kostet nur unnötig Kraft. Ich war einmal dabei, als einer sich die Zungenspitze abgebissen hat vor lauter Heldentum. Natürlich werde ich schreien. Winseln und jammern werde ich, aber ich werde immer Andersen bleiben.

Andersen und niemand anderes.

13

Sie können mich fragen, was immer sie wollen. Ich weiß alle Antworten.

Name? Andersen. Vorname? Damian. Geboren? 1903, am 26. September. An diesem Datum stehen Cosmas und Damian im katholischen Kalender. Ich habe den Tag für ihn ausgesucht – für mich! für mich! –, weil mir die Legende um die beiden so passend schien. Auf amüsante Weise passend. Sie wurden ertränkt, verbrannt *und* gesteinigt. Und haben alles unversehrt überlebt. So wie ich jedes Verhör überstehen werde.

Natürlich, ganz zum Schluss – das lässt sich wohl nicht vermeiden, wenn man heiliggesprochen werden will – hat man ihnen dann doch noch die Köpfe abgeschlagen. Ich werde den Kopf nicht verlieren. Ich werde keine Fehler machen. Ganz egal, welche Methoden sie anwenden. Ich habe an Andersen gearbeitet wie ein Bildhauer an einer Statue. Wer ein anderer werden will, darf es sich nicht leicht machen. Die neue Existenz muss sitzen wie ein Anzug, den man schon viele Jahre trägt. Ich habe mir seine Geschichte so gründlich eingetrichtert, dass sie schon wirklicher ist als die Wirklichkeit. Sie können mich fragen, was sie wollen.

Eltern? Benedikt und Walburga. 11. Juli und 4. März. Die Geburtstage von Vater und Mutter hat man zu kennen. Zu deinem schönen Feste wünsch ich das Allerbeste, das neue Jahr bringt Glück ins Haus und einen großen Blumenstrauß. Nein, Herr Befrager, sie leben beide nicht mehr.

Nachbarn? Auf der einen Seite die Familie Struck, auf der anderen Herr Großkopf. Verwitwet. Bei Vernehmungen frage ich immer nach den Nachbarn. Wenn sie dann zögern, dann weiß ich schon: Aha! Es ist ein Detail, das viele sich auszudenken vergessen. Bei Großkopf habe ich schon als kleiner Junge melken gelernt. Wenn sie auf den Gedanken kommen sollten, das zu überprüfen, kann ich es ihnen vorführen. Auch einhändig. Man darf in einer Vernehmung keine Fähigkeit behaupten, die man nicht unter Beweis stellen kann. Wer sich als Elektriker ausgibt, muss einen Kurzschluss reparieren können. Ich habe mir das Melken ausgesucht, weil das so gar nicht zu meiner früheren Existenz passt. Im letzten Jahr, als man schon absehen konnte, wie der Krieg ausgehen würde, bin ich jeden Tag zum Üben in den Stall gegangen. Meinen Leuten habe ich gesagt, dass mich das entspannt. Sie haben es mir geglaubt. In unserem Beruf braucht man Entspannung.

Andersen kann nur praktische Dinge. Das ist seine ganze Bildung. Man nimmt es auf dem Land nicht so genau mit der Schulpflicht. Wenn einer kräftig ist und seine Eltern haben kein Geld, dann schickt man ihn arbeiten.

Politik? Davon versteht Andersen nichts. Es gibt die unten und die oben, das ist seine Philosophie. Er hat immer zu denen unten gehört. War nie in einer Partei, wozu auch? Mit unsereinem machen sie ja doch, was sie wollen.

Weltgeschichte? Wir und die andern. Sie haben einen Krieg gegen uns begonnen, und wir haben ihn verloren. Meine Hand ist dabei draufgegangen.

O ja, ich kenne ihn bis in die letzte Faser. Ich habe mich in seinem Kopf eingerichtet. Ich habe ihn mir in meinem Kopf eingerichtet.

Andersen.

14

Tränen?

Tränen.

Ich habe geweint. Die Gefühle haben mich übermannt.

Da war Musik.

Es war keine Einbildung. Eingebildete Klänge hätten anders geklungen. Reiner. Die Töne, die ich gehört habe, waren dumpf, wie wenn man in der Badewanne die Ohren unter Wasser hält.

Aber es war Musik. Eindeutig Musik. Mozart. Die *Jupiter-Symphonie*.

Es ist mir egal, ob es Einbildung war. Ich weiß, was ich gehört habe. Der erste Satz. Allegro vivace.

Das Schlimmste an einem Krieg ist, dass man nicht mehr dazukommt, ins Konzert zu gehen. Radio ist nicht dasselbe. Nicht für einen kultivierten Menschen. Nicht, wenn man weiß, wie es wirklich klingen muss.

Die *Jupiter-Symphonie*. Fast der ganze erste Satz. Dann hörte die Musik auf, so plötzlich, wie sie begonnen hatte. Aber in meinem Kopf klingt sie weiter.

C-Dur. «Fröhlich und kriegerisch» nannte der alte Röschlein die Tonart. Wenn ich ihm in der Geigenstunde den Schwabentanz vorspielen musste, sagte er mit diesen Worten den Dreivierteltakt an. «FRÖHlich und KRIEgerisch, FRÖHlich und KRIEgerisch.» TAMMtammtamm, TAMMtammtamm. Stampfte dazu auf den Boden, was aber kaum ein Geräusch machte. Er trug auch beim Unterrichten Filzpantoffeln.

Kein guter Pädagoge, der alte Röschlein. Immerhin: Er hat mir das Instrument beigebracht, wenn ich auch nie ein großer Könner geworden bin. Als Junge war ich zu faul, und später hatte ich nicht genügend Zeit. Aber etwas anderes aus seinen Lektionen hat mir im Beruf gute Dienste geleistet. Die Tonart ist das Entscheidende, hat er gepredigt.

Jeder Mensch hat seine Tonart.

Auch Andersen wird Musik lieben, aber einem Menschen wie ihm gefallen weniger fragile Instrumente als die Geige. Wer auf dem Misthaufen geboren und im Kuhstall aufgewachsen ist, kennt keine Violinkonzerte. Maultrommel bestenfalls.

Von allen Dingen, die ich zurücklassen musste, tut es mir um sie am meisten leid. Auch wenn ich sie nie spielen konnte, mit der einen Hand. Nur die Saiten habe ich gezupft und mir den Ton des Bogenstrichs vorgestellt. Eine echte Aegidius Klotz. Ich habe sie damals eingetauscht gegen das Leben ihres Besitzers, und er war mir dankbar dafür. Auf Knien hat er mir gedankt. Ich musste sie zurücklassen. Sie liegt dort in ihrem Kasten, in ihrem Bett aus rotem Samt, und wartet auf einen neuen Herrn. Wird er ihren Klang zu schätzen wissen? Man darf Geigen nicht grob behandeln, sonst singen sie nicht.

Bei Menschen ist es umgekehrt.

Die *Jupiter-Symphonie*. Wenn es eine Halluzination war, bin ich meinem Hirn dankbar dafür.

15

Immer wieder Musik. Vielleicht jedes Mal zur selben Zeit. Ich weiß das nicht. Ich schlafe immer wieder ein, und die Stille, wenn ich wach bin, vermanscht die Stunden zu weglosem Morast.

Aber: Musik.

Lauter bekannte Melodien. *Die vier Jahreszeiten.* Ein *Brandenburgisches Konzert.* Andere klassische Stücke, die mir vertraut vorkommen, auch wenn ich sie nicht zu benennen weiß.

Nicht immer die ganze Komposition. Es kommt vor, dass die Musik mitten im Takt abbricht.

Ich bin mir ganz sicher, dass das keine aus der Erinnerung herausgefischten eingebildeten Konzerte sind. Sonst würden sie alle gleich klingen oder doch ähnlich. Phantasien setzen sich aus Splittern von Bekanntem zusammen.

Aber einmal habe ich eine ganz andere Art von Musik gehört. Ein einziges Mal bisher nur. Klänge, von denen ich nicht einmal wusste, dass sie existieren. Fremdartig. Ein schnelles, hämmerndes Trommeln, als ob der Schlägel nie auf das Fell träfe, sondern immer nur auf den metallenen Rand. Dazu, im selben ganz regelmäßigen Takt, eine sich ständig wiederholende kurze Melodie, gespielt von einem Instrument, das ich nicht einzuordnen weiß. Ganz tiefe Töne, die man im ganzen Körper spürt. Wie man Detonationen spürt, auch wenn sie weit entfernt sind. Rhythmische Detonationen. Unangenehm.

Diese Musik, das sagt mir mein Verstand, muss es wirklich gegeben haben. Eben weil sie mir so völlig fremd war. Und wenn diese Klänge wirklich waren, dann waren es auch alle andern.

Gleichzeitig mit der fremdartigen Musik war auch eine neue Stimme zu hören. Ob es ein Mann war oder eine Frau, konnte ich nicht mit Sicherheit erkennen. Er – sie? – sprach sehr schnell, in einer mir unverständlichen Sprache. Man hätte meinen können: im Takt der Trommel. Auch diese Musik brach ganz plötzlich ab, und mit ihr verstummte die neue Stimme.

Am häufigsten höre ich die Frau. Sie ist mir schon regelrecht vertraut. Manchmal summt sie die Melodien mit. Nicht immer tonrein. Sie ist nicht sehr musikalisch, scheint mir.

Einmal, es war etwas Barockes mit vielen Trompeten, habe ich in Gedanken mit ihr mitgesummt. Es war, als ob wir im Chor sängen.

Und einmal habe ich den Mann – wenn es derselbe Mann war, ich kann mir da nicht sicher sein –, einmal habe ich ihn ganz deutlich sagen hören: «Meinst du wirklich, dass das etwas bringt?»

Hat er von der Musik gesprochen oder von etwas ganz anderem? Und wer ist «du»? Die Frau? In welcher Beziehung steht sie zu ihm? Sind da noch mehr Leute?

16

Ich habe angefangen, Hoffnung zu schöpfen, und das war ein Fehler. Einmal ausgebrochen, lässt sich die Krankheit nicht mehr bekämpfen. Ein schwächendes Fieber. Nur wer nichts erwartet, wird nicht enttäuscht.

Hoffnung stört das klare Denken. Aus der Tatsache, dass sie mich nicht mehr so konsequent abschirmen wie am Anfang, habe ich geschlossen, dass sie diese Stufe meiner Behandlung in nächster Zeit beenden wollen. Das hat sich nicht bewahrheitet. Sie scheinen nicht die Absicht zu haben, mich bald zu vernehmen.

Ich habe versucht, ihr Verhalten zu entschlüsseln, und das war falsch. Ich weiß zu wenig über sie. Kann nicht einmal mit Sicherheit sagen, in wessen Hände ich gefallen bin. Es gibt nicht nur einen Feind.

Die entscheidende Tatsache: Ich bin immer noch eingesperrt. Es ist immer noch dunkel um mich herum. Auch wenn die Dunkelheit, zumindest scheint mir das so, nicht mehr absolut ist. Manchmal ist da so etwas wie eine Ahnung von Licht. Wenn ich den Eindruck beschreiben müsste – aber wer sollte mich danach fragen? –, dann würde ich sagen: eine rötliche Dunkelheit.

Auf der positiven Seite: Die Lähmung, unter der ich gelitten habe, lässt allmählich nach. Meine Gliedmaßen bewegen sich. Sie tun es sogar auf mein Kommando, wenn ich sie auch noch nicht exakt kontrollieren kann. Immerhin: Wenn ich «Finger» denke, merke ich, wie sie reagieren. Allerdings – und das lässt mich an der eigenen Wahrnehmung zweifeln – scheinen es auch die Finger der Hand zu tun, die ich gar nicht mehr besitze. Die Arme winkeln an und strecken sich. Die Beine zucken. Manchmal, und auch dafür habe ich noch keine Erklärung, stoßen sie dabei an ein Hindernis, das aber keine Wand ist und auch kein Gitter. Ein nachgiebiges Hindernis. Elastisch.

Eine Wand aus Gummi? Das könnte bedeuten, dass ich gar nicht in einem Gefängnis bin. In einer Klinik? Mit Drogen ruhiggestellt?

Ich bin nicht verrückt.

Ich kann mich bewegen, aber es sind keine natürlichen Bewegungen. Als ob ich unter Wasser wäre.

Ich kann nicht unter Wasser sein. Die Auswirkungen wären ganz andere. Damit kenne ich mich aus. Man legt ein Brett über den Rand der Wanne, bindet das Objekt daran fest und taucht seinen Kopf ein. Zuerst versuchen sie, die Luft anzuhalten, dann geraten sie in Panik. Je länger man diesen Zustand andauern lässt, desto gesprächiger sind sie hinterher. Am effizientesten ist es, wenn man sie erst im allerletzten Moment herausholt, kurz bevor sie das Bewusstsein verlieren. Sie einmal nach Luft japsen lässt und sie dann gleich wieder untertaucht.

Ich darf nicht an diese Dinge denken. Nie mehr. Andersen hat so etwas nicht erlebt.

17

Den Kopf anders beschäftigen. Eins ist eine Primzahl. Zwei ist eine Primzahl. Drei. Fünf.

Fünf Finger an jeder Hand. Das ist der Daumen, der schüttelt die Pflaumen.

Auf die Zahlen konzentrieren.

Sieben. Elf.

Dreizehn ist die Unglückszahl.

Meine Mutter war abergläubisch. Wenn sie Salz verschüttete, warf sie eine Prise davon über die linke Schulter.

Nicht meine Mutter. Andersens Mutter. Walburga Andersen. Geboren am 4. März. Zu deinem schönen Feste.

Primzahlen.

Siebzehn. Neunzehn. Dreiundzwanzig.

Der 23. Oktober ist der Geburtstag von Friederike Mühlenbach. Andersens Verlobte. Meine Verlobte. Ich habe ihr ein Kreuz geschenkt. Vielleicht hat sie es getragen, als die Bombenflugzeuge …

An dieser Stelle wird mir die Stimme versagen.

Immer öfter habe ich das Gefühl, dass ich weine, aber ich kann die Tränen auf dem Gesicht nicht spüren. Noch so eine Seltsamkeit.

Neunundzwanzig. Einunddreißig.

Es ist mehr von Beutlin hängengeblieben, als man erwarten konnte. Er hat uns erzählt, dass noch niemand eine Formel gefunden hat, mit der sich Primzahlen im Voraus berechnen lassen. Aber umgekehrt kann man bei jeder Zahl herausfinden, ob sie eine Primzahl ist. Bei manchen ist es kompliziert, aber man findet es immer heraus. Es sind sehr menschliche Zahlen.

Siebenunddreißig. Einundvierzig. Dreiundvierzig. Siebenundvierzig.

Ich bin siebenundvierzig Jahre alt. Andersen habe ich in seinen Papieren fünf Jahre jünger gemacht. Wer sein ganzes Leben körperliche Arbeit leistet, verbraucht sich schneller. Man muss an alles denken.

Erst siebenundvierzig. Ich habe noch viel Zeit vor mir. Die besten Jahre, sagt man. Die besten werden es nicht sein. Aber sie werden mir gehören.

Wenn es mir gelingt, sie von Andersen zu überzeugen.

Natürlich wird es mir gelingen. Ich habe alles bedacht.

Dreiundfünfzig. Neunundfünfzig.

Halt.

Ich muss mir angewöhnen, nur noch Dinge zu denken, die auch Andersen denken würde. Er würde nicht wissen, was eine Primzahl ist.

Die Namen der Kühe im Stall vom Witwer Großkopf.

Erna.

Anna.

Fleck.

18

Zwischen den beiden, dem Mann und der Frau, ist etwas im Gang. Eine Auseinandersetzung. Es hört sich an, als ob er sie prügelt. Bei jedem Schlag grunzt er vor Anstrengung.

Ich habe die Kollegen nie geschätzt, die beim Prügeln zu viel Kraft anwendeten. Das ist ein Zeichen mangelnder Präzision. Als ob man eine Salve von Granaten abfeuerte, wo ein einzelner Scharfschütze denselben Dienst täte.

Verschwendung.

Die Frau schreit. Kurze, spitze Schreie.

Ich habe kein Zeitgefühl, aber die Szene kommt mir endlos vor. Er atmet immer schwerer, und sie schreit.

Ihre Stimme kenne ich unterdessen gut. Wir haben zusammen gesungen.

Wenn wir tatsächlich auf einem Schiff sind – aber es mag sein, dass ich diesen Punkt falsch deute –, dann müssen wir den Hafen verlassen haben. Die Wellen sind stärker geworden.

Die Schreie der Frau folgen immer schneller aufeinander.

Geht es um mich? Sind sie sich nicht einig, wie man mit mir verfahren soll? Aber deshalb Prügel? Sie müssen doch wissen, dass ich alles hören kann.

Oder tun sie es gerade deshalb? Soll ich ihren Streit mitbekommen und falsche Schlüsse daraus ziehen? Wir haben das manchmal so gemacht. Eine Auseinandersetzung vorgetäuscht, um einen von uns als besonders bedrohlich erscheinen zu lassen. Dem andern, der den Schwächeren spielt, wird dann automatisch mehr Vertrauen geschenkt. Ein alter Trick.

Spielen sie mir etwas vor?

Ein letzter, langgezogener Schrei der Frau, ein Seufzer eher. Der Mann – er muss sehr nahe sein, wenn ich das so genau hören kann – atmet langsamer.

Und dann: Stille.

Die Wellen sind wieder sanfter geworden.

Dann höre ich sie reden.

«Das war schön.» Die Stimme des Mannes.

Schön?

«Sehr schön.» Die Stimme der Frau.

Ich verstehe das nicht.

«Und du bist sicher, dass es ihm nicht schadet?»

Ihm?

Mir?

Die Frau lacht. Eben hat sie noch geschrien, und jetzt lacht sie. «Ich bin mir ganz sicher», sagt sie.

Jetzt lacht der Mann auch. Irgendwann wird sein Atem wieder schneller. Die Frau beginnt wieder zu schreien.

19

Es war einer dieser Träume, die einen auch nach dem Aufwachen weiterverfolgen. Die Bilder haben sich in mich verbissen und lassen mich nicht mehr los. Spürhunde, die einen Flüchtling gestellt haben.

Ich befand mich in einem großen Raum mit schweren geschnitzten Deckenbalken und wusste, wie man im Traum solche Dinge weiß, dass es sich um ein Museum handelte. Eine Kunstgalerie. Aber ich war nicht als Besucher dort, sondern als Ausstellungsobjekt. Man hatte mir – ich lag auf dem Rücken – einen langen Nagel durch den Körper getrieben und mich damit auf einem Podest befestigt. Am Sockel des Podests, auch das wusste ich, war ein Schild mit einer Erklärung befestigt, aber der Nagel, der mir im Übrigen keinerlei Schmerzen bereitete, hinderte mich daran, es zu lesen.

Fremde Menschen, Männer und Frauen, beugten sich neugierig über mich. Sie hatten Operngläser vor den Augen, an Gestellen befestigt. Opernglasbrillen. Manche fassten mich an, hatten zu diesem Zweck dünne Handschuhe angezogen, wie der Onkel Doktor bei einer Leichenschau.

Diese Zuschauer waren alle viel größer als ich, aber keine Riesen, sondern ganz gewöhnliche Menschen, woraus ich den Schluss zog – während ich träumte, schien mir die Folgerung logisch und selbstverständlich –, dass ich selber geschrumpft sein müsse und dass diese Veränderung meines Körpers der Grund sei, warum ich hier als Kuriosität präsentiert wurde.

Es schien die feierliche Eröffnung einer Ausstellung zu sein. Die Besucher hielten Sektgläser in den Händen. Über dem Ganzen hing das typische Stimmengewirr solcher Anlässe, die forcierte Fröhlichkeit von Menschen, die sich nicht unterhalten, um etwas zu sagen, sondern weil Unterhaltung auf dem Programm steht.

Einer von den Ausstellungsbesuchern – ich wusste, schon bevor er etwas sagte, mit Bestimmtheit, dass er ein dummer Mensch war – fragte: «Ist das nun also Andersen?» Worauf alle zu lachen begannen, ein höhnisches, besserwisserisches Gelächter, und ihm erklärten, dass Andersen tot sei, schon ewig, und dass nur ein ungebildeter Banause eine solche Frage stellen könne.

Dann war niemand mehr da, die Ausstellungsbesucher hatten eine andere Attraktion gefunden, nur ich lag immer noch auf dem Rücken und war ganz allein. Über mir, weit weg, hing ein Kronleuchter mit vielen funkelnden Kristallen. Er senkte sich langsam auf mich herab, war aber gar kein Lüster, sondern ein Hampelmann, und wenn ich nur seine Schnur zu fassen gekriegt hätte, auch das wusste ich, wäre alles wieder gut gewesen.

Ich bekam sie aber nicht zu fassen.

Exakt so einen Hampelmann, das fällt mir jetzt erst auf, hatte ich als kleiner Junge über meinem Bett hängen. Eine Schnur war gerissen, so dass er nur noch auf einer Seite hampelte. Mein Vater hat oft versprochen, das Spielzeug für mich zu reparieren, aber er hatte immer Wichtigeres zu tun.

20

Ich darf solche Träume nicht zulassen. In meinem Kopf darf nichts vorgehen, das nicht ebenso in Andersens Kopf vorgehen könnte. Ich muss mein Gehirn auch in diesem Punkt disziplinieren.

Sich einen neuen Menschen ausdenken ist leicht. Das Schwierige ist: den alten vergessen.

Ich muss mein altes Ich im hintersten Winkel meines Gehirns vergraben, so tief, dass ich mich selber nicht mehr finde. Wegschließen und den Schlüssel verlieren. Eine Trennwand errichten, eine feste, undurchdringliche Wand, und dahinter alles einmauern, was zu meinem früheren Ich gehört. Es nicht nur vor den anderen verstecken, sondern auch von mir selber. Eine Pyramide, in der niemand die Mumie eines vergangenen Lebens finden kann. Gänge, die ins Nichts führen. Fallen.

Ich darf nur noch denken wie Andersen. Fühlen wie Andersen. Träumen wie Andersen.

Wovon träumt mein Homunkulus?

So wie ich ihn mir ausgedacht habe, wird seine Phantasie keine komplizierten Bilder produzieren. Jeder Traum ist ein Kaleidoskop. Spiegelt in immer neu zusammengesetzten Bildern nur das wider, was das Leben vorher in die Pappröhre eingefüllt hat. Wem nie ein blauer Stein in den Gedächtnismörser geraten ist, der wird in seinem Traummosaik auch keinen blauen Himmel zu sehen glauben.

Andersen wird rustikale Träume haben. Träume, die nach Misthaufen riechen. Vielleicht wird die Frau darin auftauchen, die ihm als erste den Hosenlatz aufgeknöpft hat. Sie war älter als er, stelle ich mir vor, und es wird eine sachliche Angelegenheit gewesen sein, eine schnelle Nummer im Stroh oder hinter einer Scheune. Er wird sich dabei nicht ungeschickt angestellt haben. Wer ein Leben lang mit Vieh zu tun hatte, kennt sich aus in diesen Dingen. Durchaus denkbar, dass er auch Jahre später noch davon träumt.

Oder er kann in seinen Träumen fliegen. Das würde passen zu diesem erdgebundenen Menschen. Schwebt über den Dächern seines Dorfs und ist für einmal ganz leicht. Vielleicht sieht er einen Schwarm Vögel auf dem Weg in den Süden, und sie laden ihn ein mitzukommen. Er möchte sich ihnen anschließen, aber er kann sie nicht einholen.

Oder er träumt vom Krieg. Davon träumt jeder.

Oder aber, das wäre das Selbstverständlichste, seine Traummaschine spuckt eine Kindheitserinnerung aus. Sein Vater, so denke ich mir das, wird ein harter Mann gewesen sein, kein böser Mensch, aber einer, den das Leben gelehrt hat, dass man einen Stock mitnehmen muss, wenn man seine Herde zusammenhalten will. Vielleicht, so male ich mir das aus, taucht der Stock in seinen Träumen auf, der Stock und die erhobene Hand des Vaters, und er will davonlaufen und schafft es nicht und wacht schreiend auf.

Oder er träumt gar nicht. Wälzt sich am Abend in eine dumpfe Erschöpfung hinein und kriecht am Morgen wieder heraus, ohne Erinnerung an nächtliche Abenteuer oder Schrecknisse. Wenn man ihn nach seinen Träumen fragt, sieht er einen nur verständnislos an und sagt: «Ich habe geschlafen.»

Ich fürchte, wenn ich endgültig Andersen bin, werde ich mich langweilen.

21

Es ist etwas vorgefallen – oder ich habe mir eingebildet, dass es vorgefallen ist –, für das ich keine logische Erklärung habe. Etwas, das nicht sein kann.

Ich muss nachdenken. In aller Ruhe nachdenken. Ohne Aufregung.

Es ist mir gelungen, meine beiden Arme zueinander zu führen. Das war für sich allein schon ungewöhnlich, denn meine Gliedmaßen bewegen sich immer noch weitgehend außerhalb meiner Kontrolle. Aber was dann passiert ist …

Ganz ruhig.

Ich hatte erwartet, den Stummel am Ende meines linken Arms zu spüren. Aber da war kein Stummel. Da waren Finger. Ganz eindeutig Finger.

Da war eine Hand. So etwas Ähnliches wie eine Hand.

Es kann nicht so gewesen sein, aber es war so.

Die Berührung – die Begegnung, wenn man so will – dauerte nicht lang. Dann bewegten sich die Arme wieder auseinander, ohne meinen Willen, und es war vorbei.

Aber ich habe es gespürt. Ich meine es gespürt zu haben. Ich bin mir sicher, dass ich es gespürt habe.

Finger und doch keine Finger. Die falschen Proportionen. Fünf lächerliche, kurze Knubbel. Aber sie bewegten sich.

Wenn ich verrückt wäre, hätte ich mir dann nicht eine richtige Hand eingebildet?

Ich hatte immer große Hände, schon als Kind. Als ich mit den Geigenstunden beim alten Röschlein begann, meinte der, ich müsste eigentlich Pianist werden. Schon damals hätte ich eine ganze Oktave greifen können.

Logisch denken.
Es waren unfertige Finger. So fühlte es sich an. Ansätze zu Fingern.
Es gibt Tiere, Salamander oder Eidechsen oder wie sie heißen, wenn man denen den Schwanz ausreißt, wächst ein neuer nach.
Aber doch nicht beim Menschen.
Zu Ende denken.
Sind sie – wer immer sie sind – uns auch auf diesem Gebiet überlegen? Haben sie eine Methode entwickelt, die diese Fähigkeit bei jedem Lebewesen aktiv werden lässt? Wächst meine Hand wieder nach?
Man könnte sich vorstellen – aber vorstellen kann man sich alles –, dass ich nicht in einem Gefängnis eingesperrt bin, sondern in einem Labor. Dass nicht irgendein Verdacht, sondern nur die fehlende Hand mich für sie interessant gemacht hat. Dass das Ganze eine Art von Experiment ist. Es wäre denkbar …
Ich will es nicht denken, weil ich sonst in Panik gerate.

Ich will es nicht denken.

Jetzt hat die linke Hand die rechte gefasst. Auch hier: Knubbel.

22

Unfertige Finger. Wie die noch nicht ausgewachsenen Tentakel eines Tintenfischs.
Nicht daran denken.
An beiden Händen.
Als ob sie sich begegneten, irgendwo im Meer, und sich prüfend betasteten.
Wenn es optische Täuschungen gibt, muss sich auch der Tastsinn täuschen können. Weil nicht sein kann, was nicht sein darf. Ich habe dieses Gedicht immer geliebt.
Aber …
Ich muss aufhören, nach Erklärungen zu suchen. Wenn man an einer wunden Stelle herumkratzt, entzündet sie sich nur. Man muss die Willensstärke haben, sie zu ignorieren.
An etwas anderes denken.
Als ob ich zwei winzig kleine Hände hätte.

Nicht an Hände denken. Nicht an meine Hände.

Ich habe einen Mann gekannt, dessen Hände wurden in Bronze gegossen. Man konnte sie im Warenhaus kaufen, in der Musikalienabteilung. Konnte sie sich zu Hause aufs Klavier stellen, neben die Mozartbüste und den Beethovenkopf.

Er war Pianist, ein sehr bekannter Mann. Staatspreis hier, Ehrenmedaille dort. Den Namen kannten sogar Leute, die sich für Musik überhaupt nicht interessierten. Ein Star. Ich besaß selber Schallplatten von ihm. Mozart, die Sonate in Es-Dur, zusammen mit einem italienischen Geiger. Sehr gut gespielt, ein bisschen mechanisch vielleicht. Vor allem im ersten Satz zu schnell. Als ob sie sich beeilt hätten, weil auf so einer Schallplattenseite nicht mehr Platz ist. Aber brillant.

Er hatte seine Hände versichern lassen, für hunderttausend oder eine Million, irgendeine wahnwitzige Summe, die wohl vor allem der Werbung dienen sollte. Ob sie ihm das Geld ausbezahlt hätten, wenn er sich nicht selber aufgehängt hätte?

Wegen seiner Berühmtheit hielt er sich für unantastbar. Machte auf einer Gastspielreise den Kurier für eine staatsfeindliche Gruppe und stellte sich dabei sehr dilettantisch an. Überschätzte die eigene Schlauheit. Man hat ihn seine Konzerte zu Ende spielen lassen und ihn erst festgenommen, als er wieder ins Land zurückkam. Als er zum ersten Mal vor mir saß, war er noch hochnäsig.

Es ging um seine Kontakte, um die Leute, in deren Auftrag er gehandelt hatte. Er wollte den schweigenden Helden spielen, dachte wohl, für ihn würden die Regeln nicht gelten.

Pianistenhände.

Ich habe seinen abgeschnittenen Mittelfinger vor ihn hingelegt und ihm auf dem Grammophon das «Molto Allegro» vorgespielt. Er hat uns mehr erzählt, als wir wissen wollten. Alle Namen. Alles. Hat sich dann in seiner Zelle erhängt.

Ich hatte ihm seinen Gürtel nicht abnehmen lassen, wie es sonst Vorschrift war. Er war ein wirklich großer Künstler. Nur manchmal ein bisschen mechanisch.

23

Ich vermeide es, meine Arme einander berühren zu lassen.

Ich fürchte mich vor beidem: dass da wirklich eine Hand ist. Und dass da keine ist.

Meinen Körper beherrsche ich immer besser. Er macht schon vieles so, wie ich es will.

Auch das Gehör wird jeden Tag schärfer. Gerade habe ich eine Frauenstimme gehört. Nicht die, die ich schon kenne. Eine andere.

Es ist nicht einfach, aus dem Klang einer Stimme verlässliche Schlüsse zu ziehen, aber ich bin mir sicher: Hier spricht ein älterer Mensch. Eine grauhaarige Stimme. «Jetzt», sagt sie. Und noch einmal: «Jetzt.» Und dann: «So können Sie ihn sehr gut erkennen.»

Sprechen sie von mir? Beobachten sie mich? Wie tun sie das, ganz ohne Licht?

Aber es klingt nicht wie ein dienstliches Gespräch. Realisieren sie nicht, dass ich sie hören kann? Haben sie das vergessen, oder nehmen sie es in Kauf? Egal. Ich darf kein Wort verpassen. Der kleinste Fetzen Information kann nützlich sein.

Nichts. Jetzt ist wieder alles still. Eine sehr lange Stille.

Dann endlich, in einem Ton, den ich schüchtern nennen würde, die Frage: «Ist das sein …?»

Die andere, die fremde Stimme lacht. «Ja», sagt sie. «Sehr männlich, nicht?» Jetzt lachen sie beide. Es klingt glücklich.

Fremdes Glück bedeutet, dass andere die Kontrolle haben.

«Er schläft wohl gerade», sagt die Stimme, die ich kenne. «Sonst bewegt er sich sehr viel mehr.»

«Vielleicht will er stillhalten, während er fotografiert wird», sagt die andere. Schon wieder lachen sie.

Ich hasse fremdes Glück. Es macht mich so wütend, dass ich gegen etwas treten muss.

«Haben Sie es gesehen?», sagt die fremde Stimme. «Das war sein Bein.»

Zufall? Ich strecke einen Arm aus.

«Und das der Arm», sagt sie.

Bein. Arm. Bein. Arm.

«Jetzt tanzt er.»

Sie sollen aufhören zu lachen.

Jetzt höre ich wieder die vertraute Stimme. Die Stimme, die mit mir zusammen gesungen hat. «Es ist ein Wunder», sagt sie.

«Das ist der Fortschritt», sagt die andere Stimme. «Schließlich leben wir im einundzwanzigsten Jahrhundert.»

Im einundzwanzigsten?

Ich muss mich verhört haben.

24

Wenn ich wüsste, wie ich mit ihnen in Kontakt treten könnte, würde ich jetzt sagen: «Ich gebe auf.»

Ich habe versucht zu schreien, aber mein Körper scheint nicht mehr zu wissen, wie man das macht. Das gehört dazu. Das gehört alles dazu.

Ich hätte nie gedacht, dass sich der Zustand so anfühlen würde. Wenn einer anfängt zu halluzinieren, davon war ich immer fest überzeugt, dann weiß er selber nicht, dass er das tut. Dann sieht er nur noch die Dinge, die er sich einbildet. Wie damals der Schlangenmann. Gerade mal vier Tage hatten wir ihn in der Mache, und plötzlich hat er überall Schlangen gesehen. Giftige Schlangen. Hat sie an seinem Körper gespürt. Konnte beschreiben, wie sie über sein Gesicht krochen, in seinen Mund, in seinen Hals hinein. Es war dann nichts mehr Vernünftiges aus ihm herauszukriegen. Die ganze Mühe umsonst.

Aber, und das ist bei mir anders, in ihm war keine Ecke mehr, nicht die winzigste Ecke, in der er gleichzeitig gewusst hätte, dass er sich das alles nur einbildete. Da war keine Stimme in seinem Kopf, die ihm zugeflüstert hätte: «Es kann gar nicht sein.» Für ihn gab es nur noch diese Schlangen und sonst nichts mehr auf der Welt.

Ich beneide ihn. Das Schlimmste ist, den Verstand zu verlieren und dabei zu wissen, dass man ihn verliert.

Ich bilde mir Dinge ein und weiß gleichzeitig, dass sie nur Einbildung sind. Ich spüre eine Hand und weiß, dass sie nicht existiert. Ich höre eine Jahreszahl und weiß, dass es diese Jahreszahl nicht geben kann. Die Dinge scheinen mir real, und gleichzeitig sagt mir mein Verstand, dass sie nur ein Produkt meiner Phantasie sind. Meine unterbeschäftigten Hirnzellen, das wäre eine mögliche Erklärung, versuchen, aus mangelhaften Sinneseindrücken allzu umfassende Schlüsse zu ziehen.

Ein Teil von mir weiß, dass sich der andere Teil irrt. Weil es gar nicht möglich ist, was er …

Und doch.

«Im einundzwanzigsten Jahrhundert», hat sie gesagt. Das würde bedeuten …

Den Bildern nicht nachgeben. Gegen sie ankämpfen. Mich auf Dinge konzentrieren, die klar und unzweifelhaft sind. Neutrale Dinge. Wofür hat man in seinem Gedächtnis so viel aufgestapelt, wenn man es in schwierigen Zeiten nicht als Notvorrat verwenden kann?

Wer reitet so spät durch Nacht und Wind?

Warum fällt mir gerade dieses Gedicht ein?

Mein Vater, mein Vater, und siehst du nicht dort …

Ich will es nicht sehen.

Erreicht den Hof mit Mühe und Not.

25

Goethe.

Geboren 1749 in Frankfurt, gestorben 1832 in Weimar. Weimar liegt an der Ilm. Die Ilm mündet in die Saale. Die Saale mündet in die Elbe.

Mein Gedächtnis funktioniert. Ich denke logisch. Anders hätte ich meinen Beruf nicht ausüben können. Mein Verstand ist eine Rechenmaschine, die fehlerfreie Ergebnisse liefert.

War.

Es kann nicht stimmen, was mein Kopf mir einreden will.

In seinen Armen das Kind.

«Das ist der Fortschritt», hat die grauhaarige Stimme gesagt. Wenn ich das wirklich gehört habe. Wenn ich mir das nicht nur eingebildet habe.

Ich muss mir das eingebildet haben. Oder falsch verstanden.

Das einundzwanzigste. Es kann nicht sein.

Wer reitet so spät.

Die Elbe mündet in die Nordsee.

Eine Jahreszahl, die mit einer Zwei beginnt. Das würde bedeuten …

Ich bin 1898 geboren.

Sie kann das nicht gesagt haben. Es ergibt keinen Sinn, dass jemand das gesagt haben sollte.

Aber mein Kopf, mein erbarmungslos logischer Kopf, besteht darauf. «Es würde erklären, warum du nicht atmest», sagt er. «Warum du nicht hungrig bist. Es würde erklären, warum du zwei Hände hast. Zwei Hände mit winzigen Fingerchen.»

In seinen Armen das Kind.

War tot.

Hat wieder aufgehört, tot zu sein.

Es ist logisch, aber die Logik kommt mir vor wie eine fremde Sprache. Der Dialekt eines Volksstamms, zu dem ich nicht gehöre.

Nicht mehr.

Es ist denkbar.

Alles ist denkbar.

Wenn es bloß nicht so verführerisch zusammenpassen würde. Aber ich will es nicht glauben. Ich will es nicht einmal denken.

Die Saale ist ein Nebenfluss der Elbe. Die Ilm ist ein Nebenfluss der Saale. Weimar liegt an der Ilm.

Wer reitet so spät durch Nacht und Wind? Es ist der Vater mit seinem Kind.

Kind.

26

Wenn die Gedanken keinen Sinn ergeben, liegt es an dem, der sie denkt.

Ich kann nicht glauben, was ich denke.

Und wenn es doch richtig ist?

Hin und her. Immer hin und her. Es zerreißt mir das Hirn.

Wenn es das Hirn ist, mit dem man denkt. Mit dem man sich erinnert. Vielleicht … Wenn es so wäre, wie es mir vorkommt, müsste es da noch einen anderen Mechanismus geben. So ließe sich erklären …

Andererseits …

Wenn es so wäre, wie mein verdrehter Verstand mir einreden will, wenn, wenn, wenn, dann wäre ich gar nicht eingesperrt. Dann wären die Leute, deren Stimmen ich höre … Dann wäre ich …

Ist es auch Wahnsinn, so hat es doch Methode.

Geht das? Den Verstand verlieren und immer noch Shakespeare zitieren?

Nehmen wir an, nur des Arguments halber, nur als Gedankenspiel, nehmen wir an, wir schrieben tatsächlich das Jahr 2000. Irgendein Jahr, das mit zweitausend beginnt. Dann müsste ich längst verstorben sein. Dann wäre ich tot. Aber ich lebe. Ich weiß, dass ich lebe. Ich denke, also bin ich.

Shakespeare und Descartes. Ganz schön gebildet für einen Toten.

Nehmen wir an, es gibt so etwas wie eine Wiedergeburt. Ich habe nie daran geglaubt, aber das beweist nichts. Es ist nicht viel von dem übrig geblieben, an das ich einmal geglaubt habe. Nehmen wir an, der Mensch lebt mehrmals. Nehmen wir an, er hat eine Seele. Was immer das ist. Nehmen wir an, die Natur, der Weltgeist, der liebe Gott, was weiß ich, nehmen wir an, eine höhere Macht denkt ökonomisch und verwendet die Seelen immer wieder neu. Nehmen wir an …

Es muss eine einfachere Erklärung geben.

Die einfachste: Ich bin nicht verrückt geworden, weil man mich eingesperrt hat, sondern man hat mich eingesperrt, weil ich verrückt bin. Was sich wie eine Gummizelle anfühlt, ist tatsächlich eine Gummizelle. Die Stimmen, die ich höre, sind nur eingebildet. Das würde alles erklären.

Fast alles.

Ich atme nicht. Das bilde ich mir nicht nur ein.

Ich esse nichts. Ich kann mich nicht daran erinnern, etwas gegessen zu haben. Oder getrunken.

Mir wachsen Finger, wo ich keine Hand mehr habe.

Wenn ich nicht verrückt bin, dann bin ich … Dann bin ich …

27

Vor den eigenen Gedanken kann man nicht davonlaufen.

Ich stecke nicht in einer Zelle. Es ist etwas anderes. Da ist diese Frau, deren Stimme ich unterdessen so gut kenne. Die mit mir gesungen hat. Die gesagt hat: «Es ist ein Wunder.» Und in dieser Frau …

Nur des Arguments halber.

In dieser Frau … Im Bauch dieser Frau …

Ich atme nicht, weil ich noch keine Atmung brauche. Ich esse nicht, weil ich über eine Nabelschnur ernährt werde. Weil ich einen neuen Körper bekommen habe. Mit zwei Händen, deren Finger noch nicht ganz …

Nehmen wir an, nur des Arguments halber, nehmen wir an, dass der Mensch nach seinem Tod wiedergeboren wird, immer von neuem. Dass seine Seele jedes Mal einen frischen Körper zugeteilt bekommt oder ihn sich aussucht, dass sie in diesen Körper eingesetzt wird wie die Batterie in eine Taschenlampe, neu aufgeladen, frisch geölt, was weiß ich. Nehmen wir an, dass ich in so einem Körper stecke. In einem Körper, der erst im Entstehen begriffen ist.

Der alte Röschlein sagte statt «con brio» immer «con Embryo» und lachte jedes Mal von neuem über den ausgelaugten Scherz. Meckerte wie eine Ziege. Der alte Röschlein …

Den Gedanken zu Ende denken.

Wenn es so wäre, wenn es tatsächlich so wäre, dann müsste ich davor tot gewesen sein. Dann würde Andersen nicht mehr leben.

Zumindest das würde sich logisch ergeben. 1898 geboren, das letzte Mal geboren, eine durchschnittliche Lebensdauer von, sagen wir, fünfundsechzig Jahren – das würde bedeuten, dass zwischen Ende und Neuanfang vielleicht ein halbes Jahrhundert vergangen ist.

Was könnte in dieser Zeit passiert sein? Nur des Arguments halber.

Wenn das Gedächtnis an eine Seele gebunden ist und nicht an einen Körper, dann müssten die Erinnerungen zwischen dem einen Leben und dem nächsten jedes Mal wieder gelöscht werden. Weil sonst die Existenzen durcheinanderkämen.

In den Klöstern des Mittelalters – wir haben uns mal in einem eingerichtet, weil dort die Zellen schon da waren –, in den Schreibstuben dieser Klöster hat es Spezialisten gegeben, die es verstanden, die Schrift von Pergamenten zu kratzen, die Tinte abzulaugen oder wegzubrennen oder wie auch immer, damit wieder Platz war für neue Texte. Wo schon alles vollgeschrieben ist, kann man nichts Neues notieren. Beutlin wurde wütend, wenn nach dem Reinigen der Wandtafel noch Spuren der nicht mehr benötigten Lektion darauf zu finden waren.

Es muss einen Mechanismus geben, eine Einrichtung, eine Maschine, eine höhere Macht, die denselben Vorgang an den Seelen von Verstorbenen durchführt. Ein Reißwolf für Erinnerungen.

28

Wenn das tatsächlich so ablaufen würde, nur des Arguments halber, warum hat es dann bei mir nicht funktioniert? Es ist nicht in Ordnung, dass ich mich erinnere. Eine leere Leinwand müsste ich sein, die auf die ersten Pinselstriche wartet. Ich hätte ein Anrecht darauf.

Ich dürfte noch gar nicht wissen, was eine Leinwand ist.

Und warum, wenn ich mich schon erinnere, warum dann nur bis zu dem Punkt, an dem ich Andersen wurde? Warum ist ein Teil spurlos wegradiert und der andere nicht?

So könnte es zusammenhängen:

Ich hatte mir fest vorgenommen, alles, was vor Andersen war, zu verstecken, es endgültig verschwinden zu lassen, sogar vor mir selber. Ist mir das zu gut gelungen? Erinnere ich mich in diesem Leben daran, weil ich es im letzten Leben so gründlich vergessen habe?

Es wäre vorstellbar.

Dann wären meine Erinnerungen deshalb nicht gelöscht worden, weil sie sie nicht gefunden haben. Wer immer «sie» sind. Engel, Teufel, Wesen von einem anderen Planeten. Vielleicht nur eine Maschine, bedient von Handlangern des Vergessens. Stehen am Seelen-Fließband und schrubben die Gedächtnisse sauber. Andersen haben sie weggekratzt, ausgeschabt, fortgeräumt, haben seine Trümmer zermahlen, verbrannt, im Säurebad aufgelöst. Von Andersen ist nichts übrig geblieben.

Aber was vorher war, in der Zeit, als ich einen ganz anderen Namen hatte und ein ganz anderes Leben, das ist ihnen entgangen. Deshalb klebt es immer noch an meiner Seele fest, wie ein Speiserest an einer Pfanne. Ist immer noch ein Teil von mir, obwohl es schon lang kein Teil von mir mehr sein dürfte.

Es ist vorstellbar.

Wenn ich annehme, dass mein 1898 geborenes Ich siebzig Jahre alt geworden ist, oder auch nur sechzig, dann hatte es Jahrzehnte Zeit, um alle Erinnerungen an seine ursprüngliche Existenz zu verstecken. Selbst das Wissen darum, dass es überhaupt ein solches Versteck gab. Dann hatte ich genügend Zeit, um andere, künstliche Erinnerungen darüberzuhäufen. Wie man eine Leiche unter Ästen und Blättern verscharrt.

Deshalb haben sie nicht gemerkt, dass es da noch etwas anderes gab. Deshalb haben sie es nicht ausgemerzt, und deshalb weiß ich es immer noch. Während von Andersen nur das übrig geblieben ist, was ich mir für ihn vorgenommen hatte, bevor ich zu ihm wurde.

Es passt zu mir: Ich habe zu gut gelogen.

Und muss mich jetzt daran erinnern, dass ich einmal jemand war, der anderen Angst einflößte. Der etwas bewirkte. Und was bin ich jetzt?

Ein Nichts. Ein unfertiger Haufen Körperzellen. Eine Kaulquappe.

Wenn es so ist.

29

Es ist so.

Die Vorstellung ist beklemmend, aber ich muss sie akzeptieren. Wenn der Baum der Erkenntnis nur faule Früchte hergibt, muss man eben die in sich hineinwürgen.

Ich habe mir über das Funktionieren der Welt nie viele Gedanken gemacht. Habe das den Berufsschwätzern überlassen, den Geistlichen und den Philosophen. Warum sollte ich mir den Kopf über Dinge zerbrechen, die man weder beweisen noch erfahren kann? Ich bin ein praktischer Mensch und stellte mir ein praktisches Universum vor. Einen einfachen Kreislauf. Man lebt, bis man kaputtgeht, und dann hört man auf zu leben. Ohne Fortsetzung. Ohne Hinterher. Wer etwas anderes denkt, davon war ich überzeugt, der macht sich etwas vor. Ich war immer stolz darauf, jemand zu sein, der sich nichts vormacht.

Ich habe mich geirrt. Die Puzzleteile passen anders nicht zusammen. Auch wenn mir das Bild nicht gefällt, das sich aus ihnen ergibt.

Ich bin aus dieser Tür gegangen, Andersen ist aus dieser Tür gegangen, in die erinnerungslose Zeit hinein, sie haben mich gefasst oder nicht gefasst, eingesperrt oder freigelassen, ich habe, so oder so, ein Leben als Andersen gelebt, lang oder kurz, ich habe als Andersen existiert, bis der Körper, der alte Körper, der nur noch eine Hand hatte, irgendwann verbraucht war, von einer Krankheit zerfressen, von einem Unfall zerstört.

So muss es gewesen sein. So hatte ich es erwartet. Staub zu Staub.

Nur dass es damit nicht zu Ende war. Das Karussell hat sich weitergedreht. Wer hat noch nicht, wer will noch mal? Fünf Fahrten zwanzig Pfennig.

Bählämmchen, der jedes Mal feuchte Augen bekam, wenn er ans Jenseits dachte, hat uns einmal ein Bild in den Unterricht mitgebracht, eins von diesen pastellfarbenen Verdummungsbildchen, auf dem lag ein krankes Kind im Bett, nein, kein krankes, ein totes Kind, die Eltern standen daneben und wischten sich die Tränen ab, und aus der Brust des Kindes schwebte seine Seele in die Höhe, in einem Kranz aus Licht. Am oberen Bildrand warteten schon die Engel, um sie in Empfang zu nehmen.

Das ist fast das Schlimmste für mich: dass Leute wie der Katechet Lämmle recht behalten sollen.

Nicht, was die Engel anbetrifft, natürlich. Da flattert wohl niemand mit weißen Flügeln durch die Wolken. Aber die Seele …

Ich muss ein anderes Wort dafür finden. «Seele» müffelt nach Weihrauch.

Egal, wie ich es nenne, ich muss mich an den Gedanken gewöhnen: Für mich fängt eine neue Karussellrunde an. Ich habe mir das Pferdchen, auf dem ich sitze, nicht ausgesucht, aber ich werde es reiten müssen.

Hoppe, hoppe, Reiter.

Wenn er fällt, dann schreit er.

30

Logisch zu Ende denken.

Wenn es so ist, kann ich nicht der Einzige sein. Nicht der Erste. Wenn es mir passieren konnte, muss es auch schon anderen passiert sein.

Das würde die Außergewöhnlichen erklären. Die Wunderkinder und die Genies. Mozart verstand schon als kleiner Junge mehr von Musik als Röschlein als alter Mann. Vielleicht war Wolfgang Amadeus schon vorher Musiker gewesen, hatte in einer Hofkapelle die Geige gespielt oder das Pianoforte, vielleicht wurde seine Erinnerung an das, was er gelernt hatte, aus irgendeinem Grund nicht gelöscht, vielleicht konnte er deshalb dort anfangen, wo andere aufhören.

Vielleicht war Mozart eine Panne.

Er ist jung gestorben. Denkbar, dass auch das damit zusammenhängt. Er war zu brillant, deshalb ist ihnen ihr Fehler aufgefallen, und sie haben ihn ausgemerzt.

Wer immer sie sind.

«Wen die Götter lieben, den lassen sie jung sterben», habe ich in Latein einmal übersetzen müssen. Die Götter? Ich habe da meine Zweifel. Warum soll es im Universum anders zugehen als bei den Menschen? Wenn untergeordnete Dienststellen einen Fehler vertuschen wollen, berufen sie sich auf die vorgesetzte Behörde. Schieben die Verantwortung eine Treppe höher. «Ich habe mich nur an die Vorschriften gehalten», sagen sie dann.

Vielleicht kommen solche Fehler öfter vor, als man denken würde. Sie machen ihre Arbeit unsorgfältig, oder ihre Maschine ist ausgeleiert, was weiß ich. Meistens werden es ja auch nur Kleinigkeiten sein. Einer kann ein Gedicht auswendig, das er in diesem Leben nie gelernt hat, ein anderer erinnert sich an eine Landschaft, ohne je dort gewesen zu sein. Schlampereien. Die Reinemachefrau war zu faul, um auch hinter den Möbeln gründlich Staub zu wischen.

In der Regel werden solche kleinen Ausreißer den Betroffenen gar nicht auffallen. So wenig wie ein einzelner falscher Ton im Getöse eines Symphonieorchesters. Man blendet die kleine Irritation aus, wie im Kino die Kratzer auf dem Film. Oder man erfindet sich eine harmlose Erklärung dazu.

Aber manchmal passiert dann eben die große Panne. So wie bei mir. Man erinnert sich an ein ganzes Leben, oder doch an einen Teil davon. Und vor allem: Man ist sich darüber im Klaren, dass es eine Erinnerung ist. Vielleicht sitzen auf dem Karussell eine ganze Menge Leute, die wissen, dass es nicht ihre erste Fahrt ist. Und versuchen, sich das auf gar keinen Fall anmerken zu lassen.

Vorsichtig sein. Sich nicht verraten. Wer auffällt, macht Schwierigkeiten, und Schwierigkeiten müssen aus dem Weg geschafft werden. Mozart wurde gerade mal fünfunddreißig Jahre alt.

Quem dei diligunt, adulescens moritur. Auch daran kann ich mich erinnern.

31

Adulescens. Ich bin nicht sicher, ob ich es so weit bringen werde. Vorläufig bin ich noch nicht einmal geboren. Und schon in Gefahr.

Wenn sie – wer immer sie sind, was immer sie sind – die Fähigkeit haben, Gedächtnisse auszulöschen, dann werden sie auch in der Lage sein, Überreste davon aufzuspüren. Erinnerungen, die nicht mehr da sein dürften. Sie werden ein System dafür haben. Vorrichtungen. Methoden.

Ich denke nicht, dass sie jeden Menschen ständig kontrollieren, das würde den Aufwand nicht lohnen. Aber Stichproben werden sie machen. Ich muss jedenfalls damit rechnen, dass sie Stichproben machen.

Also darf ich mich beim Erinnern nicht ertappen lassen. Nicht einmal im eigenen Kopf. Wenn ich erst geboren bin, muss ich das unschuldigste, harmloseste Kind sein, das es je gegeben hat.

Ich kann das. Natürlich kann ich das. Niemand besser als ich. Ich habe so viele Unwahrheiten aufgedeckt, dass ich gelernt habe, wie man am effektivsten lügt. Mein letztes Leben war die beste Vorbereitung für diese Aufgabe.

Mein vorletztes Leben. Ich war ja auch noch Andersen. Ich muss auch noch Andersen gewesen sein. Auch wenn mir von seiner Existenz nichts geblieben ist als die Pläne, die ich für ihn schmiedete, als ich ihn mir ausdachte. Dass ich so gar nichts mehr von ihm weiß, ist der Beweis dafür, dass diese Pläne funktioniert haben. Seine Erinnerungen haben sie gelöscht. Aber die Vergangenheit, die er vor der Welt versteckte, haben sie nicht gefunden. Haben die Rolle, die er gespielt hat, für die Wirklichkeit gehalten.

Jetzt fängt ein neues Stück an. Mit einer neuen Rolle, für die ich keine Papiere fälschen muss. Mir keine Biographie ausdenken. Ich muss nur ein ganz gewöhnliches Kind sein, so wie alle anderen auch. Ein süßer kleiner Wonneproppen.

Total unauffällig.

Tralala.

Ich muss mir das genau durchdenken. Im Kopf eine Liste aufstellen, mit all den Punkten, auf die ich achten muss. Systematisch vorgehen. So wie ich es immer gemacht habe.

Zum ersten Mal bedaure ich es, dass ich selber nie Kinder hatte. Mein Beruf …

Nicht erinnern. Ich hatte keinen Beruf. Ich weiß von keinem Beruf. Schon gar nicht von dem, den ich hatte.

Wie verhält sich so ein Säugling?

Schreien und Scheißen. Mehr fällt mir dazu nicht ein. Eine ekelhafte Vorstellung. Aber wenn ich überleben will …

Wenn.

32

Ich könnte auch Schluss machen. Aufhören mit der Karussellfahrerei. Könnte aussteigen. Einfach nicht mehr mitspielen. Neben mir ist mal einer aus dem Schützengraben geklettert, hat sich hingestellt, für alle sichtbar, hat sogar gerufen und gewinkt, als sie ihn nicht gleich erschossen haben. Wir haben ihn damals für verrückt gehalten, aber vielleicht war er der einzige Vernünftige unter uns. Hatte seine Rechnung gemacht, und unterm Strich war ein Minus herausgekommen. Wollte das Unerträgliche nicht mehr ertragen.

Unterdessen werden sie ihm längst das Gedächtnis ausgewaschen und ihn aufs nächste hölzerne Pferd gesetzt haben. Wenn er damals aufs Paradies spekuliert hat, ewige Seligkeit und nie mehr Probleme, dann hat er bekommen, was er sich wünschte. Den ganzen Horror des Krieges auf einen Schlag loswerden – geht es paradiesischer?

Und ich soll das alte Gepäck weiter mit mir herumschleppen? Muss man sich das wirklich antun? Antun lassen?

Ich nehme an, dass es nicht einmal schwierig wäre, den endgültigen Schlussstrich zu ziehen. Wahrscheinlich würde es genügen, sich hinzustellen und zu winken, so wie er es damals gemacht hat. Ihre Aufmerksamkeit zu erregen. «Hallo, hier ist einer, der nichts vergessen hat, der noch alles weiß, ein fehlerhaftes Produkt, einer, der euch Schwierigkeiten machen wird.» Dann würden sie …

Was?

Es wird ihnen etwas einfallen. Es soll ja des Öfteren mal vorkommen, dass ein Kind im Mutterleib einfach abstirbt. Da war nichts zu machen, tut uns leid, viel Glück beim nächsten Versuch.

Nur dass es für mich dann wohl keine nächste Runde mehr geben wird. Wenn sie merken, dass eine Panne passiert ist, werden sie nicht lang fackeln. Man korrigiert Fehler am besten, indem man dafür sorgt, dass sie nie passiert sind. Indem man sie ausmerzt. Fehlerhafte Individuen aus dem Verkehr zieht.

Kranke Bäume muss man fällen, sonst stecken sie die andern an.

«Nicht zur Wiederverwendung geeignet», werden sie auf meine Seele stempeln. Ausschussware. Schrott. Weg damit.

So wie ich mir das vorstelle, wird es nicht einmal weh tun. Ein Mechanismus, der Schmerzen verursacht, hätte zu diesem Zeitpunkt keine Funktion mehr. Aber endgültig wird es sein.

Absolut endgültig.

Bin ich dazu bereit?

Nein.

Ich bin zu neugierig. Ich will die nächste Jahrmarktsrunde erleben. Auch wenn ich dafür diese unwürdige Situation ertragen muss.

33

Was weiß ich von der Entwicklung eines Embryos? Sehr wenig. Fast gar nichts.

Ich weiß, wie er entsteht. Die Samenzelle dringt in das Ei ein, die Zellen teilen sich, die einzelnen Organe wachsen heran …

Aber wie das im Einzelnen vor sich geht – keine Ahnung. Ich habe auch nie die Notwendigkeit gesehen, es im Detail zu wissen. Um eine Kuh zu melken, habe ich gedacht, muss ich nicht wissen, wie aus Gras Milch wird. Es hat mich nicht interessiert.

Bis jetzt.

Andersen würde es wissen. Nicht die Fachbegriffe und die lateinischen Bezeichnungen, aber das Prinzip. Ob sich erst die Lunge bildet und dann das Herz oder umgekehrt. Mit solch praktischen Dingen würde er sich auskennen. Aber Andersen ist ausradiert.

Das Ganze dauert neun Monate, so viel weiß ich. Ein Dreivierteljahr.

Als ich angeknipst wurde, eingeschaltet, wie auch immer, als ich anfing etwas wahrzunehmen, über etwas nachzudenken – wie viele Monate waren da schon vergangen?

Ich habe keine Ahnung. Und würde mir doch gern ausrechnen, wie lang es noch dauert.

Auf einem der Schaubilder aus dem Lehrerzimmer war ein Querschnitt durch einen schwangeren Bauch abgebildet. Wir fanden das gruselig.

Ist Fötus und Embryo eigentlich dasselbe? Oder gibt es da einen Unterschied?

Der unfertige Mensch auf dem Bild hatte Arme und Beine angewinkelt, so wie wir es gemacht haben, wenn wir als Mutprobe vom Dreimeterbrett gesprungen sind. «Bombe» nannten wir das.

Den Kopf nach unten.

Schwimme ich auch kopfüber? Ich kann die Richtungen nicht unterscheiden. Scheint auch einer dieser Sinne zu sein, die sich erst später entwickeln.

Fruchtwasser. Seltsames Wort.

Der menschliche Schädel, das habe ich einmal irgendwo gelesen, ist zu groß für den Geburtskanal. Ist im Lauf der Evolution immer größer geworden. Darum die Schmerzen der Frau bei der Geburt.

Nur der Frau? Was empfindet man selber dabei?

Vielleicht ist es gut, dass man diese Dinge hinterher nicht mehr weiß.

In einem Rundfunkvortrag hat mal ein Professor erklärt, der Mensch habe die angeborene Fähigkeit, negative Dinge zu vergessen und sich nur an die positiven zu erinnern. Der Mann war kein Praktiker. Man kann ganz leicht dafür sorgen, dass ein Mensch unangenehme Dinge nicht vergisst. Ganz leicht.

Ob es sehr weh tut, geboren zu werden?

34

Auch ich war immer eine Art Geburtshelfer. Habe ans Licht geholt, was die Leute tief in sich verborgen hatten. Ein schmerzhafter Prozess, aber notwendig. Das Geständnis gehört zum Verbrechen wie die Geburt zur Schwangerschaft.

Bei Hebammen wird es ähnlich sein. Mit der Zeit stören einen die Schreie nicht mehr. Man nimmt sie zur Kenntnis, als bloßen Hinweis auf den Fortschritt des Prozesses. Gleich wird es so weit sein, denkt man vielleicht. Da ist bereits das Köpfchen. Da ist bereits der Anfang eines Geständnisses.

Befrager und Befragter, das ist eine Zusammenarbeit. Im Grunde wollen die Leute gestehen, das ist meine feste Überzeugung. Mit den Schmerzen liefert man ihnen nur die Ausrede dafür, dass sie reden können, ohne sich dafür schämen zu müssen. «Ein Geheimnis mit sich herumtragen», sagt man. Die Sprache hat das schon richtig erkannt. Man schleppt eine Last mit sich herum. Auch wenn man sie sich selber auferlegt hat, will man sie irgendwann loswerden.

Mit einer Schwangerschaft, stelle ich mir vor, wird es nicht anders sein. Man hat das Kind so viele Monate mit sich herumgetragen – irgendwann reicht es.

Hinterher, darauf würde ich wetten, wird die Frau, in der ich stecke, auf die Schmerzen bei der Geburt stolz sein. Die Eitelkeit des Leidens. In meinem Beruf hat sich das immer wieder als nützlich erwiesen. Sie halten sich alle für Heroen und können es gar nicht erwarten, jemandem von ihren Heldentaten zu erzählen. Egal wem. Selbst wenn es der Mann ist, der ihnen die Daumenschrauben anlegt.

Wir haben immer von Daumenschrauben gesprochen, ein Scherz, der zur Gewohnheit wurde. Auch wenn wir so altertümliche Instrumente natürlich niemals verwendet hätten. Aus Neugier habe ich sie einmal ausprobiert: Überhaupt nicht effizient.

Wenn man es richtig anstellt, muss es nicht lang dauern. Ein guter Geburtshelfer verursacht ein Minimum an Schmerzen. Mitarbeiter, die das nicht begreifen wollten, habe ich so schnell wie möglich versetzen lassen. Sie halten den Betrieb auf.

Nun ja, einen von der Sorte habe ich ein Weilchen bei mir behalten. Aber das war eine Art Experiment.

Wirklich schwierig wird es immer dann, wenn einer tatsächlich nichts zu gestehen hat. Wenn das ganze Geschrei und Gejammere unnötig war, weil es gar nichts gab, was man aus ihm hätte herausholen können. Unerfreulich, aber es lässt sich nicht immer vermeiden. Ein Problem, das Hebammen nicht haben.

«Man kommt zur Welt.» Eine seltsame Formulierung. «Kommt zur Welt»? Stößt man von außen her dazu? Zumindest in meinem Fall stimmt das ja nun wohl nicht. Ich bin schon vorher in der Welt gewesen.

Ich darf es mir nur nicht anmerken lassen. Sie dürfen schon bei der Geburt nichts Außergewöhnliches an mir bemerken.

35

Einmal haben sie uns eine hochschwangere Frau gebracht. Sie konnte nicht mehr allein aus dem Transportwagen aussteigen, weil die Wehen schon so heftig waren. Der Onkel Doktor – kein Meister seines Fachs, aber für das, was er bei uns zu tun hatte, völlig ausreichend – musste den Geburtshelfer spielen. Er hat das zum ersten Mal gemacht und war aufgeregt wie eine Jungfrau vor dem ersten Kuss. Aber es ging alles gut. So schwierig kann die Sache nicht sein.

Wir haben den Neugeborenen dann dazu verwendet, die Frau zum Reden zu bringen. Wir mussten ihr nur drohen, dem Kleinen etwas anzutun – es war ein Junge, wenn ich mich recht erinnere –, und schon war sie zu allem bereit. Solang sie geliefert hat, was wir von ihr haben wollten, durfte sie ihn sogar stillen. Sie hat geredet wie ein Wasserfall.

So eine neue Mutter tut alles für ihr Kind, das habe ich bei diesem Fall gelernt. Eine Information, die mir bestimmt noch nützlich sein wird.

Die Befragung hat damals nicht allzu lang gedauert. So viel wusste sie gar nicht. Als sie dann abtransportiert wurde, hat sie geschrien. Weil sie das Kind nicht mitnehmen durfte, aber auch, weil ihr die übervollen Brüste weh taten. Sie wurde dann hingerichtet, glaube ich, und den Jungen hat irgendwer adoptiert. Interessenten gab es genug. Man sieht so einem Säugling ja nicht an, wo er herkommt.

Man sieht einem Säugling nicht an, wo er herkommt.

Man redet immer von einer ganz besonderen Beziehung zwischen Mutter und Kind. Dass eine Frau ihren eigenen Säugling unter tausend anderen erkennen würde. Ich halte das für Geschwafel. Wenn in einem Krankenhaus zwei Neugeborene verwechselt werden, lieben die Mütter halt die untergeschobenen Bälger. Sind fest überzeugt, sie würden im Gesicht des Kleinen jede Menge Ähnlichkeiten mit irgendwelchen Verwandten erkennen. «Ganz der Onkel Friedrich!» Wenn nicht gerade die Hautfarbe den Irrtum offensichtlich macht.

Man könnte das ausprobieren, indem man Kinder absichtlich vertauscht. Es wäre ein interessantes Experiment.

Auch die Frau, aus der ich hoffentlich bald herausgeholt werde, wird eine Menge Bekanntes an mir zu entdecken glauben. Äußerlich mag das ja auch durchaus der Fall sein. Teile von ihr und Teile von dem Mann werden in meinem neuen Körper wohl vorhanden sein. Aber innerlich …

In einem Buch mit Sagen, das ich als Junge las, kam das Wort «Wechselbalg» vor. Ein Wesen, das aussah wie ein Kind, aber in Wirklichkeit keines war. Die Eltern haben es trotzdem liebevoll aufgezogen, auch als es zu einem Monster heranwuchs.

Eine Mutter tut alles für ihr Kind.

36

Sie ist mir völlig fremd.

Ich weiß nicht mehr von ihr, als dass sie Musik liebt, aber die Töne nicht trifft. Ich will gar nicht mehr von ihr wissen. Sie interessiert mich nicht. Nicht über das unumgängliche Maß hinaus.

Aber natürlich muss ich sie trotzdem studieren. Ein Häftling muss seinen Aufseher kennen. Jeder Mensch hat Schwächen, die sich ausnützen lassen. Ich weiß das. Ich kann das. Ich habe meine Fähigkeiten so wenig verloren wie mein Gedächtnis. Ich war der Beste meines Fachs, und ich bin es immer noch.

Sie werden schon sehen.

Es wird nicht einmal schwierig sein, mich kundig zu machen. Geradezu lächerlich einfach. Noch nie war ein Spion in einer komfortableren Lage als ich. Vor mir wird sie nichts verbergen können. Gar nichts.

Schon jetzt bin ich gezwungen, mir ihre abstoßenden Intimitäten anzuhören. Das Rumpeln ihrer Verdauung und das Knattern ihrer Fürze. «Ihr müsst in ihren Kopf eindringen», habe ich meinen Leuten immer gesagt. Nun ja, jetzt ist es eben der Bauch. Ich bin mit ihrem Körper verwachsen wie ein Geschwür. In sie hineingebohrt wie eine Zecke. Mäste mich an ihr wie ein Blutegel. Einerseits ist es eine ekelhafte Vorstellung, mit einem wildfremden Menschen so intim verbunden zu sein. Andererseits …

Sie wird mich lieben, die dumme Kuh.

Dann hat sie es auch nicht anders verdient.

Ich habe keinen Grund, freundlich von ihr zu denken. Dieses jämmerliche Körperchen, das mir da – wie auch immer, durch wen auch immer – zugeteilt wurde, das hat sie zu verantworten. An diesen schwächlichen Gliedmaßen, die mir kaum gehorchen, ist sie schuld. Sie hat sie gemacht, und dabei vor Lust geschrien, strampelnd und schwitzend und stöhnend. Ich habe sie schreien hören und habe gedacht, sie würde verprügelt.

Ekelhaft.

Ekel-Haft.

Aber ich bin von ihr abhängig wie ein Schwerkranker von seinem Pfleger, ein Süchtiger von seinem Drogenlieferanten, ein Verurteilter von seinem Henker. Ich werde nicht in der Lage sein, ohne fremde Hilfe zu existieren. Zumindest am Anfang nicht.

Ich ertrage es nicht, abhängig zu sein. Ich konnte das noch nie ertragen.

Ich weiß noch nicht einmal, wie sie aussieht, und ich hasse sie schon. Ich hasse alles an ihr. «Es ist ein Wunder», hat sie gesagt, mit diesem dümmlichen Glück in der Stimme. Ein Wunder? Es ist ein zynischer Scherz, den sich jemand mit mir erlaubt.

Mit der Menschheit.

37

Sie wird sich einbilden, sie sei meine Mutter. Ich kann das nicht akzeptieren. Ich brauche keine zweite.

Die erste …

Es wird nicht die allererste gewesen sein. Aber bei den anderen hat das Vergessen funktioniert.

Sie ist längst begraben.

Nicht dass ich meine Mutter über alles geliebt hätte. Das ist nur in Büchern so. Romane, für Leute geschrieben, die die Wirklichkeit nicht ertragen. Mit Liebe hatte das nichts zu tun. Man hatte sich aneinander gewöhnt.

Sie war keine bedeutende Persönlichkeit. Ein schwacher Mensch. Ängstlich bemüht, nichts falsch zu machen, eine Angst, die sie oft übermäßig streng werden ließ. Nicht dass ich unter ihr gelitten hätte, so nahe sind wir uns nie gekommen, aber da war immer ein Missklang, der mich gestört hat. Ich hatte schon damals ein empfindliches Gehör für falsche Töne.

Massenware. Wie die meisten Menschen.

Vom Aussehen her weder hübsch noch hässlich. Nichts Auffälliges. Eine kleine Narbe an der Stirn, der Überrest einer alten Schnittwunde. Im Lauf der Jahre hat sie mir immer wieder neue Geschichten darüber erzählt, wie sie dazu gekommen sei. Als ich klein war und noch an Märchen glaubte, erfand sie eine Hexe, die sie dort mit ihrem Zauberstab berührt habe. Später, als ich in das Alter kam, in dem man sich für Abenteuer begeistert, sollte es ein Löwe gewesen sein, mit dem sie im Dschungel gekämpft und den sie natürlich besiegt hatte. Je älter ich wurde, desto prosaischer wurden die Erklärungen. Am Schluss war sie beim Eislaufen gestürzt.

Auch das habe ich ihr nicht geglaubt. Jemand wird sie verprügelt haben. Mein Vater wahrscheinlich. Er war einer von diesen unbegabten Tyrannen.

Meine Mutter hatte einen ganz eigenen Geruch, von der immer gleichen Seife, die sie ihr Leben lang verwendete. Für Parfüm hätte sie kein Geld ausgegeben. Vielleicht war es Sparsamkeit, die sie gerade diese Seife kaufen ließ. Weil sie für den kleinsten Preis den stärksten Duft lieferte.

Eine konservative Frau, die sich vor jeder Veränderung fürchtete. Wenn sie sich einmal für etwas entschieden hatte, blieb sie dabei. Auch als sie älter wurde und schüttere Haare bekam, ließ sie sich immer noch dieselbe Frisur machen. Zwischen den Strähnen schimmerte die Kopfhaut durch, was ich immer als unangenehm persönlich empfand. Man geht nicht im Unterrock unter die Leute.

Wenn sie mich in die Arme nahm, tat sie das ungeschickt. Als ob sie die Anleitung dazu in einer Zeitschrift gelesen und nicht verstanden hätte.

So war meine Mutter. Ich brauche keine andere.

38

Diese hier stößt mich ab. Es hat ihr etwas auf den Magen geschlagen, und sie kotzt die ganze Zeit. Kein erfreuliches Geräusch.

Ich muss es mir anhören. Ich schaffe es nicht mal, mir die Ohren zuzuhalten. So präzis kann ich diesen Körper noch nicht bewegen.

Ich muss versuchen, mich abzulenken.

Mir andere Geräusche vorstellen. Die Phantasie stärker machen als die Wirklichkeit.

Irgendwelche Geräusche.

Das Geräusch eines Rasierpinsels auf der Haut.

Wenn mein Vater sich rasierte, durfte man ihn nicht stören. Er saß dann am Küchentisch vor einem kleinen Handspiegel und schabte sich die Konturen seines Barts zurecht. Als kleiner Junge habe ich ihm gern dabei zugesehen, weil er beim Versuch, die perfekte Form zu schaffen, so lustige Grimassen produzierte. Ich dachte, er mache das zu meinem Vergnügen. Einmal habe ich so laut gelacht, dass er erschrocken ist und sich mit dem Rasiermesser geschnitten hat. Er legte das Messer sorgfältig auf ein Küchentuch, bevor er mich verprügelte.

Das Geräusch von Schritten auf einer Holztreppe.

Die Frau Brenntwiesner, in der Nachbarschaft wusste das jeder, betrog ihren Mann. Er war Vertreter für landwirtschaftliche Produkte und viel unterwegs. Sie hatte nicht einen bestimmten Liebhaber, sondern trieb es, wie man sich auf dem Schulhof zuraunte, mit jedem. In den höheren Klassen gab es Schüler, die behaupteten, sie hätten sie auch schon «gehabt», worunter ich mir damals noch nichts vorstellen konnte. Einmal hatte sich Udo Herges, der nach der Schule für seinen Vater Bestellungen austragen musste, den Schlüssel für ihr Haus organisiert, und wir sind, absichtlich laut stapfend, die Holzstufen im Treppenhaus hinaufgestiegen, damit Frau Brenntwiesner glauben sollte, ihr Mann sei früher als vorgesehen zurückgekommen. Wir stellten uns vor, dass daraufhin ein nackter Mann, der Briefträger vielleicht, in Panik aus dem Fenster springen würde. Es ist aber nichts passiert. Vielleicht war gar niemand zu Hause.

Sie kotzt schon wieder. Ob das wohl etwas mit mir zu tun hat?

Geräusche.

Das Geräusch von Kreide auf einer Schiefertafel.

Beutlin ist jedes Mal zusammengezuckt, wenn …

Warum denke ich so oft an Beutlin? Er war keine wichtige Figur in meinem Leben. Nach der Schulzeit bin ich ihm nur noch einmal begegnet. Er hatte dumme Flugblätter verteilt, und ich sollte herausfinden, ob er allein gehandelt oder Komplizen gehabt hatte. Natürlich hatte er allein gehandelt. Er war nicht die Sorte Mensch, die Freunde hat.

Ein ganz schwaches Kinn.

Wie ich wohl aussehen werde, wenn ich zur Welt komme?

39

Kleine Kinder, das war immer meine Meinung, sind keine attraktiven Wesen. Von Natur aus hässlich. Unfertige Gesichter, sabbernd und zahnlos. Ich konnte nie verstehen, warum das jemand niedlich findet.

Was sie für schwache Leute attraktiv macht, so erkläre ich mir ihre Beliebtheit, ist ihre Hilflosigkeit. Die Tatsache, dass von ihnen keine Bedrohung ausgeht. Ein Goldhamster täte denselben Dienst.

Soll ich ein friedliches Kind sein oder ein unangenehmes? Ein lautes oder ein leises? Was fällt am wenigsten auf?

Sie werden mir die Stichworte für meinen Auftritt schon liefern. Ich brauche nur zuzuhören, wenn sie sich über mich unterhalten, und mich danach zu richten. Man muss seine Rolle nicht im Detail kennen, solang man sich auf den Souffleur verlassen kann.

Ein frühreifes Kind werde ich sein, dieser Eindruck wird sich wohl nicht vermeiden lassen. Das Verdienst daran werden sie sich selber zuschreiben. «Er kommt nach mir», werden sie sagen. Selbstüberschätzung ist eine der menschlichen Eigenschaften, auf die man sich immer verlassen kann.

Wovor mich jetzt schon ekelt, das ist die Intimität, die ich werde zulassen müssen. Die Tatsache, dass fremde Leute Zugriff auf meinen Körper haben werden. Dass ich ihnen ausgeliefert sein werde. So wie ich immer noch um die Kontrolle über meine Gliedmaßen kämpfen muss, werde ich mich dagegen nicht wehren können. Und selbst, wenn ich es könnte: Es würde mich verraten. Jedes Kind ist ein Gefangener.

Es wird schon irgendwie auszuhalten sein.

Nur auf das Atmen freue ich mich. Es ist seltsam, wie wenig ich mich an die Empfindungen erinnern kann, die damit verbunden sind. Sie waren mir wohl immer zu selbstverständlich.

Nach dem, was man uns in der Schule erzählt hat, benutze ich zurzeit immer noch Kiemen. Wie ein Fisch. Und ernähre mich durch eine Schnur, die aus meinem Bauch wächst. Ob es schmerzt, wenn man sie abschneidet?

Es hat keinen Sinn, sich Dinge auszumalen, die ja doch, wenn sie dann eintreten, ganz anders ausfallen werden. Man schwächt sich durch solche Überlegungen nur selber.

Am Schluss einer ersten Vernehmung habe ich dem Befragten oft gesagt: «Bei unserem nächsten Gespräch werde ich andere Methoden anwenden. Sie sollten darüber nachdenken, was das für Methoden sein könnten.»

Man konnte dann beobachten, wie es in ihnen zu arbeiten begann. Sehr wirkungsvoll.

Ich muss meinen Kopf beschäftigen.

40

Meine Hunde.

Der erste war eine Promenadenmischung und hatte nicht mal einen Namen. Dafür hatte ich ihn nicht lang genug. Oder sie. Nicht einmal das habe ich festgestellt.

Conny Villmow hat in der Schule erzählt, ihre Hündin habe Junge geworfen, und sein Vater würde sie alle ertränken. Er hat uns eingeladen, dabei zu sein. Es kam nicht oft vor, dass er seine Mitschüler beeindrucken konnte, und er hat den Moment genossen. Wir sollten jeder einen großen Stein mitbringen, hat er gesagt. Das war der Eintrittspreis.

Wir waren alle pünktlich zur Stelle. Conny hielt einen Mehlsack auf, und wir warfen einer nach dem andern unsere Steine hinein. Als ob wir an der Kasse einer Jahrmarktsbude unsere Sechser ablieferten. «Damit sie schneller sinken», erklärte Herr Villmow. «Man darf Tiere nicht unnötig leiden lassen.»

Er war ein gutmütiger Mensch. Schreiner.

Seine Hündin, kein schönes Tier, lag auf der Seite und präsentierte uns ihre geschwollenen Zitzen. Ich habe Rüden immer vorgezogen. Als Herr Villmow einen Welpen nach dem andern am Nacken fasste und in den Mehlsack warf, leckte sie ihm die Hand. Sie hatte Vertrauen zu ihm.

Der Sack war schon zugebunden, als ich entdeckte, dass er ein Tier übersehen hatte. Der Kleinste des Wurfs hatte sich unter den Hinterbeinen seiner Mutter verkrochen, und niemand hatte ihn bemerkt. Außer mir. Ich fasste ihn so, wie ich es bei Herrn Villmow gesehen hatte. «Den haben Sie vergessen», sagte ich.

Er hatte wohl keine Lust, die Schnur noch einmal aufzuknoten. «Du kannst ihn behalten», sagte er. «Ich schenk ihn dir.»

Das Ertränken der jungen Hunde war weniger spektakulär, als wir es uns ausgemalt hatten. Herr Villmow warf den Sack von der Brücke, und er versank. Das war alles.

Auf dem Weg nach Hause malte ich mir all die Kunststücke aus, die ich meinem Hund beibringen würde. Apportieren. Männchen machen. Totstellen.

Mein Vater ging mit dem Tier in den Garten, fasste es an den Hinterbeinen und schlug es zweimal gegen die Mauer.

Das war mein erster Hund.

Wenn man ein totes Tier einfach so ohne ein Gewicht in den Fluss wirft, dann geht es nicht unter. Die Strömung treibt es weg, und wenn es an einem Hindernis hängen bleibt, scheint es sich zu bewegen, als ob es noch lebendig wäre.

Meine Mutter sagte: «Es ist besser so.» Ich habe damals nicht verstanden, was sie damit meinte.

Ich verstehe es immer noch nicht.

41

Die andern waren dann alles Schäfer. Rüden. Sie sind schwerer zu dressieren, und gerade darauf kam es mir an. Ein Tier, das ohne Erziehung gehorcht, ist langweilig. Wie wenn einer schon alles gesteht, wenn man ihn noch gar nicht richtig in der Mache gehabt hat.

Den ersten Hund bewilligte mir mein Vater, als ich es in der Obertertia schaffte, Klassenbester zu werden. Das war seine Bedingung, und ich habe sie erfüllt.

Hasso.

Als sie mich in die Uniform steckten, musste ich ihn weggeben. Ich weiß nicht, was aus ihm geworden ist.

Zum nächsten Hund kam ich ganz zufällig. Im Lazarett. Prinz. Ich habe ihm den Namen nicht gegeben. Er war, wie ich, im Krieg gewesen, als Sanitätshund. Ich konnte ihn nicht mehr so formen, wie ich es gern getan hätte, musste die Kommandos übernehmen, auf die man ihn dressiert hatte. Er war folgsam, aber ich hatte nie das Gefühl, dass er wirklich mir gehörte. Er hätte auch jedem anderen gehorcht.

Es ist immer besser, wenn man sie selber abrichtet.

Wotan habe ich mir dann selber ausgesucht. Seine Vorfahren standen alle im Zuchtbuch, aber ihn hatte man ausgeschieden, weil das linke Ohr nicht rassenkonform nach vorn gerichtet war. Gerade das hat mir an ihm gefallen. Er war nicht perfekt, und das passte zu meiner Hand. Ihm habe ich noch erlaubt, direkt neben meinem Bett zu schlafen. Ich hatte damals noch nicht verstanden, dass Nachgiebigkeit immer ein Fehler ist. Ein Jäger hat ihn erschossen, weil Wotan ein Reh gewildert hatte.

Der Jäger war im Recht.

Dann: Mephisto. Ein idiotischer Name, aber sein Fell war schwarz, viel dunkler als bei den andern seines Wurfs. Ich weiß nicht mehr, warum ich ihn ausgewählt habe. Eigentlich sind mir die braunen Schäfer lieber.

Mephisto machte seinem Namen keine Ehre. Er war viel zu liebesbedürftig für seine Rasse. Wenn man ihn nicht regelmäßig kraulte, fing er an zu jammern wie ein kleines Kind. Ich war nicht traurig, als er diese Krankheit bekam und abgetan werden musste.

Schließlich Remus. Mein bester Hund. Ich habe ihn bei der Arbeit eingesetzt, und er war nützlicher als so mancher Mitarbeiter. Weil er seinen Dienst sachlich verrichtete. Kein Mitleid und kein Hass. Biss zu, wenn man es ihm befahl, und ließ auf Kommando wieder los. Ein guter Charakter.

Hunde sind treuer als Menschen.

Bevor ich Andersen wurde, habe ich Remus erschossen. Das war ich ihm schuldig.

Soweit ich es feststellen kann, haben der Mann und die Frau keinen Hund. Das wird sich ändern müssen.

42

Ein erster kleiner Sieg. Ich habe begonnen, die Frau abzurichten. Sie pariert schon ganz gut.

Ich habe beobachtet, dass es ihr unangenehm ist, wenn ich sie trete. Einmal hat sie das sogar ausdrücklich gesagt.

Hat sie damals mit dem Mann gesprochen? Und wenn: Ist es ihr Mann? Ist er mitverantwortlich für meinen neuen Körper?

Eins nach dem andern.

Seit ich weiß, dass sie es nicht mag, trete ich sie so heftig, wie meine dünnen Müskelchen das zulassen. Dafür reicht meine Kontrolle aus. Einmal habe ich sie nach einem Tritt aufschreien hören. Das war befriedigend.

Mich selber kann ich dabei nicht verletzen. Der Vorteil einer Gummizelle.

Ich glaube auch nicht, dass ich mit meinen Tritten etwas kaputtmachen kann. Die Natur wird den Behälter schon stark genug angelegt haben.

Gebärmutter. Ein Wort von doppelter Bedeutung. Gebär-Mutter.

Ich trete immer dann, wenn sie sich ausruhen will. Seit ich verstanden habe, was das für Wellen sind, die ich auf meiner Haut spüre, kann ich diese Zeiten recht genau erkennen. Wenn das Schiff in einer windstillen Bucht zu liegen scheint, dann schläft sie.

Sie soll aber nicht zur Ruhe kommen. Ich lasse das nicht zu. Die Erfahrung zeigt, dass Häftlinge weniger widerspenstig sind, wenn man sie am Schlafen hindert. Das ist eine wissenschaftliche Tatsache. Ich wecke die Frau so oft auf, bis sie sich nichts mehr wünscht als Ruhe. Und ich bestimme, wann sie die bekommt.

Ganz ruhig liege – schwebe? schwimme? – ich immer nur dann, wenn sie Musik spielt. Und trete sofort wieder zu, wenn sie damit aufhört. Schon nach ein paar Tagen – wenn es wirklich Tage waren, es kam mir so vor – schien sie den Zusammenhang begriffen zu haben. Der Mensch ist auch nicht anders als diese Hunde, die auf ein Glockenzeichen zu sabbern beginnen.

Ich habe nichts verlernt.

Unterdessen ist sie so weit. Wenn ich Musik hören will, brauche ich sie nur zu treten.

Ich liebe Musik.

Seit meiner Zeit scheinen sich die Grammophone weiterentwickelt zu haben. Es gibt viel weniger Unterbrechungen für den Plattenwechsel. Ich habe die ganze *Eroica* an einem Stück hören können.

Es-Dur. Meine Lieblingstonart. «Edel und hitzig» nannte sie der alte Röschlein.

Meistens sucht sie Musik aus, die ich mag. Nur einmal waren es wieder diese ganz anderen Töne, diese rhythmischen Detonationen, die man im ganzen Körper spürt. Ich mag das nicht. Nach ein paar heftigen Tritten hat sie dann auch gleich wieder damit aufgehört. Sie wird es kein zweites Mal versuchen. Die Leute lernen schnell, wenn man einmal ihre schwache Stelle gefunden hat.

Als Nächstes will ich ihr beibringen, auf Kommando ganz bestimmte Platten zu spielen.

43

Ich muss lachen, aber mein Körper ist darauf noch nicht eingestellt. Ich bekomme den Schluckauf davon, und der hört dann ewig nicht auf. Ungeborene scheinen auf Amüsement nicht eingerichtet zu sein. Können nur das unfertige Gesicht zu einer Grimasse verziehen. Die Natur geht wohl davon aus, dass es in diesem Stadium noch nichts zu lachen gibt.

Ich habe Grund, mich zu freuen. Es tut gut zu wissen, dass ich, trotz meiner beschränkten körperlichen Möglichkeiten, immer noch erreichen kann, was ich mir vornehme. Letzten Endes gewinnt der entschlossenere Wille.

Sie ist doch tatsächlich stolz auf ihren Gehorsam! Merkt nicht, dass ich den Takt vorgebe, nach dem sie tanzt. Brüstet sich sogar mit dem, was sie tut. Ein Hund, der überzeugt davon ist, er habe seinem Besitzer das Stöckchenwerfen beigebracht.

Ich habe gerade ein Gespräch mitangehört, das sie mit einer Freundin geführt hat. Sie hat sich dafür gerühmt, wie erfolgreich sie mich mit Musik beruhigen könne. Sie mich! Sie glaubt das tatsächlich. Arno – das scheint der Mann zu sein – habe es ja nicht glauben wollen, sagte sie, aber sie sei schon immer fest davon überzeugt gewesen, dass ein Kind im Mutterleib alles mitbekomme.

Unangenehm, dieser Schluckauf.

Sie ist fest davon überzeugt, mich schon ganz genau zu kennen. Meint sogar, meinen Charakter exakt beschreiben zu können. «Er ist ein sensibles Kind», sagt sie, «eine Mutter spürt so etwas.»

Nun ja, sensibel bin ich wohl.

Es ist wirklich amüsant, ihr zuzuhören.

Manche Dinge muss ich ihr noch abgewöhnen. Wenn sie von mir spricht, sagt sie: «Der Zwerg.» Das missfällt mir. Ich weiß noch nicht, wie ich es ihr austreiben werde, aber es wird sich ein Weg finden.

Ich habe noch immer einen Weg gefunden.

Der Zwerg, sagte sie einmal und war furchtbar stolz auf diese Erkenntnis, der Zwerg könne sogar verschiedene Arten von Klängen unterscheiden. Man könne das spüren. Die Musik, von der Arno so begeistert sei, zum Beispiel, die möge er überhaupt nicht. Sie selber finde sie ja auch zu aggressiv.

«Aggressiv» ist das richtige Wort. Gut zu wissen, dass es der Mann ist, der mich mit diesem rhythmischen Lärm belästigt. Er wird sich dafür zu verantworten haben.

Und gut zu wissen, dass wenigstens einer von den beiden einigermaßen Geschmack hat. Es wäre mir nicht angenehm, in eine Familie von völligen

Banausen hineingeboren zu werden. Man wird, zumindest in den ersten Jahren, doch eine Menge Zeit miteinander verbringen müssen.

44

Sie kotzt schon wieder. Ist das normal?

Widerlich, so von innen her gehört.

Von außen kenne ich das Geräusch gut. Wenn man einem Menschen mit einem Trichter Wasser einflößt, bis sein Bauch aufschwillt, dann würgt er ganz ähnlich. Die Methode ist unaufwendig, aber nicht sehr effizient. Wir haben Versuche damit gemacht, dann aber auf die weitere Anwendung verzichtet.

Es war immer mein Prinzip, mit minimalem Aufwand die größtmögliche Wirkung zu erzielen. Ich habe mir in dem Punkt die Japaner zum Vorbild genommen. Sie sind ein altes Kulturvolk, und bei ihnen malt niemand überladene Ölgemälde. Ein Fläschchen Tusche und ein Pinsel, das ist alles, was sie brauchen. Alles Überflüssige weglassen. Wir leben nicht mehr im Mittelalter.

Sie kann mit dem Würgen gar nicht mehr aufhören. Dazwischen japst sie nach Luft und stöhnt. Es klingt wie primitiver Gesang.

Ich trete sie, damit sie die penetranten Geräusche mit Musik übertönt, aber sie reagiert nicht darauf. Sie scheint ernsthafte Probleme zu haben.

Muss ich mir Sorgen machen? Wenn es ihr nicht gutgeht, bin auch ich gefährdet.

Ich hasse diese Abhängigkeit.

Ich spüre, wie sie immer mehr in Panik gerät. Ihre Aufregung schwappt über mich hinweg wie die ersten Wellen einer Überschwemmung. Ich kann mich nicht dagegen wehren.

Nein, keine Überschwemmung. Ein Feuer, das sich ausbreitet. Wir sind zwei aneinandergebaute Häuser.

Ineinandergebaut.

Sie fürchtet sich. Würde um Hilfe schreien, wenn da jemand wäre. Aber da ist niemand.

Es muss sich doch jemand um sie kümmern.

Auch wegen mir.

Der nächste Anfall. Es geht ihr gar nicht gut.

Die Kotzerei hat aufgehört, aber das bringt mir keine Erleichterung. Im Gegenteil. Ich habe die Verbindung zu der Frau verloren. Als ob jemand eine Telefonleitung durchgeschnitten hätte. Da ist niemand mehr am andern Ende des Drahtes.

Plötzlich der Gedanke: Geht es gar nicht um sie? Geht es um mich?

45

Haben sie mich entdeckt und beschlossen, mich aus dem Verkehr zu ziehen?

Es geht mir schlecht.

Ich fühle mich eingeengt. Bedrängt.

Gurte um den Brustkasten.

Keine eigentlichen Schmerzen. Noch nicht.

Ein Gefühl von Übelkeit.

Ich atme nicht, ich habe mich damit abgefunden, dass ich nicht atme, und doch habe ich das Gefühl zu ersticken.

Ich brauche Hilfe.

Wenn ich mich bewege, wird es schlimmer.

Man kann einen Menschen so fesseln, dass er sich mit jeder Bewegung selber die Luft abschnürt. Sie müssten nur ganz regungslos liegen bleiben, man sagt ihnen das sogar, dann würde ihnen nichts passieren.

Aber keiner schafft das.

Der Druck wird immer stärker.

Sie müssen mich entdeckt haben. Es wird ein Signal gegeben haben, ein Licht ist angegangen, eine Sirene erklungen, irgendein Alarm, der ihnen gesagt hat: «Hier weiß einer, was er nicht mehr wissen dürfte.» Sie haben meine Gedanken gelesen, auf welchem Weg auch immer, sie haben beschlossen, die Panne auszumerzen, das fehlerhafte Produkt aus dem Verkehr zu ziehen. Mich gar nicht erst zur Welt kommen zu lassen.

Fühlt es sich so an, wenn man ausgelöscht wird?

Ich werde nicht existiert haben.

Die Frau wird weinen. Wird sich Vorwürfe machen. Sich selber die Schuld geben an der Totgeburt.
Immerhin. Ich werde nicht ganz vergessen sein.

Ich war nie ein ängstlicher Mensch, habe auch in schwierigen Situationen immer klar denken können. Aber jetzt funktioniert mein Kopf nicht mehr. Ich möchte um mich schlagen, mich befreien von diesem erstickenden Gefühl, aber ich kann mich nicht bewegen. Kann es nicht mehr.

Hört es so auf?

46

Ein Piepsen.
Stimmen, die ich nicht verstehe. Sie klingen dumpf.
Wieder das Piepsen. Ganz regelmäßig.
Nein, nicht regelmäßig. Es wird langsamer.
Langsamer.

Ich bin nicht tot. Ich habe geschlafen. Wenn es Schlaf gewesen ist und nicht einfach Bewusstlosigkeit.
Da ist immer noch dieses Gefühl von Panik. Der bittere Geschmack im Mund. Ich kann ihn nicht ausspucken. Habe mich an ihrer Angst vergiftet.
Ich höre sie wimmern. Die Stimme dünner, als ich es von ihr gewohnt bin. Ich kenne den Tonfall. So klingen sie, wenn sie sich aufgegeben haben.
Sie sagt etwas, aber ich kann es nicht verstehen. Als ob mein Gehör schwächer geworden wäre.
Mein ganzer Körper ist schwach.
Ich habe Angst davor, wieder einzuschlafen. Ich weiß nicht, ob ich die Kraft haben werde, noch einmal aufzuwachen.
Ich muss wach bleiben.
Wach bleiben.
Ich muss.

Da war ein Traum, an den ich mich nicht erinnern kann. Ein bedrohlicher Traum. Das Piepsen hat mich da herausgeholt. Jeder Ton ein schmerzhafter Nadelstich.

Aber ich bin dankbar dafür. Aus den Tönen kann ich mir ein Seil knüpfen. Eine Strickleiter. Die Flucht ergreifen.

Ich bin so müde.

Aufgeregte Stimmen. Sie reden durcheinander. Ich kann die Worte nicht entziffern.

Die Stimme des Mannes. Arno. Er schreit so laut, dass ich ihn verstehen kann. «Unternehmen Sie etwas!», schreit er.

Die andern Stimmen beruhigend. Aus ihrem Tonfall wird klar, wo wir uns befinden müssen: in einem Krankenhaus.

Die Schwäche ist also doch nicht meine eigene. Auch daran ist die Frau schuld.

Sie hat nicht das Recht, krank zu werden. Sie ist für mich verantwortlich.

47

Angst.

Als ich das letzte Mal in einem Krankenhaus war, fürchteten sich die andern vor mir. Damals hatte ich alles unter Kontrolle. Hatte ganz allein den Entschluss gefasst, die linke Hand nun doch amputieren zu lassen, hatte den Arzt ausgesucht und den Termin festgelegt. Allen Beteiligten klargemacht, was ihnen passieren würde, wenn sie jemals darüber reden sollten. Es war ein unangenehmer Eingriff, aber ich war Herr der Situation.

Angst heißt: keine Kontrolle haben.

Wenn die Frau sterben sollte – so wie ich die allgemeine Aufregung deute, lässt sich diese Möglichkeit nicht ausschließen –, wenn sie nicht wieder gesund wird, werde ich wohl mit ihr draufgehen. Ohne Schale bleibt ein Ei nicht frisch.

Ich kann nur warten. Warten und hoffen.

Worauf?

Ob sie meine Erinnerungen diesmal finden werden? Ich will nicht noch einmal auf das Karussell steigen.

Nicht mit all diesem Ballast.

Die Frau scheint bewusstlos zu sein. Sie unterhalten sich über sie, ohne das Zimmer zu verlassen.Der Mann und die grauhaarige Stimme. Eine Ärztin, nehme ich an.

«Wir haben zwei Möglichkeiten», sagt sie. «Beide sind nicht erfreulich. Wir können weiter abwarten und hoffen, dass sich der Zustand der Patientin stabilisiert ...»

«Bitte», sagt er. «Bitte, bitte, bitte.» Es ist nicht klar, ob er mit ihr spricht oder mit Gott.

«... oder», sagt die grauhaarige Stimme, «wir können zur ganz starken chemischen Keule greifen. Ein Mittel einsetzen, das eigentlich immer seine Wirkung tut.»

«Bitte», sagt er schon wieder.

«Allerdings ...»

Allerdings?

«Für das Ungeborene ist die Therapie gefährlich. Sie müssen damit rechnen, dass Ihre Frau das Kind verliert.»

«Sie ist nicht meine Frau», sagt er.

Wieso behauptet er so etwas?

«Sie müssen sich entscheiden», sagt sie.

Er schweigt.

Dabei ist die Entscheidung doch klar. Abwarten. Natürlich abwarten.

«Tun Sie, was Sie für richtig halten», sagt er. «Bitte.»

48

Er ist dann hinausgegangen. Weinend. Ein erwachsener Mann.

Eine Zeitlang war nur noch dieses Piepsen zu hören, von dem ich nicht weiß, was es bedeutet. Trotzdem hatte ich das Gefühl, dass die Frau, die zu der grauhaarigen Stimme gehört, noch da war.

Ich habe mir ein Bild von ihr gemacht. Wahrscheinlich sieht sie in Wirklichkeit ganz anders aus, aber die Vorstellung hilft mir, sie in meinem Kopf einzuordnen. Ein strenges Gesicht. Brille. Die Haare zu einem Knoten zusammengedreht. Professionell verständnisvoll, aber ohne persönliches Interesse an ihren Patienten. Sieht sie nur als zu lösende Aufgaben.

Ich bin nur ein Element in einer Rechnung. Wahrscheinlich nicht das wichtigste.

So wie ich mir die Ärztin vorstelle, wird sie ihre Entscheidung schnell treffen. Das habe ich auch immer getan. Manchmal ist einem die richtige Antwort unangenehm, aber das ändert sich auch nicht, wenn man sich lang damit herumplagt. Bei einer Gruppe von Leuten etwa, die zusammengehören und sich gegenseitig gernhaben, kann es sinnvoll sein, einen davon auf möglichst schmerzhafte Weise zu opfern. Vor den Augen der andern, um sie damit zum Sprechen zu bringen. Die Frage ist nur, wen man zu diesem Zweck herauspickt. Die beste Wirkung erzielt man, wenn man sich für den Sympathischsten entscheidet. Auch wenn man das gefühlsmäßig gern vermeiden würde.

Wer Verantwortung trägt, darf sich nicht von Emotionen beeinflussen lassen.

Wenn ich die Ärztin wäre, müsste ich nicht lang überlegen. Ein Kind lässt sich in ein paar Monaten ersetzen.

Aber es geht nicht um irgendein Kind. Es geht um mich.

Es muss noch jemand anderes in dem Raum sein. Wohl ein Untergebener. Die grauhaarige Stimme sagt etwas, das wie ein Kommando klingt. Ein fremdes Wort. Der Name eines Medikaments? «Fünfzig Milligramm», sagt sie.

Für welches Mittel hat sie sich entschieden?

Sie machen etwas mit der Frau. Geben ihr eine Spritze, nehme ich an. Da ihr Wimmern aufgehört hat, ist sie wohl nicht bei Bewusstsein.

Ich warte auf die Wirkung.

«Sie müssen damit rechnen, dass Ihre Frau das Kind verliert.»

Die Zeit dehnt sich und wird langsamer.

Noch langsamer.

Ich versinke in einem See. Das Wasser ist schwarz.

Schwarz und warm.

Schwarz.

49

Ist das derselbe Körper oder schon wieder der nächste?

Derselbe. Ich lebe.

Noch und nicht wieder.

Ich bin so müde.

Das Piepsen hat aufgehört. Ich gehe davon aus, dass das ein gutes Zeichen ist.

Ich habe geschlafen und geschlafen und bin immer noch erschöpft. Als ob ich die ganze Zeit – wie viel Zeit ist vergangen? – gegen eine Strömung hätte anschwimmen müssen. Einen Berg bestiegen hätte mit letzter Kraft. Aber jetzt bin ich am Ufer, auf dem Gipfel, wo auch immer. Angekommen.

Auch die Frau hat es geschafft. Wir scheinen immer noch im Krankenhaus zu sein, aber man macht sich keine Sorgen mehr um sie. Man merkt das an den Fragen, die ihr jemand stellt. Eine Krankenschwester, nehme ich an. Alltägliche Floskeln, wie man sie verwendet, wenn es nichts mehr wirklich Wichtiges zu besprechen gibt.

«Wie geht es Ihnen heute? Besser? Haben Sie einen Wunsch?»

Sie antwortet, aber mit einer ganz schwachen Stimme. Eine Katze, die sich in einem Baum verstiegen hatte und noch nicht wieder richtig zu miauen wagt, obwohl man sie längst heruntergeholt hat.

Später kommt dann die grauhaarige Stimme dazu. Die Ärztin. «So zwei, drei Tage möchte ich Sie schon noch überwachen», sagt sie.

Seltsam, wie Worte die Farbe wechseln können, je nachdem, in welchem Zusammenhang man sie verwendet. «Überwachen».

«Aber dann werden wir Sie entlassen können.»

«Entlassen.» Auch so ein Wort.

«Mindestens zwei Wochen keinerlei körperliche Anstrengungen», sagt die grauhaarige Stimme. «Liegen Sie viel, und lassen Sie sich ein bisschen verwöhnen.»

«Sie haben mir das Leben gerettet», sagt die Frau.

Die Medizin muss eine Menge Fortschritte gemacht haben, seit der Zeit, als ich Andersen wurde.

Die Ärztin will gehen, aber die Frau hat noch eine Frage. «Und der Zwerg?»

Sie soll mich nicht Zwerg nennen.

«Alles in Ordnung», sagt die Grauhaarige. «Dem geht es bestens.»
Das ist nicht wahr. Ich bin schwach wie ein ganz alter Mann.

Was hat man für ein Alter, wenn man noch nicht geboren ist?

50

Immer noch im Krankenhaus. Es geht uns besser.

Ich will nicht «uns» denken. Es gibt mich, und es gibt sie. Da ist kein «wir».

Der Mann ist zu Besuch. Ich muss mein Bild von ihm korrigieren. Ich hatte ihn mir grobschlächtig vorgestellt. Ein bisschen wie Andersen. Nicht übermäßig intelligent, aber für praktische Dinge durchaus zu gebrauchen. Kein gefühliger Typ. Aber jetzt ist er ganz weich. Ein bisschen weinerlich sogar.

Ich kann ihn gut verstehen, obwohl er, nach dem Klang seiner Stimme zu schließen, nicht laut spricht. Er muss mir also räumlich sehr nahe sein. In dem Bild, das ich mir von der Situation mache, sitzt er vor dem Krankenhausbett und hat seinen Kopf auf ihren Bauch gelegt. Benutzt mich als Kopfkissen.

Ich gehe davon aus, dass die Frau liegt. Ich weiß es nicht mit Sicherheit, aber es ist die logische Annahme. Um Gewissheit zu haben, müsste ich die Richtungen im Raum unterscheiden können. Ich schaffe das immer noch nicht. Horizontal oder vertikal, das ist für mich alles dasselbe.

Der Anfang des Gespräches war uninteressant. Was man eben so sagt bei einem Krankenhausbesuch.

Aber dann … Eine interessante neue Information.

Die beiden sind nicht verheiratet.

Sie sind ein Paar, aber kein Ehepaar. Sie scheinen nichts Auffälliges daran zu finden.

Er hat um ihre Hand angehalten. Hatte einen Ring mitgebracht und wollte ihn ihr an den Finger stecken. Vielleicht saß er gar nicht auf einem Stuhl vor ihrem Bett, sondern hatte sich hingekniet. So feierlich, wie seine Stimme klang, ist das vorstellbar. «Lass uns ganz schnell die Hochzeit ansetzen», hat er gesagt.

Und sie sagte: «Nein.» Nicht dramatisch, sondern so, als ob es um eine Einladung zum Essen ginge, und sie habe gerade keinen Appetit. Sie werde ihn schon irgendwann heiraten, sagte sie, aber jetzt sei der Zeitpunkt nicht günstig.

Er hat versucht, sie zu überreden. Nach dem Schreck, den sie ihm eingejagt habe, wolle er nicht mehr warten, hat er gesagt. Seine Stimme ganz zittrig.

Sie blieb bei ihrer Ablehnung, auch als er versuchte, sie mit der Aussicht auf das große Fest zu locken, das man veranstalten könne. «Das werde ich ohne Bauch sehr viel mehr genießen können», war ihre Antwort.

Er redet immer noch auf sie ein, aber meine Menschenkenntnis sagt mir, dass sie ihre Meinung nicht ändern wird.

Ich werde ein uneheliches Kind sein.

Nun ja.

51

Ich darf mich in solchen Dingen nicht auf meine Erfahrungen verlassen. Der nicht gelöschte Teil meiner Erinnerung ist mindestens sechzig Jahre alt.

Sechs Jahrzehnte. In dieser Zeit kann sich die Welt in tausend Punkten verändert haben. Sechzig Jahre, das ist schon beinahe der Unterschied zwischen dem Sonnenkönig und der Französischen Revolution. Es wird nicht mehr viel gelten von dem, was ich als selbstverständlich betrachte. Man wird nicht mehr nach denselben Regeln spielen.

In der Gesellschaft, in die sie mich bald hineingebären wird, ist vielleicht längst nicht mehr auffällig, was mir so aufgefallen ist. Heiraten mag aus der Mode gekommen sein, wie Krinolinen oder Schnabelschuhe. Ein Relikt aus Großmutters Zeiten. Nettes altes Brauchtum, das man mitmachen kann oder auch nicht, ganz wie man lustig ist. So oder so ohne große Bedeutung. Wer sein Wohnzimmer mit einem antiken Spinnrad dekoriert, hat nicht die Absicht, es auch zu benutzen.

Es könnte durchaus so sein. Nicht nur die Technik entwickelt sich weiter, sondern auch die Gebräuche. Niemand kann voraussagen, in welche Richtung sie es tun. Da ist eine Menge Zufall dabei.

Mein Vater wäre eher mit nacktem Hintern auf die Straße gegangen als mit nacktem Gesicht. Zu seiner Zeit waren Bart und Schnurrbart Zeichen von Männlichkeit. Er pflegte seine Gesichtsbehaarung, als würde ihr Zustand polizeilich kontrolliert. Schnurrbartbinden und eine spezielle Pomade. Das schlimmste Schimpfwort, das er für mich hatte, war «bartloser Jüngling».

Dreißig Jahre später machte sich nur noch lächerlich, wer so herumlief. Um heldisch zu wirken, hatte man jetzt glattrasiert zu sein.

Die Dinge verändern sich.

Nach meiner Geburt – ich habe mich immer noch nicht an die Vorstellung gewöhnt – werde ich mich verhalten müssen wie ein Völkerkundler bei einem unerforschten Stamm. Mich unauffällig einfügen und die Sitten und Gebräuche beobachten. Nichts als gegeben voraussetzen und keine voreiligen Schlüsse ziehen. Nicht meinen, ich würde die Sprache verstehen, bloß weil sie scheinbar so klingt wie meine eigene. Gleiche Worte müssen nicht dieselbe Bedeutung haben.

Wachsam sein. Gerade bei Ähnlichkeiten misstrauisch werden.

Ich werde die Welt, die sich sechzig Jahre lang weitergedreht hat, erforschen müssen wie Gulliver die Welten von Liliput und Brobdingnag. Nur dass ich selber entscheiden kann, ob ich Gulliver, der Riese, oder Gulliver, der Zwerg, sein will.

Zwerg. Ich hasse dieses Wort.

Ich werde es ihnen abgewöhnen.

52

Die Schläfrigkeit überfällt mich immer noch ganz plötzlich, durch nichts angekündigt. Ich bin hellwach, oder glaube es doch zu sein, und im nächsten Augenblick nehme ich nichts mehr wahr. Als ob ein Schalter in mir umgelegt würde. Mein Körper schaltet einfach ab. Ich habe keinerlei Einfluss darauf.

Wenn ich dann aufwache, muss ich mich immer erst wieder in die Gegenwart zurücktasten. Mich mühsam daran erinnern, wo ich bin und in welcher Lage. Der logische Verstand hat sich mit meiner Situation abgefunden. Das Gefühl noch nicht.

Ich habe nie gern geschlafen. Als Kind, hat mir meine Mutter erzählt, bin ich davongerannt, wenn ich ins Bett gesteckt werden sollte. Oder ich habe mich versteckt. Ich kann mich nicht daran erinnern, aber ich kann es verstehen.

Wer schläft, ist hilflos. Kann sich nicht wehren. Im Schlafsaal im Militär habe ich immer das obere Bett genommen. Ein Angreifer hätte zuerst zu mir hinaufklettern müssen, und das hätte mich gewarnt.

Überhaupt: Schlaf ist verlorene Lebenszeit. Natürlich, die Batterien müssen aufgeladen, der Speicher nachgefüllt werden. Aber ich habe nie verstanden, wie jemand diese Notwendigkeit erstrebenswert finden kann. Besonders, wenn man keine Kontrolle über den Zeitpunkt hat.

Bestimmt habe ich durch diese Schwäche schon eine Menge wichtiger Informationen verpasst.

Damals – ich muss mich daran gewöhnen, dass es in einem Damals war, obwohl es mir vorkommt wie gestern –, damals bin ich immer mit ganz wenig Schlaf ausgekommen. War bekannt dafür. Eine Fähigkeit, die mir bei meiner Arbeit sehr zustatten kam. Wer länger wach bleiben kann, ist dem anderen überlegen. Letzten Endes ist im Leben alles eine Frage der Dominanz.

Ich war in der Lage, ein Verhör um drei Uhr morgens zu beginnen und es, wenn nötig, bis in die nächste Nacht durchzuziehen. Eine Frage nach der andern. Steter Tropfen. Wenn dem Gegenüber die Augen zufielen: ein Kübel Wasser über den Kopf. Wenn notwendig, auch härtere Maßnahmen.

Als besonders effektiv erwies sich, dass ich diese Sitzungen ohne jede Unterbrechung durchführen konnte. Ich hatte mir vom Onkel Doktor Pillen organisieren lassen, ein Medikament, das eigentlich für Zuckerkranke bestimmt war. Wenn man das geschluckt hatte, musste man einen ganzen Tag lang nicht pinkeln. Und wenn *ich* keine Pause brauchte – ich habe ihnen das immer ganz sachlich erklärt, das irritiert sie am meisten –, dann hatte der Befragte das seinerseits auch durchzuhalten. Man gewinnt ein Spiel am leichtesten, wenn man derjenige ist, der die Regeln bestimmt.

Es gibt nur Starke und Schwache.

53

Durch die lästige Schlaferei bekomme ich immer nur Bruchstücke von dem mit, was um mich herum geschieht. Als ob ich im Kino säße, und jemand hätte den Film zerschnipselt. Die Teile wahllos aneinandergehängt. Oft fehlen gerade die interessantesten Stellen.

Wir sind wieder zu Hause.

Ich werde mich an das Wort gewöhnen müssen. Auch wenn es nicht mein Zuhause ist. Nur ein Ort, dessen Geräusche ich kenne.

Eine Wohnung. Nicht allzu groß. Schon zweimal haben sie sich darüber unterhalten, dass sie mehr Platz brauchen werden, «wenn der Zwerg erst einmal da ist».

Sie können keine reichen Leute sein. Essen in der Küche. Ich kann das Wasser hören, das aus dem Hahn kommt, und das Klappern des Geschirrs. Auch Personal scheinen sie nicht zu haben. Zumindest habe ich noch keine Stimme gehört, die zu einer Köchin oder Haushälterin passen würde.

Wenn ich ihre Gespräche richtig deute, ist meist Arno derjenige, der das Geschirr abwäscht. Sie wird noch zu schwach dafür sein, nach der Zeit im Krankenhaus. Er behauptet, dass ihm das sogar Spaß mache. Was soll er sonst sagen?

Wie die Frau heißt, habe ich immer noch nicht herausgefunden. Er nennt sie «Schatz».

Überraschend oft, und dafür habe ich noch keine Erklärung, höre ich Maschinengeräusche. In der Küche, aber auch im Bad. Das Bad erkennt man leicht. Es ist der einzige Raum, dessen Tür abgeschlossen wird. Ich mag es nicht, wenn sie dort hingeht. Allzu oft muss ich mir dann Geräusche von unangenehmer Intimität anhören. Sie verbringt viel Zeit damit, sich zu entleeren.

Manchmal, das finde ich besonders unappetitlich, telefoniert sie, während sie auf dem Klo sitzt. Zumindest nehme ich an, dass Gespräche, in denen ich keinen Partner höre, Telefongespräche sind. Obwohl ich noch nie das Geräusch einer Wählscheibe gehört habe. Ich kann mir nicht erklären, warum sich jemand auf dem Scheißhaus einen Fernsprecher installieren lässt. Manchmal erklingt vor solchen Gesprächen ein kurzes Musikstück. Immer dasselbe. Wenn damit das Klingeln ersetzt wird, halte ich das für einen sinnvollen Fortschritt. Viel weniger lästig.

Die beiden hören auch sehr viel Radio. Ich habe versucht, mir aus den Nachrichtensendungen ein Bild der weltpolitischen Situation zusammenzustückeln, aber es ist mir nicht gelungen. Mir fehlen zu viele Informationen. Ich habe noch nicht einmal mit Sicherheit herausfinden können, wer den Krieg gewonnen hat. So wie die Situation war, werden wir es wohl nicht gewesen sein. Und vielleicht hat es ja unterdessen schon längst den nächsten Krieg gegeben.

In dem Zimmer, in dem sie Radio hören, muss ein Sessel stehen, der repariert gehört. Jedes Mal, wenn sich jemand hinsetzt, quietscht eine Feder. Es ist eine Schlamperei, so etwas nicht in Ordnung zu bringen.

Allein anhand der Geräusche, scheint mir, könnte ich mich in der Wohnung schon ganz gut zurechtfinden.

54

Jetzt, wo die Bedrohung der Krankheit überstanden ist, wächst meine Ungeduld, diesen unwürdigen Zustand endlich hinter mich zu bringen. Ich war, verdammt noch mal, lang genug in diesem fremden Bauch eingesperrt. Natürlich, in Gefangenschaft erscheint einem die Zeit immer länger, als sie ist, ein Phänomen, das mir immer mal wieder nützlich gewesen ist. Trotzdem habe ich den Eindruck, dass die neun Monate dieser Schwangerschaft längst vorbei sein müssten.

Ob es irgendetwas gibt, das ich tun könnte, um den Prozess zu beschleunigen? Ohne mir selber Schaden zuzufügen?

Nichts riskieren. Ich weiß zu wenig über die körperlichen Zusammenhänge. Unendlich lang kann es nicht mehr dauern.

Für gewöhnlich, nehme ich an, werden Kinder im Mutterleib kein Zeitgefühl haben. Sie würden es sonst so wenig aushalten wie andere Gefangene, würden an der eigenen Ungeduld zu Grunde gehen. Die Fähigkeit, die Länge einer Minute oder eines Tages zu empfinden, wird wohl zusammen mit den Erinnerungen ausgelöscht. So wie meine Mutter gebrauchte Einweckgläser sorgfältig sauberschrubbte, um sie wieder neu verwenden zu können. «Wenn noch alte Reste drankleben», sagte sie, «fängt der Inhalt an zu faulen.»

Bei mir sind es nicht nur Reste. Ich bringe mehr Erfahrungen in die Welt mit als diese Leute, die sich für meine Eltern halten werden, je gesammelt haben können. Ein ganzes Leben, oder doch ein halbes.

Nur der Teil mit Andersen fehlt mir. Ich möchte wirklich wissen, was ich aus ihm gemacht habe.

Ob es eine Möglichkeit geben wird, später einmal nach ihm zu suchen? Spuren muss ich auch als Andersen hinterlassen haben. Auf Meldeämtern oder in anderen Registern. Irgendwo wird seine Todesanzeige erschienen sein. Vielleicht hat er, habe ich, geheiratet. Vielleicht sogar Kinder gezeugt. Die unterdessen auch schon wieder ältere Herrschaften sein müssten. Oder bereits begraben.

Um die Langeweile zu bekämpfen, beschäftige ich mich damit, mir einen Lebenslauf für Andersen auszudenken. Ich werde so bald wie möglich in eine Großstadt gezogen sein, so wie ich mir das vorgenommen hatte. Nirgends wird man besser unsichtbar als in einer Menschenmenge. Dort werde ich dann, nach einiger Zeit, die bäuerliche Maske abgelegt haben. Meine Erfahrungen eingesetzt, um etwas Neues aufzubauen. Ich weiß, wie man andere kontrolliert. Das ist eine Fähigkeit, die immer gebraucht wird.

Andersen als Geschäftsmann? Andersen als Journalist? Andersen als Politiker?

Mit was immer ich mich auch befasst habe, ich werde erfolgreich darin gewesen sein. Etwas anderes würde nicht zu mir passen.

55

Sie heißt Helene. Ich weiß es seit heute. Eine Freundin kam zu Besuch, eine geschwätzige Frau mit der Angewohnheit, ihr Gegenüber dauernd mit Namen anzusprechen. «Helene dies, Helene das, Helene, hör mal» und «Helene, weißt du».

Helene.

Ich stelle mir bei diesem Namen ein blasses Gesicht vor. Eine Helena würde man in kräftigen Farben malen, aber nicht eine Helene. Helle Haare. Kurzsichtig, ich weiß nicht, wie ich darauf komme. Aber zu eitel, um eine Brille zu tragen. Die Augen deshalb immer ein bisschen zusammengekniffen. Ich denke an eine Kirchgängerin, obwohl ich von frommen Neigungen bei der Frau bisher nichts mitbekommen habe.

Die fromme Helene, natürlich. Da kommt die Assoziation her.

Selbstverständlich ist es Unsinn, sich das Aussehen eines Menschen anhand seines Namens ausmalen zu wollen. Der Name wird ja bestimmt, bevor das Gesicht die Möglichkeit hatte, sich zu etwas Eigenem zu entwickeln. Meistens haben sich die Eltern darauf festgelegt, bevor sie das Kind auch nur gesehen haben.

Helene.

Seltsam, wie wichtig man diese Bezeichnungen nimmt. Wenn einer Künstler werden will, Schauspieler oder so etwas, legt er sich als Erstes einen neuen zu. Ich habe Leute gekannt, die sind von Behörde zu Behörde gerannt, bloß weil sie nicht mehr so heißen wollten, wie sie hießen. Als ob das Etikett, das man auf etwas klebt, den Inhalt verändern würde.

Schall und Rauch.

Einmal haben sich die beiden darüber unterhalten, wie sie mich wohl nennen sollten. Ich weiß nicht, ob sie dabei zu einer Entscheidung gekommen sind, weil ich schon wieder mitten in ihrem Gespräch eingeschlafen bin.

Es ist mir egal, welchen Namen sie mir geben, solang es nicht mein eigener ist.

Andersen hatte ich Damian getauft. Damian Andersen. Steht jetzt wohl auf seinem, auf meinem Grabstein. Wenn das Grab nicht schon längst aufgehoben ist und der Stein für den nächsten Toten umgemeißelt.

Die Leute, die zu uns geschickt wurden, haben wir nie mit ihren Namen angesprochen. Immer nur mit ihrer Nummer. Haben ihnen beigebracht, darauf zu reagieren. Ein gutes Mittel, um Menschen abzurichten.

Helene.

Seltsam: Seit ich weiß, wie sie heißt, fühle ich mich ihr näher.

Wenn ich dann reden kann, wenn ich dann zugebe, reden zu können, werde ich sie wohl Mama nennen müssen.

Mama. Eigentlich ein idiotisches Wort.

56

Endlich war ich einmal zur richtigen Zeit wach. Ich habe ein interessantes Gespräch mit angehört.

Helenes geschwätzige Freundin war zu Besuch. Sie heißt Max. Oder wird doch so genannt. Wahrscheinlich ein Schnack aus Kindertagen. Ihr richtiger Name wird Marie sein. Oder Margarete. Sie ist Studentin, wenn ich es recht verstanden habe.

Arno war nicht dabei. Er müsse noch mal zur Arbeit, hat er behauptet. Ich würde darauf schwören, dass das ein Vorwand war. Er mag Max nicht. Einmal hat er zu Helene gesagt, ihre Freundin sei eine Dummschwätzerin, die kein anderes Thema kenne als irgendwelche psychologischen Theorien.

In diesem Punkt irrt er sich gewaltig. Max kennt durchaus ein anderes Thema. Über das sie aber nicht spricht, wenn er anwesend ist.

Die beiden Freundinnen haben sich über Männer unterhalten. Nicht so, wie ich mir Frauengespräche vorstelle, sondern sehr viel deftiger. Selbst im Kasino haben wir nicht so unverblümt über unsere Erfahrungen mit dem anderen Geschlecht gesprochen.

Max scheint ihre Liebhaber regelmäßig zu wechseln und erzählt ganz selbstverständlich davon. Wenn es um Schuhe ginge, die sie in diesem oder jenem Laden anprobiert hätte, ohne das Passende zu finden – sie würde nicht anders reden. Soweit ich das aus dem Gespräch der beiden entnehmen konnte, hat sie aber, trotz ständig wechselnder Liebschaften, nichts Verruchtes oder Hetärenhaftes an sich. Im Gegenteil: Sie ist auf der Suche nach der ganz großen Liebe. Dabei muss sie gerade eine Enttäuschung erlitten haben. Sie zerfloss in Selbstmitleid. Was sie nicht daran hinderte, die Männer, mit denen sie es schon zu tun hatte, in äußerst sachlicher Weise zu beschreiben und in allen Details miteinander zu vergleichen. Auch in anatomischer Hinsicht. Als ob es um Rennpferde ginge.

Helene scheint an solchen handfesten Schilderungen nichts Ungewöhnliches zu finden, sondern berichtete in gleicher Rückhaltlosigkeit über ihre Erfahrungen mit Arno. Ich weiß mehr über seine bevorzugten Positionen beim Geschlechtsverkehr, als ihm lieb sein würde. Die beiden unterhielten sich auch über intimste Dinge so sachlich, als ob es um den Austausch von Kochrezepten ginge.

Ich hätte solche Diskussionen zwischen zwei Frauen nicht für möglich gehalten. In diesem Punkt scheinen sich die gesellschaftlichen Regeln seit meiner Zeit gewaltig verändert zu haben.

Ich muss aufhören, an die Vergangenheit als «meine Zeit» zu denken. Das hier ist jetzt meine Zeit.

Geboren im neunzehnten bin ich jetzt ein Kind des einundzwanzigsten Jahrhunderts.

57

Noch ein Mosaikstück. Ein Streit zwischen Helene und Arno.

Es ging um Geld. Auseinandersetzungen drehen sich immer um Besitz. Zwischen den Menschen und zwischen den Völkern. Man findet andere Worte dafür, edler klingende Gründe, aber letzten Endes geht es stets nur darum: mehr haben wollen als der Nachbar. Man nennt das Patriotismus.

Ich habe mir in diesem Punkt nie etwas vorgelogen. Ich war kein Patriot. Hätte meine Arbeit auch für die andere Seite getan, wenn es sich so ergeben hätte. Auch dort wäre ich der Beste meines Fachs gewesen. Aber man ist, durch Zufall oder Schicksal, nun mal von Geburt an in eine Mannschaft eingeteilt, und da ist es nur sinnvoll, sich dafür einzusetzen, dass sie das Spiel auch gewinnt.

Wir haben es wohl verloren. Nun ja. Unterdessen wird auch das nur noch ein Ereignis für die Geschichtsbücher sein.

Bei der Auseinandersetzung zwischen Helene und Arno ging es um einen Betrag, den sie für eine gemeinsame Anschaffung zur Seite gelegt haben, mit dem er dann aber, ohne sie vorher zu fragen, etwas für sich selber gekauft hat. Ich habe nicht genau mitbekommen, um was es sich handelte. Sie bezeichnete es als Spielzeug, aber das ergibt keinen Sinn.

Es scheint sich um ein technisches Gerät zu handeln. Die Bezeichnung sagte mir nichts. Überhaupt werde ich mich an ein neues Vokabular gewöhnen müssen. Vor allem Arno verwendet eine Menge Ausdrücke, die ich nicht kenne.

Man wird das alles lernen.

Als Fachmann der Gesprächsführung muss ich sagen: Arno hat sich in dieser Diskussion sehr ungeschickt verhalten. In meiner Truppe hätte ich so jemanden nicht brauchen können. Überhaupt kein Gefühl dafür, um was es ihr eigentlich ging. Dabei war die Situation ganz offensichtlich. Sie hat ihm vorgeworfen, für solche Anschaffungen sei es der falsche Moment, gerade jetzt, wo man ein Kind erwarte, gebe es andere und wichtigere Dinge, für die man die Ersparnisse brauche. Und so weiter. Hat ständig dieselben Argumente wiederholt, was immer ein Zeichen für eine schwache Position ist. Er hätte ihr einfach recht geben müssen, ihr ein bisschen Zerknirschtheit vorspielen, dann wäre ihr bald die Luft ausgegangen. Reue ist meistens ein gutes Argument. Sie muss ja nicht echt sein.

Aber er hat eine völlig falsche Taktik angewendet. Ist auf ihre Vorwürfe gar nicht eingegangen. Er könne gut verstehen, dass sie sich so aufrege, hat er gesagt, in diesem Stadium der Schwangerschaft sei das nur normal, so kurz vor der Geburt. Sie solle doch mal überlegen, ob ihr Ärger nicht mehr mit ihren Hormonen zu tun habe als mit der Sache.

Worauf sie natürlich erst recht explodiert ist.

Ein miserabler Debattierer. Ich hätte das besser gemacht.

58

«So kurz vor der Geburt.»

Die Worte lassen mir keine Ruhe.

Kurz vor der Geburt, das kann alles bedeuten.

Was meint er genau? Tage? Wochen?

Oder sind es nur noch Stunden?

Er hätte sich wirklich exakter ausdrücken können. Präziser. Ungenauigkeiten habe ich nie gemocht.

Als ich ein Kind war, als ich zum letzten Mal ein Kind war, da war ich vom

Kalender so fasziniert wie andere von Spielzeugautos oder Indianern. War begeistert von der Ordnung, die sich darin äußerte, von der Tatsache, dass alle wichtigen Ereignisse im Leben vorausplanbar waren. Wie viele Tage noch bis zu meinem Geburtstag, bis zu Weihnachten, bis zum Beginn der großen Ferien? Ich suchte schon damals nach dem Halt einer festen Struktur. Man hat mir erzählt, ich hätte einmal unter Tränen dagegen protestiert, dass die Monate nicht alle gleich lang sein sollten. Ich kann mir gut vorstellen, dass es wirklich so gewesen ist. Es kommt mir heute noch unnötig chaotisch vor.

Bei uns in der Küche hing direkt neben der Tür ein Abreißkalender, auf dem unter dem täglichen Datum historische Ereignisse und die jeweiligen Heiligen vermerkt waren. 26. September: Cosmas und Damian. Es war mein eifersüchtig verteidigtes Vorrecht, jeden Tag das alte Kalenderblatt abzureißen. Ich weiß noch gut, dass ich das an Sonntagen, wo die Zahl rot war, mit kindlicher Feierlichkeit zu tun pflegte. Einmal, es muss an Weihnachten gewesen sein, gab es drei rote Tage hintereinander, was mir geradezu magisch erschien. Ich habe die Blätter noch lange Zeit aufbewahrt.

Auf der Rückseite standen fromme Sprüche und sogenannte Lebensweisheiten. Sie haben mich nie interessiert.

Auch später, als Erwachsener, habe ich auf Pünktlichkeit und Zuverlässigkeit größten Wert gelegt. Ich vermute, meine Mitarbeiter haben mich wegen meines Beharrens auf exakten Arbeitsplänen für unnötig stur gehalten. Aber gerade in einem Gewerbe wie dem unseren, wo man jederzeit mit Überraschungen rechnen muss, schien es mir wichtig, zumindest dort, wo es möglich war, alle unnötigen Zufälligkeiten auszuschalten.

Ich bin ein Mensch, der gern vorausdenkt und vorausplant. So wie ich es getan habe, als ich mich darauf vorbereitete, Andersen zu sein. Ich bin mit diesem Prinzip immer gut gefahren. Und ausgerechnet beim wichtigsten Ereignis, das mich erwartet, habe ich nicht die geringste Ahnung, wann damit zu rechnen ist.

Und wie es sich anfühlen wird.

Nicht dass ich mich davor fürchten würde. Aber es ist ein unangenehmes Gefühl, so gar nicht zu wissen, was einem bevorsteht.

59

Heute hätte ich die Antwort bekommen können. Aber die verdammte Müdigkeit hat mir einen Streich gespielt.

Helene war bei ihrer Ärztin. Ich mache wohl keinen Fehler, wenn ich die grauhaarige Stimme diesem Beruf zuordne. Es ging bestimmt um die Schwangerschaft, und die beiden müssen auch den Termin der Geburt besprochen haben. Das ist nur logisch. Aber genau diesen Teil ihres Gespräches, den Teil, der mich am meisten interessiert hätte, habe ich verschlafen. Ich bin erst aufgewacht, als sich Helene bereits wieder verabschiedete.

Sie ist dann mit der Straßenbahn gefahren. Es kann nichts anderes gewesen sein, auch wenn die Geräusche anders waren, als ich sie in Erinnerung habe. Zu Hause – mein Gott, ja, dann ist es eben für einige Zeit mein Zuhause – hat sie sich bei Arno darüber beschwert, dass ihr niemand seinen Platz angeboten habe. Dabei sehe man ihr ihren Zustand doch wirklich an. Ich mag solches Gejammere nicht. Statt auf die Höflichkeit der anderen zu warten, hätte sie sich eben wehren müssen. Dumme Kuh.

Etwas hat mich überrascht, weil ich es nicht für möglich gehalten hätte: Bei der Ärztin hat man eine Fotografie von mir gemacht. Im Bauch. Keine Ahnung, mit was für einer Technik. Eine Art Röntgenaufnahme, nehme ich an. Helene hat Arno das Bild gezeigt und war beleidigt, als er nicht so begeistert darauf reagierte, wie sie das wohl erwartet hatte. Sie fand mich darauf wunderschön.

Es müsste mir egal sein, aber es ist mir unangenehm, wenn andere Leute meinen Körper einfach so betrachten können.

Meinen Körper? Er fühlt sich immer noch an, als ob er jemand anderem gehörte. Der alte war mir angenehmer, obwohl er nach all den Problemen mit meiner Hand nicht mehr in allzu gutem Zustand war. Aber er hat mir so selbstverständlich gepasst wie ein alter Pullover.

An den neuen muss ich mich erst gewöhnen. Vorläufig komme ich noch nicht zurecht mit ihm. Er macht noch nicht, was ich will. Als ob ich im Führerstand einer brandneuen Maschine säße, von der Fabrik gerade erst ausgeliefert, und niemand hätte mir die Knöpfe und Hebel erklärt. Wahrscheinlich muss man einen Körper so vorsichtig einfahren wie ein neues Automobil.

Ich hoffe, der Zufall hat mir kein allzu billiges Modell zugeteilt. Mit einem schwachen Motor gewinnt man keine Rennen. Ich bin kein Mensch, der mit zweiten Rängen zufrieden ist. So etwas wie ein Ehrenplatz existiert nicht. Es gibt nur Sieger und Verlierer.

Ich bin schon wieder müde. Wann diese permanente Schläfrigkeit wohl nachlassen wird? So viele Zeiten der Unaufmerksamkeit kann ich mir in meiner Situation nicht leisten.

60

Ich wache auf und höre Helene hecheln. Die Atmung, die man einsetzt, um Schmerzen zu ertragen, die eigentlich nicht erträglich sind. Ein nach innen gewendetes Schreien. Ich kenne das Geräusch gut.

Soll ich daraus schließen, dass die Wehen eingesetzt haben? Dass die Geburt im Gang ist?

Aber müsste ich dann nicht auch etwas spüren? Einen Druck, einen Schmerz, was weiß ich? Irgendeine Veränderung?

Aber da ist nichts als das angenehm temperierte Bad, in dem ich treibe. Die Orientierungslosigkeit, an die ich mich unterdessen gewöhnt habe. Auch in Helenes Emotionen, die ich unterdessen so exakt lesen kann wie meine eigenen, ist nichts von der Aufregung zu spüren, die man in einem Kreißsaal erwarten würde. Sie ist entspannt. Wenn ich es noch genauer sagen müsste: vergnügt.

Aber sie hechelt.

Das schnelle, stöhnende Atmen scheint gleichzeitig aus verschiedenen Richtungen zu kommen. Als ob da ein Echo wäre. Als ob eine ganze Reihe von Frauen …

Ich kann es mir nicht erklären.

Dann sagt eine Stimme etwas, eine Frauenstimme, und das Hecheln hört auf. Man hört leises Gelächter und Leute, die durcheinanderreden.

Und wieder die Frauenstimme. Lauter als die andern. «Jetzt bitte entspannen», sagt sie, «und ganz ruhig atmen. In exakt zwei Minuten geht es wieder los.»

Was spielt sich hier ab?

Helenes Stimme: «Danke, dass du mitgekommen bist.»

Und Arno: «Ein bisschen lächerlich komme ich mir vor.»

Helene lacht. Es ist ein zärtliches Lachen. Ich stelle mir vor, dass sie ihm dabei über die Haare streicht. «Den anderen wird es genauso gehen», sagt sie.

Wobei?

Da sind, ohne jeden Zweifel, viele Leute. Hauptsächlich Frauen, aber auch

Männer. Sie reden durcheinander, die Stimmen ineinandergequirlt wie die eiligen Gespräche vor dem Beginn einer Versammlung.

«Noch eine Minute», ruft die laute Frau mit gemachter Fröhlichkeit. Ein Krankenpfleger-Tonfall.

«Heute bin ich froh, dass ich ein Mann bin», sagt Arno.

Helene lacht. Sie ist gut gelaunt, ich kann es spüren. «Ich bin immer froh, dass du ein Mann bist», sagt sie. Sie lässt ihre Stimme gurren, ganz hinten in der Kehle. Zum Glück sind die beiden nicht allein. Sonst müsste ich wohl gleich wieder unappetitliche Zärtlichkeiten mit anhören.

Aber wo sind sie?

«Und los!», ruft die Krankenpflegerinnen-Stimme.

Helene beginnt wieder zu hecheln.

61

Es war nur Theater. Sie haben Geburt gespielt, wie Kinder mit Puppen spielen. Ich weiß nicht, was für einen Zweck das gehabt haben soll. Zu meiner Zeit …

Ich muss mir diese Denkweise abgewöhnen. «Damals», muss ich denken. Oder: «Vor siebzig Jahren.»

Damals wäre niemand auf so alberne Ideen gekommen.

Vielleicht ist das Ganze ein neuer Brauch für Paare, die ein Kind erwarten. Arno hat hinterher spöttische Bemerkungen gemacht. Sie schien deswegen zuerst ärgerlich, aber dann hat sie in sein Gelächter eingestimmt. Jetzt sind sie beide völlig überdreht. Als ob sie jemandem einen Streich gespielt hätten.

Besteck auf Geschirr. Gläserklirren. Gesprächsfetzen. Ein Lokal. Ich bin unterdessen geübt darin, mir aus Geräuschen Bilder zusammenzusetzen.

Ein Lokal mit Kapelle. Ich höre die Klänge nur leise und bin froh darüber. Sie haben etwas unangenehm Fremdartiges. Eine jaulende Melodie ohne erkennbare Tonart. Ich könnte nicht einmal sagen, was für ein Instrument da gespielt wird. Es klingt wie eine Geige mit einer einzigen verstimmten Saite.

«Vielleicht solltest du nicht das ganz Scharfe bestellen», sagt er. «Nicht in deinem Zustand.»

Sie kichert. Ihre Stimme ganz hoch. Merkt sie nicht, dass sie so wie ein dummes kleines Mädchen wirkt? «Heute kann mir nichts scharf genug sein», sagt sie. Jetzt kichert er auch. Alberne Menschen.

Ich habe nie verstanden, warum Essen für manche Leute so wichtig sein kann. Warum sie sich stundenlang darüber unterhalten können. Der Körper braucht Brennstoff, natürlich. Aber sich über dessen Auswahl und Zubereitung groß Gedanken zu machen ist Zeitverschwendung. Am Schluss scheißen alle ins selbe Klo.

Aus beruflichem Interesse habe ich mal an mir selber ausprobiert, wie lang man es ohne Nahrung aushält. Mehrere Tage, ohne große Probleme. Durst ist sehr viel schwerer zu ertragen. Erst mit Salzheringen gefüttert und dann an die Zentralheizung gekettet, das hält keiner lang durch. Ich hatte schon immer eine Vorliebe für Methoden, bei denen man nur einfach abwarten muss, bis sich die Wirkung einstellt. Man kann sich zur selben Zeit mit jemand anderem beschäftigen.

Die Musik wird immer lästiger. Jetzt versucht sie auch noch mitzusingen, und er findet das furchtbar komisch. Ob die beiden betrunken sind?

Nein. Wenn Helene getrunken hätte, würde ich das an mir selber spüren.

Aber Arno scheint nicht mehr ganz nüchtern zu sein. Er bringt einen Trinkspruch aus. «Auf den Zwerg!», sagt er. «In zwei Wochen sind wir Mama und Papa!»

62

Zwei Wochen. Das ist ein überschaubarer Termin.

Ich habe das unsinnige Gefühl, mich vorbereiten zu müssen. Als ob es einen Koffer zu packen gäbe. Papiere zu ordnen.

Damals, als es notwendig wurde, Andersen zu werden, hatte ich mich wochenlang darauf vorbereitet. Alles, was ich brauchte, lag bereit. Jetzt kann ich nur warten.

Ich war noch nie ein geduldiger Mensch.

Ob es sehr schmerzhaft sein wird?

«Wehen.» Das Wort klingt bedrohlich.

Man lernt so viel, und weiß doch immer zu wenig. Mit dem Vorgang der Geburt habe ich mich nie befasst. Obwohl ich mich sonst mit der menschlichen Anatomie sehr genau vertraut gemacht habe. Um zu wissen, wie man mit möglichst geringem Aufwand ein Maximum an Schmerzen verursacht.

Zwei Wochen.

An was man merken wird, dass es anfängt?

Wenn mein Vater wütend wurde, hat er auf den Enden seines Schnurrbarts herumgekaut. Dann wusste man: Gleich schlägt er zu. Im Krieg ging zuerst das Sperrfeuer los, und eine Viertelstunde später kam der Angriff.

Es gibt immer ein Anzeichen. Man muss es nur erkennen. Manche Tiere spüren Erdbeben schon Stunden, bevor sie sich ereignen.

Ich darf mich nicht selber verrückt machen. Es gibt Milliarden von Menschen auf der Welt, und jeder von ihnen hat seine Geburt überlebt.

Aber die andern hatten den Vorteil, es nicht bewusst durchmachen zu müssen. Sich hinterher nicht daran erinnern zu müssen. Allmählich wird mir klar, dass so ein unausgebildetes Gedächtnis auch seine Vorteile hat. Es ist nicht nur bösartig von ihnen, wenn sie Pannen auszumerzen suchen.

«Was hat der Zwerg bloß?», höre ich Helene sagen. «Er ist plötzlich so unruhig.»

«Es wird an dem scharfen Zeug liegen, dass du gegessen hast», sagt Arno. Er ist ein Idiot.

«Lass uns nach Hause gehn», sagt sie.

Schade, dass sie keinen Alkohol getrunken hat. So ein bisschen Betäubung käme mir gar nicht ungelegen.

«Tief durchatmen», sagt man. Aber ich atme ja nicht.

63

Einmal würde ich ein Ereignis gern verschlafen, aber gerade dann muss ich natürlich hellwach sein.

Es ist abstoßend, was sie da machen.

Ekelhaft.

Sie sind nach Hause gekommen, er beschwipst und sie aufgedreht. Und dann …

Wenn die Leute wüssten, wie lächerlich sie klingen, wenn sie zärtlich werden. Es hat seinen Sinn, dass man diese Dinge nicht in der Öffentlichkeit betreibt. Sie mögen notwendig sein, um die Menschheit fortzupflanzen, aber ich will mir das nicht anhören müssen.

Es ist abstoßend.

Das Schlimme ist, dass ich mir in den letzten Monaten angewöhnt habe, alle Geräusche sofort in Bilder zu verwandeln. Mir die Geschehnisse rings um die Frau herum ganz genau auszumalen.

Ich will mir nicht vorstellen, was da gerade passiert. Ich will es nicht. Aber man kann der eigenen Phantasie nicht die Augen zuhalten.

Sie sind dazu nicht einmal ins Schlafzimmer gegangen. Ich habe die Feder gehört, die jedes Mal quietscht, wenn sich jemand in den Sessel vor dem Radio setzt. Es ist Arno, der da breitbeinig sitzt. Helene kniet vor ihm. Kniet wie eine Dienerin. Er hat sie darum gebeten, und sie hat ihm den Wunsch erfüllt. Er hat seinen Hosenschlitz geöffnet, oder sie hat es für ihn getan, und dann …

Es ist widerlich.

Und diese Frau wird mich zur Welt bringen. «So ein süßes Kind», wird sie sagen, und dann wird sie mich küssen. Mit diesem Mund.

Ich will das nicht.

Ich trete sie so heftig, wie ich nur kann, aber sie lässt sich nicht ablenken.

Jetzt will er etwas sagen, aber er bringt die Worte nicht richtig aus sich heraus. Sie scheint ihn trotzdem verstanden zu haben und antwortet etwas ebenso Unverständliches.

«Man spricht nicht mit vollem Mund», hat meine Mutter immer gesagt.

Sein Atem geht heftiger. Als ich ihn das erste Mal so habe grunzen hören, habe ich gemeint, er sei dabei, sie zu verprügeln.

Es wäre mir lieber. Aber es ist keine Prügelei. Leider nicht.

Während ich mich noch ekle, sagt der logische Teil meines Denkapparats: «Du solltest ihnen dankbar dafür sein, dass sie diese Position gewählt haben. Sie tun es schließlich aus Rücksicht auf dich.»

Unappetitlich ist es trotzdem.

64

Die beiden bereiten sich vor. Ohne wirklich zu wissen, worauf.

Als ich mich 1914 als Sechzehnjähriger freiwillig für den Krieg meldete, lud mich mein stolzer Vater in das Wirtshaus ein, wo er zweimal die Woche seinen Stammtisch hatte. «Jetzt bist du ein Mann!», sagte er, ließ mir den ersten Schnaps meines Lebens einschenken und bestellte für jeden von uns eine Zigarre. Ich rauchte und trank, und wir sangen gemeinsam patriotische Lieder.

Später habe ich dann gekotzt.

Am nächsten Morgen stand ich mit den anderen Freiwilligen in Reih und Glied. Der Vorsitzende des Veteranenvereins hielt eine Ansprache. Wir seien junge Helden, sagte er, die mutig in eine Schlacht zögen, aus der nicht alle lebend heimkehren würden. Mit dem Schild oder auf dem Schild.

Von diesem Moment an hatte ich Angst.

So ähnlich kommen mir Helene und Arno vor. Seit dem Überschwang jenes peinlichen Abends hat sich ihre Stimmung völlig verändert. Wenn sie allein ist, legt sie immer wieder dieselbe Schallplatte auf, ein französisches Lied, dessen Text ich nicht verstehe. Sie sitzt dann still da – unterdessen habe ich auch für ihre Körperhaltung ein ganz gutes Gefühl –, und ich meine zu spüren, dass sie ihre Hände über mir gefaltet hat.

Letzthin kam Max vorbei und wollte von ihrem neusten Liebesabenteuer erzählen, aber Helene ließ sie nicht zu Wort kommen. Sie habe jetzt weiß Gott andere Sorgen. Es war das erste Mal, dass ich die beiden habe streiten hören.

Wenn Arno da ist, spricht er in einem fürsorglich besorgten Ton mit Helene, auch wenn er sie nur bittet, ihm die Butter zu reichen. Immer wieder erkundigt er sich, wie es ihr gehe und ob sie sich wohl fühle. Sie antwortet dann jedes Mal, es sei alles in Ordnung, er solle sich keine Sorgen machen, aber sie sagt es in so madonnenhafter Milde, dass man es ihr nicht wirklich glauben kann. Ich weiß nicht, ob sie das mit Absicht tut.

Es kann nicht mehr lang dauern.

Auch ich müsste mich vorbereiten. Ich weiß bloß nicht, wie.

Warten kann Folter sein. Im Schützengraben gab es einen Mann – er kam mir nicht älter vor als ich selber, aber er war verheiratet, und seine Frau erwartete ein Kind –, der kratzte sich, wenn wir auf den Befehl zum Angriff warteten, den Handrücken auf, immer an derselben Stelle. Er merkte das selber gar nicht, auch als da keine Haut mehr war und schon der Knochen sichtbar wurde. Sie haben ihn dann wegen Selbstverstümmelung vor ein

Kriegsgericht gestellt. Ich weiß nicht, wie die Sache ausgegangen ist, aber selbst wenn sie ihn zum Tod verurteilt haben, muss das Warten auf das Urteil die schlimmste Zeit für ihn gewesen sein.

Ich hasse diese Warterei.

65

Die beiden haben sich nie darüber unterhalten, oder ich war nie wach, wenn sie es getan haben. Aber die Entscheidung ist gefallen. Sie haben sich auf den Namen geeinigt, den sie mir geben wollen.

Jonas soll ich heißen.

Jonas.

Eine der Wundergeschichten, nach denen sich Lämmle seine Frömmlerlippen ableckte. Drei Tage im Bauch eines Wals. Drei Tage Dunkelhaft. Ein Klacks. Ich habe bald neun Monate hinter mir.

Ein Prophet. Jemand, der mehr weiß, als die anderen ihm zutrauen. Zumindest das ist nicht ganz unpassend.

Jonas.

Der Name gefällt mir nicht, aber ich werde mich daran zu gewöhnen haben. Auch daran.

Der einzige Jonas, den ich kannte, führte eine Kneipe. Er war einmal Ringer gewesen, vor allem auf Jahrmärkten, und trug immer ärmellose Sportlerleibchen, weil seine mächtigen Oberarme jedes Hemd sprengten. Auf den Bizeps hatte er sich einen Wal tätowieren lassen – was sonst? –, und wenn er seine Muskeln anspannte, schien der seinen Schwanz zu bewegen. Eines Abends ist er beim Bierzapfen umgefallen, ein Hirnschlag oder so etwas Ähnliches. Umgekippt wie ein gefällter Baum.

Jonas.

Wir haben bei Lämmle immer nur Unfug getrieben, aber das ist doch in meinem Kopf hängengeblieben: Er war unterwegs nach Ninive. Wo immer Ninive liegt. Er wusste es wohl selber nicht. Hatte keine Ahnung, an welchem Strand der Wal ihn ausspucken würde.

So falsch ist der Name gar nicht.

Trotzdem. Es ist nicht in Ordnung, dass andere Leute einfach bestimmen, wie du heißen sollst. Ohne dass du dich dagegen wehren kannst. Man müsste sich seinen Namen selber aussuchen können, mit zwölf oder mit sechzehn. Vielleicht nach einem Menschen, dem man gern ähnlich sein möchte.

Wie ich mich wohl benannt haben würde? Bestimmt nicht Jonas. Biblische Namen haben immer etwas Schwächliches.

Andersen heißt Damian. Hieß Damian. Aber das war von Anfang an ein Witz. Einer, über den ich nur selber lachen wollte.

Jonas.

Immerhin: Ein Name, der sich nicht gut verniedlichen lässt. Ich würde es nicht ertragen, wenn ich ein Jonilein sein müsste.

Sie wird mich gebären, sie werden den Namen in ein Formular schreiben, und dann werde ich so heißen.

Im Bauch eines Wals.

66

Der Tag begann wie alle anderen.

«Wie geht es dir, Schatz?»

«Alles in Ordnung.»

«Bis später.»

Das französische Lied. Noch mal und noch mal.

Dass sich etwas verändert hatte, merkte ich nur an ihr. Der Pegelstand ihrer Gefühle überträgt sich sehr direkt auf mich. Kommunizierende Röhren. Udo Herges, erinnere ich mich, der sich als Metzgerssohn zu grobschlächtigem Humor verpflichtet fühlte, bezeichnete mit diesem Ausdruck den Akt des Geschlechtsverkehrs, von dem wir damals noch nicht wirklich etwas verstanden.

Kommunizierende Röhren.

Irgendetwas, so übertrug es sich auf mich, hatte Helene furchtbar erschreckt. Es waren wohl die ersten Wehen, auch wenn ich selber nichts davon gespürt habe. Nur ihre Reaktion darauf. Die dafür umso stärker. Obwohl sie doch darauf vorbereitet sein musste, reagierte sie wie bei einem Blitzschlag aus heiterem Himmel. Sie hat nicht geschrien, aber es fühlte sich so an.

Etwas später meinte ich dann auch selber einen Druck zu empfinden, in keiner Weise schmerzhaft. Es kann aber auch gut sein, dass ich mir das nur einbildete. Man meint zu spüren, was man zu spüren erwartet.

Helenes Aufregung war unangenehm. Wie ein schrilles Geräusch, das sich nicht ausschalten lässt.

Sie rief bei Arno an, in diesem künstlich ruhigen Ton, mit dem Leute versuchen, ihre Panik zu verbergen. Ich kenne das aus den Vernehmungen. Wenn ich ihren Teil des Gespräches richtig deute, war er irgendwo unterwegs. Ich habe keine Erklärung dafür, wie sie ihn trotzdem erreichen konnte.

«Solang kann ich nicht warten», sagte sie mehrmals. Ihre Stimme schon lang nicht mehr ruhig.

Es war dann Max, die uns abholte. Obwohl sie nur Studentin ist, scheint sie ein eigenes Automobil zu besitzen. «Ich stehe im Anhalteverbot», sagte sie, «aber du bist ja ein Notfall.»

Für zusätzliche Hektik sorgte eine Tasche, die nicht dort war, wo sie hätte sein müssen, schließlich aber doch gefunden wurde. Ich habe es mit Leuten zu tun, die nicht wirklich gut organisiert sind.

Max scheint keine geübte Autofahrerin zu sein. Helene ermahnte sie mehrmals zu größerer Vorsicht. «Wir brauchen nicht hetzen», sagte sie. «Es dauert noch mehr als zehn Minuten zwischen den Wehen.»

Ich spürte immer noch nichts. Nicht wirklich.

Bis es dann passierte.

67

Seit neun Monaten schwimme ich nun, schwebe ich nun in dieser angenehm temperierten Flüssigkeit, habe mich mehr daran gewöhnt, als mir bewusst war. Habe sogar davon getrunken, ohne einen bestimmten Geschmack zu erkennen. Mein Verstand wusste, dass dieser Zustand nicht endlos dauern würde, aber mein Körper wollte es nicht glauben.

Mein Körper ist mehr erschrocken als ich selber. Wenn so etwas möglich ist.

Da war keine Vorankündigung. Keine, die ich bemerkt hätte. Aber plötzlich, von einem Moment auf den andern, war kein Wasser mehr da. Die Fruchtblase hängt schlaff an mir. Sperrt mich ein. Ein Zelt, vom Wind umgepustet.

Fruchtblase. Welch lächerliches Wort. Als ob man Äpfel und Birnen pisste.

Helene schrie auf, schrie Max an. Als ob das, was gerade passiert war, deren Fehler gewesen wäre.

Was ist passiert?

Ich bin es nicht mehr gewohnt, die Welt um mich herum so deutlich zu spüren. Jedes Mal, wenn Helene ihre Position verändert, fühlt es sich an, als ob jemand an der Zeltplane rüttelte, in der ich verheddert bin. Dazu ihre Aufregung, die sich schmerzhaft auf mich überträgt. Jod auf einer offenen Wunde.

Bin ich in Gefahr?

«Fahr schneller!», schreit Helene. «Warum fährst du nicht schneller?»

Sie liegt jetzt auf dem Rücken, aber ich spüre trotzdem eine Bewegung. Sie wird getragen oder gefahren. «Arno», wimmert sie. «Arno soll kommen.»

Eine beruhigende Stimme antwortet ihr. Ich kann nicht verstehen, was sie sagt. Sie spricht mit fremdländischem Akzent.

«Arno», sagt Helene immer wieder.

Es klingt wie eine Beschwörung.

Jetzt schweigt sie. Man hat ihr eine Spritze gegeben oder ein Medikament. Bei mir hat das Mittel eine angenehme Sorglosigkeit ausgelöst. Ein rosarotes Medikament.

In meinem Kopf dreht sich ein Gedanke im Kreis. Immer derselbe Gedanke, wie eine Melodie. «Das ist nicht der Anfang vom Ende», denkt es in mir, «das ist das Ende vom Anfang.»

Wie Helene wohl aussieht?

II

68

16. Juli 2003. 51 Zentimeter. 3248 Gramm.

Ich habe immer über die Leute gelacht, die einem in ihren Geburtsanzeigen als wichtigste Information Länge und Gewicht des Neugeborenen mitteilen. Als ob sie nicht ein Kind bekommen, sondern einen Fisch geangelt hätten.

Jetzt mache ich es genauso. Ich bin auf seine 51 Zentimeter so stolz wie ein Sportler auf das Erreichen der Olympialimite, und die 3248 Gramm würde ich am liebsten ins Guinnessbuch der Rekorde eintragen lassen.

Dabei weiß ich natürlich: Wir haben ein absolut normales, durchschnittliches Kind. Allein in diesem Krankenhaus sind in den letzten vierundzwanzig Stunden vier davon zur Welt gekommen. Aber von allen normalen, durchschnittlichen Kindern ist er das schönste und einmaligste.

Direkt nach der Geburt kontrolliert man ganz automatisch zuerst einmal, ob an dem Kleinen auch wirklich alles dran ist. Wie wenn man sich einen neuen Computer bestellt hat und beim Auspacken als Erstes überprüft, ob sie auch alle Kabel und Stecker mitgeliefert haben.

Sie haben alles mitgeliefert. Ein absolut erstklassiges Produkt.

Als er zum ersten Mal ins Licht der Welt geblinzelt hat, hat er nicht geweint. Selbst als ihm die Hebamme auf den Hintern klopfte, hat er nur ein leises beleidigtes Quäken von sich gegeben. Als ob er sich über die unwürdige Behandlung beschweren wollte.

Als sie mir meinen Sohn in den Arm gelegt hat, habe ich kaum gewagt, ihn anzufassen. Man weiß ja, dass so ein Neugeborenes klein ist, aber man weiß es eben nur theoretisch. Dass ein Baby so winzig sein kann, und trotzdem schon ein fertiger Mensch, davon macht man sich keinen Begriff. Ich habe nie realisiert, was für ein kompliziertes Gebilde so ein Ohr ist, bis ich es in dieser Miniaturausgabe gesehen habe.

Ich bin kein Mensch, der seine Gefühle zeigen kann, Helene hat mir das schon vorgeworfen, aber die Tränen sind mir nur so runtergelaufen. Ihr ging es nicht anders, und gleichzeitig war ein Strahlen auf ihrem Gesicht, man kann das überhaupt nicht beschreiben. Noch ganz bleich und erschöpft von den Anstrengungen der Geburt, aber total glücklich. Kein Wunder, dass man die Madonna mit dem Kind anbetet.

51 Zentimeter. 3248 Gramm. Blaue Augen. Das kann sich aber noch än-

dern, hat die Hebamme gesagt. Sie meint, fast alle Kinder hätten bei der Geburt blaue Augen. Die Haarfarbe ist auch noch nicht definitiv. Jetzt ist er ganz blond, viel heller als irgendjemand sonst in unseren Familien. Die allerersten Haare fallen wieder aus, habe ich gelernt, und was dann nachkommt, kann eine ganz andere Farbe haben.

Aber im Moment sieht er wirklich noch so aus, als ob der Storch ihn bei den falschen Eltern abgeliefert hätte.

69

Jonas.

Noch passt der Name nicht zu ihm. Viel zu erwachsen für dieses kleine Geschöpf. In den Namen wird er erst noch hineinwachsen müssen.

Unser Jonas.

Helene und ich haben beschlossen, dass wir nie in Babysprache mit ihm reden wollen, damit er nicht jedes Wort zweimal lernen muss, zuerst «Wauwau» und dann «Hund». Aber wenn man sein Puppengesicht sieht, fällt es einem schwer, den Vorsatz auch durchzuhalten. Ich vermute, wir werden am Schluss eine ganze Menge Dinge anders machen, als wir sie uns vorgenommen haben.

Neue Eltern sind Beta-Tester. Irgendwann stellt sich immer heraus, dass die Programme nicht so funktionieren, wie sie sollten.

Helene ist ganz empört über diesen Vergleich. Ich sei von meinem Beruf verbildet, unser Sohn sei doch schließlich kein Computer. Ich habe ihr ohne Widerspruch recht gegeben, obwohl ich den Vergleich gar nicht so schlecht finde. So ein gerade erst geborenes Kind hat doch wirklich etwas von einem fabrikneuen Rechner, nur gerade das Betriebssystem ist installiert und der Speicher noch völlig leer. Aber Helene ist für eine Diskussion viel zu schwach. Kinder kriegen ist eine körperliche Höchstleistung, Männer würden das überhaupt nicht durchhalten. Wenn wir die Babys zur Welt bringen müssten, die Menschheit wäre schon längst ausgestorben.

Das Ganze war besonders aufregend, weil es bei Helene natürlich ausgerechnet dann losging, als ich bei einem Kunden am andern Ende der Stadt war. Wenn ich ein Strafmandat wegen zu schnellen Fahrens bekomme, werde ich der Polizei eine Kopie der Geburtsurkunde zuschicken.

Auf der Fahrt ins Krankenhaus (Max hat Helene hingebracht) ist die Fruchtblase geplatzt, und da war natürlich zuerst mal Panik angesagt. Aber als ich im Krankenhaus eintraf, hatten sie schon wieder alles unter Kontrolle. Die Leute dort nehmen so etwas ganz ruhig. Ich frage mich, ob sie wirklich durch nichts zu erschüttern sind, oder ob das nur eine Pose ist, um die werdenden Eltern zu beruhigen. Wenn ich zu einem Kunden gerufen werde, bei dem das System zusammengebrochen ist, spiele ich ja auch den Guru, auch wenn ich noch nicht die geringste Ahnung habe, wo der Fehler liegen könnte.

Helene war sehr tapfer. Es ist aber auch viel schneller gegangen, als wir erwartet hatten. Man hört ja oft, dass erste Geburten sich endlos hinziehen können, aber bei Jonas war das überhaupt nicht der Fall. Die Hebamme hat gesagt, es sei ihr vorgekommen, als ob der Kleine unbedingt zur Welt habe kommen wollen, als ob er ungeduldig gewesen sei. Das ist natürlich Quatsch, aber Helene ist furchtbar stolz darauf und erzählt es allen Besuchern.

70

Max hat Helene eine Tasche voller Krimskrams mitgebracht. Die beiden haben gemeinsam darin herumgewühlt und dabei pausenlos gekichert. Frauen können furchtbar albern sein. Mir hat Max dieses Tagebuch geschenkt, eine nette Geste, wo wir beide uns doch nicht besonders mögen. «Schreib alles auf, was du mit dem Kleinen erlebst», hat sie gesagt. «Damit du die schönen Tage nachlesen kannst, wenn du irgendwann in die unvermeidliche Midlife-Crisis kommst.» Ich verstehe wirklich nicht, warum sie immer so klugscheißen muss, bloß weil sie Psychologie studiert.

Aber die Idee mit dem Tagebuch ist gut. Natürlich wäre es praktischer, die Dinge, die man festhalten will, einfach in eine Datei zu tippen, aber wer weiß, ob es in zwei Jahrzehnten noch einen Computer gibt, der Word lesen kann. Außerdem gefällt mir die Vorstellung, dass ich Jonas später einmal diese Erinnerungen in die Hand drücke. Vielleicht an seinem achtzehnten Geburtstag. Wenn er dann sein Abitur haben wird. Torschützenkönig in der U21 wird er natürlich auch sein. Seit er da ist, lebe ich nur noch in der Zukunft, und sie ist wunderschön.

Das Bild auf dem Umschlag kann ich ja überkleben. Ein Vogelpärchen, das im Nest seine Jungen füttert, ist denn doch allzu kitschig. Ich hoffe, dass mein Sohn einmal einen besseren Geschmack haben wird.

Also, Tagebucheintragung eins:

Als Helene Jonas zum ersten Mal die Brust gab, hat er ein angewidertes

Gesicht gemacht, als ob ihm diese Art der Ernährung überhaupt nicht behagen würde. Wir mussten beide lachen. Wie ein alter Mann, dem seine Dörrpflaumen nicht schmecken.

(Damit Du das richtig verstehst, wenn Du es in achtzehn Jahren liest: Ich weiß natürlich, dass wir dieses Missbehagen nur in Dein Gesicht hineingedeutet haben. Alle Säuglinge sehen aus wie Greise, die ihr Gebiss auf dem Nachttisch vergessen haben. Der Gedanke hat uns einfach amüsiert. Ich wollte ein Foto von Deiner verkniffenen Miene machen, aber bis ich das Handy geholt hatte, war der Gesichtsausdruck schon wieder weg.)

Ein anderes Foto ist mir dafür gelungen. Mama, die bestimmt eine großartige Großmutter sein wird, hat für Jonas eigenhändig ein Paar Strampelhöschen gestrickt. Nun ist sie aber die schlechteste Strickerin der Welt, das war sie schon immer, und das gute Stück ist ihr völlig missraten, ein Bein länger als das andere. Außerdem hatte sie zuerst zu wenig Wolle eingekauft und dann nicht mehr denselben Farbton gefunden. Wir haben Jonas die Höschen natürlich trotzdem gleich angezogen («Aber nie wieder!», sagt Helene, die mir über die Schulter sieht), und auf dem Foto sieht er aus wie für den Karneval verkleidet. Besonders komisch ist das ernste Gesicht, das er dabei macht.

Mama war überhaupt nicht sauer, dass wir über ihr Geschenk gelacht haben. Dafür ist sie viel zu glücklich über ihren Enkel.

71

Fremdwörter sind Glückssache. Heute Nachmittag kam ein Mann im weißen Kittel ins Zimmer, der sich als «Stationsarzt Pädiatrie» vorstellte. Weil ich das Wort noch nie gehört hatte, dachte ich gleich an eine schlimme Krankheit. Aber ein Pädiater ist ein ganz gewöhnlicher Kinderarzt.

Er hat Jonas von Kopf bis Fuß untersucht, und alles ist in bester Ordnung. Nur eine ganz kleine Sache, über die wir uns aber keine Sorgen machen sollen: Jonas scheint das linke Händchen nicht öffnen zu können. Da ist irgendetwas verkrampft. Uns war das überhaupt nicht aufgefallen, weil er ja mit beiden Händen die Faust macht. Das ist in den ersten Lebenstagen bei allen Babys so, hat uns der Arzt erklärt, sie haben einen kräftigen Greifreflex, wahrscheinlich von unseren Affen-Vorfahren ererbt, wo sich ein Neugeborenes am Fell seiner Mutter festhalten musste. Theoretisch könnte man ein Kind an eine Wäscheleine hängen, und es würde sich so fest daran klammern, dass es nicht runterfiele. Man müsste allerdings Sadist sein, um das auszuprobieren.

Bei Jonas, meinte er, ist der Reflex wahrscheinlich besonders stark ausgebildet. Spätestens nach ein paar Tagen oder Wochen müsste das von selber vorbeigehen.

Seit er uns darauf aufmerksam gemacht hat, schauen wir jetzt natürlich dauernd auf Jonas' linke Hand. Es sieht tatsächlich so aus, als ob er in seiner kleinen Faust etwas festhalten würde.

Als ich in der Bude davon erzählt habe (ich habe eine Runde ausgegeben, das gehört sich so), musste Federico gleich eine Geschichte loswerden, von zwei Taschendieben, deren Sohn auch mit so einer Hand zur Welt kommt, er ist aber nicht verkrüppelt, sondern hat der Hebamme den Ehering geklaut. Ich habe ja so witzige Arbeitskollegen, hahaha.

Petermann hat mir ungefragt zwei Tage freigegeben, in einem Ton, der deutlich sagte: «Aber danach bist du gefälligst pünktlich wieder da!» Man kann wohl nicht gleichzeitig jungdynamisch und ein wirklich netter Mensch sein.

Am Abend bin ich fast bis Mitternacht bei Helene im Zimmer geblieben. Mit den Besuchszeiten sind sie hier zum Glück überhaupt nicht stur. Geredet haben wir nicht viel. Jonas liegt in einem Tragkorb neben Helenes Bett, und wir haben einfach zugehört, wie er atmet. Ein schöneres Geräusch kann ich mir überhaupt nicht vorstellen.

Ich habe mich immer noch nicht daran gewöhnt, dass wir jetzt nicht mehr nur ein Paar sind, sondern eine Familie.

Morgen ist es dann vorbei mit der schönen Ruhe. Helenes Eltern kommen angereist. Wenigstens bringen sie dieses Mal ihren sabbernden Riesenköter nicht mit. In dem Punkt war ich kategorisch. Das Tier kommt mir nicht in die Nähe von meinem Sohn. Man trägt schließlich die Verantwortung als neugeborener Vater.

Die frischgebackenen Großeltern hätten ruhig ein bisschen mehr Begeisterung zeigen dürfen. Aber sie sind eben beide Lehrer und können nicht anders, als dauernd Zensuren zu verteilen. Jonas, so kam es einem vor, hat höchstens eine Zwei minus bekommen. Ich hätte bei ihnen nicht Schüler sein wollen.

Ob er nicht ein bisschen schwächlich sei, hat meine verehrte Fast-Schwiegermama allen Ernstes gefragt. Mein Sohn ist nicht schwächlich! Soll er etwa aufstehen und HipHop für sie tanzen?

Ich weiß, es macht keinen Sinn, sich zu ärgern. Sie sind nun mal, wie sie sind. Aber Leonardo da Vinci wäre auch nicht glücklich gewesen, wenn er jemandem die frischgemalte Mona Lisa vorgeführt hätte, und als Reaktion wäre nur gekommen: «Könnte sie beim Lächeln nicht ein bisschen mehr Zähne zeigen?»

Von mir erwarten sie ganz selbstverständlich, dass ich alles für sie organisiere, und wenn ich es dann tue, sind sie mit dem Ergebnis nicht zufrieden. Das Hotelzimmer, das ich für sie gebucht habe, ist ihnen zu lärmig, die Matratze zu weich, und der Orangensaft auf dem Frühstücksbuffet war nicht frisch gepresst. Zu Mama sind sie überfreundlich, aber auf so herablassende Weise, dass man merkt, sie halten sich für etwas Besseres, sie beide Akademiker, und Mama ihr Leben lang nur eine kleine Angestellte. Zum Glück bleiben sie nicht lang, ihr armer Hund sei im Tierheim einfach nicht glücklich. Sie sagen das so vorwurfsvoll, als ob ich Tierquäler von Beruf wäre.

Über den Namen Jonas haben sie auch die Nase gerümpft.

Obwohl Helene ihre Eltern ja nun wirklich kennen sollte, hat sie das mit dem «schwächlich» viel zu ernst genommen und sich gleich verunsichern lassen. Sie macht sich überhaupt ständig Sorgen, so kenne ich sie gar nicht. Zum Beispiel: Jonas schreit sehr wenig, und man könnte sich einfach darüber freuen, dass er ein pflegeleichtes Kind ist. Aber Helene begann gleich, darüber nachzudenken, ob vielleicht mit seinen Lungen etwas nicht in Ordnung sei, irgendein schlimmer Geburtsfehler. Das Lustige war: In dem Augenblick, als sie darüber sprach, fing Jonas lauthals an zu brüllen. Als ob er das nur vergessen hätte, und sie hätte ihn daran erinnert.

Dass sie alles so schwarzsieht, hat bestimmt etwas mit ihrer Erschöpfung zu tun. Aber ich gebe auch all den Büchern über Schwangerschaft und Geburt die Schuld, die sie gelesen hat. Natürlich stehen dort auch all die Dinge drin, die schiefgehen können. Jetzt glaubt sie dauernd, ein Symptom für das eine oder andere entdeckt zu haben.

Der Kinderarzt – Verzeihung: der Pädiater – hat versucht, sie zu beruhigen. Es gebe überhaupt keinen Grund, sich Gedanken zu machen. Unser Jonas sei ein ganz normales Kind.

Der niedlichste Junge von allen ist er sowieso.

73

Heute hat Helene stundenlang geweint, und ich habe es nicht geschafft, sie zu trösten. Schließlich hat sie dann ein Schlafmittel bekommen, und morgen wird es ihr hoffentlich wieder bessergehen.

Sie tut mir so schrecklich leid. Sie sei eine ganz schlechte Mutter, hat sie geheult, der Zwerg spüre das auch. Er werde sie nie gernhaben, das wisse sie bestimmt, ihr ganzes Leben lang nicht, da sei etwas wie eine Mauer zwischen ihnen, eine Ablehnung, die sie nicht überwinden könne. Sie bildet sich das natürlich nur ein, aber gerade, weil es Einbildung ist, kann man es ihr nicht ausreden.

Frau Dr. Steenbek meint, das sei kein Grund zur Sorge, die Stimmung käme nicht von echten Problemen, sondern werde durch die Umstellung der Hormone verursacht. Postnatale Depression.

Hormone hin, Hormone her, es kann dem Zwerg nicht guttun, wenn seine Mutter in so ein Stimmungsloch fällt. Als Helene endlich schlief, habe ich ihn in den Arm genommen und gewiegt. Manchmal schlägt er mitten im Schlaf die Augen auf, und dann ist etwas in seinem Gesicht, das wie Enttäuschung aussieht, obwohl es wohl nur Bauchweh ist. Vielleicht ist Helene deshalb auf die verrückte Idee gekommen, sie werde von ihrem Kind abgelehnt.

Die Siebengescheiten war ich an diesem Abend los. (Helene mag es nicht, wenn ich ihre Eltern so nenne, aber ich finde, der Ausdruck passt.) Sie sind ins Konzert gegangen. Natürlich habe ich ihnen die Karten organisieren müssen. Ich habe ja nichts anderes zu tun.

Mama hat mir dann noch geholfen, in der Wohnung die letzten Vorbereitungen zu treffen. Das Kinderbettchen kann man zusammenklappen, und wir haben es für den Anfang in unser Schlafzimmer gestellt. Man wird ohnehin alle paar Stunden aufstehen müssen, da ist das praktischer. Bis jetzt ist Jonas ein sehr friedliches Kind, aber es wäre ein Wunder, wenn es auf Dauer so bliebe.

Die Kollegen in der Bude (Federico hat das organisiert) haben uns einen

Hampelmann für über das Kinderbett geschenkt. Wenn man an der Schnur zieht, bewegt er sich nicht nur, sondern spielt auch Musik. «Guten Abend, gut Nacht.» Helene sagt ja, dass ich von Musik nichts verstehe, aber die Melodie habe ich dann doch erkannt.

Ich bin (Du kannst darüber lachen, wenn Du diese Zeilen in achtzehn Jahren liest) ein bisschen nervös vor meiner neuen Rolle. So etwas wie Lampenfieber. Man möchte alles richtig machen, und dauernd kriegt man Warnungen. Wenn alles stimmen würde, was Helene in Max' klugen Büchern gelesen hat, dann kann bei einem Baby so ziemlich alles ein lebenslängliches Trauma verursachen.

Es wäre viel praktischer, wenn man seine Kinder erwachsen angeliefert kriegte. Oder doch zumindest so alt, dass man sich gleich mit ihnen unterhalten kann.

74

Am letzten Tag im Krankenhaus ist etwas passiert, das ich unbedingt aufschreiben muss, damit wir später einmal gemeinsam darüber lachen können. Ich habe mich amüsiert wie Bolle auf dem Milchwagen, auch wenn ich natürlich so tun musste, als ob es mir schrecklich peinlich wäre.

Ich hatte den Siebengescheiten versprochen, sie zum Bahnhof zu fahren. Ein Taxi können sie sich ja nicht leisten, die Armen. Helenes Mutter stand schon im Mantel da und hat ständig demonstrativ auf die Uhr geschaut. Aber bevor ich den Chauffeur spielen konnte, musste Jonas noch einmal gewickelt werden. Bis Helene wieder ganz auf den Beinen ist, fällt das in meine Zuständigkeit. Nun bin ich ja vielleicht in handwerklichen Dingen nicht der geschickteste Mensch der Welt (das habe ich von Mama), aber dass sich Luise neben mich gestellt und mich bei jedem Handgriff kritisiert hat, das war auch wieder nicht nötig. Wenn sie mit ihren Schülern so umgeht wie mit dem Lebenspartner ihrer Tochter, kann ich mir nicht vorstellen, dass sie jemals zur beliebtesten Lehrerin gewählt wird. Wahrscheinlich legt sie auf Beliebtheit auch gar keinen Wert.

(Lieber Jonas, sie ist Deine Großmutter, wahrscheinlich hat sie Dich seit achtzehn Jahren nach Strich und Faden verwöhnt, und Du liebst sie heiß und innig. Ich hoffe sogar, dass das so ist. Dann ist sie unterdessen bestimmt auch freundlicher zu mir. Manchmal scheint sie mich mit ihrem Hund zu verwechseln und will mir das Männchen-Machen beibringen.)

Auf jeden Fall war ich irgendwann so genervt, dass ich gesagt habe: «Dann mach du es doch!» Was wahrscheinlich genau das war, was sie erreichen wollte. Sie hat sich denn auch gleich ans Werk gemacht, mit so einem überlegenen Ich-Profi-du-Anfänger-Gesicht. Jonas lag auf dem Rücken, und als sie ihn auspackte, hat er gepinkelt. Hat sie voll getroffen, mitten ins Gesicht. Staunenswert, was so ein kleines Kind schon für einen kräftigen Strahl haben kann.

Ich bin ganz ernst geblieben, und das rechne ich mir hoch an. Es haben Leute schon für geringere schauspielerische Leistungen einen Oscar gekriegt. Peter, mein zukünftiger Schwiegervater, hat sich diskret abgewendet, um von seiner Frau nicht beim Schmunzeln ertappt zu werden. Das hätte wahrscheinlich einen Eintrag im Klassenbuch abgesetzt. In der Regel sind die beiden so dröge wie Knäckebrot.

Sie selber hat natürlich so getan, als ob sie die Sache nicht weiter tragisch nähme, es blieb ihr ja auch nichts anderes übrig. Aber von dem Moment an war sie schweigsam. Auf der Fahrt zum Bahnhof hat sie kein einziges Mal meinen Fahrstil kritisiert. Allein schon dafür hätte Jonas eine Belohnung verdient.

Es ist nicht nett von mir, ich weiß, aber ich bin überhaupt nicht traurig, dass sie so weit weg von uns wohnen.

75

Es ist endlich so weit: Ich durfte Helene und Jonas nach Hause holen. Fanfare und Trommelwirbel!

Zuerst musste ich im Krankenhaus noch in zwei verschiedene Büros, um den Papierkram zu erledigen, und das kam mir in diesem Zusammenhang ein bisschen seltsam vor. Als ob man im Baumarkt etwas eingekauft hat und sich an der Kasse noch den Garantieschein abstempeln lassen muss. Dabei wollen wir Jonas doch gar nicht umtauschen, hahaha.

Wenn man mit einem Baby im Arm die Klinik verlässt, hat das etwas ganz Feierliches. Alle Leute lächeln einen an. Eine alte Frau, die mit ihrem Infusionsständer vor dem Ausgang stand und gierig an einer Zigarette sog, bat sogar darum, Jonas anfassen zu dürfen. Das würde ihr Glück bringen, sagte sie. Ich hätte lieber nein gesagt, wer weiß, was sie für eine Krankheit hatte, aber das wäre doch sehr unhöflich gewesen. Sie hat ihn dann ganz sorgfältig mit den Fingerspitzen berührt.

Die Blumenarrangements, die man uns ins Krankenhaus geschickt hatte, haben wir dort gelassen. Sie standen ohnehin nur die ganze Zeit auf dem Flur, weil Helene den Duft schlecht verträgt. Es scheint nicht nur eine Schwangerschaftsübelkeit zu geben, sondern auch eine Übelkeit danach. Ich habe die Stationsschwester gebeten, die Blumen an Leute zu verteilen, die keinen Besuch bekommen.

Vor vier Tagen bin ich noch ins Krankenhaus gebrettert wie Michael Schumacher persönlich. Jetzt, auf dem Weg nach Hause, hätte mich jeder Opa in einem Oldtimer überholen können. So vorsichtig bin ich mein ganzes Leben noch nicht gefahren. Hinter mir hupten die Leute, weil ich an jeder Kreuzung gebremst habe, Vorfahrt hin oder her. Aber ich hatte ja auch kostbare Fracht. Helene saß hinten und hatte Jonas im Arm. Eigentlich hätte er in einem Kindersitz angeschnallt sein müssen, aber ich bin noch nicht dazu gekommen, einen zu besorgen. Es war einfach zu viel los in den letzten Tagen. Immerhin habe ich den Wagen vor dem Abholen noch schnell durch die Waschstraße gefahren und innen Staub gesaugt, von wegen Hygiene.

Bei uns in der Gegend muss man manchmal zehn Minuten durch die Landschaft kurven, bis man endlich einen Parkplatz findet. Diesmal war einer frei, direkt vor dem Haus. Die Leute wissen, was sie Jonas schuldig sind.

Mama, typisch, hat heimlich ein Schild an unserer Wohnungstür befestigt, ein Storch mit einem Babypaket im Schnabel. Lieb gemeint, aber furchtbar kitschig. In ein paar Tagen werden wir es diskret verschwinden lassen. Oder wir hängen es ins Kinderzimmer.

Als wir die Wohnung betreten haben, war das ein richtig feierlicher Moment. Ein neuer Abschnitt in unserem Leben.

Wenn Helene mich dann endlich heiratet, werde ich sie auch über die Schwelle tragen.

76

Die erste Nacht zu dritt war ganz anders, als ich sie mir vorgestellt hatte. Ich hatte sie unruhig erwartet, aber ich hätte glatt durchschlafen können, wenn Helene nicht immer wieder aufgestanden wäre, um nach Jonas zu sehen. Dabei döste der ganz friedlich vor sich hin. Kein Mucks, bis sie ihn früh um sechs stillte.

An seinem ersten Tag zu Hause ist er nur einmal richtig laut geworden.

Das war, als ich den Hampelmann über seinem Bettchen in Gang setzte, und der Mechanismus sein Liedchen abschnurrte. Da hat er geschrien wie am Spieß. Ich wollte die Musik gleich wieder abstellen, aber das geht bei der Konstruktion nicht. Man muss sich die Melodie erbarmungslos bis zum Ende anhören.

Am Morgen hab ich es dann aus reiner Neugier noch einmal ausprobiert, mit dem gleichen Effekt. Sobald man an der Schnur zieht, fängt Jonas an zu brüllen. Ich weiß nicht, ob ihm der Hampelmann Angst macht, oder ob er «Guten Abend, gut Nacht» nicht mag. Wir haben das Ding jetzt erst mal abgehängt.

Das waren aber bisher die einzigen Male, dass Jonas mit etwas nicht einverstanden war. Er scheint ein wirklich friedliches Kind zu sein.

(Wenn Du das liest, wirst Du schon die Pubertät hinter Dir haben und warst bestimmt überhaupt nicht mehr friedlich. Wahrscheinlich hast Du uns jahrelang mit überlauter Musik den Schlaf geraubt. Ob man wohl in achtzehn Jahren immer noch Rap hört? Oder findest Du meinen Lieblingssound so altmodisch wie ich die Beatles-Schwärmerei der letzten Generation? Ich freue mich auf die Zeit, wo man sich über solche Dinge mit Dir wird unterhalten können. Oder streiten.)

Helenes Depression ist noch nicht ganz vorbei. Sie ist immer noch sehr dünnhäutig und kann wegen Kleinigkeiten ausrasten. Mama hat gestern einen Topf von ihrem berühmten Gulasch vorbeigebracht, was ich sehr nett von ihr fand. Aber Helene hat nur gestänkert. So etwas sei total rücksichtslos, hat sie gesagt, Mama müsse doch wissen, dass man als stillende Mutter keine scharfen Sachen essen dürfe, davon würde das Kind Beschwerden bekommen. Zum Glück nimmt meine Mutter solche Sachen nicht tragisch.

Ich habe das Gulasch heute für mich aufgewärmt, und das Interessante war, wie Jonas auf den Geruch reagiert hat. Er hat nicht gerade gelächelt, das können sie in dem Alter noch nicht, aber man hatte den Eindruck, dass er das Aroma genoss. Dummerweise habe ich aus Jux gefragt, ob ich ihm ein Stückchen davon in den Mund stopfen solle, was Helene überhaupt nicht komisch fand.

Ich bemühe mich, ihr abzunehmen, was ich nur kann. Viel ist es nicht, ich bin einfach nicht genügend zu Hause. Ich habe unbezahlten Urlaub eingegeben, aber in der Bude fehlen gerade zwei Leute, und die Arbeit wächst uns über den Kopf. Nächste Woche wird es dann so weit sein.

77

Heute war ich zum ersten Mal einen ganzen Tag mit Jonas allein. Max hat Helene entführt, «um sie wieder einmal richtig zu verwöhnen». Einerseits ist das ja nett von ihr, andererseits sagt sie solche Sachen immer mit einem kritischen Unterton. Als ob sie andeuten wolle, ich sei nicht fürsorglich genug zu ihrer Freundin. Die beiden sind in ein Hamam gegangen, etwas, zu dem mich Helene nie überreden konnte. Mich von fremden Leuten abrubbeln zu lassen, das ist nicht mein Ding.

Helene hat Milch abgepumpt und mir im Detail erklärt, wie ich sie aufwärmen müsse. Wenn es um Babys geht, halten Frauen alle Männer für Idioten.

Jonas hat es mir nicht schwergemacht. Nur meine Musik passt ihm nicht. Bei Tupac Shakur hat er angefangen zu schreien und erst wieder aufgehört, als ich den Song ausgeschaltet habe. Vielleicht ist ja doch etwas dran an dem, was Helene immer behauptet, dass so ein Baby schon im Mutterleib Musik mitbekommt und dass man ihm gewisse Vorlieben vermitteln kann. Während der Schwangerschaft habe ich sie machen lassen, weil ich an ihre Theorie nicht geglaubt habe. Aber wenn ich mir jetzt dauernd dieses klassische Gedudel anhören muss, geht mir das irgendwann auf den Sack.

Ich hab dann eben ohne Musik abgewaschen. Kopfhörer wollte ich mir nicht aufsetzen, weil ich sonst nicht gehört hätte, wenn mit Jonas etwas gewesen wäre. Es war aber nichts. «Er ruht in sich», sagt Mama. Außerdem ist er jetzt schon zehn Tage alt und damit praktisch erwachsen.

Er hat dann ein bisschen geschlafen – er schläft sehr viel, auch am Tag –, und in der Zeit habe ich dieses Tagebuch nachgeführt.

Am Nachmittag war schönes Wetter, und ich bin mit ihm spazieren gegangen. Dabei ist mir etwas aufgefallen: So ein Kinderwagen mit einem niedlichen Säugling drin wäre die ideale Masche, um Frauen aufzureißen. Im Park bin ich mit mehreren jungen Müttern ins Gespräch gekommen, und eine davon war verdammt hübsch. Wenn ich noch Junggeselle wäre, würde ich mich regelmäßig bei den Nachbarn als Babysitter anbieten, mit einem Kinderwagen losziehen und gewaltig abräumen.

(Damit Du kein falsches Bild von Deinem Vater bekommst, achtzehnjähriger Jonas: Das war jetzt nicht ernst gemeint.)

Etwas Lustiges ist im Park passiert: Jonas hat gegähnt und dabei, rein zufällig natürlich, eine Bewegung zum Kopf hin gemacht. Eine der Frauen, die auch mit Baby unterwegs war, hat das gesehen und gesagt: «Als ob er die Hand vor den Mund halten wollte.» Und ich, mit meinem besten Pokerface:

«Man kann mit der Erziehung zum Anstand nicht früh genug anfangen.» Sie hat zwar gelacht, aber man hat ihr angesehen, dass sie nicht ganz sicher war, ob ich es nicht doch ernst meine.

78

Das Krankenhaus scheint die Adressen der frischgebackenen Eltern an eine Agentur zu verkaufen. Helene war kaum wieder nach Hause gekommen, da war der Briefkasten schon voll mit Prospekten und Werbebriefen, für Windeln, Babynahrung und und und. Die Flut hat bis heute nicht nachgelassen.

Am meisten hasse ich es, wenn man in einem solchen Schreiben mit seinem Namen angeredet wird, in blauer Druckfarbe in den Normbrief eingesetzt, damit es handschriftlich aussieht. Als ob es nicht offensichtlich wäre, dass das Ganze nur vom Computer geschriebene Massenware ist. (Meistens nehmen sie *Lucida Handwriting*, die Buchstaben scheinen den Werbefritzen besonders gut zu gefallen.)

Gestern hat mir sogar der Briefträger, mit dem ich vorher noch nie ein Wort gewechselt hatte, zur Geburt meines Kindes gratuliert. Als ich ihn fragte, woher er das wisse, hat er gelacht und gesagt: «Wenn ich an einer Adresse all die Gratismuster abliefern muss, dann ist es nicht schwer zu erraten, dass da wieder mal der Storch durchs Fenster geflogen ist.»

Wir bekommen auch Probeexemplare von Zeitschriften, die wir abonnieren sollen, Magazine für junge Eltern und all so was. Ich lese das Zeug gar nicht, die Artikel werden ja ohnehin nur geschrieben, damit auf der Rückseite der Anzeigen auch was steht. Aber eine Idee, die ich darin fand, war wirklich gut. Sie haben einen Tag im Leben eines Säuglings in allen Einzelheiten festgehalten, haben ihn vom Aufwachen bis zum Schlafenlegen jede Viertelstunde fotografiert. Das hat mich darauf gebracht, dasselbe auch mit Jonas zu versuchen. So eine Serie, dachte ich, ist später bestimmt interessanter anzusehen als immer nur einzelne Schnappschüsse. Aber mit dem Ergebnis bin ich überhaupt nicht zufrieden.

Auf den Fotos, die sie in dem Magazin abgedruckt hatten, sah das Baby von Bild zu Bild immer wieder ganz anders aus, einmal glücklich, einmal traurig, einmal schlafend. Ich vermute, dass die Aufnahmen über einen längeren Zeitraum gemacht wurden und sie nur behaupten, sie seien alle am selben Tag entstanden. Ich meine: Wer zieht einen Säugling schon zehnmal am Tag um? Die reinste Modeschau für Strampelanzüge. Vielleicht ist das ja überhaupt der Zweck der Übung. Wer sich die Bilder angesehen hat, soll gleich zu Mothercare rennen und die Regale leer kaufen.

Aber der größte Unterschied ist etwas anderes. Auf meinen Fotos hat Jonas eigentlich immer denselben Gesichtsausdruck, ein bisschen missmutig, als ob er gar nicht damit zufrieden wäre, in diese Welt hineingeboren worden zu sein.

Als ich Helene darauf aufmerksam gemacht habe, hat sie ganz beleidigt reagiert, als ob ich Jonas damit etwas Negatives unterstellt hätte. Aber man muss sich die Fotos nur ansehen. Immer derselbe Gesichtsausdruck. Vorher war mir das noch gar nicht so aufgefallen.

Ich weiß natürlich, in diesem Alter können Säuglinge noch nicht lächeln. Aber muss unser Sohn immer so finster in die Welt blicken?

79

Vielleicht sollte ich eine neue Karriere beginnen. Ich scheine eine Naturbegabung für den Beruf des Wunderheilers zu haben.

Helene war der Meinung, dass ich Jonas unbedingt die Fingernägel schneiden müsse. Sie hat irgendwo gelesen (wahrscheinlich in einer dieser Zeitschriften), dass sich Säuglinge sonst leicht das Gesicht zerkratzen. Ich sehe die Gefahr zwar nicht, seine Nägel sind immer noch winzig, aber wenn es um Jonas geht, ist es besser, man widerspricht ihr nicht.

Ich habe also ein bisschen die Maniküre gespielt und war dabei schrecklich vorsichtig. Neben so einem kleinen Körperchen wirkt eine Nagelschere ja wie ein gefährliches Mordinstrument. «Behandeln» konnte ich natürlich nur die Finger der rechten Hand, weil Jonas die linke immer noch zur Faust geballt hat.

(Solltest Du in achtzehn Jahren beschließen, Berufsboxer zu werden – Superschwergewicht natürlich –, kannst Du den Sportreportern erzählen, dass Du schon in der Wiege dafür geübt hast. Siehe das eingeklebte Foto.)

Viel war da wirklich nicht zu schneiden. Weil er mir so leidtat mit seiner kleinen Faust, habe ich ihm den Handrücken gestreichelt und dabei auf ihn eingeredet, wie man eben so ein Baby volllabert, ohne zu erwarten, dass es einen versteht. «Du hast doch zwei so schöne Händchen», habe ich immer wieder gesagt, «zwei so wunderschöne Händchen.» Etwas in der Art. Zu meiner Überraschung haben sich seine verkrampften Finger ganz langsam entspannt, zum ersten Mal seit seiner Geburt. Ein paar Sekunden lang war die Hand ganz offen. Ich habe gleich Helene gerufen, aber bis sie ankam, war schon wieder die Faust da. Immerhin wissen wir jetzt, dass im Prinzip alles in Ordnung ist.

Apropos mit Säuglingen reden: Am Abend war Max zu Besuch, und wir haben uns darüber unterhalten, ob «Mama» wirklich das Erste ist, was Babys in der Regel sagen. Das Wort soll ja in allen Sprachen der Welt ähnlich klingen. Helene meinte, das sei nur logisch, schließlich sei die Mutter die wichtigste Bezugsperson für ein Kind. Max, die manchmal unnötig sachlich sein kann, war anderer Meinung. Das bildeten sich die Eltern nur ein, hat sie gesagt, «Mama» sei überhaupt kein Wort, nur das Geräusch, das von selber entstünde, wenn die Kleinen den Mund auf und zu machten. Wahrscheinlich hat sie ja recht, aber sie hätte ihre Weisheit auch für sich behalten können. Wenn Helene ihren Sohn irgendwann zum ersten Mal «Mama» sagen hört, wird sie sich gar nicht richtig darüber freuen können.

Ich habe meine Kritik verschluckt. Helene hat in unserem Haushalt eine Regel eingeführt, und die heißt: Max can do no wrong.

Seit wir darüber gesprochen haben, fällt mir auf, dass Jonas Max' Theorie auszuprobieren scheint. Er macht den Mund auf und zu und gibt dabei Töne von sich. Mit ein bisschen Phantasie klingt es tatsächlich wie «Mama».

80

(Weißt Du, was mal aus Dir wird, Du Achtzehnjähriger? Du brauchst gar nicht mehr zur Berufsberatung gehen, ich weiß es nämlich seit gestern Abend. Du wirst Geschäftsmann. Die Branche darfst Du Dir selber aussuchen.)

Gestern war Mamas Geburtstag, und wir haben sie gebührend gefeiert. Mit allem Pipapo, so wie sie es gern mag: weißes Tischtuch, Kristallgläser, Kerzen. Wie man das eben macht in den besseren Kreisen.

Es will mir nicht in den Kopf, dass sie jetzt auch schon auf die siebzig geht. Bei der eigenen Mutter kann man sich einfach nicht vorstellen, dass sie älter wird. Und schon gar nicht alt.

Helene hat Lasagne mit Lachs und Spinat gekocht, das ist ihre Spezialität, und ich habe eine Flasche von dem Moscato d'Asti besorgt, der für Mama das höchste der Gefühle ist. Natürlich hat sie wieder die Geschichte erzählt, wie sie auf der Hochzeitsreise nach Venedig zu viel von diesem Wein getrunken hat und auf dem Rückweg ins Hotel fast in einen Kanal gefallen ist.

Für meinen Geschmack ist das Gesöff ja zu süß, aber weil Helene wegen des Stillens nur Mineralwasser trinkt, habe ich doch eine ganze Menge davon weggeputzt. Und Mama war wie immer schon nach dem ersten Glas angetüdelt.

Weil wir alle so angenehm albern drauf waren, haben wir auf dem neuen PowerBook mit einem Juxprogramm herumgespielt, das Federico geschrieben hat. Er hat wirklich ein Talent dafür, mit viel Aufwand völlig sinnlose Dinge zu erfinden. Auch diesmal ist sein Einfall völliger Quatsch, aber saukomisch. «Berufshoroskop» nennt sich der Unfug. Man gibt Geburtsdatum und Geschlecht einer Person ein, und das Programm sagt einem, für welchen Beruf sie besonders geeignet ist. Das Ganze funktioniert natürlich per Zufallsgenerator, und die einmal ausgewürfelten Antworten werden abgespeichert, damit man für dasselbe Datum auch wieder dieselbe Antwort erhält.

Bei Mama ist Modeschöpferin rausgekommen, was nach ihrer Meisterleistung mit den Strampelhöschen besonders komisch war. Helene soll Atomphysikerin werden, und mir wurde eine Karriere als Pilot vorgeschlagen. Ich sehe mich schon die Gangway runterkommen, zwei hübsche Stewardessen links und rechts. Den größten Lacherfolg hatte aber der Berufsvorschlag für Helenes Mutter: Tierbändigerin.

Und Jonas wird Geschäftsmann. Praktisch, dann kann er seine Eltern im Alter mal ernähren. Er hat übrigens, obwohl wir ziemlich laut waren, die ganze Zeit selig durchgeschlafen.

Ich schreibe das alles nicht auf, weil es an sich wichtig wäre, sondern weil ich den Abend so genossen habe. Seit Jonas da ist, hat sich bei uns etwas verändert. Nicht, dass Helene und ich uns vorher dauernd gekabbelt hätten, aber seit wir zu dritt sind, ist alles noch viel harmonischer geworden. Wir sind jetzt eine richtige Familie.

81

Von wegen harmonisch: Ich habe mir von Helene einen gewaltigen Anschiss eingefangen, und vielleicht habe ich den sogar verdient. Obwohl ich den Fernseher wirklich nicht laut eingestellt hatte.

Ich konnte wieder mal nicht einschlafen. Seit ich nicht zur Arbeit gehe, bin ich am Abend einfach nicht müde. Es soll mir niemand erzählen, so einen Säugling zu hüten sei anstrengend. Das wird es vielleicht später, wenn

Jonas anfängt, durch die Wohnung zu kriechen, und man ständig hinter ihm her sein muss, damit er nicht mit den Fingern in der Steckdose landet. Aber bis jetzt? Wenn gleichzeitig zwei Kunden anrufen, und jeder hat ein anderes Problem, dann ist das zehnmal stressiger. Am Telefon habe ich zu Federico gesagt: «Ein Goldfisch würde mehr Arbeit machen als so ein Kind.» Dummerweise hat Helene das gehört. Sie findet solche Sprüche überhaupt nicht komisch.

Aber es ist doch wirklich wahr. Ich kann natürlich nicht beurteilen, wie das bei anderen Eltern ist. Wenn man ein Schreikind hat, das einen keine Nacht schlafen lässt, dann ist das bestimmt die Hölle. Aber Jonas ist in der Beziehung geradezu rücksichtsvoll und schreit nur, wenn er wirklich etwas braucht. Wenn er zum Beispiel die Pampers voll hat und frisch gewickelt werden will, dann jammert er einmal kurz, wartet, jammert noch einmal, und nur, wenn man dann immer noch nicht kommt, brüllt er los. Als ob er einem mitteilen wollte: «Ich hab's höflich versucht, aber wenn das nicht wirkt, mach ich eben Krach.» Manche Kunden sind da bedeutend unangenehmer.

So ein Kind, das noch nicht laufen oder krabbeln kann, hat noch einen zusätzlichen Vorteil. Zumindest bei Jonas ist das so. Man kann ihn aufs Sofa legen oder den Tragkorb irgendwo hinstellen, und dann braucht man sich erst mal überhaupt nicht mehr um ihn kümmern. Mindestens eine Viertelstunde lang bleibt er friedlich liegen. Und wenn er dann doch unruhig wird, muss man auch kein großes Theater anstellen. Es reicht, wenn man ihn umplatziert. Bloß zu lang an derselben Stelle lassen darf man ihn nicht, sonst wird ihm fad.

Er macht es einem wirklich nicht schwer. Verglichen mit der Hektik in der Bude komme ich mir vor wie im Urlaub. Federico war geradezu neidisch und hat geflachst, er werde mal mit seiner aktuellen Freundin reden, ob sie nicht auch ein Kind kriegen wolle.

Aber um ehrlich zu sein: Die Zeit ist zwar angenehm, aber auch ein kleines bisschen langweilig.

(Damit Du nicht denkst, Dein Vater habe sich nicht für die Details Deiner Entwicklung interessiert: Die Buchführung über Deine täglichen Veränderungen hat Helene übernommen. Nach meinem nicht so gelungenen Versuch ist sie es jetzt, die ein Bild nach dem andern knipst. Als ich das neue PowerBook gekauft habe, hat sie mir eine Szene gemacht, von wegen Verschwendung, und jetzt benutzt sie es als Speicher für die Fotos, und ich bekomme es kaum mehr selber in die Hand. Mozart hat schon recht: La donna è mobile.)

(Mama liest mit und sagt, es sei gar nicht Mozart, sondern Verdi. Für Klassik ist bei uns Helene zuständig.)

82

Was gestern Nacht passiert ist, war Folgendes:

Ich konnte, wie gesagt, nicht einschlafen, und kurz nach Mitternacht habe ich mich dann aus dem Bett geschlichen.

(Übrigens: Im vierten Monat hat Helene angefangen zu schnarchen, und die Sägerei hat bis heute nicht wieder aufgehört. Das ist eine Nebenwirkung, von der in all den Ratgebern nichts stand.)

Ich habe mich ins Wohnzimmer gesetzt und eine DVD eingelegt. Eine brandneue Schwarzkopie von einer Serie, die in den USA gerade erst angelaufen ist. Ich weiß nicht, wo Federico die Dinger immer so schnell herhat. Den Ton habe ich so weit runtergedreht, wie es überhaupt nur ging. Wenn die Darsteller mal leise gesprochen haben, hat man den Dialog kaum mehr mitgekriegt. (Sehr viel hätte ich von dem Amerikanisch sowieso nicht verstanden.) Auch wenn Helene mir das hinterher vorgeworfen hat – es war überhaupt nicht laut. Jeder Passant, der sich auf der Straße mit seinen Kumpels unterhält, ist lauter. Der Beweis: Obwohl sie doch einen leichten Schlaf hat, ist sie davon nicht aufgewacht.

Bis Jonas plötzlich anfing zu schreien, und zwar so verzweifelt, wie ich es bei ihm überhaupt noch nie erlebt habe. Die Nachbarn müssen geglaubt haben, wir hätten ihn mindestens mit kochendem Wasser verbrüht. Er wollte auch die längste Zeit nicht mehr aufhören. Die Augen hatte er ganz fest zugedrückt, und sein Gesicht war dunkelrot angelaufen, man musste Angst haben, dass er gleich erstickt. Er hat geschrien und geschrien.

Was dann schließlich gewirkt hat: Helene hat eine der Klassik-CDs eingelegt, die sie während der Schwangerschaft immer gespielt hat, und die Musik hat ihn ganz allmählich beruhigt. Wenn es nicht einfach Erschöpfung war.

Ich weiß nicht, was mit ihm los war. Ist es möglich, dass ein Kind in dem Alter schon Albträume hat?

Am Fernseher kann es nicht gelegen haben, auch wenn die Tür offen war. Aber Helene hat trotzdem mir die Schuld gegeben, und natürlich der Serie, die sie ohnehin nicht leiden kann. Sie war so wütend, dass sie die DVD aus dem Player genommen und aus dem Fenster geschmissen hat. Ich hab gar nicht versucht, sie wieder einzusammeln, da waren bestimmt schon zwanzig Autos drübergefahren.

Ganz abgesehen davon, dass ich mich unschuldig fühle, begann die Brüllerei auch noch während einer besonders spannenden Szene. Der Agent sitzt mit einem Verdächtigen im Auto und versucht ihn zum Reden zu bringen. Er droht, er werde ihm ein Handtuch in den Hals stopfen und ihn so ersticken. Ich möchte wissen, ob er es am Ende auch tut oder nicht. In dieser Serie («24 Hours», mit Kiefer Sutherland, wenn Du es genau wissen willst) ist das durchaus denkbar. Helene hasst die Geschichte, weil sie sie viel zu grausam findet.

Ich muss Federico bitten, dass er mir noch mal eine Kopie zieht.

83

Früher habe ich immer gelacht, wenn so ein kleiner Frosch in seinem Kinderwagen herumquakte und die Mutter behauptete, sie würde ganz genau verstehen, was er ihr damit sagen wolle. Aber klar doch, habe ich dann heimlich gespottet, und er zappelt auch nicht einfach herum, sondern benutzt eigentlich das Flaggen-Alphabet, einfach ohne Flaggen. Geschrei ist Geschrei, habe ich gedacht, und was die Eltern da herauszuhören glauben, das reden sie sich nur selber ein.

Unterdessen bin ich mir in diesem Punkt nicht mehr so sicher. Jonas weint auf sehr verschiedene Arten, und ich kann sie recht genau unterscheiden.

Man könnte ein richtiges Wörterbuch dazu anlegen. Ein Handbuch der Weinkunde, hahaha.

Da gibt es zunächst mal die höfliche Mitteilung, dass man doch bitte so freundlich sein und ihm frische Pampers anziehen solle. Kein richtiges Weinen, sondern nur ein ganz zartes Jämmerchen. Vor allem, wenn Besuch da ist, macht er das so diskret, als ob es ihm peinlich wäre, vollgeschissene Windeln zu haben.

Wenn Helene und ich beide anwesend sind, will er übrigens lieber von mir gewickelt werden. Wenn Helene es dann trotzdem versucht, wehrt er sich zappelnd und protestiert lautstark. Man könnte das Weinen Nummer zwei nennen. Das Seltsame dabei: Wenn sie mit ihm allein ist, zumindest berichtet sie mir das, lässt er es ganz friedlich zu, dass sie ihn saubermacht. Aber ich darf dann wirklich nicht in der Wohnung sein. Wir haben einmal versucht, ihn reinzulegen. Als er wieder mal fällig war, bin ich in ein anderes Zimmer gegangen und war also «nicht da». Darauf ist er aber überhaupt nicht reingefallen und hat rumgetobt, bis ich übernommen habe. Mein Sohn ist nicht blöd.

Eine dritte Sorte von Weinen ist die klare Mitteilung: «Es passt mir nicht, was ihr gerade macht.» Er produziert dann ein richtig unangenehmes Geräusch, jeder Laubbläser klingt musikalischer, und hält das durch, bis man endlich rausgefunden hat, was seiner Majestät nicht behagt. Sobald man das abgestellt hat, ist er schlagartig wieder zufrieden. Die Methode wendet er auch an, wenn ich Musik laufen lasse, die ihm nicht gefällt. Ich wollte es ja zuerst nicht glauben, aber Helene hat recht: Er hat da ganz klare Vorlieben. Es scheint doch etwas dran zu sein an ihrer Theorie von der vorgeburtlichen Musikerziehung. Sie behauptet allen Ernstes, sie habe festgestellt, dass ihm Mozart von allen Komponisten am besten gefalle und dass er Geige lieber höre als Klavier. Aber man kann auch zu viel in ein Geschrei hineingeheimnissen.

So richtig verzweifelt gebrüllt, wie man es von einem Säugling eigentlich erwartet, hat er bis jetzt erst einmal, eben bei der Geschichte, die ich schon aufgeschrieben habe, als ich mir zu später Stunde «24 Hours» ansah. Ich glaube aber immer noch nicht, dass ihn das Geräusch des Fernsehers gestört hat. Es wird ihm etwas weh getan haben.

84

Mama wird älter. Obwohl: Schusslig war sie schon immer. Sie gehört zu den Leuten, die sich die Brille auf die Stirn schieben und dann die Wohnung danach absuchen. Das ist ihr tatsächlich einmal passiert.

(Lieber Achtzehnjähriger: Ich bin gespannt, wie Du meine Mutter einmal nennen wirst. Oma? Großmama? Sie will nicht, dass wir Dir eine bestimmte Anrede vorsagen. «Das muss von selber kommen», meint sie.)

Heute ist sie mit Jonas in den Park gegangen und hat es doch tatsächlich geschafft, sich auf dem Nachhauseweg zu verlaufen. Nun ja, es ist nicht ihr Kiez, aber den Weg, den man mit einem Kinderwagen gegangen ist, müsste man zwei Stunden später eigentlich auch wieder zurück finden. Vielleicht ist es ja auch ein bisschen meine Schuld. Ich hatte ihr meinen privaten Schleichweg zum Park erklärt, immer den kleinen Quartierstraßen nach, und der ist ein wenig kompliziert. Aber man kann so, außer dort, wo man die Europaallee überqueren muss, dem ganzen Autoverkehr ausweichen.

Von unserem Haus bis zum Park scheint es auch ganz gut geklappt zu haben, aber auf dem Weg zurück hat sie sich völlig verfranzt. Letztes Jahr habe ich ihr ein Handy geschenkt, aber sie ist gar nicht auf den Gedanken gekommen, uns damit Bescheid zu sagen. Die Technik ist ihr zu kompliziert, sagt sie.

Spätestens siebzehn Uhr hatten wir ausgemacht. Als eine Stunde später immer noch nichts von den beiden zu sehen war, ist Helene in Panik geraten. Sie hat ernsthaft daran gedacht, die Polizei anzurufen und Mama und den Zwerg vermisst zu melden. Ich habe ihr das grade noch ausreden können.

Kurz vor sieben sind sie dann endlich eingetrudelt, über eine Stunde nach Jonas' Stillzeit, die Helene doch immer so pünktlich wie möglich einzuhalten sucht.

(Bei anderen Familien werden die Babys einfach an die Brust genommen, wenn sie schreien. Bei Jonas geht das nicht. Er weint so wenig, dass er bei der Methode glatt verhungern würde. Auch heute wieder: Wenn er wegen der Verspätung Hunger hatte, ließ er sich das mit keinem Mucks anmerken.)

Mama, das ist typisch für sie, hatte überhaupt kein schlechtes Gewissen, sondern hat uns ihre Irrfahrt als großes fröhliches Abenteuer geschildert. Nachdem sie irgendwo nach links statt nach rechts abgebogen ist, oder umgekehrt, hat sie sich überhaupt nicht mehr ausgekannt, wollte aber aus Prinzip niemanden nach dem Weg fragen. «Sonst denken die Leute noch, ich bin ein altes Weib mit Alzheimer.» Sie muss eine ganze Weile herumgeirrt sein, «aber dann hat mir Jonas den Weg gezeigt». Sie sei einfach losgelaufen, erzählte sie ganz ernsthaft, und habe bei jeder Abbiegung auf Jonas' Gesicht geschaut. Wenn er eine Schnute zog, probierte sie es in einer anderen Richtung. Und stand irgendwann, durch reinen Zufall natürlich, tatsächlich vor unserem Haus.

Schrullig eben. Aber lieb.

85

Jonas wächst in rasendem Tempo. Schon zweieinhalb Kilo und sechs Zentimeter mehr als bei seiner Geburt. Gestern Abend haben wir zum ersten Mal Kleidungsstücke aussortiert, die ihm zu klein geworden sind. Das wird wohl in den nächsten Jahren zu einer regelmäßigen Aktion werden.

Helene war dabei ganz feierlich zumute. Die winzigen Handschühlein, die er in den ersten Tagen anhatte, hat sie so ehrfürchtig behandelt wie Reliquien. Sie will sie aufbewahren, in der antiken Keksdose, in der sie ihre privaten Kostbarkeiten sammelt und in die ich bei Todesstrafe nicht hineinschauen darf. Ich habe sie gefragt, ob da auch meine Liebesbriefe drin seien, und sie hat behauptet, ich hätte ihr nie welche geschrieben. Als ich protestiert habe, hat sie mir erklärt, das seien keine Liebes-, sondern Anbaggerbriefe gewesen. Schön, dass ihre Depression endgültig vorbei ist und sie wieder so albern sein kann wie vor der Schwangerschaft.

Apropos Handschuhe: Das Problem mit Jonas' Hand ist vorbei oder doch beinahe vorbei. Er macht nicht mehr dauernd die Faust, und auf den ersten Blick ist kein Unterschied zwischen links und rechts zu erkennen. Aber wenn er nach etwas greifen will, und das versucht er tatsächlich schon, tut er das immer nur mit der rechten Hand. Linkshänder wird er wohl nicht werden.

Dafür doch nicht Geschäftsmann, sondern Mafioso.

Vor zwei Tagen hat uns Federico besucht, offiziell, um Jonas endlich einmal zu sehen, aber eigentlich in dienstlicher Mission. Er sollte mich dazu überreden, die Elternzeit früher zu beenden und schon nächste Woche wieder zur Arbeit zu kommen. Petermann hat einen neuen Großkunden in Aussicht, und sie kommen in der Bude mit der Arbeit nicht hinterher. Ich habe weder ja noch nein gesagt, aber im Prinzip habe ich gar nicht viel dagegen, allzu lang können wir uns den unbezahlten Urlaub ohnehin nicht leisten. Es würde allerdings bedeuten, dass wir Jonas halbtags in eine Kita geben müssten, und das kostet auch wieder Geld. Wenn man überhaupt einen Kitaplatz findet. Man wird sehen.

Federico ist zwar hier aufgewachsen, fühlt sich aber immer noch als Italiener. Er erzählte uns von einem alten Brauch aus Sizilien: Man legt einem Säugling ein Messer und ein Kruzifix in die Wiege, wenn er nach dem Messer fasst, wird er Mafioso, wenn nach dem Kruzifix, Geistlicher. Andere Berufe scheint es dort unten nicht zu geben. Helene fand die Idee nur albern, aber wir haben das Experiment dann doch gemacht, natürlich mit einem zugeklappten, ungefährlichen Taschenmesser.

Die Antwort war eindeutig. Mein Sohn wird Verbrecher.

Andererseits: So groß ist der Unterschied zwischen einem Geschäftsmann und einem Mafioso ja nun auch wieder nicht.

Habe ich mal geschrieben, dass Jonas ein friedliches Kind ist? Ich nehme alles zurück.

Er sollte seine erste Impfung bekommen, und wir haben ihn gemeinsam zum Kinderarzt gebracht. Es wäre nicht nötig gewesen, dass wir beide mitgehen, aber weil es das erste Mal war, sind wir in voller Besetzung einmarschiert.

(Später werden wir uns bestimmt einmal nostalgisch an die Zeit erinnern, als alles das erste Mal war.)

Jonas sollte eine Sechsfachimpfung bekommen, was bedrohlich klingt, aber scheinbar völlig ungefährlich ist. Im Ganzen kommt er dreimal dran, mit jeweils vier Wochen Abstand dazwischen.

Wir hatten, auf Empfehlung von Frau Dr. Steenbek, einen sehr netten Kinderarzt gefunden, ein älterer Herr, der genauso aussieht, wie man sich einen Familiendoktor vorstellt: graue Haare (na ja, ein Rest grauer Haare, im Halbkreis um seine Glatze) und eine Brille, die ihm ständig auf die Nase rutscht. Für meinen Geschmack redete er ein bisschen zu sehr wie ein lieber Märchenonkel, aber bei seinen kleinen Patienten kommt der Ton bestimmt gut an.

Außer bei Jonas.

Die Praxis ist gut organisiert, man muss nicht lang warten, sondern kommt zu der Zeit dran, zu der man bestellt ist. Die Praxishilfe ist ein ziemlicher Drachen, aber sie hat den Laden im Griff.

Jonas wurde also ausgepackt und untersucht. Alles bestens, keinerlei Probleme. «Wenn alle kleinen Kinder so gesund wären», sagte der Arzt, «dann wäre ich arbeitslos.» Den Witz hat er bestimmt schon tausendmal gemacht.

Jonas ließ die ganze Prozedur tapfer über sich ergehen. Bis dann die Impfung kam. Helene hielt ihn auf dem Schoß, der Arzt zog das Serum auf (wenn Serum das richtige Wort ist) und sagte in seinem übertriebenen Weihnachtsmännerton: «So, jetzt kommt der Onkel Doktor mit der Spritze.»

Worauf Jonas schlagartig zu toben begann, mindestens so schlimm, wenn nicht schlimmer, wie damals in der Nacht. Er zappelte wie ein Wilder und kriegte vor lauter Gebrüll keine Luft mehr. An eine Spritze war nicht mehr zu denken. Ich habe zuerst noch versucht, ihn festzuhalten, aber er hat sich so verzweifelt gewehrt, dass ich es aufgegeben habe. Ich wollte ihm ja nicht den Arm brechen.

Der Arzt ist dann hinausgegangen, wahrscheinlich um die anderen Eltern wegen des Gebrülls zu beruhigen. Kaum war er draußen, wurde Jonas friedlicher, aber als er zurückkam, ging der Terror gleich wieder los.

Wir haben dann eine halbe Stunde in einem Nebenraum gewartet, und schließlich hat statt des Arztes die Praxishilfe die Impfung vorgenommen. Bei ihr hat sich Jonas überhaupt nicht gewehrt, und bei dem kleinen Pieks noch nicht einmal das Gesicht verzogen.

Helene meint, wir sollten den Kinderarzt wechseln.

87

Beim Durchlesen der letzten Seiten merke ich, dass ich zu viel über Jonas' kleine Krisen notiere und viel zu wenig über seine positive Entwicklung. Das will ich heute nachholen, exakt an seinem dritten Geburtstag. (Ich meine natürlich den dritten Monat.)

Dass er gewachsen ist und zugenommen hat, das ist ja klar. Ich kann die täglichen kleinen Fortschritte in dieser Richtung nicht so wichtig nehmen, wie Helene das tut. Wenn die Babywaage, die wir in der Apotheke gemietet haben, zwanzig Gramm weniger anzeigt als am Tag davor, denkt sie gleich an die schlimmsten Krankheiten. Dabei sieht doch ein Blinder, dass Jonas ein völlig gesundes Kind ist. Er trainiert aber auch wie ein Weltmeister.

(Wenn Du als Achtzehnjähriger Spitzensportler geworden sein solltest, wird mich das nicht wundern.)

Er schafft es schon, sich vom Rücken auf den Bauch zu drehen. Und dann geht es immer gleich mit seiner Lieblingsübung weiter: Kopfheben aus der Bauchlage. Richtig schade, dass das noch keine olympische Disziplin ist. Er kann sich die längste Zeit damit beschäftigen. Den Kopf nach oben stemmen, bis ihm der vor Erschöpfung runterfällt, ein paar Sekunden Pause, und dann der nächste Anlauf. Das mit den zwanzig Mal meine ich ganz wörtlich. Ich habe einmal mitgezählt, und er hat dreiundzwanzig Wiederholungen geschafft, bevor er völlig ausgepumpt eingeschlafen ist. Ich bin sicher, er gibt keine Ruhe, bis er die zwei Dutzend hinkriegt.

Er schaut einen auch ganz anders an als noch vor einem Monat. In den ersten Wochen hat er ein bisschen geschielt, irgendwie hat das mit dem Scharfstellen seiner Augen noch nicht richtig geklappt. (Sie sind blau geblieben, während die Haare dunkler geworden sind.) Unterdessen, so scheint mir zumindest, betrachtet Jonas einen schon ganz bewusst, wobei er immer ein ganz ernstes Gesicht macht, als ob ihm überhaupt nicht gefällt, was er da sieht. Manchmal ist so ein kleines Kind wirklich komisch.

Er macht auch schon die ersten Sprachversuche. Zumindest gibt er Geräusche von sich. Man darf dabei aber nicht im selben Zimmer sein wie er, sonst wird er sofort «schweigsam». Als ob es ihm peinlich wäre, dass er noch nicht richtig reden kann.

Ich habe das einmal gesagt, als Max dabei war, und die große Psychologin hat mir natürlich sofort widersprechen müssen. Mit Reden habe das nichts zu tun. Und überhaupt: Wenn man so einem kleinen Kind erwachsene Verhaltensweisen zuschreibe, sei das ganz schlecht für das intergenerative Miteinander. Sie liebt es, sich so hochgestochen auszudrücken. Schnetzelt sich wahrscheinlich jeden Morgen eine Seite Wörterbuch ins Müsli.

Im Prinzip hat sie ja recht. Selbstverständlich funktioniert so ein Säugling nach ganz anderen Regeln als ein Erwachsener. Aber irgendwann kriegt sie für ihre Klugscheißereien einen intergenerativen Tritt in den Hintern.

88

Noch eine kleine Macke, für die auch Max keine psychologische Erklärung weiß. Kann es so etwas geben wie «selektive Wasserscheu»? Solang wir ihn in einer Plastikmulde gebadet haben, hat Jonas die Planscherei sichtlich genossen. Ganz friedlich lag er jedes Mal in meinem Arm, und wenn ich ihm Wasser über den kleinen runden Bauch gegossen habe, hat er selig gelächelt.

Aber als ich es dann zum ersten Mal in unserer schönen alten Badewanne probiert habe, hat er sich aus Leibeskräften gewehrt, hat so heftig mit Armen und Beinen gezappelt, dass ich es schließlich aufgeben musste. Einen Grund dafür konnte ich nicht entdecken. Das Wasser war genau gleich temperiert (37 Grad, Helene ist da exakt), und ich habe ihn so sicher festgehalten wie immer. Bei einem Erwachsenen würde man sagen: Er muss einmal in einer Badewanne etwas Schlimmes erlebt haben.

Seither bleibt er stur bei seiner Weigerung, auch wenn er in der rosaroten Mulde fast keinen Platz mehr hat. Nichts kann ihn davon abbringen, auch nicht die schönsten bunten Plastikentchen.

Entsprechend war Helene nervös, als sie mit ihm zum ersten Mal zum Babyschwimmen ins Hallenbad ging. Sie wusste, dass sie dort ein paar Bekannte aus dem Geburtsvorbereitungskurs treffen würde, und zwischen den Frauen herrscht eine unausgesprochene Konkurrenz. Jede will das ruhigste, liebste und natürlich am weitesten entwickelte Kind haben, ein bisschen wie wenn die Kollegen gegenseitig damit angeben, wie schnell ihr Auto von null auf hundert beschleunigt.

Sie hätte sich keine Sorgen machen brauchen. Hinterher hat sie mir voller Stolz berichtet, dass sich Jonas wie ein Musterknabe benommen hat. Im Wasser scheint es ihm ausgesprochen gut zu gefallen – solang es keine Badewanne ist.

Am stolzesten war Helene darauf, dass Jonas sich nicht hat anstecken lassen, als in der Garderobe einer der Säuglinge zu schreien begann und alle anderen in das Gebrüll einstimmten. Er blieb scheinbar als Einziger ganz friedlich und hat sich nur mit großen Augen umgesehen.

Ich habe davon in der Bude erzählt (ja, ich habe mich überreden lassen), und Federico musste natürlich wieder einen seiner Macho-Sprüche machen: «Ich wäre auch glücklich, wenn um mich herum lauter junge Frauen in Unterwäsche stünden.» Er ist ein Blödmann, aber einer von der sympathischen Sorte.

Zwei Tage später nachgetragen: Ich habe die Lösung des Problems gefunden. Wenn ich selber mit hineinsteige, hat Jonas nichts gegen die Badewanne. Ich werde wohl der sauberste Vater der Weltgeschichte werden.

89

Nicht nur, wenn es um sein tägliches Bad geht, Jonas hat auch sonst ganz ausgeprägte Vorlieben und Abneigungen. Wenn man ihn zum Beispiel im Snuggly herumträgt, will er das Gesicht unbedingt nach außen haben, so dass er von der Welt etwas sehen kann. Und er mag es nicht, wenn man ihn «Zwerg» nennt. Irgendwas am Klang dieses Wortes ist ihm unangenehm. Wenn wir es trotzdem benutzen, verzieht er das Gesicht, als ob wir ihn mit Essig gefüttert hätten, oder fängt sogar an zu weinen. Wie man es sagt, spielt dabei keine Rolle, es ist wirklich das Wort selber, gegen das er etwas hat. Das ist seltsam in einem Alter, wo ein Kind vielleicht einen Tonfall wahrnimmt, aber ganz bestimmt noch keine einzelnen Worte versteht. Einmal hat er sogar im Wohnzimmer losgebrüllt, nur weil wir uns in der Küche über ihn unterhalten und dabei «Zwerg» gesagt haben. Es kann aber natürlich auch Zufall gewesen sein. Man kann in ein so kleines Kind ja nicht hineinschauen.

Seine Majestät will bei seinem Namen genannt werden. Von mir aus, solang er nicht darauf besteht, dass ich Herr Jonas zu ihm sage.

Auch beim Spielzeug kann er stur sein. Helenes Eltern haben eigens für ihn einen Teddybären herstellen lassen, von einer Puppenmacherin, über die sie im TV einen Bericht gesehen hatten. «Mr. Teddy» nennt er sich und trägt Krawatte. Ein wirklich schönes Stück, kuschelig und alles. Wahrscheinlich scheißteuer. Aber Jonas straft ihn mit Verachtung. Als wir das Stofftier zum ersten Mal zu ihm ins Bettchen gelegt haben, hat er es ein Weilchen angesehen und sich dann, es wirkte ganz demonstrativ, davon weggedreht. Seither würdigt er den Bären keines Blickes mehr. (Das Umdrehen kann er übrigens unterdessen perfekt. Jonas, der Ventilator.)

Helenes Eltern haben wir natürlich am Telefon erzählt, dass Jonas ihr Geschenk heiß liebt. Sie haben sich wirklich große Mühe damit gegeben, und wenn sie schon einmal etwas Nettes machen, wollen wir ihnen die Freude nicht verderben.

Bis jetzt haben wir noch nichts gefunden, das Jonas längere Zeit interessieren kann. Er ist ein Snob. Wenn man ihm ein neues Spielzeug, eine Rassel oder so etwas, hinlegt, dann untersucht er das, ganz wissenschaftlich, aha, macht beim Schütteln ein Geräusch, sehr schön – und damit ist die Sache für ihn erledigt. Ein zweites Mal probiert er es nicht aus. Nur wenn man ihm das Spielzeug noch mal hinhält, lässt er sich manchmal gnädig dazu herab. Als ob er einem einen Gefallen tun wollte.

Manchmal denke ich, wir haben ein seltsames Kind. Aber das denken wahrscheinlich alle Eltern von ihren Sprösslingen.

Max, die immer alles psychologisieren muss, behauptet, dass Jonas eine zu kurze Aufmerksamkeitsspanne habe. Ich halte das für Quatsch. Er hat einfach noch nicht das Richtige gefunden.

90

Oder doch? Ich glaube, er schlägt mir nach und wird einmal IT-Spezialist, wie sein Vater. In der Bude kriegt er sofort einen Job, so begeistert sind dort alle von ihm.

Das kam so:

Helene hat eine 40-Prozent-Stelle in einer Modeboutique angenommen, nicht weil man dort so gut verdient, sondern weil ihr zu Hause auf Dauer die Decke auf den Kopf fällt. Jonas wird jetzt also einmal in der Woche von

Mama gehütet, und zwei Vormittage geben wir ihn in die Kita. In der Beziehung hatten wir Glück: Gleich um die Ecke hat eine neu eröffnet, und die beiden jungen Frauen, die sie betreiben, hatten noch keine Warteliste. Die beiden schwärmen geradezu von Jonas, ein so pflegeleichtes Kind sei ihnen überhaupt noch nie untergekommen.

Bis gestern hat die Organisation bestens funktioniert. Aber dann gab es in der frisch renovierten Kita einen Wasserschaden, jemand muss beim Umbau etwas falsch angeschlossen haben. Mama konnte nicht einspringen, weil sie sich beim Seniorenturnen die Hand verstaucht hat. So wie sie es erzählt, ist es bei einem Salto passiert, aber ich glaube ihr kein Wort. Wahrscheinlich ist sie beim Umziehen ausgerutscht.

So von einem Moment auf den andern war niemand zu finden, der für die Betreuung hätte einspringen können, und Helene, was ich gut verstehen kann, wollte an ihrer neuen Stelle nicht gleich im ersten Monat freinehmen. Also habe ich Jonas kurz entschlossen in die Bude mitgenommen.

Petermann war sichtlich nicht begeistert, aber weil er immer auf wahnsinnig modern und «wir sind alle Kumpel» macht, konnte er nicht viel dagegen sagen. Außer: «Solang er den Betrieb nicht aufhält.»

Jonas hat den Betrieb nicht aufgehalten. Im Gegenteil, er hat sich benommen wie ein Engel. Hat nicht ein einziges Mal geschrien. Nicht einmal, als er die Pampers vollhatte, hat er sich gemeldet, ganz gegen seine Gewohnheit, aber da hat dann irgendwann der Geruch als Signal funktioniert. Federico wollte unbedingt das Saubermachen übernehmen. Mit seinem italienischen Familiensinn würde er Jonas am liebsten adoptieren. Vielleicht sollten wir ihn zum Paten ernennen (nicht im Mafia-Sinn, hahaha), auch wenn wir nicht daran denken, Jonas taufen zu lassen.

Unsere Bude ist nicht gerade der leiseste Ort dieser Welt. Dauernd klingelt ein Telefon, und die Gespräche werden auch nicht gerade im Flüsterton geführt. Aber das schien Jonas alles nichts auszumachen. Ich hatte den Oberteil des Kinderwagens auf einen Rolltisch gestellt, und da lag er die ganze Zeit und starrte auf die beiden Monitore, die man von dort aus sehen konnte. Wahrscheinlich hat ihn einfach fasziniert, dass sich darauf dauernd etwas bewegte, ein Mobile hätte denselben Dienst getan. Aber ich habe natürlich behauptet, dass er sich für die Programme interessiert, die wir benutzen. Zu Petermann habe ich gesagt: «Das nennt man Nachwuchsförderung.» Er hat keine Miene verzogen. Der Typ ist völlig humorlos.

Max ist unmöglich. Helene lacht zwar über das, was passiert ist, aber ich finde, es gibt Dinge, die tut man einfach nicht. Mit Spießigkeit, wie mir die beiden Frauen das vorwerfen, hat das überhaupt nichts zu tun. Nur mit dem primitivsten Gefühl für Anstand.

(Wenn Du Dich in achtzehn Jahren wegen der Geschichte bei einem Psychologen auf die Couch legen musst, schick die Rechnung an Max.)

Die Sache war die: Weil der Wasserrohrbruch in der Kita noch nicht behoben und Mama immer noch außer Gefecht ist, hat Max Jonas für einen Nachmittag übernommen. Eigentlich sollte sie mit ihm spazieren gehen, so war es abgesprochen, aber sie hat sich dann doch lieber in ein Straßencafé gesetzt. Dagegen ist so weit nichts zu sagen, Jonas ist gern dort, wo Leute sind. Er mag Gesellschaft.

Sie trank also ihren Kaffee, oder, wie ich sie kenne, eher ihren Prosecco, als zufällig ein alter Bekannter des Weges kam und sich zu ihr setzte. Wenn ich «alt» schreibe, heißt das bei Max natürlich «jung», und ein Bekannter ist bei ihr fast immer ein Liebhaber. Sie kann sich in fünf Sekunden in einen Typen verknallen, nur um dann ein paar Tage später tränenreich zu beklagen, dass er doch nicht der Mann fürs Leben war. Die Weltmeisterin des One-Night-Stands.

(Warum heißt es eigentlich One-Night-Stand? Man steht ja nicht dabei.)

Die beiden plauderten also, fanden sich immer noch sympathisch und kamen zum Schluss, es sei ein Fehler gewesen, es nach der ersten Begegnung nicht ein zweites Mal miteinander zu versuchen. Worauf sie beschlossen, das auf der Stelle nachzuholen. Mitten am Nachmittag, Kinderhüten hin oder her.

Ich kenne Max' Wohnung. Sie hat einmal ihren Rucksack samt Wohnungsschlüssel bei uns liegenlassen, und Helene hat mich losgeschickt, ihr die Sachen zu bringen. Es ist eine Studentenbude, nur ein Zimmer und eine winzige Kochnische. Der einzige Ort, wo sie das Oberteil des Kinderwagens mit Jonas hat hinstellen können, war in der kleinen Sitzecke, direkt neben dem Schlafsofa. Er musste also mit anhören und mit ansehen, wie Max mit ihrem Typen Versöhnung gefeiert hat.

Max hat uns die Geschichte selber erzählt und war richtig stolz auf ihr Abenteuer. Und auch Helene schien sich nicht daran zu stören, was mich dann doch ein bisschen gewundert hat. Eigentlich ist sie die Korrektere von uns beiden, aber diesmal war sie ganz auf der Seite ihrer Freundin. Die zwei Frauen fanden meine Empörung furchtbar altmodisch. So ein kleines Kind würde doch gar nicht mitkriegen, was da neben ihm im Bett passiere. Das mag ja sein, aber ich finde trotzdem, dass so etwas nicht geht. Wenn sie das spießig finden, dann bin ich eben spießig.

Mein einziger Trost: In ein paar Tagen wird Max feststellen, dass sich ihr neuster Mann fürs Leben auch wieder nicht mehr bei ihr meldet. Die Enttäuschung gönne ich ihr.

92

Zu seinem vierten Geburtstag (noch feiern wir jeden Monat) hat Mama ein Geschenk für Jonas mitgebracht, eine CD mit alten Kinderliedern. «Alle meine Entchen», «Fuchs, du hast die Gans gestohlen» und all so was. Damit ist sie bei ihm aber gar nicht gut angekommen. Was wohl nichts damit zu tun hatte, dass es eine ganz scheußliche Kitschaufnahme ist, ein öliger Synthesizer und eine Drum Machine aus der Dampfmaschinenzeit. Ich weiß nicht, ob die Plattenfirma das wirklich für kindergerecht hält, oder ob es einfach möglichst billig sein musste. Egal.

Jonas hat sich die Musik einmal gefallen lassen, aber als Mama sie ein zweites Mal abspielen wollte, hat er mit Gebrüll Nummer drei für Ruhe gesorgt. Weitere Versuche haben wir nicht gemacht. Wenn seine Majestät etwas nicht will, dann will er eben nicht.

Wahrscheinlich hätte Mama bei Jonas mehr Erfolg mit einer CD gehabt, auf der jemand Märchen erzählt. Nicht dass er etwas verstanden hätte, aber alles, was um ihn herum geredet wird, scheint einen beruhigenden Eindruck auf ihn zu haben. Das haben die beiden Erzieherinnen in der Kita festgestellt.

(Eine von ihnen heißt Lukretia Häfele. Da haben wir für Jonas schon einen vernünftigeren Vornamen ausgesucht.)

Nach dem Wasserschaden haben sie in der Kita umgestellt. Für die ganz Kleinen, die noch nicht krabbeln können, gibt es jetzt einen eigenen Raum, wo sie von den Größeren weniger gestört werden.

Helene und ich finden die Verbesserung gut, nur Jonas ist mit seinen Eltern mal wieder überhaupt nicht gleicher Meinung. Ich weiß nicht, an was es liegt, aber die neue Umgebung passt ihm nicht. Sobald er dort hingebracht wird, macht er so lang Terror, bis man sein Bettchen woanders aufstellt. Gleichaltrige scheint er nicht zu mögen. Auf jeden Fall quengelte er dauernd. Bei Jonas, der meistens so friedlich ist, fällt das auf.

Die Betreuerinnen haben schließlich durch Trial and Error herausgefunden, dass er sich am wohlsten fühlt, wenn sein Bettchen in ihrem Aufenthaltsraum steht. Allerdings nur, solang dort das Radio eingeschaltet ist.

(Wahrscheinlich werde ich Dir einmal erklären müssen, was das überhaupt war, Radio. In achtzehn Jahren wird man sich seine Informationen wohl aus ganz anderen Quellen besorgen. Die Musik ohnehin.)

Sobald Stimmen aus dem Lautsprecher kommen, beruhigt sich Jonas ganz schnell. Klassische Musik findet er auch okay. Sie stellen jetzt einfach den Deutschlandfunk für ihn ein, dann liegt er stundenlang einfach da und scheint zuzuhören.

Das hat ihm den ersten Übernamen seines Lebens eingetragen. Sie nennen ihn den «Nachrichten-Junkie».

93

Die Siebengescheiten haben uns mal wieder mit ihrem Besuch beehrt. Lehrer haben einfach zu viel Ferien. Sie sind auf der Durchreise nach Hamburg, zu einer Kunstausstellung, «die man unbedingt gesehen haben muss». Zu Deutsch: Nur ein kulturferner Banause wie ihr zukünftiger Schwiegersohn lässt sich so etwas entgehen. Ein Wunder, dass sie ihren Köter nicht zu der Ausstellung mitgenommen haben. Er hätte ihnen den Katalog hinterhertragen können. Jetzt hockt er bestimmt ganz traurig im Tierheim und erklärt den andern Hunden den Unterschied zwischen Barock und Rokoko.

Helenes Mutter hat das große Talent, mich in kürzester Zeit auf hundertachtzig zu bringen. Sie hat auf ihrem Heimcomputer gerade erst Google entdeckt und wollte mir doch tatsächlich erklären, wie eine Such-Website funktioniert. Meinen Hinweis, dass ich mich acht Stunden am Tag mit nichts anderem beschäftige, hat sie diskret überhört.

(Falls Du anno 2021 findest, dass das alles nicht in dieses Tagebuch gehört, weil es hier nur um Dich gehen soll, dann muss ich Dir sagen: Sei nicht so ungeduldig, mein Sohn. Du kommst gleich dran.)

Luise (in mir sträubt sich immer noch etwas dagegen, sie mit ihrem Vornamen anzureden) hatte sich, gründlich, wie sie ist, auf den Besuch bei ihrem Enkel vorbereitet und während der Zugfahrt ein Buch über die Phasen der frühkindlichen Entwicklung studiert. Natürlich musste sie sich sofort daranmachen, bei Jonas zu überprüfen, ob er auch korrekt ins vorgegebene Raster passt. So nach dem Motto: Wenn er die Prüfung nicht besteht, muss er den vierten Lebensmonat wiederholen.

In dem Buch stand, dass Kinder in diesem Alter gern «Kuckuck, da bin ich» spielen und es furchtbar komisch finden, wenn man ihnen ein Tuch über den Kopf legt und es dann wieder wegzieht. Sie also sofort ans Werk, Tuch drauf, Tuch weg, Kuckuck! Gemäß Theorie hätte Jonas in diesem Moment glücklich lachen müssen. Hat er aber nicht getan. Auch beim zweiten, dritten und siebenunddreißigsten Versuch hat er sie nur mit ganz ernsthafter Miene angesehen. Man konnte sich wirklich fragen, wer da erwachsener war, das kleine Kind, das völlig friedlich dalag, oder die grauhaarige Frau, die immer hektischer «Kuckuck! Kuckuck!» rief.

Die Siebengescheiten haben daraufhin eine Lehrerkonferenz abgehalten und sind zum Schluss gekommen, dass ein Kind, das so wenig lache, in seiner Entwicklung zurückgeblieben sein müsse und dringend zum Kinderpsychologen gehöre. Worauf Jonas dann doch zu lachen begann, ein ausgewachsenes Gelächter, mit dem er überhaupt nicht wieder aufhören konnte. Es hat ihn so geschüttelt, dass er einen ganzen Schwall Milch auskotzte. Leider hatte ich ihn da grade im Arm und nicht Luise. Ich bin sicher, sie hätte ihm dafür eine Strafaufgabe aufgebrummt.

94

Natürlich waren die beiden zum Abendessen bei uns. Helene hat schon seit Tagen das Menü immer wieder neu überlegt, als ob es nicht um eine Familieneinladung ginge, sondern um eine Prüfung. Am Schluss hat sie sich wieder für ihre Lasagne entschieden. Die kommt eigentlich immer gut an.

Aber die Spannungen, die es gab, hatten dann nichts mit dem Essen zu tun. Es war eine Auseinandersetzung zwischen Luise und Mama, und, so ungern ich das auch zugebe: Luise hat gewonnen.

Mama, die sich für Kitsch so begeistern kann wie Luise für Kunst, hat in einem chinesischen Laden einen verrückten Strampelanzug entdeckt, den sie natürlich sofort kaufen musste. Das Teil ist nicht gerade geschmackvoll, das gebe ich zu, aber es sollte ja auch nicht den großen Preis der Modewoche gewinnen, sondern nur ein bisschen amüsieren. Der Anzug ist als Pavianfell gestaltet, samt einem hinten aufgenähten roten Hintern, und dazu gehört eine Kapuze mit Affenohren. «Eigentlich ist er für Halloween gedacht», sagte Mama, «aber bis dahin passt er ihm ja nicht mehr.»

Natürlich wollte sie die Verkleidung gleich an Jonas ausprobieren, aber dagegen hat Luise in ihrem besten Lehrerinnen-Ton Einspruch erhoben. Ihr Enkel sei keine Puppe, hat sie erklärt, und man könne ihn nicht einfach nach Lust und Laune verkleiden. Worauf Mama erwiderte: «Aber *mein* Enkel hat Humor.» Mein zukünftiger Schwiegervater studierte seine Fingernägel. Er hält sich aus solchen Debatten lieber raus.

Mama streitet nicht, sie handelt. Als Luise in der Küche war, um Helene beim Vorbereiten des Abendessens zu helfen (oder um ihr zu erklären, was sie beim Kochen alles falsch macht), ist sie mit Jonas im Kinderzimmer verschwunden. Als sie wieder zurückkam, hatte sie das niedlichste Äffchen der Welt auf dem Arm.

(Siehe Foto. Mitteilung an den Achtzehnjährigen: Wenn Du nicht brav und folgsam bist, zeige ich die Aufnahme Deinen Kumpels. Dann bist Du erledigt.)

Luise kriegte ihren harten Mund, mit dem sie wahrscheinlich jede Klasse in Angst und Schrecken versetzt, sagte: «Darf ich mal?», schnappte sich Jonas und marschierte mit ihm in den Flur, wo der große Garderobenspiegel hängt. Sie stellte sich davor, so dass Jonas sich gut sehen konnte, und fragte: «Willst du wirklich so aussehen?»

Natürlich hat Jonas nicht zu toben begonnen, weil er sich in dem Kostüm nicht gefiel. Es wird der aggressive Ton seiner Großmutter gewesen sein, der ihn so erschreckt hat. Aber Tatsache ist, dass er sich erst beruhigte, als wir ihm den Strampler wieder ausgezogen haben. Eins zu null für Luise.

Es wurde kein besonders gemütlicher Abend. Obwohl die Lasagne wirklich gut geschmeckt hat.

95

Manchmal kann das Besondere, das man auf gar keinen Fall vergessen will, auch darin bestehen, dass scheinbar gar nichts Besonderes passiert ist. Oder dass es ganz ohne Theater und Aufregung passiert ist.

Ich muss also aufschreiben, dass Jonas sein erstes Zähnchen bekommen hat. Er sieht lustig aus, mit dieser einsamen Spitze im Unterkiefer. (Siehe Foto.) Ungewöhnlich daran war nur, dass Helene und ich absolut nichts davon mitbekommen haben, bis es so weit war. In jedem Elternratgeber steht, dass man beim Zahnen mit Schmerzen oder sogar Fieber rechnen muss, und wir waren auch darauf vorbereitet. Hatten sogar schon ein schmerzstillendes Gel besorgt. Aber bei Jonas war dann nichts von all dem. Die einzigen

Schmerzen hatte Helene, weil er sie nämlich beim Stillen gebissen hat. Da ist es uns erst aufgefallen.

Entweder ist Jonas ein Glückspilz und bekommt seine Zähne ohne Beschwerden, oder er ist besonders tapfer. Frau Dr. Veidt meint zwar, dass ich mir da Illusionen mache. Bei einem Baby sei Tapferkeit gar nicht möglich, dazu müsste man schon sehr viel erwachsener sein. Wenn einem Säugling etwas weh tut, sagt sie, dann weint er auch.

(Frau Dr. Veidt ist unsere neue Kinderärztin, ein bisschen trocken in ihrer Art, aber, wie mir scheint, wirklich professionell. Macht nicht so ein Gedöns wie ihr Vorgänger. Von ihr lässt sich Jonas auch ohne Widerstand impfen.)

Im Zusammenhang mit seinem ersten Zahn hat mein tapferer Sohn nur ein einziges Mal geweint. Und das war wohl reiner Zufall.

Ich hatte ihn mal wieder in die Bude mitgenommen und habe stolz Jonas' neue Errungenschaft vorgeführt. Federico musste natürlich wieder einen seiner Witze machen. Er hat mich gefragt: «Na, hat er ein Geständnis abgelegt?» Ich habe überhaupt nicht verstanden, was er meinte. Worauf Federico, der eine wirklich schräge Vorstellung von Humor hat, hinzufügte: «Oder warum hast du ihm sonst alle Zähne ausgeschlagen?»

Die Kollegen haben gelacht, nur Jonas schien den Spruch nicht lustig zu finden. Er hat ein Protestgebrüll losgelassen, dass die Wände wackelten. Ich weiß nicht, was plötzlich mit ihm war. Es hat ihm wohl nicht gepasst, dass jemand seinen neuen Zahn beleidigte.

Petermann hat auf den Lärm übrigens ganz anders reagiert, als man es von ihm erwarten würde. Überhaupt kein «So geht es aber nicht» oder «Wenn du deinen Sohn nicht stillhalten kannst, dann lass ihn zu Hause». Er blieb ausgesprochen friedlich und hat sogar angeboten, wenn Jonas Ruhe brauche, könne ich den Konferenzraum als Kinderzimmer benützen.

Ich konnte mir den plötzlichen Anfall von Nettigkeit nicht erklären. Petermann und Kinderfreund – das passt zusammen wie Thomas Gottschalk und ein Schweigegelübde. Am nächsten Tag bekam ich dann die Erklärung dafür: Petermann kann es im Moment nicht riskieren, einen Mitarbeiter zu verlieren.

96

Petermann ist ein Gambler. Er hat einen neuen Kunden für uns aufgerissen, der eigentlich viel zu groß für unsere Bude ist, eine bundesweite Lebensmittelkette, die allein in unserer Stadt ein halbes Dutzend Standorte hat. Er muss die gesamte Konkurrenz um mehrere Laufmeter unterboten haben, anders kann ich mir nicht erklären, wie er an den Auftrag rangekommen ist. Vorläufig haben wir ihn allerdings erst probeweise, auf Bewährung gewissermaßen. Wenn es klappt, sind wir zwar noch nicht Bundesliga, aber auch nicht mehr Kreisklasse. Wir werden mindestens drei zusätzliche Leute einstellen müssen, und IT-Kräfte sind Mangelware. Mehr Platz werden wir auch brauchen.

Petermann will aus dem Auftrag eine eigene Abteilung machen und hat mir angedeutet, dass ich die dann leiten soll. Was mindestens dreihundert Mark im Monat mehr bedeuten würde. (Hundertfünfzig Euro. Ich muss mir endlich angewöhnen, in der neuen Währung zu denken.) Es ist nicht die Art Versprechen, die man einklagen kann, aber die Perspektive ist erfreulich. Wenn es klappt, werde ich von Helene keine Ausflucht mehr akzeptieren. Dann wird erbarmungslos geheiratet.

Petermann wäre nicht Petermann, wenn er die guten Aussichten nicht dazu verwenden würde, seinen Leuten noch mehr Druck zu machen, als er es ohnehin schon tut. Gestern Abend war Helene mit Max im Kino (ich werde nie verstehen, was Frauen an Hugh Grant finden), und ich hatte Kinderdienst. Jonas war gerade erst eingeschlafen, als mein Handy klingelte. Mein Chef hält sich in solchen Fällen nicht damit auf, sich erst mal für die Störung zu entschuldigen und zu fragen, ob man eventuell trotz Feierabend bereit wäre, Feuerwehr zu spielen. Er ist in solchen Dingen knallhart, oder «amerikanisch», wie er das nennt. In einer Filiale könne das Bestellsystem nicht mehr auf den zentralen Server zugreifen, und ich solle mich sofort darum kümmern. Dass man einen Babysitter nicht aus dem Hut zaubern kann, ging ihm am Arsch vorbei. «Jetzt kannst du beweisen, dass du für eine verantwortungsvolle Stellung geeignet bist», sagte er. So ist Petermann nun mal: wenig Zuckerbrot und jede Menge Peitsche.

Ich war zwar stinksauer, aber die Chance auf eine Gehaltserhöhung kriegt man nicht jeden Tag. Ich habe also Jonas wieder aus seinem Bettchen geholt, habe ihn warm angezogen, in den Snuggly gepackt (Gesicht nach vorn natürlich) und habe mich auf den Weg gemacht. Zum Glück lässt sich mein Sohn durch solche Überraschungen nicht erschüttern. Es heißt zwar immer, dass kleine Kinder einen möglichst geregelten, immer gleichen Tagesablauf brauchen, aber bei Jonas scheint das umgekehrt zu sein. Er liebt die Abwechslung. Auf jeden Fall ließ er sich ohne Protest in den Kindersitz schnallen, und während der ganzen Fahrt schaute er interessiert aus dem Fenster. Nicht mal die Musik, die ich laufen ließ, hat ihn gestört. Dabei hat er sonst was gegen Rap.

97

Ich möchte nicht zum Personal unseres neuen Großkunden gehören. Die Bedingungen dort müssen verdammt unangenehm sein, nur schon wegen der unregelmäßigen Arbeitszeiten. Sie öffnen um neun Uhr früh und schließen erst nachts um zehn. Als ich ankam, hatte ich trotz der späten Stunde Mühe, einen Parkplatz zu finden. Immer noch voller Betrieb. Ich verstehe nicht, wieso die Leute nicht tagsüber einkaufen können.

Die Fassade, das ist das Markenzeichen der Kette, ist gestaltet wie bei einem Casino: der leuchtende Firmenschriftzug und darunter ein blinkender Neonpfeil, der auf den Eingang weist. Jonas war von dem Lichteffekt total fasziniert, hellwach und mit weit aufgerissenen Augen.

Meine Rettungsaktion hat nicht lang gedauert, was ausnahmsweise mal nicht an meinem technischen Genie lag, hahaha. In der Bude nennen wir so etwas ein «dK-Problem»: doofer Kunde. Es stimmt schon: Die größte Fehlerquelle sitzt dreißig Zentimeter vor dem Bildschirm. Sie haben in der Firma einen Code für die Filiale und einen zweiten für jeden Mitarbeiter, die beim Einloggen eingegeben werden müssen. Wenn man das in der falschen Reihenfolge tut, meldet das System zur allgemeinen Überraschung: «Zugriff nicht möglich.» Das hätten sie auch selber merken können, aber Petermann hat einen Pauschalvertrag abgeschlossen, und es kostet sie nichts, wenn sie uns kommen lassen. Und dafür habe ich Jonas aus dem Schlaf gerissen.

Er schien es mir nicht übelzunehmen. Während der ganzen Zeit, die wir dort waren, hat er keinen Pieps von sich gegeben. Und als ich mit ihm zum Auto zurückging, drehte er immer wieder den Kopf zu dem blinkenden Pfeil hin. Er schien von dem Effekt so begeistert wie von einem ganzen Feuerwerk.

Dummerweise war es ein kurzer Film gewesen und Helene schon zu Hause, als ich ankam. Hugh Grant hatte versagt: Sie war nicht mild gestimmt. Das Donnerwetter, mit dem ich empfangen wurde, hatte Orkanstärke. Ich hatte in der Eile nicht daran gedacht, ihr eine Notiz mit der Erklärung für unsere Abwesenheit zu schreiben, und als sie reinkam und Jonas' Bettchen leer fand, hat sie sich die schlimmsten Geschichten ausgedacht. Eine plötzliche lebensgefährliche Erkrankung, die mich blitzartig mit ihm hatte ins Spital fahren lassen, war dabei noch das harmloseste Szenario. Ich bin ein totaler Idiot, ein unheilbarer Workaholic, ein miserabler Vater und der rücksichtsloseste Lebenspartner, unter dem je eine Frau gelitten hat. Alles in allem: nicht der ideale Augenblick für einen Heiratsantrag.

Schade, dass Jonas noch nicht reden kann. Er hätte sich bestimmt für mich eingesetzt und Helene erklärt, dass er den nächtlichen Ausflug samt Neon-Feuerwerk ausgesprochen genossen hat. Geschadet hat es ihm bestimmt nicht. Mit einem glücklichen Lächeln auf dem Gesicht ist er ganz schnell wieder eingeschlafen.

98

Federico ist unterdessen mein bester Kumpel. Wenn wir in der Mittagspause unser Sandwich runterdrücken (zu richtigen Essenspausen reicht es selten), unterhalten wir uns auch über die privatesten Dinge. Heute habe ich ihm geklagt, dass Helene immer noch nicht in einen Hochzeitstermin einwilligen will, und er hat mir erklärt, dass ich auf dem falschen Dampfer bin, wenn ich es mit logischen Argumenten versuche. «Frauen haben mit Logik nichts am Hut», sagte er. «Ihre Gefühle musst du ansprechen.»

Selbst wenn ich von seinen Erfolgen bei der Damenwelt, von denen er so gern erzählt, fünfzig Prozent wegstreiche, muss ich doch neidlos zugeben, dass er von Frauen mehr versteht als ich. Wenn die Anzahl an Eroberungen ein Maßstab dafür ist. Ich kann mir den Namen seiner gerade aktuellen Freundin gar nicht so schnell merken, wie er schon wieder die nächste hat. «Frauen sind Verbrauchsware», das ist sein Motto. In dieser Hinsicht könnte er sogar noch Casanova Nachhilfestunden geben.

Ich habe zwar eine ganz andere Vorstellung davon, wie eine Beziehung aussehen muss, aber in einem Punkt mag er recht haben. Helene und ich gehören so fest zusammen, seit Jonas da ist, noch viel mehr, dass ich ihr vielleicht bei meinem ständigen Drängen auf die Heirat nicht deutlich genug gesagt habe, dass ich das nicht nur aus praktischen Gründen möchte, sondern weil ich sie liebe. «Das kann man einer Frau gar nicht oft genug sagen», meint Federico. «Und am besten wirkt so eine Erklärung, wenn ein bisschen Kitsch dabei ist.»

Ich habe also heute eine DVD von «Music of the Heart» gekauft – nur wegen des Titels, ich kenne den Film überhaupt nicht. Die Scheibe habe ich rausgenommen, den Ring, den ich Helene schon einmal im Krankenhaus an den Finger stecken wollte, in Seidenpapier gewickelt und in die Hülle gesteckt. Das Ganze in Glitzerfolie eingepackt und mit einer wunderschönen Schleife verziert. Dazu eine einzelne langstielige Rose. Ich habe gewartet, bis Jonas eingeschlafen war, dann bin ich vor ihr niedergekniet und habe ihr mein Geschenk überreicht.

Es ist nicht schlecht angekommen. Sie hat mich zwar ausgelacht, aber gleichzeitig war sie auch gerührt, das war ihr deutlich anzumerken. «Du bist so ein Trottel», hat sie gesagt, was nicht gerade romantisch klang, aber sie sagte es in einem sehr liebevollen Ton. Ganz unrecht hat Federico nicht gehabt. Kitsch kommt an.

«Ich will dich ja heiraten, du Blödmann», hat Helene schließlich gesagt, aber auf ein exaktes Datum wollte sie sich immer noch nicht festlegen. «Nicht bevor der Zwerg abgestillt ist», das war noch das Genaueste, was ich aus ihr herausbringen konnte. Jetzt kann ich nur hoffen, dass Jonas, bei dem ja alles ein bisschen schneller zu gehen scheint als bei anderen Kindern, schon bald auf Currywurst umsteigt.

99

Apropos Currywurst und Pommes: In Sachen Ernährung hat Jonas ganz klare Vorlieben. Helene will es zwar nicht wahrhaben, aber es ist ganz deutlich zu merken, dass er lieber aus der Flasche trinkt, als von ihr gestillt zu werden. Und er zieht es vor, wenn ich derjenige bin, der ihn füttert. Genauso, wie er es auch lieber hat, wenn ich ihm frische Pampers anziehe. Mir scheint, er ist ein ausgesprochenes Vaterkind.

Max, die sich manchmal aufspielt, als ob wir sie als unsere private Psychotherapeutin engagiert hätten, behauptet zwar, dass ich mir das nur einbilde. «Typisch männliche Dominanzillusion» war der Ausdruck, den sie gebraucht hat. Aber ich beobachte es immer wieder: Beim Wickeln und beim Füttern wird Jonas eindeutig lieber von mir «bedient». Beim Anziehen dagegen zieht er Helene vor. Ich nehme an, das liegt daran, dass sie die geschickteren Hände hat.

Manchmal wäre es mir lieber, es wäre umgekehrt. (Wenn Du das liest, erwachsener Jonas, halte mich bitte nicht für einen Rabenvater!) Nach einem langen Arbeitstag kann ich mir Schöneres vorstellen, als einem Säugling die Verdauungsprodukte vom Hintern zu schaben. Aber andererseits schmeichelt mir seine Vorliebe natürlich. Wir Männer unter uns verstehen uns eben.

Wir haben auch schon ganz vorsichtig die ersten Versuche mit fester Nahrung gemacht, soweit man Brei als feste Nahrung bezeichnen kann. Jonas scheint nicht begeistert davon. Den ersten Löffel hat er gleich wieder ausgespuckt und dabei das Gesicht verzogen. Ich habe den Brei dann selber probiert, und er war völlig in Ordnung. Fad halt, wie Kleinkindernahrung wohl sein muss. Aber Jonas scheint in kulinarischen Dingen anspruchsvoller zu sein. Ich kann ihn ja verstehen, mich könnte die Pampe auch nicht begeistern. Unterdessen hat er sich daran gewöhnt und schluckt brav seinen Brei, aber mit einem so gottergebenen Ausdruck im Gesicht, als ob er sagen wollte: «Na schön, wenn es nichts anderes gibt …» Ich bin ja mal gespannt, wie das wird, wenn er auch andere Dinge essen darf. Wahrscheinlich wird er sich, wie das bei Kindern so üblich ist, ein paar Jahre lang nur von Pommes und Ketchup ernähren wollen.

In dem Zusammenhang ist mir noch etwas an ihm aufgefallen: Er steckt nicht einfach alles in den Mund und kaut darauf herum, wie man es in seinem Alter eigentlich erwarten würde. Wir haben ihm, als er sein erstes Zähnchen bekam, einen Beißring gekauft, aber den hat er nicht mal ausprobiert. Er untersucht neue Gegenstände nicht neugierig, sondern betrachtet sie meistens nur ein Weilchen und lässt sie dann einfach liegen. Manchmal hat man den Eindruck (ich weiß, das klingt jetzt idiotisch, aber so kann es einem vorkommen), dass ihn seine Umwelt einfach langweilt. Aber wir können ihm ja schließlich nicht jeden Tag eine Sensation bieten.

100

Jonas hat Mama das Leben gerettet. Sie behauptet zwar, dass ich übertreibe, wenn ich das sage, aber ohne ihn hätte die Geschichte üble Folgen haben können.

Es war so: Mama hat ihn bei uns abgeholt, wie immer am Mittwochnachmittag, wollte eigentlich mit ihm in den Park gehen (unterdessen kennt sie den Weg), hatte aber, schusslig, wie sie ist, zwar ihr Brillenetui eingepackt, aber ohne Brille. Sie besitzt zwei verschiedene, eine für die Nähe und eine zweite für draußen. Mit Gleitsichtgläsern könnte sie sich das Leben vereinfachen, aber damit hat sie es wie mit dem Handy: kein Vertrauen in dieses «neumodische Zeug». Statt in den Park musste sie also noch einmal nach Hause, und dort ist sie dann hingefallen. Über einen Hocker gestolpert, sagt sie, aber nachdem sie schon beim Seniorenturnen einen Unfall hatte, fange ich an, mir ernsthaft Sorgen zu machen. Vielleicht ist das eine Art Aussetzer, bei denen sie, ohne es zu merken, kurz das Bewusstsein verliert. Im Krankenhaus haben sie nichts festgestellt, aber weil Mama gleich wieder ihren fröhlichen Ton draufhatte, wurde sie vielleicht gar nicht gründlich genug untersucht. Ich bin mir nicht mehr sicher, ob ich ihr Jonas überhaupt noch anvertrauen darf.

Egal, an was es lag: Mama ist gestürzt, und zwar so unglücklich, dass sie mit dem Kopf gegen die Tischkante donnerte. Sie hat stark geblutet. Bei einer Platzwunde kann das schon mal vorkommen, haben sie im Krankenhaus gesagt, und es muss nichts Gefährliches bedeuten. Aber Mama war bewusstlos, und kein Mensch weiß, was hätte passieren können, wenn Jonas nicht richtig reagiert hätte.

(Kein Grund zum Größenwahn, Du Achtzehnjähriger. Du bist nicht aus dem Kinderwagen geklettert und hast Deiner Großmutter fachmännisch einen Verband angelegt. Aber geschrien hast Du und nicht damit aufgehört, bis Hilfe kam.)

Mamas Nachbarin hat einen Schlüssel zu ihrer Wohnung (die beiden gießen sich gegenseitig die Zimmerpflanzen), und als das Babygebrüll kein Ende nahm, ist sie rübergekommen, um nachzusehen. Hat Mama da liegen sehen und gleich einen Krankenwagen kommen lassen.

Noch auf der Trage ist Mama aufgewacht und wollte sofort wieder runtersteigen. Es gehe ihr gut, und überhaupt müsse sie sich um ihren Enkel kümmern. Wie sie halt ist. Sie haben sie dann aber doch ins Krankenhaus gebracht. Die Wunde musste genäht werden. Wegen der Bewusstlosigkeit hat sich niemand groß aufgeregt, nur wenn Mama Kopfschmerzen bekäme oder Schwindelanfälle, dann könne es eine Gehirnerschütterung gegeben haben. Sie hat dann aber keines von beidem gekriegt. Noch mal Glück gehabt.

Für mich ist die Sache aber noch nicht ausgestanden. Wenn so etwas noch mal vorkommt, bestehe ich darauf, dass sie sich von einem Spezialisten untersuchen lässt. Jedes Mal ist Jonas nicht dabei, um Alarm zu schlagen.

Mama ist wieder okay oder behauptet doch, es sei alles in Ordnung. Ich finde, sie sagt es zu oft, um wirklich überzeugend zu wirken. Über ihren Unfall spricht sie so wegwerfend, als hätte sie nur eine kleine Beule abgekriegt und wäre nicht die längste Zeit bewusstlos auf dem Fußboden gelegen. «Dass man mal über etwas stolpert, das kann schließlich jedem passieren», sagt sie.

Aber ich beobachte, dass sie sich seither anders bewegt, vorsichtiger. Auf der Treppe hält sie sich am Geländer fest, das hat sie früher nie getan. Man darf sie aber auf keinen Fall darauf ansprechen, sonst wird sie wütend. Helene und ich machen uns Sorgen.

Seltsam, dass Mama allen Ernstes glaubt, sie könne mir etwas vormachen. Ich kenne sie viel zu gut, und natürlich fällt mir jede Veränderung an ihr sofort auf. Wenn sie behauptet, es gehe ihr blendend, überzeugt mich das so wenig, wie ich auf Petermanns Kumpelhaftigkeit reinfalle. Die Leute meinen immer, sie könnten einem etwas vortheatern, und sind doch alle ganz schlechte Schauspieler. Sie sollten sich ein Beispiel an Jonas nehmen. Der ist so, wie er sich gibt, ohne jede Verstellung. Wenn ihm etwas nicht passt, protestiert er lauthals, aber meistens ist er zufrieden.

Mama war schon immer begeistert von ihm, aber seit seiner Rettungsaktion (von der sie eisern behauptet, es sei gar keine gewesen) liebt sie ihn noch viel mehr. Ich habe ganz vorsichtig versucht anzudeuten, dass es vielleicht besser wäre, wenn wir ihn, um sie zu entlasten, auch am Mittwochnachmittag in die Kita geben würden, und da hat sie zu weinen begonnen. Mama, die sonst nie weint! Ich habe es nicht übers Herz gebracht, darauf zu bestehen, aber als sie ihn zum ersten Mal wieder für den halben Tag übernommen hat, waren Helene und ich wie auf Kohlen. Es ging dann alles gut, und sie ist ganz pünktlich wieder mit ihm angekommen.

Trotzdem: Man muss sich schon fragen, wie lang sie das noch schafft. Es ist ja nicht mehr ganz so einfach mit ihm. Erstens hat er zugenommen (7520 Gramm bei der letzten Kontrolle), und wenn Mama ihn hochheben muss, ist das ganz schön anstrengend für sie. Und man muss neuerdings auch ständig hinter ihm her sein. Er hat doch tatsächlich zu krabbeln begonnen und ist dauernd auf Expedition. Frau Dr. Veidt hat gestaunt, wie früh er das schon kann. Bei den meisten Kindern kommt das Krabbeln erst zwei oder sogar drei Monate später, sagt sie. Aber Jonas war in puncto Bewegung schon vom ersten Tag an ein Energiebündel.

Wahrscheinlich wird es auch bald damit losgehen, dass er alles runterreißt, um es zu untersuchen. Bis jetzt tut er das noch nicht. Mama hat erzählt, dass er vor ihrem Bücherregal ganz lang auf dem Boden saß, ohne etwas anzufassen. Es habe ausgesehen, sagt sie, als ob er die Buchtitel studiere. Schade, dass sie kein Foto davon gemacht hat. Das könnten wir bestimmt teuer an die Presse verkaufen, wenn er dann in Stockholm seinen ersten Nobelpreis abholt.

102

Mamas Unfall hatte noch eine andere Auswirkung, und die macht mich glücklich. Helene ist endlich damit einverstanden, dass wir einen Hochzeitstermin ansetzen!

Es kam überraschend. Jonas war im Bett, und Helene und ich haben zusammen das Geschirr abgewaschen. Oder, um mich nicht besser zu machen, als ich bin: Helene hat abgewaschen, und ich habe ihr dabei Gesellschaft geleistet. Wir haben uns über Mama unterhalten und wie man sich organisieren müsste, falls sie doch etwas Ernsthaftes haben sollte. Und da sagt Helene ganz plötzlich: «Wir sollten mit dem Heiraten nicht zu lang warten. Es wäre doch schade, wenn sie unsere Hochzeit nicht mehr genießen könnte.» Einfach so. Von «zuerst abstillen» war nicht mehr die Rede.

Ich muss vor Überraschung (und vor Freude natürlich) so laut reagiert haben, dass Jonas davon wach wurde. Er hat aber nicht geweint, sondern nur dieses gurgelnde Geräusch von sich gegeben, das er produziert, wenn ihm etwas Spaß macht, irgendwo zwischen Lachen und Ersticken. Federico sagt, er lacht wie ein Außerirdischer, der versucht, die Menschen zu imitieren. Wahrscheinlich hatte er etwas Angenehmes geträumt und ist dann auch gleich wieder eingeschlafen.

Wir haben die halbe Nacht über die Hochzeit geredet, und es hat sich herausgestellt, dass Helene, die scheinbar nie etwas davon wissen wollte, ganz exakte Pläne dafür hat, größere Pläne, als wir uns eigentlich leisten können. Sie hat die Einladungsliste schon im Kopf, und die ist bedeutend länger, als ich es mir vorgestellt hätte. Sie weiß auch schon, wo das Essen stattfinden soll, und das ist, vorsichtig ausgedrückt, nicht das billigste Lokal der Stadt. Wir haben in der Bar vom «Metropol» einmal ein Glas Wein getrunken, und für das Geld kriegt man anderswo eine ganze Flasche. «Man heiratet nur einmal im Leben», sagt Helene. Ich kann nur hoffen, dass unser neuer Großkunde nicht abspringt und Petermann mit meiner Beförderung auch tatsächlich rüberkommt.

Aber es ist mir scheißegal, was es kostet! Wenn Helene eine hundert Meter hohe Hochzeitstorte haben will, soll sie auch die kriegen.

Als Trauzeugin will Helene Max haben. Wahrscheinlich wird die mir noch auf dem Standesamt erklären, welche fatalen Auswirkungen eine Eheschließung auf die fragile männliche Psyche haben kann, aber ich bin im Moment so glücklich, dass ich sogar Max sympathisch finde. (Und das heißt was!) Als meinen Trauzeugen werde ich wohl Federico anfragen. Bei so feierlichen Anlässen ist es gut, wenn jemand da ist, mit dem man zwischendurch auch mal lachen kann.

Natürlich muss Jonas dabei sein, wenn sich seine Eltern offiziell das Jawort geben. Mit dem Streuen von Rosenblüten ist er wohl noch ein bisschen überfordert, aber ich besorge ihm zur Feier des Tages Pampers mit Blumenmuster.

103

Es gibt Überraschungen, auf die ich gern verzichten würde. Kaum hatte ihnen Helene am Telefon von der geplanten Hochzeit erzählt, haben sich die Siebengescheiten in den Zug gesetzt und sind hergekommen. «Wir wollen unseren lieben Kindern doch persönlich gratulieren!» Kinder? Soll ich Luise etwa Mutti nennen? Da sage ich lieber die Hochzeit ab.

(Wenn Du das dann einmal liest, hältst Du Deinen Vater bestimmt für einen furchtbaren Stänkerer. Aber lies weiter, dann wirst Du merken, dass ich Grund habe, sauer zu sein. Und es hat erst noch mit Dir zu tun.)

Die beiden haben nämlich – Überraschung! – ihren Köter mitgebracht, und das ist ein Monster, neben dem eine Bulldogge wirkt wie ein Schoßhündchen. Als ich ihn damals zum ersten Mal sah, habe ich es mir mit den beiden gleich verdorben, weil ich gefragt habe, was für eine Mischung das denn sei. Er ist aber keine Mischung, sondern ein reinrassiger Irischer Wolfshund, und sie sind ungeheuer stolz darauf, dass man mit solchen Tieren früher auf die Jagd nach Wölfen und Bären gegangen ist. Meiner Meinung nach ist so ein Riesenhund in einem Einfamilienhäuschen etwa so sinnvoll, wie wenn sich jemand einen Landrover mit Vierradantrieb kauft, um damit zum Briefkasten zu fahren. Aber in ihrem Kaff wimmelt es bestimmt von Wölfen und Bären.

Zerberus heißt das süße Tierchen. Man ist gebildet.

Helene war gerade beim Einkaufen, als die drei unangemeldet vor der Tür standen. Kaum hatte ich aufgemacht, stürmte das niedliche Hündchen auch schon die Wohnung. Auf direktem Weg ins Kinderzimmer, wo Jonas auf dem Boden rumkrabbelte. Ich hab mir vor Schreck fast in die Hosen gemacht, und dass Luise flötete: «Der tut doch nichts!» hat mich auch nicht gerade beruhigt. Ich habe mir einen Regenschirm von der Garderobe geschnappt und bin hinterher, bereit, meinen Sohn gegen das wilde Tier zu verteidigen.

Es gab aber nichts zu verteidigen. Der Anblick war unglaublich: Der Hund saß brav auf den Hinterpfoten, und ihm gegenüber hockte Jonas, ganz entspannt. Die beiden schauten sich nur an. Wenn Jonas sich bewegte, folgte das Tier der Bewegung mit dem Kopf, wie hypnotisiert. Wenn ich es nicht selber gesehen hätte, würde ich es nicht glauben.

Peter hat Zerberus am Halsband gepackt und wollte ihn wegzerren. Aber so einen Elefanten ziehst du nicht einfach weg, wenn er nicht will. Erst als Jonas sich von ihm wegdrehte, ließ sich der Hund hinausführen und im Flur anbinden.

Luise sagte ganz stolz: «Siehst du, ich wusste doch, dass er nichts tut.» Aber auch wenn Zerberus in der Hundeschule Klassenbester war, ich glaube doch, dass es Jonas gewesen sein muss, der instinktiv das Richtige gemacht hat. Was immer das war. Oder es lag einfach daran, dass er keine Angst hatte.

Hunde spüren so etwas, sagt man.

104

Peter und Luise wollten uns zur Feier des Tages zum Essen in ein teures Restaurant einladen, aber das ging natürlich wegen Zerberus nicht. Ein Schoßhündchen kann man ja vielleicht noch in ein besseres Lokal mitnehmen, aber nicht so ein Kalb.

Die Lösung war dann, dass wir bei uns zu Hause ein Essen improvisiert haben, die Familie plus die beiden Trauzeugen. Und es wurde (ich muss zugeben: zu meiner Überraschung) ein gelungener Abend. Federico und Max haben das Kochen übernommen und sind miteinander in der Küche verschwunden. Wir konnten sie die ganze Zeit kichern hören. Ich kann nur hoffen, dass sich da nichts anbahnt. Dafür mag ich Federico zu sehr.

Mama, die in solchen Sachen sehr geschickt sein kann (wenn sie will!), hat Luise um den Finger gewickelt, indem sie klein Doofi gespielt und um Hilfe gebeten hat. Sie könne Manet und Monet einfach nicht unterscheiden, hat sie geklagt, und ob ihre neue Verwandte ihr nicht dabei helfen könne. Was natürlich reine Heuchelei war. Mama interessiert sich für Malerei etwa so sehr, wie ich mich für Prominentenklatsch interessiere. Aber Luise konnte dozieren, und es gibt nichts, was sie lieber tut.

Währenddessen hat Peter mit mir ein Gespräch «unter Männern» geführt. Er hat doch tatsächlich angeboten, die Kosten für das Hochzeitsfest zu übernehmen. Es geschehen noch Zeichen und Wunder! Ich habe mich zuerst pro forma ein bisschen dagegen gewehrt und mich dann überreden lassen. Eine Sorge weniger.

Wir waren acht Personen am Tisch. Jonas wollte einfach nicht einschlafen, und so haben wir ihn schließlich in seinen neuen Hochstuhl gesetzt und zum ersten Mal bei so einem Essen dabei sein lassen. Zerberus lag neben dem Stuhl auf dem Boden und hat die ganze Zeit zu ihm hinaufgeschaut. Es sah aus, als ob er ihn bewachen würde, aber er hat wohl nur darauf gewartet, dass etwas Essbares für ihn runterfällt. Es fiel aber nichts.

Natürlich hat Jonas nicht die Spaghetti alle vongole bekommen, die Federico und Max mit ein paar Tonnen Knoblauch gekocht hatten, aber ein Glas Babynahrung hat er verputzt. Beim Essen hat er übrigens in letzter Zeit seine neuste Macke entwickelt: Er will nicht direkt aus dem Glas gefüttert werden, sondern man muss den Inhalt zuerst in einen Teller umfüllen, keine Ahnung, warum. Selber hält er dann auch einen Löffel in der Hand und patscht damit nicht etwa in seinem Brei herum, wie man es erwarten würde, sondern versucht, ihn ganz vorsichtig zum Mund zu führen. Er schafft es noch nicht immer, aber es ist ihm anzumerken, dass er sich Mühe gibt. Sogar Luise, die sonst an allem etwas zu kritisieren findet, war beeindruckt.

Überhaupt war es ein sehr angenehmer Abend. Die Siebengescheiten haben sich sogar freiwillig zum Abwaschen gemeldet, und das hätte ich wirklich nicht erwartet. Eigentlich sind sie doch ganz nett.

105

Ich habe hier lang nichts reingeschrieben, ich hatte einfach keine Zeit. Die letzten Wochen waren die Hölle. Nein, das ist falsch, eigentlich waren sie paradiesisch. Aber der Tag hat nun mal bloß vierundzwanzig Stunden.

Der Großauftrag ist bestätigt, vorläufig für ein Jahr. Und Petermann hat tatsächlich sein Versprechen eingehalten und mir den ganzen Bereich anvertraut, samt deftiger Gehaltserhöhung. Hundertachtzig Euro mehr im Monat. Wobei er natürlich wieder einen Trick im Ärmel hatte: Seit ich zum Kader gehöre, kann ich keine Überstunden mehr verrechnen. Aber im Ganzen geht die Rechnung auf.

(Gibt es eigentlich 2021 den Euro noch? Peter ist fest davon überzeugt, dass sich die Währung nicht halten wird.)

Helene ist einerseits froh, dass wir ein bisschen mehr auf dem Konto haben, andererseits ärgert sie sich darüber, dass ich fast keinen Abend mehr zu Hause bin. Aber die Arbeit macht sich nicht allein, und noch läuft das Ganze nicht rund. Die Lagerverwaltung ist eine uralte Cobol-Applikation, und die Bestellungen laufen in Java. Was bedeutet, dass die Schnittstelle …

(Ich lasse den ganzen technischen Kram lieber weg. Das wird Dich später einmal überhaupt nicht interessieren.)

Am meisten stört es Helene, dass ich nicht genügend Zeit habe, mit ihr die Hochzeit zu planen. Sie kniet sich da richtig rein und kann jedes Detail fünfmal hin und her überlegen. Wenn ich dann sage, dass es mir eigentlich egal ist, aus welchem Laden die Blumen kommen, ist sie beleidigt.

Mich ärgert etwas ganz anderes: dass ich viel zu wenig mit Jonas zusammen sein kann. Er macht nämlich rasende Fortschritte. Seine allerersten Schritte habe ich wegen der Arbeit schon verpasst, sie kamen aber auch viel früher, als wir es erwartet haben. Mit elf Monaten! Frau Dr. Veidt meint, er sei ein frühreifes Kind, aber das würde sich erfahrungsgemäß im Lauf der Zeit wieder ausgleichen. Frühreif hin oder her, es macht einfach großen Spaß, ihm dabei zuzusehen, wie er durch die Wohnung wackelt. Er macht das, wie alles, was er tut, mit großer Ernsthaftigkeit und mit einem entschlossenen Ausdruck, der überhaupt nicht zu seinem kindlichen Gesicht passt. Manchmal kann ich dann nicht anders, als laut zu lachen, obwohl mir Max mit vielen Fremdworten erklärt hat, was für schlimme psychologische Schäden man damit bei einem Kleinkind anrichten kann.

In einem Punkt hat sie recht: Jonas mag es nicht, wenn man ihn auslacht. Er schaut einen dann so niedlich böse an, dass man ihn einfach in den Arm nehmen und knuddeln muss. Er wehrt sich zuerst immer, aber nach ein paar

Sekunden fängt er doch an zu lächeln. «Aus reiner Höflichkeit», sagt Max. Aber was versteht sie schon von kleinen Kindern?

106

Jonas ist ein tapferer kleiner Kerl. Wenn er bei seinen Gehversuchen hinfällt, dann weint er nicht, oder doch nicht gleich. Man hat den Eindruck, dass er sich seine Reaktion jedes Mal zuerst überlegen muss. Erst wenn man ihn trösten will, brüllt er los, als ob man ihn daran erinnert hätte, dass er das Recht hat, sich zu beschweren.

Und noch etwas Lustiges habe ich beobachtet, wobei ich das Wort «beobachten» ganz wörtlich meine. Manche Dinge macht er nämlich nur, wenn er meint, dass ihm niemand dabei zusieht. Wenn er zum Beispiel versucht, von seinem Bettchen bis zur Tür zu gehen und dabei stolpert, dann rappelt er sich nicht einfach auf und geht weiter, sondern kriecht an den Ausgangspunkt seines Wegs zurück und nimmt die ganze Strecke noch einmal in Angriff. Er ist stur, oder, positiv gesagt: Wenn er sich etwas vorgenommen hat, dann führt er das auch durch. Max prophezeit, dass wir es mit ihm einmal schwer haben werden, wenn er ins Trotzalter kommt.

Helene findet das zwar nicht gut, aber Jonas kann sich so gut allein beschäftigen, dass ich ihn manchmal einfach mitnehme, wenn ich Elterndienst habe und in der Bude eine Krise ausbricht. Dort spielt er dann nicht mit Klötzchen, wie andere Kinder, sondern mit einem Computer.

(Ehrlich wahr, mein Sohn. Das hast Du in dem jugendlichen Alter getan! «Frühreif» war wirklich das richtige Wort für Dich.)

Jonas' inoffizieller Patenonkel Federico hat eigens für ihn ein kleines Programm geschrieben und es auf einem alten 5300er installiert. Wenn Jonas auf der Tastatur herumpatscht, bewegen sich auf dem Bildschirm farbige Formen. Der Zwerg kann sich die längste Zeit damit beschäftigen. Auf dem Foto, das ich davon gemacht habe, sieht er aus wie ein kleiner Professor.

Meistens stört er einen nicht bei der Arbeit. Nur einmal hat er ohne sichtbaren Anlass losgebrüllt, und das ausgerechnet, als ich bei einem Problem vor Ort gebraucht wurde und ihn eigentlich für eine halbe Stunde Federico überlassen wollte. Der konnte ihn aber nicht beruhigen, und so blieb mir nichts anderes übrig, als ihn zu unserem Kunden mitzunehmen. Kaum saßen wir im Auto, war Jonas auch schon wieder ganz friedlich.

Es war eine andere Filiale als beim letzten Mal, aber von außen sehen sie alle gleich aus. Die Lichtreklame mit dem Firmennamen und dem großen Pfeil blinkte am Nachmittag nicht, trotzdem schien sie Jonas zu faszinieren. Ich habe das dem Filialleiter erzählt, und er hat Jonas ein kleines Modell eines Ladeneingangs geschenkt, das sie wohl einmal als Werbegag haben herstellen lassen. Mit einer echt blinkenden LED-Leuchtreklame. Jonas hat das Ding den Rest des Tages nicht mehr losgelassen, und wir mussten sogar erlauben, dass er es mit ins Bettchen nimmt. Helene hat allerdings darauf bestanden, dass ich zuerst die Knopfzelle rausnehme. Sie hatte Angst, dass sie in der Nacht rausfallen und Jonas sie verschlucken könnte. Ich weiß wirklich nicht, was ihn an diesem doofen Modell so fasziniert.

107

Seit einigen Tagen schläft Jonas schlecht, ganz gegen seine Art. Im Bett wälzt er sich unruhig hin und her, und wenn man nach ihm schaut, sind seine Augen offen. Manchmal nehme ich ihn dann auf den Arm und trage ihn ein bisschen herum, aber das wirkt immer nur für ganz kurze Zeit. Zwar döst er kurz ein, aber kaum ist er zurück im Bett, geht es wieder los. Wenn er überhaupt für ein paar Minuten einschläft, dann nur aus purer Erschöpfung. Irgendwas ist nicht in Ordnung, aber wir kommen nicht dahinter, was es sein könnte. Wohl kaum etwas Schlimmes, man hat nicht den Eindruck, dass er Schmerzen hat. Auf jeden Fall weint er nicht. Vielleicht hat er einfach schlechte Träume.

Helene, die bei jedem Husten von Jonas immer gleich das Schlimmste denkt, macht sich natürlich Sorgen. Wir haben ausgemacht, dass jeder von uns an einem Abend in der Woche ausgehen kann und dass der andere dann auf Jonas aufpasst. Helene hat dann meistens ein Programm mit Max, während ich oft noch einmal in der Firma lande. Ich bin ja so vergnügungssüchtig! Heute hatte Max Karten für eine lange Filmnacht besorgt, alle drei Teile von «Der Pate» hintereinander. Ich verstehe zwar nicht, wozu man ins Kino gehen muss, wenn man sich etwas bequem auf DVD ansehen könnte, aber wenn es den beiden Spaß macht … Im letzten Moment wollte Helene dann doch lieber zu Hause bleiben, für den Fall, dass etwas mit Jonas wäre, aber ich habe sie schließlich davon überzeugen können, dass ich durchaus fähig bin, mich um meinen Sohn zu kümmern.

Die Vorstellung dauert bis zwei Uhr früh, und ich habe mir Arbeit mit nach Hause genommen, in der Hoffnung auf einen ausnahmsweise ungestörten Abend. Jonas ist auch schnell eingeschlafen, und eine halbe Stunde lang habe ich tatsächlich etwas tun können. Unterdessen ist mir klar, warum wir den Auftrag bekommen haben und nicht eine größere Firma. Die andern haben wohl besser als Petermann kapiert, wie verbockt die Situation ist und wie viel Aufwand man betreiben muss, um das System auch nur einigermaßen am Laufen zu halten. Oder vielleicht hat er es gemerkt, aber die Umsatzzahlen waren ihm wichtiger. So oder so, man ist ständig am Improvisieren, und solang der Tag nur vierundzwanzig Stunden hat, ist es eigentlich kaum zu schaffen.

Eine halbe Stunde, allerhöchstens, hatte ich für mich, dann ging es bei Jonas wieder los. Diesmal hat auch Herumtragen nicht gewirkt, und in meiner Verzweiflung habe ich ihm schließlich ein Fläschchen Milch warmgemacht und ihn neben mir in seinen Hochstuhl gesetzt. Er hat nicht getrunken, sondern die ganze Zeit wie hypnotisiert auf den Bildschirm gestarrt. Irgendetwas schien ihn daran total zu faszinieren. Fast eine Stunde saß er so da, dann sind ihm die Augen zugefallen. Jetzt schläft er, und ich hoffe, es hält diesmal ein bisschen länger vor. Bis Helene aus ihrer langen Mafia-Nacht zurückkommt, möchte ich noch einiges wegschaffen. Morgen ist Sonntag, da können wir beide ein bisschen länger liegen bleiben.

108

Jonas ist in der Kinderklinik, schon seit vorgestern. Es ist jetzt Abend, und Helene ist bei ihm. Wir wechseln uns ab, so gut es geht.

Es war doch etwas Ernsthaftes, etwas sehr Ernsthaftes sogar. Wir machen uns Vorwürfe, weil wir viel zu spät mit ihm zum Arzt gegangen sind. Seine Schlafstörungen waren in Wirklichkeit das Symptom einer gefährlichen Erkrankung. Die Chancen, dass man es wieder ganz hinbekommt, stehen zwar gut, sagt der Stationsarzt, aber die Gefahr ist noch nicht zu hundert Prozent gebannt.

Er muss schon einige Zeit recht heftige Schmerzen gehabt haben, das war wohl auch der Grund, warum er nicht schlafen konnte. Aber er hat nie geweint, und deshalb haben wir zu lang nicht reagiert. Wir sind auch gar nicht wegen der Ohren mit ihm zu Frau Dr. Veidt gegangen, auch nicht wegen seiner Schlaflosigkeit. Uns war aufgefallen, dass er sich bei seinen Stehversuchen plötzlich nicht mehr auf den Beinen halten konnte, nachdem sie ihm vorher schon recht gut gelungen waren. Selbst wenn er sich an etwas festhalten konnte, hat er immer wieder das Gleichgewicht verloren und ist hingefallen. Ich habe das zuerst nicht tragisch gefunden, kleine Kinder sind nun mal wacklig auf den Beinen. Ich habe sogar noch dumme Sprüche gemacht wegen seiner Umfallerei. «Mama scheint sein Vorbild zu sein», habe ich gesagt.

Irgendwann, viel zu spät, sind wir dann doch mit ihm zur Kinderärztin gegangen. Sie hat sehr schnell festgestellt, dass es nichts mit der natürlichen Ungeschicklichkeit zu tun hat, die zu seinem Alter gehört. «Ihr Sohn hat Schwindelanfälle», hat sie gesagt.

Es hat sich dann herausgestellt, dass bei Jonas eine heftige Mittelohrentzündung besteht, und zwar verschleppt, also schon längere Zeit. Andere Kinder schreien die Nächte durch, wenn sie so was haben, weil es nämlich verdammt weh tut. Aber er: immer der kleine Held. Wenn man es früher entdeckt hätte, hätte man es mit Antibiotika oder sogar nur mit Ibuprofen wegkriegen können. (Ich habe mir die entsprechenden Webseiten angesehen und kenne unterdessen alle Fachausdrücke.) Weil wir aber nichts bemerkt haben, ist eine Mastoiditis dazugekommen, und die kann, habe ich im Internet gelesen, schlimmstenfalls zu Hirnhautentzündung führen. Das habe ich Helene aber nicht erzählt. Sie macht sich schon genug Vorwürfe.

Und das ist nicht alles. Jetzt sind die Giftstoffe auch noch ins Innenohr eingedrungen, und das hat (zum Glück, muss man hinterher sagen) seine Gleichgewichtsstörungen ausgelöst. Nur deshalb haben wir überhaupt etwas gemerkt. Er kriegt jetzt heftige Medikamente, denn im schlimmsten Fall kann so eine Labyrinthitis, wie das heißt, das Hörvermögen auf Dauer kaputtmachen.

Und das alles nur, weil Jonas nicht weint, wenn er Schmerzen hat.

109

Jetzt ist Jonas schon fünf Tage in der Klinik. Ich hatte deswegen heute einen gewaltigen Krach mit Petermann, der mir doch tatsächlich einen Verweis erteilen wollte, weil ich so viel Zeit bei meinem Sohn verbringe. Ich habe ihm gesagt, wenn es ihm nicht passt, könne er sich seinen Laden sonst wohin schieben, mir sei Jonas allemal wichtiger als sein heißgeliebter Großkunde. Zu meiner Überraschung hat er gekuscht und sich sogar halbherzig entschuldigt. Er hat wohl realisiert, was für ein Problem er hätte, wenn ich aussteigen würde. Federico hat zwar einen Teil meiner Aufgaben übernommen, aber er ist jünger als ich, und Cobol ist für ihn eine Fremdsprache.

Jonas tut einem so schrecklich leid, wenn er so bleich und traurig daliegt, mit dieser Kanüle im Arm. Man würde ihm so gern etwas Gutes tun, aber mehr, als an seinem Bett sitzen und Mitleid haben, ist nicht drin. Wenn er ein paar Jahre älter wäre, könnte man ihm wenigstens Geschenke mitbringen, ein Bilderbuch oder etwas besonders Gutes zum Essen, aber für all diese Dinge ist er noch zu klein. Mama hat die Buchstaben von «GUTE BESSERUNG» aus bunter Pappe ausgeschnitten und daraus ein Mobile gebastelt. Das hängt jetzt über seinem Bett, aber ich habe nicht den Eindruck, dass er es auch nur bemerkt.

In der Kinderklinik stehen die Türen zu den Zimmern meistens offen. Damit sich die kleinen Patienten nicht so einsam fühlen, hat man uns erklärt. Wenn man im Vorbeigehen hineinschaut, sieht man überall Puppen oder Stofftiere, was man Kindern halt so ins Krankenhaus mitgibt, damit sie dort etwas Vertrautes um sich haben. Für Jonas haben wir den schönen handgemachten Teddybären mitgebracht, aber der sitzt auf einem Stuhl in der Ecke, wie ein ungeliebter Besucher, den man möglichst schnell hinauskomplimentieren möchte. Manchmal ist Jonas wirklich ein schrulliges Kind. Das schönste Kuscheltier, das man für Geld kaufen kann, interessiert ihn nicht, und ein billiges Werbegeschenk aus Plastik liebt er über alles. Die blöde Ladenfront mit dem blinkenden Firmenschild darf nicht etwa nur auf dem Nachttisch stehen. Nein, bei ihm im Bett muss sie liegen, und meistens hält er sie mit beiden Händen fest.

Sogar die Ärzte haben jetzt eingesehen, dass man sie ihm lassen muss. Als zum ersten Mal die Visite kam, wollte ihm eine Krankenschwester das Ding wegnehmen, damit der Arzt das Stethoskop besser ansetzen konnte, und Jonas hat sich mit Leibeskräften dagegen gewehrt, mit Zappeln und Schreien und allem. Jetzt lassen sie ihm bei den Untersuchungen sein Spielzeug.

Seit heute geht es ihm ein wenig besser. Die Ärzte meinen, dass sie die Entzündung jetzt im Griff haben und dass wohl keine Schäden zurückbleiben werden. Aber es macht ihnen Sorgen, dass er diese heftigen Ohrenschmerzen gehabt haben muss und trotzdem nie einen Mucks gemacht hat. Sie befürchten, dass so eine Empfindungslosigkeit auf ein tiefer liegendes Problem hindeuten könnte, und wollen ein paar spezielle Tests mit ihm machen.

Heute ist etwas wirklich Komisches passiert. Eigentlich ist es ja gemein, dass wir uns darüber amüsiert haben, aber Helene und ich haben gelacht wie schon lang nicht mehr. Das hängt sicher auch mit der Erleichterung darüber zusammen, dass Jonas auf dem Weg der Besserung ist.

Es war so: Die haben hier in der Kinderklinik einen Freiwilligen, der von Zimmer zu Zimmer geht und die kleinen Patienten unterhält, nach dem Motto «Lachen fördert den Heilungsprozess». Er nennt sich Dr. August Dumm, und sie haben auch schon einmal in der Zeitung ausführlich über ihn berichtet. Privat ist er ein eher schüchterner junger Mann, den man auch für Kindergeburtstage als Zauberer und Unterhalter buchen kann, so mit aus Luftballons Tiere formen und solchen Sachen.

Eigentlich kümmert er sich nur um die Kinder ab vier Jahre, aber die Ärzte haben ihn zu Jonas geschickt, damit er mal spielerisch dessen Reaktionen testet. Er hat uns gefragt, ob wir nichts dagegen hätten, und wir waren beide sofort einverstanden. Warum auch nicht? Abwechslung mag Jonas immer.

Der Clown kam also rein, in einem weißen Kittel und mit einer roten Pappnase im Gesicht. Seine Requisiten hatte er in einem alten Arztköfferchen dabei. Zuerst hat er es mit einer Kasperlepuppe probiert, mit einem Glöckchen an der Zipfelmütze, das klingelte, wenn er die Puppe den Kopf schütteln ließ. «Für gewöhnlich fassen die Kleinen gleich danach», hat er mir erklärt. Jonas nicht. Der hat ihn nur angesehen, mit einem Gesicht, als ob er sagen wollte: «Was will dieser seltsame Herr?»

Dr. Dumm hat es auch mit Grimassen versucht, mit Verschwinden und wieder Auftauchen und anderen Kleinkinderspielen. Auch ein Stethoskop hatte er dabei, aus dem er Seifenblasen aufsteigen lassen konnte. Jonas hat die ganze Zeit keine Miene verzogen. Man konnte richtig sehen, wie der Clown deswegen immer ärgerlicher und hektischer wurde. Für einen Komiker gibt es wahrscheinlich nichts Schlimmeres, als wenn seine Scherze nicht ankommen, auch wenn das Publikum nur aus einem noch nicht einmal einjährigen Kind besteht. Er hat zwar versucht, sich nichts anmerken zu lassen, aber am Schluss war er so aufgeregt, dass er über den Fuß des Infusionsständers gestolpert und auf den Hintern gefallen ist. Und das Gemeine war: Da hat Jonas gestrahlt, über das ganze Gesicht. Kaum war der Clowndoktor draußen, haben auch Helene und ich uns ausgeschüttet. Wir konnten gar nicht wieder mit Lachen aufhören.

Ich bin ihm dann ein bisschen später noch einmal auf dem Flur begegnet, und er hat so getan, als ob er furchtbar beschäftigt wäre oder mich gar nicht erkennen würde. Wahrscheinlich war ihm die ganze Sache einfach peinlich.

Ich bin ja mal gespannt, was er den Ärzten über Jonas berichten wird.

111

Morgen darf Jonas nach Hause. Es wäre schon heute möglich gewesen, er ist schon wieder recht fit, aber sie wollten in der Klinik noch ein paar Tests mit ihm machen, betreffend seiner Empfindungsfähigkeit. Es fasziniert sie total, dass er sich von den Schmerzen seiner Mittelohrentzündung so gar nichts hat anmerken lassen. Vor allem, weil wir ihnen erzählt haben, dass es bei seinen ersten Zähnen genauso war.

Ich habe die Untersuchung nicht selber miterlebt. Jetzt, wo es Jonas bessergeht, gibt es in der Bude eine Menge nachzuholen, und ich will Petermann keinen Vorwand zum Stänkern liefern. Aber Helene war dabei und hat mir berichtet. Es muss so etwas Ähnliches gewesen sein wie ein Benchmark-Test, ganz exakt definierte Aktionen, damit man die Ergebnisse (oder in diesem Fall die Reaktionen) mit den Normwerten vergleichen kann. So wie es mir Helene erzählt hat, kamen sie zu dritt, der Stationsarzt, seine Assistentin und eine Krankenschwester. Die Assistentin hatte eine Liste dabei und hat Punkt für Punkt vorgelesen, was zu machen war und wie Jonas im Normalfall darauf reagieren müsste. So in der Art: «Leichte Berührung der Fußsohle, Fuß zuckt zurück.» Die Dinge, die sie mit ihm gemacht haben, wurden schrittweise immer heftiger, bis es am Schluss wirklich weh getan haben muss. Während der ganzen Prozedur saß Jonas auf Helenes Schoß.

Die Untersuchung hat kein Ergebnis erbracht, oder doch keines, das Jonas' «Tapferkeit» bei Schmerzen erklären würde. Was immer sie auch mit ihm angestellt haben, seine Reaktionen waren jedes Mal völlig normal, also genau so, wie sie es gemäß der Tabelle sein sollten. Wenn die Assistentin beispielsweise sagte: «Kneifen am Oberarm, Kind schreit», dann kniff der Arzt, und Jonas schrie. Zuerst war es Helene bei der Sache überhaupt nicht wohl gewesen, es sei ihr ein bisschen vorgekommen, sagt sie, als ob man unseren Sohn foltern würde, aber mit der Zeit wurde es dann geradezu amüsant, weil Jonas jedes Mal genau das machte, was von ihm erwartet wurde, exakt nach Stichwort. «Als ob er zugehört hätte», sagt Helene.

Eltern möchten ja immer, dass ihre Kinder etwas Besonderes sind, aber in diesem Fall bin ich froh, dass Jonas so völlig durchschnittlich ist. Ein tapferer kleiner Kerl ist er trotzdem. Als letzten Punkt der Untersuchungsreihe haben sie ihn mit einer Nadel gestochen. Da hat er zwar geweint, so wie es erwartet wurde, aber er hat auch gleich wieder damit aufgehört.

Sie haben Helene versprochen, dass sie das Blatt mit den Testergebnissen für uns kopieren. Ich will es hier in das Album einkleben.

(Um es Dir unter die Nase reiben zu können, falls Du mit achtzehn allzu sehr von Dir eingenommen sein solltest. Ich habe es jetzt schwarz auf weiß: Du bist absolut durchschnittlich.)

Morgen sind wir endlich wieder zu dritt.

112

Im Briefkasten lag heute ein Flugblatt, in dem mein innig geliebter Großkunde eine Reihe von Sonderangeboten anpries. (Ich schreibe das hier nicht auf, weil es Dich einmal interessieren könnte, für wie wenig Geld man vor achtzehn Jahren, oder, um genau zu sein, vor siebzehn Jahren und zwei Monaten, ein Pfund Hähnchenbrust bekommen konnte. Das Flugblatt gehört aus einem andern Grund in dieses Tagebuch. Erstens, weil es mich verdammt wütend gemacht hat. Und zweitens wegen Dir.)

Man weiß ja unterdessen, dass man der Werbung kein Wort glauben darf und immer die Hälfte von allem abziehen muss, was die Reklame behauptet. Aber es ist noch einmal etwas anderes, wenn es um Dinge geht, die einen selber betreffen. In dem Flugblatt stand doch tatsächlich: «Immer frische Ware dank unseres topmodernen computergestützten Bestellsystems.» Seit Wochen ärgere ich mich jetzt schon mit diesem Bestellsystem rum, und es ist etwa so modern wie ein Trichtergrammophon. Ein Uralt-Programm, an dem immer mal wieder jemand herumgebastelt hat, ohne dass es davon besser geworden wäre. Im Gegenteil. Es wäre zehnmal gescheiter und auf die Dauer wohl auch billiger, bei null anzufangen und etwas ganz Neues für sie zu entwickeln. Aber nein, sie wollen ihren blinden Bergsteiger unbedingt behalten. (Den Spruch hat Federico erfunden. Blinder Bergsteiger = der nächste Absturz kommt bestimmt.)

Aber das eigentlich Interessante ist etwas anderes: Auf der Vorderseite des Flugblatts war ein Bild ihres typischen Ladeneingangs mit Schriftzug und Pfeil. Ich glaube, sie haben sich das Design schützen lassen. Das Verrückte war, dass Jonas es sofort erkannt hat. Und dabei ist ein Bild doch etwas ganz anderes als dieses Plastikmodell, das er aus irgendeinem Grund so liebt. Er saß in seinem Stuhl, und ich habe ihm sein Abendessen eingelöffelt. Das Flugblatt lag auf dem Küchentisch, weil ich es Helene zeigen wollte. Jonas hat es entdeckt, und von dem Moment an hat ihn das Essen überhaupt nicht mehr interessiert. (Was ich ihm nachfühlen kann. Ich finde, alle diese Breie schmecken gleich langweilig.)

Er hat die Arme ausgestreckt, wie er es tut, wenn er etwas anfassen will, aber ich habe nicht gleich kapiert, was er haben wollte. Zuerst habe ich ihm einen Löffel hingehalten und dann seine Tasse mit der Mickymaus, aber das war beide Male das Falsche, und er wurde vor Ungeduld ganz hektisch. Manchmal, wenn man die Wünsche seiner Majestät nicht gleich errät, hat man den Eindruck, wenn er schon reden könnte, würde er einen zusammenscheißen. Endlich hat er dann das Flugblatt gekriegt, hat es mit beiden Händen gepackt und es die längste Zeit so andächtig studiert wie Luise einen Manet. (Oder Monet. Ich kann die beiden genauso wenig unterscheiden wie Mama.) Ich habe ein Foto davon gemacht, und darauf sieht es aus, als ob er lesen würde.

(Wenn man Dich also später einmal fragen sollte, was Deine erste Lektüre war, kannst Du antworten: «125 Gramm Kalbsleberwurst für 59 Cents».)

113

Unser Sohn ist ein Jahr alt! Ich kann es nicht fassen, wie schnell die Zeit vorbeigegangen ist! Jonas misst jetzt 79 Zentimeter und wiegt knappe zehn Kilo. Und er kann laufen, wobei das Wörtchen «kann» noch ein bisschen übertrieben ist. Wirklich gut ist er erst im Hinfallen. Aber er will es können, und bei jemandem, der einen so sturen Kopf hat wie er, ist die Absicht schon fast das Ergebnis.

Wir haben das Ereignis natürlich gebührend gefeiert. Helene hat so etwas wie einen Schokoladenkuchen gebastelt, aus lauter babygerechten Zutaten. Das Ergebnis war zwar eher Pampe, aber Jonas hat es geschmeckt, und es war schließlich *sein* Geburtstag. Eine Kerze konnte man nicht hineinstecken, die habe ich ihm auf einem Teller montiert. Jonas schien ganz von selber zu wissen, was von ihm erwartet wurde, und hat sie doch tatsächlich im ersten Anlauf ausgepustet.

Mama, bei der man vor verrückten Überraschungen nie sicher ist, hat eine Tischbombe mit Papiermützen mitgebracht, etwas, wofür Jonas ja nun wirklich noch zu klein ist. Helene wollte sie das Ding erst auch gar nicht anzünden lassen, aus Angst, er könnte sich beim Knall erschrecken, aber wenn Mama sich einmal etwas in den Kopf gesetzt hat, ist sie nicht davon abzubringen. Wahrscheinlich hat Jonas seinen harten Schädel von ihr geerbt. Die Bombe hat dann auch gar keinen lauten Knall gemacht, und er hat sich ganz interessiert angesehen, wie die Mützen herausflogen.

Zum Glück hatten wir sonst niemanden eingeladen (außer Patenonkel Federico, aber der hatte etwas Unaufschiebbares vor und konnte nicht kommen), denn Mama hat natürlich darauf bestanden, dass sich jeder so eine Mütze aufsetzt. Ich befürchte, wir haben alle recht lächerlich ausgesehen. Mama hatte ein formloses schwarzes Gebilde auf dem Kopf, das wohl einen Zylinder darstellen sollte, Helene eine Art Skimütze und ich einen Wikingerhelm. Bei Jonas hat es Mama zuerst mit einer Hofnarrenkappe probiert, was ihm aber überhaupt nicht gepasst hat. Auch einen bunten Clownshut hat er sich gleich wieder vom Kopf gerissen. Wir haben dann die ganzen Kopfbedeckungen vor ihn auf den Tisch gelegt und ihn aussuchen lassen. Er hat zielsicher nach einer Uniformmütze gegriffen, und die hat ihm Mama dann aufgesetzt. Ich habe ein Foto gemacht, auf dem sich Jonas, mit der Mütze auf dem Kopf, gerade an die Stirn fasst. Es sieht aus, als ob er salutieren würde. Ich klebe das Foto hier ein. Unser Sohn, der kleine Soldat!

Am nächsten Tag habe ich Federico das Bild gezeigt, und er hat sofort behauptet, die Mütze sei ein Omen und Jonas werde später einmal bei der Bundeswehr landen. Aber er hat ihm auch schon eine Zukunft als Geschäftsmann und als Mafioso prophezeit. Vielleicht lassen wir Jonas mit der Berufswahl doch besser noch warten, bis er sich nicht mehr in die Windeln macht.

114

Als Einjähriger war Jonas bei Dr. Veidt zur Kontrolle aufgeboten (alles wieder bestens in Ordnung), und ihr ist aufgefallen, dass er sich länger auf etwas konzentrieren kann als Gleichaltrige. Von wegen kurze Aufmerksamkeitsspanne! In ihrem Wartezimmer steht ein Spiel, bei dem man Klötzchen in verschiedenen Formen in die entsprechenden Öffnungen stecken muss, viereckig, oval, rund und so weiter. Die meisten Kinder seines Alters, sagt sie, schaffen ein Klötzchen oder zwei, dann lassen sie sich ablenken und verlieren das Interesse. Jonas setzt alle sechs Klötzchen am richtigen Ort ein, dann holt er sie wieder heraus und fängt von vorn an. Die Zuordnung macht ihm dabei keine Probleme, nur mit der Koordination der Bewegungen hat er noch Mühe. Es sieht aus, als ob er das Spiel nur spielen würde, um die eigene Geschicklichkeit zu trainieren. In Sachen Begabung kommt er ganz offensichtlich nach mir. (Hahaha.)

Er versteht auch schon einzelne Worte. Wenn man zum Beispiel «Essen» sagt, macht er sich sofort, halb krabbelnd, halb gehend, auf den Weg in die Küche. (Die Verfressenheit hat er auch von mir, sagt Helene.) Manchmal versucht er sogar, selber in seinen Stuhl zu klettern, was er natürlich noch nicht schafft. Dabei scheint ihm das Essen gar nicht besonders zu schmecken. Wir haben das ganze Sortiment von Babynahrung rauf und runter ausprobiert, aber nichts gefunden, für das er sich wirklich begeistern kann. Seiner Majestät schmeckt immer nur das, was ihm nicht bekommt. Am liebsten würde er alles von meinem Teller mit essen, was ich ihm aber nicht erlauben darf. Nicht dass ich ihm nicht gern was abgeben würde, aber die meisten Dinge könnte er einfach noch nicht verdauen.

Es gibt auch Worte, die versteht er sehr gut, will sie aber ums Verrecken nicht gehört haben. Das Übelste für ihn ist «schlafen». Kaum erwähnt das jemand, verkriecht sich Jonas in die hinterste Ecke des Zimmers, in der Hoffnung, dort nicht entdeckt zu werden. Einmal hat er sich sogar, weil die Tür gerade offen stand, im Kleiderschrank versteckt. Am liebsten würde er immer wach bleiben, auch wenn er vor Müdigkeit die Augen kaum mehr offen halten kann. Als ob er Angst hätte, etwas zu verpassen.

Manchmal ist es geradezu unheimlich, wie gut er versteht, wovon die Rede ist. Letzthin habe ich nach dem Abendessen zu Helene gesagt, ich wolle noch ein halbes Stündchen arbeiten, und sofort ist Jonas ganz erwartungsvoll auf den Schreibtisch zugewatschelt, auf dem mein Laptop steht. Er sitzt gern neben mir, wenn ich am Computer beschäftigt bin, und schaut zu, was ich da mache. Wahrscheinlich wartet er darauf, dass auf dem Bildschirm dieselben bunten Formen erscheinen wie in dem Programm, das sein Patenonkel für ihn geschrieben hat.

Ganz ähnlich ist es beim Fernsehen. Wenn wir uns etwas ansehen, will er zwischen uns auf dem Sofa sitzen und auch dabei sein. Fehlt nur eine Packung Erdnüsschen, und er wäre der ideale Zuschauer. Die Fernsehleute wollen doch immer junges Publikum haben.

115

«Nachrichten-Junkie» ist wirklich ein passender Übername für Jonas. Er hat eine Vorliebe für die Tagesschau und ähnliche Programme. Es muss etwas mit der Art von Stimmen zu tun haben, die man in diesen Sendungen hört. Schauspielerstimmen in einem Fernsehspiel interessieren ihn sehr viel weniger.

(Schade, dass man sich mit achtzehn nicht mehr an sein erstes Lebensjahr erinnern kann. Sonst könntest Du mir jetzt erklären, was es mit dieser Vorliebe auf sich hatte.)

Ich glaube, für Jonas ist Fernsehen so eine Art Radio. Die Bilder sind ihm egal. Helene meint, dass er die ohnehin nur als bunte Formen erkennen kann, und da bietet das Programm von Patenonkel Federico sehr viel mehr Abwechslung. Aber die Stimmen faszinieren ihn, er kann sie offenbar unterscheiden, und manche davon scheint er richtig zu lieben. Da gibt es zum Beispiel diesen einen Journalisten, ich komme jetzt nicht auf den Namen, der immer so ein ernstes Gesicht macht – wenn der in einer Sendung auftaucht, will Jonas unbedingt zuhören, obwohl er natürlich kein Wort versteht. Wie hypnotisiert ist er von dieser Stimme. Sobald sie aus dem Fernseher kommt, will Jonas unbedingt neben mir auf dem Sofa sitzen und «zuhören». Und wehe, ich schalte dann um!

Vor ein paar Tagen ist das wieder passiert. Ich sah mir – oder wir sahen uns zusammen – eine Diskussionssendung über diese Geschichte in Abu Ghraib an, aber irgendwann hatte ich die Nase voll von all den selbsternannten Experten, die mit feierlicher Miene ihre Kommentare absondern, obwohl sie auch nicht mehr Ahnung haben als jeder Zeitungsleser. (Dir wird der Name Abu Ghraib nichts mehr sagen. Das war ein Gefängnis im Irak, wo amerikanische Soldaten Gefangene gefoltert haben.)

Ich habe also umgeschaltet, aber da bin ich bei Jonas schlecht angekommen! Ich hatte ihm seine Lieblingsstimme weggenommen, und dagegen hat er heftig protestiert. (Gebrüll Nummer drei.) Er hat sogar nach der Fernbedienung getappt. Irgendwie scheint er verstanden zu haben, dass da ein Zusammenhang besteht. Ich habe ihm schließlich seinen Willen gelassen und wieder zurückgeschaltet. Bei den anderen lief auch nichts Interessantes.

Um zu sehen, ob es tatsächlich die Stimme ist, die Jonas so fasziniert, habe ich ein kleines Experiment gemacht. Ich habe eine Sendung mit diesem Journalisten (ich muss wirklich nachsehen, wie er heißt) aufgezeichnet und sie Jonas ohne Bild vorgespielt. Und tatsächlich: Er saß die ganzen fünfzehn Minuten aufmerksam (oder hypnotisiert) auf dem Sofa.

Helene kam an diesem Tag etwas später nach Hause, und ich wollte ihr stolz mein Experiment vorführen. Aber beim zweiten Mal hat es überhaupt nicht mehr geklappt. Jonas hat nur ganz kurz zugehört, dann hat er das Interesse verloren. Ein typischer Vorführeffekt, ich kenne das von der Arbeit. Sobald man jemandem zeigen will, wie etwas funktioniert, schon funktioniert es nicht mehr.

116

Als Federico letzthin bei uns zu Besuch war, hat er ein Foto von Jonas gemacht, wie der auf dem Boden sitzt und mit seinem Ladenmodell spielt. Dieses Bild hat er jetzt, ohne uns vorher zu fragen, bei einem Wettbewerb eingereicht. Und hat damit einen Einkaufsgutschein über zweihundertfünfzig Euro gewonnen.

Er war total stolz auf seinen Erfolg und konnte überhaupt nicht verstehen, warum Helene und ich nicht begeistert davon sind. Erstens, weil Jonas' Bild jetzt in einer Anzeige erscheinen soll, und dazu hätte es nun wirklich unsere Einwilligung gebraucht, und zweitens, weil es der Wettbewerb unseres größten Kunden ist. Das muss doch bei Petermann aussehen, als ob ich hinter den Kulissen etwas gemauschelt hätte. Andererseits: Wenn ich mich jetzt querstelle und kategorisch nein sage, macht das beim Kunden auch einen schlechten Eindruck. Wir haben deshalb beschlossen, die Sache laufenzulassen, in der Hoffnung, dass es niemandem groß auffällt. Die Anzeige erscheint ja nur ein einziges Mal.

(Und Dir, großer Jonas, macht es wahrscheinlich Spaß zu sehen, dass Du schon so jung in der Zeitung gestanden hast.)

Die Werbekampagne, jede Woche mit einer anderen Person, funktioniert so: Kunden schicken ihre Bilder ein, die werden für die Anzeige vor das Ladenschild mit dem Pfeil montiert, und darüber steht der Slogan ICH BIN. Der Firmenname natürlich riesig groß und der Name des Kunden ganz klein, so dass der Eindruck entsteht, dass er sich voll und ganz mit dem Laden identifiziert. Werbung eben. Ich bin sicher, die Agentur hat eine Menge Geld für den Einfall kassiert. «Wir sind alle eine große Familie» soll es wohl bedeuten. Dabei bin ich fest davon überzeugt, dass auch viele Leute mitmachen, die gar keine Kunden sind und nur den Einkaufsgutschein gewinnen wollen. Oder weil sie sich einbilden, sie seien schon berühmt, nur weil ihr Foto einmal auf Zeitungspapier gedruckt wurde.

Ich finde ja, sie würden ihr Geld gescheiter in eine vernünftige Software investieren als in solche Werbekampagnen oder sollten wenigstens dafür sorgen, dass ihre Schweinekoteletts nicht so voller Wasser sind, dass sie in der Pfanne jedes Mal zu Miniaturausgaben zusammenschrumpfen. Aber wenn die Anzeige mit Jonas dann erscheint, werden wir sie trotzdem einrahmen und an die Wand hängen.

Federico hatte ein schlechtes Gewissen, weil er nicht vorher mit uns gesprochen hatte, und hat angeboten, uns den Gutschein zu überlassen. Aber das wollte ich natürlich auch nicht. Wir haben uns darauf geeinigt, dass er mit einem Teil von seinem Gewinn die Zutaten zu einem luxuriösen Essen einkauft und uns dazu einlädt. Schließlich ist er ein begeisterter Hobbykoch.

«Du hast doch nichts dagegen, wenn noch jemand dazukommt?», fragte er. An wen er dabei dachte, wollte er mir nicht verraten. Das war auch besser so, sonst hätte ich unsere Abmachung wohl auf der Stelle widerrufen.

117

Ich habe mich von der Überraschung immer noch nicht erholt. Um Goethe zu zitieren: «Wo die Liebe hinfällt, da wächst kein Gras mehr.»

(Ja, Jonas, ich weiß, dass das kein Goethe-Zitat ist. Es sollte ein Witz sein.)

(Was Du natürlich weißt. Bis Du achtzehn bist, wirst Du den Spruch schon hundertmal von mir gehört haben.)

Aber ich wollte ja aufschreiben, was gestern passiert ist: Als wir zu dritt ankamen, hat uns nicht etwa Federico die Tür geöffnet, sondern Max! Sie hatte eine Küchenschürze umgebunden und begrüßte uns mit so förmlicher Höflichkeit, als ob sie hier die Gastgeberin wäre. «Wir sind mit dem Kochen leider noch nicht ganz fertig», sagte sie. «Bitte macht es euch schon mal bequem. Wir sind gleich so weit.» Diesen Hausfrauenton, der überhaupt nicht zu ihr passt, hat sie dann den ganzen Abend durchgehalten. In jedem zweiten Satz, den sie gesagt hat, kam das Wörtchen «wir» vor. Sie wirkte so besitzergreifend wie eine Ehefrau, die ihrem Mann demonstrativ einen Fussel vom Jackett klaubt.

Federico bewohnt keine Junggesellenbude, wie man es bei einem coolen Typen wie ihm eigentlich erwarten würde, sondern lebt in einer ganz traditionellen möblierten Vierzimmerwohnung, schwere Schrankwand aus Eiche und all so was. Er hat die Wohnung nach dem Tod seiner Eltern übernommen und seither kaum etwas an der Einrichtung geändert. Wenn der riesige Fernseher nicht wäre, könnte man sich glatt zwanzig Jahre zurückversetzt fühlen. Wie ich ihn einschätze, hat das bei ihm nichts mit Nostalgie zu tun, er hat sich einfach nie die Zeit genommen, neue Möbel auszusuchen. Wenn er nach einem Tag in der Bude nach Hause kommt, setzt er sich lieber noch einmal ein paar Stunden an den Laptop und bastelt an Programmen herum. Wenn er nicht gerade damit beschäftigt ist, in einer Bar das nächste weibliche Wesen aufzureißen.

Obwohl: So wie es aussieht, hat sich in dieser Beziehung etwas bei ihm geändert. Von wegen «Frauen sind Verbrauchsware» – damit scheint es bei ihm erst mal vorbei zu sein. Die gemeinsame Kocherei damals bei uns hatte offensichtlich schlimme Folgen. Ausgerechnet er und Max! Die beiden haben den ganzen Abend lang so penetrant miteinander geturtelt, dass ich das Essen gar nicht richtig genießen konnte, und dabei ist Federico wirklich ein erstklassiger Koch. Vier Gänge hat er hingezaubert, zum Abschluss ein Tiramisu, das so köstlich war, dass ich Helenes Protest überhört und Jonas ein paar Löffel davon abgegeben habe. Federico war sichtlich stolz darauf, dass uns alles so gut geschmeckt hat. Trotz der Küchenschürze kann ich mir allerdings nicht vorstellen, dass ihm Max dabei viel geholfen hat. Bisher kannte sie nur ein einziges Rezept: Man nehme einen Mann und lasse sich von ihm in ein teures Lokal einladen.

Federico sagt übrigens nicht Max zu ihr, sondern Maja. Mir hat sie ihren richtigen Namen nie verraten.

118

Helene hätte mich wirklich warnen können. Sie wusste schon seit Wochen über die beiden Bescheid, hatte ihrer Freundin aber hoch und heilig versprechen müssen, mir nichts zu verraten. Max befürchtete, ich würde doch nur versuchen, sie und Federico auseinanderzubringen. Habe ich wirklich einen so miesen Charakter?

Ich muss mich wohl, zumindest für den Moment, daran gewöhnen, dass Jonas jetzt nicht mehr nur einen Patenonkel, sondern auch eine Patentante hat. Auch wenn ich mir nicht vorstellen kann, dass das bei den beiden von Dauer sein wird. Bei ihr hat noch keine Beziehung länger gehalten als ein paar Tage (oder Nächte), und er war schon immer Single mit wechselnder B-Seite.

(Wenn Du achtzehn bist, wird kein Mensch mehr eine Ahnung haben, was das einmal war, eine Single. Aber ich erkläre Dir die prähistorischen Ausdrücke aus der Zeit Deiner Eltern gern.)

Federico auf alle Fälle ist fest davon überzeugt, in Max die perfekte Frau gefunden zu haben. Er hat es mir in der Mittagspause gestanden und war dabei so verlegen, dass er sich an seinem Sandwich verschluckt hat. Vor allem, sagt er, bewundert er ihren Intellekt. Oder was er dafür hält, wenn sie ihn mit den Fremdwörtern aus ihrer letzten Vorlesung zuballert. Mein Gott! Fällt der große Frauenversteher doch tatsächlich auf Siegmunda Freud rein. Ich hätte ihm etwas weniger Kompliziertes gegönnt.

Was andererseits sie an ihm findet, das leuchtet mir schon mehr ein. Federico ist ein wirklich sympathischer Mensch, und Humor hat er auch. Nach all den Eintagsfliegen, die sich bisher in ihrem Bett getummelt haben, muss er ihr vorkommen wie die Antwort auf all ihre Gebete.

Meiner Meinung nach passen die beiden überhaupt nicht zusammen. Aber vielleicht, meint Helene, kann es gerade deshalb funktionieren. Gegensätze ziehen sich an, oder in ihrem Fall aus. Wenn am Schluss, wie ich prophezeie, doch nichts daraus wird – Max ist an Enttäuschungen in ihrem Privatleben wenigstens schon gewöhnt. Und Federico findet locker wieder eine andere.

Vorläufig glaubt er erst mal, Max und er seien vom Himmel füreinander geschaffen. Am Ende werde ich bei den beiden auch noch Trauzeuge sein müssen. Und das wäre, wie Helene seit ihrer langen Filmnacht dauernd zitiert, «ein Angebot, das ich nicht ablehnen kann».

Sie findet, als gute Freunde müssten wir die neue Partnerschaft gebührend feiern und könnten uns gleichzeitig bei den beiden für die Einladung revanchieren. Das wäre doch gleich eine gute Gelegenheit, meint sie, um das *Metropol* noch einmal gemeinsam zu beschnuppern, bevor wir endgültig beschließen, unsere Hochzeit dort zu feiern. Am Donnerstag gehen wir hin.

119

Wir werden unser Hochzeitsessen woanders buchen. Wir kommen gerade vom *Metropol* zurück, und ich bin immer noch stinksauer. Aber Jonas hat sich eine Medaille verdient.

Ich hatte auf ihrer Internetseite nachgesehen, wann sie abends aufmachen, und zum frühsten möglichen Termin einen Tisch für fünf Personen bestellt, denn natürlich haben wir Jonas mitgenommen. Erstens sind Babysitter schwer zu kriegen, und zweitens lassen wir ihn seit seiner Krankheit ungern aus den Augen. Als wir pünktlich um 18:30 ankamen, waren wir noch die einzigen Gäste. Für ein solches Snoblokal, das habe ich heute gelernt, ist halb sieben mitten am Nachmittag. Ich weiß auch nicht, warum sie dann schon aufmachen. Aber mit einem Baby, das um die Zeit eigentlich schon ins Bett gehört, geht es nicht später.

Und dann wollten sie Jonas zuerst gar nicht reinlassen. Der Oberkellner, ein Arschloch in gestreiften Hosen, hat uns so ganz von oben herab erklärt, es sei hier nicht üblich, Kleinkinder mitzubringen. Wobei das Wort «Kleinkind» bei ihm klang wie «Kakerlake». Er hat sich dann schließlich doch noch gnädig herabgelassen und uns zu unserem Tisch geführt. Einen Kinderstuhl hatten sie natürlich nicht, so dass wir Jonas reihum auf den Schoß nehmen mussten. Und als Helene den Herrn Großkotz um ein Schüsselchen und einen Löffel für Jonas' mitgebrachten Fertigbrei bat, da hat er die Sachen nur demonstrativ widerwillig gebracht. Auf einem Silbertablett, aber mit einem Gesicht wie saure Heringe. Eigentlich hätten wir aufstehen und gleich wieder gehen sollen, aber man hat immer Hemmungen, eine Szene zu machen. Blöd eigentlich.

In der Speisekarte stand alles nur auf Französisch, ohne Übersetzung. Wahrscheinlich, damit sie einem sagen können: «Wir sind hier nicht auf Gäste eingerichtet, die keine Fremdsprachen können.» Aber mit gemeinsamen Kräften haben wir es geschafft. Ich habe Federico die Auswahl des Weins überlassen, und er hat einen Italiener ausgesucht, den man wahrscheinlich nicht aus Trauben, sondern aus Diamanten keltert. Anders kann ich mir den Wucherpreis nicht erklären. Federico hat dann selber fast nichts davon getrunken. Er und Max waren ohnehin nur miteinander beschäftigt und haben den ganzen Abend Händchen gehalten.

Das Essen war lecker, da gab es nichts zu meckern, wenn sie einem auch statt drei verschiedenen Gabeln besser eine Lupe hingelegt hätten. Bei aller Vornehmheit möchte man ja auch ganz gern satt werden.

Jonas hat sich vorbildlich benommen, viel besser als der Pekinese, den eine Frau am Nebentisch mitgebracht hatte und der die ganze Zeit kläffte. Der Herr Oberkellner (er hatte wohl noch nicht gesehen, was für ein wohlverdient mickriges Trinkgeld ich ihm hingelegt habe) wollte sich zum Abschied doch noch bei uns einschleimen, mit «Das ist aber ein braves Kind» und solchem Gesülze. Er hat versucht, Jonas in die Wange zu kneifen, und der hat ihn gebissen, mit der vollen Kraft seiner wenigen Zähnchen.

Goldmedaille, aber mindestens!

(Lieber Jonas, ich weiß, eigentlich ist dieses Tagebuch nur dazu da, um über Dich zu schreiben. Aber ich nehme an, Du wirst später gern einmal wissen wollen, wie das war, als Deine Eltern geheiratet haben. Auch wenn Du selber nur als Statist dabei sein wirst. Wenn ich mich geirrt habe und es interessiert Dich überhaupt nicht, kannst Du diese Seite einfach überblättern.)

(Nicht überblättert? Gut, dann lies weiter.)

Der Termin auf dem Standesamt ist gebucht. Es geht dort alles sehr bürokratisch und geschäftsmäßig zu, nicht feierlicher, als wenn man eine Hundemarke lösen würde. Ich nehme an, sie sparen sich die großen Worte für die eigentliche Eheschließung auf. Es ist ein seltsames Gefühl, wenn man aus dem Rathaus rauskommt und weiß: Jetzt ist es offiziell. Wir haben dann gleich mit einem Glas Prosecco darauf angestoßen.

Der große Tag ist erst in zwei Monaten, aber wir stecken schon mitten in den Vorbereitungen. Manchmal kommt es mir vor, als ob wir keine Hochzeit planen würden, sondern einen Staatsempfang für sämtliche gekrönten Häupter Europas. Und noch ein paar aus Übersee. Die Einladungen sind noch nicht einmal verschickt, aber gestern wollte Helene tatsächlich schon die Sitzordnung für das Diner mit mir besprechen. (Merkst Du was, Jonas? Es wird nicht einfach ein Abendessen geben, auch kein Dinner, sondern ein Diner, was kein Schreibfehler ist, sondern französisch. Nachdem wir das *Metropol* gestrichen haben, hat sich Helene für den Saal des *Lingot d'or* entschieden, was auf Deutsch «Goldbarren» bedeutet. Wahrscheinlich bezieht sich der Name auf die Preise, die sie dort nehmen. Aber solang ihre Eltern die Rechnung übernehmen, kann ich nicht meckern.)

Helene hat vorübergehend sogar tatsächlich überlegt, ob wir nicht doch in einer Kirche heiraten sollten, nicht weil sie plötzlich religiös geworden wäre, sondern einfach wegen dem ganzen Brimborium. Mit einer langen weißen Schleppe zum Altar schweben, während die Orgel den Hochzeitsmarsch von Mendelssohn spielt, das würde ihr gefallen. Zum Glück hat sie den Gedanken gleich wieder verworfen. Man kann alles übertreiben.

Wir haben uns auch schon lang darauf geeinigt, dass ein weißes Hochzeitskleid rausgeschmissenes Geld wäre, nur für den einen Tag, aber Max schleppt trotzdem dauernd irgendwelche Hochglanzblätter mit Brautmoden an. Ich glaube, sie betrachtet unser Fest als Generalprobe für die eigene Hochzeit. Federico hat ihr zwar noch keinen offiziellen Antrag gemacht, aber ich befürchte, es wird nicht mehr ewig dauern. Na ja, er ist alt genug und muss selber wissen, was richtig für ihn ist.

Wie Goethe so richtig sagte: «Wo die Liebe hinfällt …» Aber das hatten wir schon.

(Glaub mir das, Jonas: Heiraten ist anstrengender als Abitur und Führerscheinprüfung am selben Tag. Und trotzdem habe ich mich noch nie auf etwas so gefreut.)

121

Eltern sind keine vernünftigen Wesen. Heute sind wir in die Stadt gegangen, um Eheringe auszusuchen, und nach Hause gekommen sind wir mit einem Kinderbett.

Ich hatte ja für Helene schon einmal einen Ring gekauft, aber da habe ich mich in der Größe vertan. Sie trägt ihn jetzt an einem Kettchen um den Hals, und irgendwann wird er wohl in ihrer Kostbarkeiten-Keksdose verschwinden. Wir sind also miteinander losgezogen und wollten eigentlich zum Juwelier. Eigentlich.

Jonas ist schon wieder gewachsen («Ihr füttert ihn wohl mit Hefe», sagt Mama) und braucht dringend einen größeren Kinderwagen. Also machte Helene den Vorschlag, wir könnten auf dem Weg in die Stadt noch schnell beim Kinder-Secondhand vorbeigehen, um zu sehen, ob sich dort etwas Bezahlbares finden ließe. Einen fabrikneuen Wagen wollen wir nicht kaufen. Bei den Preisen, die man dafür bezahlt, müssten die alle vergoldete Speichen haben.

Einen günstigen Kinderwagen hatten sie zwar nicht, aber ein Kinderbett stand da – nein, nicht einfach ein Kinderbett, sondern das Kinderbett aller Kinderbetten. Geschnitzte Beine in der Form von Elefanten, die auf dem Hintern sitzen wie im Zirkus, und auch die Gitter ringsum werden von Elefanten getragen. Keine Fabrikware, sondern ein Einzelstück, das sich jemand, und zwar bestimmt jemand mit einem Haufen Geld, mal hat anfertigen lassen. Und nicht einmal teuer. «Wir werden es nicht los», sagte die Verkäuferin. «Die Leute denken nur noch an die Hygiene, und mit all den Verzierungen ist das natürlich schon ein Staubfänger.»

Und so gingen wir also nicht zum Juwelier, sondern wieder nach Hause, und ich mit dem Wagen zurück in den Laden. Zum Glück kann man das Bett in seine Einzelteile zerlegen, sonst hätte es, selbst bei runtergeklappten Rücksitzen, keinen Platz gehabt.

Es sieht fabelhaft aus! Seine Majestät hat unterdessen das vornehmste

Zimmer in der ganzen Wohnung. (Dass Helene und ich nur seine Lakaien sind, ist ohnehin klar.) Jonas hat sein neues Bett untersucht, er schien damit zufrieden und hat es sogar irgendwie geschafft, selber hineinzuklettern. Aber als ich dann das vordere Gitter einhängte, geriet er in Panik. Er hat daran gerüttelt wie ein Gefangener, der ausbrechen will. Und geschrien hat er! Er tut es ja wirklich nicht oft, aber wenn er einmal loslegt, wackeln die Wände. Ich habe das Gitter dann wieder weggenommen, und er hat sich sehr schnell beruhigt.

Jetzt haben wir ein Problem: Ohne das Gitter besteht die Gefahr, dass er nachts aus dem Bett fällt, aber sobald wir es montieren, geht der Protest los. Helene hat schließlich eine salomonische Lösung gefunden: Das Gitter bleibt weg, aber wir legen eine Matratze vor das Bett, so dass er sich nicht weh tun kann, wenn er tatsächlich einmal runterfallen sollte. Es wird schon nichts passieren. Und irgendwie kann ich ihn ja verstehen. Ich möchte auch nicht eingesperrt sein.

122

Wir haben die Eheringe nun doch noch ausgesucht. Jonas haben wir mitgenommen, und er hatte in dem Laden einen seiner Lachanfälle. Habe ich das eigentlich schon mal aufgeschrieben?

Es ist so: Manchmal, nicht sehr häufig, aber es kommt immer wieder mal vor, fängt er ohne erkennbaren Grund an zu lachen und kann sich fast nicht mehr einkriegen. Einmal (aber das habe ich damals notiert) ist es passiert, als Luise und Peter zu Besuch waren und er mir vor lauter Vergnügen einen Schwall halbverdaute Milch über den Pullover gespuckt hat. Er scheint sich in diesen Momenten wirklich köstlich zu amüsieren, so wie andere Kinder, wenn man sie kitzelt oder in die Luft schmeißt.

Wir waren also in dem Laden, Jonas im Kinderwagen. Ich hatte vorher ja keine Ahnung, wie viele Arten von solchen Ringen es gibt! Der Verkäufer, ein vornehmerer älterer Herr, hat darauf bestanden, dass es nicht «Ehering», sondern «Trauring» heißen müsse. (Als ich Federico davon erzählte, hat er wie aus der Pistole geschossen gesagt: «Trauring, aber wahr.») Helene fand ein zweifarbiges Modell aus Gelb- und Weißgold besonders schön, während ich lieber etwas ganz Einfaches gehabt hätte.

(Dreimal darfst Du raten, fast schon erwachsener Jonas, wer sich am Schluss durchgesetzt hat. Falls Du auf mich getippt hast, muss ich Dir sagen:

Über das Verhältnis von Männern und Frauen hast Du noch eine Menge zu lernen.)

Während wir noch hin und her überlegten, haben wir uns mit dem Verkäufer ein bisschen unterhalten. Ich habe ihn gefragt, ob es ihm nicht seltsam vorkomme, dass ein Brautpaar mit Kind ankomme, um Eheringe zu kaufen. (Pardon, Trauringe.) Er meinte, das sei seit einigen Jahren schon fast das Übliche, und er finde das auch ganz gut. Wenn man nicht schon ein paar Jahre zusammengelebt habe, könne man ja nicht wissen, ob man auch wirklich zusammenpasse. Einfach so «blind» zu heiraten, das finde er geradezu unmoralisch.

Das war der exakte Moment, in dem Jonas zu lachen begann. Zuerst habe ich geglaubt, er habe sich an etwas verschluckt, aber es war eindeutig Amüsement. Als ob ihm gerade jemand den besten Witz der Welt erzählt hätte. Es hat ein ganzes Weilchen gedauert, bis er sich wieder beruhigt hatte. Zum Glück war es seit seinem letzten Fläschchen schon ein Weilchen her, sonst hätte es in dem Laden wahrscheinlich eine Überschwemmung gegeben. Den Schluckauf hat er auch gekriegt.

Der Verkäufer war übrigens wirklich vornehm. Er hat die ganze Zeit so getan, als ob er gar nichts bemerkt hätte.

Helene und ich haben bis jetzt noch nicht herausgefunden, was diese Anfälle bei Jonas auslöst. Auch diesmal gab es keinen Anlass dazu, zumindest keinen, der uns aufgefallen wäre. Vielleicht hat Mama ja recht, und er hat einfach einen fröhlichen Charakter.

123

Federico behauptet, dass ich mich zum Pantoffelhelden entwickle. Ausgerechnet er, den Max so völlig an der Leine hat! (Nein, nicht mehr Max. Sie will jetzt auch von mir Maja genannt werden.)

Klar, ich versuche, Helenes Wünsche zu erfüllen. Das scheint mir nur natürlich zu sein. Schließlich wollen wir den Rest unseres Lebens zusammen verbringen.

Bei ihrem neusten Wunsch brauchte das eine Menge Organisation. Aber ich habe es geschafft. Wenn wir dann hochoffiziell verheiratet sind, hatte sie sich ausgedacht, möchte sie gern, dass wir ein paar Tage zusammen wegfahren. «Aber ohne Jonas, sonst ist es keine Hochzeitsreise.» Sie hat völlig recht, wir hatten schon lang nicht mehr genügend Zeit, um einfach füreinander da zu sein. Petermann hat den Urlaub auch ohne langes Rummeckern bewilligt. Richtig höflich ist er geworden, seit ihm klargeworden ist, wie dringend er mich braucht. Das Problem war ein anderes: jemanden zu finden, dem wir Jonas für die eine Woche anvertrauen können.

Mama hat sich sofort angeboten (und mir bei der Gelegenheit zum hundertsten Mal die Geschichte ihrer eigenen Hochzeitsreise nach Venedig erzählt), aber bei ihrer Schussligkeit hätte ich keine ruhige Minute. Und außerdem: Was wäre, wenn sie wieder einen ihrer Aussetzer hat? Ich konnte ihr das natürlich nicht so direkt sagen und habe versucht, darum herum zu reden, sie hat es aber doch gemerkt und war beleidigt. Sie will sich einfach nicht eingestehen, dass sie älter wird.

Luise und Peter hätten zu der Zeit Ferien (manchmal habe ich das Gefühl, die beiden haben immer Ferien), und Helene hat sie gefragt, ob sie nach der Hochzeit ein paar Tage hierbleiben und sich um Jonas kümmern würden. Sie haben sogar ja gesagt, aber es war ein Ja mit so vielen Abers, dass man es nur als Nein verstehen konnte. Ich bin eigentlich ganz froh, dass es mit ihnen nicht klappt. So viel erzieherische Sturheit, wie ihn dort erwarten würde, möchte ich meinem Sohn doch lieber nicht zumuten.

Schließlich haben uns Federico und Max, Federico und Maja, eine Woche Babysitting als Hochzeitsgeschenk vorgeschlagen. Sie werden so lang in unsere Wohnung ziehen, Jonas jeweils am Morgen in die Kita bringen und am späten Nachmittag wieder abholen. Ganz wohl ist mir bei der Sache nicht, vor allem, wenn ich mir vorstelle, wie die beiden in unserem Schlafzimmer Ehepaar spielen, aber eine bessere Lösung ist mir auch nicht eingefallen. Und ein paar Tage allein mit Helene, das ist schon eine sehr verlockende Vorstellung.

Helene will in die Toskana fahren. Ich befürchte zwar, dass ich mir dann eine historische Kirche nach der anderen ansehen muss (manchmal schlägt die Bildungsbeflissenheit ihrer Eltern gewaltig bei ihr durch), aber wenn es sie glücklich macht … Vielleicht bin ich tatsächlich ein Pantoffelheld.

Zum ersten Mal seit seiner Geburt eine ganze Woche ohne Jonas. Der Gedanke kommt mir fast noch aufregender vor als die Hochzeit selber.

124

In der Kita ist Jonas jetzt in der Krabbelgruppe, aber mit seinen Altersgenossen dort weiß er wenig anzufangen. Was ihn viel mehr interessiert, ist der Raum nebenan, wo die Drei- und Vierjährigen herumtoben. Die Krabbler sind dort eigentlich nicht erwünscht, weil es manchmal ganz schön wild zugeht und sie von den Älteren leicht über den Haufen gerannt werden. Außerdem liegt da immer eine Menge unfallträchtiges Spielzeug herum. Aber wenn sich Jonas etwas in den Kopf setzt, das beobachten wir immer wieder an ihm, dann lässt er sich durch nichts bremsen. Kaum achten die Betreuerinnen mal eine Minute nicht auf ihn, schon ist er drüben, bei der großen Attraktion der Kita: dem Käfig mit den beiden Meerschweinchen.

Ich vermute, es dürfte die Tiere dort gar nicht geben. Bei einer amtlichen Kontrolle würden sie wahrscheinlich eine Rüge verpasst kriegen, von wegen Bazillen und so. Aber die Kinder, vor allem die größeren, sind von den Viechern begeistert und würden sie am liebsten den ganzen Tag lang streicheln. Sie haben sogar die Regel einführen müssen, dass nur streicheln darf, wer sich besonders gut benommen hat. Die Kleineren zeigen weniger Interesse. Außer Jonas.

Er krabbelt (oder marschiert, das kann er immer besser) jedes Mal in gerader Linie auf den Käfig zu. Erst nach einem Weilchen hat Lukretia gemerkt, dass das gar nichts mit den Meerschweinchen zu tun hat. Die Tiere sind ihm egal, ihn interessiert etwas ganz anderes. Neben dem Käfig liegt immer ein Stapel Zeitungen bereit, damit man den Boden frisch auslegen kann, wenn die Viecher mal wieder alles vollgeschissen haben, und sie scheißen eigentlich pausenlos. Auf dieses Papier hat es Jonas abgesehen. Er zieht ein Blatt heraus, breitet es auf dem Boden aus und legt sich bäuchlings drauf. Vielleicht weil ihn das an sein Bett zu Hause erinnert. Man kann wirklich nicht wissen, was in so einem Kinderkopf vorgeht.

Zuerst haben sie ihm die Blätter jedes Mal weggenommen. Sie hatten Angst, er könnte sie sich in den Mund stecken, und so wahnsinnig hygienisch sind alte Zeitungen ja nicht. Aber dagegen hat er so lang mit Geheul protestiert, bis sie es aufgegeben haben. Er denkt auch gar nicht daran, auf den Zeitungen herumzukauen. Er liegt nur gern drauf, nicht so, als ob er schlafen würde, sondern mit aufgestütztem Oberkörper. Die Betreuerinnen meinen, sie hätten so etwas noch bei keinem ihrer Zöglinge gesehen. Aber Jonas verhält sich ja selten so wie alle andern. Er ist ein ganz besonderes Kind.

Nachtrag: Max/Maja war gerade da, als ich Helene die Geschichte erzählt habe, und sie hat mich ausgelacht. Ihrer Meinung nach halten alle Eltern ihre Kinder für etwas Außergewöhnliches und geheimnissen Fähigkeiten in ihre Sprösslinge hinein, die die gar nicht besitzen. Wahrscheinlich hat sie ja recht, aber musste sie es unbedingt sagen?

125

Maja kann überhaupt alles psychologisch erklären, zum Beispiel gestern, als Jonas schon wieder einen seiner Lachanfälle hatte. Diesmal schien es sogar einen ganz konkreten Grund dafür zu geben, aber sie hat uns erklärt, dass die beiden Dinge absolut nichts miteinander zu tun haben können, und hat auch gleich, drunter macht sie es nicht, einen Psychoanalytiker namens Jacques Lacan zitiert, der untersucht hat, ab wann Babys ihr eigenes Bild erkennen. (Ich hatte den Namen vorher nie gehört und musste erst im Internet nachschauen, wie er sich schreibt.)

Es war so: In aller Herrgottsfrühe, wir waren noch im Bett, rief Mama an, um uns mitzuteilen, dass die Anzeige mit dem Bild von Jonas erschienen sei. Sie publizieren sie immer am Samstag. Sie war ganz aufgeregt und hatte in ihrem Hausflur schon sämtliche Exemplare des *Anzeigers* eingesammelt, um bei ihren Freundinnen damit zu prahlen. Ich also raus aus dem Bett und habe die Gratiszeitung auch aus dem Briefkasten geholt. Ich muss zugeben: Es sieht nicht schlecht aus.

So richtig glücklich bin ich mit der Geschichte ja immer noch nicht, aber Federico hat da ein wirklich schönes Bild geschossen. Um den richtigen Winkel hinzukriegen, muss er platt auf dem Bauch gelegen haben. Jonas sitzt auf dem Boden und spielt mit dem Modell des Ladeneingangs, das er so liebt. Und dahinter haben sie genau dasselbe Firmenschild in groß montiert. Es sieht wirklich perfekt aus, vor allem, weil Jonas ein so niedlich ernsthaftes Gesicht dabei macht. Ich kann gut verstehen, warum sie die Aufnahme für ihre Werbung ausgesucht haben.

Helene, die viel besser organisiert ist als ich, hatte schon einen Wechselrahmen besorgt, und hinter Glas sah die Anzeige schon fast wie ein Kunstwerk aus. Sie hat dann Jonas aus dem Bett geholt (auch ohne Gitter ist er noch nie rausgefallen) und hat ihm sein Bild gezeigt. «Das bist du, Jonas», hat sie gesagt. «Na, wie gefällst du dir?»

Jonas hat sein Foto angestarrt, mit einem Gesicht, als ob er seinen Augen nicht trauen würde, und dann hat er angefangen zu lachen. Es kann einem fast Angst machen, wenn er so gar nicht wieder aufhören kann. Es schüttelt ihn dann richtig durch, er japst nach Luft und kriegt ein ganz rotes Gesicht. Wenn er sich dann endlich doch wieder beruhigt, ist er völlig erschöpft.

Ich glaube ja, dass er sein eigenes Bild erkannt hat und es furchtbar komisch fand, dass es ihn auf einmal doppelt gab. Helene hat ihre Zweifel. Bei einem Spiegelbild, das sich gleichzeitig mit ihm bewegt, könnte man sich das noch vorstellen, meint sie, aber bei einer Anzeige? Maja hat ihr natürlich recht gegeben und gleich einen Vortrag darüber gehalten, warum sich Kinder in dem Alter auf einem Bild noch gar nicht erkennen können. Mein einziger Trost bei so viel Besserwisserei: Da hat Jonas gleich noch einmal zu lachen begonnen.

126

Heute ist etwas Unangenehmes passiert.

Nein, ich will ehrlich sein: Es ist nicht einfach passiert, sondern ich war schuld daran. Zum Glück hat Helene nichts davon bemerkt. Ich glaube, sie hätte die Hochzeit gleich wieder abgesagt.

Sie haben im Spätprogramm eine Dokumentation gebracht über diese Quälereien in Abu Ghraib, und ein paar der Fotografien, die sie gezeigt haben, waren ziemlich scheußlich. Da war zum Beispiel diese eine Soldatin, sie sah eigentlich ganz normal aus, die schleppte einen nackten Gefangenen an einer Hundeleine hinter sich her. Ein anderer Soldat stand grinsend und mit hochgereckten Daumen hinter einer Leiche. Hellblaue Gummihandschuhe hatte er an, wie sie Helene zum Abwaschen benutzt. Aber das schlimmste Bild von allen, fand ich, war ein Mann in einer Art Poncho, der auf einer Kiste steht. Sein Gesicht sieht man nicht, man hat ihm eine Kapuze über den Kopf gezogen, ein bisschen wie die vom Ku-Klux-Klan, und an seinen Fingern und am Penis sind Elektroden befestigt. Die Arme hat er ausgebreitet, so dass es aussieht, als ob er gekreuzigt würde.

Die Dokumentation war fast wie ein Krimi aufgemacht, mit dramatischer Musik und so, und die Fotos haben sie alle sehr ausführlich gezeigt. Eigentlich sollte man sich so etwas ja gar nicht ansehen, sie hatten auch eine Warnung eingeblendet, «Die nachfolgende Sendung ist für Jugendliche unter sechzehn Jahren nicht geeignet», aber das Seltsame ist, dass solche brutalen Bilder zwar abstoßend sind, aber gleichzeitig auch eine Faszination haben.

Irgendwie (ich weiß jetzt nicht, wie ich das formulieren soll) haben sie gerade wegen ihrer Grausamkeit etwas Unwirkliches, wie in einem Computerspiel, wo auch ständig die übelsten Dinge passieren, aber weil es nur ein Spiel ist, muss man sie nicht ernst nehmen.

(Sorry, großer Jonas, das war keine gute Erklärung. Ich weiß selber nicht genau, was da in meinem Kopf passierte.)

Was ich hier aufschreiben muss, ist etwas anderes. Während ich noch, wie hypnotisiert, auf den Bildschirm starrte, hatte ich plötzlich das Gefühl, nicht allein zu sein. Und tatsächlich: Jonas stand neben mir und schien von den schrecklichen Bildern ebenso fasziniert wie ich selber. Er musste aus dem Bett geklettert sein, und ich hatte ihn, konzentriert wie ich war, überhaupt nicht hereinkommen hören.

Ich habe den Fernseher natürlich sofort ausgemacht und Jonas in sein Bett zurückgetragen. Ich glaube nicht, dass die Bilder ihm geschadet haben. In seinem Alter kann man die noch gar nicht richtig erkennen. Aber ich habe Helene doch lieber nichts davon erzählt, sie hätte sich nur furchtbar aufgeregt.

Wenn das mit dem nächtlichen Aufstehen zur Gewohnheit werden sollte, muss ich das Gitter doch wieder ans Bett montieren, oder ich muss mir eine ganz andere Lösung einfallen lassen.

127

Ich muss es mir eingestehen: Ich bin ein schadenfreudiger Mensch. Zwischen Federico und Maja hat es den ersten großen Krach gegeben, und meine spontane Reaktion war, dass ich mich darüber gefreut habe. Der Gedanke, dass aus den beiden ein Paar werden soll, passt mir einfach nicht. Obwohl ich natürlich weiß, dass es mich nichts angeht.

Es ging um Jonas. Helene besteht darauf, dass ich mir für die Hochzeit einen neuen Anzug kaufe, in meinem guten dunkeln, behauptet sie, sähe ich aus, als ob ich auf dem Weg zu einer Beerdigung wäre. Ich musste also einen Samstagvormittag in Kleidergeschäften verbringen, eine Tätigkeit, die ich überhaupt nicht mag. Aber man heiratet (zum Glück) nur einmal.

Federico und Maja haben Jonas für den Vormittag übernommen, gewissermaßen als Trainingsrunde. Sie hat ihn bei uns abgeholt, und die beiden wollten sich in der Stadt treffen. (Was zumindest beweist, dass sie noch nicht endgültig bei ihm eingezogen ist. Beruhigend.) Federico hat sich verspätet, wahrscheinlich hat er wieder an einem seiner Programme herumgebastelt und vergessen, auf die Uhr zu schauen, und Maja hat mit Jonas in einer Konditorei die längste Zeit auf ihn gewartet. Was nicht weiter schlimm war, man kann Jonas überallhin mitnehmen, und er ist eigentlich immer friedlich. Er ist von Tisch zu Tisch gewackelt, was dort niemanden gestört hat. Ich kenne das Café, die meisten Kunden sind alte Damen, und die fanden ihn bestimmt mindestens so süß wie die Sahnetorten, die sie dort in sich hineinstopfen. Maja hat in einem Buch gelesen – und plötzlich hat sie realisiert, dass Jonas nicht mehr da war. Sie haben den ganzen Laden abgesucht, auch die Toiletten, aber er war spurlos verschwunden.

Zur ganz großen Panik kam es nicht, weil in diesem Moment Federico hereinkam und Jonas auf dem Arm hatte. Er hatte ihn auf der Straße aufgelesen! Jonas hatte vor einem Schaufenster gestanden und die Auslage betrachtet. Und das im Alter von einem Jahr und noch nicht einmal drei Monaten.

Wir erklären uns die Sache so: Als irgendeine alte Dame die Konditorei verließ, muss Jonas durch die offene Tür hinter ihr hergezottelt sein. Vielleicht hat er sie für Mama gehalten. Und weil die Leute dachten, es sei seine Großmutter, fand niemand etwas Auffälliges daran.

Federico muss Maja gottsjämmerlich zur Schnecke gemacht haben. Auf jeden Fall habe ich sie noch nie so kleinlaut erlebt. Sie hat mir fast leidgetan. Ich habe mir sogar die ironische Frage verkniffen, ob sie eine psychologische Erklärung für ihre Unaufmerksamkeit habe.

Helene wollte unseren Urlaub gleich absagen oder Jonas doch nach Italien mitnehmen. Aber Federico hat den heiligen Schwur getan, dass er voll und ganz die Verantwortung für ihn übernimmt, solange wir weg sind. Und auf ihn ist ja wirklich Verlass.

(Eine kleine Rätselfrage, Du Achtzehnjähriger: Was war das für ein Schaufenster, das Dich so interessiert hat? Die Auslage von einem Computerladen! Du kommst eben ganz nach mir.)

Das wird für einige Zeit der letzte Eintrag bleiben. Am Freitag wird geheiratet, am Vormittag Standesamt und am Abend das große Diner. Fast sechzig Gäste, und wenn es nach Helene gegangen wäre, hätten wir noch mal so viele einladen müssen! Ich habe gar nicht gewusst, dass wir so viele Freunde und Verwandte haben.

Und am Samstag, halleluja, geht dann der Flieger nach Florenz. Ich befürchte, wir werden ihn ziemlich verkatert besteigen.

Helene und ich haben alle Details der Reise gemeinsam geplant, aber nach der Landung erwartet sie eine gewaltige Überraschung! Ich werde dem Taxifahrer einen Zettel mit der Adresse des Hotels in die Hand drücken, und es wird nicht das Hotel sein, das wir im Katalog ausgesucht haben. Der Einfall kommt von jemandem, dem ich eine so nette Geste überhaupt nicht zugetraut hätte.

(Lieber erwachsener Jonas, in diesem Tagebuch stehen ein paar ganz schön giftige Bemerkungen über Deine Großmutter Luise. Ich widerrufe sie hiermit alle feierlich!)

Ich hätte darauf gewettet, dass sie noch nicht einmal weiß, wo ich arbeite, aber vor zwei Wochen rief sie mich in der Bude an und ließ sich von mir die Liste der Hotels vorlesen, in denen wir gebucht haben (drei Nächte Florenz, zwei Nächte Pisa, eine Nacht Siena). Daraufhin hat sie mir erst mal in ihrem besten Lehrerinnen-Ton eine Rüge erteilt, von wegen, das sei zwar alles recht nett für Touristen, aber doch nicht für eine Hochzeitsreise. Und hat dann auf ihre Kosten für Florenz etwas anderes gebucht! Allein schon der Name des Hotels klingt wie aus dem Märchenbuch: «Palazzo Tolomei»! Ein historischer Palast, und wir haben dort die Hochzeitssuite! Helene wird Augen machen!

Ich merke gerade, dass ich noch nie in meinem Leben so viele Ausrufezeichen verwendet habe. Aber ich bin auch in einer Ausrufezeichen-Stimmung!!!!! Alle Leute sind so nett zu uns!!!!! Luise macht uns dieses tolle Geschenk, und sogar Petermann hat mich positiv überrascht. Er ließ mich in sein Büro kommen und hat mir in seinem üblichen gehetzten Ton mitgeteilt, er halte nichts davon, sich an der Geldsammlung der Kollegen für ein gemeinsames Hochzeitsgeschenk zu beteiligen, da würden ja doch meistens nur Dinge angeschafft, die der Beschenkte dann gar nicht brauchen könne. Ich habe mich schon gefragt, warum er mir das erzählt, als er, scheinbar ganz in irgendwelche Papiere vertieft, hinzufügte: «Ich lasse dir stattdessen einen Heiratsbonus von fünfhundert Euro überweisen.» Ich glaube, es war ihm peinlich, auch einmal etwas Nettes zu tun.

Und auch Mama hat sich etwas einfallen lassen. Sie hat eine Freundin, die Schneiderin ist, und von der hat sie einen Anzug für Jonas herstellen lassen, «damit er bei eurer Hochzeit auch anständig aussieht». Ein richtiger dunkler Anzug, nur eben im Miniaturmaßstab. Sogar ein Hemd mit einer aufgenähten Krawatte gehört dazu. Am letzten Mittwochnachmittag war er wie immer bei ihr, und als sie ihn am Abend zurückbrachte, hatte sie ihn damit ausstaffiert. Ich habe vor Staunen kein Wort rausgekriegt, als ich ihn so sah. Was eine Verkleidung nicht alles ausmachen kann! Jonas ist ein richtiger kleiner Erwachsener.

III

129

Am ersten Tag wäre ich am liebsten gestorben. Hätte mich umgebracht, wenn ich die Kraft dazu gehabt hätte. Wenn ich nicht so völlig hilflos gewesen wäre.

Ausgeliefert.

Wenn ich erst geboren bin, hatte ich gedacht, wenn ich endlich, nach endlosen neun Monaten, aus der Dunkelhaft entlassen werde, dann wird alles anders.

Habe ich gedacht.

Es wurde anders, aber es wurde nicht besser. Es wurde unendlich viel schlimmer. Die Unannehmlichkeiten des Geborenwerdens waren auszuhalten. Aber nicht, was danach kam. Ich kann verstehen, dass Neugeborene schreien.

Sie holen dich heraus, darauf war ich vorbereitet. Sie schneiden dir die Nabelschnur ab, darauf hatte ich mich eingestellt. Sie sind ja nicht grob zu dir. Behandeln dich so sorgfältig wie eine Jagdbeute, die sie ausstopfen wollen. Unangenehm, aber durchaus zu ertragen.

Und dann wird dir klar, dass du auch die wenigen Dinge nicht mehr kannst, die du dir vorher so mühsam angeeignet hast.

Ich hatte nicht mit der Schwerkraft gerechnet.

Neun Monate lang war ich von ihr geschützt gewesen. Das Fruchtwasser, diese Ursuppe, hatte mich getragen, hatte mich im falschen Glauben gewiegt, ganz wörtlich gewiegt, ich könne mich nach Wunsch und Willen bewegen. Ich sei stark genug dafür.

Und dann war es so weit, und meine schwächlichen Muskeln schafften es nicht einmal mehr, meinen Kopf zu drehen. Selbst die jungen Hunde, die Conny Villmows Vater ertränkt hat, waren kräftiger als ich.

Und das war noch nicht alles.

Ich hatte mich auf Licht gefreut, hatte mich danach gesehnt, endlich wieder sehen zu können, irgendetwas, und dann waren meine Augen nicht bereit. Ließen sich nicht scharf stellen. Ob es auch dazu Muskeln braucht?

Hell und dunkel, das war alles, was ich unterscheiden konnte. Und das Helle unerträglich grell.

Wie bei einer Vernehmung.

Ich hätte Schluss gemacht, wenn ich gekonnt hätte, weil mir klar wurde, dass ich einen Fehler begangen hatte, den größten Fehler, den man überhaupt begehen kann. Dass ich selber in die Falle getappt bin, die ich so vielen anderen gestellt habe.

Ich hatte mir Hoffnung gemacht.

Wenn der Onkel Doktor seine Spritze vorbereitete, mischte er immer zwei verschiedene Flüssigkeiten zusammen. Eine allein wäre nicht tödlich gewesen.

Hoffnung allein ist nicht tödlich. Es muss noch etwas anderes dazukommen.

Enttäuschung.

130

Manchmal, es kam nicht oft vor, aber es kam vor, hatte ich es mit Objekten zu tun, bei denen körperliche Schmerzen nicht zu Ergebnissen führten. Sie ertrugen sie, bis sie das Bewusstsein verloren. Weil sie etwas hatten, an dem sie sich festhalten konnten.

Hoffnung.

Es war meine Aufgabe, sie ihnen wegzunehmen.

Ich habe für solche Fälle eine äußerst wirksame Methode entwickelt: Wir haben diese Leute freigelassen. «Deine Unschuld hat sich erwiesen», haben wir ihnen gesagt. «Jemand hat sich für dich eingesetzt.» «Ein allgemeiner Gnadenerlass hat stattgefunden.» Was immer für den Einzelnen glaubhaft war.

Wir waren in diesen Momenten nicht plötzlich freundlich zu ihnen, das hätte sie nur misstrauisch gemacht. In Handschellen wurden sie in ein Büro geführt, wo man sie erst mal stehen ließ, eine Stunde, zwei Stunden, während unendlich langsam unendlich lange Formulare ausgefüllt wurden. Man zeigte ihnen diese Dokumente nicht, legte sie aber «aus Versehen» so hin, dass sie sie entziffern konnten. Dass sie sich vergewissern konnten: Es waren tatsächlich ihre Entlassungspapiere.

Hoffnung.

Dann kam das Detail, auf das ich stolz bin. Nur eine Kleinigkeit, aber sie wirkte besonders überzeugend. Ich ließ die Leute, immer noch gefesselt, ein Schreiben unterzeichnen, in dem sie versicherten, sie seien während ihrer Inhaftierung gut behandelt worden. Sie haben alle unterschrieben, auch die mit gebrochenen Fingern.

Noch mehr Hoffnung.

Weiter ging es zum Kalfaktor, wo man ihnen die Handschellen abnahm und die Gegenstände aushändigte, die sie bei ihrer Einlieferung hatten abgeben müssen. Armbanduhr, Geldbeutel, Gürtel. Ließ sie auch dafür noch einmal unterschreiben. Es muss alles seine Ordnung haben.

Erst nach dieser langen, sorgfältig inszenierten Prozedur wurden sie zum Ausgang geführt. Zu der Tür, auf der «Ausgang» stand. Das erste Schloss wurde aufgesperrt, das zweite, das dritte. Die Tür wurde geöffnet.

Hoffnung macht blind.

Dann der Stoß in den Rücken und das Gelächter. Wenn sie begriffen, dass sie nicht in der Freiheit gelandet waren, sondern wieder in einer Zelle, dann zerbrach etwas in ihnen. Dann musste man ihnen die Gürtel und die Hosenträger ganz schnell wieder abnehmen, sonst hätte man sie nicht weiter befragen können. In der Regel ließen sie es widerstandslos geschehen. Waren zum Widerstand nicht mehr fähig.

Hoffnung und Enttäuschung. Ich habe es am eigenen Leib erfahren. Am eigenen jämmerlichen, schwächlichen, hilflosen Leib.

Es gibt nichts Schlimmeres, als geboren zu sein.

131

Nur schon die Hände.

Diese fürchterlichen, riesigen Hände, die einen antappen dürfen, wo immer, wann immer sie wollen. Die einen aus dem Nichts heraus packen dürfen, hochheben, an irgendwelche Körper pressen. Die einen belästigen dürfen mit ihren ungeschickten Zärtlichkeiten. Einen untersuchen dürfen, auch an den intimsten Stellen.

Fremde Hände.

Manchmal tragen sie Handschuhe. Als ob geboren zu sein eine Krankheit wäre, mit der sie sich nicht infizieren wollen.

Bei der Arbeit habe ich meine Leute auch Handschuhe tragen lassen. Aber das hatte praktische Gründe. Sie vermitteln dem Angefassten das bedrohliche und damit für unsere Zwecke hilfreiche Gefühl, nur noch Objekt zu sein. Und es ist ja auch unangenehm, fremdes Blut auf der Haut zu spüren.

Es ist in all der Zeit nie jemandem aufgefallen, dass in einem meiner Handschuhe keine Hand war.

Ich habe es noch nie gemocht, ungefragt angefasst zu werden. Geschlagen zu werden, nun ja. Ich wusste, dass mein Vater zum Jähzorn neigte, und konnte mich darauf einstellen. Es gibt Schlimmeres als Schläge. Aber wenn mich jemand umarmen wollte, mir auf die Schulter klopfen, mich am Arm fassen, dann habe ich das immer abgeschüttelt. Zum Glück neigte meine Mutter nicht zu Zärtlichkeiten.

Die Frau, die mich diesmal geboren hat, ist da anders. Besonders in den ersten Tagen schien sie mich mit einer Puppe zu verwechseln, nur dazu da, sie durch Niedlichkeit zu unterhalten. Ließ mich kaum mal fünf Minuten in Ruhe. Sie hielt mich wohl für ein Geburtstagsgeschenk. Ein Geburts-Geschenk.

Um nicht aufzufallen, musste ich ihre Erwartungen erfüllen, musste mich begrabschen lassen, betatschen, und durfte mir nicht anmerken lassen, wie ekelhaft ich das fand.

Widerstand hätte ich ohnehin nicht leisten können, dazu war ich zu schwach.

Sie hat meine Ablehnung gespürt, zumindest am Anfang, aber man hat es ihr ausgeredet. Die Menschen glauben, was sie glauben wollen.

Sie hat weichere Hände als er. Immerhin.

Oft habe ich mich schlafend gestellt, was nicht schwierig war, weil mir die Augen ohnehin ständig zufielen. Manchmal haben sie sich dann, besonders der Mann, so nah über mich gebeugt, dass ich ihren Atem spüren musste. Nach neun Monaten kommt man endlich an die Luft, der Riechapparat ist auf höchste Empfindlichkeit eingestellt, und sie wissen nichts Gescheiteres zu tun, als einen mit den Ausdünstungen ihrer Körper zu belästigen.

Und man kann sich nicht wehren. Das ist das Schlimmste. Man kann sich nicht wehren.

132

Man liegt da, so wie man hingelegt wurde, und sie reden über einen, als ob man nicht anwesend wäre. Wenn Besucher kommen, führen sie einen vor, wie man ein Gemälde vorführt, das man gerade ersteigert hat. «Achten Sie auf dieses Detail oder auf jenes, bewundern Sie die Pinselführung!» In ihrem Besitzerstolz nehmen sie jedes Lob dankbar auf, als ob damit eine persönliche Leistung bestätigt würde. Und haben doch zu dem neuen Körper nicht mehr beigetragen als das, was jeder Rüde beisteuert, wenn er auf eine läufige Hündin trifft.

Sie wollen ganz genau wissen, was sie da bekommen haben. Man wird vermessen und gewogen, und sie besprechen die Resultate, wie Sportler die Ergebnisse eines Wettkampftages diskutieren. «Der und die hatten auch gerade ein Kind, aber das war kürzer, leichter, hatte weniger Haare. Und die und den haben wir auch geschlagen, um einen Zentimeter oder ein paar Gramm.»

Man ist eine Trophäe, sonst nichts.

Mein Traum, in dem ich, auf ein Podest genagelt, der wehrlose Mittelpunkt einer Ausstellung war, das war gar kein Traum. Das war eine Prophezeiung. Man muss sich ihre Kommentare anhören, ob man will oder nicht, und wenn man vor Verzweiflung das Gesicht verzieht, kommentieren sie auch das. «Süß», sagen sie dann. «Zum Anbeißen», sagen sie. «Niedlich, der Zwerg.»

Ich hasse das.

Besonders versessen sind sie auf die Ähnlichkeiten, die sie sich einreden. Aber mein Kinn ist nicht das von Onkel X und meine Ohren nicht die von Tante Y. Ich bin ich. Doch das nehmen sie gar nicht zur Kenntnis. Sie haben endlich ein Kind, und wenn sie «haben» sagen, meinen sie «besitzen».

Als wäre man ein Objekt auf dem Sklavenmarkt.

Sie haben ihre fixen Vorstellungen, wie man sein und was man tun müsse. Haben Bücher, in denen sie das nachschlagen, und wehe, man hält sich nicht an die Vorgaben! In den ersten Stunden habe ich ihnen nicht genügend geweint, und gleich meinten sie, etwas unternehmen zu müssen.

Es war nicht schwer, ihnen den Gefallen zu tun. So ein frischgeborener Körper kann noch nichts, überhaupt nichts, aber aufs Weinen ist die Maschine eingerichtet. Man muss dem Drang nur nachgeben.

Dass sie sich keinen Zwang antun und über einen reden, als ob man nicht da wäre, ist andererseits auch nützlich. Sie formulieren ihre Erwartungen ganz exakt. Man muss sie nur noch erfüllen. Wenn ich beobachtet werde, und davon muss ich ausgehen, ohne zu wissen, von wem und auf welche Weise, wenn ich kontrolliert werde, dann wird an mir nichts Ungewöhnliches zu beobachten sein. Ich spiele meine Rolle gut.

Ich bin ein kleines Kind, tralala, ich bin ein kleines Kind.

Einmal – ich hatte mit Holger Piesker Latein gebüffelt, und es war schon dunkel, als ich mich auf den Heimweg machte – wurde ich in der Unterführung beim Bahnhof von einer Frau angesprochen. Ich hielt sie zunächst für eine Bettlerin, aber es war eine Hure, die mir ihren Körper verkaufen wollte. Keine junge Frau und keine Schönheit. Das Gesicht voll kleiner Narben, wohl von einer Krankheit her. Fett. Sie stellte sich mir in den Weg, blockierte den engen Durchgang, und als ich zurückwich und nichts von ihr wissen wollte, öffnete sie ihre Bluse. Zeigte mir die Ware in ihrem Angebot.

Über dem Rand des hautfarbenen Korsetts eine schwere, käsige Brust. Sie erinnerte mich an die Mullbeutel voller Frischkäse, die Herr Kasper in seinem Kellergewölbe aus dem Eimer mit der Molke fischte und die man dann am ausgestreckten Arm nach Hause tragen musste, weil sie immer noch tropften. Eine schrumpelige dunkelbraune Warze, wie abgestorbene Haut.

Ekelhaft.

Als ich die Frau zur Seite stieß, fühlte sich ihr Körper weich an. Nicht verführerisch weich, wie ich es später manchmal erfahren habe, sondern labbrig. Als ob da gar keine Knochen wären. Ein Haufen Fleisch und Fett, vom Korsett in eine vage menschenähnliche Form geschnürt.

Damals bin ich geflohen. Ich weiß noch, dass ich beim Weglaufen die Schülermütze auf dem Kopf festhielt, das Symbol meiner gerade noch verteidigten Unschuld.

Als mich Helene an ihre nackte Brust legte, kaum hatte sie mich zwischen ihren Beinen in die Welt gepresst, da war keine Flucht möglich. Als ob mich die Frau aus der Unterführung gepackt und mit Gewalt an sich gedrückt hätte.

«Willst du etwas Schönes erleben?», hat sie damals gefragt.

Ich kann mir nichts Unappetitlicheres vorstellen, als sich so ernähren zu müssen, an einem fremden Körperteil saugend. Zum Glück haben mir beim ersten Mal meine noch unscharfen Augen wenigstens den Anblick erspart. Später hat sich das geändert.

Selbst wenn ich die Kraft zum Widerstand gehabt hätte, mein Körper wäre stärker gewesen als ich. Er hatte seinen eigenen Willen, seine eigenen eingebauten Reflexe. Man steckt ihm etwas in den Mund, und er beginnt zu saugen. Ich konnte mich so wenig dagegen wehren, wie sich ein Alkoholiker nach dem ersten Schluck gegen das Saufen wehren kann.

Ich habe mir dann eingeredet, dass ich mitmachen müsse, um möglichst bald größer und stärker zu werden. Um nicht mehr von fremden Händen abhängig zu sein und von einer fremden Brust.

Was Helene da produziert, schmeckt wie fette Kuhmilch. Auch als Melker habe ich rohe Kuhmilch nie gemocht. Aber man gewöhnt sich an alles.

An fast alles.

134

Was man ändern kann, muss man ändern. Was sich nicht ändern lässt, muss man aushalten.

Ein Kind zu sein, in einen unfertigen Körper eingesperrt, das ist eine Gefängnisstrafe, die man absitzen muss. Zehn Jahre. Zwölf Jahre. Vorher wird es mir wohl kaum gelingen, die Flucht zu ergreifen. Man macht sich die Haft nicht leichter, wenn man ständig an den Gittern rüttelt. Es ist klüger, die Gefängnisordnung exakt zu studieren und für sich auszunützen. Musterhäftlinge haben ihre kleinen Privilegien. Im Gegenzug muss man ohne Widerstand hinnehmen, dass man rund um die Uhr überwacht wird. Dass sie einen nur allein lassen, wenn sie glauben, dass man schläft.

Ich bin unterdessen sehr geübt darin, Schlaf vorzutäuschen.

Musterhäftling Jonas.

So wie manche in Gefangenschaft ihre Muskeln zu stählen suchen – zehn Liegestütze, zwanzig, hundert –, so nutze ich jede Gelegenheit, meinem Körper die Fertigkeiten einzuüben, die ihm eigentlich selbstverständlich sein müssten. Anders, als ich es erwartet hatte, macht mir die Erinnerung an das, was ich einmal gekonnt habe, die Aufgabe nicht leichter. Der Körper scheint sein eigenes Gedächtnis zu haben, und in dem war zuerst noch nicht einmal verzeichnet, wie man sich von einer Seite auf die andere dreht.

Übung macht den Menschen.

Jetzt, wo ich in vielen Dingen weitergekommen bin, muss ich darauf achten, keine allzu schnellen Fortschritte zu zeigen. Ich darf nicht auffallen.

In den ersten Monaten habe ich Fehler begangen. Als ich diese Ohrengeschichte hatte, diese Entzündung, habe ich zu lang versucht, die Schmerzen einfach zu ertragen. Ich wollte meinem Körper nicht nachgeben. Er ist mir auch so lästig genug, mit seiner ständigen Gier nach Schlaf und seinem immer nur kurz zu stillenden Hunger. Ich will mich nicht von ihm bestimmen lassen. Als die Ohren zu schmerzen begannen, zuerst das rechte und dann auch das linke, habe ich versucht, das durchzustehen, ohne mir etwas anmerken zu lassen. Ich habe ein Spiel gegen mich selber daraus gemacht, und Spiele, auf die ich mich einlasse, pflege ich zu gewinnen.

Ich habe gewonnen. Aber es war unüberlegt. Es wäre wichtiger gewesen, unauffällig zu bleiben.

Die Prüfung, der sie mich im Krankenhaus deswegen unterzogen, habe ich natürlich bestanden. Sie haben mir ja immer schon im Voraus verraten, welche Reaktionen sie von mir erwarteten. So wie wir uns bei Beutlin die Lösungen laut eingesagt haben, auch dann, wenn der andere sie wusste. Er konnte sich so wunderbar darüber aufregen.

Die Welt ist voller Beutline. Manchmal kann ich das Lachen über die Naivität meiner Umwelt nicht zurückhalten. Sie sind so kindlich leicht zu täuschen.

Mein Gelächter macht mich ihnen nicht verdächtig. Sie finden es niedlich.

135

So wie sie alles an mir niedlich finden. Schwachsinnige, die einen zusammengeknüllten Fetzen Stanniol für einen Silberklumpen halten. Wenn es um mich geht, verlieren sie jede Fähigkeit zu einem vernünftigen Urteil. Überhaupt, wenn es um Kinder meines Alters geht. So oft uns im Park eines dieser kleinen Monster entgegenwackelt, brechen sie in Begeisterung aus. Ganz weiche Stimmen bekommen sie dann. Auch Arno. Sind jedes Mal kurz davor zu applaudieren.

Dabei sind Kinder, kleine Kinder vor allem, doch wirklich kein erfreulicher Anblick. Unfertig und ungeschickt. Noch nicht zu Ende gebaute Maschinen. Für praktische Zwecke unbrauchbar. Man sollte sie nicht aus dem Haus lassen, bevor sie einigermaßen in eine vernünftige Form hineingewachsen sind.

Krüppel.

Meinen eigenen Körper nehme ich da nicht aus. Ich habe mich einmal – was sie auch wieder niedlich fanden – nackt vor den großen Spiegel im Flur gestellt und mich genau angesehen.

Niedlich?

Die jungen Hunde damals, die waren niedlich. Einer versuchte, über einen andern hinwegzuklettern, und rutschte dabei immer wieder aus. Er war gerade dabei, einen tapsigen neuen Anlauf zu nehmen, als er gepackt und in den Sack geworfen wurde.

Der Welpe, den mein Vater gegen die Wand schlug, der war niedlich.

Aber ich?

Ich bin kein erfreulicher Anblick. Das Gesicht mit den Hamsterbacken und den abstehenden Ohren wirkt dümmlich. Die Augen schielen leicht, was ich nur mit Anstrengung korrigieren kann. Ich nehme an, zumindest das wird sich mit den Jahren von selber auswachsen.

Der Körper falsch proportioniert. Der Bauch wölbt sich vor wie bei einem alten Mann, und die Gliedmaßen sind zu fett. Die Beine sogar ein bisschen krumm. Ich weiß beim besten Willen nicht, warum Arno und Helene bei diesem Anblick in Verzückung geraten.

Und dieses unvernünftige Verhalten beobachte ich nicht nur bei ihnen. Die meisten Menschen reagieren ähnlich: Sobald sie eine kleinere Ausgabe ihrer selbst erblicken, setzt ihr Urteilsvermögen aus. Es muss ein Reflex sein, zur Erhaltung der Art.

Bei mir hat er nie gespielt. Ich weiß nicht, ob das ein Mangel ist oder das Zeichen einer überlegenen Urteilskraft. Ich bin ein sachlicher Mensch. War es schon immer. Nicht wie die meisten.

Nicht wie die andern.

Aber bildet sich das nicht jeder ein?

136

Arno und Helene auf jeden Fall sind Durchschnittsware. Nichts Besonderes. Es existieren Tausende von der Sorte. Millionen. «Gibt sich und hat Mühe», nannten wir das, wenn Mitarbeiter beurteilt werden mussten.

Helene gehört zu der Art Frauen, die gut aussehen, solang sie jung sind, um dann von einem Tag auf den andern ins Altjüngferliche zu kippen. Der Mund zu klein, um nicht streng zu wirken. Dunkle Haare, die sie fast jeden Tag wäscht und die trotzdem keinen Glanz bekommen. Auf der Straße würde ich mich nicht nach ihr umdrehen.

Eine schmale, für meinen Geschmack zu schmale Figur. Nur der Hintern ist breit. Sie trägt meistens Hosen, das scheint in dieser Zeit für Frauen die Regel zu sein. Ich halte das nicht für einen Fortschritt. Ein Rock lässt der Phantasie mehr Spielraum. Das könnte auch für Helene nur nützlich sein. Immerhin, jetzt, wo sie mich nicht mehr stillt, passen auch die Brüste wieder besser zu ihren Proportionen.

Jeden Abend – sie geniert sich ja nicht vor mir – reibt sie sich den Bauch mit einem süßlich riechenden Öl ein. Von der Schwangerschaft sind dort Streifen zurückgeblieben, und die stören sie.

Bei Frauen, die sich über ihr Aussehen definieren, reicht es oft aus, ihnen mit einer Narbe im Gesicht zu drohen.

Helene bemüht sich, eine gute Mutter zu sein, aber hinter der Fürsorglichkeit, mit der sie mich behandelt, ist immer die Angst vor einem Fehler zu spüren. Sie fühlt sich ihrer Mutterrolle nicht wirklich gewachsen und möchte sie doch korrekt spielen. Hat deswegen ständig ein schlechtes Gewissen. Obwohl ihr gar niemand Vorwürfe macht. In einer Vernehmung würde sie nicht lang durchhalten.

Sie hat geschicktere Hände als Arno, trotzdem mag ich es nicht, wenn sie mich saubermacht. Es ist mir schon peinlich genug, dass ich meinen Schließmuskel und meine Blase nicht unter Kontrolle habe, es muss nicht auch noch eine Frau sein, die dann an mir herumreibt. Manchmal, wenn Arno nicht in der Nähe ist, lässt sich das nicht umgehen, aber sonst habe ich die beiden in der Beziehung schon ganz gut erzogen.

Jeder Mensch lässt sich abrichten.

Ihr Drang, mich dauernd abzuknutschen, hat zum Glück nachgelassen. Diese permanenten einseitigen Liebesbekundungen waren doch recht lästig. Jetzt, wo ich ein bisschen mehr Kontrolle über meinen Körper habe, gelingt es mir meistens, sie in solchen Momenten abzulenken, ohne dass sie merkt, dass ich ihr eigentlich nur ausweiche. Ich will sie nicht verletzen. Sie meint es nicht böse.

Wenn ich Helene mit einem Wort definieren müsste, würde ich sagen: Nett. Sie ist ganz nett.

137

Und Arno? Nun ja.

Mag sein, dass er in seinem Beruf tüchtig ist. Ich kann das nicht beurteilen. Ich kann ihn nur beobachten, wenn er sich mit dem Computer befasst, und hatte noch nie Gelegenheit, meine Vermutungen über die Funktionsweise des Geräts praktisch zu überprüfen. Sie lassen einen ja nie allein.

Keine Führungsnatur. Ein zweiter Mann. Möglicherweise ein sehr guter zweiter Mann, solang er einen starken Vorgesetzten hat. Jemand, der sich die Ziele nicht selber setzt, aber gut funktioniert, wenn man sie ihm vorgibt.

Unteroffiziersmaterial. Bei den Kollegen beliebt, weil er mit ihnen über die höheren Chargen schimpft.

Äußerlich ganz brauchbar. Wenn sich mein Körper in diese Richtung entwickeln sollte, kann ich zufrieden sein. Arno könnte allerdings noch besser aussehen, wenn er mehr Disziplin halten würde. Er hat bereits das, was meine Mutter ein Ratsherrenbäuchlein nannte, ein Wort, das sie immer mit einer gewissen Ehrfurcht aussprach. Wer sich einen Bauch anfressen konnte, dachte sie, der hatte im Leben etwas erreicht.

Überhaupt sind die Leute, die man ringsum sieht, dicker als zu meiner Zeit. Es scheint niemand Hunger zu leiden. Aber gerade dann darf man sich nicht gehenlassen. Schon gar nicht, wenn man eine sitzende Tätigkeit hat. Ich bin jeden Morgen ein paar Kilometer gerannt, egal bei welchem Wetter. Ich werde es wieder tun.

Dunkle Haare. Über der Stirn werden sie bereits schütter. Man wird sehen, ob er meinem Körper das vererbt hat.

Die Brust stark behaart. Er scheint stolz darauf zu sein, obwohl das nach meiner Erfahrung kein Zeichen für besondere Männlichkeit ist.

Für meinen Geschmack zieht er sich zu schlampig an. Man scheint auf korrekte Kleidung nicht mehr so großen Wert zu legen wie damals, aber ich meine, dass eine Karriereregel immer ihre Gültigkeit behalten wird: Man bringt es nur zu etwas, wenn man aussieht, als ob man es schon zu etwas gebracht hätte.

Arno hat zwei verschiedene Arten zu reden. Mit seinem Freund Federico unterhält er sich kumpelhaft und laut, sie machen schlechte Witze und können sich darüber vor Lachen ausschütten. Im Gespräch mit Helene merke ich seiner Stimme immer eine gewisse Vorsicht an. Ich glaube, er hat ein bisschen Angst vor ihr. Wenn sie sich streiten, was nicht sehr oft vorkommt, gibt er schnell nach. Ein Mann für die zweite Reihe, ganz eindeutig.

Im Umgang mit mir durchaus erträglich. Wenig zudringliche Liebesbezeigungen. Wenn er mich anzieht oder mir den Hintern abwischt, tut er das ohne großes Geschick, aber auf angenehm sachliche Weise.

Alles in allem: Ich hätte es in puncto Eltern schlechter treffen können.

Trotzdem. Die totale Abhängigkeit von Menschen, die man nicht schätzt, ist schwer erträglich.

Manchmal male ich mir aus, wie ich es anstellen müsste, um diesem Leben ein Ende zu setzen. Zu wissen, dass es diese Möglichkeit jederzeit gibt, hat etwas Beruhigendes,

Genau wie die Überlegung, dass es mir noch viel schlechter gehen könnte. Ich male mir in allen Einzelheiten aus, wie es wäre, kein kleines Kind, sondern ein Greis zu sein. Der Vergleich liegt nahe; beide leiden unter denselben Schwächen. Sie haben keine Zähne, können das Gleichgewicht nicht halten, sind den eigenen Ausscheidungen ausgeliefert. Als mein Vater alt wurde und immer mehr soff, hatte er ständig diesen typischen Geruch von einem, der sich in die Hose gepinkelt hat.

Der entscheidende Unterschied – das ist es, was mir die Kraft gibt durchzuhalten – ist der: Als kleines Kind hat man die Gewissheit, dass es besser werden wird. Bei alten Männern geht der Weg immer nur bergab. Es muss furchtbar sein, das zu wissen. Wenn man überhaupt noch denken kann.

Der alte Röschlein, bei dem ich das Geigenspiel erlernt habe, schlurfte ein paar Jahre später in seinen Filzpantoffeln durch die Straßen und dirigierte ein Orchester, das er nur in seinem Kopf hören konnte. Es war immer eine Meute kleiner Jungen hinter ihm her, aber er merkte gar nicht, dass sie ihn verspotteten.

Vielleicht bin ich, vor gar nicht so langer Zeit, selber ein Greis gewesen. Ich weiß nicht, welches Alter ich als Andersen erreicht habe. Vielleicht brauchte ich einen Pfleger, der mir am Morgen aus dem Bett half und mich anzog. Vielleicht musste ich mich füttern und säubern lassen.

Könnte es sein, dass die Natur das absichtlich so eingerichtet hat? Dass die Hilflosigkeit des Alters immer schon eine Vorbereitung auf die Hilflosigkeit des nächsten Säuglingszustands ist?

Ich überlasse solche Fragen den Philosophen. Ich bin ein praktischer Mensch.

Das Greisentum mit all seinen Schrecken male ich mir nur aus, weil es mir die eigene Situation erträglicher macht. Weil ich ja weiß, dass ich, im Gegensatz zu den alten Leuten, schon bald stärker, größer, selbständiger sein werde.

Als alter Mann hat man nur noch einen einzigen Karriereschritt vor sich: den Sarg. Als Kind hat man unendlich viele Möglichkeiten.

Ich machte mir also von Anfang an immer wieder klar, dass ich nicht für alle Zeit zum mühseligen Kriechen verdammt war. Ich bestätigte mir, dass ich das Laufen wieder lernen würde, und ich habe es gelernt. Dass mein Mund wieder in der Lage sein würde, klar verständliche Worte zu bilden. Es wird nicht mehr lang dauern.

Ich kann schon wieder viel mehr, als ich mir anmerken lassen darf.

139

Es ist nicht besonders schwer, sie zu täuschen. Im Kindergefängnis – sie nennen es «Kita», ich habe noch nicht herausgefunden, wo das seltsame Wort herkommt – haben sie sich eine Theorie gebastelt, wonach ich gern auf Zeitungspapier liege, weil mich das an mein Bett erinnert. Hirnverbrannt.

Sie kommen nicht auf den Gedanken, dass das meine einzige Möglichkeit ist, Zeitung zu lesen. Ich muss herausfinden, was sich in der Welt alles verändert hat, seit dem Tag, als ich aus jener Tür ging. Welche Regeln jetzt gelten, so viele Jahre später. Wie man sich verhalten muss. Information ist Macht.

Über die aktuellen Ereignisse weiß ich schon ganz gut Bescheid. Arno mag es, wenn ich mich an ihn kuschle, wenn er vor dem Fernseher sitzt. Er meint, ich täte es aus Liebe. Manchmal kündigen sie dort historische Sendungen an, aber für die interessiert er sich leider nicht. So fehlt mir die große Linie, der Bogen über die letzten sechzig Jahre. Natürlich wäre es am einfachsten, wenn ich ein Buch darüber hätte, aber das Einzige, auf das ich Zugriff habe, ist das Tagebuch, das Arno in meinem Zimmer aufbewahrt. Darin blättere ich manchmal, wenn sie meinen, dass ich schlafe. Aber sonst darf ich nichts tun, was ein anderer Einjähriger nicht auch tun würde. So bin ich halt ein kleiner Junge, der gern mit Zeitungspapier spielt.

Tralala.

Ich kann mir nicht aussuchen, was ich da zu lesen bekomme. Meine Lektüre ist vom Zufall abhängig. Von der Verdauung zweier idiotischer Meerschweinchen.

Das meiste, was ich finde, ist uninteressant. Manchmal entdecke ich tagelang nichts Nützliches. Keine Mosaiksteine, aus denen sich ein sinnvolles Bild der Welt zusammensetzen ließe. Artikel über irgendwelche Sänger oder Filmschauspieler, die sich in der Lächerlichkeit ihrer Kleidung gegenseitig zu übertrumpfen suchen. Die Liebesaffäre eines Politikers. Sportberichte.

Die Dürftigkeit der Informationen zwingt mich dazu, aus Nebensächlichkeiten Schlüsse zu ziehen. So ist mir aufgefallen, wie zahlreich die Anzeigen für Diätmittel sind, und daraus leite ich ab, dass die Ernährungslage generell gut sein muss. Aber ich weiß nicht, ob das nur für einen engen Bereich gilt oder für die ganze Welt.

Einmal war da eine ganze Doppelseite voller Kochrezepte. Sie machten mir derartig Appetit, dass mir beim Gedanken an das, was mich bei der nächsten Mahlzeit wirklich erwartete, die Tränen kamen.

Die Betreuer hier wirken jedes Mal erleichtert, wenn ich weine. Es ist ihnen unheimlich, dass ich es auffällig wenig tue. Ich muss mich bemühen, öfter daran zu denken. Obwohl sie so oder so nicht auf die Idee kommen werden, ich könnte etwas anderes sein als das, was sie vor sich sehen. Dafür sind sie schlicht nicht intelligent genug.

140

Es mag sein, dass ich mir in dem Punkt etwas vormache. Wir neigen alle dazu, die Gruppe, der wir selber angehören, zu überschätzen. Aber ich glaube ganz objektiv feststellen zu müssen: In den Jahren, die in meiner Erinnerung fehlen, ist die Menschheit generell dümmer geworden.

Naiver auf jeden Fall.

Natürlich, im Bereich der Technik haben sie fabelhafte Fortschritte gemacht. Telefone, die kein Kabel brauchen. Der Fernseher wie ein kleines Kino in jeder Wohnung. Ganze Konzerte auf einer kleinen silbernen Scheibe. Der Computer.

Aber Erfinder hat es zu allen Zeiten gegeben. Das sind immer nur wenige, und sie sagen nichts über den Zustand der großen Masse aus. Thomas Edison allein macht Amerika nicht intelligenter. Entscheidend ist doch, wie eine Gesellschaft mit ihren Errungenschaften umgeht. Mein Eindruck ist: Sie benutzen alles nur als Spielzeug.

Vielleicht sind «dumm» und «naiv» die falschen Worte. Vielleicht müsste man sagen: Die Menschen sind kindlicher geworden. Faule Schüler, die sich nicht lang genug auf etwas konzentrieren können.

Sie hören jeden Tag, dass Kriege geführt werden, mehrere gleichzeitig, und jeder, der schon einmal eine Weltkarte in Händen hatte, muss sehen, dass diese Auseinandersetzungen nicht irgendwo in fernen Gegenden stattfinden, sondern vor ihrer Haustür. Dass es wirkliche Kriege sind und nicht einfach blutige Bildergeschichten. Und was tun sie? Was tun Helene und Arno und Federico und Max? Was tun sie alle?

Nichts.

Sie schwadronieren von Betroffenheit und reden sich gleichzeitig ein, von den Ereignissen nicht betroffen zu sein. Nicht wirklich. Glauben daran, die Kriege, deren Bilder man ihnen zeigt, seien die Kriege der andern. Aber ein Waldbrand bleibt nicht stehen, bloß weil man vor seinem Grundstück ein «Betreten verboten»-Schild aufstellt.

Ich habe es mitgemacht. Nicht einmal, sondern zweimal. Ich weiß es aus eigener Erfahrung. Man kann sich vor der Geschichte nicht drücken. Man wird an seinen Platz hingestellt, und was dort zu tun ist, hat man zu tun. Die Welt verschwindet nicht, wenn man sich die Augen zuhält. Wenn sie dann «Kuckuck!» ruft, gibt es nichts zu lachen.

«Wie furchtbar!», sagen sie. «Die armen Menschen!», sagen sie. Wenn ein Kind behandelt werden muss, das wegen einer Mine ein Bein verloren hat, dann beteiligen sie sich an der Geldsammlung. Oder nehmen es sich doch vor. Und gehen dann gleich wieder zum Alltag über. Schimpfen über ihren Chef oder bereden die körperlichen Vorzüge eines Liebhabers. Ein neuer Tag, eine neue Geschichte.

Eine kindliche Generation. Eigentlich müssten die anderen die Windeln tragen und nicht ich.

141

Einmal, mitten in der Nacht, hat sich Arno eine Sendung angesehen, in der gezeigt wurde, wie amerikanische Befrager mit ihren Objekten umgehen. Mein Urteil: viel Einfallsreichtum und wenig Effizienz. Arno war von dem Bericht fasziniert. Ich habe sein schnelles Atmen bis in mein Zimmer gehört. Die Menschen verraten sich oft durch die Art, wie sie atmen. Wenn man ein Ohr dafür hat.

Die Bilder haben ihn erregt, und gleichzeitig hatte er wegen dieser Erregung ein schlechtes Gewissen. Ich hatte manchmal Mitarbeiter, die so reagiert haben, und habe mich immer bemüht, sie möglichst bald an eine andere Dienststelle versetzen zu lassen. Sie arbeiteten nicht sachlich genug.

Ich stand schon eine ganze Weile neben ihm, bevor er mich entdeckte. Er hat den Fernseher sofort ausgeschaltet und mich ins Bett zurückgebracht. Ich habe so getan, als ob ich gar nicht richtig wach geworden wäre, nur im Halbschlaf aus dem Bett geklettert, noch ganz in einem Traum verloren. Aber ich habe genug gesehen.

Meiner Meinung nach sind die Leute, die diese Verhöre leiten, für ihre

Aufgabe nicht geeignet. Es geht in unserem Beruf nicht um ein möglichst phantasievolles Vorgehen, sondern um Wirksamkeit. Wer dieses Geschäft zum eigenen Vergnügen betreibt, ist am falschen Platz.

Und vor allem: Die Verantwortlichen hätten nie zulassen dürfen, dass es Bilder von ihren Methoden gibt. Solche Fotos lösen nur Zorn aus und stärken damit den Gegner.

Gerüchte, ja. Sie lassen sich ohnehin nicht vermeiden und sind außerdem hilfreich. Wenn sie sich nicht von selber entwickeln, muss man für ihre Verbreitung sorgen. Damit jeder von den Bedrohungen gehört hat und niemand etwas Bestimmtes weiß. Sie dürfen nur als Vermutung in den Köpfen sein. Der schwarze Mann erschreckt am besten, wenn er im Dunkeln bleibt. Wir fürchten uns nicht vor den Dingen selbst, sondern vor der Vorstellung, die wir von ihnen haben.

Epiktet.

Komplizierte Inszenierungen wie auf diesen Fotos sind reine Zeitverschwendung. Private Liebhabereien. Wir haben nie jemanden über das notwendige Maß hinaus behandelt. Wozu auch? Sie nehmen dann nur Platz weg. Platz und Zeit. Wofür gibt es den Onkel Doktor mit seiner Spritze?

Es war nützlich, dass keiner zurückkam, der einmal bei uns eingeliefert wurde. Dass sie einfach nicht mehr da waren. Auf dem Weg zur Arbeit verschwunden oder nachts aus dem Bett. Den Rest besorgten die Gerüchte. Man kann den Menschen Angst machen, aber viel wirkungsvoller ist es, wenn sie es selber tun.

Diese amerikanischen Verhörer sind Amateure. Ich würde nicht für sie arbeiten wollen. Sie wüssten einen wirklichen Fachmann nicht zu schätzen.

Schon gar nicht, wenn er ein kleines Kind ist.

142

Obwohl …

Ich stelle mir vor …

Ein Mann sitzt gefesselt auf einem Stuhl. Nackt. Auch der Kopf fixiert, so dass er sich nicht bewegen kann. Nur der Mund ist frei.

Er soll schreien können.

Der Befrager – ich gebe ihm kein Gesicht – gibt ein Zeichen, und die Tür des Vernehmungsraums öffnet sich. Ich komme herein. Manchmal trage ich das Affenkostüm, das Arnos Mama mir einmal angezogen hat, manchmal nur meine Windeln. Ein kleiner Junge, der gerade erst laufen gelernt hat.

Mit einem großen Messer in der Hand.

Ein scharfes Messer.

Das Licht der Vernehmungslampe spiegelt sich in der Klinge.

Der Mann ist verwirrt. Er versteht noch nicht, was gleich passieren wird.

Der kleine Junge lacht. Wie Kinder lachen, wenn sie ein neues Spielzeug entdeckt haben.

Er geht auf den Mann zu. Stolpert vielleicht auf dem Weg. Er hat noch Mühe mit dem Gleichgewicht.

Warum nimmt ihm niemand das Messer weg?, denkt der Mann. Er könnte sich daran verletzen.

Der kleine Junge betrachtet den gefesselten Mann. «Da da da», sagt er vielleicht.

Dann, nur so versuchsweise, sticht er ihm das Messer ins Bein.

Der Mann schreit auf. Noch ist es mehr Überraschung als Schmerz. Die Schmerzen kommen erst noch.

Blut fließt aus der Wunde.

Der kleine Junge strahlt. Er weiß jetzt, wie sein Spielzeug funktioniert.

Ein Stich. Ein Schnitt. Ein Stich.

Der Mann kann sich nicht wehren. Er ist einem Kind hilflos ausgeliefert. Das ist für ihn schwerer zu ertragen als seine Verletzungen.

Der kleine Junge schleppt einen Hocker heran und klettert hinauf. Er muss sich an dem Mann festhalten, um nicht hinunterzufallen. Das Messer ist jetzt ganz nah vor dem Gesicht des Mannes.

Doch nicht das Affenkostüm. Es lenkt nur ab.

Wenn sie Angst haben, drücken sie die Augen zu oder reißen sie weit auf. Der Mann reißt sie auf.

«Da da da», sagt der kleine Junge. Er lacht.

Dann sticht er ihm das Messer ins Auge.

143

Noch eine Phantasie. Sie hat mit Arno zu tun und mit seinem wichtigsten Kunden. Einmal wurde er nachts dorthin bestellt und musste mich mitnehmen. Über die Entdeckung, die ich damals gemacht habe, kann ich mich immer noch unendlich amüsieren. Es ist ein Zufall, selbstverständlich ist es ein Zufall, aber einer, mit dem ich in meinem Kopf Spiele veranstalten kann.

Arno denkt bis heute, es seien die wechselnden Farben an der Fassade gewesen, die mich so faszinierten. Der blinkende Pfeil, der auf den Eingang weist. Aber das war es nicht.

Es war der Name.

Andersen. ANDERSEN. Die Ladenkette, für die Arno arbeitet, heißt Andersen.

Natürlich ist das ein häufiger Name. Das war einer der Gründe, warum ich ihn ausgesucht habe. Ich rede mir nichts ein. Trotzdem: Der Gedanke, dass es da eine Verbindung geben könnte, macht mir Spaß.

Ich stelle mir vor:

Ein großes Büro. Ein Schreibtisch. Ein Ledersessel. Manchmal sitze ich als Baby darin und manchmal als erwachsener Mann. Manchmal als Greis. Meine Angestellten katzbuckeln vor mir und fragen: «Was sind Ihre Anordnungen, Herr Andersen?»

Ich sage dann: «Eröffnen Sie hundert neue Filialen!» Oder: «Kaufen Sie alle unsere Konkurrenten auf!» Oder …

Es ist nicht wichtig, was ich sage.

Der Spaß besteht darin, dass alle meine Angestellten aussehen wie Arno und Helene. Wenn ich etwas anordne, rennen sie, und wenn ich ihnen einen Verweis erteile, schauen sie verlegen zu Boden. Manchmal entlasse ich sie. Dann gehen sie weinend hinaus, um ihre Schreibtische zu räumen.

Ich bin der Chef.

Max ist meine Sekretärin. Wenn ich Lust dazu habe, schicke ich die anderen hinaus und befehle ihr, sich auszuziehen und sich auf den Schreibtisch zu legen.

Manchmal schicke ich die anderen auch nicht hinaus.

Ich besitze ein Modell des Ladeneingangs und ein Andersen-Flugblatt mit Sonderangeboten. Die neuste Errungenschaft ist eine Anzeige, auf der meine Fotografie zu sehen ist. Federico hat das Bild für einen Wettbewerb eingeschickt.

Ich sitze auf dem Boden, hinter mir das Firmenschild, und ein Schriftzug sagt: «Ich bin Jonas.»

Aber mein Name ist kleiner geschrieben als das «Ich bin», so dass man etwas ganz anderes liest.

ICH BIN ANDERSEN.

Ich konnte lange Zeit nicht aufhören zu lachen.

144

Max ist unten rasiert. Ich hatte das vorher noch nie bei einer Frau gesehen und hielt es zuerst für ein Krankheitssymptom. Es scheint sich aber nur um eine Modeerscheinung zu handeln. Ich habe ein Gespräch mit angehört, in dem Max Helene davon überzeugen wollte, sich ebenfalls die Schamhaare entfernen zu lassen. Sie nannte das «brasilianisch», ein geographischer Zusammenhang, den ich nicht zu deuten weiß. Helene ließ sich nicht überreden. Ich fühlte mich bei ihrem Gespräch an die Diskussion erinnert, die ich mehr als einmal mit meinem Vater geführt habe. Auch er hielt eisern an seiner Barttracht fest, obwohl sie ihn nur noch altväterisch erscheinen ließ.

Der Mann, den Max in dem Straßencafé wiedergetroffen hatte, schien an der künstlichen Kindlichkeit ihres Geschlechtsteils nichts Überraschendes zu finden. Seinen Namen habe ich mir nicht gemerkt, und ich vermute, dass Max ihn unterdessen auch schon wieder vergessen hat.

Ich stellte mich schlafend und schaute nur durch die halbgeschlossenen Lider zu. Aber Max hätte sich wohl auch nicht stören lassen, wenn ich mit einem Opernglas vor den Augen dagesessen hätte.

Die beiden vergnügten sich zum Teil in Positionen, die vorzuschlagen mir selbst in einem Bordell peinlich gewesen wäre. Die Sitten haben sich wirklich verändert. Ebenso wie meine Reaktionen auf das Schauspiel. Die Faszination und Erregung, die man bei einem solchen Anblick erwarten würde, waren zwar durchaus vorhanden. Aber sie spielten sich bei mir ausschließlich im Kopf ab. Der Körper blieb völlig empfindungslos. Die entsprechenden Mechanismen sind bei ihm noch nicht ausgebildet.

Es wäre interessant, Max' Verhalten beim Geschlechtsakt mit dem von Helene und Arno zu vergleichen. Akustisch war ich ja schon dabei. Aber die beiden tun es nur, wenn sie glauben, dass ich schlafe. Hinter der geschlossenen Schlafzimmertür. Sie scheinen in dieser Hinsicht eine traditionellere Einstellung zu haben als Max. Arno hat Max sogar Vorwürfe gemacht, weil sie ihre Verliebtheit in meiner Anwesenheit ausgelebt hat. Mir scheint, er selber hatte in dieser Hinsicht noch nicht allzu viele Erlebnisse, ganz im Gegensatz zu Federico. Natürlich übertreibt mein Patenonkel, wenn er von seinen Eroberungen berichtet – ich erkenne Lügen am Tonfall –, aber bei den Frauen scheint er tatsächlich Erfolg zu haben. Auch hier haben sich die Sitten verändert. Vor siebzig Jahren wäre ein Mann, der so wenig Soldatisches an sich hat, nicht so erfolgreich gewesen.

Ich freue mich schon sehr auf die Zeit der Hochzeitsreise von Helene und Arno. Eine ganze Woche lang werde ich mit Federico und Max allein sein. Sie neigen beide zur Schlampigkeit. Die ständige Kontrolle, die mich bei so vielem behindert, wird also entsprechend weniger streng ausfallen.

145

Vielleicht, ich hoffe es sehr, werde ich dann endlich die Gelegenheit bekommen auszuprobieren, ob ich den Mechanismus eines Computers richtig beobachtet habe. Ich kann es kaum erwarten, mich einmal in Ruhe mit diesem Gerät beschäftigen zu können. Ich verspreche mir davon eine Menge neuer Erkenntnisse.

Es ist eine faszinierende Maschine. Ich bemühe mich, so oft wie möglich in der Nähe zu sein, wenn Arno sich damit befasst, aber trotz intensiver Beobachtung ist mir immer noch vieles daran unerklärlich.

So ein Computer, meine ich verstanden zu haben, ist im Prinzip ein Speicher für Informationen. So etwas wie ein elektrischer Brockhaus. Um einen Begriff nachzuschlagen, blättert man nicht in einem Buch, sondern tippt das gesuchte Wort auf einer mit dem Gerät verbundenen Schreibmaschinentastatur ein. Die Buchstaben erscheinen nicht auf Papier, sondern auf einem eingebauten Fernsehschirm.

Manchmal, und dafür habe ich noch keine Erklärung, produziert das Gerät scheinbar zufällige Reihen von Zahlen und Zeichen. Jedes Mal, wenn dieses Phänomen auftritt, macht Arno einen besonders konzentrierten Eindruck. Für ihn muss dieses Durcheinander also eine Bedeutung haben. Auch die Buchstabenfolgen, die er dann eintippt, ergeben für mich keinen Sinn, aber ich nehme an, dass mir nur der richtige Schlüssel dazu fehlt. Leider habe ich mich mit Kryptographie nie näher befasst.

Es wäre interessant zu wissen, ob die in der Maschine eingebauten Informationen regelmäßig auf den aktuellen Stand gebracht werden – aber auf welche Weise? –, oder ob man zu diesem Zweck jedes Mal ein neues Gerät erwerben muss. Federico hat einmal davon gesprochen, dass er schon wieder «einen größeren Speicher» brauche.

Die Maschine enthält auch Musik, bewegte Bilder und – zumindest bei dem Gerät, das Arno benutzt, ist das der Fall – Spiele.

Zu den meisten Geräten, nicht zu allen, gehört eine separate, mit einem Draht verbundene Vorrichtung, die «Maus» genannt wird. Man schiebt sie auf einer besonderen Unterlage herum, ich weiß noch nicht, nach welchen Regeln. Um den Mechanismus zu verstehen, müsste ich ihn ausprobieren können.

Man kann alles lernen.

Zwischen den verschiedenen Computern existiert eine Art von Kommunikation. Es scheint sich dabei um drahtlose Telegramme zu handeln, die ohne Vermittlung eines Postamtes verschickt und empfangen werden.

Jedes Mal, wenn ein Computer in Betrieb genommen wird, muss als Erstes eine Zeichenfolge eingetippt werden. Diese Buchstaben werden auf dem Fernsehschirm nicht sichtbar; es erscheint nur eine Reihe von Punkten. Aber ich habe Arnos Finger auf der Tastatur oft genug beobachtet.

Er schreibt jedes Mal «BOND007». Möglicherweise hat diese Zusammenstellung von Zeichen eine besondere Bedeutung für ihn.

146

Wenn es diese Computer schon zu meiner Zeit gegeben hätte, sie wären ein wunderbares Mittel gewesen, um Menschen zu überwachen. Unsere Möglichkeiten in dieser Richtung waren immer sehr beschränkt. Natürlich, man konnte Briefe öffnen lassen, und es war auch nie ein Problem, das so zu tun, dass man dem Umschlag keine Spuren anmerkte. Aber schon wenn man ein Telefongespräch abhören wollte, wurde es schwierig. Es ist uns nie ganz gelungen, das Knacken in der Leitung zu vermeiden.

Mit Computern, stelle ich mir vor, wäre das alles viel einfacher gewesen. So wie ich es beobachtet habe, können sie eine sehr große Menge von Informationen speichern. Da müsste es doch eigentlich auch möglich sein, unbemerkt festhalten zu lassen, welche Stichworte der Benutzer eingegeben und nach was er gefragt hat. Daraus ließe sich ein sehr genaues Bild seiner Interessen und Absichten zusammensetzen. Und wenn man auch noch alle Nachrichten mitlesen könnte, die jemand über sein Gerät versendet oder empfängt …

Man müsste den Computer nur dazu bringen, all diese Angaben direkt an eine Überwachungsstelle weiterzuleiten. Ich bin sicher, die technischen Lösungen dafür ließen sich finden.

Das war schon immer mein Traum: Geheimnisse nicht mühselig aus den Menschen herausholen zu müssen, sondern sie von Anfang an zu kennen. Feindliche Aktionen zu unterbinden, noch bevor sie in die Tat umgesetzt werden. Oder sie auch einmal laufen zu lassen, überwacht, so dass sie keinen großen Schaden anrichten. Und die Täter dann zu bestrafen. Aufs Ganze gesehen kann das effizienter sein.

Wenn ich damals schon einen Computer gehabt hätte …

Wo man nur einen Namen eintippen müsste, und schon wüsste man alles über diesen Menschen. Mit was er sich befasst und mit wem er in Kontakt steht. Was er früher getan hat und was er heute tut. Vielleicht sogar, was er zu tun vorhat. Wo man alles, alles über jeden Menschen wissen könnte.

Totale Kontrolle.

Ich male mir aus, wie ich an meinem Vernehmungstisch sitze, das Objekt vor mir, ich tippe etwas in die Tastatur oder bewege die Maus, und dann sage ich zu ihm: «An dem und dem Tag hast du dort und dort das und das gemacht, den und den getroffen, hast dies und jenes mit ihm besprochen.» Und er kann es nicht abstreiten oder mir eine Lügengeschichte erzählen, die ich dann mühsam aus ihm herausprügeln muss. Weil ich es nicht vermute, sondern weiß.

Man könnte so viel machen mit diesen Computern. Für meinen Beruf wären sie ideale Hilfsmittel.

Ich muss mit solchen Gedanken vorsichtig sein. Mein Beruf ist es jetzt, Kind zu sein.

147

Manchmal geraten mir die Existenzen durcheinander. Das sind jedes Mal schreckliche Momente. Ich weiß dann nicht mehr, wer und wo und wann ich bin. Kann zwischen damals und heute, zwischen Erlebtem und Gedachtem nicht mehr unterscheiden. Ein Jongleur, der nach der falschen Kugel greift, und alles fällt zu Boden.

Und die Kugeln sind keine Kugeln, sondern Handgranaten.

Einmal hat Helene mit mir ein Bilderbuch angeschaut. Ich muss ihr diese

Zeiten gönnen, muss sogar Aufmerksamkeit heucheln, alles andere wäre zu auffällig. In dem Buch war eine Kuh abgebildet, eine weiße Kuh mit braunen Flecken und einer großen Glocke um den Hals. Sie zeigte auf die Zeichnung und sagte: «Wie macht die Kuh? Wie macht die Kuh?» – und da war ich plötzlich Andersen, war der Melker Andersen in einer Vernehmung, und begann, die Lebensgeschichte aufzusagen, die ich mir für ihn ausgedacht hatte. Geboren am 26. September 1903, Eltern Benedikt und Walburga. Ich hätte ihr alles erzählt, aber zum Glück gehorchen mir meine Sprechorgane noch nicht und ich produzierte nur unartikulierte Laute. Helene sagte ganz glücklich: «Ja, Jonas, du hast recht. Muh macht die Kuh.»

Oder:

Im Badezimmer unserer Wohnung – ich habe mich damit abgefunden, «unserer» zu denken – steht eine alte Wanne. Nicht eingebaut wie die bei Arnos Mama, sondern freistehend. Sie haben sie einmal auf dem Flohmarkt gekauft und führen sie jetzt stolz jedem Besucher vor. Sie geben sich gern originell, wie uninteressante Leute es oft tun.

Die Wanne, die wir damals bei der Arbeit verwendeten, stand auch in der Mitte des Raums. Wenn man jemanden untertauchen will, um ihn zum Reden zu bringen, ist es praktischer, wenn man von allen Seiten Zugriff hat.

Arno wollte mich baden wie jeden Abend, ich war wohl gewachsen, und deshalb sollte es zum ersten Mal nicht in diesem lächerlichen Kunststoffeimer geschehen. In meinem Verstand gerieten die Jonglierkugeln durcheinander. Aus der Wanne wurde eine andere, und aus mir …

Handgranaten.

Ich weiß bis heute nicht, warum ich glaubte, er wolle mich auf dem Brett festbinden. Ich habe keine Erklärung dafür. Ich war doch selber nie in dieser Lage.

Manchmal habe ich Angst davor, den Verstand zu verlieren.

Oder:

Das war das Erschreckendste.

Ich sollte geimpft werden, und der Arzt sagte: «Jetzt kommt der Onkel Doktor mit der Spritze.» Ich dachte …

Ich dachte …

Ich will mich nicht daran erinnern, was ich dachte.

Am besten hole ich mich in die Gegenwart zurück, indem ich mir meine Umgebung ins Bewusstsein rufe.

Detail für Detail.

Das Zimmer, das sie für mich eingerichtet haben, erscheint mir groß, obwohl ich vermute, dass es ziemlich klein ist. Weil mein eigenes Format nicht zu mir passt, habe ich Mühe, Dimensionen richtig einzuschätzen.

Mein Bett ist mit Elefanten verziert. Acht Stück sind es, vier unten und vier oben. An zweien davon sind Scharniere befestigt, in die man ein Gitter einklinken kann. Ich habe es entfernen lassen, ebenso wie den Hampelmann, den sie am Anfang aufgehängt hatten. Beides machte es mir schwerer, in der Gegenwart zu bleiben.

Das Bettzeug ist bunt, und Helene wechselt es häufig. Im Badezimmer steht ein Automat, der ihr das Waschen abnimmt. Überhaupt wird in diesem Haushalt sehr viel von Maschinen erledigt. Die beiden putzen sich sogar die Zähne mit einem elektrischen Gerät. Ich weiß nicht, ob das bedeutet, dass sie wohlhabend sind.

Arno besitzt ein Automobil, das scheint aber nichts Außergewöhnliches zu sein. Wenn mich jemand hochhebt, kann ich durch das Fenster auf die Straße sehen, und da stehen die Fahrzeuge auf beiden Seiten.

In meinem Zimmer kann man das Fenster nicht öffnen, sondern nur zum Lüften nach innen klappen.

Gegenüber von meinem Bett hängt an der Wand, wahrscheinlich noch von meiner Geburt her, ein Schild, auf dem ein Storch abgebildet ist, ein Bündel mit einem Säugling im Schnabel. Wenn ich an Max' Verhalten denke, hat dieser Glaube an den Storch fast etwas Rührendes.

Daneben haben sie das Bild eines seltsamen Tieres mit großen schwarzen Ohren befestigt. Es soll wohl eine Maus darstellen. Auf der Tasse, in der sie mir zu trinken geben, ist dasselbe Tier abgebildet. Ich vermute, die Figur stammt aus einem Märchen, das ich nicht kenne.

Vom Bett abgesehen ist das größte Möbelstück der Tisch, auf den sie mich legen, wenn sie mich saubermachen. Die Windeln sind nicht aus Stoff, sondern aus einem künstlichen Material, das beim Anziehen knistert. Soweit ich feststellen konnte, werden sie nicht gewaschen, sondern nach Gebrauch weggeworfen.

Auf dem Boden steht eine Kiste mit Spielzeug. Manchmal tue ich so, als ob ich mit etwas davon spielte. Sonst machen sie sich wieder Sorgen und schleppen noch mehr unnötigen Kram an.

In einer Ecke ein Teddybär, fast so groß wie ich. Wenn ich allein bin, stelle ich mir vor, er sei ein Mensch, und traktiere ihn mit Fußtritten.

149

Seit gestern liegt der Teddybär in meinem Bett. Luise und Peter werden zur Hochzeit anreisen, und Helene will sie glauben machen, ich sei von ihrem Geschenk begeistert. Bei unwichtigen Dingen ist es einfacher, keinen Widerstand zu leisten. Das Bett ist groß genug für uns beide.

In ihren Büchern steht, dass kleine Kinder mittags müde sind, und so habe ich es gefälligst auch zu sein und werde flachgelegt. Manchmal schlafe ich dann tatsächlich ein. Mein Körper ist schnell erschöpft. Aber oft bin ich wach und langweile mich. In einer dieser unfreiwilligen Pausen habe ich den Teddybären genauer untersucht und dabei eine Entdeckung gemacht. Unter der aufgenähten Krawatte, die ihn wohl zu etwas Besonderem machen soll, ist ein Reißverschluss versteckt. Wenn man den öffnet, lässt sich der Kopf nach hinten klappen. Ich nehme an, es soll damit ermöglicht werden, die Füllung herauszunehmen und zu reinigen. Aus ihren Gesprächen weiß ich, dass sie großen Wert auf Hygiene legen, Helene noch mehr als Arno.

Die beiden scheinen von dem Reißverschluss nie etwas bemerkt zu haben, was ich sehr nützlich finde. Ich war schon lang auf der Suche nach einem Versteck.

Irgendwann, so bald wie möglich, werde ich mich von ihnen absetzen müssen. Vorläufig ist mein Körper dafür noch nicht ausreichend gewachsen. Ich falle auf, wenn ich allein unterwegs bin. Ich habe ein Experiment in dieser Richtung gemacht und wurde nach wenigen Minuten wieder eingesammelt. Ich werde noch ein paar Jahre durchhalten müssen.

Aber wenn es dann so weit ist, werde ich Geld brauchen. Und jetzt schon ein Versteck dafür.

Die Leute geben sich immer große Mühe, ihre Geheimnisse zu verbergen. Vergraben sie in einem Gartenbeet und pflanzen Blumen darüber. Mauern sie ein. Einmal haben wir eine Kassette mit gefälschten Ausweisen in einer Hundehütte gefunden. Der Hund hat sie treu bewacht, nur sein Besitzer selber hat das Geheimnis nicht bewahren können.

Ein Versteck ist nur so lang sicher, als niemand vermutet, dass überhaupt eines existiert. Die schwache Stelle ist immer der Mensch. Es gibt nichts, das sich aus einem Kopf nicht herauskratzen ließe.

Mich werden sie nicht verdächtigen. Ein hilfloses kleines Kind zu sein ist die beste Tarnung, die sich denken lässt. Ich werde meinen Teddybären ganz allmählich auffüllen. Vollstopfen werde ich ihn. Und irgendwann …

Ich werde durch eine Türe gehen und verschwunden sein.

Den Teddybären werden sie aufbewahren wie eine Reliquie und mit traurigen Gesichtern sagen: «Damit hat er immer so gern gespielt.»

Hahaha, wie Arno so gern in sein Tagebuch schreibt.

150

Als ich als Andersen in die Welt ging, waren meine Taschen leer. Ich hatte beschlossen, ein armer Mann zu sein, der sich sogar seine Kleider bei fremden Leuten erbettelt hatte. Die Legende musste auch einer Leibesvisitation standhalten können. Ich besaß nichts. Nichts, was man hätte finden können. Woher hätte ich es haben sollen?

Man muss nicht alles bei sich tragen.

Bei der Arbeit bin ich immer unbestechlich gewesen. Natürlich, ich habe Angebote angenommen, es gab genügend davon. Aber ich habe mich von ihnen nicht beeinflussen lassen. Die versprochene Gegenleistung habe ich nie erbracht. Damit wäre ich meinem Auftrag untreu geworden. Außerdem: Wenn die Objekte dann realisierten, dass ich mein Wort nicht halten würde, war das bei den Vernehmungen zusätzlich nützlich.

Hoffnung und Enttäuschung.

Für einen denkenden Menschen war schon früh offensichtlich, dass sich die Gesellschaftsordnung verändern würde. Wenn auch niemand voraussagen konnte, in welche Richtung. Alles war möglich, je nachdem, in welcher Geschwindigkeit sich die verschiedenen Armeen vorwärtsbewegten. Ich habe meinen Besitz deshalb in Dingen angelegt, die sich unabhängig von der Staatsform leicht in Geld umsetzen lassen. Bewegliche Dinge. Goldmünzen. Diamanten. Nach Kriegen ist es vernünftig, nichts Bares zu besitzen. Es besteht immer die Gefahr, dass sich die Währung ändert.

Vier kleine Pakete, keines größer als ein Buch. Meine gesammelten Werke. In Wachsleinwand eingepackt und wasserfest versiegelt. Meine letzte Dienstreise habe ich dazu benutzt, sie an vier verschiedenen Orten zu verstecken. Orte, von denen nur ich selber etwas wusste. Von denen nur Andersen etwas wusste.

Auf dem Dachboden eines Gerichtsgebäudes, in einer vergessenen

Schachtel mit uralten Akten. Auf die Unbeweglichkeit von Verwaltungen ist Verlass.

In einer Steinpyramide, die die Grenze zwischen zwei Gemeinden markiert. Sie werden sich gegenseitig überwachen, um sicher zu sein, dass niemand etwas daran verändert.

Hinter einem losen Stein in der Mauer eines Museums. Ich hatte in einem Verhör davon erfahren. Man tauschte Nachrichten aus, indem man sie dort deponierte. Nach den Hinrichtungen konnte niemand mehr etwas von dem Versteck wissen.

Das vierte Paket habe ich in einem Wald vergraben, direkt hinter einem alten, verwitterten Bilderstock. Der heilige Florian. Verschon mein Haus, zünd andre an. Auch in schwierigen Situationen darf man den Humor nicht verlieren.

Ich werde nie erfahren, ob es mir gelungen ist, an meine Schätze wieder heranzukommen.

Ob es Andersen gelungen ist.

Vielleicht liegen sie immer noch dort und warten auf mich.

151

Das Geld, das sie jetzt haben, heißt Euro. Die Währung scheint noch nicht lang zu existieren. Ich habe Arno mehr als einmal sagen hören, er könne sich an das neue Geld einfach nicht gewöhnen. Aus dem Wort «Euro» und aus der Tatsache, dass es auf den Scheinen auch in griechischen Buchstaben vermerkt ist, schließe ich, dass sich ein größerer europäischer Staat gebildet hat. Auf dem Zwanziger, den ich kleingefaltet in meinem Teddybären verstaut habe, sind die Umrisse des Kontinents abgebildet. Außerdem eine Brücke und ein gotischer Fensterbogen.

Es war nicht schwierig, den Schein aus Helenes Geldbeutel zu nehmen. Wenn sie nach Hause kommt und ihren Mantel aufhängt, stellt sie die Handtasche einfach auf den Boden. Ich brauchte nur meinen Ball ganz zufällig in die richtige Richtung rollen zu lassen. Ich bin ja so ein unschuldiges kleines Kind.

Tralala.

Bisher scheint sie das Geld nicht vermisst zu haben. Sie hätte sonst bestimmt etwas zu Arno gesagt. Oder aber sie hat den Verlust bemerkt, hat aber Angst davor, von ihm deswegen getadelt zu werden. Vielleicht, bei ihr könnte ich mir das vorstellen, redet sie sich auch ein, sie habe die zwanzig Euro ausgegeben. Meiner Mutter wäre das nicht passiert. Bei ihrem Haushaltsgeld wusste sie immer über den letzten Pfennig Bescheid, vor allem gegen Ende des Monats.

Es lag nicht nur an meiner Liebe zu den Kalenderblättern, dass ich schon als sehr kleines Kind wusste, welche Monate dreißig und welche einunddreißig Tage hatten. Ganz besonders liebte ich den Februar, wegen seiner Kürze. Immer wenn ein Monat zu Ende war und mein Vater seine Lohntüte bekommen hatte, gab es knusprige Semmeln zum Frühstück. Zwei für meinen Vater und je eine für meine Mutter und mich. Sonst kaufte man immer nur das zwei Tage alte Brot, das ein paar Pfennige billiger war.

Ich erinnere mich, es muss im Schaltjahr 1904 gewesen sein, dass ich mich einmal tränenreich darüber empörte, dass der Februar plötzlich einen Tag mehr haben sollte. Die Wartezeit auf die erhoffte Semmel erschien mir unendlich.

Man aß die Semmeln ohne Aufstrich. «Wir sind nicht arm», pflegte mein Vater zu sagen, «aber wir sind sparsam.» Jeder lügt sich in die leere Tasche, wie er kann.

Ich kann noch nicht wirklich beurteilen, ob Arno und Helene reich sind. Am Brot müssen sie jedenfalls nicht sparen. Aber ich weiß noch zu wenig über den Wert dieser Euros. Mir fehlen die Vergleiche. Eine Anzeige in den Meerschweinchen-Zeitungen pries einen Fernseher zum Preis von dreihundertneunundneunzig Euro als besonders billig an. Und in meinem Andersen-Flugblatt kosten vierhundert Gramm Nutella eins neunundneunzig.

Projekt: herausfinden, was «Nutella» ist.

152

Hundert Euro, das weiß ich jetzt, sind ein Betrag, den man nicht ohne Aufsehen verschwinden lassen kann. In der Kita – das Wort ist die Abkürzung für Kindertagesstätte, auch das habe ich unterdessen herausgefunden – herrscht helle Aufregung. Ich habe da einen Fehler gemacht. In Zukunft werde ich mich auf kleinere Summen beschränken. Nicht dass mich jemand verdächtigen würde, natürlich nicht, aber jede erhöhte Aufmerksamkeit, egal, gegen wen sie sich richtet, kann mir meine Pläne nur erschweren.

Im Aufenthaltsraum der Betreuer, dort, wo sie mich ganz am Anfang immer hingelegt und mir Radio vorgespielt haben, steht im Regal eine Geldkassette. Am Ende des Monats bringen viele Eltern die geschuldeten Beträge in bar mit, und die Betreuerinnen kassieren sie ein. Soweit ich das feststellen konnte, wird in halben Tagen abgerechnet.

Das Geld wird immer erst am nächsten Morgen zur Bank gebracht. Es ist nicht schwierig, solche Abläufe zu beobachten.

Die Kassette ist natürlich verschlossen, aber ich weiß, in welcher Schreibtischschublade sie den Schlüssel aufbewahren. Ich habe gewartet, bis sich zwei Kinder schreiend und weinend gestritten haben, und habe mich dann bedient. Mehr Ablenkung hat es nicht gebraucht.

Sie gehen hier bei solchen kindlichen Auseinandersetzungen sehr ineffizient vor. Ich würde das anders machen. Sätze wie «Es tut mir weh, wenn du den Dieter haust» sind einfach Unsinn. Es gibt nichts Wirkungsloseres als den Appell an die bessere Natur. Sie existiert nicht. Es hat sich noch nie jemand gebessert, nur weil er versprochen hat, es zu tun. Ein paar Ohrfeigen links und rechts, das würde auch die anderen beeindrucken.

Amateure.

Weil Arno sich beim Abholen verspätet hat, war ich noch da, als sie am Abend das Geld nachgezählt haben. Auf den Gedanken, dass jemand den Schein aus der Kassette genommen haben könnte, sind sie gar nicht gekommen. Sie haben sich gegenseitig vorgeworfen, beim Einkassieren nicht genügend aufgepasst zu haben.

Wenn Frauen schreien, werden ihre Stimmen nicht höher, während das bei Männern fast immer der Fall ist.

Am liebsten hätte ich ganz sarkastisch gesagt: «Es tut mir weh, wenn du mit der Lukretia streitest.» Stattdessen habe ich so getan, als ob mich ihre Auseinandersetzung erschreckte. Habe angefangen zu weinen. Man kann dieses Mittel wirklich für fast alles einsetzen. Es wurde dann auch sehr schnell weniger laut, weil sie versucht haben, mich zu trösten.

Auch auf dem Hundert-Euro-Schein sind eine Brücke und ein Tor abgebildet. Das Tor ist im Barockstil gehalten, aber ich kann es in meiner Erinnerung nirgends einordnen.

Wie viel Geld werde ich brauchen, um verschwinden zu können? Und wann wird es so weit sein?

Jahre und Jahre und Jahre. Eine schreckliche Vorstellung, noch so lang Kind bleiben zu müssen.

Natürlich, es wird kleine Veränderungen geben. Winzige Verbesserungen. So wie ein Musterhäftling in der Gefängnishierarchie ganz langsam aufsteigt. Eine Zelle für sich allein bekommt, einen Quadratmeter mehr, ein Fenster mit besserem Ausblick. Jede Woche zwei Bücher aus der Bibliothek und nicht nur eines. Ein Arbeitsplatz in der Küche.

Aber dafür muss er sich anstrengen. Muss die Rolle, die ihm zugeteilt ist, perfekt spielen. Muss die Mütze abnehmen, wenn die Mütze abgenommen werden muss. Der Boden seiner Zelle muss gewienert sein.

Wenn er alle Erwartungen erfüllt, sich der vorgegebenen Form so exakt anpasst, dass sie seine eigene zu sein scheint, wenn er die Lüge, die sie ihm diktieren, ganz zu seiner eigenen macht, dann sind sie zufrieden mit ihm. Dann klopfen sie sich auf die Schulter und sagen: «Einen vorbildlichen Gefangenen haben wir uns da erzogen.» Kommen ihm zur Belohnung in kleinen Dingen entgegen. Sperren seine Zelle am Abend erst als letzte zu.

Aber zugesperrt wird sie.

Jahre und Jahre und Jahre.

Und immer die Gefahr, sich selber zu verlieren. Tatsächlich zu dem zu werden, was man den anderen vorspielt. Die eigene Lüge zu glauben.

Ich habe Leute gekannt, die darum gebettelt haben, nicht entlassen zu werden.

Manchmal – noch ist es ein Albtraum und nicht die Wirklichkeit – wehre ich mich gegen das Einschlafen, weil ich Angst davor habe, aufzuwachen und vergessen zu haben, wer ich wirklich bin. Mich verloren zu haben. Es tatsächlich lustig zu finden, wenn jemand mit mir «Kuckuck» spielt.

Sie sagen dann: «Er ist so unruhig heute. Vielleicht hat er Bauchweh.» Und ich muss ihnen Bauchweh vorspielen, damit sie zufrieden sind und mich in Ruhe lassen.

Meine «Eltern».

Meine Gefängniswärter.

Es ist nicht leicht, an sich selber festzuhalten, wenn man nichts von dem zeigen darf, was einen ausmacht. Ich kenne das von Leuten, die ich vernommen habe. Die sich dumm gestellt haben, damit man ihnen die Pläne, die sie geschmiedet hatten, nicht zutrauen sollte. Die nicht reagierten, wenn man ihnen die Namen ihrer Komplizen nannte, weil eine solche Reaktion sie verraten hätte. Die dankbar waren, wenn man sie quälte, weil ein Schmerzensschrei keine Informationen über den preisgibt, der da schreit.

Ich darf mich nicht verraten. Ich muss meine Rolle spielen und trotzdem ich selber bleiben.

Jahre und Jahre und Jahre.

154

In meinem Kopf darf ich ich selber sein. Nur im Kopf.

Ich weiß die Liste von Mozarts Symphonien auswendig. Alle einundvierzig. Ich hatte schon immer ein gutes Gedächtnis.

Der alte Röschlein war der Meinung, man müsse sie rückwärts aufzählen. Von der Vollendung zurück zum Ursprung.

Einundvierzig. *Jupiter-Symphonie* in C-Dur. Fröhlich und kriegerisch.

Vierzig: G-Moll. Neununddreißig: Es-Dur. Wie seine allererste.

Achtunddreißig: D-Dur. Die *Prager*. Siebenunddreißig: G-Dur. Sechsunddreißig: C-Dur. Die *Linzer*. «Linzertorte», sagte Röschlein und meckerte sein Lachen.

Fünfunddreißig: Die *Haffner*. D-Dur. Vierunddreißig: C-Dur. Dreiunddreißig: B-Dur. Mein Gedächtnis funktioniert.

Solang ich meine Erinnerungen festhalten kann, halte ich mich selber fest. Um zu wissen, wer ich bin, darf ich nicht vergessen, wer ich gewesen bin. Ohne Erinnerungen wäre ich wirklich nicht mehr als ein Kind.

Pitsche patsche, pitsche patsche.

Wie macht die Kuh?

Zweiunddreißig G-Dur, einunddreißig und dreißig D.

Seine Symphonien wurden immer anspruchsvoller, je älter er wurde. Das machten die zusätzlichen Erfahrungen in der neuen Existenz.

A-Dur, C-Dur, G-Dur, Es-Dur. Dann g-Moll. Er hat nur drei Symphonien in Moll geschrieben. G-Moll. Zärtlich und klagend. Ja, ich habe dir zugehört, Röschlein. Ich weiß sie noch alle. Wenn ich nicht einschlafen kann, weil mich die Angst gepackt hat, sage ich sie auf wie ein Gebet. B-Dur, D-Dur, C-Dur. Heiliger Mozart, beschütze mich.

Seine erste Symphonie hat er geschrieben, da war er acht Jahre alt. Vorher hat er sich nicht getraut zuzugeben, dass er schon alles wusste. Es war zu früh, und das hat ihn verdächtig gemacht. Ich kann seine Ungeduld verstehen.

Acht Jahre. Bis dahin muss ich noch sieben Jahre abdienen.

Er hielt das Versteckspiel nicht mehr aus und fing an, Noten zu schreiben. Es-Dur. Edel und hitzig.

Er war kein Wunderkind. Er war ein alter Mann, eingesperrt in einen Kinderkörper. Hat seine Rolle nicht überzeugend genug gespielt, und so hat man ihn früh aus dem Verkehr gezogen.

Einundvierzig Symphonien. Dann haben sie sein Gedächtnis gelöscht und ihn in die nächste Runde geschickt.

Pitsche patsche.

155

Bei allem Risiko wird die Langeweile der dauernden Unterforderung ohne ein Gegengewicht nicht zu ertragen sein. Ich habe deshalb beschlossen, so früh wie möglich ein musikalisches Talent zu werden.

Kein Mozart, natürlich nicht. Diese Art von Inspiration spüre ich nicht in mir. Es würde auch zu sehr auffallen. Ich darf nie vergessen, dass ich möglicherweise überwacht werde. Aber ein Kind, das sich für die Violine begeistert und dafür eine überraschende Begabung zeigt – warum nicht? Ein Kind, das den Bogen von Anfang an richtig hält und schon nach wenigen Tagen eine Melodie zu spielen weiß, das kann es doch geben.

Helene wird mich dabei unterstützen, fest davon überzeugt, sie habe dieses Talent höchstpersönlich in mir wachgerufen, indem sie vor meiner Geburt so viel klassische Musik hat laufen lassen. Dass ich sie in ihrer Auswahl gesteuert habe, hat sie damals nicht gemerkt und wird es auch im Nachhinein nicht vermuten.

Ich weiß noch nicht, wie ich zu einem Instrument komme, aber die Gelegenheit wird sich ergeben. Ich werde dafür sorgen, dass sie sich ergibt.

Bei allem Negativen, das meine neue Existenz mit sich bringt: Ich habe wieder zwei Hände und kann also wieder musizieren. Erst jetzt, wo sich zumindest die gedankliche Möglichkeit dafür bietet, merke ich, wie sehr mir meine Geige fehlt. Es wird keine Aegidius Klotz mehr sein, und die habe ich ja auch nie gespielt, sondern nur besessen. Aber jede billige Fiedel wird mich glücklich machen, mag ihr Klang noch so flach sein. Den Schwabentanz werde ich spielen, von Leopold Mozart für seinen Sohn geschrieben.

TAMMtammtamm, TAMMtammtamm.

C-Dur.

Der Musiklehrer – es muss ein Mann sein, ich will mich nicht von einer

Frau unterrichten lassen – wird staunen, wie schnell ich das Notenlesen lerne, viel früher, als ich es bei den Buchstaben zugeben darf. Er wird es den eigenen pädagogischen Fähigkeiten zuschreiben. Wer Musik unterrichtet, hat es als Interpret nicht geschafft und tröstet sich mit der Entdeckung fremder Begabungen. Ein Schüler vom alten Röschlein spielte später in einem Symphonieorchester, nur bei den zweiten Geigen und auch da nicht am ersten Pult, aber Röschlein war so stolz auf ihn, als ob er Paganini persönlich ausgebildet hätte. Manchmal ist er zu einem Konzert hingefahren und wäre beim Applaus am liebsten von seinem Platz aufgestanden und hätte sich verneigt.

Mit der Aussicht, wieder Geige spielen zu können, lässt es sich in meiner Gefängniszelle besser aushalten.

TAMMtammtamm, TAMMtammtamm.

Fröhlich und kriegerisch.

156

Luise und Peter bilden sich ein, etwas von Musik zu verstehen. Sie verstehen gar nichts davon.

Sie sind zur Hochzeit angereist und gleich am ersten Abend in ein Konzert gegangen. Gustav Mahler, die *Auferstehungs-Symphonie*. Sie haben dort eine dieser kleinen silbernen Schallplatten gekauft, die man jetzt hat, und haben sie Arno geschenkt. Er musste Dankbarkeit heucheln, obwohl Mahler nun wirklich nicht die Art von Musik ist, die er mag.

Er ist kein guter Lügner. Aber sie sind auch nicht die Art Menschen, die so etwas bemerken.

Sie haben darauf bestanden, dass er sich den Anfang des letzten Satzes, dem mit dem Klopstock-Gedicht, gemeinsam mit ihnen anhört, und haben ihm begeistert vorgeschwärmt, wie wunderbar optimistisch dieses Versprechen eines ewigen Lebens doch sei. Optimistisch? Sie haben keine Ahnung.

Mahler hat die Symphonie in c-Moll geschrieben. Lieblich und jammernd. Jammernd, Luise! Das, was einem die Frauenstimmen da androhen, gibt ja, weiß Gott, Grund genug zum Jammer. «Auferstehn, ja auferstehn wirst du, mein Staub, nach kurzer Ruh.» Ein paar Jahre Pause, und schon geht die nächste Runde los. Auf dem immer gleichen Karussell. Wer hat noch nicht, wer will noch mal? Das soll Grund zum Optimismus sein?

Aber wahrscheinlich stand es so im Programmheft, und sie sind die Art

Leute, die ihr ganzes Leben nach Programmheft leben. Schlagen in den Fachbüchern nach, bevor sie etwas denken, und dann kann sie nichts mehr von diesen Überzeugungen abbringen. Bis ein neues Fachbuch erscheint. Solche Leute sind leicht zu handhaben. Sie halten sich an die Regeln, die man ihnen vorgibt, und wenn man die Regeln ändert, halten sie sich ebenso zuverlässig an die neuen.

Bei meiner Arbeit hat sich eine ganz einfache Methode als wirkungsvoll erwiesen: Man erteilt einen Befehl und bestraft dessen korrekte Ausführung. Befiehlt den Objekten aufzustehen, und schlägt sie, wenn sie es tun. Nach zwei oder drei Wiederholungen meinen sie, die Spielregel verstanden zu haben, und bleiben sitzen. Wofür sie ebenfalls bestraft werden. Es sind nicht die Schmerzen, die sie nicht ertragen, sondern die Unklarheit. Sie tun dann sehr bald alles, um es einem recht zu machen.

Luise und Peter wären einfache Kunden gewesen.

Mich haben sie überprüft, wie man eine Bestellliste abhakt. Ob ich auch genug gewachsen sei, genügend Gewicht zugelegt habe, beim Gehen nicht mehr hinfalle. Helene hat ihnen stolz vorgeführt, wie ich reagiere, wenn man mich fragt, wie die Kuh macht, und Luise war enttäuscht, dass es mit dem Hund nicht ebenso funktioniert hat.

Von Hunden verstehen sie auch nichts.

157

Sie haben mir – «Das wird dem Jungen bestimmt gefallen!» – eine Schachtel mit kleinen beweglichen Menschenfiguren mitgebracht. «System Professor Waltrud Fritzsch» steht darauf. Das Ganze nicht etwa im Spielwarengeschäft gekauft, sondern von einem pädagogischen Institut bezogen. Man müsse mich nur beobachten, wenn ich damit spielte, haben sie stolz erklärt, dann könne man daraus Rückschlüsse auf meinen Entwicklungsstand ziehen. Für die Auswertungen war ein Handbuch beigelegt, in dem die verschiedensten Spielmöglichkeiten aufgelistet und mit Deutungen versehen waren.

Nur nicht die Varianten, die ich ihnen gezeigt habe.

Ich war an dem Tag schlecht gelaunt und habe mir einen Spaß daraus gemacht, ihre Erwartungen zu enttäuschen. Ich weiß nicht, was in dem Handbuch vorgesehen war, aber ganz bestimmt waren es nicht die Dinge, die ich ihnen vorgeführt habe. An ein Kind mit meinen Erfahrungen haben sie nicht gedacht.

Ich fing mit einer weiblichen Figur an, die wohl die Mutter darstellen sollte. Ihr habe ich Arme und die Beine nach hinten verdreht, so lang, bis sie abbrachen. Dann habe ich gelacht, mein harmlosestes, kindlichstes Lachen. Ich wusste, dass sie das noch mehr verwirren würde.

Helene wollte mir die Figuren wegnehmen, aber ihre Eltern haben es nicht zugelassen. Sie hatten wohl das Gefühl, einem wichtigen wissenschaftlichen Experiment beizuwohnen.

Den dazugehörigen Vater habe ich mit einem Spielzeugauto überfahren, immer und immer wieder. Irgendwann hatte er keinen Kopf mehr, und auch das habe ich mit einem glücklichen Lachen quittiert.

Eine Kinderfigur habe ich an den Beinen gefasst und mehrmals in mein Sirupglas getaucht. Damit sie ganz sicher wussten, was ich da spielte, habe ich dazu die Zunge herausgestreckt und erstickte Geräusche von mir gegeben.

Sie haben mir dann die Figuren weggenommen, und Luise hat erklärt, ich sei wohl doch noch zu jung für diese Art von Spielzeug.

Um von dem misslungenen Experiment abzulenken, haben sie den großen Teddybären ins Wohnzimmer geholt, meinen Arm um ihn gelegt und uns zusammen fotografiert. Ich habe das so brav mit mir machen lassen, dass sie wieder ganz zufrieden waren und meinten: «Man sieht ihm an, wie glücklich er mit unserem Geschenk ist.»

Ja, ich bin glücklich damit.

Die Angestellten in Cafés legen ihre Geldbörsen oft hinter der Theke ab, und einen kleinen Jungen, der neugierig dorthin trappelt, finden sie süß.

Es sind unterdessen schon hundertdreißig Euro.

Natürlich werde ich mehr brauchen, sehr viel mehr. Aber es ist immerhin ein Anfang.

Das Foto mit mir und dem Teddybären ist bestimmt hübsch geworden.

158

Ich träume – oder denke mir aus –, ich besäße einen Fotoapparat, mit dem könnte man die Menschen so abbilden, wie sie wirklich sind. Das Negativ würde noch das Äußere zeigen, stelle ich mir vor, so wie sie sich vor dem Objektiv in Pose gesetzt haben, aber wenn man es dann ins Entwicklerbad legt, veränderte sich das Bild allmählich. Ich stünde in der Dunkelkammer, nur ich allein, und sähe dabei zu.

Aus dem Lächeln würde ein Zähnefletschen, aus dem nachdenklichen Blick ein dümmliches Schielen, die Heldenbrust schrumpfte rachitisch zusammen. Dem Lügner sähe man seine Lüge an und dem Heuchler seine Falschheit. Man fotografierte einen mächtigen Mann, stelle ich mir vor, wie er gnädig von seinem Balkon die jubelnde Volksmenge grüßt, und auf dem Foto sähe man ihn hinter der Brüstung knien, die Hände schutzsuchend über den Kopf geschlagen. Man knipste eine bewunderte Schönheit, und das Bild zeigte ihre wahre Hässlichkeit. Masken würden Gesichter.

Die wahren Gesichter.

Ich träume oder denke mir aus, dass nur ich diesen Apparat besäße und diesen Entwickler, nur ich und sonst keiner. Wenn jemand befragt werden sollte, würde ich gerufen, und ich müsste den Apparat gar nicht aus seiner Lederhülle nehmen, weil sie ja schon im Voraus wüssten, dass er sie entlarven würde, und lieber gleich alles gestünden. Auch meine Auftraggeber hätten ihre Geheimnisse, wie jeder seine Verstecke hat und seine verriegelten Türen, und deshalb würden sie mich aus dem Weg schaffen wollen, einsperren, vergiften. Aber ich würde es immer rechtzeitig merken, denn ich hätte ja meinen Apparat und würde nur lächeln und ihnen ausweichen, und sie könnten mir nichts anhaben. Sie hätten Angst vor mir, und deshalb wären sie freundlich, und auch das würde ich merken.

Ich merkte alles. Nur an mir bemerkten sie nichts. Weil die andern diesen Apparat nicht besäßen.

Als wir zwölf waren oder dreizehn, Conny Villmow und Udo Herges und all die andern, da haben wir uns etwas Ähnliches ausgedacht, eine Brille, die musste man nur aufsetzen, und dann sah man alle Leute nackt. Wir stellten uns vor, wie Beutlin ohne Kleider vor der Klasse stünde, dachten uns einen pickligen Körper für ihn aus und fühlten uns ihm unendlich überlegen. Wir stellten uns Frauen vor, obwohl wir sie uns nicht wirklich vorstellen konnten, und in der Nacht wurden aus den Phantasien Träume, die Spuren auf den Leintüchern hinterließen.

Manchmal träume ich, dass ich unsichtbar bin. Dass sie mich ansehen, und da ist keiner. Dass sie mich fotografieren, aber auf dem Foto ist niemand.

Andersen müssten sie fotografieren, aber sie wissen nicht, dass es ihn gibt.

Dass es ihn gab.

Bei der Hochzeit wurde unentwegt geknipst. Außer Arnos Mama haben sich alle daran beteiligt. Sogar das Brautpaar. Man benötigt keinen Fotografen mehr dazu, sondern jeder hat seinen eigenen Apparat und kann auf einer Anzeige sofort kontrollieren, ob die Aufnahme geglückt ist. Sie schauen mehr auf diese Geräte als auf ihre Umgebung.

So viele Bilder. Ich frage mich, ob sie sich später jemand auch ansieht.

Wahrscheinlich nicht.

Von meinen Eltern existierte ein einziges Hochzeitsfoto. Es stand auf dem Vertiko, in einem Schildpattrahmen, an dem eine Ecke kaputt war, und ich kann es noch in allen Einzelheiten beschreiben. Wie man einen Text, den man tausendmal gelesen hat, schließlich auswendig hersagen kann.

Das Bild ist schlecht ausgeleuchtet. Eine Gesichtshälfte meines Vaters zu dunkel. Sie konnten sich wohl keinen besseren Fotografen leisten, oder es gab keinen besseren in dem Kaff, in dem sie wohnten.

Mein Vater steht sehr aufrecht da, mit angelegten Armen wie beim Militär. Nur die Füße nicht parallel. Einen hat er abgewinkelt, ein Balletttänzer aus der zweiten Reihe, der immer noch auf seinen Einsatz wartet, während die anderen schon ihr Solo tanzen. Er hält etwas Helles in der Hand, das man nicht richtig erkennen kann. Vielleicht ein Taschentuch. Ich habe ihn danach gefragt, aber er konnte sich nicht erinnern.

Auf dem Bild ist er dünner, als ich ihn später gekannt habe. Der Schnurrbart weniger buschig. Ein Blütenzweig am Revers. Meine Mutter hält einen Blumenstrauß in der Hand.

Bei uns zu Hause gab es selten Blumen.

Sie sitzt neben ihm, in einem weißen Kleid. Der Schleier ist an einer Art Krönchen befestigt. Als ich klein war, hat sie mir immer erzählt, eigentlich sei sie ja eine Prinzessin. Aber das Krönchen war nur ausgeliehen. In ihrem Dorf gab es eine Braut an die nächste weiter.

Ihre linke Hand verschwindet hinter Papas Rücken. Ich glaube nicht, dass sie ihn angefasst hat, das hätte nicht zu den beiden gepasst. Vermutlich hatte sie die Hand auf einen Tisch gelegt. Am rechten Bildrand kann man dessen anderes Ende noch erkennen. Der Fotograf wird die Pose so angeordnet haben.

Sie schaut nicht zu ihm hin.

Im Hintergrund eine geraffte Portiere mit einem Blumenornament. Eine schlechtgemalte Dekoration.

Weder mein Vater noch meine Mutter sehen auf dem Bild glücklich aus.

Vielleicht lag es daran, dass man damals für eine Aufnahme so lang stillhalten musste.

Vielleicht auch nicht.

160

Weil ich ja so niedlich bin, wurden von mir ganz viele Aufnahmen gemacht. Sie hatten mir diesen erwachsenen Anzug angezogen, den Arnos Mama für mich hat herstellen lassen. Sie sind alle fest davon überzeugt, ich würde mich darin wohl fühlen. Weil ich so gelacht habe, als ich ihn das erste Mal sah.

In dem Anzug bin ich ein Erwachsener, in dem ein Kind steckt.

In dem ein Erwachsener steckt.

Bei uns zu Hause – ich weiß nicht, wie meine Eltern zu so einem Spielzeug gekommen sind, Geld haben sie dafür bestimmt nicht ausgegeben – gab es eine hölzerne Puppe, in der war eine kleinere Puppe, darin eine noch kleinere und so weiter. «Und so weiter», das war, was meine Mutter jedes Mal sagte, wenn sie für mich eine Puppe nach der anderen ans Licht brachte und sie auf dem Wohnzimmertisch nebeneinander aufreihte. Ich selber durfte das Wunderwerk nicht berühren, dafür war es zu kostbar. Lange Jahre habe ich fest geglaubt, die Reihe der Puppen sei unendlich. Habe meine Mutter angefleht, doch bitte, bitte auch noch die nächste und die übernächste herauszuholen. Sie lachte dann und sagte: «Wenn du größer bist.»

Geheimnisse sind nie unendlich. Nicht, wenn man ihnen auf den Grund geht. Als ich größer war, habe ich das Spielzeug untersucht. Es waren nur sechs Puppen, alle nicht sehr sorgfältig bemalt, und danach kam nichts mehr.

Sie haben mich also als Erwachsenen verkleidet, mit einer Blüte am Revers, genau wie auf dem alten Hochzeitsfoto.

Auch Arno hat sich kostümiert, mit einem dunklen Anzug und einer silbergrauen Krawatte. Die feierliche Verkleidung ließ ihn jünger aussehen, als ob er nicht zu seiner Trauung ginge, sondern zur Erstkommunion. Er fasste sich immer wieder an den Hals; der Kragen seines Hemdes war ihm wohl zu eng.

Helenes Kleid, aus dem Laden, in dem sie arbeitet, war aus einem glänzenden Stoff, der aussah wie Seide, sich aber anders anfühlte. Wenn sie sich

Mühe gibt, kann sie hübsch sein. Nur die neue Frisur, die sie sich für den Tag hatte machen lassen, gefiel mir nicht.

Für die Fahrt zum Rathaus hatte Federico als Überraschung eine Limousine gemietet. Wir wären beinahe zu spät gekommen, weil der Fahrer nicht losfahren wollte, bevor sie für mich einen Kindersitz montiert hatten.

Während der Zeremonie musste ich auf Luises Schoß sitzen. Sie hatte das in einem stummen Wettkampf mit Arnos Mama durchgesetzt.

Der Standesbeamte versuchte, die Sache feierlich zu gestalten, was ihm nicht wirklich gelang, weil er ein wenig lispelte. Ich war der Einzige, der darüber lachen durfte. Aber als er davon sprach, dass für die Brautleute jetzt ein völlig neuer Lebensabschnitt beginnen würde, hatte auch Helene Mühe, ein Kichern zu unterdrücken.

Ich wollte ihnen ihre Zeremonie wirklich nicht verderben, aber ich habe meine Blase immer noch nicht unter Kontrolle.

161

Für den Abend hatten sie ein Mädchen aus der Nachbarschaft kommen lassen, das sollte auf mich aufpassen, während sie zu ihrem festlichen Essen gingen. Wollten mich einfach ins Bett stecken.

Ich habe das natürlich nicht zugelassen. Das Leben, zu dem ich verurteilt bin, ist langweilig genug. Warum sollte ich mir ausgerechnet diese Abwechslung entgehen lassen? Ich habe so heftig getobt, dass das Mädchen Angst bekam und auf keinen Fall mit mir allein bleiben wollte.

Um ihre Gäste nicht warten zu lassen, haben sie mich schließlich mitgenommen. Kaum saßen wir im Auto – sie hatten ein Taxi bestellt –, war ich natürlich wieder ganz friedlich.

Es ist nicht schwer, sie zu manipulieren.

In dem Lokal waren alle Stühle mit weißem Stoff überzogen, mit einer Schleife an der Rückenlehne, was sehr hübsch aussah. Einen Kinderstuhl gab es nicht, aber sie haben mir aus vielen Kissen eine Art Thron gebaut. Gar nicht unbequem. Sogar vom Essen habe ich etwas abbekommen, wenn auch nur in winzigen Portionen. Ich war den ganzen Abend lang niedlich. Das ist immer die beste Rolle.

Die meisten Gäste habe ich nicht gekannt. Ich nehme an, dass die Jüngeren eher Freunde waren und die Älteren eher Verwandte.

Die beiden Betreuerinnen von der Kita waren auch eingeladen. Lukretia ist verheiratet, was ich bei ihr nicht vermutet hatte. Ich mag es nicht, wenn ich mich in der Einschätzung eines Menschen irre.

Peter hat eine Ansprache gehalten, in der es nur darum ging, dass er und Luise in ihren langen Ehejahren alle Entscheidungen immer gemeinsam getroffen hätten und dass er dieses Rezept für eine glückliche Partnerschaft auch Helene und Arno empfehlen wolle. Ich habe ihm kein Wort geglaubt. Ich nehme an, Luise hat ihm den Text diktiert.

Arnos Mama fühlte sich dann auch zu einer Ansprache verpflichtet. Sie hatte aber nichts vorbereitet und war auch ein kleines bisschen beschwipst. Sie erzählte Geschichten aus Arnos Kinderzeit, was ihn verlegen machte, die Gäste aber amüsierte.

Ich mag Arnos Mama. An den Nachmittagen, die ich mit ihr verbringe, lässt sie mich weitgehend in Ruhe.

Max und Federico haben, immer jeder eine Zeile, ein holpriges Gedicht aufgesagt, über das sie selber am meisten lachen mussten. Da war es aber schon ziemlich spät am Abend, und ich bin dann irgendwann eingeschlafen.

Vorher bin ich noch ein bisschen herumgelaufen. Neben der Tür stand ein kleiner Tisch mit einem Körbchen für Trinkgelder.

Jetzt sind es schon bald zweihundert Euro.

162

Zwischendurch bin ich einmal zu Max hingegangen und habe mich auf ihren Schoß gesetzt. Habe meinen Kopf – niedlich, niedlich – an ihre Brust gelegt. Sie hatte dort unter ihrem Kleid nichts an, man konnte es deutlich spüren.

Seit ich dabei war, als sie sich mit diesem Mann vergnügte, bin ich von Max fasziniert. Sobald ich sie sehe oder auch nur an sie denke, spüre ich eine Erregung, die ich in dieser Form vorher nicht kannte. Mein Körper ist daran nicht beteiligt. Er interessiert sich für diese Dinge noch nicht.

Aber meine Phantasie …

Ich bin vielleicht der einzige Mensch auf der Welt, oder doch einer von ganz wenigen, der Begierde in dieser reinen Form empfinden kann. Ohne die doch oft sehr enttäuschende Notwendigkeit, das Gedachte auch in die Tat umsetzen zu müssen.

Das hat nicht nur damit zu tun, dass ich mich an Dinge erinnere, von denen andere Menschen meines körperlichen Alters noch nichts wissen. Es kommt auch meiner grundsätzlichen Haltung zum Leben entgegen. Ich war schon immer ein Beobachter.

Schon immer.

Als man sich von der Frau Brenntwiesner erzählte, sie mache die Beine für jeden breit, da war das nur ein Gerücht. Die älteren Schüler prahlten zwar, sie hätten es mit ihr getrieben, aber das war nur Aufschneiderei. In Wirklichkeit wusste niemand Bescheid.

Außer mir.

Gegenüber von den Brenntwiesners lebte eine alte Dame allein in einem alten Haus. Ihren Namen habe ich vergessen oder nie gewusst. Wir nannten sie nur «die Alte». Wenn sie wegging, verriegelte sie die Eingangstür sorgfältig, aber auf der Gartenseite gab es ein Kellerfenster, das immer nur angelehnt war. Man musste sich im Dachboden auf den Bauch legen, unter der Dachschräge, dann konnte man durch eine halbrunde Luke in Frau Brenntwiesners Schlafzimmer sehen. Meistens dachte sie daran, die Vorhänge zuzuziehen, aber nicht immer.

Ich war der Einzige in der Schule, für den die Geschichten, die man sich über sie erzählte, nicht nur Gerüchte waren. Ich habe nie jemandem von meinen Beobachtungen berichtet. Geheimnisse sind nur kostbar, solang man sie mit niemandem teilt. Und ich wollte auch nicht zugeben, wie sehr mich die unappetitlichen Geschehnisse in diesem kleinbürgerlichen Schlafzimmer erregten.

Der Gedanke, selber mit Frau Brenntwiesner zu schlafen, hätte mich angeekelt. Sie hatte wenig Anziehendes an sich und kam mir aus meiner Schülerperspektive sehr alt vor.

Max ist jung. Wenn sie jetzt mit Federico bei uns in die Wohnung einzieht, werde ich bestimmt einige Male Gelegenheit haben, sie in unbekleidetem Zustand zu sehen. Es hat seine Vorteile, ein dummes kleines Kind zu sein.

163

Für die nächsten Jahre habe ich mir einen Plan gemacht. Es ist immer gut, einen Plan zu haben.

Fürs Erste werde ich niedlich und naiv bleiben, so lang es geht. Ihren Bewunderer- und Beschützerreflex ausnützen, bis er durch körperliche Veränderungen an sein natürliches Ende kommt. Ein ruhiges Kind werde ich sein. Pflegeleicht. Sie allmählich darauf hintrainieren, dass sie mich für immer längere Perioden unbeaufsichtigt lassen. Für vieles, das ich mir beibringen will, ist das unbedingt notwendig.

«Er macht uns überhaupt keine Probleme», sollen sie sagen und es ihrer eigenen Erziehungskunst zuschreiben.

Allzu perfekt, daran muss ich denken, darf ich auch nicht sein. Ab und zu mal etwas «aus Ungeschick» kaputtmachen. Ich muss nur darauf achten, dass es nichts wirklich Kostbares ist. Tränen, wenn es passiert ist.

Das Weinen allmählich weniger werden lassen. Helene hat ein Buch, an das sie glaubt wie an die Bibel: *Die ersten Jahre deines Kindes*. Da sind die einzelnen Stufen sehr genau beschrieben. Ich werde mich nach ihren Erwartungen richten. Ich darf ruhig mit dem Buch in der Hand erwischt werden. Es hat viele Fotos von kleinen Kindern drin, und die hätte ich mir dann eben angesehen.

«Jonas kann sich stundenlang mit einem Bilderbuch beschäftigen», sollen sie sagen.

Kein allzu begabtes Kind sein. Außer in musikalischer Hinsicht. Sonst keine Eigenschaften zeigen, die mich auffällig machen könnten.

Mit den ersten Worten Zeit lassen. Sollen sie sich ruhig Sorgen machen. Dafür dann gleich ganze Sätze. Das Theater mit dem kindlichen Lallen würde mir nicht überzeugend gelingen. Es wäre mir auch zu anstrengend.

Später dann ein guter Schüler werden. Nicht Klassenbester, das würde schon wieder auffallen, aber oberes Mittelfeld. Die Hausaufgaben immer gemacht.

«Er ist so selbständig», sollen sie sagen.

Dabei die ganze Zeit die Flucht vorbereiten. Geduldig, wie ein Internierter seinen Ausbruch. Ich kann mir Geduld leisten. Muss sie mir leisten. Bevor ich zwölf oder vierzehn bin, würde ich ganz ohne Familie zu auffällig sein. Ein Kind zu sein ist ein besonderes Kennzeichen, das sich nicht leicht kaschieren lässt.

Geld werde ich brauchen, aber das wird zu beschaffen sein. Geld ist immer einfach. Schwieriger wird es mit Papieren werden. Ich habe noch keine Ahnung, wie ich mir die organisieren kann.

Als Erstes: Möglichst viel über die Gegenwart, in der ich mich befinde, in Erfahrung bringen. Ausnutzen, dass Arno und Helene auf Hochzeitsreise sind.

164

Am schwierigsten sind jene Dinge herauszufinden, die nirgends ausdrücklich erwähnt werden, weil sie als selbstverständliches Wissen vorausgesetzt werden. So ist mir immer noch nicht klar, welche Staatsform sich nach dem Krieg durchgesetzt hat. In den Zeitungsartikeln, die ich mir vom Meerschweinchenstapel habe besorgen können, war zwar immer mal wieder von Parteien die Rede, aber das muss nichts bedeuten. Parteien lassen sich auch benutzen, um den Eindruck einer Auswahl zu erwecken, die in Wirklichkeit gar nicht existiert. Ihr Zusammenspiel muss nur gut gelenkt sein.

Der Präsident oder Kanzler heißt Schröder. Ich weiß nicht, zu welcher politischen Gruppierung er gehört.

Ich weiß das auch von keiner der Personen, mit denen ich regelmäßig zu tun habe. Es scheint kein Thema, über das man sich oft unterhält. Oder es ist zu gefährlich, eine klare Meinung dazu zu haben.

Dafür weiß ich sehr genau über die Situation im Fußball Bescheid. Über kein anderes Thema diskutieren Arno und Federico öfter. Wenn sie sich darüber streiten, welche Spieler man hätte aufstellen und welche Taktik verfolgen müssen, könnte man meinen, es ginge um weltbewegende Dinge und nicht nur um eine völlig nebensächliche Liebhaberei.

Arno ist begeisterter Anhänger eines Vereins aus Wolfsburg – einer Stadt, die mir völlig unbekannt ist, obwohl sie, soweit ich das mitbekommen habe, in Deutschland liegen muss. Seltsam, in Geographie war ich eigentlich immer gut.

Federico ist nur am italienischen Fußball interessiert. Er schwärmt für eine Mannschaft aus Turin. Ich nehme an, dass seine Familie aus jener Stadt oder doch aus der Gegend stammt.

Wenn die beiden ausnahmsweise doch einmal von politischen Dingen reden, hört man von ihnen nur solche Sätze, wie ich sie mir auch für Andersen ausgedacht hatte, um ihn im Fall einer Vernehmung als unbedarft und damit ungefährlich erscheinen zu lassen. «Die da oben machen ja doch, was sie wollen», oder «Der kleine Mann muss immer alles ausbaden». Mehr als solche Phrasen habe ich noch nie von ihnen gehört.

Wenn die beiden mit dieser Einstellung typisch für die Mehrheit sind – und ich habe keinen Grund, etwas anderes anzunehmen –, dann muss das Land leicht zu regieren sein.

Arno und Helene sind keine Zeitungsleser. Zumindest haben sie kein Blatt abonniert. Politik interessiert sie nur, wenn sie mit spektakulären Ereignissen verbunden ist, Revolutionen oder Geiselnahmen. Sie lieben es, wenn ihnen die Welt Geschichten erzählt. Darum ist auch die ganze Einrichtung ihres Wohnzimmers nach dem Fernsehgerät ausgerichtet, dieser Märchenerzählmaschine.

Kindliche Leute.

165

Endlich. Sie sind weg.

Helene hat sich so dramatisch von mir verabschiedet, als ob sie mich nie mehr im Leben wiedersehen würde. Dabei verreisen die beiden nur für ein paar Tage. Aber sie überlässt mich andern Leuten und musste deshalb ihre Mutterliebe besonders heftig demonstrieren. Hochheben und Küsse und all diese lästigen Dinge.

Ich habe die Prozedur schließlich abgekürzt. Weinen wirkt immer. «Du erschreckst ihn ja», sagte Arno. Dann machten die beiden sich endlich auf den Weg zum Flughafen. Unterdessen werden sie schon in Florenz sein.

Ich war zweimal in Italien, beide Male dienstlich. Kein Land, das mich begeistern kann. Sie sprechen von Lebensfreude, aber was man davon zu spüren bekommt, ist vor allem Unordnung. Kein gutorganisierter Staat.

Als die beiden in ihr Taxi gestiegen sind, hat mich Federico tröstend in den Arm genommen. Er war stolz darauf, dass ich mich daraufhin so schnell beruhigt habe. Sie glauben alle, was sie glauben wollen. Post hoc ergo propter hoc. Noch eines dieser lateinischen Schulzitate, die sich in mir festgesetzt haben wie Kletten. Man müsste sein Gedächtnis regelmäßig entrümpeln können.

Federico und Max nehmen ihr Amt als Ersatzeltern so übermäßig ernst wie kleine Kinder, die mit ihrer Puppengesellschaft Einladung zum Tee spielen. Ihre übereifrige Fürsorge ist nicht wirklich angenehm. Sie kennen meine Signale noch nicht und fühlen sich verpflichtet, jede Viertelstunde nachzusehen, ob meine Windeln gewechselt werden müssen. Nun ja, das habe ich mir durch den kleinen Zwischenfall auf dem Standesamt wohl auch selber zuzuschreiben.

Ich tröste mich mit der Hoffnung, dass sie nur am Anfang so aufmerksam sein werden. Irgendwann werden beide zu beschäftigt sein, um sich pausenlos um mich zu kümmern. Das dürfte mir eine Menge Gelegenheiten bieten.

Amüsant ist es, ihre Gespräche mit anzuhören. Max, es ist deutlich zu merken, versucht Federico zu manipulieren. Auf sehr durchschaubare Weise. Von jemandem, der Psychologie studiert, hätte ich ein geschickteres Vorgehen erwartet. Immer wieder fängt sie damit an, wie schön diese Hochzeit doch gewesen sei und wie glücklich Helene und Arno ausgesehen hätten. Natürlich will sie ihn damit dazu bringen, dass er ihr endlich ebenfalls einen Antrag macht. Bisher scheint er die Stichworte, die sie ihm bietet, geflissentlich zu überhören. Er ist verliebt, aber nicht dumm.

Ich mag Federico.

Wenn wir miteinander zur Schule gegangen wären, hätte ich versucht, ihn zu meinem Freund zu machen.

166

Meine Voraussage war richtig. Bei Federico und Max habe ich sehr viel mehr unkontrollierte Zeit als bei Arno und Helene. Es ist Sonntagmorgen, schon neun Uhr vorbei, und die beiden sind immer noch im Bett. Zwar schlafen sie nicht mehr, aber ich habe trotzdem für die nächsten Minuten keine Störung zu befürchten. Sie sind beschäftigt. Durch die Türe ist deutlich zu hören, womit. Schon damals, mit dem fremden Mann in ihrer Wohnung, zeigte Max ihre Begeisterung gern laut.

Für mich ist das eine hervorragende Gelegenheit, endlich etwas zu tun, wozu sich bisher nie der richtige Zeitpunkt gefunden hat. Ich schleiche mich ins Wohnzimmer, so leise ich kann. Neben dem kleinen Tisch, auf dem sein Computer steht, bewahrt Arno in einem Ordner die Bedienungsanleitungen für seine technischen Geräte auf. Ich will mir diese Papiere schon lang einmal ansehen. Sie könnten eine wichtige Informationsquelle sein.

Die Unterlagen für seinen Computer stecken in einer durchsichtigen Kunststoffhülle. Das Geräusch beim Öffnen und Schließen der Ringe im Ordner erscheint mir sehr laut, aber die beiden im Schlafzimmer haben anderes zu tun, als darauf zu achten. Ich gehe mit meinem Fund zurück ins Kinderzimmer.

Ich habe mir nur einen ganz kurzen Blick auf die Bedienungsanleitung gegönnt, dabei hätte ich mir auch mehr Zeit lassen können. Federico und Max sind immer noch nicht aufgetaucht. Aber schon beim hastigen Überfliegen ist mir klargeworden, dass ich eine Menge zu lernen habe. Die meisten Ausdrücke, die dort verwendet werden, sind mir völlig unbekannt.

Ich habe Zeit.

Die Unterlagen liegen jetzt zuunterst in meiner Spielzeugkiste, unter einer Schicht von Bauklötzen und anderem Kram. Selbst wenn Arno danach suchen würde, was ich nicht erwarte, wird er sie dort bestimmt nicht vermuten. Ich glaube ohnehin, dass er die Papiere kaum vermissen wird. Ich habe nie beobachtet, dass er darin etwas nachgeschlagen hätte. Ich nehme an, er weiß auch so Bescheid.

Unterdessen habe ich Hunger. Die Schlafzimmertüre ist abgeschlossen, aber ich rüttle so lang an der Klinke, bis sie sich zum Aufstehen entschließen. Federico öffnet die Tür, und sein spätes Auftauchen ist ihm peinlich. Schließlich hat er versprochen, sich mit voller Aufmerksamkeit um mich zu kümmern. Ich greine ein bisschen, um das Schuldgefühl bei ihm noch zu verstärken.

Sein schlechtes Gewissen ist so stark, dass er sich verpflichtet sieht, mir etwas Besonderes zu bieten. Er wird heute Nachmittag mit mir in den Zoo gehen. Und mit Max natürlich. Die neuerdings nicht mehr Max heißen will, sondern Maja.

Nun ja.

167

Die Leute nehmen Namen viel zu wichtig. Man wird kein anderer, bloß weil man sich anders nennt. Man kann ein Weinetikett auf eine Flasche Milch pappen, aber man wird davon trotzdem nicht besoffen.

Am lächerlichsten fand ich immer die Leute, die jahrelang an einer Universität herumsaßen, bloß damit sie sich hinterher einen Doktortitel vor ihren Namen setzen konnten. Die wirklich meinten, sie hätten sich verändert, wenn sie nicht mehr Herr Schneckenschiss waren, sondern Herr Doktor Schneckenschiss. Oder Herr Geheimrat Schneckenschiss. Schneckenschiss bleibt Schneckenschiss.

Zicke bleibt Zicke.

Beim Militär ist das wenigstens konsequent geregelt. Mit den Zivilklamotten gibt man auch seinen Namen ab und tauscht ihn gegen einen Rang ein. Herr Stabsfeldwebel. Herr Hauptmann. Herr General. Das ist eine ganz vernünftige Lösung, zumindest für die höheren Chargen.

Aber sonst bleibt man besser bei dem Namen, der einem bei der Geburt zugelost wurde. Es ist einfacher.

Natürlich, manchmal kann so ein Name unter den Armen kneifen wie ein schlechtgeschnittener Anzug. Wann immer wir Walter Haarmann aus meiner Klasse später begegneten, haben wir das Hackebeilchen-Lied gesummt, und er hat sich jedes Mal darüber geärgert. In unseren Köpfen war er selber ein bisschen zum Serienmörder geworden, bloß weil ein Namensvetter von ihm zwei Dutzend junge Männer umgebracht hatte. Aber ein Haarmann hätte ja auch den Nobelpreis gewinnen können. Oder eine Goldmedaille bei den Olympischen Spielen.

Ein neuer Name ist selten unumgänglich. Aber wenn, dann muss man auch wirklich ein anderer Mensch werden. Neue Papiere allein reichen da nicht aus. Bei der Arbeit hatte ich es oft mit Leuten zu tun, die hatten Ausweise, echter als die echten. Aber ihre Reflexe waren nicht halb so gut gefälscht. Wenn man sie mit dem Namen ansprach, der in ihrem Personalausweis stand, reagierten sie nicht automatisch. Schon gar nicht, wenn man sie vorher zwei oder drei Tage wach gehalten hatte. Dafür zuckten sie zusammen, wenn sie ihren alten Namen hörten. Sie hatten nicht gründlich genug an ihrer neuen Persönlichkeit gearbeitet.

Als aus mir Andersen wurde, habe ich das besser gemacht. Habe alles bedacht. Der Name selber war das Unwichtigste. Ich hätte mich auch Schmidt nennen können. An meiner neuen Rolle hätte es nichts geändert.

Ich möchte wissen, ob ich sie gut gespielt habe.

Jetzt heiße ich Jonas, und Federico und Max gehen mit mir in den Zoo. Federico und Maja. Na schön, soll sie so heißen. Eine Giraffe bleibt eine Giraffe, auch wenn man an ihrem Gehege das Schild auswechselt und sie mit «Löwe» anschreibt.

168

Ich will hier nicht sein. Es verwirrt mich. Ich will das nicht.

Sie sollen mit mir zu den Vögeln gehen oder zu den Fischen. Zu den Schlangen, von mir aus.

Nein. Nicht zu den Schlangen.

«Sie sind in mir drin!», hat der Schlangenmann geschrien.

Ich will das nicht.

Max und Federico wollen, dass ich gestehe. Dass ich zugebe, wer ich wirklich bin.

Ich bin Andersen.

Andersen. Andersen. Andersen.

Nein, nicht Andersen. Ich bin Jonas.

Ich bin ein kleines Kind. Harmlos. Ich war nie etwas anderes.

Nie.

Pitsche patsche.

Jetzt rüttelt er am Gitter. Am Anfang tun sie das manchmal noch. Hämmern gegen die Tür. Schreien. Später werden sie still. Sitzen nur noch da.

Manchmal weinen sie.

Die Leute lachen. Ganz viele Leute. Kinder. Er rüttelt am Gitter, und sie lachen.

Ich habe das Gelächter angeordnet. Wenn über sie gelacht wird, verstärkt das die Wirkung des Eingesperrt-Seins.

Das Gitter war stärker als er. Natürlich. Das Gitter ist immer stärker. Jetzt sitzt er auf dem Boden, den Kopf gesenkt. Hat resigniert. Das ist der Moment, um ihn zu verhören. Die entscheidenden Fragen zu stellen. «Ihr müsst den richtigen Augenblick erspüren», sage ich meinen Leuten immer.

Habe ich meinen Leuten immer gesagt.

Nie gesagt.

Ich bin das nicht gewesen. Ich bin Jonas.

Jonas. Jonas. Jonas.

Ich weiß, er ist nur ein Affe, aber er sieht aus wie ein Mensch.

Ich will hier nicht sein.

Ich schreie und schlage um mich.

Ich schreie.

Sie sind verwirrt. Wissen nicht, was passiert ist. Fragen sich, was sie falsch gemacht haben.

«Ich dachte, alle Kinder lieben Affen», sagt Federico.
«Es wird nichts damit zu tun haben», sagt Max.

169

Wir sind nach Hause gefahren, und sie haben mich früh ins Bett gesteckt. Ich bin froh darüber. Aber ich kann nicht einschlafen. Ich werde das Bild dieses Affen nicht los, wie er an seinem Gitter rüttelt. Ich werde die Bilder nicht los.

Einsperren ist ein anspruchsvolles Handwerk. Die Zelle muss zum Häftling passen wie der Schuh zum Fuß. Es braucht Maßarbeit, um sicherzugehen, dass er auch wirklich drückt.

Als ich den Posten übernahm, galt Dunkelhaft als besonders wirksam, ein Aberglaube, der keiner praktischen Überprüfung standhielt. Nur schon, weil es sehr aufwendig ist, völlige Dunkelheit herzustellen. Die Augen werden empfindlich und nehmen den schwächsten Lichtschein auf. Nicht einmal die Dunkelheit vor meiner Geburt war absolut. Außerdem verunmöglicht die Abwesenheit von Licht eine sinnvolle Überwachung.

Meine Anordnung, einige Türen durch Gitter zu ersetzen, stieß zunächst auf Widerstand. Vor allem bei jenen Mitarbeitern, die schon unter meinem Vorgänger dabei gewesen waren. Sie blieben dann nicht mehr lang in der Mannschaft. Bekamen nicht mehr mit, wie sich meine Methode bewährte.

Hinter einem Gitter sperrt man die Leute am besten nackt ein. Sie sollen spüren, dass ihnen nichts mehr gehört, nicht einmal der eigene Körper. Tiere im Käfig. Ich hatte meine Leute angewiesen zu lachen, wenn sie an den Käfigen vorbeigingen. Am wirksamsten ist das bei Frauen. Vor allem bei älteren.

Allerdings wirkt das Verfahren nicht über längere Zeit. Das Schamgefühl stumpft ab. Aber wir haben selten längere Zeit gebraucht.

Ein paar der Dunkelzellen habe ich beibehalten und nur ihre Verwendung verbessert. Man muss den Häftling mit fest verbundenen Augen hineinführen, das wurde vor meiner Zeit sträflich vernachlässigt. Man vermindert die Wirkung, wenn er sich orientieren kann, bevor die Tür geschlossen wird.

Am andern Ende der Skala können auch Licht und Lärm sehr wirksam sein. Der Mensch hält es nicht lang ohne Schlaf aus.

Die meisten Häftlinge fürchten sich vor Ratten. Ich habe das nie ganz verstanden. Sie beißen nur, wenn sie wirklich ausgehungert sind.

Zur Vorbereitung von Verhören eignen sich auch die ganz engen Zellen, in denen man weder aufrecht stehen noch sich hinlegen kann. Die angestrebten Schmerzen stellen sich schon in der ersten Stunde ein.

Ideal wäre eine Zelle gewesen, die man allmählich immer mehr hätte verkleinern können. Bewegliche Wände und eine absenkbare Decke. Ich bin nicht mehr dazu gekommen, mir das konstruieren zu lassen.

Ich darf an diese Dinge nicht denken. Sie dürfen nicht gewesen sein.

170

Ich lenke mich ab, indem ich mich auf Phantasien konzentriere.

Schon in der Schulzeit habe ich von magischen Kräften geträumt, die mich stärker und mächtiger machen würden als den Rest der Menschheit. Die Brille, mit der man durch Kleider sehen konnte. Ein Paar Schuhe, gläserne Schuhe, wenn man in die hineinschlüpfte, wurde man unsichtbar. Ein Zauberstab, den man nur zu schwingen brauchte, und schon hielt die Zeit an. Für die andern natürlich nur, nicht für mich. Sie froren ein, bewegungslos, und ich konnte mich zwischen ihnen bewegen, wie ich wollte. Konnte mit ihnen anstellen, was ich wollte. Konnte sie anfassen, konnte sie schlagen, konnte …

Lustige Dinge. Ich muss mir lustige Dinge vorstellen.

Ich könnte mich nachts, wenn Federico und Maja eingeschlafen sind, ins Schlafzimmer schleichen und ihnen irgendwelchen Unsinn ins Ohr flüstern. Am nächsten Morgen würden sie sich dann daran erinnern und glauben, sie hätten eine Botschaft empfangen. Aus dem Jenseits oder aus dem Unterbewusstsein. Beim ersten Mal würden sie darüber lachen, würden es wegwischen, aber in der nächsten Nacht würde ich es wieder tun. Und in der übernächsten. Ich bin sicher, ich könnte sie in den Wahnsinn treiben, oder doch in einen Zustand, in dem sie sich selber für verrückt hielten. Bei ihr wäre es einfacher als bei ihm, aber funktionieren würde es bei beiden. Der menschliche Verstand ist eine fragile Konstruktion. Es braucht nicht viel, um ihn in Scherben zu legen.

Oder … Nur so zum Zeitvertreib … Ich könnte bei der Polizei anrufen, mit meiner hohen Stimme, die sie für die einer Frau halten würden, einer Nachbarin vielleicht. Ich könnte einen Einbruch melden oder einen Überfall. Sie würden angerast kommen, mit Blaulicht und Sirene, und ich hätte Unterhaltung für eine halbe Stunde.

Oder …

Ich könnte anstellen, was immer ich wollte, und niemand würde mich verdächtigen. Weil ich ja noch gar nicht reden kann oder mir so etwas ausdenken oder überhaupt etwas Interessanteres tun als Klötzchen aufeinandertürmen und Windeln füllen. Ein kleiner Junge braucht keine Zauberschuhe, um unsichtbar zu sein. Ich existiere für sie nicht wirklich. Nicht als handelndes Wesen.

Ich könnte …

Natürlich werde ich nichts von all dem tun.

Ich denke mir diese Sachen nur aus, weil mein Verstand Anregung braucht. Das einzige Buch, das seit einigen Wochen in meinem Zimmer steht, kenne ich schon zu gut.

Grimms Märchen.

171

Eine uralte Ausgabe. Noch in der schönen Frakturschrift, mit der ich aufgewachsen bin. Der erste Buchstabe jeder Geschichte, fast immer ein E, ist jedes Mal in ein kleines Bild eingebaut. Rumpelstilzchen versucht, seinen Anfangsbuchstaben auseinanderzureißen. Beim «Gestiefelten Kater» hat sich eine Katze dahinter versteckt, wohl um einer Maus aufzulauern. Und so weiter.

Ich weiß nicht, wo sie das Buch herhaben. Und warum sie es in mein Regal gestellt haben. Ich bin noch zu klein, als dass man mir Märchen vorlesen könnte. Bilderbücher sind das höchste der Gefühle. Wie macht die Kuh? Muh.

Und warum so ein altes Buch? Vielleicht ist es ein Familienerbstück, noch von Arnos Großmutter oder Helenes Großvater her. Sie könnten daraus vorgelesen haben, so wie meine Mutter es für mich getan hat.

Oder, ebenso denkbar: Sie haben den alten Band irgendwo in einer Grabbelkiste entdeckt und ihn gekauft, weil sie gedacht haben: Wenn der Jonas größer ist, wird er Freude an den Bildern haben.

Egal. Es ist was zu lesen.

Diese Märchen, das wusste ich gar nicht, sind gar nicht so süßlich, wie ich sie in Erinnerung hatte. Meine Mutter hat da eine Menge weggelassen. Hat die Geschichten zensuriert. Bei ihr kam darin kein Fass vor, «von siedendem

Öl und von giftigen Schlangen angefüllt». Es wurde niemand auf dem Scheiterhaufen verbrannt oder im Wald von wilden Tieren gefressen. Sie dachte wohl, solche Dinge könnten mir Schaden zufügen.

Man tut niemandem einen Gefallen, wenn man ihn vor der Wirklichkeit bewahrt.

Manche der Märchen hat sie ganz übersprungen. Wie die von dem kleinen Mädchen, dem ein Elf jeden Tag ein scharfes Messer leiht, weil es selber nur ein stumpfes hat und damit seine Arbeit nicht ordentlich machen kann. Am Schluss mischen sich dann die drei Brüder ein und schneiden dem Elf die Hand ab. Aus Eifersucht. Ich finde, sie hätte mir diese Geschichte ruhig erzählen können. Ich hatte keine Geschwister, vor denen ich mich hätte fürchten können.

Dieses Märchen, und noch ein paar andere, die mir gefallen, kann ich unterdessen schon beinahe auswendig. Ich freue mich jedes Mal, wenn mir eine andere Lektüre in die Hände gerät, und sei sie noch so uninteressant. Sogar den Beipackzettel von einer Flasche Hustensirup habe ich studiert.

Heute hat mir Federico eine Werbebroschüre der Firma Andersen mitgebracht. Auf dem Umschlag ist das Firmensignet abgedruckt, und er weiß – warum bloß?, wird er sich fragen –, dass mir das immer so gefällt. Der Schriftzug mit dem Pfeil, der an jeder Ladenfassade auf den Eingang weist.

Ich werde also etwas Neues zu lesen haben.

172

Es ist nicht möglich.

Es kann nicht sein.

Es ist so.

Ich muss so laut geschrien haben, dass es sie aufgeschreckt hat. Ich kann mich an den Schrei nicht erinnern, aber es ist nur logisch, dass ich heftig reagiert habe.

Es wäre logisch gewesen, dass ich gesungen und getanzt hätte.

Als Maja ins Zimmer kam, hatte sie nichts an. Jetzt, hinterher, kann ich mir in Erinnerung rufen, dass ihre Haut feucht glänzte. Es hat mich in jenem Moment nicht interessiert, und es interessiert mich auch jetzt nicht.

Jetzt ist nur noch eines wichtig.

Federico hat seinen Arm um mich gelegt und mir ein italienisches Lied vorgesungen. Ein Schlaflied, nehme ich an. Er hat eine angenehme Stimme.

Sein Körper – auch er war nackt – roch sehr männlich, nach Schweiß und ein bisschen nach Fisch. Ich muss die beiden in einem intimen Moment gestört haben.

Es interessiert mich nicht.

Mich interessiert nur noch etwas.

Maja, es konnte bei ihr nicht anders sein, wollte unbedingt herausfinden, was mich so erschreckt hatte. Ich habe an die Wand gezeigt, wo die Scheinwerfer vorüberfahrender Autos Schatten werfen. Sie sollen denken, dass mir das Angst gemacht hat.

Mir hat nichts Angst gemacht.

Ich habe die schönste Überraschung erlebt, die ich mir vorstellen kann.

In meinem Zimmer brennt ein Nachtlicht, ein Clown mit einer leuchtenden roten Nase. Federico hat sich vorgenommen, dort morgen eine stärkere Glühbirne einzuschrauben.

Das Licht ist hell genug. Ich brauche kein anderes. Wenn jemand ins Zimmer kommt, kann ich übergangslos einen glaubhaften Schlaf vortäuschen.

Im Licht der roten Clownsnase habe ich gelesen …

Ich habe gelesen …

Kein Wunder, dass ich geschrien habe.

Erst einmal zuvor habe ich ein solches plötzliches Glücksgefühl, eine solch freudige Überraschung erlebt. Das war damals, als ich …

Man kann es nicht vergleichen. Natürlich nicht. Trotzdem.

«Weihnachten und Ostern an einem Tag», nannte meine Mutter solche Momente. Heute ist Weihnachten und Ostern und Pfingsten.

Ich kann nicht mehr als acht Jahre alt gewesen sein. Neun allerhöchstens. Ich hatte noch kurze Hosen an, daran erinnere ich mich. Obwohl Winter gewesen sein muss.

Es war der große Tag des Katecheten Lämmle. Einmal im Jahr, in der Adventszeit, durfte er einen Basar organisieren, für die Mission in Afrika. Dort wurden Kuchen verkauft, von den Frauen aus der Gemeinde gebacken, selbstgemachte Stickereien und ähnliche Dinge. Bählämmchen hatte schon Wochen vorher die Bettelrunde gemacht, von Wohnung zu Wohnung, und hatte jedes Mal den Kaffee, den man ihm dort anbot, als den besten gelobt, den er je getrunken habe.

Bei diesem Anlass im Gemeindesaal musste man sich zeigen, das wurde erwartet, und man musste Geld ausgeben, das gehörte sich so. Meine Eltern stritten jedes Mal vorher darüber, wie viel Geld das sein müsse. So wenig wie möglich, war der Standpunkt meines Vaters. Genug, um nicht als geizig zu gelten, darauf bestand meine Mutter. In unserer Gegend schaute man sich auf die Finger.

Nachbarn, das habe ich mir oft zu Nutzen gemacht, sind gute Auskunftspersonen. Sie wissen meist Intimeres zu erzählen, als der Betroffene für möglich halten würde.

Für uns Kinder war das Wichtigste ein Stand, den der Katechet Lämmle persönlich betreute. Er besaß dafür eine Vorrichtung – oder bastelte sie jedes Jahr neu zusammen, ich weiß es nicht –, die aus ganz vielen Schnüren bestand. An einem Ende waren sie zu einem dicken Bündel ineinandergedreht, am andern liefen sie einzeln über Kerben in einer quer angebrachten Latte, und an ihnen hingen die Dinge, die man gewinnen konnte. Für fünf Pfennig durfte man an einer Schnur in dem Bündel ziehen, und den Gegenstand, der dann in die Höhe stieg, hatte man gewonnen.

Es kam darauf an, die richtige Schnur zu erwischen, denn an den meisten waren nur kleine Kekse befestigt, vom Spezereienhändler Kasper gestiftet, weil sie zum Verkaufen nicht mehr frisch genug waren. Man wusste aus der Erfahrung früherer Jahre, dass sie so trocken waren wie gepresster Staub. Es gab Bleistifte und Radiergummis, und es gab …

Seltsam, was man als kleiner Junge als Kostbarkeit empfindet.

Da hing ein echter Orden. Ich kann mir heute noch nicht erklären, wie Lämmle dazu gekommen ist. Ein Kreuz, fast wie das Eiserne, zwei gekreuzte Schwerter und in der Mitte das emaillierte Bild eines roten Adlers.

Wenn ich einen solchen Orden besäße, dachte ich damals, würde ich nie wieder einen anderen Wunsch haben.

174

Ich habe meine fünf Pfennige bezahlt. Ich habe an der Schnur gezogen. Ich habe den Orden gewonnen. Glück. Einen trockenen Keks hatte ich erwartet, und jetzt besaß ich, ein achtjähriger Junge, den Roten Adlerorden vierter Klasse.

Ich stellte mir vor, wie ich ihn an meiner Strickjacke befestigen und damit zur Schule gehen würde, von allen Mitschülern beneidet. Sie hatten an Bählämmchens Glücksbude auch alle ihre halben Groschen investiert und bestenfalls einen Bleistiftspitzer gewonnen. Ich stellte mir vor …

Es kam anders.

Mein autoritätsgläubiger Vater war empört darüber, dass jemand eine solche Auszeichnung einfach verschenkt hatte – «für einen Kirchenbasar!», als ob das die Freveltat noch schlimmer gemacht hätte. Er beschlagnahmte das emaillierte Kreuz und sperrte es in die Schublade ein, in der er auch die Familienpapiere aufbewahrte. «Einen Orden gewinnt man nicht durch Zufall», dozierte er. «Einen Orden muss man sich verdienen.»

Jahre später habe ich mir dann einen Orden verdient. Wenn ich ihn auch nie tragen durfte. Und es meinem Vater nie erzählen.

Auf Dauer wurde ich mit meinem Gewinn also nicht glücklich. Aber den Augenblick, in dem mir klar wurde, dass ich die richtige Schnur erwischt hatte, diesen unerwarteten, wunderbaren Glücksmoment, den konnte mir mein Vater nicht mehr wegnehmen.

Heute habe ich einen noch viel größeren Gewinn gemacht.

Wenn ich erwachsen wäre, wenn ich der Erwachsene wäre, der ich einmal gewesen bin und in zwanzig Jahren wieder sein werde, dann würde ich jetzt eine Flasche Champagner aufmachen. Eine Lokalrunde schmeißen.

Als er sein Abiturzeugnis bekam, unerwartet und nur gnadenhalber, als Dank für die freiwillige Meldung zum Militärdienst, da hat Udo Herges einen Wurstkranz aus der Metzgerei seines Vaters geholt, hat ihn sich wie eine Ordenskette um den Hals gelegt und uns alle mit Jagdwurst traktiert.

Im Lazarett gab es einen Krankenpfleger, Kümmerlich hieß er oder Kärglich, irgend so ein lächerlicher Name, der war Vater geworden, doppelter Vater sogar. Als er die Nachricht bekam, verteilte er Zigarren an seine Patienten und bestand darauf, dass jeder von uns zwei nahm, «weil es doch Zwillinge sind».

Ich bin ein kleines Kind und darf nicht einmal vor Freude schreien, weil sie sonst gleich hereinkommen und sich Sorgen um mich machen.

Ich kann nur daliegen und grinsen.

Mit der Hand über das Papier streichen, auf dem steht, dass ich in der Lotterie den Haupttreffer gemacht habe.

Den ganz großen Gewinn.

175

Als Federico mich damals für diesen Wettbewerb fotografierte, für diese Werbung, da hat er mit seiner Einsendung nicht nur zweihundertfünfzig Euro gewonnen. Mit dem Einkaufsgutschein haben sie ihm auch diese Broschüre mitgeschickt. Hochglanzpapier, mit vielen Abbildungen. Sie hatten wohl zu viele davon gedruckt, damals im Jahr 1998. Wollten sie loswerden.

1998. Als die Firma Andersen ihr fünfzigjähriges Bestehen feierte.

Soll der Junge damit spielen, wird er sich gedacht haben. Soll sich der Kleine die Bilder ansehen. Und wenn er in kindlichem Ungeschick die Seiten herausreißt oder zerknüllt, dann schadet das auch nichts. Ich will mir das Ding ja nicht ins Bücherregal stellen. Wird er sich gedacht haben.

Ich habe die Broschüre mit ins Bett genommen, um sie, wenn sie mich schlafend glaubten, in Ruhe studieren zu können. Ich bin ausgehungert nach jeder Art von Information. Ich habe mir nichts Besonderes davon erhofft. Schon gar nicht die freudige Überraschung, die ich dann erlebte.

Kein Wunder, dass ich geschrien habe.

Fünfzig Jahre Andersen.

Eine Festschrift zum fünfzigsten Firmenjubiläum. Mit einem feierlichen Vorwort, das sie sich bestimmt von einem Werbefachmann haben schreiben lassen.

Eine Liste aller Orte, in denen sich eine Andersen-Filiale befindet. Eine lange Liste. Hinter manchen Ortsnamen steht in Klammern eine Zahl. 2, 3, 5. Einmal sogar 14. Was bedeutet, dass die Firma dort mehrfach vertreten ist. Im Ganzen sind es 611 Filialen. Waren es 1998 611 Filialen. Unterdessen können es schon wieder mehr sein.

Ein Artikel über die Geschichte des Konzerns. Man nennt es wohl Konzern, wenn ein Betrieb so viele einzelne Geschäfte umfasst. Mit wirtschaftlichen Dingen habe ich mich wenig befasst. Ich werde das nachholen müssen.

Gegründet 1948. Auf einer Fotografie aus der Zeit ist der allererste Laden zu sehen, in einem Kaff, dessen Namen ich noch nie gehört hatte. Der Ort ist auch nicht wichtig. Ein kleines Geschäft halt, irgendwo. Noch ohne Pfeil über der Eingangstüre. Ein bescheidener Quartierladen.

Die Aufschrift auf dem blechernen Firmenschild haben sie vergrößert. Damit man den Namen des Inhabers gut lesen kann.

Damian Andersen.

Damian.

Ich habe nur daran gedacht und muss schon wieder geschrien haben.

176

Sie haben mich in ihr Bett getragen, ins Ehebett von Helene und Arno. Ich liege zwischen ihnen. Unsere Körper berühren sich.

Maja streicht mir beruhigend über den Arm, immer wieder. Ihr Atem riecht nach Pfefferminze.

Ich will mich nicht beruhigen. Ich will meine Aufregung genießen.

Federico summt seine italienische Melodie. Sie bewegt sich im Kreis. Immer, wenn man aus der Logik der Melodie den letzten Ton erwarten würde, wird er wieder zum ersten. Die Gleichförmigkeit soll mich zum Einschlafen bringen.

Sie sind nett und meinen es gut.

Aber ich werde heute Nacht nicht schlafen. Es gibt zu vieles, über das ich nachdenken muss.

Ich war davon ausgegangen, dass ich mich irgendwann, größer, älter, erwachsener, auf die Suche nach den Spuren machen würde, die ich als Andersen hinterlassen habe. Einwohnermeldeämter. Todesanzeigen. Ich hatte mir diese Suche langwierig vorgestellt. Ein so großes Land mit so vielen

Städten, habe ich gedacht, das kann Jahre dauern. Und es konnte ja auch sein, dass ich ausgewandert war, dass ich irgendwo auf der Welt ganz neu angefangen hatte. Amerika hat mich immer interessiert.

Ich bin nicht ausgewandert.

Leute, die Andersen heißen, kann es jede Menge geben. Aber Damian?

Und die Zeiten passen zusammen.

«Er eröffnete seinen ersten Laden», stand in der Broschüre, «kurz nach der Währungsreform.» Ich weiß nicht mit Sicherheit, was das für eine Reform war, aber ich kann es mir vorstellen. Sie werden eine neue Währung geschaffen haben, weil die alte durch den Krieg ihren Wert verloren hatte. Oder die Sieger haben ihre eigene Währung eingeführt.

Es spielt keine Rolle. Es war ein neuer Anfang. Damian Andersen hat seinen ersten Laden eröffnet.

Ich habe meinen ersten Laden eröffnet.

Ich möchte mich daran erinnern können.

Ich muss doch noch eingeschlafen sein. Liege jetzt allein in dem breiten Bett. Aus dem Badezimmer höre ich, wie Federico etwas ruft und sich gleichzeitig die Zähne putzt. Es klingt wie eine fremde Sprache. Maja scheint trotzdem verstanden zu haben, was er meint. Ich höre die beiden lachen.

Ich schließe die Augen noch einmal. Ich will nicht, dass sich schon jemand mit mir beschäftigt. Ich will allein sein.

Nur wir beide. Andersen und ich.

177

Es ist ein seltsames Gefühl zu wissen, wie lang man tot gewesen ist, bevor man zur Welt kam.

Da ist eine Fotografie in der Broschüre, und darunter stehen zwei Jahreszahlen. 1903 – 1972.

Die erste Zahl habe ich für Andersen erfunden. Die zweite wird wohl stimmen.

Ich war dreißig Jahre tot.

Ich frage mich, ob das eine durchschnittliche Zeitspanne ist. Geht es automatisch vor sich, oder hat der eigene Wille einen Einfluss darauf, wie schnell man wieder aufs Karussell steigt? Ich war schon immer ein ungeduldiger Mensch.

Von meinem letzten Körper wird nicht mehr viel übrig sein. Die Zähne vielleicht oder ein paar Knochen. Wenn sie mich nicht haben verbrennen lassen, obwohl mir das nicht gepasst hätte. Möglich, dass ich mir das eine gewünscht habe, und es ist dann doch das andere geschehen. Auch das gehört wohl zum Tod: dass man jeden Einfluss verliert.

So oder so wird es eine Grabstelle geben. Einen Ort, der sich finden lässt. Es wird einen Stein für mich geben. Marmor mit goldenen Lettern. Ich scheine ein reicher Mann gewesen zu sein, da werden sie mich nicht namenlos verscharrt haben. Nicht so, wie wir es mit den Objekten gemacht haben, die wir für die Befragungen nicht mehr brauchten.

611 Filialen.

Vielleicht habe ich angeordnet, in meinem Testament oder schon vorher, dass sie das Firmenzeichen auf den Stein gravieren. Oben der Name und darunter der Pfeil. Er wiese dann in die Erde hinein. Da unten liegt Damian Andersen, würde das heißen. So etwas würde mich amüsiert haben.

In der Broschüre stand nicht, wo ich gelebt habe. Am Anfang in einer Stadt, das hatte ich mir vorgenommen. Aber am Ende? Ich stelle mir eine Villa vor, irgendwo in einer schönen Gegend. In den Bergen vielleicht oder an einem See.

Ich weiß so wenig.

Ob ich zu Hause gestorben bin? In einem Krankenhaus? War es ein langsamer Tod, oder hatte ich Glück, und es ging schnell? Vielleicht hat mich bei einem Spaziergang der Schlag getroffen, oder ein Auto hat mich überfahren. Ich werde das alles noch herausfinden. Alles. Das ist eine Sache, die ich besser kann als alle andern: Dinge herausfinden.

Ich liege in Arnos und Helenes Bett und denke darüber nach, was alles gewesen sein kann. Habe ich allein gelebt? War ich verheiratet? Hatte ich Kinder?

Wenn ich – nur mal als Annahme – mit sechzig noch Vater geworden bin, dann wären meine Kinder jetzt auch schon …

Und wenn diese Kinder auch wieder Kinder hätten …

Es gibt so vieles, über das ich nachdenken muss.

Ich studiere das Bild von Andersen. Es muss ein Bild von mir sein, aber ich hätte mich darauf nicht erkannt.

Natürlich nicht. Ich werde darauf geachtet haben, dass mich niemand aus den alten Tagen auf einer Fotografie erkennen kann.

Ich trage eine Brille mit breitem schwarzen Rand. Mit einer Brille lässt sich ein Gesicht leicht verändern. Dabei hatte ich immer gute Augen. Es gibt keinen Grund, warum sich das später geändert haben sollte. Es wird Fensterglas sein.

Damals, als so etwas noch in meiner Macht lag, hätte ich den Brillenmacher nach getaner Arbeit verhaften lassen. Ein Vorwand findet sich immer. Hätte ihn aus dem Verkehr gezogen, damit er niemandem etwas erzählen kann. Das wird mir als Andersen nicht mehr möglich gewesen sein. Aber es gibt andere Wege. Ich bin sicher, dass der Verkäufer nie erfahren hat, für wen die Brille bestimmt war.

Ich habe den Kopf in die Hand gestützt, die Finger vor dem Mund. Auch die nachdenkliche Pose wird kein Zufall sein. So kann man die Form meines Mundes nicht erkennen.

Hinter der vorgehaltenen Hand lächle ich vielleicht.

Leider ist die linke Hand, die fehlende, auf dem Bild nicht zu sehen. So wenig wie die linke Hand meiner Mutter auf ihrem Hochzeitsfoto. Ich würde gern wissen, wie ich als Andersen mit den Folgen meiner Kriegsverletzung umgegangen bin. Eine Prothese? In dem kurzen biographischen Artikel stand nichts darüber. Ganz bestimmt werde ich meine Verstümmelung nicht versteckt haben. Nur schon weil sie mich von dem Mann unterschied, der ich davor gewesen bin und nach dem vielleicht gefahndet wurde.

Nach dem ganz bestimmt gefahndet wurde.

Die Haare kurzgeschnitten, wie es immer meine Gewohnheit war. Graue Haare. Es steht nicht dabei, wann das Bild aufgenommen wurde, aber ich muss zu dem Zeitpunkt schon älter gewesen sein.

Die Fotografie wurde in einem Büro gemacht. Ich sitze hinter einem völlig leeren Schreibtisch. Noch nicht einmal ein Telefon steht darauf. Bei meiner Vorliebe für einen aufgeräumten Arbeitsplatz bin ich also geblieben. Eine unordentliche Umgebung ist ein Zeichen für einen unordentlichen Verstand. Auch deshalb fühle ich mich in diesem Kinderzimmer nicht wohl. Aber wenn ich nicht auffallen will, geht es nicht anders. In meinem Alter wird Chaos von mir erwartet.

Ein Detail auf der Fotografie beweist mir, dass es mich darstellen muss:

An der Wand hinter dem Schreibtisch hängt ein japanisches Rollbild, eine mit wenigen Tuschestrichen angedeutete Landschaft. Ich habe diese Art von Kunst schon immer geliebt.

Sie sollen jetzt kommen und mich saubermachen.

179

Nur mit der Windel bekleidet, stehe ich vor dem großen Garderobenspiegel im Flur. Die Broschüre habe ich auf der Seite mit der Fotografie aufgeschlagen und halte sie so, dass ich sie spiegelbildlich betrachten kann. Ich glaube die Gesichtszüge zu erkennen, die mich all die Jahre beim Rasieren angesehen haben. Sie sind älter geworden, natürlich, deshalb war ich mir nicht gleich sicher. Ich habe mich nicht als alten Mann gekannt.

Ich kann mich nicht daran erinnern, mich als alten Mann gekannt zu haben.

Federico und Maja stehen tuschelnd unter der Tür des Schlafzimmers. Sie beobachten mich. Ich nehme an, sie diskutieren darüber, was mein seltsames Verhalten wohl zu bedeuten hat. Maja, da habe ich keinen Zweifel, wird sich schon eine kluge Erklärung dafür einfallen lassen.

Sie scheinen beide sehr früh aufgestanden zu sein. Wahrscheinlich hat die Sorge über mein unruhiges nächtliches Verhalten sie nicht schlafen lassen. Um sie zu beruhigen, lache ich und klatsche in die Hände.

Pitsche patsche.

Dann watschle ich ins Wohnzimmer und klettere aufs Sofa. Wenn ich auf die Lehne steige, reicht mein Arm bis zu dem Regal, in dem Helene ihre kleinen silbernen Schallplatten aufbewahrt. Ich hole eine der Hüllen heraus, wobei ich darauf achte, dass es zufällig aussieht. Die ziellose Neugierde eines kleinen Kindes.

Niedlich.

Federico und Maja beobachten mich immer noch. Ich drehe mich nicht um, aber ich kann ihre Anwesenheit spüren.

Auf der Hülle – nein, in der Hülle, aber durch das durchsichtige Material zu sehen – ist das bunte Rosettenfenster einer Kathedrale abgebildet.

Ich klettere wieder auf den Boden, klappe die Hülle auf und lasse die Platte auf den Boden fallen. Hebe sie auf und gehe zu dem Gerät, das Helene benutzt, wenn sie Musik spielen will. Tue so, als ob ich nicht wüsste, wo man die Platte hineinschieben muss. Probiere es so lang am falschen Ort, bis ich Maja hinter mir lachen höre.

Sie schaltet das Gerät ein. Nimmt mir die Platte ab und schiebt sie am richtigen Ort hinein.

«Gloria», singen die Stimmen. Das «Allegretto con spirito» aus der Krönungsmesse von Mozart.

C-Dur.

Fröhlich und kriegerisch.

Die Musik ist nicht zum Tanzen gemacht, aber ich tanze trotzdem. Ich habe etwas zu feiern.

Federico und Maja sehen mir zu. Er hat den Arm um sie gelegt, und sie schmiegt ihren Kopf an seine Schulter. Beide lächeln.

180

Noch während ich tanze, kriechen wieder die Zweifel in mir hoch. Krallen sich fest. Ich höre die Musik nicht mehr. Lasse mich auf den Boden fallen und verberge mein Gesicht in den Händen. Versuche nicht zu weinen. Es würde kein kindliches Weinen werden.

Gedanken können die schlimmste Folter sein.

Wenn ich es aber doch nicht bin?, denkt es in meinem Kopf. Wenn der Mann auf der Fotografie ein anderer Andersen ist, mit einer anderen Geschichte? Wenn alle Übereinstimmungen nur Zufall sind?

Aber er heißt Damian. Ein seltener Name. Altmodisch. Ich bin nie jemandem begegnet, der so hieß. Kenne den Namen nur aus einer dieser Märtyrergeschichten, die Bählämmchen so gern erzählte. Er genoss es, uns die Leiden der für ihren Glauben Gefolterten in allen Einzelheiten zu schildern. Leckte sich nach jedem abgeschnittenen Kopf und jedem aufgeschlitzten Bauch die Lippen wie nach einer guten Mahlzeit. Besonders begeistert war er von der heiligen Ursula und ihren elftausend hingeschlachteten Jungfrauen. Und eben von Cosmas und Damian. Nicht nur ertränkt, sondern auch verbrannt. Und dann noch gesteinigt. Das war etwas für ihn.

Damian Andersen. Es kann kein Zufall sein. Es passt alles zu gut zusammen.

Ich will nicht, dass es Zufall ist.

Obwohl …

Ich hatte da einmal einen Fall, Sebastian Werlenbacher hieß er, ich werde den Namen nie vergessen. Werlenbacher. Kein Alltagsname. Es gab Indizien gegen ihn, ganz klare Indizien, der Name wurde mehrfach in abgefangenen Briefen erwähnt, sogar mit Adresse. Aber als wir ihn dann in der Mache hatten, war nichts aus ihm herauszukriegen. Auch als wir die schärfsten Mittel anwendeten, schwor er immer noch, nicht zu wissen, was wir von ihm wollten. Behauptete es noch im Sterben.

Später stellte sich dann heraus, dass jemand anderes seinen Namen verwendet hatte. Als Pseudonym, zufällig aus dem Telefonverzeichnis gepickt. Damit niemand seine wirkliche Identität ausplaudern konnte.

Es wäre also denkbar …

Die Enttäuschung, nur schon der Gedanke an die Enttäuschung, ist fast nicht auszuhalten. Ich war so sicher, mich gefunden zu haben.

Nein.

Ich bin immer noch sicher. Es ist logisch, dass es so sein muss.

Aber wenn es nicht so ist …

Hin und her.

Bin ich es, oder bin ich es nicht?

181

Es ist gar nicht anders möglich, als dass ich es bin. Wie könnte sonst alles so gut zusammenpassen?

Ich muss ihnen entkommen sein, nachdem ich durch diese Tür ging. Vielleicht haben sie mich verhaftet und wieder freigelassen, oder – das ist wahrscheinlicher – ich bin ihnen überhaupt nicht aufgefallen. Es müssen Tausende unterwegs gewesen sein, damals, und an mir war nichts Auffälliges. Außer der fehlenden Hand. Aber auch das wird es nach dem Krieg oft genug gegeben haben.

Ich werde zunächst in eine große Stadt gezogen sein, so wie ich es vorhatte, werde eine Arbeit gefunden haben oder auch keine, werde so oder so jeden Morgen aus dem Haus gegangen sein und jeden Abend wieder zurückgekommen. Werde mich in die Regelmäßigkeit dieser Lebensweise eingewickelt haben wie in einen grauen Umhang. Alles so, wie ich es mir vorgenommen hatte.

Und dann, nach einem Jahr oder nach zweien, werde ich verschwunden sein, ohne Erklärung. Es wird keiner nach mir gefragt haben. Andersen, so wie ich ihn mir ausgedacht habe, war kein interessanter Mensch. Nicht in seinen Anfängen.

Später dann …

Wenn ich es bin.

Als Erstes werde ich zu dem Gerichtsgebäude gegangen sein. Einen blauen Arbeitsmantel werde ich angehabt haben. Einen Putzeimer in der Hand. So hatte ich es geplant. Ein Hausmeister ist niemandem einen zweiten Blick wert. Ich werde auf den Dachboden gestiegen sein und mir geholt haben, was ich dort deponiert hatte. Werde auch die anderen Verstecke geleert haben.

Vier kleine Pakete mit dem Anfang einer neuen Existenz. Vielleicht auch nur drei. Es war nie ganz auszuschließen, dass jemand zufällig auf eines davon stoßen würde. Auch das war in meinen Plänen schon einberechnet.

Goldmünzen sind eine Währung, die keine Entwertung zu fürchten braucht. Diamanten ohnehin. Ich werde das Grundkapital für einen Laden gehabt haben. Für einen zweiten und einen dritten.

Zuerst nur Milchprodukte, das macht Sinn. Andersen war als Bauernsohn konzipiert, als jemand, der weiß, wie man eine Kuh melkt. Nach dem Krieg werden die Leute Hunger gehabt haben.

Dann, ganz allmählich, immer noch ein weiteres Produkt. Ein weiterer Laden. Und noch einer.

Es passt alles zusammen. Auch wenn ich vorläufig keinen anderen Beweis dafür habe als eine vier Jahre alte Jubiläumsbroschüre. Mit einer Fotografie, auf der ich mich nicht erkenne.

182

Seit ich weiß, was mir als Andersen gelungen ist, seit ich es zu wissen glaube, habe ich Mühe, im Alltag meine Rolle zu spielen. Ich bin abgelenkt und mache Fehler. Heute hätte ich mich beinahe verraten.

Maja hat sich in den Kopf gesetzt, Helene mit meinem ersten verständlichen Wort zu überraschen. Sie will ihrer Freundin triumphierend vorführen, was man mit Psychologie alles erreichen kann.

Eine halbe Stunde lang hat sie mir ein Stückchen Schokolade vors Gesicht gehalten und ständig wiederholt: «Sag ‹Schokolade›! Sag ‹Schokolade›!» Natürlich habe ich geschwiegen, obwohl ich meinen Sprechapparat unterdessen gut genug beherrsche. Für erste Worte ist es noch zu früh. Ich würde damit meine Bemühungen untergraben, ein möglichst durchschnittliches Kind zu sein.

«Sag ‹Schokolade›! Sag ‹Schokolade›!»

Ich habe sie nur angesehen und nicht reagiert. Als sie mit ihrem Spielchen gar nicht mehr aufhörte, wollte ich eigentlich nur das Gesicht verziehen und ein bisschen weinen. Aber ich war mit meinen Gedanken bei Andersen, bei all den Dingen, die ich über ihn herausfinden will.

Über mich.

Ich hatte mich nicht unter Kontrolle. Ein zweites Mal darf mir das nicht passieren. Ich hätte nur wortlos ein bisschen greinen müssen, aber stattdessen ist mir ein ganzer Satz herausgerutscht.

«Halt dein Maul, blöde Zicke!», habe ich gesagt.

Maja ist erschrocken, wie ich noch nie einen Menschen habe erschrecken sehen. Die Augen weit aufgerissen. Als ob sie ein Gespenst gesehen hätte. Hat die Schokolade fallen lassen und ist aus dem Zimmer gerannt.

Milchschokolade. Bei uns zu Hause gab es die nur zu Weihnachten.

Sie hat Federico in der Firma angerufen, und er ist früher nach Hause gekommen. Nicht weil er ihr die Geschichte glaubte, sondern weil er sich Sorgen um sie machte. Um ihren Verstand. Als er in mein Zimmer kam, war ich natürlich wieder ganz harmloser kleiner Junge. Habe mit meinem Teddybären gespielt.

«Da da», habe ich gesagt. «Da da da.»

Maja hat schrill und hysterisch darauf bestanden, sie habe mich den Satz wirklich, wirklich sagen hören. Federico hat es ihr nicht geglaubt. Natürlich nicht. «Du bist überarbeitet», hat er gesagt, obwohl Überarbeitung nun wirklich das Letzte ist, was man mit Maja in Verbindung bringen würde.

Der Lapsus wird sich ausbügeln lassen.

183

Unterdessen glaubt sie selber, dass sie sich alles nur eingebildet hat. Hat sich schon eine ganze Theorie darum herum gebaut: Sie müsse den Satz unbewusst irgendwo aufgenommen haben, wahrscheinlich auf dem Heimweg von der Universität. In der Straßenbahn hätten sich zwei junge Leute heftig gestritten, und wahrscheinlich seien dort diese Worte gefallen und hätten sich irgendwie in ihrem Gedächtnis festgehakt. Mir soll's recht sein, wenn sie sich das einredet. Sie findet sich wahnsinnig interessant dabei und würde sich am liebsten auf die eigene Couch legen und sich selber analysieren.

Ich habe einmal versucht, einen Psychologen in meine Mannschaft zu holen. Er sollte uns einen direkteren Zugang zu den einzelnen Charakteren ermöglichen, aber das hat nicht funktioniert. Psychologen sind keine Praktiker.

Um Maja noch mehr davon zu überzeugen, dass sie sich geirrt haben muss, demonstriere ich meine kindliche Harmlosigkeit, indem ich besonders nett zu ihr bin. Manchmal laufe ich ohne besonderen Anlass zu ihr hin und umarme sie. Drücke meinen Kopf an ihre Beine. Schade, dass sie keinen Rock trägt. Das würde es interessanter machen.

Im Gegenzug muss ich natürlich eine Menge unerwünschter Zärtlichkeiten über mich ergehen lassen, aber das lässt sich ertragen. Sie hält sich unterdessen für besonders begabt im Umgang mit Kindern und ist ganz stolz darauf. Zu Helene, die aus Italien anrief, hat sie gesagt: «Von mir aus könnt ihr ruhig noch eine zweite Woche Urlaub dranhängen. Jonas und ich verstehen uns blendend.»

Zicke.

Immerhin: Ihren Versuch, mir meine ersten Worte beizubringen, hat sie aufgegeben.

Dafür setzt sie ihre neu entdeckte Mütterlichkeit als Mittel ein, um bei Federico immer mal wieder ganz unauffällig – wie sie meint – das Thema «Heirat» anzusprechen. Schwärmt davon, wie schön es wäre, selber Kinder zu haben. Und es sei auch gar nicht schwierig mit so einem kleinen Goldschatz, man müsse nur den richtigen Ton finden. Wenn sie mich zum Beispiel am Abend ins Bett bringe, brauche sie mir nur ein Lied vorzusingen, und gleich schlafe ich ein.

Sie singt immer dasselbe Lied, und sie singt es scheußlich. Ich habe «Guten Abend, gut Nacht» noch nie leiden können. Aber man kann sich ja schlafend stellen.

Ich spiele ihnen gern den friedlichen kleinen Jungen vor. Dafür lassen sie mich in Ruhe. Kommen nicht, wie Helene es immer macht, ständig in mein Zimmer, um zu überprüfen, ob mit mir auch alles in Ordnung ist. Ich kann mir in aller Ruhe wieder und wieder meine Broschüre ansehen. Meinen kostbarsten Besitz.

Ich weiß schon bald auswendig, was alles darin steht. Vierzehn Filialen, allein in Hamburg.

Ich bin Andersen.

Die alte Regel stimmt schon: Ein Fehler kommt nie allein. Diesmal ist mir etwas wirklich Schlimmes passiert, und es ist keine Sache, die sich ungeschehen machen lässt. Ich hätte mich beherrschen müssen, aber ich habe es nicht geschafft. Es war stärker als ich.

Die Sache hat so viel Aufsehen erregt, dass Arno und Helene einen Tag früher als geplant aus Italien zurückgekommen sind. Ich habe ihnen ihre Hochzeitsreise verdorben.

Sie machen sich Sorgen, weil sie nicht wissen, was plötzlich in mich gefahren ist. «Er wollte nur spielen», versuchen sie sich einzureden, aber sie glauben es sich selber nicht. Nicht wirklich.

Helene gibt sich Mühe, besonders zärtlich zu mir zu sein, auch wenn sie ihre Angst nicht ganz verstecken kann. Arno, wie um sich selber zu überzeugen, sagt immer wieder: «Er kann nichts dafür. Er ist doch noch nicht mal zwei Jahre alt.»

Selbst wenn ich es ihnen erklären dürfte, würden sie es nicht verstehen.

Der andere Junge – Lukas heißt er – ist schon wieder aus dem Krankenhaus entlassen. Er wird keine bleibenden Schäden davontragen, sagen sie. Eine Narbe, natürlich, aber nichts Schlimmeres. Er fürchtet sich jetzt vor allen Kindern. Besonders vor den kleineren.

Ich habe versucht, ihn umzubringen.

Maja schwafelt von einer seelischen Störung. «Da muss ein abgrundtiefer Hass in ihm vorhanden sein», hat sie wörtlich gesagt.

Ausnahmsweise hat sie recht. In jenem Augenblick war es Hass. Wenn da ein schärferes Messer gelegen hätte, wäre er jetzt tot. Mit Messern kenne ich mich aus.

Irgendwann werden sie zum Alltag zurückkehren. Werden sich eingeredet haben, dass es ein Unfall war. Federico hat jetzt schon Mitleid mit mir. «Der arme Junge muss furchtbar erschrocken sein, als da plötzlich überall Blut war.»

Ich bin nicht erschrocken. Natürlich war da Blut.

Für die Betreuerinnen in der Kita tut es mir leid. Sie werden ihren Betrieb wegen der Geschichte vielleicht schließen müssen. Die Behörden halten es für eine grobe Unachtsamkeit, dass ein kleines Kind so einfach an ein Messer herankommen konnte.

Es war nicht einfach. Die Schublade mit den Messern ist abgeschlossen. Kindersicher. Den Schlüssel dazu bewahren sie im Büro auf. Wer in der Küche arbeiten will, muss ihn sich jedes Mal holen.

Ich habe ihn mir geholt.

Es war ein Fehler, natürlich. Ich bin aufgefallen, und das hätte nicht passieren dürfen. Gerade jetzt nicht, wo ich auf die Spur von Andersen gestoßen bin. Ich will nicht aus dem Spiel genommen werden, bevor ich mehr über ihn herausgefunden habe.

Über mich.

185

Ich lag auf dem Rücken, und Lukretia hielt meine Beine in die Höhe. Sie kann beide Knöchel mit einer Hand umfassen. Mit der anderen wischte sie mir den Hintern sauber. Es ist eine entwürdigende Prozedur, besonders ärgerlich, weil sie eigentlich längst überflüssig ist. Ich bin schon seit einiger Zeit in der Lage, meinen Schließmuskel zu beherrschen, aber sie sind bisher noch nicht auf den Gedanken gekommen, mich auf ein Töpfchen zu setzen. Ich muss warten, bis es ihnen einfällt. Diese Dinge selber zu entdecken würde nicht zu meiner Rolle passen.

Bei Vernehmungen habe ich die Leute immer so lang gefesselt auf ihrem Stuhl sitzen lassen, bis sie sich vollgepisst oder vollgeschissen hatten. Viele Menschen ertragen das noch weniger als Schläge. Sie versuchen es zu vermeiden, und wenn es dann doch passiert, macht es sie hilflos. Ist es höhere Gerechtigkeit, dass es mir jetzt selber so ergeht?

Es gibt keine Gerechtigkeit.

Ich lag da und hielt mit einer Hand die Broschüre fest. Ich habe sie immer bei mir. Hatte sie immer bei mir.

Plötzlich stand dieser Junge neben dem Wickeltisch. Er muss schon vier Jahre alt sein und erschien mir riesig groß, auch wenn ich aus meiner liegenden Perspektive nur seinen Kopf sehen konnte. Ich hatte vorher nie etwas mit ihm zu tun. In diesem Alter sind zwei Jahre ein Rangunterschied wie zwischen einem Rekruten und einem Stabsoffizier. Er fasste nach der Broschüre, ich wollte sie festhalten, er riss sie mir weg. Ich habe versucht, mich zu wehren, aber Lukretia ließ meine Beine nicht los. Sie ist stärker als ich. Alle Erwachsenen sind stärker als ich. Auch das macht meinen Zustand so unangenehm.

«Lass den Lukas doch dein Bilderbuch ansehen», hat sie gesagt. Wenn sie einen zu etwas überreden wollen, machen sie ihre Stimmen zuckersüß.

Bilderbuch.

Er ist weggelaufen, mit meinem kostbarsten Besitz, und ich konnte nichts dagegen unternehmen.

Ich ertrage es nicht, hilflos zu sein.

Als mich Lukretia endlich wieder losließ, habe ich ihn zuerst nicht gefunden. Er war nicht im Krabbelzimmer, nicht im Spielzimmer, nicht im Büro, nicht in der Küche.

Dann habe ich das Gelächter aus dem Klo gehört. Unerträglich glückliches Gelächter.

Sie standen im Halbkreis um die Schüssel herum, er und zwei andere Jungen. Alle etwa gleich alt. Haben Papierfetzen hineingeworfen und den Hebel für die Spülung gedrückt. Lauthals gejubelt, wenn sich die Schnipsel im Kreis drehten, bevor sie verschwanden. Endgültig verschwanden.

Von meiner Broschüre war nur noch der Umschlag übrig. Er ist aus einem festeren Material, und sie hatten es nicht geschafft, ihn zu zerreißen.

186

Es braucht viel, bis ich die Kontrolle verliere. Auch bei der Arbeit bin ich immer sachlich geblieben. Ich hatte nichts gegen die Objekte. Nichts Persönliches. Sie hatten ihre Rolle und ich die meine, das war meine Einstellung.

Aber wenn ich wütend bin, bin ich wirklich wütend. Es ist eine kalte Wut. Sie treibt mich an und erlaubt mir gleichzeitig, zielgerichtet vorzugehen.

Ich fühlte mich im Recht.

Ich war im Recht.

Er hatte das Bild von Andersen zerrissen und ins Klo gespült. Mein Bild. Meine einzige Verbindung zu dem, was ich einmal gewesen bin.

Ich bin ganz langsam ins Büro der Betreuerinnen gegangen. Eigentlich ist den Kindern der Zutritt verboten, aber mir erlauben sie es. Weil ich so ein vernünftiger Junge bin, der nie etwas kaputtmacht.

Der Schlüssel zur Messerschublade hängt an einem Nagel an der Wand, so weit oben, dass kein Kind danach fassen kann. Ich musste auf einen Stuhl klettern.

In der Küche war niemand. Ich konnte mir in aller Ruhe aussuchen, was ich brauchte. Das große Brotmesser wäre ideal gewesen, aber es war zu lang, um es unter meinem Pullover zu verstecken. Manchmal muss man Kompromisse machen.

Die Jungen waren unterdessen nicht mehr im Klo. In diesem Alter verlieren sie sehr schnell das Interesse an einem Spiel. Lukas kniete auf dem Boden und schob eine Spielzeuglokomotive hin und her. «Brumm, brumm!», machte er. Er ist ein Idiot. Lokomotiven machen nicht «brumm».

Er drehte mir den Rücken zu, und ich musste ziemlich lang warten, bis er sich aufrichtete. Zumindest kam es mir lang vor. Das Messer war nicht wirklich scharf, aber es hat ihm doch den Hals aufgerissen. Der Onkel Doktor hat mir einmal gezeigt, wo man die beste Wirkung erzielt.

Ich hatte mir vorgenommen, hinterher Überraschung zu spielen oder auch Angst. Aber zunächst hat gar niemand auf mich geachtet. Sie haben sich alle nur um Lukas gekümmert. Er hat nicht geschrien, das war auffällig. Wahrscheinlich hatte er keine Luft mehr dafür. Dafür waren die anderen Kinder in ihrem Schrecken sehr laut.

Die Schlagader hatte ich nicht getroffen, sonst wäre das Blut in Stößen ausgetreten.

Sie haben die Wunde zuerst notdürftig mit einer Windel verbunden, und dann war auch schon ein Arzt da. Sie scheinen in dieser Hinsicht gut organisiert zu sein.

Auf der Bahre wirkte er sehr klein.

Hinterher wirken sie immer kleiner. Das ist mir mehr als einmal aufgefallen.

187

Ich kann die Geschichte auswendig.

«In einer Stadt, Franecker genannt, gelegen in Westfriesland, da ist es geschehen, dass junge Kinder, fünf- und sechsjährige Mägdlein und Knaben, miteinander spielten. Und sie ordneten ein Büblein an, das solle der Metzger sein, ein anderes Büblein, das solle Koch sein, und ein drittes Büblein, das solle eine Sau sein. Ein Mägdlein, ordneten sie, solle Köchin sein, wieder ein anderes, das solle Unterköchin sein; und die Unterköchin solle in einem Geschirrlein das Blut von der Sau empfahen, dass man Würste könne machen. Der Metzger geriet nun verabredetermaßen an das Büblein, das die Sau sollte sein, riss es nieder und schnitt ihm mit einem Messerlein die Gurgel auf, und die Unterköchin empfing das Blut in ihrem Geschirrlein.»

Auch das hat mir meine Mutter nie vorgelesen.

Sie bringen den Jungen vor Gericht, aber sie wissen nicht recht, wie sie mit ihm verfahren sollen. Einerseits hat er einem andern mit einem Messer den Hals aufgeschnitten.

Andererseits …

So ein niedliches kleines Kind kann sich nichts Böses dabei gedacht haben.

Natürlich nicht.

Mit meinen blutigen Händen und dem blutigen Messer habe ich Striche an die Wand gezeichnet. In der Kita malen wir manchmal mit Fingerfarben, und ich bin ein gelehriges Kind.

Erst als sie Lukas schon hinausgetragen hatten, bemerkte Lukretia, was ich da tat. Sie hat mir das Messer aus der Hand gerissen und sich daran geschnitten. Das tut mir leid. Ich habe nichts gegen sie.

Es war dann auch ein Polizist da, aber weil es eine Sache unter kleinen Kindern war, hat er gemeint, man könne das Protokoll auch am nächsten Tag noch aufnehmen. Wahrscheinlich war er selber Vater.

Lukretia hat mir die Hände gewaschen, so unsanft, als ob sie mir am liebsten die Haut abgeschrubbt hätte.

Sie wissen nicht, was sie mit mir anstellen sollen.

«Einer unter ihnen, ein alter weiser Mann, gab den Rat, der oberste Richter solle einen schönen roten Apfel in eine Hand nehmen, in die andere einen rheinischen Gulden, solle das Kind zu sich rufen und beide Hände gleich gegen dasselbe ausstrecken: nehme es den Apfel, so soll es ledig erkannt werden, nehme es aber den Gulden, so solle man es töten.»

Sie haben beschlossen, ich müsse psychologisch untersucht werden. Sollen sie. Ich werde mich schon richtig verhalten.

«Das Kind aber ergreift den Apfel lachend, und wird also aller Strafe ledig erkannt.»

188

Frau Professor Waltrud Fritzsch. Die ganz große Kapazität. Die Frau, die das Spiel entwickelt hat, mit dem mich Peter und Luise einmal auf die Probe stellen wollten. Morgen werde ich in ihrer Praxis oder in ihrem Labor den rheinischen Gulden ablehnen müssen. Arno und Helene haben mich bei ihr angemeldet, damit sie herausfindet, was in mich gefahren ist.

Hahaha, wie Arno in seinem Tagebuch schreiben würde.

Ich bin in mich gefahren.

Maja kennt die Frau Professor von der Universität her und spricht von ihr so ehrfürchtig wie Bählämmchen vom lieben Gott. Sie ist furchtbar stolz darauf, dass sie sie dazu überreden konnte, diese Aufgabe zu übernehmen. Als ob sie einen Meisterkoch dazu gebracht hätte, für sie höchstpersönlich ein Spiegelei zu braten. Für gewöhnlich befasst sich die Dame schon längst nicht mehr mit Einzelfällen. Jetzt hat Maja die Hoffnung, mein Fall würde irgendwann in einem Lehrbuch stehen.

Und sie selber in einer Fußnote.

Hahaha.

Bevor sie sich für diese Untersuchung entschieden haben, gab es in der Familie heftige Auseinandersetzungen. Am längsten hat sich Arnos Mama dagegen gewehrt. Sie hält alle Mediziner für Idioten, seitdem ihr Arzt glaubt, bei ihr einen beginnenden Gedächtnisverlust festgestellt zu haben. «Mein Enkel ist nicht krank», hat sie immer wieder gesagt. «Beim Spielen ist ein Unfall passiert, so was kommt vor. Die Leute in der Kita hätten eben besser aufpassen müssen.» Arno hätte sich ihrer Meinung wohl angeschlossen, aber Helene und Maja haben ihn mit vereinten Kräften überredet. Auch Luise hat sich eingemischt. Hat jeden Tag ein paarmal angerufen und verlangt, man müsse der Frau Professor unbedingt erzählen, wie ich damals all ihre schönen Testfiguren kaputtgemacht habe.

Sollen sie. An mir wird auch die klügste Professorin nichts Außergewöhnliches feststellen. Oder besser gesagt: Das Außergewöhnliche, das es festzustellen gäbe, wird sie nicht bemerken. Ohne zumindest eine leise Ahnung, in welcher Richtung man suchen muss, hat man auch mit den besten Methoden keine Chance. Ich weiß das.

Im Hinblick auf den morgigen Tag ist es bedauerlich, dass ich als Erwachsener so wenig Gelegenheit hatte, mich mit kleinen Kindern zu befassen. Der Beruf hat mir keine Zeit für ein Privatleben gelassen. Jetzt fehlt es mir an Vorbildern für die Rolle, die ich zu spielen habe. Zum Glück bin ich ein geübter Beobachter. Ich werde mir die gleichaltrigen Kinder aus der Kita zum Vorbild nehmen und mich entsprechend verhalten. Also auf alle neuen Dinge ängstlich reagieren. Oder aber mich zuerst darauf stürzen und dann nach kürzester Zeit das Interesse verlieren.

Ich habe junge Hunde großgezogen. So anders sind Kinder auch nicht.

Wenn jemand zu meiner Abteilung versetzt werden sollte, habe ich ihn, bevor ich meine Einwilligung gab, einer Prüfung unterzogen. Nichts, für das es eine richtige oder falsche Lösung gegeben hätte. Das sagt über den Prüfling überhaupt nichts aus. Er kann einfach die richtigen Bücher gelesen haben. Oder er gehört zu den Leuten, die in Prüfungen glänzen, aber vor der Wirklichkeit versagen. Walter Haarmann in meiner Klasse war immer der beste Schüler. Und was ist aus ihm geworden? Als ich das letzte Mal von ihm hörte, verbrachte er seine Tage in einem Büro und füllte Formulare aus. Die sich dann niemand je wieder ansah.

Auch ausgefragt habe ich die Bewerber nicht. Aus ihren Antworten hätte ich doch nichts über ihren Charakter erfahren, sondern nur darüber, wie sie mich einschätzten. Ein Prüfling überlegt, was sein Gegenüber wohl hören will, und das sagt er dann.

So wie ich mir heute überlege, welches Verhalten Frau Professor Fritzsch morgen von mir erwartet.

Ich habe den Leuten immer eine praktische Aufgabe gestellt. Habe ihnen einen Verdächtigen ins Vernehmungszimmer bringen lassen und habe zu ihnen gesagt: «Dieser Mann» – manchmal war es auch eine Frau – «versteckt etwas vor uns. Finden Sie heraus, was es ist.» Habe ihnen keine weiteren Anweisungen gegeben. Habe mich hingesetzt, die Arme verschränkt, und habe gewartet.

Am Anfang haben es alle mit Reden probiert. Mit Drohungen oder mit Versprechungen. Wirkungslos natürlich. Die meisten haben dann angefangen zu schreien, und das war für mich immer ein Negativpunkt. Man muss seine Arbeit ohne Aufregung machen. Ein Schreiner schreit ein Brett nicht an, sondern nimmt den Hobel. Nur wenn einer ruhig geblieben ist, habe ich ihn in Betracht gezogen.

Der erste Schlag sagt eine Menge über den Vernehmer aus. Man darf ihn nicht ankündigen, sondern er muss aus heiterem Himmel kommen. Ohne Logik. Einer hat mal zu dem gefesselten Mann gesagt: «Wir machen jetzt eine Pause, damit du dir überlegen kannst, ob du nicht doch lieber reden willst.» Und hat dann zugeschlagen, die Faust ins Gesicht. Das wurde einer meiner besten Leute.

Wenn offensichtlich wurde, dass jetzt körperliche Mittel notwendig wurden, haben manche Bewerber Hemmungen gezeigt. Wenn sie dann doch aktiv wurden, hat man ihrer Körperhaltung angemerkt, dass sie sich dabei nicht wohl fühlten. Das waren dann keine Mitarbeiter für mich. Büromaterial.

Andere haben immer noch geschlagen und getreten, wenn der Befragte schon bewusstlos war. Sie dachten wohl, sie würden damit bei mir Eindruck schinden. Aber ich suchte keine Amateure, sondern Leute, denen man professionelle Arbeit beibringen konnte.

Morgen habe ich mein Bewerbungsgespräch. Ich bewerbe mich um den Posten eines ganz gewöhnlichen kleinen Jungen.

Tralala.

190

Ich glaube, ich habe alles richtig gemacht. Obwohl ich diesmal, anders als bei dem Test im Krankenhaus, keine Informationen darüber hatte, was von mir erwartet wurde.

Die Frau Professor habe ich überhaupt nicht zu Gesicht bekommen. Man hat mich in ein großes Spielzimmer geführt, einen ganzen Raum voller Puppen, Autos, Bilderbücher. Sogar einen kleinen Sandhaufen gab es da, samt Eimern und Schaufeln. Zuerst habe ich mich heftig dagegen gewehrt, dort allein gelassen zu werden. Ich nahm an, ein Kind meines Alters würde auf all das Unbekannte so reagieren. Habe mein ängstlichstes Gesicht aufgesetzt und mich an Helenes Beine geklammert.

Schließlich habe ich mich dann von einer Affenpuppe mit einem lachenden Gesicht dazu verleiten lassen, doch mit dem Spielen zu beginnen. Das war es schließlich, bei dem sie mir zusehen und woraus sie ihre Schlüsse ziehen wollten.

Helene hat ganz leise und vorsichtig die Tür hinter sich zugezogen.

Der Einwegspiegel, durch den sie mich beobachteten, war wie ein großes Fenster. Ich habe von diesem System nie viel gehalten. Eine versteckte Überwachung macht nur für solche Häftlinge Sinn, die man auch mit anderen Mitteln zum Reden bringen würde.

Die Puppe habe ich sehr bald wieder weggelegt und mir als Nächstes eine hölzerne Lokomotive geschnappt. Habe sie auf ihren Schienen hin- und hergeschoben und «Brumm! Brumm!» gemacht. Wahrscheinlich haben sie sich hinter ihrer Glasscheibe gefragt, warum ich dabei so gelacht habe. Ich habe an Lukas gedacht, wie er dasselbe Geräusch machte, als ich mit dem Messer in der Hand neben ihm stand und darauf wartete, dass er sich aufrichtete.

Lokomotiven machen nicht «Brumm»!

Dann habe ich an der Schnur eines Hampelmanns gezogen und ihn tanzen lassen. Der Hampelmann, damals über meinem Bett, gefiel mir besser. Auch wenn eine Schnur gerissen war.

In einem Bilderbuch waren Tiere abgebildet, und ich habe «Muh!» gesagt. Ich wollte Helene eine Freude machen.

Zum Schluss habe ich im Sandkasten versucht, mit den kleinen Förmchen Kuchen zu backen. Sie sind missraten, weil der Sand zu trocken war. Ich habe so getan, als ob mich das sehr unglücklich machte. Dann habe ich meine Hose heruntergezerrt, die Windeln auch, und habe in den Sand gepinkelt. Habe ihn dort, wo er feucht war, in ein Förmchen gedrückt und so meinen Kuchen geschafft. Habe sogar getan, als ob ich davon essen würde. Mit dem Rücken zum Einwegspiegel war das leicht vorzutäuschen. Ich nehme an, damit habe ich genügend Material für psychologische Deutungen geliefert.

Wie ich es erwartet habe, ist dann sehr bald Helene hereingekommen, hat mich auf den Arm genommen und mich im Nebenzimmer frisch gewickelt. Aus der Tatsache, dass ich nachher nicht wieder ins Spielzimmer zurückgebracht wurde, schließe ich, dass die Frau Professor glaubt, genügend gesehen zu haben.

Ich bin gespannt, zu welchen Schlüssen sie kommt.

191

Ich bin ein hochbegabtes Kind, wenn auch in meiner Aufmerksamkeit noch sehr sprunghaft. Trotz einer für mein Alter ungewöhnlich weit entwickelten Fähigkeit zum Erkennen von Zusammenhängen ist nicht davon auszugehen, dass die Attacke in der Kita geplant oder in ihren Folgen vorausgesehen war. Eine Wiederholung des Zwischenfalls ist nicht zu befürchten.

Sie hat das tatsächlich so geschrieben. Ich bin mit einem Messer auf ein anderes Kind losgegangen und habe versucht, es umzubringen. Und die Frau Professor nennt es einen Zwischenfall. Ich habe eben genügend niedlich gelächelt. Habe den Apfel genommen und nicht den rheinischen Gulden.

Sie haben sich das Papier so oft gegenseitig vorgelesen, dass ich es Wort für Wort kenne. Davon, dass Lukas meine letzte Existenz ins Klo gespült hat, ist darin nicht die Rede. Es hat niemand den Zusammenhang bemerkt. Das ist auch besser so.

In einem Punkt hat das Gutachten recht: Eine Wiederholung ist nicht zu befürchten. Noch einmal wird es mir nicht passieren, dass ich derartig die Kontrolle verliere.

Maja ist ein bisschen enttäuscht. Sie hatte sich eine dramatischere Diagnose erhofft. Eine wissenschaftliche Sensation, von der auch eine Prise Glanz auf sie abfallen würde.

Federico macht schon wieder Witze. «Der Junge muss italienisches Blut in den Adern haben», meint er. «Anders ist so viel Temperament nicht zu erklären.»

Es war kein Temperament. Es war Hass.

Für Arno und Helene ist nur ein Wort in dem Gutachten wichtig: Hochbegabt. Wenn das die Erklärung für mein Verhalten ist, sind sie bereit, mir in Zukunft alles durchgehen zu lassen. «Wir müssen ihn viel mehr fördern», sagt Helene. Sie will ihre Teilzeitbeschäftigung aufgeben und sich bis auf Weiteres nur noch um mich kümmern. Von der Kita haben sie mich abgemeldet.

Ganz angenehm ist mir das nicht. Es wird noch mehr unangenehme Kontrolle bedeuten. Aber andererseits gibt es mir viel Gelegenheit, Helene nach meinen Bedürfnissen abzurichten. Das ist mir schon vor meiner Geburt nicht schlecht gelungen. Ich weiß noch nicht, wie ich es anstellen werde, aber sie muss mir dabei helfen, möglichst viel über Andersen in Erfahrung zu bringen.

Über mich.

Und ich werde dafür sorgen, dass sie mir möglichst bald eine Geige besorgt. Wenn ich ihr dann zum ersten Mal den «Schwabentanz» vorspiele, wird sie furchtbar stolz sein und meine Fortschritte ihren eigenen pädagogischen Bemühungen zuschreiben.

Ich habe vor, eine Menge Fortschritte zu machen.

IV

192

Eigentlich wollte ich nur ein bisschen aufräumen, die Papiere in meinem Schreibtisch neu ordnen. Mit irgendwas muss ich mich ja beschäftigen. Es tut mir nicht gut, wenn ich jeden Abend nur dasitze und grüble. Ich finde ja doch keine Antworten.

Es tut mir nicht gut, allein zu sein.

In der blauen Mappe, in der ich die Unterlagen aufbewahre, die man nicht jeden Tag braucht, steckte auch dieses Tagebuch mit den kitschigen Vögeln auf dem Umschlag. Ich habe es damals für Jonas geschrieben. In sechs Jahren sollte er es bekommen, an seinem achtzehnten Geburtstag. Ich hatte mir schon genau ausgemalt, wie wir es gemeinsam durchblättern würden. Manche Einträge würden uns melancholisch stimmen, hatte ich mir gedacht, zum Beispiel, wenn da etwas von Mama steht. Über andere Dinge würden wir uns gemeinsam amüsieren.

Amüsieren. Ich kann mich nicht mehr erinnern, wie das geht.

Ich habe das Tagebuch aus der Mappe genommen und habe durchgelesen, was ich damals geschrieben habe. Es scheint so lang her zu sein. Ich kann mich an den jungen Menschen, der ich einmal gewesen sein muss, überhaupt nicht mehr erinnern. Das liest sich alles so optimistisch und so oberflächlich. Ich bin mir völlig fremd.

Es ist gut, dass man nicht weiß, was auf einen zukommt. Man würde jeden Mumm zum Weiterleben verlieren.

In dem Buch sind noch viele leere Seiten. Nach dem Unglück in der Kita damals habe ich keine Einträge mehr gemacht. Es passte alles nicht mehr zusammen, die panische Heimreise aus den Flitterwochen und ein fröhliches Baby-Tagebuch.

Bevor er mich dann endlich in Siena aufstöberte, hatte Federico schon mehrmals auf mein Handy angerufen. Ich war einfach nicht rangegangen. Hatte auf dem Display die Firmennummer gesehen und gedacht, es sei Petermann, der mir noch nicht mal auf meiner Hochzeitsreise Ruhe gönnen würde.

Was wohl aus Petermann geworden ist? Ich habe ihn ganz aus den Augen verloren.

Wenn mir damals jemand gesagt hätte, dass Federico einmal mein Chef sein würde und dass ich ihm dankbar dafür sein muss, ich hätte ihn ausgelacht.

Es gibt nichts mehr zu lachen.

Maja, die mir das Tagebuch damals geschenkt hat, meint, es könnte mir helfen, wenn ich die Seiten nicht leer lasse, sondern sie benutze, um aufzuschreiben, was in den letzten Jahren passiert ist. «Mach dir keine Sorgen über die Form oder über die Reihenfolge», hat sie gesagt. «Lass einfach alles raus, so wie es dir einfällt.» Sie ist eine vernünftige Frau. Oder besser, wenn ich lese, was ich damals über sie geschrieben habe: Sie ist eine vernünftige Frau geworden. Ich bin froh, dass wir immer noch Freunde sind.

Ich war mir so sicher in meinen Meinungen und meinen Urteilen und hatte so überhaupt keine Ahnung. Unterdessen weiß ich, dass es keine größere Dummheit gibt, als zu glauben, man habe einen anderen Menschen verstanden. Und wenn es der eigene Sohn ist.

193

Jetzt sind es schon bald zwei Monate.

Als ich nach Jonas' Geburt mit diesem Tagebuch anfing, habe ich jedes Mal eine Eintragung gemacht, wenn er wieder einen Monat älter wurde. Jetzt zähle ich die Tage seit seinem Verschwinden.

Ich habe mir vorgenommen, positiv zu denken, aber man kann sich das nicht einfach befehlen. Es funktioniert nicht.

Die meisten vermissten Kinder findet man in den ersten drei Tagen. Danach werden die Chancen immer kleiner.

Manchmal denke ich, es wäre besser, wenn es das Internet nicht gäbe, wenn man all die Informationen nicht hätte. Denn natürlich sucht man und sucht. Bei Google muss ich nur das V eintippen, und schon bietet mir das System die Rubrik «vermisste Kinder» an.

Die kleine Maddie, die damals aus diesem Hotel an der Algarve verschwunden ist, hat eine eigene Wikipedia-Seite. Es ist jetzt schon mehr als sieben Jahre her, und ihre Eltern haben sie immer noch nicht aufgegeben. Ich habe mir all die Beiträge angesehen, die über den Fall geschrieben wurden, und eigentlich sagen sie alle dasselbe: Man ist hilflos. Jemand hat in einem Kommentar geschrieben, man müsse die Eltern für ihre Tapferkeit bewundern. Ich weiß nicht. Vielleicht sind sie nur zu feige, um sich einzugestehen, dass sie ihre Tochter nie wiedersehen werden.

Die meisten Kinder findet man innert vierundzwanzig Stunden.

Nach zwei Monaten …

Warum hat er das getan? Wir waren doch, auch mit all den Schwierigkeiten, die es zwischendurch bei mir gab, immer eine glückliche Familie. Natürlich, mit Jonas war es nie ganz einfach. Nur schon diese verrückte Irokesenfrisur, die er plötzlich unbedingt haben wollte. Aber wir haben uns gesagt: «Er ist in so vielen Dingen früher dran gewesen als andere Kinder. Vielleicht kommt er auch früher in die Pubertät.»

Er kann doch nicht von zu Hause weggelaufen sein, bloß weil wir mit ihm über seine Haare gestritten haben. Außerdem haben wir es ihm ja am Ende erlaubt. Er hat bei uns eigentlich immer alles durchgesetzt.

Der Herr Aufhäuser von der Polizei meint, weggelaufene Kinder kämen fast immer von selber zurück. Er will mir Mut machen.

Ich war noch nie so mutlos.

Er sagt auch, neunundneunzig Prozent aller Fälle von vermissten Kindern würden aufgeklärt.

Neunundneunzig sind nicht hundert.

194

Jonas hat seinen Hund mitgenommen. Remus. An manchen Tagen denke ich: Das ist ein Grund zur Hoffnung. Wenn er nicht vorgehabt hätte, schon bald wieder zurück zu sein, wenn er endgültig hätte durchbrennen wollen, dann doch nicht mit einem Hund. Ein Junge mit Irokesenfrisur, der einen Schäferhund an der Leine führt, der fällt doch auf. Und dann denke ich wieder: Er ist aber nicht aufgefallen. Und er ist nicht zurückgekommen. Muss das nicht bedeuten, dass ihm etwas zugestoßen ist, vor dem ihn auch Remus nicht beschützen konnte?

Warum hat er uns nicht wenigstens eine Nachricht zurückgelassen, verdammt noch mal?

Jonas wollte schon immer einen Hund haben, schon ganz früh, in einem Alter, wo wir natürlich noch nein gesagt haben, weil man ja weiß, wie schnell Kinder das Interesse an einem Tier wieder verlieren, und am Schluss bleibt der ganze Ärger an den Eltern hängen. Zu seinem fünften Geburtstag hat ihm Mama stattdessen einen jungen Hasen mitgebracht, schneeweiß und wirklich niedlich. Sie dachte, wenn ein Kind unbedingt ein Haustier haben will, dann kommt es ihm nicht drauf an, was es für eines ist. Aber Jonas wollte den Hasen nicht haben, auf gar keinen Fall. Hat sich geweigert, ihn auch nur anzufassen oder gar zu streicheln. «Ich streichle keine Sonntagsbraten», hat er gesagt. Wörtlich. Wir haben alle gelacht, aber er hat es ganz ernst gemeint. Mama musste den Hasen wieder zurückbringen, und man hat ihr nur die Hälfte des Preises erstattet. Dabei ist so ein Tier doch kein Auto, das gleich den halben Wert verliert, wenn es nicht mehr fabrikneu ist.

Irgendwann … Nein, nicht irgendwann. Als er in die dritte Klasse kam. Da hat er uns ein Geschäft vorgeschlagen: «Wenn ich das beste Zeugnis meiner Klasse nach Hause bringe», hat er gesagt, «erlaubt ihr mir dann einen Hund?» Maja hat uns zugeraten. So eine Vereinbarung würde ihn motivieren, hat sie gemeint. Gerade weil er ein guter Schüler sei, brauche er ab und zu eine Challenge.

Jonas' nächstes Zeugnis hat uns dann vom Stuhl gehauen. Nicht nur das beste der Klasse, sondern einfach perfekt. Lauter Einsen. Seine Lehrerin hat gemeint, so etwas hätte sie überhaupt noch nie erlebt. «Als ob er den Turbo eingeschaltet hätte», hat sie gesagt.

Von dem Zeugnis waren Helene und ich natürlich begeistert, von der Aussicht auf ein Haustier schon weniger. Irgendwann, dachten wir, würden dann doch wieder die Erwachsenen die ganzen Umstände damit haben. Aber da haben wir Jonas falsch eingeschätzt. Vom ersten Tag an hat er sich vorbildlich um Remus gekümmert.

Er hat sich oft ganz anders verhalten, als ich es erwartet habe. Im Grunde habe ich ihn nie verstanden. Maja meint, das sei kein Grund, sich Vorwürfe zu machen, man könne schließlich nicht in andere Menschen hineinsehen, auch nicht in die eigenen Kinder. Aber ich habe trotzdem das Gefühl, als Vater versagt zu haben. Wenn er wirklich glücklich gewesen wäre, wäre er nicht weggelaufen.

195

Damals haben wir unser Versprechen gehalten. Ich habe mich im Internet ein bisschen kundig gemacht, und am nächsten Samstagnachmittag sind wir mit Jonas zu einem Tierheim gefahren, wo man sich für hundert Euro einen Hund abholen konnte, entwurmt, geimpft und was sonst noch alles dazugehört. Die Frau dort war sehr nett, wenn auch ein bisschen esoterisch versponnen. Sie hat Jonas aufgefordert, er solle sich einfach mal umschauen und sehen, ob er sich für eines der Tiere spontan begeistern könne. In diesen Dingen müsse man seinem Gefühl vertrauen, hat sie gemeint, das sei, wie wenn ein Mann und eine Frau sich kennenlernten, man verliebe sich oder eben nicht. Helene und mir hat sie solang einen Tee angeboten. Ich weiß noch, es war eine dieser Kräutermischungen, die genauso scheußlich schmecken, wie sie gesund sein sollen. Wir saßen an einem wackligen Gartentisch (eigentlich seltsam, dass ich mich an all diese Details noch so exakt erinnere) und sahen zu, wie Jonas an den Gehegen entlangmarschierte. Unterhalten konnten wir uns kaum. Wenn ein erster Hund zu bellen anfängt, geht gleich das große Konzert los.

Jonas hat seinen Rundgang absolviert wie eine lästige Pflicht. Er hatte, aber das ist uns erst hinterher klargeworden, eine ganz exakte Vorstellung davon, was für einen Hund er haben wollte, und dem entsprach keines der Tiere, die in diesem Heim gelandet waren. Nur einmal blieb er stehen, das war bei einem großen Schäferhund, und der kam auch gleich schwanzwedelnd zum Gitter gelaufen, streckte seine Schnauze zwischen den Stäben durch und wollte von Jonas gestreichelt werden. Aber der sah ihn nur einen Augenblick an, schüttelte dann den Kopf und ging weiter. «Ist keiner dabei», sagte er, als er zu unserem Tisch zurückkam. Als die Frau vom Tierheim meinte, mit dem Schäferhund habe er sich doch gut verstanden, der habe ja gleich auf Anhieb mit ihm schmusen wollen, da sah er sie mit diesem mitleidigen Blick an, den er schon in ganz jungen Jahren haben konnte, als ob er der Erwachsene wäre und der andere das Kind, und erklärte ihr, gerade deshalb komme dieser Hund für ihn nicht in Frage. «Der ist viel zu zutraulich, und das wird man ihm auch nicht mehr abgewöhnen können.» Manchmal hat man wirklich Mühe, seinen Gedanken zu folgen.

Ein Hund aus dem Tierheim komme für ihn sowieso nicht in Frage, erklärte er uns auf der Heimfahrt, ein Welpe müsse es sein, und zwar ein reinrassiger Schäfer. Nur damit wäre er zufrieden, und weil er doch dieses perfekte Zeugnis nach Hause gebracht habe, müssten wir seinen Wunsch jetzt auch erfüllen. Ich habe mich strikt geweigert; so ein Tier mit Stammbaum kann leicht fünfhundert Euro und mehr kosten. Aber wenn Jonas etwas durchsetzen will, dann setzt er es auch durch, und schließlich hat er seine Großeltern dazu gebracht, dass sie den Kauf finanzierten. Luise und Peter sind mindestens so hundeverrückt wie er, und ihren Zerberus hatten sie damals gerade einschläfern lassen müssen. Nicht, weil er krank war, sondern weil ihre Kräfte nachließen und sie einfach nicht mehr mit ihm fertigwurden. Remus sollte wohl so eine Art Ausgleich dafür sein.

Ich habe keine Ahnung, wie er auf den Namen gekommen ist. Ich meine: Die Geschichte von Romulus und Remus kann er damals noch gar nicht gekannt haben. Oder doch? Man kann sich in solchen Sachen bei Jonas nie ganz sicher sein. Er überrascht mich immer wieder mit Dingen, die er einfach weiß, scheinbar ohne sie gelernt zu haben.

So habe ich auch nie gesehen, dass er ein Buch über Hundeerziehung studiert hätte, aber er hat das perfekt gemacht. Remus gehorcht ihm aufs Wort. Wenn sie miteinander unterwegs sind, läuft der Hund auch ohne Leine brav neben ihm her und lässt sich selbst vom interessantesten Geruch nicht auf Abwege bringen. Wenn Jonas «Sitz!» befiehlt, hockt er sich hin und rührt sich nicht von der Stelle, egal, wie lang es dauert. Bei einem Waldspaziergang hat uns Jonas das mal demonstriert: Er hat Remus sich hinsetzen lassen und ist mit uns weitergegangen. Helene und ich haben erwartet, dass er ihn nach der nächsten Wegbiegung zu sich rufen würde, aber es war, als ob er ihn vergessen hätte. Erst nach mehr als einer Stunde sind wir wieder an die Stelle gekommen, und Remus saß immer noch da. Jonas hat ihn dafür nicht etwa gelobt oder gestreichelt, sondern hat nur genickt und ihm die Hand hingestreckt. Und Remus hat ihm die Finger geleckt.

Wenn Jonas in der Schule ist, liegt der Hund auf seiner Decke und wartet. Helene hat mehr als einmal angeboten, sie könne ja mal zwischendurch mit dem Tier Gassi gehen, aber das wollte Jonas nie haben. «Seine Blase muss man beherrschen können», hat er gesagt.

Wenn er dann endlich nach Hause kommt, ich habe es mehr als einmal beobachtet, hebt der Hund den Kopf und fängt leise an zu winseln. Er springt nicht etwa auf, obwohl man ihm anmerkt, dass er es kaum erwarten kann. Nur dieses Winseln. Aufstehen tut er erst, wenn Jonas es ihm erlaubt.

Trotz seiner Größe ist Remus ein sehr friedlicher Hund. Wenn ein Kind mit ihm spielen will und ihn dabei allzu grob anfasst, bleibt er ganz ruhig. Er schaut dann nur zu Jonas hin, als ob er ihn fragen wollte: «Muss ich mir das wirklich gefallen lassen?» Aber er kann auch zupacken. Jonas benutzt den alten Teddybären, den ihm seine Großeltern damals geschenkt haben, um mit ihm zu üben. Er sagt nur ganz leise «Fass!», und Remus schnappt sich den ausgestopften Bären. Er macht ihn nicht kaputt, aber er hält ihn mit den Zähnen so fest, dass man es auch mit aller Kraft nicht schafft, ihn wegzureißen. Bis Jonas «Aus!» sagt.

In der Nacht liegt Remus vor Jonas' Zimmertür – hinein darf er nicht – und bewacht ihn. Eigentlich müssten wir die Wohnung gar nicht abschließen. Ein Einbrecher, der bei uns etwas klauen wollte, würde das nicht überleben.

Ich habe Jonas mal gefragt, ob er ein System gehabt habe, um seinen Hund so gut zu dressieren, aber er hat den Kopf geschüttelt. Die Erklärung, die er mir dann gegeben hat, werde ich nie vergessen, weil sie so gar nicht zu einem Jungen passte. «Es ist ganz einfach», hat er gesagt. «Es muss nur klar sein, wer befiehlt und wer gehorcht. Alles andere ergibt sich von selbst.» Ich habe ihm gratuliert und gesagt, er sei seinem Remus ein wirklich gutes Herrchen. Aber das hat ihm auch nicht gepasst. «Ich bin nicht sein Herrchen», hat er gesagt. «Ich bin sein Herr.»

197

Den Hund hat er mitgenommen, sonst nichts. Das ergibt keinen logischen Sinn. Wenn jemand plant, von zu Hause wegzulaufen, dann überlegt er sich doch, was er unterwegs unbedingt brauchen wird. Kleider zum Wechseln, seinen Computer, was weiß ich? Gerade Jonas, der immer so rational ist. Schon als ganz kleiner Junge hat er immer alles vorausbedacht.

Einmal, noch im Kindergarten, da muss er fünf gewesen sein oder sogar erst vier, hatten sie einen Ausflug in den Wald vor, und die Eltern wurden gebeten, ihren Kindern ein zweites Paar Schuhe mitzugeben, für den Fall, dass die anderen nass würden. Da hat Jonas gesagt: «Das ist dumm von ihnen. Nur Schuhe allein nützen gar nichts. Wenn die durchnässt sind, muss man auch die Socken wechseln.» Wir fanden das komisch, aber er hatte natürlich recht. Er war so niedlich in seiner frühreifen Ernsthaftigkeit. Er war ein vernünftiges Kind.

Er *ist* ein vernünftiges Kind.

Als ich einmal die Vergangenheitsform benutzte, als wir von ihm sprachen, ist Helene ausgerastet. Hat eine Tasse an die Wand geschmissen. Vielleicht war das mit ein Grund, warum sie es in der Wohnung nicht mehr ausgehalten hat.

Es ist mir damals einfach rausgerutscht, ohne dass ich mir etwas Bestimmtes dabei gedacht hätte. Aber wenn man sich nichts vormacht … Angenommen, er ist weggelaufen, weil er etwas Bestimmtes unternehmen wollte, etwas, von dem er glaubte, wir würden es ihm nicht erlauben – dann wäre er doch unterdessen schon längst wieder zurück. Hätte seine Strafe bezogen, Hausarrest, Taschengeldentzug, und alles wäre wieder so wie vorher.

Aber wenn ihm etwas zugestoßen ist … Ein Kind, allein irgendwo unterwegs, da kann so vieles passieren.

Ich würde das lieber nicht denken, aber es hat auch keinen Sinn, sich etwas vorzumachen.

Seine Mitschüler sagen alle, dass ihnen nichts Besonderes an ihm aufgefallen ist. Er hat in der Klasse nicht viele Freunde, glaube ich. Er hat überhaupt nicht viele Freunde, zumindest hat er nie einen mit nach Hause gebracht. «Ich habe keine Zeit für so was», hat er erklärt. Wenn er nicht an seinem Computer sitzt oder liest, übt er Geige. Im Kalender in seinem MacBook ist die nächste Geigenstunde eingetragen. Mit dem Stück, das er dafür vorbereiten sollte. Würde er sich das so exakt aufgeschrieben haben, wenn er vorgehabt hätte, für immer wegzulaufen? Die Noten liegen immer noch aufgeschlagen auf dem Notenständer. Eine Mozartsonate. Seltsam. Herr Sawatzki hat mir mal erzählt, dass Jonas ums Verrecken keinen Mozart spielen will.

Es war das allererste Mal, dass ich in Jonas' Computer eingedrungen bin. Helene und ich waren immer der Meinung, dass es in diesem Alter dazugehört, vor seinen Eltern Geheimnisse zu haben. Und Jonas war …

Warum schreibe ich nicht «ist»?

Ich kann verstehen, dass es Helene mit mir nicht mehr ausgehalten hat.

198

Herr Aufhäuser, der immer wieder mit Menschen zu tun hat, deren Kinder verschwunden sind, hat uns vor diesem Zustand gewarnt. Manchmal wisse man einfach nicht mehr weiter, das sei normal. Man rede sich dann die verrücktesten Dinge ein, meine, irgendeinen Hinweis gefunden zu haben, und lasse sich durch nichts davon abbringen. Die Angst oder die Verzweiflung könnten einen schließlich so im Griff haben, dass man auch die alltäglichsten Dinge unüberwindlich schwierig finde.

Das ist bei mir nicht der Fall. Ich funktioniere. So wie ein Computer funktioniert.

Das ist es ja gerade.

Maja hat mir geraten, mir von einem ihrer Kollegen helfen zu lassen, aber was soll ich da? Er könnte tagelang in meinem Innenleben herumsuchen und würde nichts finden als Schaltungen und Platinen. Intel inside.

Ich erledige, was erledigt werden muss, und mache meine Arbeit nicht schlechter als vorher. Federico sagt das auch. Man legt mir Probleme hin, und ich löse sie. Wenn man mir Fragen stellt, spucke ich Antworten aus. Garbage in, garbage out.

Aber ich selber bin nicht wirklich da. Ich bin eingefroren. Ich weiß nicht, ob das das richtige Wort ist, aber mir fällt kein anderes ein. Eingefroren, wie dieser Ötzi, den sie im Gletscher gefunden haben. Man kann noch herausfinden, wer ich mal gewesen sein muss, aber ich bin es nicht mehr. Ich bin nicht mehr ich.

Ich bin ein Zombie.

Federico, der manchmal einen seltsamen Geschmack hat, hat mal so einen Film auf DVD mitgebracht und wollte unbedingt, dass ich mir den mit ihm ansehe. Die Geschichte spielte in Mexiko, glaube ich, irgendwo in Südamerika auf jeden Fall, und es kamen lauter Gestalten drin vor, die waren eigentlich schon tot, liefen aber immer noch herum. Man konnte ihnen Befehle erteilen, und sie führten sie aus. Schnitten sich auch einen Arm ab, wenn man es ihnen befahl. Es tat ihnen nicht weh.

Genauso geht es mir. Ich spüre mich nicht mehr.

In den ersten Wochen, als wir uns noch gestritten haben, hat Helene einmal zu mir gesagt: «Man könnte meinen, dir sei alles egal.» Aber das ist es nicht, natürlich nicht. Wenn der Körper etwas Fremdes in sich spürt, etwas Bedrohliches, dann kapselt er es ein. Verpackt es in ein undurchdringliches Material, damit sich die Stelle nicht entzünden kann oder vereitern. Ich habe meine Angst um Jonas eingekapselt und komme nicht an sie heran.

Natürlich kann ich logisch über sein Verschwinden nachdenken. Aber eben nur logisch. Ich tue all die Dinge, die man vernünftigerweise in meiner Lage tun kann. Aber eben nur vernünftig. Ich funktioniere.

Helene kann wenigstens weinen.

199

Einmal, ein paar Tage, nachdem Jonas verschwunden war, hat sie mitten in der Nacht einen Schrei ausgestoßen, ist aus dem Bett gesprungen, hat mich an der Schulter gepackt und geschüttelt. Sie hat mich damit nicht geweckt; ich hatte so wenig geschlafen wie sie. Man bemüht sich ja, ruhig zu liegen, um den andern nicht zu stören, aber man spürt, dass er genauso wach ist wie man selber. «Komm mit!», hat Helene gesagt.

Sie hatte sich in den Kopf gesetzt, ganz plötzlich, dass Jonas im Keller sein müsse, hatte sich eine ganze Geschichte ausgedacht, wie er dort unten etwas gesucht habe und dann das Bewusstsein verloren aus irgendeinem Grund. Oder wie etwas Schweres umgefallen sei und jetzt auf ihm draufliege, wie er sich nicht bewegen könne, und seine Hilferufe habe niemand gehört. Das war natürlich alles totaler Unsinn, aber sie bestand darauf, dass wir nachschauen müssten, jetzt sofort, mitten in der Nacht.

Ich dachte, sie würde sich am ehesten beruhigen, wenn ich nachgebe, und habe ihr nicht widersprochen. Wir sind also, Helene im Morgenmantel und ich in Boxershorts und T-Shirt, runter in den Keller. Zum Glück war um diese Zeit niemand im Treppenhaus. Wenn uns einer von den Nachbarn gesehen hätte, er würde uns für verrückt gehalten haben. Verrückt oder bekifft.

Natürlich war er nicht dort. Der Keller wäre auch der letzte Ort gewesen, wo man vernünftigerweise nach Jonas hätte suchen müssen. Er geht da nicht gern runter. Wenn man ihn bittet, ein paar Flaschen Bier raufzuholen oder so was, weigert er sich nicht, das ist nicht seine Art, aber wenn irgend möglich versucht er es zu vermeiden. Er würde es nie zugeben, aber er fühlt sich nicht wohl, wenn ein Raum zu eng ist oder zu dunkel. Er will auch nie in einen Aufzug einsteigen, in dem schon viele Leute sind, so dass man ganz nah nebeneinanderstehen müsste. «Treppensteigen ist gesund», sagt er dann und geht lieber zu Fuß. Und im Kino will er immer am Rand der Reihe sitzen, obwohl man in der Mitte einen besseren Blick auf die Leinwand hat. Maja meint, das ist eine Angst, die bei Kindern öfter mal vorkommt, und es wächst sich von selber aus.

Als wir wieder in der Wohnung waren, hat sich Helene für ihre Panik entschuldigt. Wahrscheinlich, hat sie gesagt, habe sie das mit dem Keller und wie Jonas dort eingeschlossen sei nur geträumt und sei dann aufgewacht und habe den Traum für Wirklichkeit gehalten. Dabei hatte sie gar nicht geschlafen, und sie wusste auch ganz genau, dass ich ebenso wach gelegen hatte und es deshalb gemerkt haben musste. Man will nicht zugeben, wie sehr man Angst hat, und lügt lieber den andern an. Oder sich selber. Und wenn man einmal mit Lügen anfängt, wird es immer nur noch schlimmer. Genau in der Situation, wo man sich am meisten nötig hätte, entfernt man sich voneinander.

Ich glaube, Helene muss sich schon einsam gefühlt haben, bevor sie mich verlassen hat.

200

Sie hat es mir ganz ruhig gesagt. In diesem sachlichen Tonfall, hinter dem sie ihre Panik versteckt. Als ob sie mir einen Satz aus einem altmodischen Roman vorläse. «Ich gehe zurück zu meinen Eltern.»

Ich habe natürlich versucht, es ihr auszureden. Und wie ich es versucht habe! Aber sie war eisern.

Das ist das falsche Wort. Sie war nicht eisern. Sie war zerbrechlich. Zerbrechlich, aber entschlossen. Jemand, der glaubt, den einzig sicheren Weg durch ein Minenfeld gefunden zu haben und keinen Schritt davon abweichen will. Mutig aus Angst. Ich habe ihr angeboten, wenn sie sich zu Hause im Moment nicht wohlfühle, was ich ja gut verstehen könne, dann wäre es auch möglich, für eine Weile in ein Hotel zu ziehen, oder wir könnten uns überhaupt eine andere Wohnung suchen. Davon wollte sie aber nichts hören. Wenn Jonas zurückkäme, dürfe er nicht vor verschlossenen Türen stehen. Einer müsse dableiben.

Einer. Nicht beide. Wir würden uns in unserer Angst nur gegenseitig hochschaukeln, hat sie gemeint, und es uns dadurch immer schlimmer machen. «Ich brauche eine Auszeit», hat sie gesagt.

Als Federico damals genau dieselbe Formulierung gebraucht hat, bevor er sich dann endgültig von Maja trennte, da hat Helene noch gemeint: «Wenn jemand sagt, dass er eine Auszeit von seinem Partner braucht, dann heißt das, dass es zwischen den beiden aus ist.» Ich habe sie nicht an den Satz erinnert. Es ist ohnehin immer alles falsch, was ich sage. Aber wenn man sich anschweigt, wird es auch nicht besser.

Was mich ein bisschen tröstet: Sie hat nur die kleine, altmodische Reisetasche aus Leder mitgenommen, die wir damals in Florenz gekauft haben. Keinen Koffer. Eine Tasche für ein Wochenende, nicht für eine längere Abwesenheit. Fast alle ihre Sachen sind noch hier. Manchmal öffne ich ihren Kleiderschrank, einfach so, und schaue hinein. Es ist mir vorher nie aufgefallen, dass Kleider ihren eigenen Duft haben.

Ich kann mir nicht vorstellen, dass sich Helene bei ihren Eltern wohlfühlt. Luise hat Parkinson im Anfangsstadium, und Peter versucht zwar tapfer, den Haushalt so zu schmeißen, wie sie es haben will, er kann es ihr aber nie recht machen, egal, wie viel Mühe er sich gibt. Ich weiß nicht, wie er die ständige Nörgelei aushält. Jetzt wird wahrscheinlich Helene die Hälfte davon abkriegen.

Sie hat ihre Handynummer geändert und mir die neue nicht mitgeteilt. Manchmal ruft sie mich an, immer um sieben Uhr abends, wie um zu kontrollieren, ob ich von der Arbeit auch direkt nach Hause gehe. Wir reden dann ein bisschen miteinander, aber so, wie man an Beerdigungen miteinander redet: über alles Mögliche, nur nicht über das, was einen wirklich beschäftigt. Sie fragt mich nie, ob ich etwas von Jonas gehört habe. Was sollte ich ihr auch antworten?

Die Eltern der kleinen Maddie warten schon seit sieben Jahren.

201

Sieben Jahre.

«Ich kann es mir nicht vorstellen», sagt man, aber das Schlimme ist, dass man es sich viel zu genau vorstellen kann.

In sieben Jahren wird Jonas ein erwachsener Mann sein. In meinem Kleiderschrank stehen drei Schuhkartons voller Zwei-Euro-Münzen. Zwei davon sind schon voll, den dritten habe ich vor einem guten Jahr angefangen. Immer vor dem Schlafengehen, bevor ich meine Hose über den Bügel hänge, schaue ich im Geldbeutel nach, ob sich wieder so ein Geldstück angefunden hat, und wenn eines da ist, kommt es in den Karton. Mit dem Geld, das ist der Zweck der Übung, will ich Jonas ein Auto kaufen, wenn er alt genug dafür ist. So wie ich ihn kenne, wird er gleich an seinem achtzehnten Geburtstag den Führerschein machen wollen.

An seinem achtzehnten Geburtstag wollte ich Jonas ein Auto schenken.

Ich muss endlich akzeptieren, dass die Dinge nicht so werden, wie man sie plant. Vielleicht wird eines Tages ein Wagen an mir vorbeifahren, Jonas wird am Steuer sitzen, und ich werde ihn nicht erkennen. Vielleicht erkennt er mich und hält trotzdem nicht an. Oder er merkt gar nicht, dass ich es bin.

In sieben Jahren bin ich fast fünfzig. Mit fünfzig ist man ein anderer Mensch. Bei der Arbeit, da muss man kein Prophet sein, um das zu wissen, werde ich zum alten Eisen gehören. In meinem Beruf entwickelt sich alles so schnell, irgendwann kann man da nicht mehr mithalten. Wie ein Fußballspieler, der einmal der Beste seiner Mannschaft war und jetzt nur noch hinter den Jüngeren herläuft. Und meinen Job macht irgendein Inder.

Wahrscheinlich werde ich dann graue Schläfen haben und eine Stirnglatze, so wie mein Vater auf den Fotos, die sich Mama dauernd angesehen hat. Damals habe ich nicht verstanden, warum sie ihre Erinnerungen nicht endlich zur Seite legen konnte. Jetzt verstehe ich sie besser. Es ist gut möglich, dass mir in sieben Jahren von Jonas auch nicht mehr geblieben sein wird als Erinnerungen. Ich sehe mir dann seine Fotos an, blättere in diesem Tagebuch, und hinterher, wie das ältere Herren so machen, nehme ich meinen Hund an die Leine und gehe mit ihm spazieren. Ich wollte nie einen Hund haben, aber ich kann mir gut vorstellen, dass ich in sieben Jahren einen haben werde.

Jonas hat Remus mitgenommen. In sieben Jahren wird das Tier nicht mehr leben. So alt werden Hunde nicht.

Ob ich in sieben Jahren immer noch allein in dieser Wohnung sitze und auf eine Nachricht von meinem verschwundenen Sohn warte? Ich glaube, ich könnte das nicht durchhalten.

«Ich hab es getragen sieben Jahr, und ich kann es nicht tragen mehr.» In der Oberstufe mussten wir das Gedicht auswendig lernen, auch die, die nicht im Leistungskurs Deutsch waren. «Wo immer die Welt am schönsten war, da war sie öd und leer.»

202

Die Flecken auf dieser Seite sind Tomatensauce. Pia hat Federico mal wieder eine Tupperware-Box für mich mitgegeben. Ich brauchte mir nur noch die Spaghetti dazu kochen. Das schaffe ich knapp.

Ich mag Pia. Sie gehört zu den Frauen, die meinen, alle Probleme dieser Welt ließen sich mit einem guten Essen lösen. Oder doch weniger schmerzhaft machen. Sie ist überzeugt davon, es würde mir bessergehen, wenn ich mir jeden Tag etwas Richtiges kochen würde und nicht einfach auf dem Heimweg eine Pizza holen. Es wäre schön, wenn die Welt so einfach wäre. Pia lässt mir regelmäßig ausrichten, ich solle doch zu ihnen zum Abendessen kommen, und sie meint diese Einladungen ganz ehrlich. Obwohl sie weiß, dass ich sie nicht annehmen werde.

Einer muss zu Hause sein, wenn Jonas zurückkommt.

Wenn.

Pia ist ganz anders als die Frauen, für die sich Federico früher interessiert hat, auch ganz anders als Maja. Ein bisschen mollig, was ihr aber gut steht. Ein Madonnentyp, besonders jetzt, wo sie schwanger ist. Er hat sie an einem Familienfest kennengelernt, und es war wohl kein Zufall, dass man sie dort am Tisch nebeneinandergesetzt hat. Man wollte sie miteinander verkuppeln, und das ist dann ja auch sehr erfolgreich gelungen. Wenn sie streiten, tun sie es auf Italienisch und müssen dann immer furchtbar lachen. «Andere Ehepaare spielen zusammen Tennis», sagt Federico.

Helene und ich haben aufgehört, uns zu streiten.

Federico, der ja Jonas' Patenonkel ist, macht sich Vorwürfe, weil ihm vor dessen Verschwinden so gar nichts Besonderes aufgefallen ist. Aber wir haben ja auch nichts gemerkt, und wir sind die Eltern.

Jonas und Federico haben sich immer gut verstanden. Sie basteln oft gemeinsam an irgendwelchen Apps herum, manchmal bis spät in die Nacht hinein. Federico hat den Traum immer noch nicht aufgegeben, irgendwann mit einer seiner Entwicklungen den ganz großen Hit zu landen und Millionär zu werden. Manchmal übernachtet Jonas bei ihm.

Jonas hat sich schon früh fürs Programmieren interessiert und ist, wie bei allem, was er anpackt, sehr organisiert an die Sache herangegangen. Er hat sich bei mir all die alten Lehrbücher geholt, auch für Dinge, die man heute kaum mehr benutzt. Cobol zum Beispiel. Aber im Computerclub an seiner Schule wollte er nie mitmachen. «Was ich brauche, kannst du mir ja erklären», hat er gesagt.

Ach, Jonas. Ich kann gar nichts erklären.

Sonst würde ich verstehen, warum Du weggelaufen bist.

Es ist alles so eine Scheiße.

203

Die Polizei hat natürlich versucht, Jonas' Aufenthaltsort über sein Handy zu ermitteln, aber das Signal hat sich nicht orten lassen. Und ich habe seinen Computer untersucht.

Den hat er sonst immer sehr sorgfältig gesichert und das Passwort regelmäßig geändert. Es war ihm wichtig, dass niemand Zugriff hatte außer ihm selber. «Er ist eben ein privater Mensch», hat Mama einmal gesagt, damals, als sie noch nicht so verwirrt war, und sie hat es genau getroffen. Schon als Sechsjähriger hat er darauf bestanden, dass er sein Zimmer abschließen durfte, wenn er zur Schule ging. Wir haben es ihm schließlich erlaubt, unter der Bedingung, dass er dafür selber aufräumt und saubermacht. Daran hat er sich auch sehr korrekt gehalten. Er wollte seinen Bereich halt für sich allein haben.

Ich hatte mir schon überlegt, was ich alles für Passwörter ausprobieren könnte, aber als ich sein MacBook aufgeklappt habe, klebte da ein Post-it-

Zettel auf dem Bildschirm. BOND007. Mein altes lächerliches Passwort von früher. Es ist noch gar nicht so lang her, dass ich Jonas davon erzählt habe. Wir haben darüber gelacht und uns dann gemeinsam *Casino Royale* auf DVD reingezogen, nur wir beiden Männer. Helene war zum Glück nicht zu Hause. Sie hätte bestimmt protestiert und gemeint, das sei alles viel zu aufregend für ein Kind.

Aber Jonas hat sich solche Dinge immer ganz sachlich angesehen. Ich weiß noch, am Anfang der Folterszene, als der Bösewicht die Sitzfläche des Stuhls wegschneidet, auf den Daniel Craig dann gefesselt wird, da hat Jonas genickt und gesagt: «Das ist eine gute Idee.» Hat sich nicht gegruselt oder so, sondern nur den Einfallsreichtum des Drehbuchautors bewundert. Die Szene selber, mit den Schlägen auf die Hoden, die hat ihn dann gar nicht mehr interessiert. Aber vielleicht war das auch nur eine Pose. In diesem Alter will man ja cool sein.

BOND007. Es war eine Einladung an mich, auf seiner Festplatte herumzustöbern. Sonst hätte er es ja nicht aufschreiben brauchen.

In seinen Dateien hat sich nichts gefunden, was uns für die Suche hätte einen Hinweis geben können. Sein Stundenplan, Schulaufgaben, solche Sachen. Viel Musik, fast alles klassische Stücke. Keine Spiele, wie man es bei einem Jungen seines Alters eigentlich erwarten würde. Der Computer eines uninteressanten Menschen.

Jonas war kein uninteressanter Mensch.

Er *ist* kein uninteressanter Mensch.

Auch die Chronik seines Browsers war nicht ergiebig. Es wäre hilfreich gewesen zu wissen, was er alles nachgeschaut und wofür er sich interessiert hat. Aber alle Einträge waren gelöscht. Nur einen hat er stehenlassen. Er verwies auf eine Website mit einem Artikel zum Thema «Wie man Browsereinträge endgültig entfernt». Als ob er mir eine lange Nase drehen wollte. Auch das ist natürlich ein Hinweis darauf, dass er sein Verschwinden geplant hat. Ein Hinweis, aber keine Erklärung.

Was kann sich bloß in seinem Kopf abgespielt haben?

Wenn ein anderer Junge seines Alters auf die gleiche Art verschwunden wäre, ein paar Tage nach den Sommerferien, wenn ein anderer Junge weggelaufen wäre, zur Schule losgegangen und dort nicht angekommen, dann würden seine Eltern die Gründe dafür zumindest vermuten und wären nicht so ratlos wie wir. Ganz bestimmt hätten sie in der letzten Zeit etwas Ungewohntes an ihrem Sohn beobachtet. Vielleicht gab es eine Auseinandersetzung, er wollte unbedingt zu einem Open Air fahren, und sie haben es ihm verboten. Etwas in der Art.

Oder der Junge hatte Abenteuerromane gelesen und sich in den Kopf gesetzt, er müsse Seemann werden wie Captain Hornblower. Oder ein fanatischer Islamist hatte ihn zu seiner Religion bekehrt, und jetzt wollte er sich ISIS anschließen. Oder oder oder. Bei jedem anderen Jungen würde man etwas bemerkt haben. Irgendwas. Man hätte einen Anhaltspunkt. Man wüsste, wo man suchen müsste.

Bei Jonas: nichts. Abgesehen von seiner verrückten Frisur – und so etwas ist ja in dem Alter nichts Außergewöhnliches – ein braver Junge. Ein bisschen verschlossen. Ein guter Schüler. Die Aufgaben immer gemacht. Schon in der Grundschule und dann auch im Gymnasium immer unter den Besten seiner Klasse. Einmal sogar der Beste, damals in der Dritten, als er uns diesen Deal vorgeschlagen hatte. Aber auch später immer nah dran. Sein neuer Klassenlehrer hat zu mir gesagt: «Es ist, als ob er das absichtlich machen würde. Immer, wenn er es fast geschafft hat, der Beste zu werden, verhaut er eine Prüfung.»

Wenn er nicht Geige übt, sitzt er vor dem Computer oder hinter einem Buch. Geschichte scheint ihn am meisten zu interessieren, vor allem das 20. Jahrhundert. Aber wenn er wieder mal so einen dicken Schmöker aus der Bibliothek anschleppt, und man fragt ihn nach dem Inhalt, dann kriegt man keine grade Antwort. Als ob er am liebsten alles, womit er sich beschäftigt, für sich behalten würde. Ein richtiger Nerd.

Dabei nicht unsportlich. Er geht regelmäßig noch vor dem Frühstück joggen und führt sogar eine Liste darüber, wie lang er jedes Mal für die Rundstrecke im Stadtpark braucht. Aber er rennt allein, nur mit Remus. Teamsportarten haben ihn nie interessiert, auch nicht als Zuschauer. Als unsere Mannschaft gegen Argentinien Weltmeister wurde, da hat er sich zwar für das Endspiel mit mir vor den Fernseher gesetzt, aber mehr aus Gefälligkeit. Es war ihm egal, wer gewinnt.

Ein ruhiger Junge. «Auffällig unauffällig», hat das der Herr Aufhäuser genannt. Ich glaube, er hatte uns im Verdacht, zumindest am Anfang, dass wir ihm etwas über Jonas verheimlichten. Er konnte sich einfach nicht vorstellen, dass uns so gar nichts aufgefallen war.

Aber ich kann mir den Kopf zerbrechen, wie ich will: Da war nichts. Wir müssen direkt froh sein, dass Jonas wenigstens diesen Spleen mit seiner Frisur hat. Ein himmelblau gefärbter Kamm quer über den Schädel. Ohne den hätte es im Fahndungsschreiben wahrscheinlich heißen müssen: keine besonderen Kennzeichen.

205

Als ich Jonas zum letzten Mal sah …

Nein, das klingt falsch. Das meine ich nicht.

Als ich ihm an jenem Morgen «Tschüss!» sagte, das ist besser, da hatte er sich gerade erst zum Frühstück gesetzt. Die erste Stunde falle aus (was sich hinterher als Unwahrheit herausstellte), und er müsse erst um neun in der Schule sein. Das ist auch so eine Angewohnheit von ihm: Zum Frühstück isst er Brot mit Margarine, sonst nichts. Keine Butter, keine Marmelade, kein Käse. Zwei Scheiben Brot, ein Glas Milch. Ich habe mal zu ihm gesagt: «Du frühstückst wie ein Gefängnishäftling», und er hat gegrinst und geantwortet: «Nein, wie ein Gefängnisaufseher.»

Manchmal muss er über Dinge lachen, die gar nichts Komisches an sich haben, oder doch nur für ihn. Man hat dann immer das unangenehme Gefühl, dass er sich über einen lustig macht. Das habe ich Herrn Aufhäuser aber nicht erzählt. Es hätte ja auch für die Fahndung nichts gebracht. Oder hätten sie in der Personenbeschreibung notieren sollen: «Blaue Irokesenfrisur und grundloses Lachen»?

Jonas saß also am Tisch und frühstückte. Ich meine ihn noch vor mir zu sehen, aber das ist wohl nur Einbildung, weil wir für die Suche nach ihm ja ganz genau angeben mussten, was er an dem Tag anhatte. Seine Lieblingskluft: Jeans und ein graues T-Shirt mit der Aufschrift «Non vitae sed scholae discimus». «Nicht für das Leben, sondern für die Schule lernen wir.» Er hat mal in einem Buch gelesen, dass das Originalzitat so lautet und nicht umgekehrt, und sein Taschengeld darauf verwendet, sich den Text auf ein Shirt drucken zu lassen. Wahrscheinlich wollte er damit seinen Lateinlehrer ärgern. Obwohl er eigentlich kein rebellischer Typ ist.

Mehr Angaben zu seinem Outfit konnten wir Herrn Aufhäuser nicht liefern. Es war ein heißer Tag, und Jonas hat noch nicht einmal einen Pullover mitgenommen. Sie liegen alle noch in seinem Schrank. Er ist wahrscheinlich der einzige Zwölfjährige auf der Welt, der seine Anziehsachen selber pingelig zusammenlegt, wenn sie aus der Wäsche kommen. Helene macht ihm das nicht präzis genug.

Laufschuhe von Nike. Schwarz, mit gelben Schuhbändern und einer gelben Sohle. Am Tisch wird er die Schuhe noch nicht angehabt haben, aber wenn ich versuche, mich zu erinnern, gehören sie dazu.

Als ich mich verabschiedete, hat er nicht mal aufgeblickt, und auch das war nichts Außergewöhnliches. Wenn er will, kann Jonas sehr korrekt und höflich sein, aber meistens ist er maulfaul. Ein typischer Teenager eben, auch wenn er noch ein bisschen jung dafür ist.

Er hat den Kopf nicht gehoben, und so waren seine buntgefärbten Haare das Letzte, was ich von meinem Sohn gesehen habe. Was ich von meinem Sohn gesehen habe, bevor er verschwunden ist.

Er muss doch jemandem irgendwo aufgefallen sein, mit dieser Frisur. Und mit einem Hund.

206

Wenn ich über Jonas nachdenke, und ich tue es pausenlos, dann fallen mir jeden Tag mehr Dinge ein, die Helene und ich immer als selbstverständlich hingenommen haben und die jetzt im Rückblick …

«Rückblick» ist ein Scheißwort. Es klingt so ekelhaft endgültig. Rückblicke macht man, wenn etwas definitiv vorbei ist. Der Rückblick auf das vergangene Jahr. Der Rückblick auf das Leben eines Verstorbenen.

Jonas ist nur weggelaufen. Nur.

Eigentlich ist er immer ein einfaches Kind gewesen. «Pflegeleicht», haben wir manchmal gesagt. Die praktischen Dinge hat er immer sehr schnell kapiert. Schuhe binden zum Beispiel, das hat ihm Helene einmal gezeigt, und dann konnte er es. Oder die Spielregeln, die in unserer Familie gelten, dass man seine Sachen wegräumen muss oder beim Abwasch helfen, da hat er nie gegen rebelliert. Hat auch seine Aufgaben ohne Murren gemacht, immer als Erstes, gleich wenn er aus der Schule kam.

Natürlich, er hat auch seine Macken, welches Kind hat das nicht? Es gibt Dinge an ihm, die haben wir überhaupt nicht verstanden. Aber es war auch nie etwas dabei, über das man sich Sorgen hätte machen müssen. Er hat halt seinen eigenen Kopf. Und dass sich Kinder für die ausgefallensten Dinge interessieren, das ist völlig normal. Plötzlich wollen sie alles über Dinosaurier wissen oder über Automarken.

So hat er zum Beispiel den Spleen, dass er jeden Test ausfüllt, der ihm in die Hände fällt, er kann noch so idiotisch sein. Selbst wenn es nur eine Frauenzeitschrift ist, die er beim Friseur aufgelesen hat, wo man dann irgendwelche doofen Fragen beantworten muss, um zu erfahren, ob man lebensklug ist oder selbstsicher oder sonst irgendwas Ausgedachtes – Jonas macht brav seine Kreuzchen. Immer mit Bleistift. Wenn er mit dem Ergebnis nicht zufrieden ist, radiert er seine Einträge wieder aus und beginnt den Test noch einmal von vorn. Anspruchsvollere Fragebögen interessieren ihn nicht. Ich habe ihm einmal ein Buch mit IQ-Tests geschenkt, das hat er gleich wieder weggelegt. Aber sobald in einer Zeitschrift gefragt wird: «Sind Sie ein guter Geschäftsmann?» oder so was – schon schnappt er sich einen Bleistift und fängt an auszufüllen. Ein harmloses Hobby, haben wir immer gedacht.

Jetzt hinterher …

«Hinterher» ist auch ein Scheißwort.

Er studiert diese Tests, bis er sie beinahe auswendig weiß, und ist erst zufrieden, wenn er herausgefunden hat, wie man die maximale Punktzahl erreicht. Als ob man daraus lernen könnte, wie man sich im Leben richtig verhält.

Maja hat einmal gemeint, das sei ein Zeichen von Unsicherheit. In solchen Tests würde man die Bestätigung für Eigenschaften suchen, die man in sich selber nicht finde. Aber Jonas ist nicht ängstlich, das ganz bestimmt nicht.

207

Als er in der vierten Klasse war, hatten sie an seiner Schule eine Aktion, wo sich die Schüler für eine Schnupperlektion bei verschiedenen Sportvereinen anmelden konnten. Die meisten seiner Mitschüler haben sich für Fußball interessiert oder für Basketball. Logisch, in diesem Alter will jeder Mesut Ösil sein oder Dirk Nowitzki.

Jonas wollte unbedingt in den Boxclub. Sein Sportlehrer hat noch versucht, ihm das auszureden, das wäre mehr etwas für die oberen Klassen, und er würde dort gar keinen Gegner in seinem Alter finden. Aber wenn sich Jonas etwas in den Kopf gesetzt hat, lässt er sich nicht davon abbringen.

Wir mussten eine Einwilligung für das Probetraining unterschreiben. Helene war zuerst strikt dagegen. Sie fand, Boxen sei eine viel zu grobe Sportart, und Jonas ist ja auch kein ausgesprochener Muskelprotz. Aber eben, er hat eine Art, seinen Willen durchzusetzen, gegen die kommt man nicht an, und am Schluss hat sie dann doch ja gesagt. Unter der Bedingung, dass ich den Trainer vorher anrufe und sicherstelle, dass Jonas nicht mit einem Veilchen nach Hause kommt.

Er ist also hingegangen, ganz allein, und den Rest der Geschichte kenne ich nur aus dem, was man mir hinterher erzählt hat.

Sie wollten ihm ganz spielerisch zeigen, was alles zum Training für einen Boxkampf gehört, Seilspringen und auf einen Punchingball einschlagen oder auf einen Sandsack, aber Jonas muss darauf bestanden haben, dass er einen richtigen Kampf machen wolle, sonst könne er ja nicht wissen, ob ihm Boxen als Sport gefalle. Und eben: Er versteht es, seinen Willen zu kriegen. Im Überreden ist er Weltmeister.

Sie haben ihm also die kleinsten Handschuhe angezogen, die sich finden ließen, haben ihm einen Kopfschutz aufgesetzt, und dann durfte er tatsächlich in den Ring klettern. Sein Gegner war zwei Köpfe größer als er, und sie hatten ihn instruiert, dass er nur ein bisschen Show machen sollte, demonstrieren, wie man Angriffe abblockt und so was. Auf gar keinen Fall zuschlagen. Die beiden sind also herumgetänzelt, ohne richtig zu boxen, niemand hat das Ganze ernst genommen, und dann hat Jonas plötzlich einen Schlag gelandet. «Ganz ohne Ansatz», hat der Trainer mindestens dreimal gesagt. Das scheint ihn beeindruckt zu haben. Er war noch ganz aufgeregt, als er mich hinterher anrief. «Eine Gerade, die man überhaupt nicht hat kommen sehen.» Jonas muss seinen Gegner direkt im Solarplexus getroffen haben, und der ist tatsächlich k. o. gegangen. Oder doch hingefallen.

Der Trainer wollte unbedingt, dass Jonas in seinem Verein mitmachen sollte, aber der hatte keine Lust dazu. «Ich wollte mir das nur mal ansehen», hat er gesagt. «Aber eigentlich finde ich Boxen langweilig.»

Nein, ängstlich war Jonas nie.

208

Aber er ist auch kein Draufgänger, überhaupt nicht. Nie würde er sich unüberlegt in eine gefährliche Situation begeben.

Obwohl …

Ich schreibe hier immer so selbstsicher auf, wie Jonas ist und wie er sich verhält. Aber wenn ich nicht gemerkt habe, dass er von zu Hause weglaufen wollte – und ich habe nichts gemerkt, überhaupt nichts –, dann habe ich wohl auch eine Menge anderer Dinge an ihm nicht gesehen. Oder sie falsch eingeschätzt.

Zum Beispiel diese Geschichte, als er, ohne es zu wollen, zum Helden wurde, eine Art Held auf jeden Fall. Der Direktor seiner Schule wollte ihn sogar öffentlich dafür belobigen, aber dagegen hat sich Jonas gewehrt. Er mag es nicht, im Mittelpunkt zu stehen, und überhaupt sei alles nur Zufall gewesen.

Sagte er.

Damals habe ich ihm das geglaubt, jetzt, hinterher, bin ich mir nicht mehr so sicher.

Ich bin mir in nichts mehr sicher.

Die Sache war die: Da gab es einen Fünfzehnjährigen (während Jonas damals gerade mal acht war), der hatte schon einige Zeit jüngere Schüler auf dem Schulweg bedroht und sie gezwungen, ihm ihr Taschengeld oder ihr Handy abzuliefern. Das muss eine ganze Weile so gegangen sein, aber kein einziges von seinen Opfern hat es gewagt, zu Hause oder in der Schule etwas davon zu erzählen. Sie haben lieber gelogen, so sehr hatte er sie eingeschüchtert. Haben behauptet, sie hätten das Geld für Süßigkeiten ausgegeben oder das Handy irgendwo liegenlassen. Total verängstigt. Er hat den Kindern gedroht, ihnen die Ohren abzuschneiden oder die Nase aufzuschlitzen, wenn sie auch nur ein Wort zu jemandem sagen würden. Er hätte es natürlich nicht wirklich getan, aber bei den naiven Erst- oder Zweitklässlern hat die Drohung funktioniert, vor allem, weil er sich immer die Kleinsten und Schwächsten für seine Überfälle ausgesucht hat.

Ein richtiger Verbrechertyp, schon in diesem Alter. In der Zeitung war später zu lesen, seine alleinstehende Mutter sei mit der Erziehung überfordert gewesen und habe nicht verhindert, dass er sich auf seinem Computer Gewaltvideos angesehen habe. Ich halte nicht viel von solchen einfachen Erklärungen. Gewaltvideos oder Ballerspiele können nicht an allem schuld sein. Auch wenn man das heute nicht mehr sagen darf: Ich glaube, es gibt einfach Menschen, die von Geburt an einen miesen Charakter haben.

Derselbe Junge soll auch in verschiedenen Läden im Quartier Geld aus der Kasse gestohlen haben. Er hat das zwar immer abgestritten, aber kaum war er im Erziehungsheim gelandet, da hörten die Diebstähle auch sofort auf.

Dass man ihn überhaupt erwischt hat, das hatte eben mit Jonas zu tun und mit diesem Zufall. Heute frage ich mich, ob es wirklich nur Zufall gewesen ist.

209

Unter den Opfern waren auch zwei von Jonas' Klassenkameraden. Ihm selber war nie etwas passiert, obwohl er den gleichen Schulweg hatte wie sie. Hinterher sagte er, er habe von den Überfällen nichts gewusst. Jetzt, wo ich alles in Frage stelle, was ich von ihm zu wissen glaube, halte ich es für möglich, dass das gelogen war. Jonas hatte schon immer ein besonderes Talent dafür, Dinge herauszufinden, die man vor ihm verheimlichen wollte. So war es zum Beispiel ein paar Jahre lang ein regelrechtes Spiel zwischen uns, dass wir seine Geburtstags- oder Weihnachtsgeschenke an immer komplizierteren Orten versteckt haben, und er hat dann versucht, das Versteck noch vor dem Fest aufzustöbern. Er hat das Spiel jedes Mal gewonnen, bis wir es schließlich aufgegeben haben. Von da an lagen die Pakete offen da, und wir haben ihm einfach das Versprechen abgenommen, dass er nicht vorher hineinschaut. Daran hat er sich dann auch gehalten.

Glaube ich wenigstens.

Ob ich ihm je wieder ein Geburtstagsgeschenk werde machen können?

«Ich habe nichts von diesem Kerl gewusst», hat er hinterher gesagt. «Sonst hätte ich doch einen andern Weg genommen.» Damals hat mir das eingeleuchtet. Jonas ist immer ein sehr vernünftiger Junge gewesen – nein, ich muss schreiben: Ich habe ihn immer für einen sehr vernünftigen Jungen gehalten. Wenn er es gewusst hätte …

Aber vielleicht, denke ich heute, hat er es ja gewusst, hat das Geheimnis irgendwie aus seinen Mitschülern herausgekitzelt, ein Gespräch mit angehört, was weiß ich. Und wenn das so gewesen ist, dann war es auch kein Zufall, dass er an jenem Tag die Abkürzung über dieses Grundstück genommen hat, wo ihn dann auch prompt …

Wenn ich darüber nachdenke, geht es mir wie bei diesem Bild, auf dem man eine griechische Vase zu erkennen glaubt, und wenn man wieder hinsieht, ist da gar keine Vase, sondern es sind zwei Köpfe im Profil. Dasselbe Bild und zwei ganz verschiedene Dinge. So geht es mir mit Jonas.

Ich habe versucht, mit Helene darüber zu reden, aber sie wollte nichts davon hören. Ich würde unseren Sohn verdächtigen, sagte sie, und das sei Verrat an ihm. Dabei versuche ich doch nur, Jonas zu verstehen. Irgendetwas muss doch in ihm vorgegangen sein, das ihn zu seinem Entschluss getrieben hat, und solang ich das nicht begreife, habe ich auch keine Chance, ihn zu finden.

Vielleicht habe ich auch so keine Chance.

Ich soll auch Vermutungen aufschreiben, sagt Maja, auch solche Dinge, bei denen ich mir überhaupt nicht sicher bin. Das würde mir helfen, meine Gedanken zu Ende zu denken. «Und wenn du dich in deinen Überlegungen verläufst», sagt sie, «dann macht das überhaupt nichts aus. Wirklich schädlich ist nur, wenn man die Augen vor den Tatsachen verschließt und die Dinge nicht so sehen will, wie sie sind.»

Also. Sehen wir die Dinge, wie sie sind. Wie sie damals gewesen sind. Wie sie damals gewesen sein könnten.

210

Mit Sicherheit weiß ich Folgendes: Jonas hat auf dem Nachhauseweg die Abkürzung über dieses Grundstück genommen, auf dem seit ewigen Zeiten etwas gebaut werden soll, aber nie passiert etwas. Ein Streit unter Erben, die sich nicht einigen können, oder etwas in der Richtung. Das Gelände ist völlig verwahrlost, manche Leute benutzen es als Deponie für ihren Sperrmüll, und es geht das Gerücht, dass dort auch mit Drogen gehandelt wird. Alle Eltern im Quartier haben ihren Kindern verboten, diese Abkürzung zu nehmen, sie könnten auf eine gebrauchte Spritze treten oder noch Schlimmeres, aber wer in dem Alter kann einem Abenteuer widerstehen? Wenn ich hier in der Gegend aufgewachsen wäre, auf diesem Grundstück hätte ich bestimmt meine erste Zigarette geraucht.

Jonas ist also dort durchgegangen und ist diesem Jungen begegnet, zufällig oder absichtlich, und der ist auch gleich auf ihn los. War wahrscheinlich glücklich, dass ihm der Zufall da ein neues Opfer geliefert hatte, frei Haus gewissermaßen. Er hat Jonas sein Handy abgenommen und das bisschen Geld, das er in der Tasche hatte, und hat ihm gedroht, was er ihm alles antun würde, wenn er nicht sein Maul hielte. Richtig blutrünstige Drohungen;

man konnte sogar als Erwachsener Angst bekommen, wenn man sie sich angehört hat. Kein Wunder, dass die Kinder alle geschwiegen haben.

Was der Kerl nicht wusste: Jonas hatte an diesem Tag zufällig zwei Handys dabei. Ein altes, das er sich bei Federico ausgeliehen hatte, weil er irgendetwas damit ausprobieren wollte, und sein eigenes. Das alte hatte er in der Hand und musste es hergeben, aber von dem anderen hat der Erpresser nichts bemerkt. Es steckte in Jonas' Hosentasche, und – auch das ein reiner Zufall, sagt Jonas – die Aufnahmefunktion war eingeschaltet. So dass man nicht nur genau nachvollziehen konnte, was da passiert war, sondern auch einen Beweis hatte. Ohne diese Aufnahme hätte sich bestimmt so ein Weltverbesserer-Anwalt gefunden, der versucht hätte, dem Jungen das Erziehungsheim zu ersparen.

Jonas hat sich genau richtig verhalten. Er ist ins Schulhaus zurückgelaufen, direkt ins Büro des Direktors, hat alles erzählt und die Aufnahme abgespielt. Man hat die Polizei angerufen, und dann ging alles ganz schnell.

Ein glücklicher Zufall, dass es diese Aufnahme gab, habe ich immer gedacht. Jonas hat Glück gehabt, habe ich gedacht. Aber jetzt frage ich mich: Und wenn es gar kein Zufall war? Wenn Jonas den anderen ganz bewusst in eine Falle gelockt hat, um ihn zu überführen? Ganz unmöglich wäre es nicht, nur sehr ungewöhnlich für einen Achtjährigen.

Wenn ich jetzt über die Geschichte nachdenke, irritiert mich ein Detail mehr als alles andere: Auf der ganzen Aufnahme war Jonas' Stimme immer ganz ruhig. Total sachlich ist er die ganze Zeit geblieben, auch als ihn der Junge bedrohte. Total cool. Als ob er überhaupt keine Angst hätte.

211

Als ich heute aus der Firma nach Hause kam, brannte Licht in der Wohnung, und ich habe natürlich gedacht … Habe gehofft …

Es war nicht Jonas.

Helene saß im Wohnzimmer, in dem Sessel, den sie sonst nie benutzt, weil sie ihn unbequem findet und weil er quietscht, wenn man sich hinsetzt. Als ob sie zu Besuch wäre, saß sie da, und sie war auch nur zu Besuch. «Eigentlich wollte ich wieder weg sein, bevor du zurückkommst», sagte sie, «aber das konnte ich dir dann doch nicht antun.»

Aber sie konnte mir antun, dass sie sich in den Zug gesetzt hat und hierhergefahren ist, und es war nicht wegen mir. Sie ist nur gekommen, um ihre

Sachen zu holen, und diesmal wollte sie mehr mitnehmen als nur die kleine Tasche. Der große Koffer, der größte, den wir haben, stand schon gepackt im Schlafzimmer.

Wir haben uns dann unterhalten. Nein, das stimmt nicht. Wir haben Konversation gemacht, und Konversation macht man, wenn man sich nichts zu sagen hat. Ich habe mich erkundigt, wie es Luise geht und Peter, und Helene hat gemeint, sie wisse nicht, wie es die beiden ohne sie schaffen sollten. Sie werde dort dringend gebraucht. Als ob ich sie nicht noch viel dringender brauchen würde.

«Und wie geht es dir?», hat sie gefragt. Ich habe nicht geantwortet. Sie kann sich ja vorstellen, wie es mir geht.

Konversation eben.

«Die Milch im Kühlschrank ist schon eine Woche über das Verfallsdatum hinaus», hat sie gesagt. «Die solltest du nicht mehr trinken.» Und ich habe ihr versprochen, dass ich die Milch wegschütte. Das war so unser Gespräch.

Ich habe angeboten, ihr einen Kaffee zu machen, und sie fand, das sei eine gute Idee. Aber ich glaube, sie hat nur akzeptiert, weil ich dann ein paar Minuten in der Küche sein musste. Als ich zurückkam, saß sie immer noch in der genau gleichen Haltung da, als ob sie sich die ganze Zeit überhaupt nicht bewegt hätte. Ich habe ihr den Kaffee hingestellt, aber sie hat ihn kalt werden lassen.

Wir haben dann – ein Mann und eine Frau, deren Sohn verschwunden ist! – über das Wetter geredet, wie schwül es sogar am Abend noch ist, jetzt im Herbst, und wie sehr man sich über ein Gewitter freuen würde. Dann hat sie auf die Uhr geschaut und gesagt, es würde Zeit für sie, den letzten Zug müsse sie unbedingt noch erreichen. Ich wollte ihr den Koffer hinuntertragen, aber das hat sie abgelehnt.

Unter der Tür wollte sie mir die Hand geben, wie einem wildfremden Menschen, aber ich habe sie dann doch geküsst, und sie hat es geschehen lassen.

Eine gute Stunde waren wir zusammen, Helene und ich, und Jonas haben wir nicht ein einziges Mal erwähnt.

Die beste Zeit in unserer Ehe, das waren die drei Tage, die wir auf der Hochzeitsreise in Florenz verbracht haben. Seit damals, kommt es mir vor, ging es nur noch bergab.

Luise hatte uns eine Suite in diesem Renaissance-Palast organisiert, so teuer, dass wir es uns selber nie hätten leisten können. Zwei riesige Räume, nur für uns beide, und alles ungeheuer stilvoll. Selbst noch der Fuß der Nachttischlampe war eine Bronzeplastik. Aus dem Fenster sah man direkt auf den berühmten Dom. Über dem Bett war eine Verzierung an der Wand, in der Form einer Krone, und irgendwann haben Helene und ich uns nur noch mit «Eure Majestät» angesprochen. Haben gespielt, dass wir ein Königspaar auf Staatsbesuch sind. Da war ein Zimmermädchen, furchtbar eifrig, das konnte kein Wort Deutsch, und sehr viel mehr als «buon giorno» und «grazie» haben wir auf Italienisch auch nicht gewusst. Wenn sie frische Handtücher brachte oder so etwas, hat sie immer Dinge gesagt, die wir nicht verstanden, und die haben wir uns dann aus Jux phantastisch übersetzt. «Der Schah von Persien bittet um eine Audienz», oder «Im Hermelinmantel sind die Motten». Wir haben uns königlich amüsiert. (Manchmal, fällt mir auf, trifft man ganz zufällig das genau richtige Wort. Es war wirklich königlich.)

Wir haben so viel gelacht, damals in Florenz.

Ich kann mich schon gar nicht mehr erinnern, wie das geht.

Von den Sehenswürdigkeiten der Stadt haben wir nicht halb so viel gesehen, wie Helene sich das vorgenommen hatte. Den Ponte Vecchio natürlich und die Uffizien, diese Sachen schon. Aber die meiste Zeit haben wir in unserer Suite verbracht, oder es kommt mir doch in der Erinnerung so vor. Wenn man auf dem Bett lag, hatte man ein altes Deckengemälde über sich, irgendwelche Engel oder Musen, und das Bett war breit und bequem, und wir haben es weidlich benutzt.

Auch an diesen Teil unserer Ehe kann ich mich schon fast nicht mehr erinnern.

Mama, die schon nach einem einzigen Glas Moscato schwer philosophisch werden konnte, hat mir einmal erklärt, dass es zwei Arten von Ehen gebe, Schönwetterehen und Gewitterehen, und ob man in der einen oder in der anderen lebe, würde man erst merken, wenn es anfange zu donnern. Helene und ich haben wohl eine Schönwetterehe, und jetzt, wo der Sturm ausgebrochen ist und die Zeiten schwierig geworden sind, jetzt fällt sie auseinander.

Wir hatten eine so gute Zeit, damals in Florenz, und wir haben gedacht, es wird immer nur besser. Aber es ist nicht mehr besser geworden. Im Gegenteil.

Das alles ist gar noch nicht so lang her, aber es fühlt sich an, als ob die beiden jungen Menschen, die ihr Leben und ihre Liebe so genossen haben, gar nichts mit uns zu tun hätten, als ob es fremde Leute wären, entfernte Bekannte, die man irgendwann aus den Augen verloren hat.

Ich kann es nicht anders sagen. Helene und ich haben uns aus den Augen verloren.

213

Ich darf nicht nur die schlechten Seiten sehen, sagt Maja. Ich soll an die schönen Momente denken. Aus der Erinnerung Kraft schöpfen.

Es gab ja auch viel Gutes. Natürlich gab es das.

Jonas und die Musik.

Er hat lang nicht angefangen zu sprechen, später als andere Kinder, aber schon sehr früh hat er Melodien gesummt, nicht nur ein paar Töne, sondern ganze Bögen, so dass man erkennen konnte, was er da vor sich hin sang. Melodien aus den klassischen CDs, die Helene so oft hat laufen lassen, weil sie ihn als Baby beruhigt haben.

An eine Melodie kann ich mich besonders gut erinnern, weil mich Luise deswegen mal zur Schnecke gemacht hat. Ich konnte die Töne unterdessen schon selber nachsingen, so oft hatte ich sie von Jonas gehört, aber ich hatte keine Ahnung, was es war. Diese Sorte Musik ist nun mal nicht mein Ding. Worauf Luise in tiefster Bildungsbürger-Verachtung meinte: »Das Violinkonzert von Beethoven sollte man aber schon kennen.» Die richtige Antwort darauf ist mir leider erst hinterher eingefallen. «Ich muss so was nicht wissen», hätte ich sagen sollen, «dafür habe ich meinen Sohn.»

Jonas hatte schon damals ganz klare Vorlieben. Klassische Musik gefiel ihm besser als moderne, und am liebsten hatte er Geigenstücke. Das ist auch später so geblieben. Zu seinem zehnten Geburtstag hat er sich von seinen Großeltern eine Reise nach Frankfurt gewünscht, weil dort Anne-Sophie Mutter ein Konzert gab. Sie haben ihm den Wunsch auch erfüllt, aber es war dann Helene, die mit ihm hinfahren musste. Bei Luise hatte der Parkinson schon angefangen, und sie ging nicht mehr gern aus dem Haus.

Einmal, da war er keine drei Jahre alt, haben wir uns im Fernsehen das

Neujahrskonzert aus Wien angesehen, und Jonas hat sich hingestellt und die Geiger nachgemacht. Hat sich die Kehrschaufel unters Kinn geklemmt und mit dem Kehrbesen darauf herumgekratzt. Unglaublich niedlich. Später, als er dann älter wurde, war «niedlich» nicht mehr das richtige Wort, um ihn zu beschreiben, aber damals … Man hätte ihn stundenlang knuddeln mögen.

Nach diesem privaten Neujahrskonzert hat ihm Helene eine Spielzeuggeige gekauft, so ein rosarotes Ding aus Plastik, auf dem man natürlich nicht richtig Musik machen konnte. Das hat Jonas überhaupt nicht gepasst. Er hat das Geschenk blitzartig in Einzelteile zerlegt, ist darauf herumgetrampelt und hat getobt. Seine Majestät wollte wohl lieber eine echte Stradivari.

Am liebsten hätte er schon vor dem Kindergarten Geigenstunden gekriegt, aber in dem Alter wird man von der Jugendmusikschule noch nicht aufgenommen. Wir haben dann, weil er so gedrängelt hat, einen privaten Musiklehrer für ihn gefunden, den Herrn Sawatzki, und der war bereit, es mit Jonas zu versuchen. Er hat sogar eigens für ihn so eine winzige Sechzehntelgeige aufgetrieben.

Bei Jonas' erster Geigenstunde waren Helene und ich nicht dabei, aber nach dem, was uns Herr Sawatzki hinterher erzählt hat, muss es sensationell gewesen sein.

214

Jonas habe die Geige und den Bogen gleich beim ersten Mal richtig angefasst, hat uns Sawatzki ganz aufgeregt erzählt. Ich habe zuerst gar nicht verstanden, was daran so Besonderes sein sollte, aber scheinbar brauchen manche Kinder ewig, bis sie die korrekte Handhaltung hinkriegen, und manche kapieren es nie. Aber Jonas hatte sich am Fernsehen oft Musikprogramme angesehen und schien dabei gut aufgepasst zu haben.

Er ist immer gern zur Geigenstunde gegangen, mit Begeisterung sogar. Manchmal hat er sich schon eine halbe Stunde zu früh die Schuhe angezogen, so ungeduldig war er. Er hat dann auch sehr bald die ersten Melodien gespielt, nichts Schwieriges natürlich, und es klang auch nicht besonders imposant. So eine winzige Geige ist ja eher ein Spielzeug als ein Instrument. Aber Helene war hin und weg. Wenn man gehört hat, mit welcher Begeisterung sie andern Leuten davon erzählte, hätte man meinen können, unser Sohn sei ein zweiter André Rieu. Ich habe mich immer bemüht, da ein bisschen sachlicher zu bleiben. Ein wirklich ungeheures musikalisches Genie ist

Jonas wohl nicht. Aber dass er in dieser Richtung eine besondere Begabung hat, daran gibt es keinen Zweifel.

Herr Sawatzki organisiert jedes Jahr in einem Kirchgemeindesaal ein Konzert seiner Schüler, wo dann natürlich nur lauter stolze Eltern und Großeltern im Publikum sitzen und auch noch die falschesten Töne wunderbar finden. Nicht dass Jonas falsche Töne produzieren würde. Schon als knapp Fünfjähriger hat er dort, von Sawatzki am Flügel begleitet, völlig fehlerlos ein Stück gespielt, das Mozarts Vater für seinen Sohn geschrieben hat. Der Irgendwas-Tanz. Ich habe noch ein Foto davon, wie er dasteht in seinen kurzen Hosen und mit seiner kleinen Geige, aber ich habe nicht den Mut, es herauszuholen. Ich könnte den Anblick nicht ertragen.

Jonas' Geigen sind mit ihm gewachsen, und die Stücke, die er an den Sawatzki-Konzerten spielt, werden jedes Jahr schwieriger. Ein paar Wochen lang war er auch im Schulorchester, aber das hat nicht funktioniert. Er hat sich dort nicht gut eingefügt, hat die andern kritisiert und ihnen bei jedem falschen Ton Vorwürfe gemacht. Sie waren halt nicht alle so ehrgeizig wie er. Sawatzki meint, Jonas sei vielleicht nicht der begabteste Schüler, den er je gehabt habe, aber ganz bestimmt mit Abstand der disziplinierteste.

Unterdessen spielt er auch nicht mehr auf gemieteten Geigen. Seine Großeltern haben ihm eine eigene gekauft, und als ich gehört habe, was sie dafür ausgegeben haben, bin ich fast auf den Arsch gefallen. Unglaublich, was so ein Instrument kostet! Aber Luise und Peter meinten, das hätte er sich mit seinem Fleiß verdient. Er liebt diese Geige und musste unbedingt einen mit rotem Samt ausgeschlagenen Geigenkasten dazu haben.

Der Kasten liegt immer noch in seinem Zimmer. Samt Geige. Ich kann das nicht begreifen. Er liebt dieses Instrument doch. Und ist trotzdem weggelaufen ohne es mitzunehmen. Es muss einen Grund dafür geben, aber ich komme nicht dahinter.

215

Am letzten Wochenende, im *Wort zum Sonntag* …

Es ist mir peinlich, aber ja, ich sehe mir manchmal das *Wort zum Sonntag* an. Oder sehe es mir eigentlich nicht an, ich sehe mir außer den Nachrichten gar nichts mehr an, sondern lasse nur nach den *Tagesthemen* den Fernseher weiterlaufen. Manchmal bis in den Morgen hinein. Damit wenigstens aus dem Lautsprecher eine Stimme kommt. Es ist so still, nachts in der Wohnung, und das ist schwer auszuhalten. Es müsste Kurse geben, an der Volkshochschule vielleicht, wo man das Alleinsein erlernen kann.

Was ich aufschreiben wollte, ist dieses: Im *Wort zum Sonntag* ist eine Pastorin aufgetreten, so eine von denen, die sich betont weltlich geben und dadurch besonders frömmelnd wirken, und die hat ihre ganzen fünf Minuten nur darüber geredet, dass wir vieles nur deshalb für Zufall hielten, weil wir es nicht verstünden. Auch schlimme Dinge, Ereignisse, die wir nur mit Mühe ertragen könnten, gehörten zu Gottes Plan. Wir Menschen seien nur nicht in der Lage, diesen Plan zu erkennen.

Ich hätte sie erwürgen können für ihr Gedöns, und ich habe dann auch umgeschaltet, aber hinterher hat mich der Gedanke nicht losgelassen. Nicht das mit Gott und seinem geheimnisvollen Plan, damit hatte ich noch nie etwas am Hut, aber die Überlegung, dass wir Dinge für Zufall halten, bloß weil wir die Zusammenhänge nicht verstehen. Das beschäftigt mich. «Jonas ist halt so, wie er ist», habe ich immer gesagt, bin davon ausgegangen, dass der Charakter eines Menschen einfach das ist, was der Zufallsgenerator der Vererbung für ihn ausgespuckt hat, dieses Gen oder jenes, aber vielleicht stimmt das ja gar nicht. Vielleicht habe ich viel mehr Einfluss auf ihn gehabt, als ich dachte, haben wir beide viel mehr Einfluss gehabt. Vielleicht hat Helene recht, wenn sie meint, Jonas sei nicht einfach von selber so musikalisch geworden, sondern sie habe das verursacht, mit all den Klassik-CDs, die sie während der Schwangerschaft hat laufenlassen.

Und wenn das so ist, wenn es da Zusammenhänge gibt, dann bin ich möglicherweise die Ursache dafür, dass die Dinge so gekommen sind, wie sie sind, dass er weggelaufen ist und jetzt vielleicht irgendwo herumirrt, dann kann es doch sein, dass ich – nicht aus böser Absicht, aber das tröstet mich nicht – Dinge falsch gemacht habe, die ich hätte richtig machen können. Dann kann es doch sein, dass alles anders gekommen wäre, wenn ich nur ein bisschen besser aufgepasst hätte, besser hingesehen, besser nachgedacht. Dann bin vielleicht ich an allem schuld.

Ich weiß, was Maja sagen würde, wenn ich ihr diese Seite zu lesen gäbe. Es hilft niemandem, wenn ich mir Vorwürfe mache, würde sie sagen. Ich soll nicht grübeln, würde sie sagen. Positiv denken. Schöne Erinnerungen aus dem Gedächtnis holen.

Als ob das so einfach wäre.

Man kann es ja versuchen.

Jonas' erste Worte.

In diesem Punkt war er nicht so frühreif wie beim Singen. Lange Zeit hat er überhaupt keine Versuche zum Sprechen gemacht, auch nicht «ja» oder «nein», was Kinder – ich habe es nachgelesen – oft sagen können, noch bevor sie «Mama» und «Papa» lernen. «Muh» konnte er sagen und andere Tiergeräusche nachahmen, das war alles. Dabei hat er es hervorragend verstanden, sich auszudrücken, nur eben nicht mit Worten. Wenn er etwas gewollt hat oder nicht gewollt, dann hat er uns das deutlich gemacht, so deutlich, dass man an seinen Wünschen keinen Zweifel haben konnte. Ich habe ihn nicht umsonst «seine Majestät» genannt. Manchmal hat er sich wirklich wie ein Alleinherrscher aufgeführt. Nur eben: ohne Worte.

Ich habe mir deswegen keine Sorgen gemacht. Helene schon. Sie hat das von ihrer Mutter: Es muss alles so ablaufen, wie es in den Büchern steht, sonst denkt sie gleich, es ist etwas nicht in Ordnung. Die Kinderärztin hat ihr zwar erklärt, so eine langsame Entwicklung sei völlig normal, bei dem einen Kind käme die Sprache eben früher und bei dem anderen später, aber das hat Helene nie wirklich beruhigt. Wenn Jonas bis zu seinem zweiten Geburtstag noch nicht mit Sprechen angefangen hätte, hat sie beschlossen, dann wollte sie mit ihm zu einem Spezialisten gehen.

(Mit der Kinderärztin hat es dann später auch eine lustige Geschichte gegeben. Als Jonas zehn Jahre alt war, musste die Mehrfachimpfung, die er als Baby bekommen hatte, aufgefrischt werden. Helene ging mit ihm also zu Frau Dr. Veidt, die hat ihm die Spritze gesetzt, und als alles erledigt war, sagte Jonas höflich: «Vielen Dank, Frau Doktor, das ist das letzte Mal, das ich zu Ihnen komme.» Er hatte, natürlich ohne vorher mit uns darüber zu reden, beschlossen, er sei jetzt zu alt, um noch zu einer Kinderärztin zu gehen. Frau Dr. Veidt hat es sportlich genommen und nur ganz trocken gemeint, auch wenn er sich schon so erwachsen fühle, siezen würde sie ihn trotzdem nicht.)

Aber ich wollte die andere Geschichte aufschreiben, die von Jonas' ersten Worten. Es war an seinem zweiten Geburtstag. Helene hatte einen Kuchen gebacken, Mama war da, Federico und Maja, wir haben «Happy Birthday» gesungen, und Jonas hat die Kerzen ausgeblasen. Dann haben wir alle Kuchen gegessen, und plötzlich hat Jonas gesagt: «Nächstes Jahr bitte weniger süß.» Das waren seine ersten Worte. Man hätte mich mit einem nassen Lappen erschlagen können, so überrascht war ich.

«Nächstes Jahr bitte weniger süß.»

Wir haben natürlich alle gelacht, aus Überraschung und aus Erleichterung, nur Jonas hat friedlich weiter Kuchen gemampft, als ob nichts Besonderes gewesen wäre. Von dem Tag an hat er geredet, nie in einzelnen Worten, sondern immer gleich in Sätzen.

Exakt an seinem Geburtstag war das.

217

Gestern bin ich von der Arbeit nach Hause gekommen und habe realisiert, dass ich es nicht aushalte. Seit Jonas' Verschwinden sitze ich jeden Abend da und warte darauf, dass die Tür aufgeht. Jeden Abend.

Nein, ich warte gar nicht. Nicht wirklich. Ich kann mir gar nicht mehr vorstellen, dass er einfach so hereinkommt. Das wird nicht passieren. Nicht nach all der Zeit. Es hat keinen Sinn, dass man sich etwas vormacht, so wie die Eltern von dieser Maddie.

Was noch knapp vorstellbar ist: Dass der Herr Aufhäuser hier anruft und sagt, man habe ihn gefunden, vielleicht irgendwo weit weg, habe ihn bei einer Kontrolle aufgegriffen, oder er sei in einen Unfall verwickelt gewesen, oder …

Ich will das nicht denken.

Ich will überhaupt nicht mehr denken.

Ich bin nach Hause gekommen, habe die Pizza, die ich unterwegs gekauft hatte, auf den Küchentisch gelegt, ohne Teller, man kann auch aus dem Karton essen, habe Messer und Gabel aus der Schublade genommen, habe mich hingesetzt – und dann bin ich wieder aufgestanden, habe den Karton samt Pizza in den Müllsack gestopft und bei Federico angerufen. «Eure Einladung zum Essen», habe ich ihn gefragt, «gilt die auch heute?»

Habe mich ins Auto gesetzt und bin zu ihnen hingefahren.

Federico und Pia wohnen immer noch in der alten Wohnung seiner Eltern, aber es sieht dort jetzt völlig anders aus. Federico war es immer egal, ob da moderne Möbel standen oder altmodische, ich glaube, das Einzige, was er mal ersetzt hat, war das Bett im Schlafzimmer, und so, wie er als Junggeselle gelebt hat, war das Bett ja auch sein wichtigstes Möbelstück. Pia hat eine Menge verändert, ganz allmählich. Sie hat dieses Talent, sehr freundlich zu bestimmen, was gemacht werden soll, und gleichzeitig ihren Mann im Glauben zu lassen, er sei der große Zampano. Federico ist auf jeden Fall sehr stolz auf den neuen Look seiner Wohnung. Helene meint ja, Pia habe in puncto Einrichtung einen typisch italienischen Hang zum Kitsch, aber ich finde es sehr gemütlich bei den beiden.

Pia ist eine lebenskluge Frau. Sie hat mich so selbstverständlich begrüßt, als ob ich jeden Tag bei ihnen zu Besuch wäre, nichts von «Wie schön, dass du endlich mal gekommen bist» und auch kein besorgtes «Wie geht es dir?». Einfach «Hallo» und Küsschen und «Hoffentlich hast du Appetit mitgebracht». Einen Misston gab es erst, als Federico mir unbedingt etwas Neues in der Wohnung zeigen wollte. Da hat Pia ganz schnell und scharf etwas auf Italienisch gesagt, und Federico hat sein Angebot blitzartig zurückgezogen und wollte lieber ein schnelles Bier mit mir trinken.

Ich hätte es trinken sollen.

Aber ich wollte ihm die Freude an seiner neuen Errungenschaft nicht nehmen, ich wusste ja noch nicht, um was es ging, und habe auf einer Wohnungsführung bestanden.

Weil ich ein Idiot bin.

218

Sie erwarten ihr Kind Ende Oktober, und das Kinderzimmer ist schon fix und fertig eingerichtet, in dem kleinen Raum, in dem Federico früher seinen ganzen technischen Krimskrams stehen hatte. Alles in Rosa. Es soll ein Mädchen werden.

Die Wiege steht schon da, und auf dem Wickeltisch sind die Windeln sauber gestapelt. Sie haben an alles gedacht. Sogar ein Schaukelpferd haben sie schon gekauft. Und einen Teddybären.

Ich war zu ihnen gegangen, weil ich einen Abend lang an etwas anderes denken wollte als an Jonas, Weil ich einen Abend lang an gar nichts denken wollte. Aber als ich all die Kindersachen gesehen habe …

Er war ein so niedliches Baby.

Federico und Pia sind wirklich gute Freunde. Neben den Windeln stand auch eine Box mit Kleenex, und Federico hat die genommen und sie mir hingehalten. Ohne ein Wort. Wenn er versucht hätte, mich zu trösten, ich hätte es nicht ausgehalten.

Es war zum ersten Mal, dass ich geweint habe, seit Jonas verschwunden ist, und es ist richtiggehend aus mir herausgebrochen. Als ob etwas aufgerissen wäre in mir drin. Ich hockte in diesem rosaroten Kinderzimmer auf dem

Boden und habe nur noch geheult und geheult. Federico muss irgendwann hinausgegangen sein. Ich habe nichts davon gemerkt.

So geweint habe ich nicht einmal an Mamas Grab.

Man denkt, man kann nie wieder aufhören, aber irgendwann ist man dann doch leer und kommt sich lächerlich vor, ein erwachsener Mann, der auf dem Fußboden sitzt, und neben ihm liegt jede Menge vollgeheultes Kleenex.

Ich bin schließlich aufgestanden und hinausgegangen. Pia hat vor der Tür auf mich gewartet. Sie hat kein Wort gesagt, hat nur ihre Arme um mich gelegt und mir den Rücken gestreichelt. Ich weiß nicht, wie lang wir so dagestanden sind. Wenn sie einen an sich drückt, spürt man ihren Babybauch.

Auch Federico hat kein Wort gesagt. Als sei so ein Verzweiflungsanfall etwas ganz Alltägliches. Beim Essen haben wir uns über harmlose Dinge unterhalten, dass irgendeine zugewanderte Fliege die Olivenernte in Italien bedroht und was man gegen Pias Rückenschmerzen unternehmen könne. Solche Sachen. Wir haben sogar gelacht, ich auch. Und auch dazu haben die beiden keinen Kommentar abgegeben, sondern haben mir einfach noch mal ein Glas Wein eingeschenkt. Und noch eins und noch eins. Am Schluss war ich so betrunken, dass Federico mich auch mit der Taxe nicht nach Hause fahren lassen wollte, sondern ein Klappbett vom Dachboden geholt hat.

Ich habe bei den beiden übernachtet, in dem rosaroten Babyzimmer.

Sie sind wirklich gute Freunde.

219

Ich habe Federico gesagt, dass ich ein wenig später zur Arbeit kommen würde, und er hat mir auf die Schulter geklopft und gelacht, weil er gedacht hat, es ist wegen meinem Kater. Aber das war nicht der Grund.

Ich bin nach Hause gefahren und habe bei Helene angerufen. Bei Luise und Peter, um genau zu sein. Helenes neue Handynummer habe ich ja nicht. Ich wollte ihr sagen, dass sich in mir etwas verändert habe und dass ich jetzt verstünde, wieso sie es mit mir nicht mehr ausgehalten hat. Ich wollte sie bitten zurückzukommen. Hätte alle Schuld auf mich genommen. Aber sie hat sich geweigert, mit mir zu reden.

Meine Frau hat sich geweigert, mit mir zu reden.

Peter hat zwar behauptet, sie sei nicht da, sie sei zum Einkaufen gefahren, aber er ist ein viel zu korrekter Mensch, um ein guter Lügner zu sein. Es war ein vorbereiteter Text, das war deutlich zu merken. Vielleicht hat ihm Helene aufgeschrieben, was er sagen müsse, wenn ich anriefe, und er hat die Worte abgelesen. Vielleicht stand sie während des Gespräches neben ihm. Es täte ihm leid, hat er gesagt, und ich könne ja eine Nachricht hinterlassen, die würde er Helene ausrichten, und sie würde mich dann sicher bald zurückrufen.

Stunden habe ich neben dem Telefon gewartet, weit über die Zeit hinaus, wo jemand beim Einkaufen sein kann. Bei meinen Schwiegereltern wurde schon immer pünktlich um Viertel nach zwölf Mittag gegessen, und ich kann mir nicht vorstellen, dass sich daran etwas geändert hat. Sie sind keine Leute, die ihre Gewohnheiten verändern.

Helene hat mich nicht zurückgerufen.

Meine Frau will nicht mit mir sprechen.

Irgendwann habe ich das Warten aufgegeben. Aber ich bin dann nicht zur Arbeit gefahren, obwohl das vernünftig gewesen wäre. Wir sind nicht so ein großer Laden wie damals bei Petermann, und wenn auch nur einer ausfällt, bricht gleich alles zusammen.

Aber warum soll immer ich der Vernünftige sein?

Seit Helene zu ihren Eltern gezogen ist, habe ich jeden Tag gleich nach dem Aufstehen das Schlafzimmer in Ordnung gebracht. Einmal die Woche habe ich die Betten frisch bezogen, auch das von Helene. Sie sollte jederzeit wieder einziehen können, sie sollte hereinkommen können und sich gleich wohl fühlen.

Aber wenn sie nicht einmal mit mir reden will …

Man kann so etwas allein nicht ordentlich machen. Als ich das Bettgestell die Treppe hinuntergewuchtet habe, ist ein Bein abgebrochen. Es ist mir scheißegal. Das Gestell und die Matratze stehen jetzt im Keller. Wenn Helene zurückkommen will, kann sie es sich ja dort unten bequem machen.

Erst mein Sohn und jetzt meine Frau. Wenn sie meinen, dass ich nicht allein mit meinem Leben klarkomme, dann haben sie sich getäuscht.

Was dann später passiert ist, hätte nicht passieren dürfen, natürlich nicht. Ich weiß, dass ich mich dafür schämen müsste. Aber es ist nun mal so gewesen, und wenn ich ehrlich bin (warum sollte ich diese Tagebuchseiten mit Unehrlichkeiten füllen?), wenn ich ganz ehrlich bin, muss ich sogar zugeben: Ich hoffe, dass es nicht das letzte Mal war. Obwohl wir beide geschworen haben, dass es kein zweites Mal geben würde.

Natürlich hat auch der Alkohol eine Rolle gespielt. Ich habe gestern bei Federico und Pia zu viel Wein getrunken, und heute bin ich nach meinem Wutanfall zum Whisky übergegangen. Im Schrank im Wohnzimmer steht schon seit Jahren eine Flasche ganz teurer Single Malt. Wir haben ihn zur Hochzeit bekommen, ich habe vergessen, von wem, und nie aufgemacht. «Warten wir damit auf eine besondere Gelegenheit», hat Helene immer gesagt. Ich glaube, ich habe die Flasche nur herausgeholt, weil ich wusste, dass sie sich darüber ärgern würde. Wenn sie sich noch dafür interessierte, was ich tue.

Ich mag Whisky überhaupt nicht. Er schlägt mir jedes Mal aufs Gemüt. Heute hat er mich gleich wieder weinerlich gemacht, oder, besser gesagt: melancholisch. Geplärrt habe ich nicht mehr, nicht so wie im Babyzimmer bei Federico, aber als es dann an der Tür klingelte und ich öffnete, muss ich ausgesehen haben wie ein Häufchen Elend. Maja war vorbeigekommen, weil sie sich Sorgen um mich machte. Ich nehme an, Federico hat ihr von meiner Heulerei erzählt und dass ich nicht zur Arbeit gekommen bin. Die beiden sind zwar nicht mehr zusammen, aber immer noch gut miteinander befreundet.

Sie hat mein Gesicht gesehen und hat sofort gedacht, es gebe schlechte Nachrichten von Jonas. (Das ist immer das Erste, was die Leute denken, auch wenn sie versuchen, es zu verbergen. Sie reden zwar alle von «die Hoffnung nicht aufgeben», aber sie meinen es nicht wirklich.) Maja wollte mich trösten und hat mich umarmt, und das hat mir gutgetan. Sie hat so gut gerochen. Es wäre aber nichts passiert, wenn ich nicht versucht hätte, ihr zu erklären, dass Helene nicht mehr mit mir reden will und dass es wohl aus ist zwischen uns beiden. Ich habe die Worte nicht herausgebracht, oder wenn ich sie herausgebracht hätte, wären mir wieder die Tränen gekommen, und das wollte ich nicht. Ich habe Maja also an der Hand genommen und ins Schlafzimmer geführt, ohne dass da irgendeine Absicht oder ein Plan dahinter gewesen wäre, ganz bestimmt kein bewusster Plan. Ich wollte ihr nur zeigen, dass dort nur noch ein Bett stand, dass aus einem Eheschlafzimmer wieder eine Junggesellenbude geworden war. Als Nächstes, ich bin mir ganz sicher, dass ich mir das so vorgenommen hatte, wollte ich sie in den Keller führen und ihr die zweite Matratze zeigen und das Bettgestell mit dem abgebrochenen Bein.

Bis in den Keller sind wir dann nicht mehr gekommen.

Ich könnte vor jedem Gericht der Welt beschwören, dass es keine Absicht war. Es ist einfach passiert.

221

Es war anders als mit Helene. Nicht besser. Man kann das nicht vergleichen. Es war – es ist ein idiotisches Wort, aber ich weiß kein besseres – problemlos. Ich wäre nie auf den Gedanken gekommen, mit der besten Freundin meiner Frau etwas anzufangen, aber es fühlte sich an, als ob unsere Körper schon ewig aneinander gewöhnt wären.

Sie wollte mich trösten, und wir haben uns dann gegenseitig getröstet. Ich kann es nicht anders erklären. Ich müsste ein schlechtes Gewissen haben, aber ich merke, dass ich lächle, wenn ich daran denke. Es war schön. In dem einen Bett, das noch dasteht, hatten wir beide sehr gut Platz.

Wir haben nichts geredet dabei, nur ganz am Schluss hat sie ganz laut «Ja» gesagt und immer wieder «Ja». Sie hatte die Augen geschlossen, und ich weiß nicht, ob sie überhaupt zu mir gesprochen oder auch nur an mich gedacht hat. Früher, als man sie noch Max nennen durfte, hatte Maja jede Menge Liebhaber. Das war kein Geheimnis, sie hat immer ohne Hemmungen davon erzählt. Heute wird es nicht mehr so sein. Wir sind alle älter geworden, und diese Dinge sind nicht mehr so wichtig.

Das ist eine verdammte Lüge. Natürlich ist es wichtig. Es wird noch wichtig sein, wenn man mich in den Sarg packt.

Wenn es für sie anders gewesen wäre, nur eine Nebensächlichkeit, die man gleich wieder vergisst, dann wäre es Maja hinterher nicht so peinlich gewesen. Sie hatte sich an mich gekuschelt, und ich hatte meine Hand auf ihre Brust gelegt und konnte spüren, wie ihr Atem allmählich ruhiger wurde. Keine Ahnung, wie lang wir so dagelegen sind, aber plötzlich hat sie den Kopf zu mir gedreht und hat mich angesehen, als ob ich ein völlig fremder Mann wäre, ein Marsmensch, aus seinem Raumschiff neben sie hingebeamt. Sie hat sich aufgerichtet und sich auf die Bettkante gesetzt, von mir abgewendet, so dass ich nur noch ihren Rücken sehen konnte und den Ansatz ihrer Pobacken. (Sie hat einen schmaleren Po als Helene. Die richtige Größe für meine Hände.) Sie muss meinen Blick gespürt haben, denn sie hat mich angefaucht, nicht laut, aber heftig, ich solle gefälligst woanders hinschauen. Eigentlich war das ja lächerlich, nach dem, was gerade gewesen war, aber eine solche Situation hat nichts mit Logik zu tun. Wenn wir nachgedacht hätten, wäre es gar nicht dazu gekommen.

Sie ist dann ins Badezimmer gegangen, und als sie wieder herauskam, war sie angezogen. Ich lag immer noch im Bett, aber jetzt unter der Decke.

Sie ist neben dem Bett stehen geblieben, als ob ich das Aufstehen verpasst hätte, und sie wäre nur hereingekommen, um mich zu wecken. Sie hat gesagt: «Das darf nie wieder passieren, verstehst du? Versprich mir, dass es nie wieder passieren wird.» Ohne mir dabei ins Gesicht zu sehen.

Ich habe es versprochen, aber ich hoffe, dass sie nicht darauf bestehen wird, dass ich dieses Versprechen auch halte.

Genau die richtige Größe für meine Hände.

222

Ich bin doch kein Teenager mehr, verdammt noch mal. Unter erwachsenen Menschen kann so was doch vorkommen. So eine große Sache ist das doch gar nicht.

Wenn Maja mich auf andere Gedanken bringen wollte, dann hat sie es geschafft. Aber es sind keine vernünftigen Gedanken. Ich bin nicht in sie verliebt, natürlich nicht. Nicht in meinem Alter. Aber …

Ich bin nie ein Frauenheld gewesen. Ich war – nein, nicht schüchtern, das wäre das falsche Wort, aber nicht so getrieben wie zum Beispiel Federico, der früher die Freundinnen schneller gewechselt hat als die Hemden. Und jetzt ist er mit seiner Pia glücklich, sie erwarten ihr erstes Kind, und ich habe keinen Zweifel daran, dass er ihr absolut treu ist.

Während ich …

Irgendwo habe ich mal gelesen, dass neun Monate nach einer Katastrophe, einem Erdbeben oder einer Feuersbrunst, die Geburtenzahlen in die Höhe schießen. Menschen, die unter Schock sind, suchen beieinander Trost oder vielleicht auch nur die Gewissheit, dass das Leben nicht zu Ende ist, sondern weitergeht. Vielleicht war es das, was Maja und mich zusammengebracht hat.

Und vielleicht ist das alles nur eine Ausrede, und ich will bloß nicht zugeben, dass ich einfach nur ein schwanzgesteuerter Neandertaler bin, der nicht widerstehen konnte, als sich die Gelegenheit bot. Vielleicht sind wir Männer einfach so.

Aber ich bin nie so gewesen, auch als ich Helene noch nicht gekannt habe. (Es ist mir immer vorgekommen, als ob es nie eine Zeit gegeben hätte, in der ich sie nicht gekannt habe. Jetzt muss ich mich daran gewöhnen, dass ich sie nicht mehr kenne.)

Als ich dann mit ihr zusammen war …

Ich habe meine Frau nie betrogen, nicht ein einziges Mal. Dabei hätte ich durchaus Gelegenheit dazu gehabt. Da war diese Praktikantin, ich kann mich nicht einmal an ihren Namen erinnern, die hat mich angehimmelt aus irgendeinem Grund, zehn Jahre jünger mindestens, und Federico hat gemeint, ich brauchte nur mit den Fingern zu schnipsen, und schon läge sie in meinem Bett. Ich habe nicht geschnipst.

Und jetzt, wo ich älter bin und vernünftiger sein müsste, jetzt ist es einfach passiert. Ich habe meine Frau betrogen. Und es war nicht nur ein Ausrutscher, nicht nur der Single Malt, nicht nur, weil Helene nicht mit mir hatte reden wollen. Wenn es so wäre, könnte ich die Geschichte abhaken, einen Strich drunter ziehen, die Datei von der Festplatte löschen. Wo Maja ja auch gesagt hat, dass es nie wieder passieren darf.

Wenn es so wäre, würde ich nicht dauernd an sie denken, wie ein Schuljunge, der zum ersten Mal entdeckt hat, dass Mädchen mehr sind als nur Jungen mit langen Haaren. Wenn es so wäre, würde sich mein Kopf nicht pausenlos mit ihr beschäftigen. Es gibt, weiß Gott, genügend andere Dinge, über die ich nachdenken müsste.

223

Man kann seinem Kopf nicht befehlen, über was er nachdenken soll.

Damals, als es mir nach Jonas' Verschwinden so schlechtging, dass ich es kaum mehr aushalten konnte, da war es Maja, die mir den Rat gegeben hat, ich solle die leeren Seiten dieses Buches dazu verwenden, alles aufzuschreiben, was mich beschäftigt. «Alles, was dir in den Sinn kommt.» Ich dachte zuerst, sie wolle dann diese Notizen regelmäßig lesen und mir helfen, meine Gedanken zu sortieren, das ist schließlich ihr Beruf, aber das hatte sie gar nicht vor. Sie meinte, dass es mir schon vom Aufschreiben allein bessergehen müsste. «Wenn du zu einem Psychologen gehst und ihm deine Probleme schilderst», sagte sie, «dann ist es nicht entscheidend, ob er dir auch zuhört. Viel wichtiger ist, dass du überhaupt darüber sprichst.» Ein kluger Rat. Sie hat nur nicht damit gerechnet, dass sie einmal selber so prominent auf diesen Seiten vorkommen würde.

Alles, was mir in den Sinn kommt.

Es war nur eine Nacht, nicht einmal das, nur eine Stunde oder sogar noch weniger, aber wenn auf der Straße zwei Autos zusammenstoßen, dann dauert das auch nur einen Augenblick und kann doch alles verändern. Es war ein Unfall, was mit uns beiden passiert ist. Aber jetzt ist es nun einmal so.

«Schreib es auf», hat sie gesagt. Okay, ich tue, was man mir sagt. Es ist ja nur für mich, für niemand anderen. Ich sitze ganz allein im Beichtstuhl, und auf der anderen Seite ist keiner, der mir zuhört.

In der Schule haben wir immer verächtlich gesagt: «Nur Mädchen schreiben Tagebuch.» Und hätten doch so gern gewusst, ob auch über uns was drinsteht.

Dieses Album sollte ja auch ursprünglich kein Tagebuch werden, sondern nur ein Bericht für Jonas, damit er später einmal etwas über seine ersten Jahre erfährt. Für Jonas, der …

Ich bin ein Feigling. Ich drücke mich darum herum, merke ich, das aufzuschreiben, was wirklich in meinem Kopf vor sich geht. Weil ich mir denke: Vielleicht ändert Maja ja irgendwann ihre Meinung und will sich doch ansehen, was ich hier notiere.

Dann ist sie selber schuld. Dann steht eben hier, was hier steht. Für sie war das Ganze wohl ohnehin nur eine unwichtige Episode. All die Liebschaften, von denen sie früher so gern berichtet hat, waren ja auch ohne Bedeutung für sie. Das hat sie zumindest immer behauptet. Aber vielleicht ist ja bis dann, wenn es ein Dann geben sollte, alles ganz anders, vielleicht ist bis dann etwas aus uns beiden geworden, könnte doch sein. Sie hat das nicht vor, und ich will es auch nicht, aber wenn ich in den letzten Wochen etwas gelernt habe, dann das: Was man will, und was man sich vornimmt, ist nicht immer das, was dann auch passiert.

Ich schreibe es einfach auf. Sie muss es ja nicht lesen. Aber es lässt sich nun mal nicht ändern, dass sie in meinem Leben vorgekommen ist.

Direkt unter ihrer linken Brust hat sie ein Muttermal (oder eine Warze, ich bin kein Dermatologe). Wenn man sie dort berührt, die Stelle küsst oder mit der Zunge darüberleckt, dann spürt sie es nicht, scheint mir.

Ihre Brüste sind größer als die von Helene. Weniger fest. Und auch eine ganz andere Form. Äpfel und Birnen.

Ohne ihre Kleider sieht man, dass sie gar nicht so schlank ist, wie es mir immer schien. Wenn sie auf dem Rücken liegt, ist da ein kleiner Hügel, mit dem Bauchnabel in der Mitte. Als ich mit der Zunge dort hineingefahren bin, hat sie gelacht. «Woher hast du gewusst, dass das meine kitzligste Stelle ist?», hat sie gefragt.

Eine Frau zum ersten Mal nackt zu sehen, das ist, wie wenn man ein Buch zum ersten Mal aufschlägt. Wenn es einem gefällt, liest man viel zu hastig, kann nicht erwarten zu erfahren, wie es weitergeht. Und ist dann viel zu schnell beim letzten Kapitel. Ich möchte Maja noch einmal lesen, ganz langsam, von der ersten bis zur letzten Seite. Und dann wieder und wieder und wieder.

Sie verwendet kein Parfüm. Keins, das mir aufgefallen wäre. Da war nur der Geruch ihres Körpers. Die Haare unter ihren Achseln lässt sie wachsen.

Sonst ist sie rasiert, was ich eigentlich wusste, weil sie eine Weile lang versucht hat, auch Helene dazu zu überreden, aber überrascht hat es mich doch. Seltsam kindlich sieht das aus, aber auch auf seltsame Weise ehrlich. Als ob sie irgendwann beschlossen hätte, sie habe nichts zu verbergen.

Ihre Beine sind nicht ganz gerade. Wenn sie sie ausstreckt, ist da zwischen den Oberschenkeln eine kleine Kuhle, und das hat – ich weiß nicht, wie ich auf das Wort komme, aber es fühlt sich richtig an –, das hat etwas Rührendes.

Ich bin froh, dass sie keine perfekte Schönheit ist, das hätte mich wahrscheinlich abgeschreckt. (Warum eigentlich?)

Auf dem Höhepunkt wird ihre Stimme ganz hoch, wie die eines kleinen Mädchens. «Ja, ja, ja», hat sie gesagt. Ich finde, unsere Stimmen passen zueinander.

Wir passen zueinander.

Ich habe plötzlich Lust, ihr dieses Tagebuch doch zum Lesen zu geben. Ich möchte wissen, ob sie mir nach der Lektüre anders begegnet als vorher. Aber ich werde es wohl doch nicht tun. Ich befürchte, sie könnte daraufhin gar nichts mehr mit mir zu tun haben wollen. «Das darf nie wieder passieren», hat sie gesagt und hat dabei an mir vorbeigeschaut. Man wird sehen, oder man wird nicht sehen. Vielleicht hatte diese Pastorin ja recht, und es gibt wirklich keine Zufälle.

Wenn ich mir auch keinen Gott vorstellen kann, der sich so etwas ausdenkt.

225

Als ich heute ins Büro kam, hatte mir Federico eine Todesanzeige an meinen Arbeitsplatz gelegt, aus der Zeitung ausgeschnitten. Mauersberger, Ferdinand. Ich musste zuerst nachdenken, bevor ich den Namen einordnen konnte.

Mauersberger hat damals in der IT-Abteilung von Andersen gearbeitet. Er war nicht mein direkter Ansprechpartner, aber wir hatten doch immer wieder miteinander zu tun. Schütteres Haar, das weiß ich noch, und eine schlecht angepasste Gleitsichtbrille, so dass er immer den Kopf in den Nacken legen musste, wenn er auf dem Bildschirm etwas erkennen wollte. Sonst war nicht viel Auffälliges an ihm. Ein Bürotyp, ohne die Kreativität, die es in unserem Job auch braucht.

An den Rand der Anzeige hatte Federico mit Rotstift geschrieben: «Selbstmord?»

So direkt stand das nicht da, aber man konnte es sich zusammenreimen, wenn man zwischen den Zeilen las. Vor allem, wenn man darauf achtete, was da alles *nicht* gesagt wurde. Nichts von «nach langer, geduldig ertragener Krankheit» oder «durch einen tragischen Unfall». Nur einfach: «… ist von uns gegangen.» Mauersberger war jünger als ich. Er kann noch nicht mal vierzig gewesen sein. Da stirbt man nicht einfach ohne Grund.

Und da war da dieser Spruch, den sie darüber geschrieben hatten. Ein Zitat von Hermann Hesse. «Einschlafen dürfen, wenn man müde ist, eine Last fallen lassen können, die man lange getragen hat, das ist eine tröstliche, eine wunderbare Sache.» Eine Last, die man lange getragen hat. Das könnte schon auf Selbstmord hindeuten.

Wenn es so war, dann kann ich mir auch den Grund dafür ausrechnen. Damals, nach der Sache mit dem Stiftungskonto, haben sie bei Andersen die gesamte IT-Abteilung gefeuert. Beweisen konnten sie keinem etwas, aber verdächtigt haben sie alle. Wollten ganz sichergehen, dass so etwas nicht noch einmal passieren konnte, und haben Tabula rasa gemacht. Da sind ein paar Karrieren ganz schnell zu Ende gegangen, und einige von den Leuten haben nie mehr einen Job gefunden. Nicht im IT-Bereich. Wir sind ein verklatschtes Gewerbe, und wenn es mal von einem heißt, er habe das Vertrauen eines Kunden missbraucht, dann kann der gleich zum Jobcenter gehen und sich zum Regaleinräumer umschulen lassen. Wenn es Mauersberger auch so gegangen ist, dann kann ich sehr gut verstehen, dass er sich umgebracht hat.

Mir hätte es ähnlich ergehen können. Als Systemadministrator war ich schließlich der Hauptverdächtige. Ich hätte nicht gerade Selbstmord begangen, dazu wäre ich zu feige, aber aus dem Loch, in das ich nach der Geschichte gefallen bin, wäre ich ohne Hilfe wohl nie mehr rausgekommen. Darum bin ich Federico auch so dankbar. Er ist zu mir gestanden, ohne auch nur einen Augenblick an meiner Unschuld zu zweifeln.

Er ist wirklich ein guter Freund.

226

Als ich damals gefeuert wurde, gab es für ihn überhaupt keinen Grund, die Brocken ebenfalls hinzuschmeißen. Es war ja nicht so, dass Petermann keine guten Argumente für eine Entlassung gehabt hätte. Die Sache sah wirklich nicht sauber aus. Wenn es nicht um mich gegangen wäre, sondern um einen anderen – ich weiß nicht, ob ich dem abgekauft hätte, dass er mit dem Betrug nichts zu tun hatte.

Außerdem: Andersen war unser wichtigster Kunde, und wer zahlt, befiehlt. Vielleicht haben sie nicht ausdrücklich verlangt, dass man mich rausschmeißt, aber auf jeden Fall haben sie darauf bestanden, dass ich von dem Projekt abgezogen werde, das hat mir Petermann offiziell mitgeteilt. Ich mache ihm keinen Vorwurf. Als Firmenchef musste er alles tun, um seinen größten Auftrag zu retten. Was ihm dann doch nicht gelungen ist. Ein paar Monate später landete der Andersen-Account bei der Konkurrenz.

Nein, Petermann konnte wirklich nicht anders. Das habe ich damals auch zu Federico gesagt. Aber der hat trotzdem seine Kündigung eingereicht und noch am selben Tag seine Siebensachen gepackt. Bei den vielen Überstunden, die er vor sich hergeschoben hatte, konnte er das. «In einem Laden, wo ein Freund von mir so behandelt wird, bleibe ich nicht», hat er gesagt. Das war vielleicht auch der Italiener in ihm und die Vorliebe für dramatische Gesten.

Bis dahin hatte ich gar nicht realisiert, wie wichtig wir füreinander geworden waren. Er war schon lang mein bester Kumpel gewesen, natürlich. Aber Kumpel und Freund, das sind zwei ganz verschiedene Paar Schuhe. Nun ja, er hatte schon immer davon geträumt, eine eigene Bude aufzumachen, das hat bestimmt auch eine Rolle gespielt. Aber dass er auch nicht eine Sekunde gezögert hat, das war schon beeindruckend.

Als dann seine eigene Firma gut genug lief, hat er mich sofort eingestellt. Vielleicht sogar, bevor es wirtschaftlich wirklich Sinn machte. Hat mir den Job angeboten, als ob ich ihm damit einen Gefallen tun würde und nicht er mir das Leben retten. Bis zu dem Moment hatte ich nur Absagen bekommen. Bei all den Gerüchten, die im Umlauf waren, nützte es mir gar nichts, dass ich ein zehnmal besserer Programmierer war als Leute wie Mauersberger.

Dabei, das hat man mir auch bestätigt, traf mich überhaupt keine Schuld. Nur dass ich nicht die richtigen Fragen gestellt habe. Aber die Sache war einfach zu geschickt eingefädelt. Sie haben ja auch bis heute nicht herausgefunden, wer dahintersteckte, und dem Geld sind sie schon gar nicht auf die Spur gekommen. Klar ist nur, dass es ein Insider gewesen sein muss. Bestimmt nicht Mauersberger, sonst würde der heute auf einer Südseeinsel Caipirinhas trinken. Ich glaube bis heute: Es muss jemand aus der Andersen-Verwaltung gewesen sein, nicht einmal unbedingt aus der IT-Abteilung. Aber die Schuld haben sie natürlich nur bei uns Computerleuten gesucht. Dabei hatte ich ihnen von Anfang an gepredigt, dass es zehnmal vernünftiger wäre, ein völlig neues Programm zu entwickeln, als in die alten einen Patch nach dem anderen reinzuflicken. Billiger wäre es auch geworden. Die Hälfte des verschwundenen Geldes hätte für ein anständiges System gereicht. Ach was: ein Zehntel. Mit einem viel höheren Sicherheitsgrad.

227

Obwohl: Wenn jemand Zugriff auf das System hatte – und wer immer hinter dem Betrug steckte, muss Zugriff gehabt haben –, wenn mir also jemand gewissermaßen bei der Arbeit über die Schulter geschaut hat, dann hätten auch die ausgeklügeltsten Sicherheitsvorkehrungen nichts genützt. Wenn der Einbrecher die Kombination für das Zahlenschloss kennt, schützt der beste Safe der Welt die Ersparnisse nicht.

Leute, die von unserem Beruf nichts verstehen, meinen immer, es könne gar nicht so schwierig sein, irgendwo in einem System ein Hintertürchen einzubauen und dort diskret Geld verschwinden zu lassen. Das mag vielleicht früher mal so gewesen sein, als Computer noch etwas ganz Neues waren und sich niemand wirklich mit ihnen auskannte. Wie diese berühmte Geschichte mit den abgerundeten Zehntelpfennigen, die ewig niemand vermisst hat, obwohl sie sich schon längst zu richtig dicken Beträgen addiert hatten.

Heute sind die Programme alle viel besser gesichert, auch so ein altmodisches System, wie die bei Andersen es damals hatten. Wenn da zwei Zahlen nicht übereinstimmen, geht gleich ein Alarm los.

Das Geniale an dem Betrug war denn auch nicht die veränderte Software, sondern der psychologische Trick dahinter. Da war überhaupt nichts versteckt, es passierte alles im sichtbaren Bereich, und jeder konnte sehen, was vor sich ging. Aber es traute sich niemand, kritische Fragen zu stellen. Nicht bei dem Namen, den das neue Konto hatte.

Ich selber habe auch nicht nachgefragt, das war mein Fehler. Es erschien mir ganz selbstverständlich, dass alles seine Ordnung haben müsse. Wer immer der Täter war: Ich bin ihm voll auf den Leim gegangen. (Oder ihr. Es kann natürlich auch eine Frau gewesen sein. Obwohl es davon in unserem Beruf nicht viele gibt.)

Hinterher ist mir klargeworden, warum der Betrug so gut funktioniert hat, warum fast zwei Jahre lang niemand auf den Gedanken gekommen ist – oder niemand sich getraut hat –, die Überweisungen anzuzweifeln. Im Rückblick war alles ganz offensichtlich. Aber eben: Da war es zu spät.

Der Trick hat funktioniert, weil die Andersen-Kette trotz ihrer Größe immer noch geführt wird wie ein Familienbetrieb. Wo nur der Chef etwas zu sagen hat und sonst niemand. Auch wenn sie jede Menge Direktoren und Vizedirektoren und andere Krawattentypen haben. Ich habe ein paar von der Garde kennengelernt, und beeindruckt hat mich keiner. Alles so Leute wie Mauersberger: Befehlsempfänger, die sich das selbständige Denken schon längst abgewöhnt hatten. Im Vergleich zu denen war Petermann der reinste Bill Gates.

Was aus der Zentrale kommt, das ist in dieser Firma das Wort Gottes. Der erste Andersen, der die Firma gegründet hat, muss ein totaler Kontrollfreak gewesen sein. Und sein Nachfolger hat an dem Managementstil nichts geändert. Ich weiß nicht, wie es heute ist, aber damals war alles total zentralisiert.

Nur schon, wie das Bestellwesen funktionierte, mit dem ich ja hauptsächlich zu tun hatte. Sobald in einem Andersen-Laden der Bestand eines Produkts unter eine bestimmte Grenze fiel, mussten sie nachbestellen. Und zwar alle bei derselben zentralen Stelle, ganz egal, ob es eine Filiale aus dem bayerischen Wald war oder eine oben an der Nordsee. Natürlich, beliefert wurden sie dann von einem der regionalen Stützpunkte, sonst wären die Transportwege zu lang geworden und die Kosten zu hoch. Aber die Bestellungen liefen alle am selben Ort zusammen. Ganz am Anfang mussten sie noch jedes Mal ein Telex an das Zentrallager schicken und später dann ein Fax. Unterdessen machen sie das natürlich übers Internet.

Auch die Preise wurden zentral festgelegt, sowohl die Ladenpreise für die Kunden als auch die intern verrechneten Ankaufspreise. Zu meiner Zeit galt die Regelung, dass keine Filiale mehr als fünf Prozent ihres Umsatzes außerhalb des Konzerns beschaffen durfte. Das waren dann meistens regionale Produkte, die über den lokalen Bereich hinaus für niemanden interessant waren.

Je nach Größe einer Filiale waren das jeden Tag zehn oder sogar zwanzig Bestellungen, und das System generierte ebenso viele Rechnungen. Jede Filiale hatte ein Konto bei der Zentrale, und dort wurden die Beträge belastet.

Nun tauchte eines Tages plötzlich auf jeder Rechnung ein zusätzlicher Posten auf, mit dem Vermerk «Beitrag an Andersen-Stiftung». Nur zehn Cent pro Rechnung, also keine Summe, über die sich jemand beschwert. Aber bei ein paar hundert Filialen mit zehn oder mehr Bestellungen am Tag kamen da in jeder Woche schon mal ein paar tausend Euro zusammen. Der Betrug lief fast zwei Jahre, und die Gesamtsumme, wie man hinterher feststellte, belief sich auf knapp eine halbe Million.

Die in der Buchhaltung überhaupt nicht auffiel. Nein, falsch: Die natürlich auffiel, aber jeder in der Firma hat gedacht, die Sache werde schon ihre Ordnung haben. Die zehn Cent wurden nämlich direkt an ein internes Konto mit dem Namen «Damian Andersen Gedächtnisstiftung» weitergeleitet, so dass bei der Firma genau jener Betrag in der Kasse blieb, den der Computer für die Rechnungen ursprünglich ausgespuckt hatte.

Auf dieses «Stiftungskonto» hatte keiner von den Angestellten mit den imposanten Titeln Zugriff. Und keiner von ihnen dachte sich etwas dabei. Oder wenn sie etwas dachten, dann nur: «Das wird eine Familienangelegenheit sein.» Und mit der Besitzerfamilie will es sich in dieser Firma niemand verderben.

Später stellte sich dann heraus, dass Cosmas Andersen, der Erbe des Firmengründers, sich nicht halb so aufmerksam mit dem Betrieb befasste, wie sein Vater es getan hatte. Als ihm das Stiftungskonto endlich auffiel, war das Geld daraus verschwunden. Und zwar spurlos. Geld lässt sich leichter waschen als eine dreckige Unterhose.

Wer immer diese Geldmaschine konstruiert hat, muss ein Mensch gewesen sein, der viel von Psychologie verstand. Sonst wäre ihm das nicht eingefallen: ein fingiertes Konto mit dem Namen des verstorbenen Firmengründers.

229

Natürlich hat man zuallererst mich verdächtigt, das war nur logisch. Ich war schließlich der Administrator, der Mann, der sich mit den Programmen besser auskannte als jeder andere. Ich hatte überall Zugriff und konnte überall etwas verändern. Das machte mich automatisch zum Suspect Number One. Sie haben mich nicht nächtelang verhört, wie sie es in den amerikanischen Krimis tun, Lampe ins Gesicht, und von den Beamten ist immer einer der Nette und der andere der Böse, aber geglaubt haben sie mir zunächst einmal kein Wort. Das war deutlich zu merken.

Seltsam: Ich bin ein braver, gesetzestreuer Bürger, aber in den letzten Jahren habe ich ständig mit der Polizei zu tun. Das fing mit dem Problem damals in der Kita an, als Jonas diesen anderen kleinen Jungen verletzte, dann kam die Sache mit dem Großbetrug bei Andersen, dann Mamas Unfall und jetzt Herr Aufhäuser. Federico, der ein bisschen abergläubisch ist, hat einmal gesagt: «Das sind jetzt eben deine sieben schwarzen Jahre.» Aber es sind schon mehr als sieben.

Im Dezernat für Cyberkriminalität arbeiteten zu meinem Glück wirklich kompetente Leute, echte Profis, und die stellten sehr schnell fest, dass die unerlaubten Zugriffe nicht von meinem Computer aus erfolgt waren. Sie kamen aus wechselnden Internetcafés, nie zweimal aus demselben. Und ich konnte nachweisen, ganz eindeutig, dass ich zu den jeweiligen Terminen jedes Mal ganz woanders gewesen war, in der Firma oder bei einem Kunden. Dafür gab es Zeugen.

Ein Rest von Verdacht blieb aber trotzdem an mir hängen. Ich konnte zwar nicht derjenige gewesen sein, der die Programme manipuliert hatte, aber es gab immer noch die Möglichkeit, dass ich trotzdem mit der Sache etwas zu tun hatte. Rein theoretisch konnte ich ja einen Komplizen gehabt haben, einen unbekannten Dritten, der in meinem Auftrag und anhand meiner Informationen gehandelt hatte. So war es zwar nicht, natürlich nicht, aber wie soll man beweisen, dass etwas *nicht* gewesen ist? Und noch etwas anderes hat man mir vorgeworfen: Ich hatte immer mal wieder zu Hause an dem Andersen-Account weitergearbeitet, das wurde sogar stillschweigend von mir erwartet. In der regulären Arbeitszeit wären die Probleme gar nicht alle zu lösen gewesen. Aber nach den formalen Richtlinien der Firma war das aus Sicherheitsgründen verboten, und Petermann hat es als Grund für meine Kündigung verwendet. «Ich schreibe dir ein gutes Zeugnis», hat er gesagt, «aber du musst verstehen, dass ich eine Treuepflicht gegenüber meinen Kunden habe.» Treuepflicht, dieser Heuchler! Das Einzige, was ihn interessiert hat, war sein Umsatz. Und mit seinem Zeugnis konnte ich mir den Hintern abwischen, dafür hat sich keiner interessiert. Wenn Federico nicht gewesen wäre …

Damals hat Helene versucht, mich zu trösten. Heute wäre ihr egal, wie ich mich fühle, aber damals hat sie es versucht. Hat gesagt: «Deine Unschuld wird sich schon noch herausstellen.»

Sie hat sich bloß nie herausgestellt.

230

Ich bin ein unerledigter Fall. Nicht nur in den Akten der Polizei. Manchmal denke ich: Die ganze Welt besteht nur aus unerledigten Fällen. Aktenzeichen XY ungelöst.

Ich habe angefangen, mir im Fernsehen kitschige Filme anzusehen, davon gibt es ja genug. Früher habe ich solche Geschichten gehasst, Zuckergusskonstruktionen, in denen am Schluss immer alles aufgeht und alle Probleme gelöst sind, alle Pärchen zusammengekommen, glücklich bis an ihr Lebensende. (Oder doch bis der Abspann vorbei ist.) Jetzt tun mir solche Märchen gut. In diesen erfundenen Geschichten bleiben wenigstens keine Fragen offen.

Ich kann Leute verstehen, die in eine Sekte eintreten oder sich irgendeiner fanatischen Weltanschauung anschließen. Es muss wahnsinnig erleichternd sein, aus der Welt seiner Probleme auszusteigen und auf einen anderen Planeten hinüberzuwechseln, einen, wo alles klar ist und eindeutig. So und so sind die Dinge, und damit Schluss und aus.

Man kann es natürlich auch so machen wie Luise und Peter. Die holen sich ihre Gewissheiten aus klugen Büchern. Leben ihr Leben, als ob es dafür einen Reiseführer gäbe, in dem man nur nachschlagen muss, und schon hat man wieder den richtigen Weg gefunden. Bei Problem A links abbiegen und bei Problem B rechts. X ist ein großer Komponist und Y ein kleiner, diesen Maler muss man bewundern und jenen darf man verachten. Sie würden es nicht so nennen, aber das ist auch eine Art von Gläubigkeit. Etwas, an dem sie sich festhalten können.

Ich bin im freien Fall.

Helene hat die Unsicherheit unserer Situation nicht mehr ausgehalten und hat sich darum auf einen einzigen Gedanken festgelegt, mit dem sie sich alles erklärt: Mein Mann ist an allem schuld. Nur wegen mir ist Jonas weggelaufen, nur wegen mir ist sie so unglücklich, nur ich habe alles kaputtgemacht.

Ich.

Ich glaube aber nicht, dass ich schuldig bin. Bestimmt nicht ich allein. So einfach sind die Dinge nicht. Vielleicht wäre es sogar leichter zu ertragen, wenn ich mir das einreden könnte, alle Verantwortung auf mich nehmen. Asche auf mein Haupt.

Aber so, wie es ist, habe ich keine Erklärungen. Ich weiß nicht, warum Jonas getan hat, was er getan hat. Ich weiß nicht einmal, was ich antworten müsste, wenn mich jemand fragte: «Du und Helene, seid ihr eigentlich noch verheiratet?» Oder: «Du und Maja, was läuft da eigentlich zwischen euch beiden?» Ich weiß es nicht.

Einmal bin ich in eine Kirche hineingegangen, einfach so, und habe eine Kerze angezündet. Obwohl ich nicht an Gott glaube. Die Kirche war leer, und ich habe keine Antwort bekommen.

231

Eine Spur! Endlich eine Spur!

Ich könnte schreien vor Freude. Obwohl meine Entdeckung natürlich nur ein erster Schritt ist, ein winziger erster Schritt. Aber ein Schritt in die richtige Richtung!

Herr Aufhäuser meint auch, dass uns das weiterbringen wird. Er lässt sofort ein neues Fahndungsblatt erstellen, mit dem richtigen Bild diesmal. Er lässt die alte Aufnahme mit Photoshop bearbeiten.

Als ich ihn anrief und ihm von meiner Entdeckung erzählte, klang er zuerst ein bisschen ärgerlich, als ob ihm meine Einmischung nicht passte. Aber das war wohl nur, weil ihm klar war, dass er selber hätte auf die Idee kommen müssen. Fast ein bisschen neidisch klang er.

Dabei hatte es überhaupt nichts mit logischer Überlegung zu tun. Seit Jonas verschwunden ist, denke ich pausenlos über ihn nach, und meine Gedanken finden schon lang nur noch die immer gleichen Trampelpfade. Nein, es muss im Schlaf passiert sein oder im Halbschlaf. So wie es mir manchmal geht, wenn ich mit einem Programm Probleme habe und nicht damit weiterkomme. Ich lege mich abends ins Bett und habe noch keine Lösung, nicht einmal einen Ansatz, und am nächsten Morgen ist plötzlich alles ganz einfach und klar. Unser eingebauter Computer arbeitet auch weiter, wenn wir schlafen.

Egal, wie es gewesen ist. Es hat funktioniert, nur das ist wichtig.

Wenn Helene da wäre, würde ich jetzt mit ihr feiern. Ich habe sie noch nicht erreicht, konnte ihr nur die Nachricht hinterlassen, dass sie mich möglichst bald anrufen soll, ich hätte ihr etwas Wichtiges mitzuteilen. Ich habe Peter nicht erzählt, was passiert ist. Das will ich Helene selber sagen. Ich kann mir vorstellen, dass sich jetzt zwischen uns wieder alles ändert. Zum Guten ändert. Wenn es neue Hoffnung gibt, endlich, dann können wir die doch gemeinsam haben.

Es war so ein einfacher Gedanke! Warum bin ich nicht schon lang drauf gekommen, und warum gerade heute?

Es hatte wohl damit zu tun, dass ich gestern die Sache mit dem Andersen-Betrug aufgeschrieben habe und dass es zwischen den beiden Ereignissen eine Gemeinsamkeit gibt. Sie war mir nur vorher nie aufgefallen.

Damals hatten wir direkt vor den Augen, was da vor sich ging, und haben es doch nicht gesehen. Dabei war es offensichtlich: Da floss Geld auf ein Konto, das es nicht geben durfte. Ein klarer Betrug. Aber wir haben gemeint, wir hätten eine Erklärung dafür, und haben deshalb keine weiteren Fragen gestellt. Das mit der Gedächtnisstiftung und dem Namen Damian Andersen, das war alles nur Ablenkung. So wie ein Zauberkünstler seine Zuschauer dazu bringt, auf seine linke Hand zu schauen, während er mit der rechten etwas verschwinden lässt. Und hinterher sitzen alle mit offenem Maul da und staunen.

Als Jonas abgehauen ist, war es genau dasselbe. Das wichtigste Indiz (ich rede schon wie Aufhäuser) hatten wir direkt vor der Nase und haben es nicht beachtet. Weil wir Idioten gemeint haben, wir wüssten die Erklärung dafür.

Dabei hat es doch von Anfang an nicht zu ihm gepasst. Jonas ist immer ein sehr ordentliches Kind gewesen, in manchen Dingen geradezu spießig, zum Beispiel, wie pingelig er seinen Kleiderschrank immer eingeräumt hat. Er will nie auffallen oder aus einer Gruppe herausstechen, sondern im Gegenteil so sein wie alle andern. Darum füllt er auch mit solcher Inbrunst all diese Tests aus. Nicht weil ihn sein eigenes Ergebnis interessiert, sondern weil er wissen will, was als normal gilt. Wenn es Unauffälligkeit als Unterrichtsfach gäbe, Jonas würde den Leistungskurs belegen.

Und dieser Jonas kommt eines Tages an und will sich eine Irokesenfrisur wachsen lassen. Das Auffälligste, was man sich überhaupt nur vorstellen kann! Das hätte uns sofort stutzig machen müssen. Hinterher, als er verschwunden war, erst recht. Aber wir sind auf den Zauberkünstler hereingefallen. «Hokuspokus, schauen Sie auf meine linke Hand und achten Sie nicht darauf, was die rechte tut!»

«Pubertät», haben wir gedacht und nicht weiter nach anderen Erklärungen gesucht. «Es ist zwar noch etwas früh dafür», haben wir gedacht, «aber Jonas war seinen Alterskollegen schon immer voraus.» Man weiß schließlich, dass es völlig normal ist, wenn pubertierende Kinder auf die verrücktesten Ideen kommen. In diesem Alter wird das menschliche Gehirn frisch verkabelt und produziert deshalb die unmöglichsten Fehlschaltungen. Wie ein neues Programm, das noch jede Menge Debugging braucht.

Wir meinten, eine Erklärung gefunden zu haben, und haben deshalb nicht mehr weiter überlegt. Haben seinen Wunsch eingeordnet und abgeheftet und nur noch darüber nachgedacht, ob wir es ihm erlauben sollten oder nicht. Natürlich haben wir es schließlich erlaubt. Wir waren noch nie gut darin, Jonas eine Bitte abzuschlagen.

Die entscheidende Frage haben wir uns nie gestellt: Was würde es bedeuten, wenn Jonas diese Frisur nicht haben wollte, *obwohl* sie ihn auffällig machte, sondern *weil* sie ihn auffällig machte? Wenn er damals schon den Plan hatte wegzulaufen? Es würde zu ihm passen. Er ist jemand, der sich immer alles gründlich überlegt.

Wir haben überhaupt nie an die Möglichkeit gedacht, dass diese verrückte Frisur nicht einfach eine pubertäre Laune sein könnte, sondern Teil eines Plans. Wenn ich abhaue, könnte er sich überlegt haben, dann wird man nach einem Jungen mit stachligen blauen Haaren suchen. Wenn ich nicht gefunden werden will, muss ich dann also ganz anders aussehen.

Wenn es so war, das wurde mir plötzlich klar, dann muss er sich die Haare gleich nach dem Weglaufen abgeschnitten haben. Oder eher: sie sich haben abschneiden lassen. Wenn das Ergebnis unauffällig aussehen sollte, konnte er nicht einfach vor dem Spiegel an sich herumschnipseln. Er hat also einen Friseur gebraucht.

Und der musste sich doch finden lassen.

233

Ich kann es immer noch nicht fassen, wie einfach es war. Nachdem ich endlich drauf gekommen bin, wo ich suchen musste.

Ich habe ein Foto von Jonas mit seiner Indianerfrisur herausgesucht und mir aus dem elektronischen Fernsprechverzeichnis alle Friseure der Stadt heruntergeladen (es gibt mehr davon, als ich gedacht hätte), habe sie nach Postleitzahlen sortiert und die Liste ausgedruckt. Dann habe ich Federico angerufen und mich für den Tag abgemeldet. Und habe mich auf den Weg gemacht.

Wenn man erst einmal den richtigen Ansatz hat, die richtige Schnur zu fassen gekriegt hat, dann ergibt sich alles Weitere von selbst. Man muss nur logisch weiterdenken. Die ganze Stadt konnte ich nicht abklappern, schon gar nicht allein, das hätte Wochen gedauert. Aber es gab wahrscheinlichere und weniger wahrscheinliche Orte. Zum Beispiel würde Jonas bestimmt nicht zu einem Friseur in der Nähe gegangen sein, wo immer die Gefahr bestanden hätte, auf einen Bekannten zu treffen. Wenn der sich später erinnert hätte, ihn dort gesehen zu haben, dann hätten wir ja gewusst, dass er sein Äußeres verändert hatte. Wenn meine Theorie über seinen Plan stimmte – und, wie es sich zeigte, hat sie gestimmt –, dann würde er sich einen Friseur möglichst weit weg gesucht haben, aber in einer Gegend, die sich von uns aus leicht erreichen lässt. Er würde also die Straßenbahn genommen haben.

Und so bin ich zur entferntesten Endhaltestelle gefahren, in einen Stadtteil, der mir überhaupt nicht vertraut ist. Früher ist das wohl mal Industriegebiet gewesen, aber die meisten Fabriken, an denen ich vorbeikam, waren geschlossen. Straßen mit identischen Wohnblöcken, alle ein bisschen verwahrlost, Graffiti und so. Man konnte sich nur schwer vorstellen, dass die Leute, die hier wohnten, überhaupt Geld für einen Friseur ausgeben würden. Zwei der Salons auf meiner Liste hatten denn auch schon dichtgemacht, und die Läden waren zu vermieten. Ich musste ziemlich lange Wege gehen, um alle Adressen abzuhaken. Zum Glück gibt es GPS.

«Haben Sie dem Jungen auf dieser Fotografie vor etwa zwei Monaten die Haare geschnitten? Nein? Dann vielen Dank.» Und weiter zum Nächsten.

Während der ganzen Aktion habe ich nicht wirklich daran geglaubt, dass ich Erfolg haben würde. Es hat mir schon gutgetan, dass ich überhaupt etwas unternehmen konnte. Und dann war da plötzlich dieser nette ältere Herr, der in seinem leeren Salon auf Kunden wartete. Saß in einem seiner Friseurstühle und löste in der Zeitung ein Sudoku. Sievers heißt er, Karl-Otto Sievers, vierundsechzig Jahre alt. Ich habe für Herrn Aufhäuser alle seine Daten aufgenommen.

Herr Sievers warf nur einen kurzen Blick auf das Bild, und schon nickte er und sagte: «O ja, ich kann mich sehr gut an ihn erinnern. Ein netter Junge, mit einem sehr gut erzogenen Hund.»

234

Er hat Jonas auf dem Foto eindeutig identifiziert. (Jetzt formuliere ich schon wieder wie Herr Aufhäuser.) Er erinnerte sich sogar an das T-Shirt, «mit einem Spruch drauf in einer Sprache, die ich nicht verstand». Und auch Remus konnte er ganz exakt beschreiben, wie der die ganze Zeit brav dagelegen habe und keinen Mucks gemacht.

Es gab nicht den geringsten Zweifel, dass Jonas sein Kunde gewesen war, wenn ihn der Friseur auch älter eingeschätzt hat, als er ist. «So etwa fünfzehn Jahre, kann das stimmen?» Jonas hat schon immer erwachsener gewirkt, als es seinen Jahren entspricht, was weniger mit seinem Aussehen zu tun hat als mit seiner ganzen Art.

An welchem Datum der Junge mit dem Hund bei ihm gewesen war, wusste Herr Sievers nicht mehr genau zu sagen, nur dass es ein Vormittag gewesen war. Es ist also nicht hundertprozentig sicher, ob es der Tag von Jonas' Verschwinden war, aber es ist anzunehmen. Wahrscheinlich hat er sich direkt nach dem Frühstück in die Straßenbahn gesetzt und ist hierhergefahren. (Seine Frühstückssachen hat er vorher noch abgewaschen und weggeräumt. Typisch für ihn.)

Ich musste Herrn Sievers nicht viele Fragen stellen. Er hat mir alles von sich aus erzählt. Er habe sich noch gewundert, sagte er, warum der Junge zu dieser Zeit nicht in der Schule sei, aber er habe gelernt, nicht zu viele Fragen zu stellen. In dieser Gegend schon gar nicht. «Und überhaupt muss ein Friseur vor allem zuhören können», meinte er. «Die Leute kommen auch deshalb zu uns, weil sie sich einmal ausquatschen wollen. Bei einer neutralen Stelle gewissermaßen. Nur werden wir leider nicht so gut bezahlt wie die Psychiater.»

Auch Jonas hat ihm eine Geschichte erzählt, wild erfunden natürlich, von einem Mädchen in der Schule, in das er sich verliebt habe, das aber wegen seiner blauen Haare nichts von ihm wissen wolle. Und darum müssten die jetzt weg, und zwar total.

Immer dieselbe Methode: Man liefert dem anderen eine Erklärung, und schon denkt der nicht mehr weiter nach.

Herr Sievers fand die Geschichte romantisch und hat Jonas einen besonders günstigen Preis gemacht. (Woher hatte Jonas überhaupt genügend Geld für seine Flucht? Auch da muss es etwas geben, das wir nicht bemerkt haben.)

Als ich Herrn Sievers bat, mir zu beschreiben, wie Jonas nach dem Haarschnitt ausgesehen habe, hat er sich fast bei mir entschuldigt. Eine besonders schöne Frisur sei es nämlich nicht geworden, was aber nicht an ihm gelegen habe. Es gebe nichts, was die Haare so sehr schädige wie das dauernde Färben und all diese chemischen Gels. «Je härter man sich seine Frisur zusammenklebt», meinte er, «desto brüchiger werden die Haare.» Am Schluss sei nur so eine Art Bürstenschnitt dabei herausgekommen, so ähnlich wie ihn die Ami-Soldaten früher gehabt hätten. Und das Blau habe er auch nicht ganz rausgekriegt.

«Aber unterdessen wird ihn das nicht mehr stören», sagte Herr Sievers. «Nach zwei Monaten sind die Haare schon längst nachgewachsen, und der junge Mann sieht heute bestimmt schon wieder ganz anders aus.»

235

Ich sitze da und warte auf Helenes Anruf, der nicht kommt. Wenn sie sich doch noch melden sollte – wenn! –, dann werde ich nicht halb so euphorisch sein, wie ich es noch vor zwei Stunden gewesen wäre. Nicht ein Zehntel davon.

In der ersten Freude habe ich nur das Positive gesehen. Habe gedacht: Jetzt, wo wir herausgefunden haben, was Jonas' erste Station nach dem Weglaufen war, wird sich auch die zweite finden lassen. Und die dritte und die vierte. Immerhin wissen wir jetzt, dass wir nicht mehr nach einem Jungen mit blauem Haarkamm suchen müssen. Immerhin haben wir jetzt einen ersten Anhaltspunkt.

Aber dann habe ich mir überlegt: Dass Jonas als Erstes zu diesem Friseur gegangen ist, bedeutet nicht nur, dass er jetzt anders aussieht. Es bedeutet auch, und das ist viel wichtiger, dass er alles im Voraus geplant hat. Weit im Voraus. Es hat bestimmt ein halbes Jahr gedauert, von dem Tag, an dem er beschlossen hat, seine Haare wachsen zu lassen, bis zu dem Zeitpunkt, wo die neue Frisur ihre volle Scheußlichkeit erreicht hatte. Wenn er sich den ersten Schritt so genau überlegt hat, dann wird das auch mit den nächsten so gewesen sein. Dann ist er uns so weit voraus, dass wir keine Chance haben, ihn jemals einzuholen. Nur weil man den Eingang zu einem Labyrinth entdeckt hat, bedeutet das noch nicht, dass man auch den Ausgang finden wird.

Helene hat immer noch nicht angerufen.

Ich bin froh, dass mich Maja dazu überredet hat, alles aufzuschreiben. Es hilft wirklich. Ein bisschen. Unterdessen bin ich schon richtig süchtig danach.

Aufschreiben, was sich sonst im Kopf festbohrt.

Ich schreibe also auf: Ich bin zur Erkenntnis gekommen, dass ich meinen Sohn Jonas nie verstanden habe. Ich weiß nicht, wie er ist, und ich weiß nicht, wie er denkt. Alles, was ich von ihm zu wissen glaubte, war falsch. Als ob wir seit seiner Geburt einen völlig Fremden bei uns beherbergt hätten.

Ich schreibe auf: Ich vermute, dass Jonas klüger ist als wir alle. Natürlich, er ist noch ein Kind, aber trotzdem scheint mir, dass es so ist. Bestimmt klüger als ich und auch klüger als Helene. Sonst hätte er nicht unbemerkt diesen Plan schmieden können, präzis wie der Bauplan für eine komplizierte Maschine.

Ich schreibe auf, und das fällt mir am allerschwersten: Wenn ich ihn nie verstanden habe, dann habe ich vielleicht auch viele Dinge, die ich mit ihm erlebt habe, falsch gedeutet. Dann kann schwarz auch weiß sein und weiß schwarz.

Dann wäre es auch möglich …

«Gerade diese Dinge musst du aufschreiben», hat Maja gesagt.

Vielleicht ist es ganz gut, dass Helene sich nicht meldet.

Es war ein Unfall. Ich war immer fest davon überzeugt, dass es ein Unfall war.

Aber jetzt …

Mama hatte schon seit einiger Zeit immer wieder diese Aussetzer gehabt, sie verlor dann das Gleichgewicht und fiel hin. Zum ersten Mal ist es passiert, als Jonas noch im Kinderwagen lag. Damals hat er so lang geschrien, bis die Nachbarin kam. Damals hat er ihr das Leben gerettet.

Damals.

Mit den Jahren sind diese Blackouts dann immer öfter vorgekommen, aber Mama wollte nie zugeben, dass sie da ein echtes Problem hatte, das ließ ihr Stolz nicht zu. Wenn es wieder einmal passiert war, hatte sie immer gleich eine Ausrede bereit, sie sei gestolpert oder auf etwas ausgerutscht. «Ungeschickt lässt grüßen», sagte sie dann und versuchte ihre Angst wegzulachen.

Sie hat nie mit mir darüber gesprochen, aber ich bin überzeugt, dass sie Angst gehabt haben muss. Es waren ja nicht nur die Aussetzer, die gezeigt haben, dass etwas bei ihr nicht mehr in Ordnung war. Auch mit dem klaren Denken hat es oft nicht mehr funktioniert, und das hat sie natürlich auch selber gemerkt. Einmal hat sie beinahe ihre Wohnung abgefackelt, weil sie eine Pfanne auf dem Herd vergessen hatte und sich das Öl darin entzündete. Aber reagiert hat sie dann wieder ganz vernünftig und die Flammen mit einem Tischtuch erstickt. Dr. Josephi, der schon mehr als zwanzig Jahre ihr Hausarzt war, hat zwar versichert, Alzheimer sei es ganz bestimmt nicht, dafür würde er seine Approbation verwetten, es seien nur Durchblutungsstörungen, und er hat ihr auch Pillen dagegen verschrieben. Aber welchen Namen man einer Krankheit gibt, spielt ja letzten Endes keine Rolle, und mir hat er einmal im Vertrauen gesagt, wirklich ändern ließe sich an Mamas Zustand nichts, und wenn die Anfälle häufiger würden, müsse man sich Gedanken darüber machen, wie lang sie noch in ihrer Wohnung bleiben könne. Irgendwann würde es ohne Betreuung wohl nicht mehr gehen.

Mama, natürlich, wollte von solchen Überlegungen nichts wissen. Ihr ganzes Leben lang war sie selbständig gewesen, hatte sich als junge Witwe allein durchgeschlagen, was damals noch viel schwieriger gewesen sein muss als heute. Auf andere Menschen angewiesen zu sein, das war für sie nicht denkbar. Und ich selber war auch viel zu gern bereit, das Problem vor mir herzuschieben. Meine Mutter in einem Pflegeheim, das konnte ich mir einfach nicht vorstellen. Das wollte ich mir nicht vorstellen.

Vielleicht, damit habe ich mich hinterher getröstet, war es sogar besser für Mama, dass es dann so gekommen ist. Dass es zu Ende war, ohne dass sie einen langsamen Abbau hat mitmachen müssen, am Schluss vielleicht nur noch sabbernd in einem Rollstuhl. Vielleicht, habe ich mir eingeredet, hätte sie sich einen solchen Unfall sogar gewünscht.

Wenn es ein Unfall war.

237

Den Typen von der Currywurstbude habe ich für verrückt gehalten. Ein Spinner, habe ich gedacht, einer der sich wichtigmachen will. Man liest ja oft von Leuten, die sich die irrsten Sachen ausdenken, bloß um auch einmal im Mittelpunkt zu stehen.

Aber wenn er gar kein Spinner war? Es dreht in meinem Hirn hin und her – es ist eine Vase, nein, es sind doch zwei Köpfe, nein, es ist doch eine Vase. Ich weiß nicht mehr, was ich denken soll.

Jonas hat Mama doch geliebt. Das konnte man doch deutlich sehen. Und zwar nicht nur so, wie jeder kleine Junge seine Großmutter gernhat, sondern sehr viel mehr. Zwischen den beiden gab es eine ganz besondere Beziehung. Vom allerersten Tag an. Schon als Jonas noch ein Baby war.

Und später dann, als Mamas Verwirrung schlimmer wurde und sie manchmal Sachen gesagt hat, die man gar nicht mehr verstanden hat, da war er der Einzige, der überhaupt keine Probleme damit zu haben schien. Er hat auf Mamas zunehmende Schrulligkeit total selbstverständlich reagiert. Helene und ich hatten da sehr viel mehr Mühe. Maja hatte uns geraten, Mama immer zu bestätigen und ihr nicht zu widersprechen, auch wenn sie totalen Unsinn redete. Das würde sie nur traurig machen, hat sie gemeint. Wir haben uns auch große Mühe gegeben, aber wir haben es nicht wirklich geschafft. Nicht so wie Jonas. Vielleicht haben es Kinder in dieser Hinsicht einfacher.

Es hat ihn nicht einmal gestört, zumindest hatte man diesen Eindruck, dass sie ihn manchmal nicht mehr erkannt hat. Bei Erwachsenen ist ihr das nie passiert, zumindest habe ich das nie beobachtet, da wusste sie immer, wen sie vor sich hatte. Aber bei Jonas kam es vor. «Du bist nicht mein Enkel», hat sie einmal gesagt. «Du bist überhaupt kein Kind. Du bist ein fremder Mann, der sich als Jonas verkleidet hat.» Man würde erwarten, dass ein siebenjähriger Junge ihr da widersprechen müsste oder Angst bekommen, aber Jonas war über sein Alter hinaus vernünftig und hat einfach mitgespielt. Das war wohl auch das Beste, was er tun konnte. Er hat seiner Großmutter die überkreuzten Handgelenke hingestreckt, als ob er sich Handschellen anlegen lassen wollte, und hat gesagt: «Klar, Oma, du hast mich durchschaut. Ich gestehe alles.» Dann haben die beiden miteinander gelacht, und Mamas Verwirrung war wieder vorbei.

Wenn Jonas keine Schule hatte, sind sie oft miteinander losgezogen. Man wusste dann nie so recht, wer denn nun auf wen aufpasste, die Oma auf den Enkel oder der Enkel auf die Oma. Aber sie sind immer heil zurückgekommen.

Bis an jenem Tag.

Ich soll die Sachen einfach aufschreiben, sagt Maja. Mir auf keinen Fall selber Vorwürfe machen. Aber ich hätte ihre Ausflüge nicht zulassen dürfen. Vielleicht wäre Mama dann noch am Leben.

238

Als der Anruf kam, habe ich gedacht: Jonas ist etwas passiert. Weil mich die Frau am Telefon als Erstes gefragt hat, ob ich sein Vater sei. Ich werde diese Stimme nie vergessen, so übertrieben ruhig, dass man sofort wusste: Es muss etwas ganz Schlimmes passiert sein. So wie in einem Fernsehkrimi, wenn der Kommissar sagt: «Setzen Sie sich erst mal hin.» Das bedeutet immer: Es ist jemand tot.

Und so war es ja auch. Nur dass der Tote nicht Jonas war. «Ihr Sohn hat mir Ihre Telefonnummer gegeben», sagte die Frau. Und dann, als ob das an der Situation etwas ändern würde, ganz begeistert: «So ein verständiger Junge.»

Sie hatten auf die Straßenbahn gewartet, Mama und Jonas, und Mama muss wieder einen ihrer Blackouts gehabt haben. Sie ist direkt vor eine einfahrende Bahn gefallen. Der Fahrer hatte keine Chance zu bremsen. «Sie war sofort tot», sagte die Frau am Telefon, und sie sagte es in einem Ton, als ob diese Tatsache ungeheuer tröstlich für mich sein müsste. «Sie haben zwar keine Mutter mehr, aber es ist wenigstens schnell gegangen.»

Ein Unfall.

Wenn es ein Unfall war.

Man hatte Mama doch noch ins Krankenhaus gebracht, obwohl den Sanitätern klar gewesen sein muss, dass da nichts mehr zu machen war. Ihr linkes Bein war fast vollständig abgetrennt.

Jonas muss alles genau gesehen haben, er stand ja direkt daneben, aber, das hat man mir hinterher bestätigt, er hat nicht geschrien oder geweint, wie man das von einem Kind seines Alters hätte erwarten können. Ganz ruhig ist er die ganze Zeit geblieben.

Wie wenn er vorher gewusst hätte, was passieren würde.

Ganz ruhig.

Maja hat später etwas von protrahierter Reaktion gesagt und gemeint, wir müssten damit rechnen, dass er wegen dieses Erlebnisses irgendwann Albträume oder Schlimmeres bekommen würde. Aber wir haben nie etwas in der Richtung bei ihm beobachtet.

Nie.

Federico hat mich ins Krankenhaus gefahren. Es wäre völlig unmöglich gewesen, dass ich mich selber ans Steuer setze. Sie ließen mich nicht gleich zu Mama. Sie wollten die Leiche wohl erst ein bisschen herrichten, um mir den allergrößten Schock zu ersparen. Jonas hatten sie, einfach weil sie keinen besseren Ort hatten, in ein leeres Krankenzimmer gebracht, und dort lag er ganz entspannt auf dem Bett und hatte den Fernseher angedreht. *Die Simpsons*, das weiß ich noch. Diese Sendung hat er damals geliebt, besonders die Figuren von Itchy und Scratchy. Ich habe ihn in die Arme genommen und an mich gedrückt, und er hat den Kopf weggedreht. Er hat sich oft gegen Zärtlichkeiten gewehrt, aber diesmal hatte ich den Eindruck, dass er nur seine Sendung weiterkucken wollte.

Sogar die Schuhe hatte er ausgezogen, bevor er sich auf das Bett legte.

239

Als ich Mama dann endlich sehen durfte, sah sie schrecklich aus. Da war alle Mühe umsonst gewesen. Ihr Gesicht

Man kann nicht alles aufschreiben. Es gibt Dinge, an die will man sich nicht erinnern. Es ist schon schlimm genug, dass man sie nicht vergessen kann. Ich träume noch heute manchmal von Mamas Gesicht.

Ich hatte erwartet, dass wir bei der Urnenbeisetzung ein ganz kleiner Kreis sein würden, nur wir drei und Helenes Eltern. Von den wenigen Verwandten, mit denen Mama noch Kontakt hatte, wohnte keiner hier in der Stadt.

Und dann warteten da auf dem Friedhof lauter fremde Menschen. Zum größten Teil alte Leute wie Mamas Nachbarin, aber auch ein paar ganz junge. An einen Mann erinnere ich mich besonders, weil er während der ganzen Zeremonie die Hände nicht stillhalten konnte, sich ständig kratzte oder den Schal zurechtrückte, den er sich auch an diesem heißen Tag umgebunden hatte. Ganz offensichtlich auf Drogen. Hinterher, als mir einer nach dem anderen die Hand gab und sein Beileid aussprach, umarmte er mich plötzlich, so dass ich seinem ungewaschenen Geruch nicht ausweichen konnte. «Sie war eine gute Frau», sagte er und wiederholte das noch mehrmals: «Eine gute, gute Frau.»

Dass Mama auch mit wildfremden Menschen immer leicht ins Gespräch gekommen war, das hatte ich oft miterlebt. Sie hatte das Talent, andere Leute zu verstehen. Aber dass sich daraus so viele Freundschaften entwickelt haben konnten, das wäre mir nie in den Sinn gekommen. Da meint man einen Menschen zu kennen – und wen kennt man besser als die eigene Mutter? –, und dann erlebt man doch noch Überraschungen.

Ich habe auch gemeint, dass ich Jonas gut kenne.

Auch auf dem Friedhof hat er nicht geweint. Man hatte sogar den Eindruck: Es war ihm peinlich, dass sein Vater die Tränen nicht zurückhalten konnte. Als Kind will man selber getröstet werden und nicht andere trösten müssen. Er hat mir den Arm getätschelt, so unsicher, als ob er die Geste in einem Film gesehen hätte und nicht ganz sicher sei, ob sie zu der Situation passe. Ich fand das so rührend, dass ich noch mehr geheult habe.

Später, Helene war mit ihren Eltern schon vorausgegangen, standen wir nebeneinander vor dem frischen Haufen Erde, und da sagte er etwas, das ich nie vergessen habe, weil es so gar nicht zu einem siebenjährigen Kind passte. Es war wohl sein ungeschickter Versuch, mich zu trösten. «Man ist nicht tot, wenn man tot ist», sagte Jonas. «Man kann sich nur nicht mehr erinnern.»

Und dann auch noch: «Es ist besser für sie. Besser für alle.»

Es war ein Unfall. Was hätte es sonst sein sollen?

Eine alte Frau, die schon lang Probleme mit dem Gleichgewicht hat, stolpert und fällt unglücklich vor die Straßenbahn. Der kleine Junge, den sie an der Hand hat oder der einfach neben ihr steht, kann sie nicht festhalten. Tragisch, natürlich, aber nichts Außergewöhnliches. Dem *Anzeiger* war die Meldung gerade mal vier Zeilen wert. Ein Eintrag in der Unfallstatistik, mehr nicht.

Wenn es so gewesen ist.

Und wenn der Mann von der Currywurstbude doch recht hatte?

Ich habe nie mit ihm gesprochen. Ich habe ihn mir nur angesehen, hinterher, als alles erledigt war und die Akte geschlossen. Bin hingegangen und habe ihn mir angesehen. Eigentlich hatte ich vorgehabt, an seiner Bude etwas zu bestellen, eine Wurst mit Pommes rotweiß, wollte die Sachen dort essen, direkt am Tresen, und dabei mit ihm ins Gespräch kommen. Mich nicht zu erkennen geben als Sohn der toten Frau, sondern ganz unauffällig auf das Thema zusteuern. Wollte mir die Geschichte von ihm selber erzählen lassen. Aber dann habe ich gemerkt, dass ich es nicht schaffen würde, ruhig zu bleiben, dass ich ihn anschreien würde, ihm Vorwürfe machen, ihn einen Lügner nennen. Und so bin ich dann nur stehen geblieben und habe getan, als ob ich meinen Schnürsenkel binden müsste. Habe ihn mir nur angesehen. Unrasiert war er, und die weiße Schürze, die er sich umgebunden hatte, nicht ganz sauber. Kein appetitlicher Anblick.

Aber vielleicht übertreibt meine Erinnerung. Ich war ja wütend auf ihn. Für mich war er der Mann, der die Totenruhe meiner Mutter gestört hatte.

«Totenruhe.» Dabei weiß ich nicht einmal, ob man wirklich Ruhe hat, wenn man tot ist. Man kann das nicht wissen.

Er hatte einen dieser unaussprechlichen osteuropäischen Namen. Der Beamte wollte ihn mir nicht sagen, das dürfe er nicht, aber er hatte die Akte vor sich liegen, und der Name war unterstrichen. Ich konnte ihn, so auf dem Kopf stehend, nicht ganz entziffern, aber ich habe gesehen, dass es ein langer Name war, hinten mit den Buchstaben «icz». Eindeutig osteuropäisch.

Als ob das wichtig wäre. Als ob das irgendeine Bedeutung hätte. Er hätte auch Müller oder Schulze heißen können, und das hätte an der Sache nichts geändert. Nur seine Aussage war wichtig. Er war zur Polizei gegangen und hatte eine Aussage gemacht. Hatte sich wichtigmachen wollen.

Es stimmt, von seiner Bude aus hat man einen direkten Blick auf die Unfallstelle. Wenn das, was er erzählte, wirklich passiert wäre, dann hätte er es tatsächlich sehen können. Aber natürlich ist es nicht passiert.

Bis heute war ich mir absolut sicher, dass es nicht passiert ist.

241

Am Tag nach der Beisetzung rief die Polizei bei uns an, ein sehr höflicher Beamter. Ob ich bitte im Präsidium vorbeikommen könne, um ein paar Fragen zu beantworten. Es sei da eine Anzeige eingegangen, und sie seien verpflichtet, der Sache nachzugehen. Ich müsse mir aber keine Sorgen machen, die Vernehmung würde von einem Psychologen durchgeführt.

Ich habe zuerst nur Bahnhof verstanden. «Was für eine Anzeige?», habe ich gefragt. «Und warum ein Psychologe?»

Das sei Vorschrift, sagte der Beamte, wenn Kinder befragt werden müssten. Ach ja, das habe er ganz vergessen, mir zu sagen: Ich solle bitte Jonas mitbringen.

Es stellte sich dann heraus, dass sich dieser Currywurstmann bei der Polizei gemeldet hatte, mit der Behauptung, Mama sei gar nicht von selber hingefallen, sondern Jonas habe sie absichtlich vor die Straßenbahn gestoßen. Das muss man sich vorstellen: Ein siebenjähriger Junge, und so ein Verrückter behauptet …

Aber wenn mir jemand gesagt hätte, Jonas würde von zu Hause weglaufen, würde sich einen genauen Plan machen, um zu verschwinden – ich würde ihn auch für verrückt erklärt haben.

Helene wollte, dass wir uns weigern sollten und überhaupt nicht hingehen. Das könne man Jonas nicht antun, nach dem Schock des Unfalls. Und der Beamte hatte am Telefon ja auch gesagt, es gebe nur diesen einen Mann, der das behaupte, und keine weiteren Zeugen. Aber Jonas fand es interessant, von der Polizei befragt zu werden. Für einen Siebenjährigen ist eben alles ein Spiel. Er hat sogar ein bisschen gequengelt, als ob wir ihm ein Vergnügen verbieten wollten. Also bin ich mit ihm ins Präsidium gegangen.

Den Leuten dort war die Sache sichtlich peinlich. Sie haben sich bei mir entschuldigt, dass sie überhaupt eine Untersuchung angefangen hätten, aber das müssten sie halt. Jonas war die ganze Zeit richtig aufgekratzt. Er hat die Fahndungsplakate an der Wand studiert und gefragt, ob er sich die Zellen mit den Gefangenen ansehen dürfe. Ich weiß nicht, warum ihn das so interessiert hat. Er war damals in der ersten Klasse und wahrscheinlich spielten sie dort in der Pause gern Räuber und Gendarm. Er hat dann sogar ein Geschenk bekommen: ein buntes Heftchen mit einer Bildergeschichte. *Der tapfere kleine Polizist.* Ich glaube, er hat es sich nie angesehen. Er las damals schon richtige Bücher.

Seine Vernehmung dauerte nicht lang. Ich durfte nicht dabei sein, und so weiß ich nicht genau, welche Fragen man ihm gestellt und was er darauf geantwortet hat. Der Psychologe sagte hinterher zu mir: «Sie haben da einen interessanten kleinen Jungen.»

Als ich Jonas auf dem Heimweg fragte, wie es denn gewesen sei, war seine Antwort: «Er war viel zu nett. So kann man niemandem etwas beweisen.»

Wir haben dann nie mehr etwas von der Anzeige gehört.

242

Aber heute frage ich mich …

Nein, ich frage gar nicht mehr. Ich wehre mich nur noch gegen die Antwort.

Ich schaffe das nicht allein. Ich brauche jemanden, der mir sagt, dass das alles nicht stimmt, was ich mir da zusammendenke. Er war doch nur sieben Jahre alt. Gerade erst in die Schule gekommen. Ein Alter, in dem man noch an den Weihnachtsmann glaubt. Wo man Fußballbildchen sammelt. Da kann er doch nicht …

Jetzt ist er zwölf und hat sich einen Plan gemacht, wie er von uns weglaufen kann, ohne gefunden zu werden. Das konnte er auch.

Er war erst sieben Jahre alt, als es passiert ist, aber er hat nicht geweint. «Es ist besser für sie», hat er gesagt.

Von dem Single Malt ist noch die halbe Flasche übrig. Vielleicht kann man sich falsche Gedanken aus dem Kopf trinken.

Ich habe drei Gläser getrunken oder fünf, ich weiß es nicht. Ich habe kein Glas benutzt. Jetzt ist die Flasche leer, und die Gedanken haben sich nicht wegschwemmen lassen.

In der Kita hat er ein Messer genommen und auf einen anderen Jungen eingestochen.

Vielleicht ist in seinem Hirn etwas falsch verdrahtet. Wenn es bei Erwachsenen vorkommt, muss es auch bei Kindern möglich sein. Vielleicht ist da irgendetwas in seinem Kopf, das macht, dass er die meiste Zeit vernünftig ist, und dann plötzlich …

Es war nicht plötzlich. Sein Weglaufen hat er monatelang vorbereitet.

Wir können doch nicht alles falsch gemacht haben, Helene und ich. Wir haben uns doch Mühe gegeben.

«Wir haben nach bestem Wissen und Gewissen gehandelt.» Das sagen Politiker, wenn man sie dabei erwischt, dass sie Scheiße gebaut haben. Nach bestem Wissen und Gewissen. Aber wir haben nichts gewusst. Gar nichts. Oder alles war falsch, was wir zu wissen glaubten.

Es ist nicht fair, dass ich das alles allein denken muss. Wir sind immer noch verheiratet, Helene. In guten und in schlechten Zeiten. Du kannst mich nicht einfach mit meinen Gedanken sitzenlassen.

Drei Uhr vorbei. Sie wird wütend werden, wenn ich jetzt anrufe.

Es ist mir scheißegal, wenn sie wütend wird. Ich muss ihr das sagen. Ich muss ihr das alles sagen. Jetzt sofort.

Das ist doch eine Gemeinsamkeit, verdammt noch mal.

243

Es ist Morgen, und mein Mund ist immer noch trocken. Sandpapier. Ich habe den Wasserhahn leer getrunken, aber das hat nicht geholfen.

Ich bin auf dem Sofa im Wohnzimmer aufgewacht. Bis ins Bett habe ich es nicht mehr geschafft. Aber ich habe immerhin geschlafen, ein paar Stunden wenigstens. Jetzt sitze ich am Tisch und versuche aufzuschreiben, was passiert ist. Versuche durch Aufschreiben damit fertigzuwerden. So wie es mir Maja geraten hat.

Die doofe Kuh. Sie ist an allem schuld.

Natürlich war ich besoffen gestern Nacht. Zum zweiten Mal innerhalb einer Woche, dabei vertrage ich harten Alkohol überhaupt nicht, und er schmeckt mir auch nicht. Mal eine gute Flasche Wein oder ein Bier oder auch zwei, mehr nicht. Der teure Whisky hatte seit unserer Hochzeit ungeöffnet im Schrank gestanden. Aber ich hatte Grund, mich zu betrinken. Am liebsten würde ich nie mehr aufhören, besoffen zu sein.

Wenn ich nicht betrunken gewesen wäre, hätte ich Helene nicht mitten in der Nacht angerufen.

Betrunken, aber nicht verwirrt. Mein Verstand hat funktioniert. Viel zu gut hat er funktioniert. Ich musste nicht einmal die Nummer nachschlagen, obwohl ich Peter und Luise wirklich nicht oft anrufe. Mitten in der Nacht schien mir der richtige Zeitpunkt zu sein. Logisch richtig, wenn auch nicht vernünftig. Um diese Zeit wird Helene selber an den Apparat gehen, habe ich mir überlegt, weil sie nicht will, dass Luise und Peter aufwachen.

Es wäre wunderbar, wenn alles, was ich mir in dieser Nacht überlegt habe, nur Suffgedanken gewesen wären. Aber jetzt bin ich wieder nüchtern und denke immer noch dasselbe.

Ich musste nicht lang klingeln lassen. Sie wird in dem kleinen Raum gleich neben dem Wohnzimmer schlafen, das Peter sein Arbeitszimmer nennt, obwohl es eigentlich eine Abstellkammer ist. Helenes altes Zimmer hat Luise übernommen. Seit sie dieses Zittern hat, will sie nicht mehr mit ihrem Mann im gleichen Bett schlafen. Ihre Krankheit ist ihr peinlich.

Ich hatte mir alles richtig überlegt. Es war Helene, die den Hörer abgenommen hat, und ich konnte mit meiner Frau sprechen, endlich mal wieder. Aber es wurde nicht das Gespräch, das ich mir vorgestellt hatte. Ich wollte ihr alles erzählen, das Positive und das Negative, dass ich endlich eine Spur von Jonas gefunden hatte, dass mir dabei klargeworden war, wie lang er sein Weglaufen schon vorbereitet haben musste, wollte mit ihr darüber reden, dass wir unseren Sohn vielleicht all die Jahre falsch eingeschätzt hatten, aber ich kam nicht dazu. «Ich muss dir etwas sagen», fing ich an, und sie fiel mir sofort ins Wort.

«Ich weiß, was du mir sagen willst», sagte sie.

«Ich will es nicht hören», sagte sie.

«Du solltest dich schämen», sagte sie.

244

Bei ihren Patienten, die sich für viel Geld einmal pro Woche in ihrer Praxis auf die Couch legen dürfen, bei denen hält sich Maja an die Schweigepflicht. Sie können ihr erzählen, was sie wollen, und sie erzählt es nicht weiter. Wahrscheinlich hört sie nicht einmal zu. Wie hat sie zu mir gesagt? «Es tut einem schon gut, wenn man nur darüber redet.»

Es hätte mir so viel besser getan, wenn sie nicht darüber geredet hätte.

Aber ich bin kein Patient, nur ein Mann, mit dem sie einmal im Bett war, und deshalb war es ihr scheißegal, was sie mit ihrem Gequatsche anrichtet. Helene, ja, das ist etwas ganz anderes! Das ist eine alte Freundschaft, und gegen die bösen Männer müssen wir Mädels zusammenhalten.

Maja hat Helene angerufen und ihr alles gebeichtet. Am Tag, nachdem es passiert ist. Hat ihr wahrscheinlich im Detail erzählt, wie es abgelaufen ist. Schon früher hat sie immer gern von ihren Eroberungen berichtet.

Aber Eroberung wird sie es natürlich nicht genannt haben. Wahrscheinlich hat sie Helene erzählt, ich sei über sie hergefallen. «Ich konnte mich nicht wehren, wirklich nicht, Schätzchen.»

Arno ist an allem schuld. Es wird nicht viel gebraucht haben, um Helene davon zu überzeugen.

«Du musst mir nichts erzählen», sagte meine Frau. «Ich weiß, was vorgefallen ist.»

«Vorgefallen.» Als ob es eine Panne gewesen wäre, eine kurzfristige Fehlfunktion. Ein kleiner Systemabsturz. Aber es war doch nicht einfach ein Zwischenfall, etwas, das passiert ist, ohne dass es jemand gewollt hat. Es war doch mehr.

Oder lüge ich mich da selber an?

Auf jeden Fall hätte sie Helene nichts davon sagen dürfen. Da will sie so eine kluge, weltweise Psychologin sein und denkt keinen Moment daran, was sie damit kaputtmacht. Helene muss doch jetzt denken, dass ich es nicht erwarten konnte, fremdzugehen, dass ich richtig darauf gelauert habe, dass sie endlich aus dem Haus ist. Dass ich froh darüber bin, dass sie mich verlassen hat.

«Jetzt weiß ich endlich, was du für einer bist», hat Helene gesagt.

Ich habe versucht, ihr zu erklären, wie es dazu gekommen ist, dass es auch damit zu tun hat, dass sie mich allein gelassen hat, aber sie wollte nichts hören. Ihre Meinung war gemacht. «Ich habe gehört, mein Bett steht jetzt im Keller», hat sie gesagt. «Wie praktisch für dich. Da kannst du dir jetzt ja eine große Liegewiese hinstellen für deine Fickereien.»

Sie hat das alles ganz leise gesagt. Als ob sie sich gar nicht darüber aufregen würde. Aber wahrscheinlich war es nur, weil sie ihre Eltern nicht aufwecken wollte. «Es ist endgültig Schluss mit uns beiden», hat sie mit dieser ruhigen Stimme gesagt.

Ich bin gar nicht mehr dazugekommen, ihr von Jonas zu erzählen.

245

Es ist Sonntag, elf Uhr früh, und von der Straße her höre ich Kirchenglocken. Vielleicht ist es die Kirche, in der sie jetzt alle sitzen in ihren besten Kleidern und zueinander sagen: «Kann es etwas Schöneres geben, als Vater zu werden?»

Pia und Federico haben ihre Tochter bekommen, Angela, und sie lassen sie mit allem Brimborium taufen, samt Pfarrer und großem Familienfest. Federico hat mich gefragt, ob ich Pate sein will, so wie er bei Jonas, aber ich habe nein gesagt. Ein Pate muss dem Kind Glück bringen, und für Glück bin ich nicht der richtige Mann. Ich könnte ein Neugeborenes nicht ohne schwarze Gedanken im Arm haben, könnte mir für mein Patenkind keine positive Zukunft mehr einreden. Egal, wie niedlich es ist, wie selig es schläft oder mit welcher Inbrunst es schreit, ich würde ein ganz anderes Gesicht an ihm sehen, das Gesicht von jemandem, der Drogen nimmt oder auf den Strich geht.

Das Gesicht eines Menschen, der eines Tages einfach wegläuft und mich allein lässt.

Pia hatte wohl Verständnis für meine Absage, aber Federico war enttäuscht, auch wenn er versucht hat, mich das nicht spüren zu lassen. Wenigstens zum Essen solle ich doch kommen, hat er gemeint, aber auch das habe ich abgelehnt. Maja wird dort sein, und ich möchte ihr nicht begegnen.

Außerdem haben sie bestimmt auch Helene eingeladen, wahrscheinlich hatten sie sogar vor, uns nebeneinander am Tisch zu platzieren. Bei einem guten Essen würden wir uns bestimmt versöhnen, haben sie vielleicht gedacht, so wie sie selber bei einem Familienanlass zusammengekommen sind. Ich könnte das nicht durchhalten. Helene würde sich zwar nichts anmerken lassen, würde sogar höflich Konversation mit mir machen, «Wie findest du das Wetter?» und «Wie schmecken dir die Antipasti?» Nur über zwei Dinge würden wir nicht reden: Über Jonas und über den Brief, den sie mir von ihrem Anwalt hat schicken lassen.

Ich werde mich der Scheidung nicht widersetzen.

Nein, ich hätte es nicht geschafft, Normalität zu spielen. Ich hätte es nicht ausgehalten unter all diesen gutgelaunten Menschen. Und es ist ja nicht so, dass ich auf fremdes Essen angewiesen bin. Von gestern ist noch ein Stück Pizza da, Salami und doppelt Peperoncini. Sie ist kalt, und der Teig ist matschig, aber es gibt Schlimmeres.

Es gibt immer Schlimmeres, und meistens trifft es ein.

Morgen werde ich Federico sagen, dass es für uns beide besser ist, wenn ich mir eine andere Stelle suche. Ich bringe schon lang nicht mehr die Leistung, die er von mir erwarten darf. Bei der Stadt suchen sie jemanden für ihre IT-Abteilung, wunderbar langweilige Arbeit und immer pünktlich Feierabend.

Obwohl ich nicht weiß, was ich mit der freien Zeit anfangen soll. Dasitzen und an Jonas denken. Das ist Beschäftigung genug für mich.

Ich müsste mich krankschreiben lassen. Aber ich bin nicht krank. Ich bin nur kaputt.

246

Bei der Stadt haben sie mich nicht genommen. Auch egal.

Ich werde noch aufschreiben, was ich heute erfahren habe, und dann werde ich dieses Tagebuch zuklappen und nie mehr etwas notieren. Vielleicht werde ich es wegschmeißen.

Heute Nachmittag hat mich Herr Aufhäuser angerufen und hat mir mitgeteilt, dass man Remus gefunden hat. Die Überreste von Remus. Ich hatte ihnen das Halsband genau beschrieben, und daran haben sie ihn erkannt. Es war sonst nicht mehr viel von ihm übrig.

Was noch da war, lag im Auwald, nur wenige Meter von einem Weg entfernt, auf dem bei schönem Wetter immer wieder Spaziergänger vorbeikommen. «Wenn der Hund gebellt hätte», sagte Herr Aufhäuser, «hätte ihn bestimmt jemand gefunden.» Aber Remus hat nicht gebellt.

«Wie lang hat er schon da gelegen?», habe ich gefragt, aber eigentlich habe ich die Antwort gewusst. Seit dem Tag, an dem Jonas weggelaufen ist. Zum Friseur hat er Remus noch mitgenommen. Von dort war es nicht mehr weit bis zum Wald.

«Soweit wir feststellen konnten», sagte Herr Aufhäuser, «war das Tier nicht angebunden. Es gab auch keine Anzeichen von Gewalteinwirkung. Mit absoluter Sicherheit lässt es sich nicht mehr eruieren, aber unsere Spezialisten sind der Meinung, dass der Hund verhungert sein muss. Wir können es uns nicht erklären.»

Ich hätte es ihm erklären können, aber was hätte das gebracht? Der Hund war zu auffällig, genauso wie die blauen Haare. Wenn nach einem Jungen mit einem Schäferhund gefahndet wird, dann ist es besser, wenn man ein Junge ohne Schäferhund ist. Also wird sich Jonas auch dafür einen Plan gemacht haben. Er ist mit Remus in den Wald gegangen, hat eine Stelle ausgesucht, wo nicht so leicht jemand zufällig vorbeikommt, und hat befohlen: «Sitz!» Dann ist er weggegangen, wahrscheinlich ohne sich ein einziges Mal umzusehen. So wie er es damals gemacht hat, als er uns zeigen wollte, wie gut er seinen Hund erzogen hatte.

Und Remus hat auf ihn gewartet. Hat darauf vertraut, dass Jonas schon wieder zurückkommen würde. Vielleicht, ich weiß nicht, ob ein Tier so etwas denken kann, hat er geglaubt, es sei ein Test.

Es war aber etwas anderes.

Wenn ich das Herrn Aufhäuser hätte erklären wollen, hätte er mich wahrscheinlich gefragt: «Haben Sie mir nicht gesagt, dass Ihr Sohn seinen Hund liebt?»

Doch, Herr Aufhäuser, das habe ich gesagt. Das habe ich auch geglaubt. So wie ich geglaubt habe, dass er seine Eltern liebt. In beidem habe ich mich getäuscht.

Er hat uns warten lassen, bis unsere Hoffnung verhungert ist. Bis wir uns nicht mehr einreden konnten, dass er zurückkommen würde. Er hat uns abgerichtet, und wir haben uns abrichten lassen.

«Ich bin nicht sein Herrchen», hat er damals gesagt. «Ich bin sein Herr.»

V

247

Um Remus tut es mir leid. Er war ein guter Hund. Es wird dauern, bis ich mir einen gleichwertigen Ersatz abrichten kann.

Es wäre mir lieber gewesen, wenn ich ihn hätte erschießen können. Eine Waffe hätte sich organisieren lassen. Mit Geld lässt sich alles organisieren. Aber ein erschossener Hund, das sieht nach Gewaltverbrechen aus, und die Polizei hätte eine viel zu intensive Fahndung in die Wege geleitet. Solang ich einfach verschwunden bin, werden sie sich nicht allzu wild machen. Kinder laufen jeden Tag von zu Hause weg.

Nein, es ist besser so. Wenn es um Remus auch schade ist.

Ob er letzten Endes verhungert oder verdurstet ist? Verdurstet, sagt mir meine Erfahrung in diesen Dingen.

Sorry.

Unter den neuen Worten, die man seit meiner Zeit erfunden hat, ist auch eines, das ich wirklich nützlich finde: Kollateralschaden. Remus ist ein Kollateralschaden. Bedauerlich, aber unvermeidbar. Er war eine Belastung geworden.

Er passt nicht zu meinem neuen Ich. Und selbst, wenn – in Schloss Ainburg sind Hunde nicht zugelassen. Das steht ausdrücklich in der Schulordnung.

Mich in einem Internat anzumelden war nicht der ursprüngliche Plan. Ich werde mich dort auch nicht wohl fühlen. Eine zu reglementierte Umgebung. In ihren Unterlagen geben sie sich zwar sehr modern und offen, aber man wird sich doch an jede Menge Vorschriften zu halten haben. Nach all den Jahren als Sohn hätte ich mir erst mal mehr Freiheit gewünscht.

Aber man muss konsequent sein. Wenn sich die Voraussetzungen ändern, müssen sich auch die Pläne ändern. Alles andere wäre Schwäche.

Mit jenem Jubiläumsprospekt fing es an. Von dem Tag an, als ich ihn in die Hände bekam, wusste ich, dass das Projekt Andersen funktioniert hatte. Dass ich unter dem neuen Namen erfolgreich gewesen war. Es war nur logisch, dass ich mich dann erst mal darauf konzentriert habe, möglichst viel über mein Leben als Andersen in Erfahrung zu bringen. Informationen zu beschaffen war immer mein Spezialgebiet.

Die für mich wichtigste Tatsache hatte ich schon der Broschüre entnehmen können. Der Name des heutigen Firmenbesitzers. Auch er heißt Andersen. Cosmas Andersen.

Ich habe einen Sohn.

Natürlich fasste ich sofort den Entschluss, ihn kennenzulernen. Suchte nach einem Weg, an ihn heranzukommen. Schmiedete Pläne dafür. Wer darauf warten muss, dass sein Körper endlich größer wird, hat viel Zeit, um Pläne zu schmieden. Ich malte mir aus, wie es sein würde, in einem kindlichen Körper dem eigenen Sohn gegenüberzustehen. Freute mich schon darauf.

Bis ich dann mehr über ihn herausfand.

248

Cosmas Andersen.

Es muss mich amüsiert haben, ihm diesen Namen zu geben. Cosmas und Damian. Ob wir jedes Jahr am 26. September gemeinsam unseren Namenstag gefeiert haben?

Beide Namen kommen aus dem Griechischen, ich habe es nachgesehen. Cosmas ist der Ordentliche und Damian der Mächtige. Damals, als ich mir den Vornamen aussuchte, wusste ich das noch nicht. Aber es passt. Ich wurde der mächtige Andersen.

Und Cosmas? Alles, was ich über ihn in Erfahrung gebracht habe, enttäuscht mich. Nur schon, dass ihm das gefälschte Stiftungskonto erst nach zwei Jahren aufgefallen ist. Für mich war das nützlich, aber es ist auch ein klarer Beweis dafür, dass er mit seiner Aufgabe überfordert ist. Dass er seine Pflichten als Firmenchef nicht ernst genug nimmt.

Wenn er nur im Geschäftlichen versagen würde, wäre das vielleicht noch zu verzeihen. Aber auch alles andere an ihm passt mir nicht. Was man zu sehen bekommt, wenn man bei Google seinen Namen eingibt, das ist nicht das, was ich von einem Sohn erwarte.

Auf keiner einzigen Fotografie gefällt er mir. Das Gesicht ohne klare Linien. Aufgedunsen wie das eines Säufers. Ein schwächliches Kinn. Sieht aus wie ein dickerer Beutlin. Von meinem Sohn hätte ich mir Besseres erhofft.

Die Bilder ließen sich im Internet leicht finden. Cosmas zeigt sich gern bei gesellschaftlichen Anlässen. Opernball. Iffezheim. Bayreuth. Auf einem der Fotos steht er stolz grinsend neben der Kanzlerin. Nur schwache Charaktere haben so was nötig. Wer stark ist, hält sich im Hintergrund.

In einer Aufnahme sitzt er hinter dem Steuer eines alten Auto-Union-Rennwagens, den er gerade ersteigert hat. Grinst so dummstolz in die Kamera, als ob er höchstpersönlich Le Mans gewonnen hätte. Dabei würde er wahrscheinlich nicht einmal den Motor in Gang bringen. Ist viel zu sehr daran gewöhnt, von einem Chauffeur herumkutschiert zu werden.

Für seine Rennfahrerpose hat er sich einen Lederhelm und eine Staubbrille aufgesetzt, der Fatzke. Hält sich für Bernd Rosemeyer.

Einen Sohn wie Rosemeyer, so einen hätte ich gern gehabt. Einen, der immer besser sein will als die anderen. Schneller. Der sich nie zufriedengibt. Sich lieber totfährt, als den Rekord einem anderen zu überlassen.

«Pebble Beach, Kalifornien» steht unter dem Foto. Ein Treffen von reichen Oldtimer-Freaks, die Unsummen für ihre alten Blechkisten ausgeben, bloß um sie sich dann gegenseitig vorzuführen. Sinnlose Verschwendung von Zeit und Geld. Cosmas scheint nichts von mir gelernt zu haben.

Wozu sollte ich ihm also begegnen?

So einen Sohn will ich nicht haben.

249

Dabei habe ich bestimmt mein Bestes getan, um ihn auf seine Aufgaben vorzubereiten. Was ist da schiefgegangen? War ich nicht streng genug mit ihm?

Ich hatte wohl einfach zu wenig Zeit. Er war ein spätes Kind. Oder ich hatte zu wenig Kraft für seine Erziehung. Vielleicht war ich vor meinem Tod jahrelang krank. Ich habe nirgends etwas darüber finden können, wie ich gestorben bin.

Ich habe mir immer einen schnellen Tod gewünscht. Ich fürchtete, in den letzten Stunden die Kontrolle zu verlieren und auszuplaudern, wer ich wirklich bin. Gewesen bin.

Es ist nicht passiert, heute weiß ich das. Sonst wären auch diese Erinnerungen gelöscht worden.

Vielleicht wäre das besser gewesen.

Ob Cosmas bei meinem Tod dabei war? Der einzige Sohn schluchzend am Sterbebett seines Vaters?

Ich kann mir nicht vorstellen, dass ich ihn dabeihaben wollte. Wenn ich sein Bild betrachte, finde ich nichts an ihm, was väterliche Gefühle in mir wecken könnte. Es wird damals nicht anders gewesen sein.

Nein, Cosmas habe ich abgeschrieben. Endgültig. Habe mir ein neues Ziel gesetzt.

Die nächste Generation. Mein Enkel Felix.

Er ist jetzt vierzehn Jahre alt. So alt wie Cosmas bei meinem Tod. Ein Alter, in dem Menschen noch formbar sind. Ich werde aus ihm einen Mann machen, auf den ich stolz sein kann. Ich weiß, wie man Menschen seinen Willen aufzwingt.

Noch habe ich keine Ahnung, wie er ist. Man findet nichts über ihn im Internet, außer der Tatsache, dass er existiert. Nicht einmal eine Facebook-Seite hat er. Diese Zurückhaltung gefällt mir schon mal an ihm. Man soll nie zu viel von sich preisgeben.

Immerhin habe ich herausfinden können, wo er zur Schule geht. Im Internat Schloss Ainburg. Sie werden dort bald einen neuen Schüler bekommen.

Aufgenommen zu werden war nicht schwierig, obwohl das Institut den Ruf hat, exklusiv und elitär zu sein. Aber sie definieren Exklusivität marktwirtschaftlich: Wer das Schulgeld bezahlen kann, gehört automatisch zur Elite. Sie haben weniger Fragen gestellt, als ich Antworten vorbereitet hatte. Dabei habe ich mein neues Ich so gründlich erfunden, wie ich damals Andersen erfunden habe. Vollwaise. Beide Eltern bei einem Verkehrsunfall ums Leben gekommen. Meine Angelegenheiten werden von einem Vormund geregelt, über ein Anwaltsbüro.

Das Büro existiert nicht, aber es hat eine Webseite, und Briefe, die man dorthin schickt, werden beantwortet. Im letzten Schreiben aus Ainburg stand: «Danken wir Ihnen für die Überweisung des Schulgelds für das Herbsttrimester und freuen uns darauf, Kilian in unsere pädagogische Gemeinschaft aufzunehmen.»

Ich freue mich auch darauf.

250

Kilian.

Ich hätte einen anderen Vornamen vorgezogen. Der einzige Kilian, den ich gekannt habe, war dieser Sadist, den ich mir eine Weile lang gehalten habe. Auch ein Feinmechaniker braucht manchmal einen Hammer. Er war zu dumm, um sinnvolle Antworten aus den Objekten herauszuprügeln, aber es konnte wirkungsvoll sein, andere dabei zum Zusehen zu zwingen. Die Furcht, als Nächste dranzukommen, machte sie dann oft sehr schnell gesprächig.

Epiktet.

Sein plumpes Vorgehen konnte durchaus nützlich sein, aber ich habe ihn dann doch versetzen lassen. Auf die Dauer war mir seine Technik einfach zu unästhetisch.

Kilian. Nun ja.

Ich habe mir gesagt: Andere Leute können sich ihre Namen auch nicht aussuchen. Und die Fotografie auf seinem Ausweis hat mich auf Anhieb überzeugt. Genau das, was ich suchte. Nicht nur wegen der generellen Ähnlichkeit, sondern auch wegen der Brille. Ich vermute, der originale Kilian ist ein unsicherer Typ, und das auffällige Gestell soll ihn interessanter machen. Was auch immer der Grund dafür ist: Die Brille lenkt vom Gesicht ab, und so werden die kleinen Unterschiede nicht auffallen.

Bei einem Optiker habe ich mir das Brillengestell aus dem Foto besorgt und bei einem anderen ungeschliffene Gläser einsetzen lassen. «Für eine Theateraufführung an der Schule.» Nur für den Fall, dass er sich fragen sollte, wozu ein Junge so eine Fensterglasbrille brauchte. Da war es besser, wenn er schon eine Antwort hatte.

Kilian.

Ein weiterer Grund, mich gerade für diese Identität zu entscheiden, war der Nachname. Von Lauken. So ein Adelstitel macht was her. An diesem Internat kommt man entweder aus einer sehr reichen Familie oder aus einer sehr alten. Am besten beides.

Der Anwalt, den es nicht gibt, hat der Schule einen Scan des Personalausweises gemailt, und sie sind nie auf den Gedanken gekommen, dass damit etwas nicht stimmen könnte.

Ich hatte über hundert Personalausweise zur Auswahl. Ich habe im Internet einen Wettbewerb für vierzehnjährige «Gestalter der Zukunft» ausgeschrieben, im Namen einer Organisation, die ich zu diesem Zweck erfunden habe. «Wie stellst Du Dir die Welt in fünfzig Jahren vor?» Ein Aufsatz, nicht mehr als dreihundert Worte, und bitte einen gut lesbaren Scan Deines Personalausweises mitschicken. Wir wollen doch sicher sein, dass Du tatsächlich erst vierzehn bist. Erster Preis: ein Laptop.

Den habe ich dann auch tatsächlich verschickt. Der Name des Gewinners wurde auf der Webseite publiziert, bevor sie gelöscht wurde. Wenn jemand nachfragen sollte, wird er nichts Unsauberes feststellen. Es wird niemand nachfragen, aber trotzdem. Sicher ist sicher.

Das Internet ist eine nützliche Erfindung.

Kilian. Kilian. Kilian. Ich muss reagieren, wenn ich so angesprochen werde.

Ich habe auch diesen Namen gegoogelt. Noch so ein christlicher Märtyrer. Von einem Schwert durchbohrt. Märtyrer scheinen meine Spezialität zu sein. Damian. Kilian. Sogar einen heiligen Jonas hat es gegeben. In einer Weinpresse zerquetscht. Umständlich. Aber Sammlungen von Heiligenlegenden sind eine interessante Lektüre. Ich habe darin immer mal wieder eine Anregung für meinen Beruf gefunden.

Kilian. Kilian.

Ich hatte einen Kollegen, der liebte die praktische Arbeit nicht und stellte deshalb Theorien auf. In einem Papier, das die Zentrale uns dann allen zugeschickt hat, wollte er nachweisen, dass sich Menschen ihre falschen Namen nie wirklich zufällig auswählen, auch wenn sie das versuchen. Es gebe da immer eine unbewusste Beziehung, und die lasse sich herausfinden. Er hat Karriere gemacht mit seinem Geschwafel, der Klugscheißer, dabei bringt seine Theorie für die praktische Arbeit überhaupt nichts. Die Beziehung, wenn es sie denn gibt, findet man immer erst hinterher, wenn man den richtigen Namen schon hat. Umgekehrt funktioniert es nicht.

Kilian von Lauken.

An meiner letzten Schule haben sie mich «Killer» genannt, steht in meinem Facebook-Profil. Ich weiß alles über meine letzte Schule. Obwohl sie nicht existiert. Ich war dort ein sehr populärer Schüler.

Mit dem Adelstitel werde ich bescheiden umgehen. Ja, werde ich sagen, wir sind eine alte Familie, aber von unserem früheren Besitz ist schon lang nichts mehr übrig. Nicht einmal eine zerfallene Burg. Die Laukens waren sogar ausgesprochen arm, werde ich sagen, bis dann mein Vater als Bankier zu einem Vermögen kam. Das jetzt mein Vormund für mich verwaltet. Nach dem tragischen Tod meiner Eltern.

In der Universitätsbibliothek habe ich aus einem Zeitungsjahrgang von 2005 einen Bericht ausgeschnitten. Massenkarambolage auf der Autobahn. Den Artikel werde ich so unauffällig auffällig aufbewahren, dass ihn eine neugierige Reinemachefrau schon in die Hände bekommen wird. Auf Schloss Ainburg werden die Zimmer vom Personal in Ordnung gehalten. Das kann man bei dem Schulgeld auch verlangen.

Mein kostbarster Besitz wird das Foto meiner Eltern sein. In Silber gerahmt. Auf Flohmärkten finden sich jede Menge Fotografien.

Wenn man sich eine Legende baut, ist es wichtig, dass die Nebensächlichkeiten stimmen. Einen gut gefälschten Ausweis kann jeder haben. Aber die

Erklärung für die kleine Narbe über deiner Augenbraue oder die Marke deines allerersten Computers, die muss man genauso bereithaben. Wer da mit der Antwort zögert, hat sich schon verdächtig gemacht.

Als ich Andersen wurde, konnte ich sogar träumen, wie er geträumt hätte.

252

Kilian.

Kilian und Felix. Felix und Kilian. Die Namen passen schon mal zusammen.

Um ihn so beeinflussen zu können, wie ich das vorhabe, muss ich sein bester Freund werden. Das ist die erste Stufe meines Plans.

Freundschaft.

Ich habe vor, dieses Ziel über gemeinsame Interessen zu erreichen. Wir werden eine Menge davon haben, dafür werde ich sorgen. Wenn er gern liest, werde ich auch lesen. Wenn er Briefmarken sammelt, werde ich Briefmarken sammeln. Wenn er sportlich ist, werde ich mit ihm um die Wette rennen.

Und das Rennen natürlich verlieren. Knapp, aber doch. Ich muss alles ein bisschen weniger gut können als er, damit ich Grund habe, ihn zu bewundern. Jeder Mensch wird gern bewundert. Selbst ich habe es oft bedauert, dass ich über die Erfolge in meinem Beruf mit niemandem reden durfte.

Die Freundschaft wird sich leicht machen lassen. Ich werde ihn beobachten und die richtige Rolle für mich finden.

Dann die zweite Stufe: Ich muss ihn dazu bringen, dass er auf mich hört. Dass er, ohne es zu merken, nur noch das tut, was ich von ihm will.

Abhängigkeit.

Das wird der schwierigere Teil. Aber es wird auch der Teil sein, der am meisten Spaß macht.

Schade, dass ich noch so wenig über ihn weiß. Information ist das beste Werkzeug.Ich weiß noch nicht einmal, wie er aussieht.

Ob er mir gleicht? Eigentlich ist das nicht wichtig, und trotzdem: Ich wünsche es mir.

Ich stelle mir vor, dass er sportlich ist. Dass ihn alle mögen. Dass er der beliebteste Schüler im ganzen Internat ist. Ich stelle mir vor …

Halt.

Wer sich zu früh ein Bild macht, sieht nachher die falschen Dinge. Das habe ich meinen Mitarbeitern wieder und wieder gepredigt. Langsam und geduldig vorgehen, so verliert man am wenigsten Zeit.

Das Trimester beginnt am Montag, eine Woche später als an den staatlichen Schulen. Also werden die meisten Schüler am Sonntag anreisen. Ich werde dann schon dort sein und auf ihn warten. Werde sehen, wie er …

Geduld.

Es wird so sein, wie es sein wird. Ich habe zwölf Jahre gewartet, da werde ich die drei Tage auch noch durchhalten. Es werden ja keine leeren Tage sein.

Nicht jeder hat die Gelegenheit, die eigene Vergangenheit zu besuchen.

253

Ich trage einen Anzug und fahre erster Klasse. Beides lässt mich älter erscheinen. Mein Körper ist zwölf, Kilian von Lauken ist vierzehn, und aussehen tue ich wie sechzehn. Nur die Stimme stört. Zu hoch. Es müsste eine Möglichkeit geben, den Stimmbruch zu beschleunigen. Das Einzige, das ich nicht beeinflussen kann. Sonst habe ich alle Äußerlichkeiten im Griff.

Um die Rolle eines anderen Menschen überzeugend zu spielen, benötigt man jede Menge Requisiten. Es muss alles zusammenpassen, wenn es glaubhaft sein soll. Einen Hamlet mit Armbanduhr lacht das Publikum nur aus.

Ich erinnere mich an einen Professor, der wegen Hochverrats gesucht wurde und untergetaucht war. Mit perfekt gefälschten Papieren, für die er eine Menge Geld bezahlt hatte. Gab sich als Fabrikarbeiter aus, in der Hoffnung, in der Masse unsichtbar zu werden. Hatte sogar eine Stelle am Fließband gefunden. Als er in diese Kontrolle geriet, war er nicht einmal beunruhigt. Ließ es sich jedenfalls nicht anmerken. Er meinte, alles bedacht zu haben. Abgetragene, aber nicht allzu schäbige Kleidung, die Hose am Knie geflickt. Das Pausenbrot in die richtige Zeitung eingewickelt. Sogar den Dreck unter den Fingernägeln hatte er nicht vergessen. Aber aus alter Gewohnheit, und weil ihm das gar nicht als ungewöhnlich erschien, trug er Sockenhalter. Fabrikarbeiter tragen keine Sockenhalter.

Mir wird ein solch dummer Fehler nicht passieren.

Mein neues Ich zu gestalten war eine interessante Übung, nur schon, weil ich bei der Arbeit immer umgekehrt habe vorgehen müssen. Ich habe Kilian aus seinen Besitztümern zusammengesetzt, wie ein Maler aus lauter kleinen Farbflecken ein Gemälde macht. Jeder Gegenstand ein Mosaiksteinchen.

Dabei habe ich mich bemüht, das Bild nicht allzu eindeutig werden zu lassen. Bei der Arbeit bin ich immer misstrauisch geworden, wenn die Dinge, die man mir erzählte, zu perfekt zueinanderpassten. Ich habe so viele Lügen aufgedeckt, dass ich weiß, wie man vorgehen muss, um sie glaubhaft zu machen: Es sind die kleinen, scheinbar unpassenden Details, die den Anschein von Wirklichkeit erwecken. Ausnahmen bestätigen die Regel, sagt man. In meinem Beruf hat der Satz seine Berechtigung.

Ich habe mich oft gefragt, ob ich auch auf der anderen Seite des Tisches Erfolg gehabt haben würde, nicht als Aufdecker, sondern als Verschleierer. Hätte ich so gut lügen können, dass mir niemand auf die Schliche gekommen wäre? Und wenn sie mich verdächtigt hätten, wenn ich verhört worden wäre von jemandem wie mir – hätte ich es geschafft, mein Geheimnis zu bewahren?

Ich mache mir da nichts vor. Ich hätte ihnen alles erzählt. Ohne mich lang zu wehren. Ein Messer, an der richtigen Stelle angesetzt, eine Flasche mit Säure, ein elektrisches Kabel, das bringt früher oder später jeden zum Reden.

254

Es hat lang gedauert, bis ich meine Requisiten zusammenhatte. Bis ich mit dem Ergebnis zufrieden war. Aber ich hatte ja genügend Zeit. Und genügend Geld.

Wenn ich daran denke, wie ich anfangs versucht habe, diesen idiotischen Teddybären mit kleinen Scheinen zu füllen, muss ich über mich selber lachen. So wäre ich nie auf einen grünen Zweig gekommen. Kleinvieh macht nur Mist. Aber damals hatte ich noch keine Ahnung von Computern und was man alles mit ihnen anstellen kann.

Später war es dann wie ein Spiel. Als ich sechs war – als dieser Körper sechs war –, hatte ich von Arno alles gelernt, was ich von ihm lernen konnte. Er ist ganz gut in seinem Beruf, wenn auch nicht brillant. Am Schluss kannte ich das Abrechnungssystem von Andersen besser als er selber. Ich hätte das Geld gern völlig unbemerkt abgezapft, das wäre am elegantesten gewesen, aber ich habe keinen Weg dafür gefunden. Umgekehrt hat es dann funktioniert. Wie in dieser Geschichte, wo jemand einen gestohlenen Brief versteckt, indem er ihn offen auf dem Tisch liegen lässt.

Außerdem: In dieser Form hatte das Ganze auch etwas von höherer

Gerechtigkeit. Es war ja von Anfang an mein Geld, und so war das mit der Damian-Andersen-Stiftung nicht einmal gelogen. Ich bin Damian Andersen.

Der einmal jemand ganz anderes war.

Und dann Jonas wurde.

Und nun Kilian.

Unterdessen hat auch die Stiftung längst Namen und Nationalität gewechselt. Sie ist jetzt in Delaware angesiedelt. Amerika ist die beste Adresse, um Geld unsichtbar zu machen. Das Land der unbegrenzten Möglichkeiten. Es geht alles per E-Mail.

Für Arno hat es mir leidgetan. Es war klar, dass man ihn verdächtigen würde. Auch mit seiner Entlassung war zu rechnen gewesen. Zu meiner Zeit hätte man ihn noch ganz anders in die Mangel genommen. Zum Glück ist Federico eingesprungen. Der Einzige, der mir fehlen wird.

Nein, auch er nicht. Es bringt nichts, sich an andere Menschen zu binden. Irgendwann verlieren sie das Interesse oder sterben einem weg. Ich bin immer am besten gefahren, wenn ich ganz auf mich allein gestellt war.

Ein Schaffner kommt. Er fragt, ob er mir etwas aus dem Speisewagen bringen soll. Er siezt mich, meine Verwandlung scheint also funktioniert zu haben. Ich kaschiere die zu hohe Stimme mit einem Husten und bestelle Kaffee. Ein erwachsenes Getränk. Ich werde ihm ein gutes Trinkgeld geben.

Kein allzu gutes Trinkgeld. Nicht, dass er sich später an mich erinnert.

Sie sollen mich alle vergessen.

255

Ich werde den Kaffee stehen lassen. Er schmeckt mir nicht mehr. Damals habe ich zehn Tassen am Tag getrunken, und jetzt ist mir Milch lieber. Jeder Körper scheint seine eigenen Vorlieben zu haben.

Ich halte ein Buch vor mich hin und tue, als ob ich lesen würde. So kann man die Leute unauffälliger beobachten.

In der Reihe mit den Einzelsitzen fällt mir eine junge Frau auf. Blickrichtung zu mir. Sie erinnert mich an jemanden, aber ich weiß nicht, an wen. Das stört mich. Auf mein Gedächtnis muss ich mich verlassen können.

Hübsche Beine. In der Art, wie ich sie mir vorstelle, wenn ich mich selber befriedige. Diese Funktion meines Kinderkörpers hat vor einigen Monaten eingesetzt, und ich war froh darüber. Das ist der Nachteil, wenn man sich an frühere Existenzen erinnert: Man weiß, was einem fehlt.

Knapp zwanzig würde ich sie schätzen. Zu alt für mich.

Zu jung für mich.

Im Internat wird Sex bestimmt ein wichtiges Gesprächsthema sein. Manche Dinge ändern sich nicht. Meine Alterskameraden werden mehr darüber wissen als wir zu meiner Zeit, aber Erfahrungen werden sie auch keine haben. Was sie natürlich nicht zugeben werden. Genauso wenig wie wir damals. Mit Frau Brenntwiesner wollte es jeder getrieben haben, aber keiner hätte beschreiben können, wie genau das vor sich ging. Außer mir. Ich bin auf einen fremden Dachboden gestiegen, um sie im Bett zu beobachten. Heute lädt man sich solche Bilder auf sein Handy.

Schaut sie öfter zu mir hin, als es Zufall sein kann? Oder bilde ich mir das ein, weil es mir Spaß machen würde?

Udo Herges – nicht gerade der Intelligenzprotz der Klasse – hatte die Theorie, dass Frauen einem ansehen können, wie oft man es schon getrieben hat. Und dass jedes Mal mehr einen attraktiver für sie macht. Unsinn, natürlich. Wenn es so wäre, müsste ich der attraktivste Zwölfjährige aller Zeiten sein.

Wenn mir nur einfallen würde, an wen sie mich erinnert.

Ich habe zu viele Frauenkörper gesehen in all den Jahren. Die Gutaussehenden waren immer am leichtesten zu einem Geständnis zu bewegen. Diejenigen, die vom Messer am meisten zu befürchten hatten.

Ich bin ein Idiot. Ich habe in der falschen Vergangenheit gesucht. Es ist natürlich Maja, an die sie mich erinnert. Max. Sie war mit vielen Männern im Bett, und ich habe sie immer attraktiv gefunden. Vielleicht hatte Udo Herges doch recht mit seiner Theorie.

256

Ich sollte solche Sachen nicht denken. Das ziemt sich nicht für einen christlichen Jüngling. Immerhin habe ich einen Bibelkreis gegründet.

Um das Gelächter zu kaschieren, das diese Erinnerung in mir aufsteigen lässt, montiere ich schnell die Ohrstöpsel meines iPods. Falls jemand mein Grinsen bemerken sollte: Ich höre gerade etwas Lustiges.

Hahaha, wie Arno schreiben würde.

Gelegenheiten erkennen, wenn sie sich bieten, das war schon immer meine Stärke. Erkennen und ergreifen. Ein anderer hätte den Zeitungsartikel gar nicht zu Ende gelesen. Die evangelische Kirche, stand da, besitze eine Menge Immobilien und wisse wegen der schrumpfenden Mitgliederzahlen nicht mehr, was sie damit anfangen solle. Gerade sei wieder ein ganzes Wohnheim mangels Interessenten geschlossen worden. Ich las es und beschloss, der evangelischen Kirche ein bisschen auszuhelfen. In christlicher Nächstenliebe. Ich war schon lang auf der Suche nach einem diskreten Ort für meine Vorbereitungen. Ich brauchte ein Hauptquartier.

Damals hatte ich mir noch nicht diese unangenehme Frisur zugelegt. Es war deshalb kein Problem, mich dem Mann von der Kirchenverwaltung als braver Musterschüler zu präsentieren. Ich habe so fromm geredet wie Bählämmchen, und er hat es mir abgekauft. Die Leute hören, was sie hören wollen. Ich hätte da mit ein paar anderen jungen Leuten einen Bibelkreis gegründet, habe ich ihm erzählt. Jetzt suchten wir einen Ort, wo wir uns treffen könnten, um gemeinsam die Heilige Schrift zu lesen und darüber zu diskutieren. Ob sich nicht vielleicht in einem Gebäude der Kirche ein Raum finden ließe?

Er war ganz begeistert, der Herr Luther. Er hieß tatsächlich so, dieser Berufs-Evangele. War geradezu dankbar, dass ich mit meinem Anliegen zu ihm gekommen war. Er hatte es wohl sonst immer nur mit alten Leuten zu tun, die aus Angst vor dem Tod fromm geworden waren. Oder aus Langeweile. Es gebe da dieses Wohnheim, meinte er, sie hätten noch keine konkreten Pläne, wofür sie das Gebäude in Zukunft nutzen wollten, im Augenblick seien nur ein paar Büros drin. Dort könne er mir einen Raum im Untergeschoss anbieten, nicht luxuriös, aber geheizt. Stühle seien in den leeren Zimmern auch genügend vorhanden, wir sollten uns einfach bedienen. Wann wir denn jeweils kommen wollten? «Nach der Schule», sagte ich. «Oder abends.» Da wären wir dann allerdings allein im Haus, meinte Herr Luther, aber er würde mir einen Schlüssel geben.

Danke.

Wie viele wir wären, wollte er noch wissen. Ich machte ein betrübtes Gesicht und sagte: «Leider zu wenige.» Das hat ihn beeindruckt. Er hatte wohl dasselbe Problem. Die Miete, die er mir in Rechnung stellte, war symbolischer Natur. Mit ein bisschen Betteln hätte ich den Raum auch umsonst bekommen, aber so war es mir lieber. Solang jeden Monat pünktlich Geld eintrifft, gibt es keinen Grund zu Nachfragen.

Es lief alles so ab, wie ich es mir ausgerechnet hatte. Gründliche Vorbereitung zahlt sich immer aus.

Die Kirche war nett zu mir: In dem Raum stand bereits ein Bücherregal. Ich musste nur noch ein paar passende Bücher hineinstellen. Und ein paar unpassende, alles wild durcheinander. Schließlich waren wir Schüler und kannten uns nicht aus. Eine Biographie von Calvin war dabei. Die *Elberfelder Bibel-Konkordanz.* Aber auch Hape Kerkelings Bericht über seine Reise auf dem Jakobsweg. Und ein paar Bibeln, natürlich, verschiedene Übersetzungen. Ich bin sicher, Herr Luther war beeindruckt.

Natürlich wird er in dem Raum herumgestöbert haben. Man muss Spione nur etwas finden lassen, dann sind sie zufrieden. Nur wenn sie gar nichts entdecken, werden sie misstrauisch.

Von mir aus konnte er sich alles ansehen. Sollte er sogar. Nur der große Schrank, der auch schon von Anfang an dagestanden hatte, der ließ sich nicht öffnen. Irgendjemand musste den Schlüssel mitgenommen haben.

Und es war auch nicht mehr das originale Schloss. Aber das konnte Herr Luther nicht wissen.

In diesem Schrank trug ich in aller Ruhe die Dinge zusammen, die ich für meine nächste Existenz brauchen würde.

Vorbereitung ist alles.

Keine deplatzierten Sockenhalter. Ich habe mein neues Ich gründlicher studiert, als der Herr Professor es mit dem seinen tat.

Unterwäsche von Calvin Klein. Nicht diese Billigware, die Helene immer im Doppelpack für mich kauft. Markenhemden. Kaschmirpullover.

In dem Gepäck, das ich nach Ainburg vorausgeschickt habe, sind lauter teure Klamotten. Das Personal soll sich beim Auspacken schon mal ein Bild von mir machen. Zu viel Geld für sein Alter, sollen sie denken, aber Geschmack scheint er zu haben.

Die Kleider waren das Einfachste. Man kann in einen Laden gehen und sich besorgen, was man braucht. Über andere Dinge musste ich mehr nachdenken.

Bücher zum Beispiel. Was würde ein Vierzehnjähriger aufs Internat mitnehmen? Nach langem Nachdenken habe ein paar wenige Bände eingepackt, exakt an der Grenze zwischen kindlichem und erwachsenem Geschmack. Darunter der neue Houellebecq, ungelesen und immer noch in seiner Plastikhülle verschweißt. Typisch Teenager, sollen sie denken, nimmt sich große Dinge vor und geht sie dann nicht an.

Kilian möchte ein Intellektueller sein, stelle ich mir vor, er hat aber auch andere Interessen. Deshalb habe ich bei eBay ein signiertes Foto von Franck

Ribéry ersteigert. An einer Schule, wo es nur Jungs gibt, wird man sich für Fußball interessieren müssen.

Aber nur, wenn sich auch Felix dafür interessiert. Wenn er Fußball doof findet, werde ich sofort vergessen, was ein Offside ist.

258

Und dann natürlich die Dinge, die ich für mich selber brauche. Der Computer. Und vor allem: die Geige. Meine neue alte Geige.

Eine Aegidius Klotz, so wie die, die ich damals zurücklassen musste, konnte es nicht sein. Das sind Museumsstücke, und damit anzukommen wäre selbst für einen Sohn aus reichem Haus übertrieben gewesen. Es ist ja möglich, dass es in Ainburg einen Musiklehrer gibt, der von Instrumenten etwas versteht.

Aber eine Klotz wollte ich haben. Als kleinen Ausgleich dafür, dass ich meine erste nie spielen konnte.

Zum Glück hat sich die Tradition der Familie erhalten. Ich habe bei Bongartz telefonisch eine Violine von Franz Balthasar Klotz ersteigert. Um 1900 in Mittenwald gebaut. Man konnte sich ihren Klang auf der Webseite des Auktionators anhören, und ich habe mich sofort verliebt. Ein warmer Ton, aber doch männlich. Kraftvoll in allen Lagen. Ein Instrument mit Autorität.

Sie hat nicht die klobigen Formen der ganz alten Klotz-Geigen. Sie ist schlanker. Eleganter. Schon als ich sie zum ersten Mal in der Hand hatte, kam sie mir vertraut vor. So wie man sich mit einem Menschen, den man gerade erst kennengelernt hat, gleich wohlfühlen kann.

«Mondholz aus dem Karwendelgebirge» stand in den Begleitpapieren. Ich musste den Begriff erst googeln. Die Bäume werden im Winter bei abnehmendem Mond geschlagen, und man lässt die Äste bis zum Frühjahr am Stamm. Das soll besonders widerstandsfähiges Holz ergeben. Vielleicht ist das ein Aberglaube, aber ich übernehme ihn gern. Es ist eine besondere Geige.

Goldgelber, transparenter Lack mit einer wunderschönen Patina. Schon fast ein Museumsstück.

Ich weiß nicht, wer meine Klotz als Letzter besessen hat, ob er gestorben ist oder nur das Geld brauchte. Es kann nicht lang her sein, dass sie regelmäßig gespielt wurde. Ich musste sie nicht zuerst aufwecken. Von Anfang an ein kompletter, obertonreicher Klang. Schon als ich zum ersten Mal ganz vorsichtig die leere G-Saite strich, nur die G-Saite, spürte ich die Schwingungen in den Fingerspitzen, als ob mich dort jemand küssen würde. Mit ihrer Urgroßmutter – ich stelle mir gern vor, dass die beiden Geigen so miteinander verwandt sind wie ihre Erbauer – durfte ich das nie erleben. Manchmal habe ich schon fast vergessen, dass mir damals die linke Hand fehlte. Jetzt weiß ich es wieder.

Sobald sich die Gelegenheit dazu ergibt, muss ich mich auch auf die Suche nach einem anderen Bogen machen. Der solide Pfretzschner, den ich mir ebenfalls bei Bongartz gekauft habe, ist der Prinzessin nicht würdig, die in Ainburg auf mich wartet.

Einen anderen Geigenkasten braucht sie auch. Mit rotem Samt ausgeschlagen.

259

Sawatzki konnte nie verstehen, warum ich mich all die Jahre strikt geweigert habe, irgendetwas von Mozart zu spielen. Ich weiß nicht, was er sich für eine Erklärung zusammengereimt hat. Es ist mir auch egal.

Niemand kann wissen, was für eine ganz besondere Beziehung ich zu Mozart habe, warum ich mich ihm verwandt fühle. Ich vermute, dass es ihm genau gleich ergangen ist wie mir: Seine Erinnerungen wurden nicht gelöscht. Ihn hat das zum Genie gemacht, mich nur zum Gefangenen dieses Kinderkörpers. Aber ich kann nachfühlen, wie er gelitten haben muss, wenn ihm sein Vater ein buntes Jäckchen anzog und ihn an den Fürstenhöfen vorführte wie einen dressierten Affen. Schaut her, wie hübsch der Kleine Musik machen kann, wie ein richtiger Mensch! Es muss die Hölle für ihn gewesen sein.

Ich habe mir deshalb schon vor langer Zeit vorgenommen, erst dann Mozart zu spielen, wenn ich mich von diesen Zufallseltern befreit haben würde, zu denen es mich auf dieser Karussellrunde verschlagen hat. Seine Musik sollte meine Belohnung für die erfolgreiche Flucht sein. Man muss sich Ziele setzen.

Was ich dann spielen wollte, war von Anfang an klar. Köchelverzeichnis 481. Die Sonate in Es-Dur. Eigentlich viel zu schwer für mich, vor allem der schnelle erste Satz. Aber diese Musik hat für mich nun mal eine ganz besondere Bedeutung. Ich habe mir eine CD davon gekauft und mich beim

Anhören an diesen Pianisten erinnert, wie er seinen abgeschnittenen Finger anstarrte, der da vor ihm auf dem Tisch lag.

Solang ich noch bei Helene und Arno war, habe ich nur die Noten studiert. Bin im Kopf den Fingersatz durchgegangen. Ich habe Luftgeige gespielt, so wie man auf YouTube Leute sehen kann, die Luftgitarre spielen.

In dem leeren Wohnheim habe ich dann richtig geübt. Als Vorschuss auf die schon halb gewonnene Freiheit. Nie das ganze Stück, das habe ich mir nicht erlaubt. Nur immer einzelne Passagen.

Meine Klotz fühlt sich mit Mozart wohl. Auch wenn sich ihr Klang in dem kahlen Raum nicht richtig entfalten konnte. Es war kein würdiger Ort für sie. Als ob man einen Vogel in eine Schuhschachtel sperrte und ihn aufforderte zu fliegen.

Deshalb habe ich manchmal auch im Treppenhaus geübt. Immer nur abends, wenn ich sicher sein konnte, dass außer mir niemand mehr im Haus war. Kahle Wände und ein Linoleum-Fußboden sind kein Ersatz für einen Konzertsaal. Aber die Töne konnten sich doch aufschwingen. Konnten atmen.

Im zweiten Satz, da wo die Geigenstimme anfängt zu singen, hatte ich manchmal das Gefühl, dass Mozart mit mir zufrieden gewesen wäre.

Ich freue mich darauf, in Ainburg wieder richtig musizieren zu können. Im Prospekt steht, dass sie dort ein Schulorchester haben. Hoffentlich ist jemand dabei, der den Klavierpart übernehmen kann.

260

Aber noch fahre ich nicht nach Ainburg. Die nächsten drei Tage gehören meinem anderen Leben. Das ich exakt zurückverfolgt habe.

Der erste Laden 1948. Welper. Ein Ort, den es heute nicht mehr gibt. Gehört jetzt zu Hattingen. Ennepe-Ruhr-Kreis. Am Arsch der Welt. Aber für einen Anfang gut gewählt. Man muss dahin gehen, wo die Kunden sind. In Welper gab es die Heinrichshütte, und die florierte damals noch. Für den Wiederaufbau nach dem Krieg wurde viel Eisen gebraucht.

Eröffnet am 1. Juli. Ein logisches Datum. Ich habe die Währungsreform abgewartet. Vorher wäre jede Investition sinnlos gewesen. Man tauscht wertvolle Waren nicht gegen wertloses Geld. Außerdem musste man abwarten, bis sich der Jagdeifer der Besatzer abgekühlt hatte. Auf die Vergesslichkeit der Menschen ist zum Glück Verlass.

Der Laden existiert nicht mehr, nicht einmal als Museum. Es gibt nur dieses eine Foto davon, das aus der Jubiläumsbroschüre. Der Ladeneingang mit dem emaillierten Firmenschild. Inhaber: Damian Andersen. An der Adresse steht jetzt ein ganz anderes Gebäude. Ich habe es mir auf Street View angesehen. Es wären auch nicht mehr genügend Kunden da, seit die Heinrichshütte zugemacht hat. Man muss Veränderungen rechtzeitig voraussehen. Tempora mutantur.

Am Anfang nur ein ganz kleines Sortiment. So wie ich es geplant hatte. Milch, Butter, Käse. Mehl, Zucker, Salz. Was man jeden Tag so braucht. Immer einen Pfennig oder zwei billiger als die Konkurrenz. Von Anfang an das Prinzip: Lieber am Einzelnen weniger verdienen und dafür mehr Kunden gewinnen.

Die erste Filiale bereits ein Jahr später. Mein Hauptproblem wird es gewesen sein zu erklären, woher ich das Geld für all die Neueröffnungen hatte. Ich weiß nicht, wie ich das hingekriegt habe, aber ich scheine einen Weg gefunden zu haben. Es war wohl auch eine Zeit, in der man es vorzog, nicht zu viele Fragen zu stellen.

Die ersten Läden noch alle im Ruhrpott. Ich habe einen Zeitungsbericht über die Eröffnung des zwanzigsten gefunden. Essen Nordviertel. Ich selber nicht anwesend. Der Journalist schrieb vom «geheimnisvollen Herrn Andersen». Später kam dann das Gerücht auf, ich sei wegen meiner fehlenden Hand öffentlichkeitsscheu. Hätte das Trauma einer Kriegsverletzung nie überwunden. Ich kann mir nicht sicher sein, aber ich vermute, ich habe das Gerücht selber in die Welt gesetzt. Damit niemand auf den Gedanken kam, es könnte einen andern Grund geben, warum ich mein Gesicht nicht gern öffentlich zeigte.

1953 die erste Filiale außerhalb von Nordrhein-Westfalen. Zwei Jahre später die Einführung der einheitlichen Ladenfassaden mit dem Pfeil über der Eingangstür. Zu einer Zeit, als sich noch nicht jeder Schneider und Schuster ein Logo entwerfen ließ. «Ein werbetechnischer Geniestreich» stand in einem Artikel. Ich nehme gern an, dass es mein eigener Einfall war.

Ich bin sicher, dass es mein Einfall war.

Eine Schaffnerin hält mir ein Körbchen mit Gummibärchen hin. Sehe ich doch zu jung aus? Nein, sie bietet allen Fahrgästen welche an.

Eine seltsame Marketingidee. Bei der Firma Andersen wird es einen solchen Unfug nie gegeben haben.

In der Firmengeschichte kenne ich mich aus. Von der privaten weiß ich trotz ausführlicher Recherchen noch immer viel zu wenig. Es gab nicht eine einzige Homestory über mich, ich werde das verhindert haben. Nur die Eckdaten sind bekannt.

1957: Hochzeit mit Nathalie Blanck.

Es ist mir nicht gelungen, meine Eheschließung ganz ohne Öffentlichkeit über die Bühne gehen zu lassen. Dafür war ich wohl damals schon zu erfolgreich. Aber immerhin gab es von der Zeremonie keine Bilder. Nur die Nachricht machte die Runde durch die Presse. Sogar im *Handelsblatt* erschien ein Artikel. «Andersen und Blanck – auch eine geschäftliche Fusion?» Die Blancks waren ein Bierbrauer-Clan mit einer ganzen Reihe von Betrieben. Die Vermögen werden zusammengepasst haben.

Mit Liebe hatte das Ganze nichts zu tun, davon bin ich überzeugt. Bestimmt nicht von meiner Seite. Nicht bei dem Altersunterschied. Nach meiner offiziellen Biographie war ich damals vierundfünfzig Jahre alt. In Wirklichkeit schon neunundfünfzig. Spät für eine Eheschließung. Es ging mir wohl darum, noch einen Erben zu produzieren. Dazu sind keine Gefühle notwendig. Ich war schon immer ein praktischer Mensch.

Von der Frau, mit der ich verheiratet war, habe ich mir ein Foto aus dem Internet heruntergeladen und ausgedruckt. Der Print liegt zwischen den Seiten meines Buches.

Eine Frau, die man nie kennengelernt hat und mit der man doch etliche Jahre verheiratet war. Der Gedanke kann einen schwindlig machen.

Sie ist nicht mein Typ. Das Gesicht zu gewöhnlich, zu knochig. In meiner Soldatenzeit machte der Spruch die Runde: «Frauen sind entweder Pferde oder Katzen.» Sie ist ein Pferd.

Vom Aussehen her uninteressant. Ohne Ausstrahlung. Passt in eine Kleinbürgerwohnung, aber nicht in eine Villa. Das Bild, das ich gefunden habe, stammt von der Spendengala einer wohltätigen Organisation. Kinder mit seltenen Krankheiten. Das war wohl ihre Art, sich die Zeit zu vertreiben. Sie ist die Schirmherrin des Anlasses, aber man sieht ihr an, dass sie sich nicht wohlfühlt in ihrem Abendkleid. Versucht, für die Fotografen zu lächeln, und wirkt nur verlegen. Unsicher.

Ein unterwürfiger Charakter, so würde ich sie einordnen. Darum wird sie mich, der ich knappe dreißig Jahre älter war, wohl auch genommen haben. Vielleicht war sie die Unverheiratbare ihrer Familie, und andere haben für sie entschieden.

Sie ist dann jung gestorben, Jahre vor mir. Ich nehme nicht an, dass sie mir gefehlt hat. Den Erben hatte sie ja geliefert.

Auch wenn er sich als Enttäuschung entpuppt hat.

262

Cosmas bewohnt immer noch die Villa, die ich für mich habe bauen lassen und in der ich bis zu meinem Tod gelebt habe, aber er hält sich dort nicht oft auf. Wie viele langweilige Menschen twittert er gern über sich, und so lässt sich leicht verfolgen, wo er sich gerade aufhält. Zurzeit ist er in Paris. Dort wird ein neuer Konzertsaal eröffnet, und wenn man dazugehören will, muss man dabei sein.

Die Villa interessiert mich. Zumindest von außen will ich sie mir ansehen. Hineinzukommen wird kaum möglich sein, oder nur mit viel Glück. Es ist eine diskrete und gutbewachte Gegend, dort unten am Starnberger See. Nun ja. Ich werde mir die Situation vor Ort ansehen und feststellen, was sich machen lässt.

Natürlich wird es nützlich sein zu wissen, wo Felix aufgewachsen ist. Aber das ist nicht der wirkliche Grund für diese Reise. Es war einmal mein Haus, und wer hat schon die Gelegenheit, die eigene Vergangenheit zu besuchen?

Die nächsten drei Tage gönne ich meiner Neugierde.

Es gibt dort nicht nur die Villa. Da ist noch etwas anderes. Etwas, auf das ich noch viel mehr gespannt bin. Im Wikipedia-Eintrag von Damian Andersen steht auch, wo er begraben wurde. Ich will den Ort besuchen, an dem die letzte Runde des Karussells zu Ende ging, bevor dreißig Jahre später die nächste begann.

Ob ich dort etwas Besonderes empfinden werde?

Bählämmchen brachte einmal eine Reliquie in den Unterricht mit, einen kleinen Knochensplitter, den er so effekthascherisch aus einer Schatulle holte, wie es ein Zauberkünstler mit einer verschwundenen und wiederaufgetauchten Spielkarte tut. Auch wenn ich damals noch ein Kind war und entsprechend leicht zu beeindrucken, konnte ich bei allem Brimborium nichts Verehrungswürdiges daran erkennen. Es war ein Stückchen Knochen, sonst nichts. Wenn meine Mutter am Sonntag die ausgekochten Reste des Suppenhuhns aus dem Topf fischte, sahen die auch nicht anders aus.

Ich kann mich nicht mehr erinnern, zu welchem Heiligen das gute Stück gehörte. Aber ich weiß noch, wie uns Bählämmchen die Herkunft des Wortes erklärte. Reliquie, vom lateinischen relinquere, zurücklassen. Das Zurückgelassene. Der Überrest.

Ich werde meine eigenen Überreste besuchen. Vielleicht sind sie ja wundertätig. Schließlich war der heilige Damian ein Märtyrer.

Ich bin eingeschlafen und wieder aufgewacht. Die Frau, die mir so gut gefallen hat, ist nicht mehr da.

Noch eine knappe Stunde. Dann sind wir in München-Pasing, und ich kann in die S-Bahn nach Starnberg umsteigen.

Morgen gehe ich mich besuchen.

263

Eine ärgerliche Panne. Durch eigene Schuld. So etwas darf mir nicht noch einmal passieren. Der Zwischenfall muss keine Folgen haben, aber er macht mich nervös. Ich mag es nicht, wenn die Dinge nicht nach Plan laufen. Fehler kann ich mir nicht leisten. Helene und Arno werden alles in Bewegung gesetzt haben, um mich zu finden.

Es war nur eine Kleinigkeit, aber aus Kleinigkeiten dreht man Stricke. Ich hatte das Zimmer in Starnberg zwei Wochen im Voraus reserviert. Dieser Teil war richtig. Unangemeldete Gäste fallen mehr auf. Aber es war falsch, ein kleines Hotel auszusuchen. Natürlich, man begegnet dort weniger Leuten. Aber dafür findet der Einzelne mehr Beachtung.

Der Mann am Empfang wollte unbedingt meinen Personalausweis sehen. Ich war – fälschlicherweise, wie sich zeigte – davon ausgegangen, dass diese Art von Kontrolle abgeschafft sei. Habe es nicht überprüft. Schlampig.

Ich besitze keinen Personalausweis. Nicht in der Form eines Dokuments, das man in die Hand nehmen kann.

Ich habe ihm meine Visa-Karte angeboten, auf der ja auch «Kilian von Lauken» steht, aber das reichte ihm nicht. Er war ein sturer alter Knacker und bestand auf seinen altmodischen Regeln. Oder, was noch schlimmer wäre, er hatte – vielleicht an der Stimme – mein wirkliches Alter erkannt, das wirkliche Alter dieses Körpers. Wollte keine Schwierigkeiten bekommen, von wegen unkontrollierter Beherbergung von Minderjährigen.

Ich musste improvisieren, was ich ungern tue. Wenn man Situationen nicht vorausbedacht hat, gerät man leicht in Gefahr, sich in Widersprüche zu verwickeln. Ich kenne das aus vielen Vernehmungen.

Auf die Schnelle fiel mir nichts Besseres ein, als ihm zu erzählen, der Ausweis stecke in meinem andern Koffer, den ich in einem Schließfach am Bahnhof deponiert habe. Aber es sei ja nicht weit bis zum Bahnhof, ich würde den Ausweis schnell holen und sei in einer Viertelstunde zurück.

Ich weiß nicht, wie lang er noch auf mich gewartet hat.

Wenn ich Glück habe, hat er den Vorfall bereits wieder vergessen. Aber er hat einen langweiligen Job, und wenn man sich langweilt, prägen sich Ereignisse stärker ein. Vielleicht findet er die Geschichte interessant, ein junger Mann ohne Ausweis, der sich ein Zimmer reserviert und es dann nicht bezieht. Vielleicht erzählt er Kollegen davon, und vielleicht …

Es hat keinen Sinn, dass ich mir Gedanken darüber mache. Es lässt sich nicht mehr ändern. Aber ich habe eine Spur hinterlassen, und das ärgert mich. Zwölf Jahre hatte ich Zeit, mir meinen Plan zu machen, und dann gleich am Anfang so ein idiotischer Fehler. Ich könnte mich ohrfeigen.

Im *Vier Jahreszeiten* hat die Kreditkarte als Identifikation ausgereicht. Sie haben über hundert Zimmer, da fällt der einzelne Gast nicht auf.

264

Ich habe ein Fahrrad gemietet und bin unterwegs zum Friedhof. Für gewöhnlich ist das kein Ort, wo ich gern hingehe, aber heute freue ich mich darauf. So wie man sich darauf freut, auf dem Herbstmarkt in die Achterbahn mit den Loopings einzusteigen. Die kleine Prise Angst macht die Vorfreude erst reizvoll.

Selbst auf Google Maps war der Friedhof nur mit Mühe zu finden, so klein ist er. Aber es ist bestimmt der richtige. In Wikipedia steht: «Wurde in seiner Wohngemeinde begraben.»

Damals, in der Stadt, in der ich aufwuchs, war der Friedhof ein düsteres, bedrohliches Gelände. Wenn ich mich an ihn erinnere, ist in meiner Vorstellung immer Nacht, und das schwere Gittertor ist geschlossen. Zwischen den Stäben stand in großen Buchstaben, ebenfalls aus dunklem Metall: MEMENTO MORI. Vor dem ersten Lateinunterricht hielten wir das für einen Zauberspruch. Wenn man ihn bei Vollmond dreimal rückwärts aufsagte, so wurde das Geheimnis von Klasse zu Klasse weitergegeben, immer von denen, die es schon besser wussten, an die, die es noch nicht wissen konnten, dann stiegen die Toten aus ihren Gräbern und wurden wieder lebendig. IROM OTNEMEM. Ich glaube nicht, dass es jemals jemand ausprobiert hat. So ein auferstandener Toter, wurde gemunkelt, braucht als Erstes frisches Blut und beißt dem, der ihn geweckt hat, die Kehle durch.

Unter uns Schülern gab es eine Mutprobe, die jeder zu bestehen hatte, wenn er nicht als Feigling abgestempelt werden wollte. Man musste abwarten, bis das Tor abends geschlossen wurde, und dann in der Dunkelheit über die Friedhofsmauer klettern. Zum Beweis der Heldentat hatte man eine Trophäe mitzubringen, die Schleife von einem Totenkranz oder etwas in der Art. Holger Piesker brach bei seiner Expedition den angerosteten Arm eines Grabkreuzes ab und hatte hinterher ein so schlechtes Gewissen, dass er zur Beichte ging, obwohl er gar nicht katholisch war.

Auch ich habe die Mutprobe bestanden. Ich muss damals sieben gewesen sein oder acht. Ich weiß noch, dass ich versuchte, nicht auf den Boden zu schauen, und deshalb über ein Hindernis stolperte. Ich kann den Schreck heute noch spüren. Es war wohl nur der Rand einer Grabplatte gewesen, aber ich war fest davon überzeugt, eine Hand sei aus dem Boden gekommen und habe versucht, mich festzuhalten. Das kam von den phantasievollen Drohungen, die meine Mutter für erzieherisch hielt. «Wenn du etwas stiehlst, wächst dir später die Hand aus dem Grab. Wenn du lügst: die Zunge.»

Auch als Erwachsener bin ich nie gern an Gräber gegangen. Im Militär musste ich mir zu oft ansehen, wie Kameraden verscharrt wurden. Im Beruf war es dann besser, da konnte ich diese Aufgabe delegieren. Außerdem hat man die Leute ja nicht näher gekannt.

In diesem Leben war ich nur einmal auf einem Friedhof: Nach der Sache mit Oma, als Arno so hysterisch geschluchzt hat. Im Allgemeinen ist er ein vernünftiger Mensch, aber damals wollte er einfach nicht einsehen, dass es so für alle besser war.

Laut dem GPS auf meinem Handy muss ich bald dort sein.

Viele Blumen, ordentlich gruppiert. Alles, was verblüht ist, abgeschnitten und weggeschafft. Nirgends Unkraut. Ein alter Friedhofsgärtner schnipselt so sorgfältig an einem Strauch herum, als ob hier nächstens die Bundesgartenschau stattfände.

Alles ist aufgeräumt. Das passt zu dieser Gegend. Die Häuser, an denen ich auf dem Weg vorbeikam, waren auch alle sauber verputzt. Unter den Giebeln Sinnsprüche in kunstvoll verschnörkelten Lettern. Mach es wie die Sonnenuhr, zähl die heitern Stunden nur.

Und was fängt man in den dunkeln Stunden an?

Ein paar wenige Grabsteine, sonst mehrheitlich Kreuze aus Metall. Immer wieder dieselben Namen. Das werden die Einheimischen sein. Mich interessieren die Zugezogenen.

Ein Zugezogener.

Irgendwo hier muss ich liegen. Muss das liegen, was von mir übrig geblieben ist. Ich habe mich nicht kremieren lassen, da bin ich ganz sicher. Der Geruch verbrannter Körper war mir immer ekelhaft.

Das älteste Grab mit dem Sterbedatum 1954. Nun ja, der Ort ist klein, und sie werden nicht jede Woche eine Bestattung haben. Vielleicht nicht einmal jeden Monat. Kein Grund also, die Grabstellen nach ein paar Jahren wieder aufzuheben.

Vielleicht ist es auch eine Frage des Geldes. Der Tote darf in seinem Grab bleiben, solang die Nachkommen dafür bezahlen. Hat sicher auch mit Status zu tun, mit der Stellung im Dorf. Wir können es uns leisten, Opa noch liegen zu lassen.

Oft sind ganze Familien beisammen. Ehepaare. Vater und Sohn. Haben sich vielleicht ihr Leben lang nicht verstanden und verbringen jetzt gemeinsam die Ewigkeit. Die keine Ewigkeit ist. Aber das können sie nicht wissen.

Nicht einmal dreißig Jahre waren es bei mir.

Ob sie mich neben meine Frau gelegt haben? Unwahrscheinlich. Man hätte sie dazu umbetten müssen. Als sie gestorben ist, wohnte ich noch nicht hier.

Ich hatte erwartet, dass mein Grab leicht zu finden sein würde. Hatte mir etwas Imposantes vorgestellt, größer als die andern Steine.

Nichts. Ich bin die Reihen schon zweimal abgegangen, und: nichts.

Ich kann mich nicht finden.

Damals hatten wir gute Gründe, Gräber verschwinden zu lassen. Aber doch nicht heute. Doch nicht meines.

Als mir mein Vater den Roten Adlerorden weggenommen hat, habe ich dieselbe Enttäuschung empfunden. Ich merke erst jetzt, wie sehr ich mich darauf gefreut habe, auf meinem eigenen Grab zu stehen. Es wäre etwas Besonderes gewesen.

Ohne Grab ist man nur noch ein Name in einem Geschichtsbuch. Nicht einmal das.

Ich spüre, dass ich Tränen in den Augen habe. Warum tröstet es mich nicht, dass ich wieder am Leben bin?

266

Vielleicht hat der alte Mann mein betrübtes Gesicht gesehen und wollte mich aufmuntern. Oder er quatscht einfach gern. Er wird viel allein sein.

Er ist nicht der Friedhofsgärtner, auch wenn er sich für Gartenarbeit ausstaffiert hat. Sogar mit Gummistiefeln, obwohl es doch ein sonniger Tag ist. Plötzlich stand er neben mir und sprach mich an. «Schön ist es hier», sagte er, «findest du nicht auch?»

Ich bestätigte ihm, dass ich es auch sehr schön fände.

«Und so friedlich. Es ist kein Zufall, dass der Friedhof Friedhof heißt. Hast du dir das schon einmal überlegt?»

Er duzte mich, was mich im ersten Moment irritierte. Auch in lockerer Kleidung muss ich älter aussehen als meine zwölf Jahre. Aber es steckte wohl keine bewusste Überlegung dahinter. Aus der Perspektive seines Alters werden ihm alle Menschen sehr jung vorkommen.

«Ich komme fast jeden Tag hierher», erzählte er mir in seniler Geschwätzigkeit. «Obwohl ich hier gar niemanden liegen habe. Die frische Luft tut mir gut. Und ich kümmere mich ein bisschen um die Gräber. Ich kenne die meisten Leute hier und weiß, wer keine Zeit dafür hat. Dich habe ich hier noch nie gesehen. Zu welchem Grab gehörst du?»

Eine interessante Art, die Frage zu stellen.

Ich war auf solche Erkundigungen vorbereitet und hatte die Antwort parat. Ich hätte in Wirtschaftskunde über die Firma Andersen zu schreiben, als Beispiel für eine erfolgreiche Firmengründung, und da ich gerade in der Gegend Verwandte besuche, sei ich auf die Idee gekommen, meine Arbeit mit einem Bild vom Grab des Gründers zu illustrieren. Ich hätte es aber bisher noch nicht gefunden. Ob er mir weiterhelfen könne?

«Der Andersen ist nicht hier», sagte der alte Mann und wirkte so beleidigt, als ob man ihm damit ein besonders schönes Spielzeug weggenommen hätte. «Obwohl das doch eigentlich verboten ist.»

Auch wenn es in keinem der Artikel über mich erwähnt wird, habe ich keinen Grund, an dem zu zweifeln, was er mir dann erzählte. Man hat mich nicht hier auf dem Friedhof bestattet, sondern auf dem eigenen Grundstück. «Gegen alle Vorschriften», schimpfte der Mann. «Aber mit genügend Geld kann man eben alles durchsetzen.»

Ich bin auf dem Weg zum Friedhof an dem Grundstück, an meinem Grundstück, vorbeigefahren. Hohe Hecken und ein massives Tor. Überwachungskameras. Irgendwie muss ich es schaffen, dort hineinzukommen. Zu meinem Grab.

Cosmas' Abwesenheit wird die Aufgabe nicht leichter machen. Aber damals, als ich als kleiner Junge nachts über die Mauer klettern musste, habe ich es auch geschafft.

Diesmal werde ich mich nicht gruseln.

IROM OTNEMEM.

267

Ein Messer wäre geeigneter. Mit Messern kenne ich mich aus. Nun ja. Es wird auch mit der Rasierklinge funktionieren.

Man muss den Schnitt, ohne zu zögern, ansetzen, so wie die japanischen Maler mit dem Pinsel eine Linie ziehen. Ich habe mir das immer zum Vorbild genommen. Die Perfektion der Leichtigkeit.

Oft genügte schon ein einziger Schnitt. Ich habe meist im Bereich der Haare begonnen, da, wo man noch keine sichtbaren Spuren hinterlässt. Dafür das Versprechen von Narben, die bei verweigerter Mitarbeit folgen könnten.

Es sind nicht die Dinge selbst, die uns ängstigen.

Tiefer als fünf Millimeter muss der Schnitt nicht sein. Das hat mir damals der Onkel Doktor erklärt. Die Kopfschwarte ist gut durchblutet. Oft waren sie überrascht, wie leicht der Schmerz zu ertragen war. Hielten sich schon für Helden. Wenig später änderten sie dann ihre Meinung. Wenn ihnen das Blut in die Augen lief, und sie konnten es nicht wegwischen. Weil ihre Hände ja gefesselt waren.

Das Fahrrad habe ich so hingelegt, wie es bei einem Sturz hingefallen sein könnte. Das Schutzblech des Vorderrads verbogen.

Dann der Schnitt. Die Rasierklinge mit dem richtigen Druck geführt. Fünf Millimeter tief, fünf Zentimeter lang.

Es tut tatsächlich nicht weh. Nicht sehr. Ich warte, bis das Blut richtig fließt und lasse dann die Klinge in der Hecke verschwinden. Klingle.

Warte.

Die Frauenstimme aus der Gegensprechanlage klingt abweisend. Ihr Ton macht deutlich, dass Besucher hier nicht willkommen sind, unangemeldete schon gar nicht. Ich stammle etwas von einem Unfall und bitte um Hilfe. «Schmerzen», sage ich. Und: «So viel Blut.» Meine zu hohe Stimme erweist sich ungeplant als zusätzlicher Vorteil. Sie klingt überzeugend kraftlos.

Das Tor fährt zur Seite, aber ich gehe nicht hinein. Lasse mich auf die Knie fallen, als ob die Kräfte mich verlassen hätten. Lege den Kopf in den Nacken, damit das Blut nicht ungenutzt auf den Boden tropft, sondern sich effektvoll auf meinem Gesicht verteilt.

Die Frau spricht nicht sehr gut Deutsch. Wenn ich die Melodie richtig deute, kommt sie aus Tschechien. Sie stellt nicht viele Fragen. Das Bild, das sich ihr bietet, ist deutlich genug. «Können gehen?», fragt sie.

Ich nicke und versuche aufzustehen. Verliere das Gleichgewicht, so dass sie mich festhalten muss. Stütze mich auf ihre Schulter und lasse mich zur Villa führen.

Zu meiner Villa.

268

Ein Kiesweg. Eine Seitentür.

Ein kahler Raum, der nach Sauberkeit riecht. Wäscheleinen mit Klammern. Ein Wasserabfluss im Boden. Sie dreht einen Wäschekorb um und schiebt ihn mir hin. Ich setze mich. «Geht?», fragt sie.

«Geht», sage ich.

Sie zögert, bevor sie hinausgeht. Wohl um Verbandszeug zu holen.

Zwei kleine Fenster. Vergittert. Kunstvoll verdrehtes Eisen. Die Fassade soll auch von außen gut aussehen. Der Blick geht auf ein Beet mit Gewürzen. Dahinter Thuja. Sonst ist vom Park nichts zu sehen.

Ich würde gern länger hinausschauen, aber ich kann nicht wissen, wie lang sie brauchen wird. Setze mich wieder auf meinen Korb. Lasse das Blut auf den Steinboden tropfen. Als sie zurückkommt, blicke ich nicht auf.

Sie hat auch an eine Schüssel mit Wasser und an einen Schwamm gedacht.

Das Wasser, mit dem sie mir das Gesicht wäscht, riecht nach Kamille. Eine Frau, die es gewohnt ist, für andere den Dreck wegzumachen. Auch beim Anlegen des Verbands erweist sie sich als geschickt.

«Sind Sie Schwindel?», fragt sie. Ich muss mir Mühe geben, über die Formulierung nicht zu lachen. Ja, ich bin Schwindel.

«Nein», sage ich, «mir ist nicht schwindlig.» Noch nicht. Die Möglichkeit spare ich mir für später auf.

«Ich kann Krankenwagen rufen», bietet sie an.

Vielen Dank, aber das ist nicht notwendig. Wirklich nicht. Wenn ich nur noch ein bisschen sitzen bleiben dürfte?

Ich darf. Natürlich. Wer würde mir in dieser Situation die Bitte abschlagen?

«Durst?»

Warum nicht? Ich nicke.

«Bringe Wasser.» Die Tür, durch die sie hinausgeht, wird zu den Wirtschaftsräumen führen. Vielleicht zur Küche. Und von dort …

Geduld.

Erst mal bleibe ich sitzen, den Kopf in beide Hände gestützt. Ich bin schließlich vom Fahrrad gefallen und muss erst wieder zu mir kommen. Starre die Blutflecken auf dem Steinboden an.

Sie bringt das Wasser auf einem Silbertablett. Das ist hier wohl so üblich. Ich bin sicher, dass das erst Cosmas eingeführt hat. Ich hatte für solchen Schnickschnack nie etwas übrig.

Ich trinke das Glas auf einen Zug leer und bitte mit schwacher Stimme um mehr.

«Geht?», fragt sie.

Ja, geht. Alles so, wie ich es geplant habe.

269

Außer ihr ist hier niemand, das ist offensichtlich. Sonst hätte sie ihn zu Hilfe geholt. Sie ist wahrscheinlich die Besorgerin, muss alles in Schuss halten, bis der Hausherr zurückkommt. Sie fühlt sich nicht wohl mit meiner Anwesenheit. Nicht dass sie Angst hätte, dazu sehe ich zu mitleiderregend aus. Aber sie weiß nicht, wie sie sich verhalten soll. Wird strikte Anweisung haben, für niemanden die Tür zu öffnen. Andererseits kann man einen Schwerverletzten nicht einfach auf der Straße liegen lassen.

In solchen Situationen sind die Leute dankbar, wenn man ihnen klare Anweisungen gibt. Die meisten Menschen ziehen es vor, Befehle zu bekommen.

«Ich brauche Ruhe», sage ich, als sie mit dem Wasser zurückkommt. Ein ganzer Krug, ohne Silbertablett. «Eine Viertelstunde vielleicht. Eine halbe. Keine Störung, dann wird es schon wieder gehen.»

«Wirklich kein Doktor?», fragt sie noch.

Nein, wirklich nicht.

Den Inhalt des Kruges kippe ich sorgfältig in den Abfluss. Keine Wasserspuren auf dem Boden. Es muss aussehen, als ob ich alles getrunken hätte und darum dringend ein Klo brauchte. Das ist meine Ausrede, um das Haus ein bisschen zu erkunden.

Mein Haus.

Der für das Personal bestimmte Teil des Gebäudes ist fast völlig schmucklos. Nicht ärmlich, aber wie in einer Fabrik. Unpersönlich.

An einer Wand ein Andersen-Kalender, so wie er in den Filialen zu Weihnachten verteilt wird. Für jeden Monat ein anderes Ich-bin-Bild. Ich bin Andersen. Ich bin Andersen. Ich bin Andersen.

Mein Foto ist nicht dabei.

Die Küche riesig. Manchmal, habe ich gelesen, mietet Cosmas einen Sternekoch und veranstaltet ein großes Dinner. Die Gästeliste jedes Mal mit Prominenten gespickt. Trotz seiner Eitelkeit sind Journalisten und Fotografen dabei ausnahmsweise nicht zugelassen. Ich vermute, dass das eine PR-Strategie ist. Das Verborgene ist immer das Interessante. Manche Leute, hört man, würden viel dafür bezahlen, auch einmal auf seiner Gästeliste zu stehen. Ich würde keinen Cent für so eine Einladung ausgeben. Mein Sohn ist kein interessanter Mensch.

Aufgeblasen und eitel.

Der Kühlschrank fast leer. Milch. Margarine. Scheibenkäse. Wenn das die Vorräte der Hausbesorgerin sind, ist sie mir sympathisch.

Von ihr selber keine Spur.

Auf der Anrichte schwimmt eine einzelne Rosenblüte in einem Wasserglas.

Die Küche wie eine Schleuse von der Kargheit in den Luxus.

In den Protz.

Im Gang, der zu den Wohnräumen führt, hat Cosmas Bilder von sich selber aufgehängt. Gerahmte Vergrößerungen. Die meisten der Fotos kenne ich bereits aus dem Internet. Cosmas neben der Kanzlerin. Mit Mick Jagger. Am Steuer seines Rennwagens. Als ob er sich pausenlos die eigene Wichtigkeit bestätigen müsste.

Er enttäuscht mich immer mehr.

Ich entdecke ein Klo und schließe die Tür gleich wieder. Ich bin schließlich nur im Haus unterwegs, weil ich es nicht gefunden habe.

Ein Badezimmer. Die Wasserhähne vergoldet.

«Der Einzige, der aufschneiden darf, ist der Fleischer mit der Wurst», pflegte meine Mutter zu sagen.

Ich kann mir nicht vorstellen, dass ich es war, der das Haus so hat einrichten lassen. Ich kann nie so viel Geld gehabt haben, dass ich Marmorfußböden nicht für Verschwendung gehalten hätte.

Schade, dass ich schon tot bin. Ich würde ihn gern enterben.

Ich gehe durch mehrere Zimmer und finde nirgends etwas, das mich an mich selber erinnert. Obwohl er doch verreist ist, stehen überall opulente Blumenarrangements. Alles perfekt und alles künstlich. Als Cosmas das Haus geerbt hat, wird er sich wohl einen teuren Innenarchitekten geholt und ihm freie Hand gegeben haben. «Geld spielt keine Rolle», wird er gesagt haben.

Ich hätte so nicht gewohnt.

Die Bilder an den Wänden an Auktionen zusammengekauft. Sehen aus, wie solche Gemälde eben aussehen. Nur ein Landschaftsbild gefällt mir. Es erinnert mich an das Gespräch, das ich damals mit angehört habe. Der Unterschied zwischen Monet und Manet.

Oma war eine originelle Frau. Ich habe sie wirklich gemocht. Schade, dass sie angefangen hat, mich zu erkennen.

Das japanische Rollbild, das in der Broschüre hinter meinem Schreibtisch hing, kann ich nirgends entdecken.

Es hat keinen Sinn, dass ich mich hier länger aufhalte. Ich habe in diesen Räumen nichts verloren. Ganz wörtlich: Ich kann hier nichts von mir finden.

Der Salon hat eine breite Fensterfront zu einer Veranda und zum Park. Wenn mich die Hausbesorgerin dort antreffen sollte, kann ich sagen, dass ich frische Luft brauchte. Nach Unfällen mit Kopfverletzungen ist Übelkeit eine natürliche Folge.

Das Wetter ist immer noch heiß, und eine Glastür nach außen steht offen.

Ich mache mich auf die Suche nach meinem Grab.

271

Der Park ist nicht riesig, aber auch nicht klein. Groß genug, dass man sich darin verlaufen kann. Klein genug, dass man immer einen Weg findet.

Ich fühle mich wohl hier.

Es riecht nach frischgeschnittenem Gras, ohne dass die Gärtner unordentliche Spuren ihrer Arbeit hinterlassen hätten. Gute Leute. Vielleicht befolgen sie immer noch meine eigenen Anweisungen. Ich glaube nicht, dass sich hier viel verändert hat seit meiner Zeit. Für diesen Teil seines Erbes scheint sich Cosmas nicht zu interessieren. Er hat keine Blumenbeete angepflanzt. Keine Plastiken aufgestellt. Nichts in der Art.

Alles ist offen und zugänglich. Und doch so angelegt, dass niemand von außen eindringen kann.

Sicher.

Als sie mir damals diesen Orden verliehen, den ich nie öffentlich tragen durfte, stand in der Urkunde: «Für rastloses Bemühen.» Dabei ist Rastlosigkeit keine Eigenschaft, für die man eine Auszeichnung bekommen sollte. Für das Gegenteil ja. Das ist viel schwerer zu erreichen. Ich habe mir immer einen Ort gewünscht, an dem man zur Ruhe kommen kann. Keine Geheimnisse, die aufgedeckt werden müssen. Keine Überraschungen.

Die Wege kommen mir bekannt vor, obwohl ich zum ersten Mal hier bin. Zum ersten Mal, seit ich gestorben bin.

Hier gehöre ich hin.

Ich kann verstehen, dass ich hier begraben sein wollte.

Einzelne Bäume, Sträucher. Nur scheinbar zufällig in die Landschaft gesetzt. So muss es sein: Nach einem strengen Plan vorgehen, aber so, dass niemand den Plan bemerkt. Hinter seinem Werk verschwinden. Unsichtbar werden.

Auf dem Pfad knirschen die Kieselsteine unter den Sohlen. Ein Schritt zur Seite, und schon bin ich lautlos.

Eine einzige Wiese ist eingezäunt. Auch sie frisch gemäht. Eine Koppel für Pferde?

Oder …?

Natürlich. Kühe. Ich werde mir Kühe gehalten haben, um sie ab und zu selber zu melken. Eine passende Liebhaberei für jemanden, der mit einem Geschäft für Milch und Butter angefangen hat.

Sie riechen so ehrlich, wenn man den Kopf an ihre Flanke lehnt.

Nach meinem Tod wird man sie verkauft haben. Zum Schlachthof gekarrt. Hingerichtet.

Nun ja.

Kollateralschaden ist ein praktisches Wort.

Und mich hat man begraben. Aber wo?

272

Ich könnte den Park absuchen. Er ist nicht so riesig, dass das nicht innert nützlicher Frist zu schaffen wäre. Könnte ihn in Planquadrate einteilen und eines nach dem anderen abschreiten. Aber so würde ein Fremder vorgehen. Jemand, der sich seine Grabstelle nicht selber ausgesucht hat.

In mir muss ich den Ort finden.

Ich liege nicht zwischen Hecken verschanzt, da bin ich mir sicher. Ich habe zu viel Zeit in Gefängniszellen verbringen müssen.

Aber ich werde das Grab auch nicht ausgestellt haben. Im Hintergrund habe ich mich immer am wohlsten gefühlt.

Bählämmchen hat uns einmal eine Schautafel mit verschiedenen Grabtypen gezeigt. Die ägyptischen Königsgräber. Der Taj Mahal. Die Gruft einer Klosterkirche mit Stapeln von Totenköpfen. Und so weiter. Die Menschen haben vieles versucht, um nach dem Sterben weiterzuleben. Wollen nicht vergessen werden und wissen nicht, dass es nur darum geht, selber zu vergessen.

Meine Klassenkameraden waren von den Hünengräbern begeistert. Schwere Felsbrocken, die jeden, der darunter begraben wurde, zum Helden machen. Ich habe so getan, als ob ich ihnen zustimmte, aber mir gefielen die unauffälligen Hügelgräber viel besser. Die sich so selbstverständlich in die Landschaft einfügen, dass man sie vor der Nase haben kann und trotzdem nicht bemerken.

Tumuli. Das Wort steigt in meinem Gedächtnis auf wie eine Gasblase im Wasser.

Hier im Park gibt es nur einen einzigen Hügel. Eine kaum merkbare Erhöhung. Es ist vorstellbar, dass das künstlich so angelegt ist. Dass ich es habe anlegen lassen.

Für mich.

Kein Grabstein. Kein «Hier ruht Damian Andersen». Keine Jahreszahlen.

Aber eine kleine Pyramide aus groben Steinen. Wie man sie am Rand eines Ackers aufschichtet, wenn der Pflug sie zutage gefördert hat. Oder sie als Markierung benutzt, zwischen zwei Gemarkungen.

Natürlich.

Das ist es.

Dieselben Steine, die mir damals als Versteck gedient haben. Für eine Blechdose voller Goldmünzen. Das Versteck muss sich bewährt haben. Wenn es anders gewesen wäre, hätte ich die Pyramide nicht hierher transportiert. Als ein Denkmal, das niemand als solches erkennen kann. Außer er hat mein Leben gelebt. Für alle anderen sind es einfach übereinandergeschichtete Brocken.

Hier liege ich also.

273

Ich stehe an meinem Grab und habe das seltsame Gefühl, dass etwas von mir erwartet wird. Irgendeine Zeremonie.

Unsinn, natürlich. Es ist nur ein Grab.

Keine einzige Blume. Vielleicht habe ich es in meinem Testament so festgelegt, oder es ist einfach niemand auf den Gedanken gekommen, welche zu pflanzen. Ganz gewöhnliches Gras wächst hier, auch das frisch abgemäht. Es ist Gras über mich gewachsen.

Ist es grüner, weil es von mir gedüngt wird? Ich möchte es mir einreden, aber ich kann keinen Unterschied erkennen.

Nach all den Jahren wird von mir nicht mehr viel übrig sein. Die Würmer müssen sich ihre Nahrung anderswo suchen.

Ein Forscher, der meine Knochen in hundert Jahren ausbuddelt, wird nicht sagen können, zu wem sie einmal gehörten. Vielleicht wird er sich wundern, weil er keine linke Hand finden kann. Es wird kein Rätsel sein, das ihn lang beschäftigt.

Damian Andersen existiert nicht mehr.

Ich bücke mich und streiche mit den Fingerspitzen über das kurze Gras. Die Gärtner haben sorgfältig gerecht, es sind kaum abgeschnittene Halme liegengeblieben. Gut so. Wenn man etwas verschwinden lässt, soll man es gründlich tun.

Ich möchte wissen, wie ich gestorben bin. Es gibt so viele Möglichkeiten. Der menschliche Körper ist keine stabile Konstruktion.

Ich knie mich hin. Nicht aus Frömmigkeit. Ich will mir nur näher sein.

«Ihr müsst mit Gott sprechen», hat Bählämmchen immer gesagt. Er war ein Idiot.

Manchmal, vor allem nachts, konnte man hören, wie sie sich in ihren Zellen mit jemandem unterhielten, der nicht da war. Den es nicht gab. Eine Mutter. Ein Sohn. Gott. Der Mensch erträgt es nicht, überhaupt keinen Ansprechpartner zu haben.

Ich lege mein Ohr auf den Boden.

Da ist niemand.

Als sie mich fand, lag ich ausgestreckt auf meinem Grab. Ich weiß nicht, ob sie mir geglaubt hat, dass ich nur ein bisschen Luft schnappen wollte, dass ich mich im Park verlaufen habe, dass ich ohnmächtig geworden bin. Und dann eingeschlafen. Es kümmert mich nicht, ob sie es glaubt.

«Es geht mir wieder gut», sage ich.

Sie hat mein Fahrrad von der Straße hereingeholt. «Können fahren?», fragt sie.

«Ja», sage ich. «Ich kann fahren.»

Sie ist froh, dass ich wieder verschwinde. Ich bin froh, dass ich hier gewesen bin.

274

Blut ist eine interessante Substanz.

In dem Fahrradladen waren sie so beeindruckt von meinem Verband, dass sie nicht einmal Geld für das kaputte Schutzblech verlangt haben. Wo der Unfall denn passiert sei, wollten sie wissen.

Auf einer kleinen Nebenstraße, sagte ich. Ich hätte jemanden besuchen wollen und die richtige Adresse nicht gleich gefunden.

«Aber du hast ihn angetroffen?»

Ja, ich habe ihn angetroffen.
Ja, es ist alles in Ordnung.

Auf der Bahnhofstoilette habe ich den Verband abgewickelt. Wenn man mit dem Finger auf die Stelle drückt, kann man den Schnitt noch spüren. Es tut nicht weh.

Den Verbandsstoff habe ich in die Tonne für Restmüll geworfen. Ein ordentlicher junger Mann.

Vor dem Hotel steht ein als General verkleideter Mann, der nichts zu tun hat, als den Gästen die Tür aufzuhalten und ihnen einen angenehmen Aufenthalt zu wünschen. Ich konnte die Frage, die er sich nicht zu stellen traute, in seinen Augen lesen.

«Nasenbluten», sagte ich.

Es wäre klüger gewesen, rechtzeitig irgendwo andere Kleider zu deponieren und mich auf dem Rückweg umzuziehen. Blut fällt auf.

Zuerst drehte sich die Wasserspirale über dem Ablauf der Dusche noch ein bisschen rötlich, dann waren auch die letzten Spuren abgewaschen. Das Shampoo brannte in der Wunde, aber es war erträglich.

Ich ließ das Wasser immer kälter werden und blieb darunter stehen, bis ich es nicht mehr aushielt.

Ich hielt es lang aus.

Das blutverschmierte Hemd und die Hosen stecken in einer Plastiktüte. Ich werde sie morgen zum Bahnhof mitnehmen und dort entsorgen.

Restmüll.

Das Essen habe ich mir aufs Zimmer bestellt. «Wie möchten Sie Ihr Steak gerne haben?», fragte mich die Stimme am Telefon.

«Blutig», sagte ich.

Hahaha.

Mitten in der Nacht bin ich aufgewacht. Von der Straßenbeleuchtung fiel ein Streifen Helligkeit ins Zimmer, und ein paar Augenblicke lang – es kann auch länger gewesen sein, man hat kein Zeitgefühl in solchen Momenten –, ein paar Minuten lang vielleicht war ich fest davon überzeugt, dass ich durch das Fenster beobachtet würde, dass ich mich auf keinen Fall bewegen dürfe, weil sonst …

Weil sonst was? Ich habe es vergessen. Ich weiß nur, dass ich stocksteif unter meiner Decke lag. Bis das Angstgefühl allmählich verflog und ich aufstand und den Vorhang zuzog.

Es war ein Traum gewesen, und Träume haben keine Bedeutung. Ich weiß das.

Aber sie hinterlassen lästige Gefühle, so wie Blut Flecken hinterlässt, die sich nie ganz auswaschen lassen.

Im Traum hatte ich ein Messer in der Hand, das Messer, das ich damals in der Kita benutzt habe, und schnitt mir damit in den Kopf. Es kam kein Blut heraus, was mich enttäuschte.

Der lange Esstisch, den Cosmas in meinem Haus aufgestellt hat, stand jetzt in der alten Küche von damals. Meine Mutter saß mir gegenüber. Sie trug das schwarze Kleid, mit dem sie sonntags in die Kirche ging. Der Rote Adlerorden war daran befestigt. Viele Rote Adlerorden. «Der Einzige, der aufschneiden darf, ist der Fleischer mit der Wurst», sagte sie.

Ich hatte nicht nur ein Messer in der Hand. Auch eine Gabel. Und eine Serviette um den Hals.

Ich schnitt ein Stück von mir ab und legte es auf einen Teller. Dann war es kein Teller mehr, es war ein Stuhl, und darauf saß ein Mann, den ich kannte, dessen Name mir aber nicht einfiel, obwohl er mir hätte einfallen müssen. Ich wusste im Traum, dass es strafbar war, diesen Namen zu vergessen.

Ich wusste, dass es meine Aufgabe war, Vergesslichkeit zu bestrafen.

Immer mehr Leute. Ich kannte sie alle und kannte keinen von ihnen.

Sie saßen mit mir am Tisch, aber nicht ringsherum, sondern nur auf einer Seite. Ich war mitten unter ihnen und sah mich trotzdem selber da sitzen, auf dem Ehrenplatz in der Mitte. Wir waren eine gerahmte Fotografie, ein Gemälde, ein Fresko. Und dann standen sich Oma und Luise gegenüber und stritten darüber, wer das Bild gemalt habe. Manet oder Monet. Es war aber jemand anderes. Auch dieser Name fiel mir nicht ein.

Dann war ich allein, in einem Zimmer voller Spielzeug, und da war eine

Glasscheibe, ein Fenster, durch das mich jemand beobachtete, und ich wusste, dass ich in Gefahr war, in tödlicher Gefahr.

Dann bin ich aufgewacht.

Träume haben keine Bedeutung. Ich weiß das. Aber ich konnte trotzdem nicht wieder einschlafen. Nun ja, nachher im Zug.

Auf dem Weg nach Ainburg.

276

Wenn der Fahrplan stimmt, sind es nicht einmal mehr zwei Stunden. Ich werde aussteigen und mir ein Taxi suchen. «Zum Schloss», werde ich sagen. Die Fahrt wird vielleicht zehn Minuten dauern, nicht mehr.

Und dann …

Geduld.

Ich klappe mein Airbook auf und schreibe einen Brief an Helene und Arno.

«Liebe Eltern», schreibe ich.

«Macht euch keine Sorgen», schreibe ich, «es geht mir gut.»

«Versucht nicht mich zu finden», schreibe ich, «ihr werdet es nicht schaffen. Ich bin zu schlau für euch. Ihr seid nicht dumm», schreibe ich, «aber ich bin klüger. Ich bin ja auch viel älter als ihr.»

1898 das letzte Mal geboren.

«Ihr habt alles vergessen», schreibe ich, «aber ich kann mich erinnern.»

«Ich bin neben dir gesessen», schreibe ich an Arno, «und habe dir bei der Arbeit zugeschaut. Du hast mir alles gezeigt, was ich brauchte. Du solltest deine Passwörter öfter wechseln», schreibe ich ihm.

«Die Andersen-Stiftung, das war ich», schreibe ich ihm.

«Es war nicht einmal schwierig», schreibe ich.

Und an Helene: «Deine Brust war mir immer ekelhaft. Vom ersten Tag an. Du hast das gespürt, und man hat es dir ausgeredet. Aber du hattest recht.»

«Wie macht die Kuh?», schreibe ich ihr. «‹Ätsch› macht die Kuh.»

«Hat man Remus schon gefunden?», schreibe ich ihnen. «Und wenn ja: Ist er verdurstet oder verhungert?»

«Den Jungen in der Kita wollte ich nicht verletzen», schreibe ich ihnen. «Ich wollte ihn umbringen.»

«Dass ich Oma vor die Straßenbahn stoßen musste, tut mir leid», schreibe ich. «Aber es war besser so.»
«Kollateralschaden», schreibe ich.
«Ich war gestern an meinem Grab», schreibe ich.
«Ich bin nicht euer Sohn», schreibe ich.
«Ich bin Andersen», schreibe ich.

Ich lese den Brief noch einmal durch und lösche ihn wieder.

Der Zug ist immer noch pünktlich. Noch etwas mehr als eine Stunde.

277

Der Taxifahrer, der mich vom Bahnhof zum Internat gebracht hatte, kniff zum Abschied ein Auge zu und drückte mir eine Visitenkarte in die Hand. Er war sich nicht sicher, ob er mich noch duzen oder schon siezen sollte, und vermied deshalb die direkte Anrede. Sprach im Passiv. «Wenn einmal etwas Besonderes gebraucht werden sollte oder wenn etwas diskret erledigt werden muss – einfach anrufen.»

Die Schulordnung ist streng, hieß das, und ich bin der Mann, der dabei helfen kann, sie zu umgehen.

Seine Karte habe ich weggeworfen, aber ich speichere die Telefonnummer in meinem Handy. Man weiß nie.

Nun bin ich also in Ainburg.

Dr. Maertens, der Schulleiter, begrüßte mich mit professioneller Herzlichkeit. Zu herzlich, um überzeugend zu sein. Wie der Empfangschef in einem besseren Hotel. Er freue sich, meine Bekanntschaft zu machen, blablabla, ich würde mich an seiner Schule bestimmt sehr wohl fühlen, blabla, und schon bald viele neue Freunde finden.

Bla.

Ich suche hier keine Freunde. Nur einen ganz bestimmten Freund.

Nachdem er seinen Sermon abgespult hatte, übergab er mich an einen Lehrer – Schmidbauer, Englisch und Geschichte – für eine Führung durch die Gebäude.

Ein Schloss soll das sein? Nun ja. Es ist nicht ganz gelogen.

Es gibt hier tatsächlich ein Schlösschen, nicht sehr alt und nicht sehr groß, in dem sind die Schulleitung und die Verwaltung untergebracht. Efeu an den Mauern, das sieht auf den Fotos im Prospekt gut aus. In der Gründerzeit hat jemand direkt daneben ein Hotel gebaut, wahrscheinlich nur, weil er es dann «Schlosshotel» nennen konnte. Daraus wurde später ein Sanatorium, und jetzt wird darin unterrichtet. Weil für die Klassenzimmer jeweils mehrere Räume zusammengelegt werden mussten, hat jedes drei oder vier kleine Balkone. Von ihnen aus hat man einen guten Ausblick auf die Anfahrt vor dem Haupteingang. Praktisch.

Die Einrichtung auf dem modernsten Stand der Technik. Herr Schmidbauer entschuldigte sich geradezu für die Tatsache, dass es in den Zimmern immer noch Wandtafeln gibt. Sie würden ja eigentlich nicht mehr gebraucht, Powerpoint sei viel praktischer. «Internat und Internet, das passt doch gut zusammen», sagte er und lachte herzlich über das eigene Wortspiel. Es klang nicht so, als ob es ihm spontan eingefallen wäre.

Gerade weil die Schule noch nicht sehr alt ist, macht man hier gern auf Tradition. Es gibt sogar ein Schulwappen mit einer lateinischen Devise: «Esse quam videri».

Lieber etwas sein, als nur dafür gehalten werden. Klingt gut, ist aber falsch. Im Leben zählt nur das, von dem man die andern überzeugen kann.

Die drei Neubauten, in denen die Schüler untergebracht sind, hat man nach kulturellen Ikonen benannt. Ich wohne im Haus «Albert Einstein», daneben gibt es auch noch die Häuser «William Shakespeare» und «Richard Wagner». So wie ich die Leute einschätze, die ihre Kinder hierherschicken, wäre Bill Gates als Namenspatron passender. Oder Yves Saint Laurent.

278

In Schloss Ainburg gibt es keine Schlafsäle à la *Fliegendes Klassenzimmer*. Man ist auf Hotelniveau untergebracht. Große Zimmer, Schreibtisch, Sitzgruppe, ein abgetrennter Schlafbereich. Natürlich ein eigenes Bad. Man kann sich nicht beschweren.

Obwohl sich bestimmt ein paar beschweren werden. Auf dem Schreibtisch erwartete mich eine Liste aller Schüler. Da sind ein paar Namen dabei, bei denen man sich durchaus vorstellen kann, dass ihren Besitzern selbst noch eine Suite im *Ritz* spartanisch vorkommen würde.

Gemäß der Liste wohnt Felix Andersen auf dem gleichen Flur wie ich. Mein Enkel, nur ein paar Schritte entfernt.

Ich kann es nicht erwarten, ihn zu sehen.

«Die meisten Schüler reisen erst am späteren Nachmittag an», hat Dr. Maertens gesagt. «Du bist sehr früh.»

Aber nicht zu früh. Der Dompteur ist immer als Erster in der Manege.

Nur noch ein paar Stunden.

Als ich ankam, waren die Sachen, die ich vorausgeschickt hatte, bereits ausgepackt und eingeräumt. Ich musste nur noch die wenigen Dinge aus meinem Koffer dazuhängen und das Foto meiner so tragisch verunfallten Eltern auf den Nachttisch stellen. Manchmal, wenn ich am Morgen aus dem Zimmer gehe, wird es im zerwühlten Bett liegen. Sie sollen denken, dass ich mich nachts mit der Erinnerung über meine Einsamkeit hinwegtröste.

Es wäre amüsant zu wissen, wer die Leute auf der Fotografie wirklich sind. Und warum man sie auf dem Flohmarkt verkauft hat.

«Es ist verboten, unsittliche oder politische Bilder oder Plakate in den Zimmern aufzuhängen», steht in der Schulordnung. Keine Angst, ich werde mir kein *Playboy*-Foldout an die Wand pinnen. Vielleicht eine schöne Hokusai-Reproduktion.

Es darf nur nicht zu ordentlich aussehen. Das passt nicht zu einem Teenager. Ich muss daran denken, regelmäßig ein Durcheinander zu hinterlassen. Dem Reinigungspersonal Arbeit machen. Ich will nicht auffallen.

Den Geigenkasten haben sie einfach in den Kleiderschrank gelegt. Das geht natürlich nicht. Eine Prinzessin braucht einen Ehrenplatz. Ich mache einen kleinen Tisch für Madame Klotz frei. Die Blumenvase kann auch auf dem Schreibtisch stehen.

Sie hat die Reise gut überstanden. Die Saiten kaum verstimmt.

Die Musiknoten liegen neben meinen Büchern im Regal. Den Notenständer muss ich nur auseinanderklappen. Ich habe beschlossen, mir die Zeit, bis ich Felix zum ersten Mal sehe, mit Musik zu vertreiben.

Mozart natürlich.

Es-Dur. Edel und hitzig.

Der kleine Balkon ist wie eine Theaterloge. Es gibt keinen besseren Platz, um die Anfahrt zu beobachten.

Ich bin nicht der Einzige, der früh angekommen ist. Vor dem Eingang steht eine kleine Gruppe von Schülern und quatscht. Etwas an ihnen ist ungewöhnlich, aber ich brauche einen Moment, um zu realisieren, was mir auffällt. Es ist etwas, das nicht da ist: Kein Einziger trägt Jeans, wie man es bei Jungen dieses Alters erwarten würde. Sie sind alle ausgesprochen elegant gekleidet. Locker, aber teuer. Ich liege also nicht falsch mit meinen Edelklamotten. Ihre lässigen Posen dagegen scheinen sie aus einem HipHop-Video bezogen zu haben. Man merkt, dass sie sich für ungeheuer cool halten.

Auch sie scheinen auf die Ankommenden zu warten. Wie sie so im Pulk zusammenstehen, sehen sie aus wie Reporter bei einem offiziellen Anlass. Es fehlt nur eine rote Samtkordel, die sie zurückhält.

Einer von ihnen, einen Kopf größer als die andern, steckt sich eine Zigarette in den Mund, und drei Mitschüler beeilen sich, ihm Feuer zu geben. Scheint der Anführer zu sein.

Eine erste Taxe. Nicht die, mit der ich gekommen bin. Gleich drei Schüler steigen aus. Kennen sich wohl schon vom letzten Trimester und haben die Zugfahrt gemeinsam gemacht. Sie gehen an den Wartenden vorbei, ohne sie zur Kenntnis zu nehmen. Würdigen sie demonstrativ keines Blickes. Die möchtegern-coolen Typen sind hier eindeutig Außenseiter. Auch so etwas zu wissen kann nützlich sein.

Mehr Taxen. Dazwischen ab und zu ein Privatwagen, vor allem bei jüngeren Schülern, die von ihren Eltern begleitet werden. Man trägt Porsche Cayenne.

Dr. Maertens scheint hinter seinem Fenster auf die Ankömmlinge zu lauern. Wenn Eltern dabei sind, kommt er aus dem Haus geschossen und begrüßt sie überschwänglich. Ich kann von meiner Position aus nicht hören, was er sagt, aber so, wie er jedes Mal dasteht, erinnert er mich an den Oberkellner, damals beim Hochzeitsessen von Helene und Arno. Trinkgeld-Unterwürfigkeit. Er weiß, wer sein Gehalt bezahlt.

Jetzt eine Limousine mit Chauffeur. Der Junge, der aussteigt, ist mindestens sechzehn. Zu alt für Felix.

Wo bleibt er? Hat er das Internat gewechselt, und ich habe es nicht mitbekommen? Oder ist er schon da, und ich habe ihn nicht erkannt?

Nein, das ist nicht möglich.

Einem kleineren Jungen, der allein gekommen ist, stellt sich der Großgewachsene aus der Rauchergruppe in den Weg. Der Kleine hat Angst, wenn ich seine Körperhaltung richtig lese.

Egal. Alles egal. Ein großer Mercedes hält an, und er steigt aus.

Er.

Ich habe keinen Zweifel, dass er es ist.

280

Es gibt eine Fotografie, gab eine Fotografie, die mein Vater an dem Tag hat machen lassen, als ich mich zum Militär meldete. Er wollte wohl eine Erinnerung haben, für den Fall, dass ich nicht lebend zurückkäme. Das Bild hing nach dem Krieg bei meinen Eltern im Wohnzimmer. Ein Ehrenplatz für den Heldensohn. Ich habe es dort so oft gesehen, dass ich noch ganz genau weiß, wie ich darauf aussah. So wie ich das Hochzeitsfoto meiner Eltern auswendig gelernt habe.

Als mich mein Vater zum Fotografen schleppte, war ich ein paar Jahre älter als Felix heute, aber der auf dem Bild könnte genauso gut er sein. Die Frisur ist anders, natürlich, heute lässt man sich die Haare nicht mehr so kurz schneiden. Und er trägt keine Uniform. Aber sonst … Zum Verwechseln.

Er sieht aus wie ich.

Genauso.

Er ist aus dem Wagen ausgestiegen, und ich hatte keinen Zweifel. Keine Sekunde lang. Wenn ich ihm auf der Straße begegnet wäre, unter tausend Menschen, ich hätte ihn sofort erkannt. Unter zehntausend Menschen.

Graue Hosen und ein hellblauer Pullover. Unauffällig geschmackvoll. Nichts vom Protzertum seines Vaters.

Sein Fahrer will die beiden Koffer ins Haus tragen, aber er lässt das nicht zu. Verabschiedet sich mit Handschlag von ihm. Der Wagen fährt weg. Ein paar Sekunden lang steht Felix nur da und sieht sich um. Ich gehe hinter dem Balkongeländer in Deckung. Er soll nicht wissen, dass er beobachtet wird.

Plötzlich muss ich lachen. Das Gelächter, stärker als ich, ist schon da, noch bevor mir bewusst wird, welcher Gedanke es ausgelöst hat. Wir könnten Zwillinge sein, habe ich gedacht.

Zwillinge.

Mein Enkel und ich.

Ich muss mich beherrschen. Ich habe mich noch immer beherrschen können.

Aber die Ähnlichkeit ist frappierend.

«Intelligenz überspringt manchmal eine Generation.» Das war Beutlins schwacher Scherz, wenn der Sohn eines Arztes oder eines Rechtsanwalts in der Klasse nicht mithalten konnte. In diesem Fall ist es das Aussehen, das eine Generation übersprungen hat. Cosmas ist mir ekelhaft, aber Felix …

Jetzt hat er seine Koffer aufgenommen und geht auf den Eingang zu. Ich möchte, dass er noch einmal stehen bleibt. Ich möchte ihm noch länger zusehen.

Der großgewachsene Junge stellt sich ihm in den Weg, so wie er es vorhin mit dem kleinen Schüler gemacht hat. Was will er von ihm?

Die beiden diskutieren etwas, ohne dass Felix die Koffer abstellt. Schließlich macht ihm der andere den Weg frei, aber mit einer drohenden Geste.

Was läuft da ab?

281

Felix ist jetzt in seinem Zimmer. Vielleicht ergibt sich beim Abendessen die Gelegenheit, mit ihm ins Gespräch zu kommen. Nein, besser erst morgen beim Unterricht. Von Klassenkamerad zu Klassenkamerad, das ist natürlicher. Er darf nicht das Gefühl haben, dass ich mich ihm aufdränge.

Die Zeit bis dahin lässt sich nutzen. Dieser Typ, der sich ihm in den Weg gestellt hat – was ist das für einer?

Vielleicht muss ich Felix vor ihm beschützen.

Wenn man um das Schlösschen herumgeht und sich von der anderen Seite, dort, wo kein Weg ist, dem Haupteingang nähert, kommt man zu einer Hecke, hinter der man sich gut verstecken kann. Sehen, ohne gesehen zu werden.

Sie stehen immer noch beisammen, der Goliath und seine kleine Truppe. Er ist der Einzige, der raucht. Laut Schulordnung ist das auf dem Internatsgelände streng verboten, aber Dr. Maertens hat nichts dagegen unternommen. Obwohl er es gesehen haben muss. Hier scheint jemand Sonderrechte zu genießen.

Sie erzählen von ihren Ferien oder besser gesagt, Goliath erzählt, und die anderen hören ihm zu. Er war in Amerika, in Los Angeles, das er L. A. nennt, und wenn man ihm glauben kann, hat er dort die angesagtesten Clubs besucht und sämtliche DJs persönlich kennengelernt.

Ich habe nicht den Eindruck, dass er jemand ist, dem man glauben kann.

Der kleine Junge von vorhin kommt aus dem Haus, mit einer Plastiktüte in der Hand. Er will auf die Gruppe zugehen, zögert dann aber und bleibt stehen. Ja, er hat Angst.

Goliath lässt ihn erst mal warten. Winkt ihn dann zu sich, mit einer ganz kleinen Geste. Krümmt nur leicht den Zeigefinger.

Der kleine Junge nähert sich ihm.

«Na?», macht Goliath.

Der Kleine streckt ihm die Tüte hin. «Hier», sagt er. «Zwei Stangen Marlboro, so wie du es bestellt hast.»

Goliath nimmt ihm die Tüte ab und wirft sie einem seiner Leute zu. Schaut nicht einmal rein. Er ist sich seiner Sache sehr sicher.

Der kleine Junge will ins Haus zurückgehen, aber Goliath lässt das nicht zu. «Wie sagt man?», fragt er.

Die Stimme des kleinen Jungen ist dünn. Ich muss mich anstrengen, um zu verstehen, was er sagt. «Danke, Niklas», sagt er.

Goliath entlässt ihn mit einer Handbewegung. Die ganze Gruppe grinst hinter ihm her.

Niklas, aha.

Eigentlich könnte es mir egal sein, was hier für Spielchen gespielt werden. Aber nicht, wenn es auch Felix betrifft.

Meinen Felix.

282

Er ist mir in so vielen Punkten ähnlich, dass ich es kaum glauben kann. Als ob es mich ein zweites Mal gäbe. Ganz viele Dinge macht er genauso, wie ich sie damals auch gemacht habe. Denkt so, wie ich gedacht habe. Wie ich immer noch denke. Ich merke es an tausend Kleinigkeiten.

Nur schon, welchen Platz er sich im Klassenzimmer ausgesucht hat. Nicht ganz vorn und nicht ganz hinten. Dort, wo man am wenigsten auffällt. Das kann kein Zufall sein.

Ich habe mich schräg hinter ihn gesetzt. So habe ich ihn immer im Blick.

Ich sehe ihn so gern an.

Im Unterricht meldet er sich nicht oft, nur gerade genug, um nicht als Faulenzer aufzufallen. Aber wenn er gefragt wird, weiß er die richtige Antwort. Bis jetzt hat er sich nicht anmerken lassen, ob ihn ein Fach besonders interessiert. Gut so. Man soll nie zu viel von sich selber preisgeben. Sollen die andern ruhig glauben, sie wüssten, wie man ist. Videri quam esse.

Er beteiligt sich auch nicht an Diskussionen. Lässt reden und hört zu. Manchmal sehe ich ihn dann lächeln, ein kurzes, überlegenes Lächeln, das außer mir niemand bemerkt. Ich weiß ganz genau, was in solchen Momenten in seinem Kopf vorgeht. Ich habe ihn gerade erst kennengelernt und kenne ihn so gut. Alles an ihm erscheint mir vertraut.

Zwillinge.

Bei den Mitschülern ist er weder beliebt noch unbeliebt. Er sticht nicht heraus. Wenn sie sich später einmal ein Klassenfoto ansehen, werden sie Mühe haben, sich an ihn zu erinnern. «Er war nichts Besonderes», werden sie sagen.

Aber er ist etwas Besonderes. Manchmal, wenn er denkt, dass es nicht auffällt, lässt er seine Fähigkeiten aufblitzen.

Im Kunstunterricht sollten wir aus einem Stück Holz ein Gesicht schnitzen. Es war eine Freude zu sehen, wie sicher er das Messer ansetzte. Er hat geschickte Hände. Ich bin sicher, man könnte ihm leicht beibringen, wie man eine Kuh melkt, ohne ihr weh zu tun. Oder auch, wie man jemandem weh tut, wenn es nötig ist.

Auch das hat er von mir geerbt.

Wie überhaupt alles.

Alles.

Wir haben noch nicht viel miteinander gesprochen. Was man halt so sagt, wenn man neu in eine Klasse kommt. Es eilt mir nicht mehr damit. Ich spare es mir auf. Wenn es bei uns zu Hause einmal Kuchen gab, selten genug, wollte ich immer der Letzte sein, der noch ein Stück davon übrig hatte.

Vorläufig genügt es mir, einfach nur in seiner Nähe zu sein.

283

Ich muss Felix nicht erziehen. Er ist jetzt schon perfekt. Ich entdecke immer Neues an ihm, und alles gefällt mir.

Am schwarzen Brett hing heute ein Aufruf: Neue Interessenten für das Schulorchester sollten sich bei der ersten Probe melden. Ich bin hingegangen, wie ich mir das vorgenommen hatte – und da war auch er.

Felix musiziert, genau wie ich. Nur dass er nicht Geige spielt, sondern

Klavier. Hinterher habe ich ihn gefragt, wieso er sich gerade für dieses Instrument entschieden habe, und er hat gelacht und gesagt: «Weil meine Hände so groß sind.»

Röschlein hat damals zu mir gesagt: «Eigentlich solltest du Klavierunterricht nehmen, mit deinen Pranken.»

Groß genug, um eine Oktave zu greifen.

Ich musste etwas vorspielen, und mir fiel auf die Schnelle nichts Besseres ein als der *Csárdás* von Vittorio Monti. Ich habe mich zweimal verspielt, aber sie hätten mich auch ins Orchester aufgenommen, wenn ich nur hilflos auf einer Saite herumgekratzt hätte. Sie haben Mühe, genügend Mitspieler für ein anständiges Ensemble zu finden, und was sie haben, passt nicht zusammen. Eine schlimme Dilettantentruppe. Vier Geigen, keine einzige Bratsche, ein einsames Cello – das sind die ganzen Streicher. Zwei Klarinetten, zwei Saxophone, keine Trompete. Dafür vier Gitarren – Gitarren! –, ein Akkordeon und gleich drei Leute, die meinen, Schlagzeug spielen zu können.

Und natürlich Felix am Flügel. Sie haben einen sehr schönen Bechstein. Hier wird nicht gespart.

Die Dirigentin, eine Frau Kalkbrenner, scheint eine ganz gute Musikerin zu sein. Wahrscheinlich leidet sie darunter, dass sie Arrangements für dieses Sammelsurium von Instrumenten schreiben muss. Und dass sie die völlig Unbegabten nicht einfach rausschmeißen kann. Wir haben ein Divertimento von Haydn probiert, und es klang so scheußlich, dass sich Haydn gewünscht haben würde, so taub wie Beethoven zu sein. Felix und ich haben ein paar Blicke gewechselt, und es war klar, dass wir beide dasselbe dachten. Wenn er etwas ironisch kommentieren will, hebt er einfach die Augenbrauen. Genau wie ich.

Wir sind uns so ähnlich.

Nach der Probe hat er meine Geige bewundert. Er hat Geschmack. Ich habe ihm etwas von der Klotz-Dynastie erzählt, und er war beeindruckt. «Es muss schön sein, aus einer Familie mit alter Tradition zu kommen», meinte er. «Wir Andersens haben so etwas leider nicht. Dafür wirst du jede Menge über deine Vorfahren wissen, nehme ich an.»

Ich verstand zuerst nicht, was er meinte. Musste mich erst wieder daran erinnern, dass ich ja Kilian von Lauken bin, Spross einer alten Adelsfamilie. Gut, dass ich mir schon ein paar interessante Ahnen ausgedacht hatte.

Aber schade, dass ich ihm nichts über die Tradition der Andersens erzählen darf.

Noch mehr Gemeinsamkeiten. Felix ist auch sportlich. So wie ich es beobachten konnte, hat er zwar keine besondere Begabung in dieser Richtung, aber er macht das durch Ausdauer wett. Er ist diszipliniert.

Genau wie ich.

Ich bin heute sehr früh aufgestanden, weil ich mir vorgenommen hatte, mal wieder bis zur Erschöpfung zu trainieren. Fünfzig Liegestütze, mindestens. Auf Schloss Ainburg gibt es nicht nur die große Turnhalle, sondern auch einen Fitnessraum.

Draußen war es um diese Zeit noch dunkel. Nur in einem einzelnen Schulzimmer brannte Licht. Dort war wohl gerade die Putzkolonne zugange. «Dienstbare Geister» ist ein guter Ausdruck. Es gibt hier eine Menge Personal, aber man bekommt die Leute kaum zu Gesicht. Gespenster.

In den Beeten links und rechts von dem schmalen Weg haben die Blüten um diese Tageszeit noch keine Farben.

Zuerst wäre ich fast nicht hineingegangen, weil da im Fitnessraum schon jemand war. Durch die geschlossene Tür hörte man das rhythmische Stöhnen eines Menschen, der sich bis an den Rand seiner Kräfte anstrengt.

Wenn man jemanden prügelt, darf man sich die Anstrengung nicht anmerken lassen. Ganz locker muss es aussehen, damit er denkt: Er kann auch noch härter zuschlagen.

Ich ging dann doch hinein.

Felix.

Er machte Klimmzüge. Stöhnte jedes Mal, wenn er sich in die Höhe quälte. Als er mich erblickte, hörte er auf. Es war ihm nicht angenehm, dabei beobachtet zu werden.

Mir würde es genauso gehen.

«Wie viele?», fragte ich.

Er zuckte die Achseln. Keine imponierenden Muskelpakete. Aber so verschwitzt, wie sein T-Shirt war, musste er eine ganze Menge Wiederholungen geschafft haben.

«Ich zähle nicht», sagte er.

Jeder zählt.

«Neunzehn», gab er schließlich zu.

«Tut mir leid, dass ich dich gestört habe.»

«Egal», sagte er. Aber man sah ihm an, dass er nicht zufrieden war. Ich weiß nicht, wie viele Klimmzüge er sich vorgenommen hatte, aber es ärgerte ihn, dass er sie nicht geschafft hatte.

Mir würde es auch so gehen.

«Trainierst du regelmäßig?», fragte ich.

Er schüttelte den Kopf. «Ich bin kein Fitness-Freak. Aber ich brauche ein paar zusätzliche Muskeln.»

«Wofür?»

«Ich muss mich prügeln», sagte er.

285

Wir saßen dann nebeneinander, haben uns den Sonnenaufgang angesehen, und er hat mir alles erzählt.

Es geht um Niklas, diesen Kerl, der sich von kleinen Jungen verbotene Zigaretten ins Internat schmuggeln lässt. Aus zwei anderen Internaten sei er wegen solcher Dinge schon rausgeflogen, sagte Felix, und man munkle in der Schule, er sei nur deshalb einen Kopf größer als seine Klassenkameraden, weil er so oft sitzengeblieben sei. Auch auf Schloss Ainburg wisse die Direktion über ihn Bescheid. Aber seine Eltern hätten eine Menge Einfluss – Felix rieb Daumen und Zeigfinger aneinander, um deutlich zu machen, was für eine Sorte Einfluss er meinte –, und so ziehe es die Schulleitung vor, von seinen Sauereien nichts zu bemerken. Von dem katzbuckelnden Dr. Maertens kann ich mir das gut vorstellen.

«Ich habe mich geweigert zu machen, was er von mir verlangte», sagte Felix. «Also werde ich mich irgendwann mit ihm prügeln müssen.»

«Solltest du ihm auch etwas mitbringen?»

«Schlimmer», sagte Felix. «Er möchte mich in seiner Clique haben. Und weil ich ihm gesagt habe, was ich von ihm und seiner Bande halte …»

Er sprach den Satz nicht zu Ende. Es war auch nicht nötig. Niklas ist ein primitiver Schläger. Ich habe genügend von der Sorte gekannt.

«Und warum willst du nicht mitmachen?»

«Weil mich solche Typen ekeln.» Genau die Antwort, die ich von ihm erwartet hatte. Und was mir am besten daran gefiel: Er sagte es ganz ruhig. Eine sachliche Feststellung, und er ist bereit, die Konsequenzen daraus zu ziehen.

Er ist mir wirklich sehr ähnlich.

Wir haben dann nicht weitergeredet. Die Sonne war unterdessen aufgegangen, und er wollte unter die Dusche.

Meine Liegestütze habe ich nicht mehr gemacht. Ich musste nachdenken.

Felix sieht die Situation völlig richtig: Früher oder später werden die beiden ihren Krieg ausfechten müssen.

Besser früher. Solche Dinge werden durch Abwarten nicht besser.

Aber wenn ich mir ihren Kampf vorstelle, gefällt mir nicht, was ich dann vor mir sehe.

Niklas ist größer und stärker. Er wird auch weniger Hemmungen haben zuzuschlagen. Felix hat zwar die richtige Einstellung – genauso hätte ich in seinem Alter auch gedacht –, aber er ist in diesen Dingen noch naiv. Muskeltraining ist nicht alles. Bei körperlichen Auseinandersetzungen ist die richtige Technik wichtiger. Ich könnte ihm eine Menge beibringen.

Nur nicht innert nützlicher Frist.

Ich werde Niklas für ihn übernehmen müssen.

286

Sie stehen immer an derselben Stelle zusammen, direkt vor den Fenstern der Schulleitung. Dr. Maertens müsste nur den Vorhang zur Seite schieben, um sie zu sehen. Aber dann wäre er ja gezwungen, etwas zu unternehmen. Wahrscheinlich hat sich Niklas den Ort gerade deshalb ausgesucht. Um seinen Getreuen zu demonstrieren: «Schaut her, ich stehe über dem Gesetz.»

Er wäre so gern ein Outlaw und ist doch nur ein ganz gewöhnlicher Rüpel.

Ich habe mich ganz nah vor ihn hingestellt. Ich wusste, dass er das nicht mögen würde. «Rauchen ist hier verboten», habe ich gesagt.

Er hat mich angestarrt, als ob ich chinesisch gesprochen hätte.

«Steht so in der Schulordnung.»

Zuerst wollte er diesen Nerd, der ihm da mit der Schulordnung kam, einfach auslachen. Man konnte in seinem Gesicht schon den Ansatz dazu sehen. Aber dann fiel ihm ein, dass seine Gefolgschaft eine andere Reaktion von ihm erwartete. Majestätsbeleidigungen müssen Folgen haben, sonst ist man keine Majestät mehr.

«Hau ab», sagte er und stieß mich gegen die Brust.

«Sobald du deine Zigarette ausgemacht hast.» Die offizielle Kriegserklärung.

Es war ihm schon lang nicht mehr passiert, dass ihn jemand so direkt herausgefordert hatte. Schon gar nicht jemand, der kleiner war als er. Er wusste deshalb nicht gleich, was er sagen sollte, und pustete mir erst mal Rauch ins

Gesicht. Er muss zu viele schlechte Filme gesehen haben. Es hat mir nie eingeleuchtet, warum das jemanden einschüchtern sollte. Dafür gibt es ganz andere Methoden. Ich habe manchmal das Abziehleder aus einem Barbiergeschäft auf den Tisch gelegt. Stumm. Wenn sie dann meinten, sie sollten damit geschlagen werden, habe ich mein Messer aus der Tasche gezogen und angefangen, es am Leder zu schärfen.

So schüchtert man ein.

Niklas fiel nichts Besseres ein als eine direkte Drohung. «Du möchtest wohl gern verprügelt werden.»

Die anderen machten schon einen Schritt näher. Freuten sich auf die Unterhaltung, die ihnen ihr Boss gerade versprochen hatte. Brot und Spiele.

«Ihr alle gegen mich? Nicht ungeheuer mutig.»

Im Schach nennt man das Zugzwang. Niklas blieb gar nichts anderes übrig, als mich zu einem Kampf Mann gegen Mann herauszufordern. Schuljunge gegen Schuljunge.

«Wie heißt du eigentlich?», fragte er, als wir Ort und Zeit festgelegt hatten.

«Kilian.»

«Schade um deine schöne Brille, Kilian. Sie wird es wohl nicht überleben.»

Jeder Comedian hätte ihn um den Lacher beneidet, den er bei seinen Leuten damit einheimste.

287

Die Sache ist erledigt.

Wir trafen uns im Gemüsegarten, der immer noch so heißt, obwohl er keiner mehr ist. Die Beete wurden mal angelegt, um den Schülern durch praktische Arbeit mehr Naturbewusstsein zu vermitteln, aber das Desinteresse daran war so durchschlagend, dass das Projekt bald wieder aufgegeben wurde. Es war wohl von Anfang an kein guter Einfall gewesen. Wer sich dieses Internat leistet, ist nicht daran interessiert, sich die Hände schmutzig zu machen.

Es waren nicht nur Niklas' Gefolgsleute gekommen. Die Geschichte scheint sich herumgesprochen zu haben. Vierzig oder fünfzig Schüler bildeten einen Kreis um uns. Mir war das recht. Je mehr Zuschauer, desto schlimmer würde die Niederlage für Niklas sein.

Felix konnte ich nicht entdecken. Aber vielleicht hielt er nur Abstand und sah sich die Auseinandersetzung aus der Entfernung an.

So hätte ich es gemacht.

Niklas erwies sich als miserabler Kämpfer. Er ist es so gewohnt, sich auf seine überlegene Körperlichkeit zu verlassen, dass er sich nie eine anständige Technik angeeignet hat. Benutzt die Arme wie Dreschflegel. Eigentlich war es kein Problem, seinen Schlägen auszuweichen. Aber um ihn in Sicherheit zu wiegen, durfte ich mich nicht allzu geschickt anstellen. Und so traf mich ein Faustschlag ins Gesicht.

Nun ja. Mein Vater konnte härter zuschlagen.

Ich beschloss, trotzdem zu Boden zu gehen. Als ich hinfiel, jubelten ihm nicht nur die eigenen Leute zu. Wir haben es von unseren äffischen Vorfahren her im Blut, dass wir uns dem Stärkeren gern unterwerfen.

Man sah es an seinem überraschten Gesicht: Er hatte nicht erwartet, dass ich mich überhaupt noch einmal aufrappeln würde. Aber er meinte trotzdem, ich sei schon besiegt. Machte sich nicht einmal die Mühe, die Arme zur Deckung hochzunehmen. Ließ sie einfach baumeln.

Seinen Gegner zu unterschätzen ist der dümmste Fehler, den man begehen kann.

Der Größenunterschied zwischen uns erwies sich als nützlich. Wenn man den Schlag zum Solarplexus schräg nach unten führen muss, kann man leicht nur den Rippenbogen treffen. Aber hier war mein Arm genau auf der richtigen Höhe. Wie damals in diesem Kinderboxclub.

Der Onkel Doktor hat mir mal erklärt, dass sich bei einem sauberen Treffer ins Sonnengeflecht die Gefäße im Bauchraum so sehr erweitern, dass das Gehirn nicht mehr genügend mit Blut versorgt wird. In diesen Dingen kannte er sich bedeutend besser aus als in der Heilkunde.

Niklas sah sehr überrascht aus, als er zusammensackte. Dass ich ihm auch noch das Nasenbein brach, bekam er gar nicht mehr mit.

Ich ließ mir meine Brille wiedergeben und setzte sie auf.

Dr. Maertens ist fest davon überzeugt, dass das mit dem Nasenbein keine Absicht war. Niklas müsse beim Hinfallen unglücklich mit der Nase gegen meinen Kopf gestoßen sein. Genau so sollte es ja auch aussehen.

Ein Kopfstoß hat sich bei der Arbeit oft bewährt. Vor allem, wenn man davor die Hände in die Taschen steckte und sie dachten, nun würde nicht weitergeprügelt. Wenn sich einer gerade entspannt, trifft ihn der nächste Schlag umso härter.

Sie hatten im Rektorat ein regelrechtes Tribunal einberufen. Dr. Maertens und noch zwei weitere Lehrer. Eine Sekretärin, die das Protokoll zu führen hatte. Dabei stand das Urteil von Anfang an fest. Wie immer.

Obwohl Prügeleien laut Schulordnung streng verboten sind, kam ich mit einem Verweis davon. Außerdem wird Dr. Maertens einen Brief an meinen Vormund schreiben.

Ich werde ihn höflich beantworten.

Es wäre mir lieber gewesen, sie hätten mir auch noch eine Strafe verpasst. Das würde mich in Felix' Augen noch heroischer gemacht haben.

Nun ja.

Ich wurde nicht wegen erwiesener Unschuld freigesprochen, sondern weil niemand Niklas mag und sie alle ganz froh sind, dass endlich einmal jemand mit ihm abgerechnet hat. Auch wenn sie das natürlich nicht zugeben würden. Außerdem sah ich bemitleidenswert aus. Dort, wo er mich ins Gesicht getroffen hat, fängt ein wunderschönes Veilchen an zu erblühen. Und, was bestimmt auch eine Rolle gespielt hat: Ich bin einen Kopf kleiner als er. David ist immer beliebter als Goliath.

Für die anderen Schüler bin ich jetzt ein Held. Ich werde mir meine Freunde aussuchen können.

Mich interessiert nur einer.

Zum Schluss machte Dr. Maertens dann noch auf pädagogisch. Er ist ein fürchterlicher Salbaderer. Ich sei doch ein vernünftiger junger Mann und habe aus der Sache hoffentlich etwas gelernt. Wenn ich wieder einmal in eine ähnliche Situation käme, würde ich mich bestimmt viel klüger verhalten. Würde gar nicht versuchen, mich selber zu wehren, sondern gleich bei einer Lehrperson Hilfe suchen. Ob ich ihm das versprechen wolle?

Ich versprach es. Es wird kein nächstes Mal geben. Niklas wird nie mehr jemanden attackieren, da bin ich mir sicher. Nicht weil er sich gebessert hätte, sondern weil ich ihm seine wichtigste Stütze weggenommen habe:

das Gefühl der eigenen Unbesiegbarkeit. Ohne diese Überzeugung ist er nur noch ein großgewachsener kleiner Junge.

So wie ich das meinen Leuten immer gesagt habe: Findet heraus, was für euer Objekt wirklich wichtig ist. Und dann macht es ihm kaputt.

289

Er hat ganz vorsichtig angeklopft, für den Fall, dass ich schon schlafen würde. Stand im Pyjama auf dem Flur, mit einer Schüssel und zwei Handtüchern. Bestand darauf, dass ich mich wieder hinlegte.

«Kalte Umschläge mit Kamille», sagte er. «Wenn ich als kleiner Junge hingefallen bin, hat das Frau Kvitová immer für mich gemacht. Unsere Haushälterin.»

Ich kenne Frau Kvitová. Sie hat mir das Blut abgewaschen, und auch da hat das Wasser nach Kamille gerochen. Dann hat sie mich verbunden. Aber das darf ich Felix natürlich nicht erzählen.

Jetzt sitzt er an meinem Bett und spielt den Krankenpfleger. Legt mir Handtücher auf das verletzte Auge und wechselt sie aus, wenn ihm eines nicht mehr kühl genug erscheint. Er macht es geschickt, so wie er alles geschickt macht.

«Tut es sehr weh?», hat er mich gefragt, und ich habe den Kopf geschüttelt. Nicht aus Tapferkeit, sondern weil ich wirklich keine Schmerzen spüre. Überhaupt keine. Nicht, so lang er bei mir ist.

Er hat so feine Hände.

Felix hält mich für St. Georg, der den Drachen erschlagen hat.

«Hattest du keine Angst?», will er wissen.

«Ich war mal in einem Boxclub», sage ich. Das ist nicht gelogen. Auch wenn ich nur ein einziges Mal dort war.

«Warum hast du es getan?»

Ich antworte nicht und schließe die Augen. Er denkt, dass ich Ruhe brauche, und fragt nicht weiter. Aber ich bin hellwach. Ich lausche auf seinen Atem. Wenn er mir ein frisches Handtuch auflegt, berühren seine Finger meine Schläfen. Noch nie hat mich jemand so zärtlich berührt.

Es ist schön, dass er da ist.

Mein Enkel.

Blut von meinem Blut.

Mein Freund.

Ich muss eingeschlafen sein. Als ich die Augen öffne, sitzt er immer noch da. Lächelt mich an.

«Besser?», fragt er.

Viel besser.

«Darf ich dich noch etwas fragen?»

Ich nicke.

«Hast du es für mich getan?»

Ich antworte nicht.

Ja, Felix. Ich habe es für dich getan.

290

Unterdessen sind wir beste Freunde geworden. Unzertrennlich. Wir verbringen jede freie Minute zusammen. Reden über alles. Manchmal schweigen wir auch nur.

Er hat die silbergerahmte Fotografie auf meinem Nachttisch gesehen und wollte natürlich wissen, wie es gewesen sei, so früh meine Eltern zu verlieren. Ich habe versucht, mich herauszureden, ich sei damals noch sehr jung gewesen und könne mich nicht wirklich erinnern, aber damit hat er sich nicht zufriedengegeben. Wenn er etwas wissen will, dann will er es wissen.

Auch darin gleicht er mir.

Ich habe ihm also den Zeitungsausschnitt gezeigt und ihm erzählt, dass ich zuerst gar nicht verstanden hätte, was da passiert war. Dass ich geglaubt hätte, es sei alles nur ein Spiel. So wie man einem kleinen Kind ein Tuch über den Kopf legt, um seine Welt verschwinden zu lassen. Und dann zieht man das Tuch weg – Kuckuck! –, und die Welt ist wieder da. Nur, habe ich ihm erzählt, sei sie eben nie mehr zurückgekommen.

Als ich mit der Geschichte fertig war, hatte ich Tränen in den Augen. Ich weiß nicht, wo die hergekommen sind. Tränen passen nicht zu mir.

Zum ersten Mal in meinem Leben tat es mir leid, dass ich jemanden anlügen musste.

Er hat dann von sich erzählt. Von seiner Familie. Ich glaube, er hat schon lang auf eine solche Gelegenheit gewartet. Auf den richtigen Gesprächspartner. Ich musste gar keine Fragen stellen.

Er ist nicht glücklich. Obwohl er alles hat, was man sich kaufen kann.

«Aber diese Dinge sind nichts wert», sagte er und musste über den abgedroschenen Satz selber lachen. Kein fröhliches Lachen.

Mit seinem Vater versteht er sich nicht. Cosmas ist wie ein fremder Mann für ihn. Kümmert sich viel zu wenig. Nur manchmal fällt ihm ein, dass er auch noch einen Sohn hat, kauft ihm ein Geschenk und erwartet Begeisterung dafür. Wenn man ihn wirklich brauchen würde, ist er nicht da. «Und ich brauche ihn auch nicht!», sagte Felix. In dem Ton, den man nur anschlägt, wenn man sich selber mehr überzeugen muss als sein Gegenüber.

Er hält Cosmas für oberflächlich und eitel. Ärgert sich jedes Mal, wenn der wieder eine Dummheit in die Welt twittert. Sein Vater ist ihm so peinlich wie mir mein Sohn.

Aber da muss noch etwas anderes sein. Etwas, über das er nicht reden will. Ich spüre das. Ich hatte schon immer eine gute Nase für Geheimnisse.

Seine Mutter lebt in Amerika. Von Cosmas hat sie sich schon sehr früh scheiden lassen und ist unterdessen schon zum zweiten Mal wieder verheiratet. Zu Weihnachten schickt sie Felix immer lustige Glückwunschkarten.

Rudolph, the red-nosed reindeer.

Wenn man Frau Kvitová nicht mitzählt, ist das alles, was er an Familie hat.

291

«Weißt du, was das Einzige ist, was man von Eltern verlangen können müsste?», sagte er. «Dass man sich nicht schämen muss für sie.»

Ich verstehe ihn. Meine Mutter konnte ich nur bewundern, als ich noch ganz klein war. Als ich ihr noch glaubte, dass sie einmal mit einer Hexe gekämpft hatte und einmal mit einem Löwen. Später war sie nur noch eine unansehnliche Frau, die nach billiger Seife roch und deren einzige Heldentat darin bestand, mit dem Haushaltsgeld auszukommen.

Mein Vater war jähzornig und hatte einen Schnurrbart. Mehr gibt es über ihn nicht zu sagen.

Es ist kein Wunder, dass man sich als Kind gern ausmalt, wie es wäre, wenn man gar nicht in diese gewöhnliche Familie gehörte, mit der man da zusammenwohnt, wenn eines Tages plötzlich jemand dastünde, ein Herold oder ein Gerichtsvollzieher, und verkündete: «Du bist gar nicht der Sohn deiner Eltern. Ein böser Geist hat dich als Säugling entführt, und eigentlich bist du ein Prinz.»

Man ist sehr allein, wenn es niemanden gibt, zu dem man freiwillig gehören möchte.

Ich kenne das so gut.

Felix kann seine vielen Talente nicht genießen, weil er nicht sagen kann: Da und da kommen sie her, von diesem Menschen habe ich sie geerbt, diese Linie führe ich weiter.

Und ich darf es ihm nicht verraten.

«Der einzige Mensch, der etwas Besonderes gewesen sein muss, war mein Großvater», sagte er. «Damian Andersen. Der Gründer unserer Firma.»

Natürlich habe ich ihn gefragt, was er über diesen Großvater wisse. Er weiß nichts. Fast nichts. Ich hatte mir damals vorgenommen, mein früheres Leben wegzuschweigen, und es scheint mir gut gelungen zu sein.

Die paar Dinge, die in der Familie über mich vermutet werden, haben sie sich selber zusammengereimt. Dieser Damian Andersen sei im Krieg gewesen, sagte Felix, und habe dort seine linke Hand verloren. Aber er habe nie etwas davon erzählt. Er stellt sich gern vor, dass ich ein Held gewesen bin.

Nun ja. Ich habe getan, was man von mir verlangte.

Aus einfachsten Verhältnissen müsse sein Großvater gekommen sein, auf alle Fälle habe er Kühe melken können. Habe dann später auch immer Kühe gehalten, selbst wenn das zu einer Villa am Starnberger See überhaupt nicht passte.

Und, natürlich, er habe diese Firma aufgebaut, aus dem Nichts gewissermaßen. «Es ist so schade, dass ich ihn nicht mehr kennengelernt habe», sagte Felix, und sein Gesicht war ganz sehnsüchtig. «Ich würde viel dafür geben, mehr über ihn zu erfahren. Er muss ein sehr interessanter Mensch gewesen sein.»

«Ja», habe ich gesagt, «er klingt wirklich sehr interessant.»

292

Heute haben wir zusammen musiziert, Felix und ich. Es war die wunderbarste halbe Stunde meines Lebens.

All meiner Leben.

Und dabei war es doch nur Musik.

Nur?

Es war Mozart. Die Violinsonate in Es-Dur. Edel und hitzig.

«Gut, dass das Trimester erst anfängt», sagte er, als ich es ihm vorschlug. «Da ist der Flügel frisch gestimmt.»

Die Aula wird nicht oft gebraucht. Von der letzten Orchesterprobe standen immer noch die Stühle da. Stumme Zuhörer.

Er hatte sich die Noten von mir geben lassen, um sich vorzubereiten. Auch in diesem Punkt sind wir uns ähnlich: Er wollte, dass es gleich beim ersten Mal perfekt klingt. Wir wollten das beide.

Es war nicht perfekt. Es war mehr.

Der Flügel bestimmt das Tempo, und Felix preschte in das Molto Allegro hinein, als ob es ein Rennen zu gewinnen gäbe. Seine Technik konnte mit seinem Temperament nicht immer mithalten, aber es störte nicht, wenn er ab und zu einen falschen Ton erwischte. Mir ging es genauso, doch darauf kam es nicht an. Nicht in diesem Moment. Wir galoppierten nebeneinander durch Mozarts Landschaft, und was spielte es für eine Rolle, wenn die Hufe unserer Pferde manchmal eine Hecke streiften? Wir kamen ja nicht zu Fall.

Nach dem letzten Ton des ersten Satzes atmete Felix tief aus. Ein glücklich erschöpftes Seufzen.

Das Rondo beginnt in As-Dur. Dumpf und schwarz, nannte das Röschlein, und natürlich, es klingt Trauer darin mit. Die ersten Takte könnten auch an einem Grab erklingen. Aber wenn sich die Melodie dann im Mittelteil zum A-Dur öffnet, ist alles Düstere verschwunden, und die Musik erzählt von der Hoffnung auf etwas Neues, Besseres, Schöneres. Unsere beiden Instrumente haben miteinander gesungen, unser eigenes, gemeinsames Lied.

Als das Adagio sich verströmt hatte, saß Felix mit geschlossenen Augen da, die Hände im Schoß. Dann lachte er, ich weiß nicht, über was – doch, ich weiß es! –, und wir fingen beide wieder an zu spielen. Es musste keiner den Einsatz geben.

Das Allegretto federleicht. Wir spielten damit wie mit einem Ball, warfen uns die Melodiebögen zu und fingen sie auf, mit geschlossenen Augen. Es war alles einfach geworden, selbstverständlich. Als ob wir schon immer miteinander musiziert hätten und nicht heute zum ersten Mal.

Als ob wir schon immer zusammen gewesen wären.

In mir hat sich etwas verändert, und ich weiß nicht, was es ist. Als ob ich betrunken wäre. Nicht die schwere Trunkenheit von Bier, die einen nur noch fester in den Boden hineindrückt. Eine Sekt-Trunkenheit. Ich fühle mich leicht.

Wenn ich irgendwohin gehe, zum Frühstück oder zum Unterricht, meine ich, einen Luftsprung machen zu müssen, einfach so. Ich beherrsche mich natürlich, ich habe mich schon immer beherrscht. Aber der Wunsch ist da.

Fieber kann so etwas verursachen. Ich habe kein Fieber.

Im Lazarett damals, nach dem Schuss durch die Hand, habe ich das schon einmal erlebt. Ich lag auf meiner Pritsche, in diesem Zelt, in das man mich gebracht hatte …

Nein.

Es war kein Zelt. Es kam mir nur damals so vor, weil sich die Decke zu bewegen schien. Als ob ein Wind sie in immer neuen Formen aufblähte. Da hing eine Lampe, ein weißer Metallschirm über einer Glühbirne, die schwang hin und her, es fühlte sich an, als ob sie hin und her schwingen würde, und sie war das Schönste, das ich in meinem Leben gesehen hatte, eine wunderbar kühle Sonne. Und dann war da dieser Krankenpfleger, der Zigarrenverteiler mit den Zwillingen, dem hätte ich die Hände küssen können, habe es vielleicht sogar getan, und dabei war überhaupt nichts Besonderes an ihm.

Damals gab es einen Grund, warum ich alles so rosig sah. Die Mittel, die sie mir jeden Tag in die Venen spritzten.

Und heute?

Ich wache mitten in der Nacht auf, aus Träumen, an die ich mich nicht erinnern kann, und habe das Bedürfnis, etwas aufzuschreiben, von dem ich nichts mehr weiß, gar nichts mehr. Außer dass es wichtig ist.

Ich funktioniere nicht. Bin nicht bei der Sache. Heute stand Schmidbauer vor meinem Pult, und ich hatte ihn nicht kommen sehen. Er hatte mir eine Frage gestellt, und ich hatte sie nicht gehört. So etwas darf mir nicht passieren.

Aber es ist mir egal, dass es passiert.

Felix.

Seine Nähe macht etwas mit mir.

Ich weiß nicht, was das ist.

Warum wehre ich mich dagegen, es mir einzugestehen? Warum will ich das Wort nicht einmal denken?

Weil ich mich nicht erinnern kann, es schon einmal für mich selber verwendet zu haben. Ich war immer überzeugt, dass mir die Begabung dafür fehlt.

Aber jetzt gibt es keine andere Erklärung. Ich bin glücklich.

294

Glück.

Glück. Glück. Glück.

Ein seltsames Wort. Viel zu kurz und zu hart für das, was es ausdrücken soll. Klingt wie ein undichter Wasserhahn.

Gluck. Gluck. Gluck.

Ich kenne mich damit nicht aus. Ein Nichtschwimmer, den man ins Wasser geworfen hat. Es macht mir Angst.

Nein.

Angst ist das falsche Wort. Es ist etwas anderes.

Ich mag keine Gefühle, die ich nicht beherrschen kann.

Ich mag überhaupt keine Gefühle. Wenn man sie zulässt, verliert man die Kontrolle. Denkt nicht mehr logisch. Handelt nicht mehr konsequent.

Gefühle sind etwas für Schwächlinge. Starke Menschen handeln vernünftig.

Ich habe immer vernünftig gehandelt.

Ich will das nicht.

Aber ich genieße es. Ich muss es mir eingestehen: Ich genieße es.

Glück ist eine Droge. Opium für das Volk.

Ich war immer abstinent.

Meine ganzen Leben lang.

Wenn mir meine Mutter aus Grimms Märchen vorlas, dann wählte sie gern die Geschichte vom Hans im Glück. Am Anfang bekommt er einen Klumpen Gold, und am Schluss hat er gar nichts mehr.

Wenn sie zu Ende gelesen hatte, fragte sie jedes Mal: «Na, was meinst du? Was hat seine Mutter wohl gesagt, als er mit leeren Händen nach Hause kam?»

Ich weiß, was sie zu ihm gesagt hat.

«Du bist ein Versager», hat sie gesagt. «Hast dir vom Glück den Kopf vernebeln lassen.» Dann hat sie ihn verprügelt.

Ich habe die Hans-im-Glück-Lektion früh gelernt: Wenn man an der Schnur zieht und gewinnt einen Orden, dann soll man nicht jubeln. Er wird einem doch nur weggenommen. Nur wer sich nicht freut, wird auch nicht enttäuscht. Nur wer sich dem Glück nicht ausliefert, ist gegen das Unglück gefeit.

Dann bin ich eben nicht gefeit. Es ist mir egal.

295

Ich liebe ihn.

Als sich der Gedanke zum ersten Mal in mir regte, kam er mir lächerlich vor. Verliebte sind Leute, die blind durch die Welt laufen und sich die Nase blutig schlagen.

Ich würde Felix überallhin folgen. Mit geschlossenen Augen, wenn er es verlangte.

Aber er verlangt nichts von mir, und ich verlange nichts von ihm. Es genügt uns, dass es den anderen gibt. Wenn das nicht Liebe ist, was dann?

Ich weiß es nicht.

Ich weiß es.

Man müsste ein Mozart der Worte sein, dann könnte man es vielleicht beschreiben.

Ich will es gar nicht beschreiben. Ich will es nur erleben.

Es ist alles so neu für mich.

Liebe.

Mein Vater war mein Vater, aber er war mir hundertmal weniger nahe als Felix. Bei meinem Vater wusste ich, wie er funktioniert. Bei Felix weiß ich, wie er ist.

Alles ist vertraut an ihm. Selbstverständlich. Richtig.

Zwölf Jahre lang habe ich es bei Menschen aushalten müssen, die mir nichts bedeuteten. Mit Arno und Helene habe ich nie über etwas gesprochen, das irgendeine Bedeutung hatte. Ich kann mich kaum mehr an ihre Gesichter erinnern. Ein Dutzend Jahre war ich bei ihnen eingesperrt. Aber das war es wert. Dafür durfte ich jetzt Felix kennenlernen.

Kennenlernen? Ich kannte ihn von der ersten Sekunde an, so ähnlich sind wir uns. Nur die unwichtigen Dinge wissen wir noch nicht voneinander. Die zufälligen Ereignisse. Aber das holen wir nach.

Wenn wir uns unterhalten, führen wir Selbstgespräche.

Manchmal, wenn wir lang geschwiegen haben, fangen wir in derselben Sekunde wieder an zu reden. Wollen dasselbe sagen. Dann lachen wir und schweigen wieder. Es ist schön, mit ihm zu schweigen.

Es ist schön mit ihm.

Liebe. Ich wusste nicht, dass es das in Familien geben kann.

Ob es Schicksal ist, dass wir uns endlich gefunden haben, mein Enkel und ich? Ich habe nie geglaubt, dass es so etwas gibt.

Er würde mir genauso gefallen, wenn wir uns zufällig begegnet wären.

Er ist ich, und ich bin er.

Ist das Liebe?

Ja.

Das ist Liebe.

296

Ich wache auf dem Sofa auf. Muss hier geschlafen haben. Es geht mir gut.

Seltsam, dass das der erste Gedanke ist, der sich beim Aufwachen in meinem Kopf bewegt. Ich lächle, während ich ihn denke.

Es geht mir gut.

Ein einziges Mal bin ich so aufgewacht. Damals im Krankenhaus, als die Operation vorbei war, die linke Hand abgeschnitten, da habe ich auch gelächelt, als ich aus der Narkose auftauchte. Natürlich, ich spürte das Pochen an der Stelle, wo das Messer angesetzt hatte. Die Säge. Aber der ganz große Schmerz, der mich all die Jahre gequält hatte, dieser Schmerz, der schon ein Teil von mir geworden war, der war verschwunden. Ich war von ihm befreit.

Befreit. Genauso fühle ich mich.

Es geht mir gut, weil mir etwas fehlt.

Kann man empfinden, was nicht mehr da ist? Eine Last spüren, nachdem sie abgefallen ist?

Ich erinnere mich an einen Koch, den sie zu uns gebracht haben, ich weiß nicht mehr, warum. Er war fett, was damals selten war, und wir haben ihn erst mal ein paar Wochen hungern lassen. Sein Fall war nicht eilig. Als er dann nur noch Haut und Knochen war – hat er sich da an sein verschwundenes Gewicht noch erinnern können? Hat er es noch gefühlt?

Etwas ist von mir abgefallen, und ich genieße die Befreiung. Ich weiß bloß nicht, was es war. Wohl etwas aus einem Traum. Manchmal schleppt man Traumgefühle ins Wachsein hinüber, ohne es zu merken. Wie wenn man in Hundescheiße getreten ist und sich fragt, wo der Gestank herkommt.

Der Wecker meines Handys klingelt. Warum denkt man eigentlich immer noch «klingeln», obwohl es doch schon längst kein Klingeln mehr ist? Ich habe den Soundtrack aus diesem Nike-Werbespot einprogrammiert. *Rise And Shine.*

Halb sechs? Was habe ich um diese Zeit vor?

Natürlich. Um sechs Uhr bin ich mit Felix verabredet. Zum Training. Wir werden beide auf die Minute beim Fitnessraum eintreffen. Wir lachen jedes Mal darüber, dass wir auch diese Pünktlichkeit gemeinsam haben.

Warum war ich in dieser Nacht nicht im Bett? Die Schuhe, immerhin, habe ich ausgezogen.

Wenn mein Vater erst am Morgen nach Hause kam, was mit den Jahren immer mehr zur Gewohnheit wurde, dann war er zu besoffen, um sich auszuziehen. Schlief so ein, wie er nach Hause gewankt war. Und wenn er dann am nächsten Morgen Kopfschmerzen hatte, erklärte er die mit einer Ledervergiftung. «Immer, wenn ich aufwache und habe die Schuhe noch an, brummt mir der Schädel.» Es war der einzige Witz, den ich je von ihm gehört habe, und ich konnte nie darüber lachen. Heute amüsiert er mich. Heute amüsiert mich alles.

Es geht mir gut.

297

Erst als mir die Dusche den Schlaf aus dem Hirn spült, fällt mir alles wieder ein.

Habe ich das tatsächlich getan? War ich wirklich so verrückt, das zu tun? Ich muss nicht bei Verstand gewesen sein.

Und bin es immer noch nicht, weil ich mich freue, dass es passiert ist. Mich so sehr freue, dass ich meine Erleichterung hinausschreien muss. Wenn mich jemand hören sollte, muss er mich für verrückt halten. Es ist mir egal. Es ist mir jetzt alles egal.

Ich drehe das Wasser auf volle Stärke und lasse den eiskalten Strahl auf mein Gesicht prasseln. Ich spüre die Kälte nicht. Man könnte mich nackt in einen Schneehaufen eingraben, und ich würde nicht frieren.

Ich habe es getan.

Die Erde hat nicht aufgehört sich zu drehen. Der Himmel ist nicht eingestürzt. Es hatte keine Folgen.

Außer dass es mir gutgeht.

So gut wie noch nie.

Es war nicht geplant. Nicht überlegt. Es war einfach der richtige Moment und die richtige Situation.

Es war einfach richtig.

Dass einer dabei auf dem Sofa liegen sollte, war seine Idee. Es war alles seine Idee. Sein Vorschlag. «Es geht leichter, wenn man sich dabei nicht ansieht», sagte er. «In dem Film haben sie es auch so gemacht.»

Was das für ein Film gewesen war, hatte er längst vergessen. Nur diese eine Szene hatte sich ihm eingeprägt. Dieses Spiel zwischen zwei Freunden. Jeu de la vérité: Eine Frage muss wahrheitsgetreu beantwortet werden. Keine Ausflüchte und keine Schummeleien. Ein Verhör, bei dem von Anfang an feststeht, dass es mit einem Geständnis enden wird. Erst führt der eine die Vernehmung, dann der andere.

Er hat sich als Erster hingelegt und plötzlich angefangen zu kichern. Ich müsste nur noch einen Schreibblock in der Hand haben, meinte er, dann wäre die Situation wie damals beim Psychologen.

Cosmas hat ihn doch tatsächlich zur Therapie geschickt, weil er so überhaupt nicht mehr mit ihm fertig wurde. Als ob es eine Krankheit wäre, gegen einen solchen Vater zu rebellieren. Dabei ist es ein Zeichen von Charakter. Der Psychologe hat das auch schnell begriffen und einen Vorschlag zur Güte gemacht. Felix aufs Internat zu schicken war bestimmt die vernünftigste Lösung.

«Was willst du wissen?», fragte er mich.

Wenn ich ihm eine andere Frage gestellt hätte, wäre vielleicht alles anders gekommen.

Warum habe ich ihn ausgerechnet das gefragt?

Es war Neugierde, nichts anderes. Ich bin nun mal ein neugieriger Mensch.

Die Lampe hatten wir gelöscht, und von außen drang nur ganz wenig Licht durchs Fenster. Schloss Ainburg ist nachts nicht hell beleuchtet; die Schüler sollen gefälligst schlafen und nicht quatschen.

Ich konnte Felix also nur in Umrissen erkennen. Er lag auf dem Rücken und hatte die Hände hinter dem Kopf verschränkt.

«Was war der schlimmste Moment deines Lebens?», habe ich ihn gefragt.

Er hat nicht gleich geantwortet, aber nicht, weil er nach einer Erinnerung suchen musste. Er wusste bloß nicht, wie er anfangen sollte.

«Ich habe das noch nie jemandem erzählt», sagte er schließlich.

Mir erzählte er es.

Er müsse damals vier oder fünf Jahre alt gewesen sein, sagte er, und Cosmas hatte wieder einmal Gäste eingeladen, zu einem dieser Abendessen, bei denen kein Fotograf zugelassen war und kein Reporter. «Ich durfte mich mit ihnen an den Tisch setzen», sagte Felix, «oder, genauer gesagt: Ich musste. Mein Vater wollte glückliches Familienleben vorführen. Ich weiß noch, dass es als ersten Gang etwas Knuspriges gab, winzige Knochen, die man abknabbern musste. Und ich weiß auch noch, wie sie alle lachten, als ich fragte, ob das die Beine von ganz kleinen Hühnern seien. Es waren Froschschenkel.»

Nach dem Essen führte Cosmas die Gäste durchs Haus, als ob die Villa ein Museum gewesen wäre und er der Kurator. Ich kann ihn mir gut vorstellen, wie er in seiner Eitelkeit bei jeder unbequemen Sitzgelegenheit den Designer nennt und bei jedem antiken Möbelstück den Preis.

«Sie marschierten hinter ihm her», sagte Felix, «wie im Krankenhaus die Assistenten, wenn der Chefarzt Visite macht.» Ich weiß nicht, wie er zu diesem Vergleich kam. Er hat mir nie etwas von einer Operation oder einer schweren Krankheit erzählt. Felix selber war der Hinterste in der Kolonne. Ich werde ihn noch danach fragen.

Irgendwann kamen sie zu dem Raum, den Cosmas seine Bibliothek nannte, obwohl ich mir nicht vorstellen kann, dass er jemals ein Buch liest. An der Reaktion der Erwachsenen merkte Felix, dass es dort etwas Besonderes geben müsse, und drängelte sich zwischen ihnen vor.

Das Besondere war, dass dort seine Mutter stand, über einen schweren Ledersessel gebeugt. den Rock hinten hochgeschlagen, breitbeinig. Dem Mann hinter ihr hing die Hose in den Kniekehlen. «Ich verstand damals nicht, was er mit ihr machte. Mein erster Gedanke war, dass sie etwas angestellt hatte und nun Prügel auf den nackten Hintern bekommen sollte.»Er war bestimmt froh darüber, dass ich im Dunkeln sein Gesicht nicht sehen konnte.

299

«Das muss schlimm für dich gewesen sein», sagte ich. «Es gab bestimmt auch noch eine heftige Auseinandersetzung.»

Felix schüttelte den Kopf. Ich konnte die Bewegung mehr ahnen als sehen. «Es gab keine Auseinandersetzung», sagte er.

«Gar keine.»

«Das war ja das Schlimme.»

Cosmas hatte sich nicht empört, war nicht auf die beiden losgegangen, weder auf seine Frau noch auf den Mann, mit dem sie ihn da betrog. Er hatte gelacht, so wie man lacht, wenn eine kleine Verlegenheit übertüncht werden muss, und dann hatte er eine Tanzstundenverbeugung gemacht und gesagt: «Bitte lasst euch nicht stören.» Sie waren wieder hinausgegangen, der Chefarzt voraus und seine Assistenten hinterher, und wenn ihnen die Begegnung peinlich gewesen war, dann ließ sich das keiner anmerken. «Als ob nichts Schlimmeres passiert wäre als ein umgekipptes Weinglas», sagte Felix. «Etwas, das man als wohlerzogener Mensch höflich übersieht.»

Später hatte sich seine Mutter dann scheiden lassen, «sie sich von ihm, nicht er sich von ihr». Felix erzählte es ganz ohne Emotion, wie etwas, das ihn nicht wirklich betraf. Sie hatte einen anderen Mann geheiratet, nicht den aus der Bibliothek, und zwei Jahre später schon wieder den nächsten.

«Weißt du, was am meisten weh tut?», sagte Felix. «Dass da niemand ist, auf den man stolz sein kann.»

Ohne diesen Satz hätte ich es vielleicht nicht getan.

Wir haben dann die Plätze getauscht, was im Dunkeln nicht ganz einfach war. Wir wollten uns, ohne dass wir das ausgesprochen hätten, dabei nicht berühren, dafür war die Situation einfach zu intim. Wie wenn man nach dem Turnen nackt aus der Dusche kommt und niemandem zu nahe kommen will, bevor man wieder angezogen ist.

Ich fand auf dem Sofa nicht gleich die richtige Position. Zuerst kreuzte ich die Hände vor der Brust, aber das erinnerte mich nur daran, wie sie meine

Mutter damals in den Sarg gelegt haben. Die Arme links und rechts vom Körper, das war besser, auch wenn es mir immer noch künstlich vorkam. Zum Schlafen lege ich mich immer auf die Seite, mit angewinkelten Beinen. Ich habe einmal gelesen, dass Indianer das auch so machen. Man kann aus dieser Position am schnellsten aufspringen.

Ich hatte keine Ahnung, was Felix mich fragen würde. Und ich wusste erst recht nicht, dass ich ihm so antworten würde, wie ich es dann tat.

«Bereit», sagte ich.

Und Felix: «Was ist dein größtes Geheimnis?»

300

Ich habe ihm alles erzählt. Alles, alles, alles.

Wie ich Andersen geworden bin, und was ich vorher war.

Alles.

Kilian, Jonas, Damian.

Als ich einmal angefangen hatte, konnte ich nicht mehr aufhören.

Wollte ich nicht mehr aufhören.

Habe ihm erzählt, wie die Umstände waren, als es notwendig wurde, jemand anderes zu sein. Wie ich mir alles genau überlegt habe. Exakt geplant. Keinen Fehler gemacht.

Weil ich nicht so oberflächlich bin wie sein Vater, der mein Sohn ist, sondern die Dinge zu Ende denke. Weil ich jemand bin, den er sich zum Vorbild nehmen kann. Auf den er stolz sein kann.

So wie er sich immer jemanden gewünscht hat.

Ich habe aufgezählt, was er alles von mir lernen kann. Den Schlag, mit dem ich Niklas erledigt habe und den Jungen im Boxclub. Ich kann ihm das alles zeigen. Erklären. Was die Blutgefäße im Bauch damit zu tun haben und die Blutversorgung im Hirn.

Vom Onkel Doktor habe ich ihm erzählt, was das für ein schlechter Arzt war, auch wenn er einmal ein Kind lebendig zur Welt gebracht hat. Wie wir heimlich über ihn gelacht haben, weil seine Hände jedes Mal zitterten, wenn er die beiden Mittel zusammenmischte für die Spritze.

Von Beutlin und von Bählämmchen.

Wie ich Klassenbester wurde, damit sie mir einen Hund kaufen mussten, und wie leicht das ist, wenn man alles schon einmal gelernt hat und nicht vergessen.

Wie ich Remus zum Gehorsam erzogen habe, und warum er zum Kollateralschaden werden musste.

Wie Conny Willmows Vater die Welpen im Fluss ertränkte.

Von Arno und Helene habe ich ihm erzählt, die mir genauso wenig bedeuten, wie seine Eltern ihm. Wie ich in Helenes Bauch aufwachte und nicht wusste, wo ich war.

Alles, alles, alles.

Der Rote Adlerorden und der Teddybär, in dem man Geld verstecken konnte. Die ekelhafte Frau in der Unterführung und der Junge, der die Erstklässler abzockte. Wie geschickt ich sicherstellte, dass er auch wirklich ins Erziehungsheim kam, indem ich mit den Ladendiebstählen aufhörte, als sie ihn gefasst hatten.

Dass man immer Pläne machen muss, habe ich ihm erklärt, ganz exakte Pläne, jede Situation analysieren und seine Schlüsse daraus ziehen. Die Dinge zu Ende denken und danach handeln. Auch wenn einem nicht gefällt, was dann manchmal zu tun ist.

Es hat mir keinen Spaß gemacht, Arnos Mama vor die Straßenbahn zu stoßen. Sie war eine wirklich sympathische Frau. Aber es war die einzig richtige Lösung.

Es war wunderbar, das alles endlich einmal jemandem erklären zu können.

Alles, alles. alles.

Wie einfach es ist, einen Kopf zum Bluten zu bringen, und wie Frau Kvitová mich verbunden hat. Wie das Wasser nach Kamille gerochen hat.

Wie ich auf meinem eigenen Grab gelegen bin. Er muss den kleinen Hügel kennen, er hat dort gewohnt. Eines Tages wird ihm das Grundstück gehören, und deshalb soll er wissen, wer die Villa hat erbauen lassen.

Dass es sein Großvater war.

Vom Schlangenmann habe ich ihm erzählt, und was sich mit einem Messer alles machen lässt. Wie blass dieser Pianist war, als ich seinen Finger vor ihn hinlegte. Warum mir gerade diese Sonate so viel bedeutet.

Überhaupt habe ich ihm von der Musik erzählt, wie sie immer zu mir gehört hat, egal, ob damals oder heute. Von Röschlein, der mich die Tonarten der Mozart-Symphonien hat auswendig lernen lassen, und von Sawatzki, der es nicht fassen konnte, wie schnell ich mit dem Instrument zurechtkam. Von der Aegidius Klotz, deren Besitzer mir auf den Knien dankte, dass er sie gegen sein Leben eintauschen durfte. Wie ich sie nur streicheln konnte, weil mir ja eine Hand fehlte, und wie schwer es mir fiel, sie zurückzulassen. Wie ich dann später ihre Urenkelin ersteigerte, ohne sie je gesehen zu haben. Nur weil mir im Internet ihr Klang so gut gefiel.

Woher das Geld kam für die Klotz und das Schulgeld und alles andere, und warum es höhere Gerechtigkeit ist, dass ich es mir auf diesem Weg beschaffte. In der Dunkelheit konnte ich nicht sehen, ob er lächelte, als ich ihm von der Damian-Andersen-Stiftung erzählte, aber ich bin sicher, es hat ihn amüsiert.

Felix ist wie ich. Er hat Humor.

Alles habe ich ihm erzählt. Auch die Dinge, über die ich nicht glücklich bin. Bei denen ich versagt habe. Dass ich bei der Mittelohrentzündung unbedingt den Helden spielen wollte, das war dumm. Nicht zu Ende gedacht. Oder der Junge in der Kita. Da hätte ich mich beherrschen müssen. Nicht gleich mit dem Messer auf ihn losgehen.

Ich habe nichts zurückgehalten. Gar nichts.

Es hatte als Spiel begonnen, etwas, das Felix in einem Film gesehen hatte. Und wurde dann viel mehr.

Viel, viel mehr.

Er hat die ganze Zeit geschwiegen, das war so ausgemacht. Man durfte erst wieder etwas sagen, wenn der andere mit seiner Antwort fertig war. Ich kann mich nicht erinnern, ob wir an diesen Punkt gekommen sind. Irgendwann muss ich eingeschlafen sein.

Die Wahrheit ist anstrengend.

302

Er wird leise hinausgegangen sein. Auf Zehenspitzen. Vielleicht hat er noch überlegt, ob er mich zudecken solle, und hat es dann nicht getan. Der Herbst ist mild. Oder er hat sich über mich gebeugt und hat mir den Kopf gestreichelt, so wie das Federico jeden Abend gemacht hat, als er mit Maja auf mich aufpasste. Vielleicht hat er mich sogar auf die Stirn geküsst. Warum sollte man seinem Großvater keinen Gutenachtkuss geben? Um mich nicht zu wecken, hat er die Tür ganz vorsichtig zugemacht. Ist vielleicht noch davor stehen geblieben und hat nachgedacht.

Ich habe ihm eine Menge Stoff zum Nachdenken gegeben.

Ob er gut geschlafen hat? Geträumt? Es werden unruhige Träume gewesen sein. Es ist so viel Neues, das sein Verstand verarbeiten muss.

Aber ich bin sicher, so gut kenne ich ihn, dass er trotzdem pünktlich aufgestanden ist. Sein Wecker wird geklingelt haben, so wie meiner es getan hat. Er ist wie ich: zuverlässig. Hält Verabredungen ein.

Auf die Minute werden wir uns vor dem Fitnessraum treffen. Vielleicht schon vor unserem Gebäude. Wir haben denselben Weg. Die Wiederbegegnung wird nicht ganz einfach sein. Er wird mich mit neuen Augen sehen. Wird vielleicht sogar so etwas wie Ehrfurcht empfinden. Ich werde ihm ganz schnell klarmachen müssen, dass ich zwar Damian bin, aber auch immer noch Kilian.

Oder Jonas.

Ja, das ist eine Idee. Er könnte mich Jonas nennen. Natürlich nur, wenn wir allein sind. Ein Zeichen für unser Geheimnis. Ein Passwort, das nur wir beide kennen.

Jonas und Nepos. Hier auf Schloss Ainburg unterrichten sie kein Latein, aber ich werde ihm erklären, dass Nepos Enkel heißt.

Wir betreiben Nepotismus.

Ich lache schon wieder.

Es geht mir gut.

Seltsam, dass mir jetzt selber passiert, was ich bei der Arbeit so oft beobachtet habe. Wenn sie endlich gestanden hatten, alles beantwortet, nichts mehr verschwiegen, dann ging es ihnen besser. Trotz der Schmerzen und trotz der Erschöpfung. Sie wussten es selber noch nicht, aber sie waren froh, es hinter sich zu haben. Obwohl sie sich doch so lang dagegen gewehrt hatten. Obwohl sie doch getan hatten, was sie nie hatten tun wollen. Es war gekommen, wie es hatte kommen müssen, und wenn sie geweint haben, waren es Tränen der Erleichterung. Die Wehen waren qualvoll gewesen, aber jetzt war das Kind endlich geboren. Der Geburtshelfer hatte seine Arbeit getan. Sie mussten nicht mehr kämpfen, und das tat ihnen gut.

Heute kann ich es ihnen nachfühlen.

Ich bin zu früh. Ich muss langsamer gehen, damit er mich einholen kann.

Ich habe keinen Grund zur Ungeduld. Wir werden noch so viel Zeit miteinander verbringen können. Ein ganzes Leben. «Sie haben sich im Internat angefreundet», werden die Leute sagen. «Seither sind sie unzertrennlich.»

Jonas und Nepos.

Cosmas wird irgendwann sterben, und die Andersen-Kette wird Felix gehören.

Uns. Von mir gegründet, von ihm geerbt. Vielleicht werde ich die Leitung der Firma übernehmen, und er kann sich ganz der Musik widmen.

Wir werden Konzerte besuchen, überall in der Welt. Oder noch besser: in der Villa eigene Konzerte veranstalten, mit den besten Künstlern. Wir können uns das leisten. Einmal im Jahr lassen wir unsere Sonate aufführen. Immer an dem Tag, an dem ich ihn zum ersten Mal gesehen hatte. Wie er seine Koffer selber ins Haus trug und wie er sich von Niklas nicht aufhalten ließ.

In einem Baum singt ein Vogel. Ich kenne mich nicht aus, aber ich beschließe, dass es eine Nachtigall ist.

Wir werden so vieles gemeinsam unternehmen. Das Leben nur noch genießen, das habe ich mir verdient.

Eine Segelyacht. Nachts nebeneinander an Deck liegen und uns von den Wellen wiegen lassen. Über uns die Sterne. Ich habe noch nie das Kreuz des Südens gesehen.

Japanische Kunst sammeln. Die ganze Protzeinrichtung rausschmeißen und das Haus wieder so einrichten, wie es einmal gewesen sein muss. Einfach und klar. So, wie ich es haben will.

Nein.

Wie Felix es haben will.

Wie wir es haben wollen, Felix und ich. Nepos und Jonas. Castor und Pollux. Die Dioskuren.

Auf einem großen Blatt in einem der Blumenbeete glitzert ein Tautropfen. Früher ist mir so etwas nicht aufgefallen.

Es ist sechs Uhr. Warum ist er noch nicht da?

Im Fitnessraum brennt Licht. Unten, da wo die Tür nicht ganz dicht schließt, kann man es sehen.

Warum ist er zu früh gekommen? Hat er so schlecht geschlafen?

Geräusche sind keine zu hören. Er hat wenigstens nicht ohne mich mit dem Training angefangen.

304

Ich öffne die Tür.

Felix ist da.

Seine Augen offen. Als ob er die ganze Zeit auf den Eingang gestarrt hätte. Darauf gewartet, dass ich endlich komme.

Die Augen von Erhängten sehen nicht tot aus, sondern hellwach. Glänzend. Der Onkel Doktor wollte mir einmal den Grund dafür erklären, etwas mit der Hornhaut, die nicht erschlafft, sondern gespannt bleibt. Ich habe ihm nicht zugehört. Es schien mir für meine Arbeit nicht von Bedeutung zu sein.

Ich hätte ihm zuhören sollen.

Die geschwollene Zunge hat im Mund nicht mehr genügend Platz. Das Gesicht blaurot und aufgedunsen. Er gleicht sich nicht mehr.

Er hat das Gerät verwendet, an dem er auch seine Klimmzüge geübt hat. Eine massive Konstruktion, mit der sich die verschiedensten Übungen durchführen lassen. Unter anderem ist da ein Karabinerhaken, an dem man einen Griff befestigen kann, eine Schlaufe oder eine Stange. Er hat seinen Gürtel daran befestigt. Hat ihn durch die Schnalle gezogen und eine Schlinge daraus gemacht. Eines der Löcher hat er so vergrößert, dass es sich über den Haken ziehen ließ. Hat so viele Gegengewichte aufgelegt, dass sie zusammen schwerer waren als sein Körper.

Er ist erst vierzehn, und er ist schmächtig. Er hat nicht einmal alle Gewichte gebraucht.

Auf dem Boden liegen mehrere Hantelscheiben. So wie ich es mir deute, hat er aus ihnen zwei kleine Türme gebaut, einen für jeden Fuß. Sie mussten nicht hoch sein. Seine Fußspitzen hängen nur wenige Zentimeter über dem Boden.

Er trägt die gleichen Nike-Turnschuhe, die auch ich mir gekauft habe. Das fällt mir zum ersten Mal auf. Auch in diesem Punkt sind wir uns ähnlich.

Es kann nicht einfach gewesen sein, auf den Scheiben das Gleichgewicht zu halten. Aber es war auch nur für wenige Sekunden. Nur so lang, wie er brauchte, um seinen Kopf in die Schlinge zu stecken. Dann hat er die Hantelscheiben weggetreten.

Blutige Striemen an den Handflächen. Als das Ersticken einsetzte, wird er versucht haben, über dem Kopf nach dem Gürtel zu fassen und sich daran hochzuziehen.

Immer wieder.

Als ich ihn damals überrascht habe, hatte er neunzehn Klimmzüge geschafft.

Beim Ersticken dauert es etwa zwei Minuten, bis der Tod eintritt. Auch das weiß ich vom Onkel Doktor.

Nicht in allen Fällen, aber meistens, öffnet sich beim Erhängten der Schließmuskel. Es ist auch Felix passiert. Es wäre ihm bestimmt peinlich.

305

Ich weiß, was ich zu tun habe, und ich tue es. Man muss konsequent handeln.

Der Schlüssel zu seinem Zimmer steckt in seiner Trainingsjacke. Immer in der rechten Tasche, genau wie bei mir. Ich fische ihn vorsichtig heraus.

Durchsuche auch die andern Taschen. Manchmal schreiben sie Abschiedsbriefe und tragen sie mit sich herum.

Ich bin vorsichtig, aber ich kann nicht verhindern, dass sein Körper ins Pendeln gerät. «Tanzen» haben wir das genannt.

Schaue ihn noch ein letztes Mal an. Er ist mir fremd geworden.

Dann ziehe ich die Tür zum Fitnessraum hinter mir zu.

Ich darf dem Gefühl, das in mir aufsteigen will, nicht nachgeben. Als damals die Schmerzen unerträglich wurden, habe ich nicht gejammert, sondern mir die Hand abschneiden lassen. Die Griffhand. Ich wusste, dass ich nie mehr Geige spielen würde, aber ich habe die logische Entscheidung getroffen. Die einzig mögliche Entscheidung.

Ich werde es auch heute tun.

Ich gehe nicht den Weg zurück, auf dem ich gekommen bin. Es könnte sein, dass jemand von der Putzkolonne zufällig aus dem Fenster schaut. Ich nehme den Trampelpfad um das Schlösschen herum.

Hinter dem Gebäude, dort, wo man den Pfad von keinem Fenster aus einsehen kann, liegen Zigarettenstummel auf dem Boden. Niklas raucht nur noch heimlich.

Schade, dass ich nicht mit Niklas kämpfen kann. Ich würde ihn totschlagen. Ich habe immer die Erfahrung gemacht, dass mich das für ein Weilchen erleichterte.

Felix' Zimmer ist so ordentlich wie meines. Das Bett nicht benutzt.

Auch hier kein Abschiedsbrief, den ich verschwinden lassen müsste. Ich habe keinen erwartet, aber man darf sich nicht auf seine Erwartungen verlassen. Man muss alles überprüfen.

Ein Abschiedsbrief wäre unlogisch gewesen. Wenn er hätte erklären wollen, warum er es getan hat, hätte man ihn für verrückt gehalten. Das ist nicht die Erinnerung, die man hinterlassen will.

Aber auch dass er sich erhängt hat, war unlogisch.

Es war mein Fehler. Ich dachte, er würde sich freuen. Aber er hatte nicht die Stärke, eine ungewöhnliche Wirklichkeit zu ertragen.

Ich habe ihn überschätzt.

306

Diesmal werde ich endgültig verschwinden.

Ich schlage im Internet die Zugverbindungen nach und suche mir die richtige aus. Ein ICE muss es sein. Einer, der schnell fährt.

Die Telefonnummer des Taxifahrers, der mich hergebracht hat, habe ich immer noch in meinem Handy. Ich rufe ihn an und instruiere ihn, wo er auf mich warten soll. Er will fünfzig Euro über den Fahrpreis hinaus haben, und ich sage sie ihm zu.

Als ob es darauf ankäme.

Die Firma Andersen, habe ich gelesen, würde bei einem Börsengang mehrere Milliarden einbringen.

Man kann sich die Menschen nicht so kaufen, wie man sie gern hätte. In Felix habe ich mich getäuscht. Es war eben doch zu viel Cosmas in ihm.

Es bringt nichts, sich die Dinge anders zu wünschen, als sie sind.

Ich hänge meine Sportkleidung in den Schrank und ziehe mich an. Eine graue Hose und ein hellblauer Pullover.

Zu packen habe ich nichts. Meine Anzüge soll tragen, wer will. Die Fotografie meiner falschen Eltern können sie wieder auf den Flohmarkt zurückbringen.

Bei einem Verkehrsunfall ums Leben gekommen. Ein schneller Tod ist ein guter Tod.

Dr. Maertens wird versuchen, die Geschichte zu vertuschen. Den Ruf seines Internats zu beschützen. Vielleicht werden sie aus dem «Albert-Einstein-Haus» ein «Felix-Andersen-Haus» machen. Aus Pietät.

Shakespeare, Wagner und Andersen.

Ich werde nie erfahren, was aus ihm geworden wäre.

Sie werden meinen Vormund benachrichtigen wollen und keine Antwort von ihm bekommen. Irgendwann werden sie feststellen, dass er nicht existiert. Vielleicht werden sie sogar herausfinden, dass Kilian von Lauken jemand ganz anderes ist.

Nun ja.

Die lächerliche Brille lasse ich liegen. Bei der Geige zögere ich. Aber es hat keinen Sinn, Entscheidungen hinauszuschieben.

Ich lege sie auf den Boden, steige auf den Tisch und springe auf sie drauf. Ich will nicht noch einmal eine Klotz für jemand anderen zurücklassen.

307

Der Fahrer hat mich zum Bahnhof gebracht und sein Geld kassiert. «Jetzt fährt aber kein Zug», hat er gesagt.

Es fährt immer ein Zug. Man muss nur wissen, wo man hinwill.

Als mein Vater gestorben ist, habe ich in der Schublade vergeblich nach dem Roten Adlerorden gesucht.

Ich möchte wissen, was er damit gemacht hat.

Links am Bahnhof vorbei und dann den Gleisen entlang.

Um Remus tut es mir leid. Er war ein guter Hund.

Einmal, ohne jede Dressur, hat er mir seine Pfote hingehalten. Ich hätte sie nehmen sollen.

Reife Brombeeren. Wenn ich Hunger hätte, könnte ich sie pflücken.

Dornige Ranken.

Arnos Mutter hat gewusst, was ich gleich tun würde. Ich habe es ihr angesehen.

Es war ihr recht.

Auf den Schienen laufen, das ist besser.

Die Mozart-Symphonien. C-Dur. G-Moll. Es-Dur.

Edel und hitzig.

Auf Schienen kann man auch balancieren.

Ob man sein Gleichgewicht hält, ist nur eine Frage des Willens.

Frau Brenntwiesner war hässlich.

Dort vorne ist der richtige Ort. Nach der Kurve, wo der Lokführer einen erst sieht, wenn es zu spät ist.

Man kann den Kopf an die Schienen legen, dann hört man den Zug kommen.

Ich will nicht knien, wenn es so weit ist.

Jetzt.

Dunkel.

Charles Lewinsky
Der Wille des Volkes
Roman. 400 Seiten, gebunden
ISBN 978-3-312-01037-0

Der pensionierte Journalist Kurt Weilemann erhält eine rätselhafte Botschaft, von einem Kollegen, der kurz darauf stirbt. Suizid, heißt es, und es dauert ein bisschen, bis es Weilemann dämmert, dass der Befund nicht stimmen kann. Als sich sein alter Recherche-Instinkt regt und er sich der Wahrheit auf die Spur heften will, sind ihm längst andere auf den Fersen.

Charles Lewinsky entfaltet ein klassisches Kriminalstück in einer Zukunft, in der die Schweiz allein von einer national-populistischen Partei regiert wird. Ein spannender Roman mit einem unheimlichen Hintergrund.

»Mit viel Witz und Humor treibt Charles Lewinsky seinen Plot vorwärts, verzichtet auf billige Pointen und schafft es, seinen Spass am Stoff auch auf die Leserinnen und Leser zu übertragen. Geschickt jongliert er mit verschiedenen Motiven, baut überraschende Indizien ein und lässt seinen Ermittler Weilemann die ungewöhnlichsten Fährten aufnehmen.«

Luzia Stettler, SRF Kultur

NAGEL & KIMCHE